BIBLIOTEKA
BODLEJAŃSKA
T
KOLEGIUM
UNIVERSITY
BOISKO MERTON FIELDS

BABEL

fabryka słów®
WYDAWNICTWO

MMXXIII

R.F.
Kuang

BABEL

CZYLI

O KONIECZNOŚCI PRZEMOCY

Tajemna historia rewolucji
oksfordzkich tłumaczy

PRZEŁOŻYŁ
Grzegorz Komerski

ILUSTRACJE
Przemysław Truściński

fabryka słów®
LUBLIN – WARSZAWA

Bennettowi,
który jest całym światłem i uśmiechem
tego świata

Słów kilka autorki na temat jej wizji dawnej Anglii ze szczególnym uwzględnieniem uniwersytetu w Oksfordzie

Kłopot z pisaniem powieści osadzonej w Oksfordzie polega na tym, że każdy, kto spędził w tym mieście choć trochę czasu, prześwietli tekst z wielką starannością, starając się dociec, czy przedstawiona w książce wizja Oksfordu zbiega się z tą, którą nosi we własnej pamięci. Sytuacja pogarsza się wydatnie, jeżeli do pisania na temat Oksfordu zabiera się Amerykanka. Bo powszechnie przecież wiadomo, że Amerykanie guzik wiedzą o świecie, prawda?

Oto moja linia obrony:

„Babel" jest książką fantastyczną, w związku z czym jej akcja rozgrywa się w fikcyjnej wariacji na temat Oksfordu z lat trzydziestych XIX stulecia, głęboko odmiennej od znanej nam, przede wszystkim za sprawą srebrnych sztabek (o których więcej za chwilę). Mimo to starałam się w miarę możliwości dochować wierności realiom Oksfordu z początków epoki wiktoriańskiej, a wszelkie nieprawdy wprowadzałam jedynie tam, gdzie istotnie służyły fabule.

Wiadomości o Oksfordzie z pierwszych dekad XIX wieku czerpałam ze znakomitej i przyjemnej w czytaniu książki Jamesa J. Moore'a „The Historical Handbook and Guide to Oxford" (1878) oraz tomów VI i VII „The History of the University of Oxford" (w redakcji M.G. Brock i M.C. Curthoys, 1997 i 2000), a także wielu innych pozycji.

W celu jak najlepszego oddania kolorytu życia i świata z tamtych czasów i miejsc korzystałam z takich źródeł jak „A History of the Colleges, Halls, and Public Buildings Attached to the University of Oxford, Including the Lives of the Founders" (Alex Chalmers, 1810); „Recollections of Oxford" (G.V. Cox, 1868); „Reminiscences: Chiefly of Oriel College and the Oxford Movement" (Thomas Mozley, 1882) czy „Reminiscences of Oxford" (W. Tuckwell, 1908). Ponieważ o dawnym świecie – a w każdym razie o tym, jak był postrzegany – wiele można dowiedzieć się także z beletrystyki, posiłkowałam się też detalami zaczerpniętymi z następujących powieści: „The Adventures of Mr. Verdant Green" (Cuthbert M. Bede, 1857), „Tom Brown at Oxford" (Thomas Hughes, 1861) i „The History of Pendennis" (William Makepeace Thackeray, 1850). Poza tym polegałam wyłącznie na własnych wspomnieniach i wyobraźni.

Wiem, że znajdą się tacy, którzy znają Oksford jak własną kieszeń i zakrzykną zaraz: „Nie, to zupełnie nie tak!". Postaram się więc kilka kwestii wyjaśnić. Klub dyskusyjny Oxford Union został założony dopiero w 1856 roku, więc w powieści pojawia się jego powstały w 1823 poprzednik Oksfordzki Klub Dyskusyjny (United Debating Society). Moja ukochana kawiarnia Vaults & Garden otworzyła podwoje dopiero w 2003 roku, lecz spędziłam w niej tyle czasu (i pochłonęłam tam tyle pysznych bułeczek), że po prostu nie potrafiłam odmówić tej przyjemności Robinowi i spółce. O ile mi wiadomo, nie istnieje w Oksfordzie pub o nazwie Pod Koślawym Korzeniem. Nie ma także cukierni Taylora przy Winchester Road, aczkolwiek miło wspominam delikatesy Taylors działające przy High Street. Pomnik oksfordzkich męczenników istnieje, choć został ukończony dopiero w 1843 roku, czyli trzy lata po zakończeniu akcji „Babel". Zdecydowałam się jego budowę nieco przyspieszyć z uwagi na ciekawy dodatkowy smaczek. Koronacja królowej Wiktorii miała miejsce w czerwcu 1838 roku, nie 1839. Linia kolejowa Oksford–Paddington została zbudowana dopiero w 1844 roku, lecz w powieści powstaje kilka lat wcześniej i dzieje się to z dwóch następujących powodów: po pierwsze, ponieważ ma to sens w tej konkretnej alternatywnej historii i po drugie, ponieważ moi bohaterowie musieli przemieszczać się między Londynem a uczelnią nieco szybciej.

Skorzystałam też z artystycznej swobody, opisując bal pamięci, który bardziej przypomina imprezy współczesne niż bale wczesnowiktoriańskie. Jestem na przykład w pełni świadoma, że w tamtej epoce ostrygi często trafiały na stoły biedoty, lecz uznałam, że uczynię z nich luksusowy rarytas, ponieważ było to pierwsze, na co zwróciłam uwagę w 2019 roku na balu w kolegium Magdalene w Cambridge – olbrzymie góry spoczywających na lodzie ostryg. (Nie wzięłam ze sobą torebki, więc musiałam żonglować telefonem, kieliszkiem szampana oraz ostrygą, przez co ochlapałam musującym alkoholem bardzo eleganckie buty pewnego starszego dżentelmena).

Niektórzy mogą nie do końca umiejscowić Królewski Instytut Translatoryki, znany również pod nazwą Babel. Nic w tym dziwnego, gdyż żeby znaleźć dla wieży odpowiednią lokalizację, nagięłam nieco rzeczywistą geografię miasta. Wyobraźcie sobie jeden z trawiastych oksfordzkich dziedzińców pomiędzy Biblioteką Bodlejańską, Teatrem Sheldona i Biblioteką Radcliffe'a. A teraz ten dziedziniec znacznie powiększcie i zbudujcie na samym środku Babel. Ot, gotowe.

W razie znalezienia dowolnych innych niezgodności ze stanem faktycznym czytelnik winien sobie przypomnieć, że ma do czynienia z dziełem ludzkiej wyobraźni.

KSIĘGA
I

PLAN WIEŻY BABEL

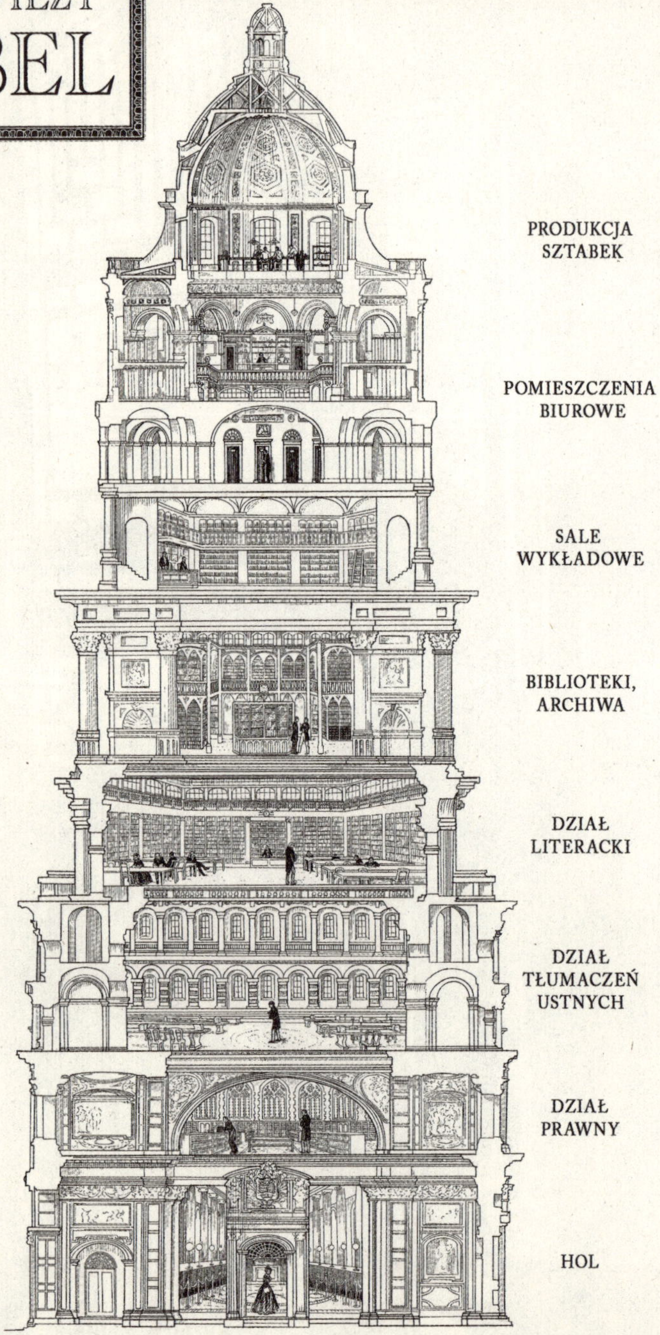

ROZDZIAŁ PIERWSZY

Que siempre la lengua fue compañera del imperio; y de tal manera lo siguió, que junta mente començaron, crecieron y florecieron, y después junta fue la caida de entrambos.

Język od zawsze jest wiernym druhem imperium i jako taki wraz z nim się rodzi, dojrzewa i rozkwita. Aż wreszcie ramię w ramię z nim upada.

Antonio de Nebrija, „Gramática de la lengua castellana"
(przeł. Grzegorz Komerski)

Kiedy profesor Richard Lovell znalazł drogę wśród gmatwaniny wąskich uliczek Kantonu i dotarł wreszcie pod adres zanotowany w pamiętniku wyblakłym tuszem, chłopiec był już ostatnim pozostałym przy życiu mieszkańcem budynku.

Powietrze cuchnęło, podłogi były śliskie. Przy łóżku stał dzbanek z wodą, pełny, nietknięty. Początkowo chłopczyk nie pił, gdyż za bardzo się bał wymiotów; teraz brakowało mu sił, by podnieść naczynie. Wciąż był przytomny, choć nurzał się w mglistym półśnie. Wiedział, co go czeka niebawem – zaśnie na dobre, a potem już się nie obudzi. Taki właśnie koniec spotkał przed tygodniem jego dziadków, dzień później ciotki, a jeszcze nazajutrz Angielkę, pannę Betty.

Matka chłopca zmarła o poranku. Leżał obok jej zwłok, obserwując ciemniejące na skórze niebieskie i fioletowe plamy. Ostatnim, co od niej usłyszał, było jego własne imię, dwie sylaby, które spłynęły z warg słabym westchnieniem. Zaraz potem twarz kobiety zwiotczała i utraciła symetrię. Język bezwładnie wysunął się z ust. Chłopczyk próbował zamknąć jej zmętniałe oczy, lecz powieki uparcie się unosiły.

Na pukanie profesora Lovella nie zareagował nikt. Z niczyich ust nie wyrwał się okrzyk zdumienia, kiedy przybysz wyważył kopnięciem frontowe drzwi – zamknięte na klucz, ponieważ wykorzystujący czas zarazy szabrownicy ogołacali okoliczne domostwa do desek i chociaż w ich domu nie było żadnych kosztowności, chłopiec z matką chcieli w ostatnich godzinach życia zaznać nieco spokoju.

Malec usłyszał dolatujący z parteru rumor, lecz nie zdołał wykrzesać w sobie nawet iskry ciekawości.

W tej chwili chciał już tylko umrzeć.

Profesor Lovell wspiął się po schodach, podszedł do łóżka i przez długą chwilę stał nad dogorywającym dzieckiem. Spoczywającej obok martwej kobiety nie zauważył lub nie chciał zauważyć. Chłopczyk leżał w cieniu nieznajomego i zastanawiał się, czy ta wysoka, blada istota w czerni przybywa, żeby zabrać jego duszę.

– Jak się czujesz? – zapytał profesor Lovell.

Chłopiec nie odpowiedział. Zbyt wiele wysiłku kosztowało go samo nabieranie powietrza.

Przybysz uklęknął przy łóżku. Sięgnął do kieszeni i wyłowił niewielką sztabkę srebra, którą złożył na obnażonej piersi umierającego. Malec drgnął; metal parzył jak lód.

– *Triacle* – powiedział po francusku profesor Lovell, po czym powtórzył to samo po angielsku: – Melasa.

Sztabka rozjarzyła się jasnym blaskiem. Pokój wypełnił nieziemski dźwięk, zupełnie znikąd: śpiewny, dźwięczny. Chłopczyk żałośnie jęknął, odwrócił się na bok i zwinął w kłębek. Jego język gwałtownie omiatał wargi i wnętrze policzków.

– Nie opieraj się – poradził szeptem profesor Lovell. – Przełknij, posmakuj.

Mijały kolejne sekundy. Oddech chłopca stopniowo wracał do normy. Wreszcie malec otworzył oczy. W tej chwili widział przybysza o wiele wyraźniej, ujrzał szaroniebieskie oczy i mocno zakrzywiony nos – jeden z tych nosów, które ludzie nazywają *yīnggōubi*, jastrzębimi. Obie te cechy jednoznacznie wskazywały na cudzoziemskie pochodzenie nieznajomego.

– Jak czujesz się teraz? – ponownie zapytał profesor Lovell.

Chłopczyk zaczerpnął jeszcze jeden głęboki oddech. I odpowiedział zaskakująco czystą angielszczyzną:

– Słodkie. Takie słodkie...

– Znakomicie. To znaczy, że działa. – Profesor Lovell wsunął sztabkę z powrotem do kieszeni. – Są jeszcze inni?

– Nie – szepnął chłopiec. – Zostałem sam.

– Masz tu coś, z czym nie chcesz się rozstać?

Malec nie odpowiedział od razu. Na policzku martwej matki wylądowała mucha i wlazła na nos. Chętnie by ją przegonił, lecz nie miał siły podnieść ręki.

– Zwłok zabrać nie mogę – oznajmił profesor Lovell. – Nie tam, dokąd się wybieramy.

Chłopiec przez długą chwilę wpatrywał się w ciało w milczeniu.

– Książki – powiedział wreszcie. – Są pod łóżkiem.

Przybysz zgiął się wpół i wyciągnął spod posłania cztery grube tomy. Anglojęzyczne tytuły, podniszczone grzbiety, część stronic wytarta wskutek wielokrotnej lektury do tego stopnia, że ledwie dało się odczytać druk. Profesor przewertował je z mimowolnym uśmiechem na ustach, po czym schował do torby. Zaraz potem wziął wychudzonego chłopca na ręce i wyniósł z domu.

W tysiąc osiemset dwudziestym dziewiątym roku epidemia choroby, która otrzymała potem nazwę cholery azjatyckiej, uderzyła w Kalkutę. Następnie pokonała wody Zatoki Bengalskiej i dotarła na Daleki Wschód – w pierwszej kolejności zaatakowała Syjam i Manilę, by w końcu wylądować na wybrzeżu Chin, dokąd przywiozły ją statki handlowe; ich odwodnione załogi, żeglarze o zapadniętych oczach wylewali odchody prosto do Rzeki Perłowej, w której kąpały się, prały, pływały i z której piły tysiące ludzi. Choroba zalała Kanton niczym tsunami, błyskawicznie rozprzestrzeniając się z portu na położone w głębi lądu dzielnice mieszkalne. Okolica, w której mieszkał chłopczyk, skapitulowała już po kilku tygodniach, całe rodziny wymierały bezradnie w swych domach. Kiedy profesor Lovell szedł z ocalałym chłopcem przez plątaninę kantońskich zaułków, na ulicy nie było już żywej duszy.

O wszystkim tym malec dowiedział się, gdy obudził się w czystym, jasno oświetlonym pokoju w faktorii angielskiej, nakryty pościelą z najbardziej miękkiej i najbielszej tkaniny, jaką widział w życiu. Niestety, luksus ten jedynie nieznacznie łagodził jego stan. Było mu koszmarnie gorąco, a język przeobraził się w wypełniający usta odłamek twardego, chropawego kamienia. Miał wrażenie, że szybuje gdzieś wysoko ponad własnym ciałem. Przy każdym słowie profesora skroń dziecka przeszywało ostre ukłucie bólu, któremu sekundował czerwony rozbłysk w oczach.

– Masz niebywałe szczęście – zauważył profesor Lovell. – Ta choroba zabija niemal wszystkich.

Chłopczyk bacznie przyglądał się cudzoziemcowi, fascynowały go pociągła twarz i jasne, szaroniebieskie oczy. W chwilach kiedy zmęczenie mąciło mu wzrok, mężczyzna przeistaczał się w olbrzymie ptaszysko. Wronę. Nie, raczej w jakiegoś skrzydlatego drapieżcę. Ptaka silnego i bezwzględnego.

– Rozumiesz, co do ciebie mówię?

Chłopiec zwilżył spierzchnięte wargi pociągnięciem języka i wymamrotał odpowiedź.

– Po angielsku. – Profesor Lovell pokręcił głową. – Rozmawiaj ze mną po angielsku.

Małego zapiekło gardło. Odkaszlnął.

– Wiem, że znasz ten język – podjął profesor Lovell tonem, w którym zabrzmiała nuta przestrogi.

– Matka – wychrypiał chłopczyk. – Zapomniałeś o mojej matce.

Tego profesor Lovell nie skomentował. Wstał bez słowa i przed wyjściem otrzepał nogawki, mimo że chłopiec nie miał pojęcia, jakim cudem przez te kilka minut mogły mu się zakurzyć.

Następnego ranka chłopiec był już w stanie przełknąć bez wymiotów całą miskę bulionu. Dzień później zdołał wstać i nie poczuł przesadnych zawrotów głowy, aczkolwiek odwykłe od wysiłku nogi zadygotały tak gwałtownie, że musiał przytrzymać się łóżka. Gorączka ustąpiła; powracał apetyt. Kiedy ocknął się ponownie po południu, zauważył, że zamiast miski zupy czeka na niego talerz z dwiema grubymi pajdami chleba i kawałem pieczonej wołowiny. Głodny jak wilk, pożarł wszystko gołymi rękoma.

Większość dnia spędził na pozbawionym marzeń śnie, regularnie zakłócanym wizytami niejakiej pani Piper – radosnej, pulchnej kobieciny, która przetrzepywała rekonwalescentowi poduszki, ocierała czoło przecudnie chłodną, wilgotną szmatką, a mówiła przy tym angielskim z akcentem tak osobliwym, że chłopiec niemal za każdym razem musiał prosić o kilkukrotne powtórzenie.

– Wielkie nieba! – zachichotała przy pierwszej z takich sytuacji. – No tak, tyś nigdy w życiu Szkota nie spotkał.

– Szkota...? A co to takiego?

– Teraz sobie tym głowy nie zaprzątaj – odparła. – Niedługo i tak wszystkiego się dowiesz.

Wieczorem pani Piper powróciła z kolacją – repeta chleba i wołowiny – oraz wiadomością, że profesor czeka na niego w swym gabinecie.

– To piętro wyżej. Drugie drzwi po prawej. Ale najpierw wtrząchnij to do końca. Profesor nie zając, nie ucieknie.

Chłopiec pospiesznie zjadł, po czym przy pomocy pani Piper założył nowe ubranie. Nie miał pojęcia, skąd wziął się ten strój – zachodni, lecz zaskakująco dobrze pasujący na jego niską, chudą sylwetkę. Był jednak zbyt zmęczony, by wszczynać w tej kwestii jakiekolwiek dociekania.

Pokonując schody, zauważył, że cały się trzęsie. Nie był pewien, czy jest to skutek wycieńczenia, czy dręczących go obaw. Gabinet był zamknięty. Chłopczyk przystanął dla nabrania tchu i po chwili zapukał.

– Wejść – zaprosił profesor.

Drzwi okazały się bardzo ciężkie. Uległy dopiero, gdy malec naparł całym sobą. Tuż za progiem opadł go wszechobecny w pomieszczeniu piżmowy i atramentowy zapach książek. Miał przed sobą ich nieprzebrane stosy; część stała równiutko na półkach, a inne, usypane bez ładu i składu w chybotliwe piramidy, piętrzyły się na podłodze. Książki leżały na parkiecie samopas i parami, trwały niepewnie na krawędziach biurek i stołów, rozstawionych bez żadnego widocznego zamysłu, tworzących tonący w półmroku labirynt.

– Tutaj! – rzucił profesor, niemal niewidoczny zza regałów.

Chłopiec ruszył przez pokój ostrożnie, świadom, że jeden niezręczny ruch może wywołać potężną lawinę papieru.

– Śmiało! Nie bój się! – Profesor siedział za wielkim biurkiem, zaścielonym księgami, luźnymi papierzyskami i kopertami. Wskazał gościowi gestem miejsce naprzeciwko. – Pozwalano ci czytać? Angielski nie stanowił problemu?

– Trochę czytałem. – Chłopczyk z wahaniem, delikatnie usiadł na krześle, bez przerwy uważając, by nie deptać walających mu się pod stopami tomów. Zauważył wśród nich zapiski podróżne Richarda Hakluyta. – Nie miałem zbyt wielu książek, przez co często czytałem w kółko te same.

Jak na kogoś, kto od urodzenia nie opuścił Kantonu nawet na jeden dzień, chłopiec mówił po angielsku doskonale. Naleciałości obcego akcentu były ledwie uchwytne. Za ów stan rzeczy odpowiadała pewna Angielka, a mianowicie panna Elizabeth Slate, którą chłopiec nazywał panną Betty i która, odkąd sięgał pamięcią, mieszkała w jego rodzinnym domu. Nigdy nie był w stanie pojąć, skąd właściwie się u nich wzięła – rodzice nie byli na tyle zamożni, by zatrudniać służbę, a już z pewnością nie cudzoziemkę – aczkolwiek ktoś musiał pannie Betty regularnie płacić, gdyż została przy nich nawet, kiedy wybuchła epidemia. Językiem kantońskim posługiwała się znośnie, na tyle sprawnie, iż bez kłopotu samodzielnie poruszała się po mieście, lecz z chłopcem komunikowała się wyłącznie po angielsku. Wydawało się, że opieka nad nim jest jej jedynym obowiązkiem, i właśnie dzięki konwersacjom z panną Betty, a potem jeszcze z napotykanymi w porcie brytyjskimi marynarzami, malec opanował obcą mowę tak płynnie.

A jeszcze lepiej niż mówienie szło mu czytanie. Odkąd skończył cztery lata, dwa razy do roku otrzymywał drogą pocztową pokaźnych rozmiarów paczkę wypełnioną anglojęzycznymi książkami. Adres zwrotny wskazywał podlondyńskie Hampstead – miejsce, o którym panna Betty nie była w stanie wiele powiedzieć, a chłopiec, rzecz oczywista, nie wiedział zupełnie nic. Niemniej siadali oboje w blasku świec i wymawiali dokładnie każde nowe słówko, wskazując je palcem na kartce. Gdy chłopczyk podrósł, całe popołudnia spędzał, ślęcząc nad wyświechtanymi stronicami, studiując pilnie na własną rękę. Niestety, tuzin książek nigdy nie wystarczał na sześć długich miesięcy. W efekcie w dniu nadejścia kolejnej przesyłki wszystkie pozycje z poprzedniej czytał już tyle razy, że mógł je niemal recytować z pamięci.

W tej chwili, choć nadal niewiele z tej historii pojmował, uświadomił sobie, że nadawcą tajemniczych paczek musiał być profesor.

– Sprawia mi to przyjemność – zakończył słabym głosem. Po chwili, przekonany, iż powinien powiedzieć coś jeszcze, dodał: – I nie, angielski nie stanowił problemu.

– Wybornie. – Profesor Lovell sięgnął do stojącego za jego plecami regału, wybrał książkę i podsunął ją chłopakowi przez biurko. – Domyślam się, że tego w rękach nie miałeś?

Chłopiec zerknął na tytuł. „Bogactwo narodów" autorstwa Adama Smitha.

– Nie. – Pokręcił głową. – Przykro mi.

– Nic nie szkodzi. – Profesor otworzył tom na chybił trafił i wskazał ustęp palcem. – Przeczytaj to, proszę, na głos. Zacznij stąd.

Chłopczyk przełknął ślinę, odchrząknął i zaczął czytać.

Księga była onieśmielająco gruba, druk bardzo drobny, a język okazał się znacznie bardziej wymagający niż ten, z jakim stykał się w czytanych z panną Betty powieściach przygodowych. Raz po raz utykał na nieznanych słowach, wyrazach, których znaczenie i brzmienie mógł jedynie zgadywać.

– „Korz...korzyści szczególne, które płyną dla każdego ko... koli...kolonizującego kraju z jego własnych kolonii..." – odchrząknął – „z tytu...tytułu władzy czy też pa...panowania, które ten kraj nad nimi spraw...sprawuje"*.

– Tyle wystarczy.

– Profesorze, co to... – Nie miał pojęcia, co przed chwilą przeczytał.

– Nie, nie. Wszystko w jak najlepszym porządku – uciął Lovell. – Nie oczekiwałem, że w lot pojmiesz zawiłości światowej gospodarki. Spisałeś się wyśmienicie. – Odłożył książkę

* W rozdziale VII księgi IV „Bogactwa narodów" Adam Smith wypowiada się przeciwko polityce kolonialnej, utrzymując, iż obrona kolonii stanowi marnotrawstwo bogactw oraz że zyski gospodarcze płynące z monopolistycznego handlu z koloniami są jedynie złudzeniem. „Wielka Brytania ze swego panowania nad koloniami nie czerpie zysku, a jedynie straty" – pisał. Pogląd ten nie był szeroko podzielany przez jego współczesnych. (Przypisy nieoznaczone inaczej są przypisami autorki).

Odczytany przez Robina fragment w przekładzie A. Prejbisza (dop. tłum.).

na bok, sięgnął do szuflady biurka i wyciągnął srebrną sztabkę. – Pamiętasz to?

Chłopiec odruchowo otworzył szeroko oczy, lęk nie pozwolił mu nawet wyciągnąć ręki. Widywał już podobne sztabki. W Kantonie pojawiały się z rzadka, lecz wszyscy wiedzieli, czym są. *Yínfúlù*, srebrne talizmany. Wprawiano je w dzioby łodzi, montowano w ściankach palankinów, instalowano ponad wrotami magazynów w dzielnicy cudzoziemców. Nigdy nie rozgryzł, do czego konkretnie służą, nie umiał mu tego wyjaśnić nikt z rodziny. Babka nazywała je czarami bogaczy i twierdziła, że są to amulety, w których zamknięto błogosławieństwa bogów. Matka z kolei podejrzewała, iż w sztabkach uwięzione są demony, gotowe po uwolnieniu wypełniać wolę swych panów. Nawet panna Betty, zwykle głośno i pogardliwie wypowiadająca się na temat przesądnej natury Chińczyków i bezustannie krytykująca matkę za wystawianie poczęstunków dla głodnych duchów, wobec sztabek wykazywała dziwnie lękliwą rezerwę.

– Czarna magia – mawiała zagadnięta na ten temat Angielka. – Diabelskie narzędzie i nic ponadto.

Tak więc chłopczyk nie wiedział, co myśleć o tym konkretnym *yínfúlù*, z wyjątkiem faktu, iż wyglądało identycznie jak to, które przed kilkoma dniami ocaliło mu życie.

– No, proszę bardzo. – Profesor Lovell podsunął mu sztabkę. – Obejrzyj sobie. Nie ugryzie.

Po chwili wahania chłopiec sięgnął po amulet i ujął go oburącz. Srebro w dotyku było bardzo gładkie i zimne. Poza tym jednak nie wyróżniało się niczym szczególnym. Jeśli wewnątrz istotnie drzemał demon, to swoją obecność ukrywał z wielkim powodzeniem.

– Zdołasz odczytać inskrypcje?

Chłopak zmarszczył brwi i stwierdził, że na obu większych ściankach sztabki rzeczywiście widnieją misternie grawerowane, drobniutkie napisy. Po jednej stronie były to litery angielskie, po drugiej chińskie symbole.

– Tak.

– Więc przeczytaj je na głos. Najpierw chińską, potem angielską. Wymawiaj słowa bardzo wyraźnie.

Chłopiec znał te znaki, aczkolwiek tu wyglądały dość specyficznie, jakby wyrył je ktoś, kto po prostu kopiował je kreska po kresce, nie rozumiejąc kryjącego się za nimi znaczenia.

囫圇吞棗

– *Húlún tūn zăo* – odczytał powoli, starając się, aby każda sylaba wybrzmiała należycie. Następnie przeszedł do napisu angielskiego: – Przyjmować bez zastanowienia.

Sztabka zaczęła buczeć.

Język chłopczyka błyskawicznie napuchł, tamując dopływ powietrza do płuc. Malec zakrztusił się i chwycił za gardło. Sztabka spadła mu na kolana, gdzie zaczęła wibrować i podskakiwać jak opętana. Usta chłopca wypełniła lepka słodycz. Trochę jak daktyle, stwierdził w duchu. Pociemniało mu w oczach. Intensywnie aromatyczne, maziste daktyle, tak dojrzałe, że aż mdlące. Tonął w nich. Przełyk miał zatkany na dobre, nie był w stanie zaczerpnąć tchu...

– No już, już. – Profesor wyciągnął się nad biurkiem i podniósł amulet z kolan chłopca.

Dławienie zniknęło bez śladu. Mały opadł na blat i zaczął łapczywie chwytać powietrze.

– Intrygujące – podjął Lovell. – Nie wiedziałem, że to może działać aż tak intensywnie. Jaki smak czujesz w ustach?

– *Hóngzăo* – odpowiedział chłopiec ze łzami w oczach. – Daktyle – powtórzył czym prędzej po angielsku.

– To dobrze. Bardzo nawet dobrze. – Profesor Lovell przez dłuższą chwilę przyglądał mu się w milczeniu, po czym wrzucił sztabkę z powrotem do szuflady. – Można wręcz powiedzieć, że znakomicie.

Chłopiec otarł policzki i pociągnął nosem. Profesor oparł się wygodniej, dając rozmówcy czas na dojście do siebie. Moment później podjął:

– Za dwa dni wraz z panią Piper opuścimy ten kraj i udamy się do miasta zwanego Londynem, znajdującego się w kraju, który nazywamy Anglią. Jestem pewien, że o jednym i drugim już kiedyś słyszałeś.

Chłopiec potaknął niepewnym skinieniem. Londyn istniał dla niego mniej więcej w ten sam sposób, w jaki istniała Kraina Liliputów: był miejscem odległym, fantastycznym, urojonym, miejscem, gdzie wszyscy wyglądali, nosili się i mówili zupełnie inaczej niż on.

– Proponuję, żebyś wyprawił się z nami. Zamieszkasz w mojej posiadłości. Zapewnię ci dach nad głową, wikt i opierunek, dopóki nie osiągniesz wieku odpowiedniego, aby utrzymać się samodzielnie. W zamian zajmiesz się studiami przebiegającymi wedle mojego autorskiego programu. Uczyć się będziesz języków. Łaciny, greki i naturalnie mandaryńskiego. Czeka cię życie łatwe i wygodne, zdobędziesz wykształcenie, o jakim większość może jedynie pomarzyć. A oczekiwać będę jedynie, że przyłożysz się do nauki ze wszystkich sił. – Profesor Lovell złożył dłonie jak do modlitwy.

Chłopiec nie potrafił odczytać jego tonu. Profesor mówił bezbarwnie, beznamiętnie. Trudno było stwierdzić, czy rzeczywiście chce go ujrzeć w Londynie, czy nie. Wydawało się, że nie proponuje mu przysposobienia, a raczej intratną transakcję.

– Usilnie zachęcam, abyś dobrze się nad tą propozycją zastanowił – ciągnął uczony. – Twoja matka i dziadkowie nie żyją, ojca nie znasz, nie masz żadnych dalszych krewnych. Jeśli zostaniesz tutaj, skończysz już wkrótce bez środków do życia. Czeka cię ubóstwo, choroby i głód, poza którymi nie zaznasz niczego. Przy odrobinie szczęścia znajdziesz zajęcie w porcie, lecz jesteś jeszcze mały, zatem przez kilka najbliższych lat będziesz musiał kraść bądź żebrać. Przy śmiałym założeniu, że dożyjesz wieku dorosłego, najlepsze, na co możesz liczyć, to mordercza harówka na statkach.

Chłopiec przyłapał się na tym, że wpatruje się w Lovella jak zauroczony. Owszem, profesor nie był pierwszym Anglikiem, z którym miał do czynienia. W porcie spotykał wielu marynarzy i widział już całą paletę twarzy białych ludzi. Oglądał oblicza szerokie i rumiane, znękane chorobą, naznaczone plamami wątrobowymi, a także pociągłe, blade i surowe. Twarz uczonego stanowiła jednak zagadkę zupełnie innego rodzaju. Składała się z wszystkich standardowych elementów ludzkiego oblicza – oczu, nosa, ust, zębów – i wszystkie one wyglądały zdrowo i normalnie. Także głos profesora, choć cichy i nieco zbyt płaski, był niewątpliwie głosem ludzkim. Kiedy jednak mówił, zarówno ton, jak i spojrzenie nie zdradzały nawet cienia emocji. Pod tym względem profesor przypominał czystą kartę. Chłopczyk nie potrafił stwierdzić, co Lovell myśli ani co czuje. Opisując przed momentem jego przedwczesną, nieuniknioną śmierć, przemawiał głosem brzmiącym tak, jakby wyliczał niezbędne składniki niedzielnej potrawki.

– Dlaczego? – spytał chłopiec.

– Co dlaczego?

– Dlaczego chce mnie pan zabrać?

– Ponieważ potrafisz to. – Profesor skinął głową na szufladę, w której zniknęła srebrna sztabka.

Chłopczyk dopiero teraz zrozumiał, że kontakt z amuletem był w istocie rodzajem sprawdzianu.

– Oto warunki, pod jakimi proponuję wziąć cię pod swoje skrzydła. – Uczony podsunął przez biurko dwustronicowy dokument. Chłopiec zerknął, lecz zrezygnował już przy pierwszej próbie przejrzenia tekstu, pełne zawijasów, ozdobne pismo było niemal nieczytelne. – Nie znajdziesz tu nic złożonego, lecz zalecam, abyś przed złożeniem podpisu starannie przestudiował całość. Zechcesz zrobić to jeszcze dzisiaj przed snem?

Chłopczyk potaknął. Był zbyt poruszony, by zareagować w jakikolwiek inny sposób.

– Świetnie – ucieszył się profesor Lovell. – Ach, jeszcze jedno. Otóż potrzebujesz imienia.

– Mam imię – odparł chłopiec. – Nazywam się...

– Nie, z tym niczego nie osiągniemy. Tego imienia nie zdoła wymówić żaden Anglik. Czy panna Slate nadała ci jakieś imię?

Tak w istocie było. Kiedy chłopiec skończył czwarty rok życia, uparła się, że powinien przybrać imię, dzięki któremu Anglicy mogliby traktować go poważnie. Nie uściśliła przy tym niestety, jakich Anglików miała na myśli. Wybrali więc coś na chybił trafił, imię z dziecięcej książeczki z rymowankami, a chłopcu spodobało się okrągłe i twarde brzmienie składających się na nie sylab, więc nie narzekał. Imieniem tym nie posłużył się jednak ani razu nikt z krewnych, a i sama panna Betty wkrótce o sprawie zapomniała.

– Robin* – powiedział chłopak po dłuższej chwili szperania w zakamarkach pamięci.

Profesor Lovell nie zareagował od razu. Wyraz jego twarzy wprawił rozmówcę w głęboką konsternację – brwi uczonego zbiegły się jakby w gniewie, lecz jeden z kącików ust powędrował ku górze, co sugerowało radość.

– A co powiesz na nowe nazwisko?

– Nazwisko też już mam.

– Mam na myśli nazwisko, którym będziesz się mógł posłużyć w Londynie. Wybierz dowolne.

– Mam sobie wybrać... nazwisko? – Na twarzy chłopca odmalowało się głębokie zdumienie. Żył dotąd w przekonaniu, że nazwisk nie można ot tak porzucać ani zmieniać mocą kaprysu. Nazwisko wiązało człowieka z przodkami, wyznaczało jego miejsce na świecie.

– Anglicy zmieniają nazwiska jak rękawiczki – oświadczył profesor. – Przy swoich trwają jedynie te rody, które mają powiązane z nimi tytuły, a to zdecydowanie nie jest twój przypadek. Tobie potrzebne jest coś wygodnego, słowo, którym będziesz się przedstawiać. Dowolne.

– Czy w takim razie mogę przyjąć twoje? Lovell?

---

* Chodzi o angielską rymowankę „Who killed Cock Robin".

– Ach nie. – Uczony pokręcił głową. – Wtedy wszyscy uznaliby, że jestem twoim ojcem.

– Och... Naturalnie. – Chłopczyk rozpaczliwie potoczył spojrzeniem po gabinecie, poszukując stosownego słowa. W pewnym momencie jego wzrok padł na znajomą książkę, jedną ze stojących za plecami profesora. „Podróże Guliwera". Opowieść o człowieku trafiającym na obcą ziemię, który żeby przeżyć, musiał nauczyć się miejscowych języków. Chłopcu przemknęło przez myśl, że świetnie teraz rozumie, jak czuł się tytułowy bohater.

– Swift? – zaproponował. – Chyba że...

Ku jego zaskoczeniu profesor Lovell wybuchnął śmiechem. Śmiech dobywający się z tych surowych ust brzmiał dziwnie; był zbyt gwałtowny, okrutny niemal, i chłopczyk odruchowo drgnął w krześle.

– Znakomicie. Zostaniesz więc Robinem Swiftem. Panie Swift, cieszę się, że mogę pana poznać.

Uczony podniósł się z miejsca i wyciągnął rękę nad biurkiem. Chłopiec widywał w porcie witających się zamorskich marynarzy, wiedział więc, jak należy się zachować. Wsunął dłoń w tę drugą – dużą, suchą i nieprzyjemnie zimną.

Wymienili uścisk.

Dwa dni później profesor Lovell, pani Piper i świeżo ochrzczony Robin Swift odpłynęli ku dalekiemu Londynowi. Wsiadając na statek, dzięki wielogodzinnemu wypoczynkowi i stałej diecie składającej się z ciepłego mleka i obfitych potraw autorstwa pani Piper, Robin był już w stanie poruszać się sprawnie o własnych siłach. Stąpał po trapie, taszcząc obciążony książkami kufer, z trudem nadążając za idącym przodem uczonym.

Kantoński port, usta, poprzez które Chiny rozmawiały z innymi krajami, był językowym wszechświatem. Wykrzykiwane głośno i szybko słowa portugalskie, francuskie, holenderskie, szwedzkie, duńskie, angielskie i chińskie spotykały się i mieszały ze sobą w słonawym powietrzu, łącząc w miejscowy dialekt, którym choć zrozumiały był dla niemal wszystkich, jedynie garstka posługiwała się swobodnie. Robin znał go dobrze. Biegając po kejach, odbierał swe pierwsze lekcje języków obcych; nierzadko służył jako tłumacz marynarzom, którzy odwdzięczali się uśmiechem i wciśniętym w dłoń pensem. W najśmielszych snach nie wyobrażał sobie jednak, że kiedykolwiek uda się ku językowym źródłom tego niesamowitego dialektu.

Przeszli przez nabrzeże i stanęli w kolejce ludzi oczekujących wejścia na pokład „Hrabiny Harcourt", należącego do Kompanii Wschodnioindyjskiej statku, który na każdy rejs zabierał poza ładunkiem niewielką grupę gotowych uiścić stosowną opłatę podróżnych. Morze było tego dnia hałaśliwe i wzburzone. Robin zadygotał, czując przedzierające się przez płaszcz zaciekłe podmuchy zimnego wiatru. Całym sercem pragnął znaleźć się już na pokładzie, w kajucie, gdziekolwiek, gdzie otoczyłyby go ściany. Z jakiegoś jednak powodu kolejka nie posuwała się naprzód. Profesor Lovell odszedł kilka kroków na bok, by zbadać problem. Robin udał się za uczonym. U szczytu trapu członek załogi łajał właśnie jednego z pasażerów. Ostre angielskie samogłoski rozcinały chłód poranka.

– Nie rozumiesz, co mówię? *Ni hał? Lej ho?* Nic a nic?

Ofiarą gniewu marynarza był chiński robotnik, uginający się pod ciężarem przerzuconego przez ramię worka. Jeśli robotnik nawet coś odpowiedział, Robin tego nie usłyszał.

– No, nie rozumie! Ni w ząb! – rzucił z ciężkim westchnieniem marynarz i zwrócił się do tłumku: – Czy ktoś może powiedzieć temu tutaj, że nie wejdzie na pokład?

– Och, nieborak! – Pani Piper trąciła ramię Lovella. – Może profesor przetłumaczy?

– Nie znam kantońskiego – odparł uczony. – Robin, ty idź.

Chłopiec się zawahał, znienacka obleciał go strach.

– No idź! – Profesor Lovell pchnął go w plecy.

Robin podbiegł ku górze i przecisnął się między oczekującymi. Marynarz i robotnik obrzucili go zdziwionymi spojrzeniami. Anglik popatrzył z irytacją, lecz w oczach robotnika zajaśniała ulga; w lot zrozumiał, że znalazł sprzymierzeńca, jedynego innego Chińczyka w zasięgu wzroku.

– Co się dzieje? – spytał go Robin po kantońsku.

– Nie chce mnie wpuścić – wyjaśnił robotnik. – Ale ja zaciągnąłem się na ten statek jako laskar aż do Londynu. Spójrz, mam papier, o tu! – Wcisnął chłopakowi złożoną kartkę.

Robin rzucił okiem na dokument. Sporządzony po angielsku tekst rzeczywiście był umową zatrudnienia laskara – świadectwem upoważniającym do odbycia rejsu z Kantonu do Londynu w zamian za pracę na pokładzie. Chłopiec wiedział, czym są takie umowy; w ciągu kilku ostatnich lat stały się bardzo popularne, gdyż zapotrzebowanie na chińskich służących rosło w miarę, jak coraz bardziej kłopotliwy stawał się zamorski handel niewolnikami. Tłumaczył już niejeden kontrakt tego rodzaju; widywał chińskich robotników odpływających do Portugalii, Indii oraz Indii Zachodnich.

Na oko dokument wyglądał w porządku.

– Więc w czym problem? – zdziwił Robin.

– Co on ci nagadał? – wtrącił marynarz. – Powiedz mu, że ta jego umowa jest nieważna. Nie będę brać Chińczyków na pokład. Kiedy ostatnim razem płynąłem z Chińczykiem, na statku rozpleniły się wszy. Nie mam zamiaru wozić ludzi, którzy nawet domyć się nie potrafią. Ten tutaj nie zrozumiałby słowa „kąpiel", nawet gdybym mu je w twarz wykrzyczał. E, ty! Słyszysz? Halo? Rozumiesz, co się do ciebie mówi?

– Tak, tak. – Robin pospiesznie przeszedł na angielski. – Tak, tylko... Daj mi chwilę. Próbuję właśnie...

Co powinien powiedzieć?

Robotnik, nie rozumiejąc, co się dzieje, rzucił chłopcu błagalne spojrzenie. Twarz miał pomarszczoną i zbrązowiałą od słońca, wyglądał na sześćdziesięciolatka, choć zapewne nie przekroczył jeszcze czterdziestki. Laskarzy starzeli się szybko; ciężka praca wyniszczała ich ciała. Robin widział tę twarz w porcie tysiące razy wcześniej. Niektórzy częstowali go słodyczami; bywali i tacy, którzy znali go na tyle dobrze, że pamiętali jego imię. Wiedział, że ta twarz jest twarzą jego pobratymców. Nigdy jednak przedtem żaden starszy człowiek nie zwrócił się do niego o pomoc, z pewnością nikt tak skrajnie bezradny.

Poczucie winy sprawiło, że poczuł w żołądku silny ucisk. Na końcu języka wezbrały mu słowa, słowa okrutne i straszne, lecz nie potrafił ułożyć z nich zdania.

– Robin – u boku chłopaka pojawił się profesor Lovell – przetłumacz, proszę – powiedział, ściskając ramię podopiecznego tak mocno, że zabolało.

Robin uświadomił sobie, że wszystko zawisło na nim. To on musiał dokonać wyboru. Prawda o sytuacji zależała wyłącznie od niego, ponieważ tylko on był w stanie przekazać ją zainteresowanym stronom.

Lecz co mógł powiedzieć? Widział wrzące w marynarzu rozdrażnienie. Miał świadomość rosnącego zniecierpliwienia coraz głośniej szemrzących pasażerów z kolejki. Zmęczeni, zziębnięci, nie rozumieli, dlaczego wciąż nie mogą wejść na pokład. Robin czuł wpijający mu się w obojczyk kciuk profesora... Nagle uderzyła go pewna myśl, myśl tak przerażająca, że poczuł drżenie w kolanach. Myśl, iż gdyby spowodował zbyt wiele kłopotu, gdyby z jego winy wynikło jakieś zamieszanie, „Hrabina Harcourt" mogła po prostu odpłynąć, pozostawiając go w porcie.

– Twoja umowa nie jest na tym statku ważna – szepnął do robotnika. – Spróbuj na następnym.

– Co? Przeczytałeś ją w ogóle? – żachnął się z niedowierzaniem mężczyzna. – Tu wyraźnie jest napisane „Londyn". I „Kompania Wschodnioindyjska". Jest też nazwa statku: „Hrabina...".

– Umowa jest nieważna. – Robin pokręcił głową, po czym powtórzył wcześniejszą kwestię, jakby w ten sposób mógł przydać jej prawdziwości. – Spróbuj na następnym.

– A co jest z nią niby nie tak? – spytał robotnik ostrzejszym tonem.

– Jest nieważna. Po prostu – wydukał z najwyższym trudem chłopiec.

Mężczyzna bezwiednie otworzył usta. Na jego ogorzałej, zniszczonej twarzy mieszały się tysiące emocji – oburzenie, frustracja i wreszcie rezygnacja. Robin obawiał się przez moment, że nieznajomy zacznie dyskutować, że rozpęta się awantura, lecz szybko stało się jasne, iż dla tego człowieka podobne traktowanie nie jest żadną nowością. Takie rzeczy spotykały go już przedtem. Robotnik odwrócił się i ruszył w dół trapu, roztrącając pasażerów z kolejki. Chwilę potem zniknął im z oczu.

Robin poczuł silny zawrót głowy. Czmychnął po trapie do boku pani Piper.

– Zimno mi.

– Oj, ty cały się trzęsiesz, biedactwo. – Szkotka otoczyła go sobą niczym kwoka pisklę i otuliła własnym szalem. Rzuciła krótkie, ostre słowo profesorowi, który westchnął i skinął głową. Moment później przeszli na czoło kolejki, skąd błyskawicznie zaprowadzono ich do kajut. Porzucone na trapie bagaże doniósł za nimi tragarz.

Godzinę później „Hrabina Harcourt" wyszła z portu.

Do południa Robin siedział na koi okryty grubym pledem. Najchętniej nie ruszałby się z kajuty przez cały dzień, lecz pani Piper ostatecznie wygoniła go na pokład, żeby popatrzył na oddalające się wybrzeże. Oglądając tonący na horyzoncie Kanton, chłopiec poczuł w piersi ostre szarpnięcie, jakby jakiś tkwiący w jego ciele hak wydarł mu serce. Dopiero w tej chwili uświadomił sobie w pełni, że nie postawi stopy na ojczystej ziemi przez wiele, wiele lat. Może nawet już nigdy. Nie był pewien, co na ten temat myśleć. Słowo „strata" wydawało się nieadekwatne. „Strata" oznacza po prostu brak, nieobecność czegoś, lecz nie oddaje w pełni poczucia zerwania więzi, straszliwego wykorzenienia, oderwania od wszystkiego, co bliskie i znane.

Bardzo długo wpatrywał się w morskie fale. Zobojętniały na wiatr patrzył, dopóki w oceanie nie zniknęły ostatnie wyimaginowane pasemka brzegu.

Pierwsze dni rejsu Robin poświęcił głównie na sen. Wciąż jeszcze nie wrócił do pełni sił; pani Piper nalegała, aby codziennie odbywał zdrowotne przechadzki po pokładzie, lecz początkowo był w stanie spacerować jedynie przez kilka minut, po czym musiał wracać do łóżka. Szczęśliwie nie zapadł na chorobę morską; dzieciństwo spędzone w porcie i nad rzekami przyzwyczaiło zmysły do niestabilnego otoczenia. Gdy poczuł się na tyle dobrze, że mógł spędzać na pokładzie całe popołudnia, z przyjemnością przesiadywał przy relingu, podziwiając niekończące się metamorfozy barw nieba i wody, rozkoszując się osiadającą na twarzy oceaniczną mgiełką.

Czasami do chłopca dołączał profesor Lovell i spacerując, ucinali sobie pogawędki. Robin dość szybko przekonał się, że uczony jest człowiekiem powściągliwym i skrupulatnym. Informacji udzielał tylko, kiedy uznawał, że są podopiecznemu potrzebne, w innych sytuacjach pytania zawisały w próżni.

Wyjawił chłopcu, że po dotarciu do Anglii zamieszkają w jego posiadłości w Hampstead. Nie wyjawił natomiast, czy w tejże posiadłości mieszka jego rodzina. Potwierdził, że przez wszystkie te lata opłacał usługi panny Betty, lecz nie wyjaśnił, z jakiego powodu. Zdradził także, że znał matkę Robina i że dzięki temu znał też jego adres, lecz nie uściślił, jakiej natury była to znajomość ani w jakich okolicznościach się zadzierzgnęła. O wcześniejszym etapie kontaktów wspomniał tylko raz, kiedy zapytał Robina, jak doszło do tego, że zamieszkali w ruderze nad rzeką.

– Kiedy ich poznałem, byli całkiem zamożną kupiecką rodziną – przyznał Lovell. – Przed przeprowadzką na południe mieli dom w Pekinie. Co się stało? Hazard? Przypuszczam, że miało to związek z bratem, mam rację?

Jeszcze parę miesięcy wcześniej Robin oplułby każdego, kto ważyłby się mówić o jego bliskich w tak okrutny sposób. Tutaj jednak, samotny pośrodku oceanu, bez krewnych i majątku, nie potrafił przyzwać gniewu. Nie miał w sobie ognia. Czuł jedynie strach i przytłaczające zmęczenie.

Tak czy inaczej, wszystko to pasowało do znanych mu relacji o dawnym bogactwie rodziny, roztrwonionym do cna w kilka lat po jego narodzinach. Matka wspominała o tym z goryczą i często. Robin nigdy nie dowiedział się szczegółów, lecz była to historia podobna licznym opowieściom o upadku chińskiej dynastii Qing: starzejący się patriarcha, syn utracjusz, nikczemni, dwulicowi przyjaciele i bezradna córka, której z jakiegoś tajemniczego powodu nikt nie chciał poślubić. „W przeszłości – słyszał chłopiec – sypiałeś w lakowanej kołysce". Dawniej zatrudniali tuzin służących i kucharza, który przyrządzał niecodzienne przysmaki ze składników sprowadzanych z rynków północy. Dawniej mieszkali w rezydencji mogącej pomieścić pięć rodzin, a po ich ogrodzie przechadzały się pawie. Robin jednak znał jedynie ten mały dom nad rzeką.

– Mama mówiła, że wuj przehulał wszystkie pieniądze w palarniach opium – odpowiedział. – Dom przejęli wierzyciele i musieliśmy się wynieść. A później, kiedy miałem trzy lata, wuj zaginął, a my zostaliśmy sami z ciotkami i dziadkami. I panną Betty.

– Wielka szkoda – stwierdził profesor tonem niezobowiązującego współczucia.

Poza tymi rozmowami uczony większość dnia spędzał za zamkniętymi drzwiami. Widywali go na poły regularnie w mesie, w której pojawiał się niekiedy, by spożyć kolację. Częściej jednak pani Piper nakładała na talerz porcję sucharów i suszonej wieprzowiny i zanosiła mu do kajuty.

– Profesor pracuje nad swoimi przekładami – wyjaśniła Robinowi. – Na tego rodzaju eskapady zawsze zabiera stare pergaminy i księgi. Lubi zacząć pracę wcześniej, żeby po przybyciu do Anglii mieć część z głowy. W Londynie ma wiele obowiązków, to bardzo ważna figura, rozumiesz. Jest członkiem Królewskiego Towarzystwa Azjatyckiego. Często powiada, że pełnomorskie rejsy są jedynymi momentami w jego życiu, kiedy ma możliwość zaznać ciszy i spokoju. Czy to nie zabawne? W Makao kupił kilka ciekawych słowników rymów. Urocze książeczki, ale nie pozwala mi ich dotknąć, ponoć papier jest bardzo delikatny.

Wiadomość o wizycie profesora i pani Piper w Makao Robin przyjął z zaskoczeniem. Nie słyszał o tej podróży i naiwnie wyobrażał sobie, że był jedynym powodem chińskiej wyprawy opiekuna.

– Jak długo tam byliście? W Makao?

– Och, dwa tygodnie z okładem. Byłyby równe dwa, ale zatrzymali nas celnicy. Nie chcą wpuszczać na kontynent cudzoziemek. Wystaw sobie, że musiałam się przebrać i udawać osobistego wuja profesora, ot co!

Dwa tygodnie.

Dwa tygodnie temu matka Robina wciąż jeszcze żyła.

– Dobrze się czujesz, serdeńko? – Pani Piper potarmosiła mu włosy. – Pobladłeś.

Chłopiec skinął głową i przełknął słowa, których nie potrafił wypowiedzieć.

Nie miał prawa czuć gniewu. Profesor Lovell obiecał mu wszystko, a niczego nie był mu winien. Robin nie w pełni rozumiał zasady świata, którego miał stać się częścią, lecz pojmował konieczność wdzięczności. I szacunku. Nie wolno źle życzyć dobroczyńcom.

– Może ja zaniosę ten talerz profesorowi? – zasugerował.

– Dziękuję, złotko. To bardzo uprzejmie z twojej strony. Leć, a potem spotkajmy się na pokładzie. Popatrzymy sobie, jak słońce zachodzi.

Czas z wolna się rozmywał. Słońce wschodziło i zachodziło, lecz nie towarzyszył temu żaden regularny schemat dnia. Robin nie miał obowiązków, nie musiał biegać po wodę, nie załatwiał sprawunków. Bez względu na porę wszystko wydawało się takie samo jak kiedy indziej. Spał, czytał ponownie swoje stare książki i spacerował po pokładzie. Od czasu do czasu gawędził z innymi pasażerami, którzy słysząc w ustach małego Azjaty niemal londyński akcent, zwykle reagowali zachwytem. Pomny słów profesora Lovella Robin usilnie starał się żyć wyłącznie po angielsku. Nawet kiedy w głowie pojawiały mu się chińskie myśli, dławił je nieprzejednanie.

Tłamsił też swoje wspomnienia. Życie w Kantonie – matka, dziadkowie, dziesięć lat uganiania się po porcie – wszystko to okazało się bagażem nadzwyczaj łatwym do porzucenia. Być może dlatego, że morska podróż szalenie różniła się od dawnego świata, z którym rozbrat był tak całkowity. Robin zostawił za sobą wszystko, co znał. Nie miał się czego uchwycić, nic, do czego mógłby uciekać. Na jego rzeczywistość składali się teraz profesor Lovell, pani Piper oraz obietnica zamorskiej krainy. Dawne życie pogrzebał nie dlatego, że było straszne, lecz dlatego, iż jego porzucenie stanowiło jedyną możliwość przetrwania. Angielski akcent przyjął tak, jakby zakładał nowy płaszcz. Przymierzył go, tu i ówdzie dopasował i już po kilku tygodniach czuł się w nim wygodnie. Po kilku tygodniach nikt już nie prosił go, by powiedział dla rozrywki kilka słów po chińsku. Po kilku tygodniach wydawało się, że nikt nie pamięta, że chłopiec jest Chińczykiem.

Pewnego dnia pani Piper zbudziła go bardzo wczesnym rankiem. Kiedy w ramach protestu wydał z siebie nieartykułowany pomruk, rzuciła z naciskiem:

– Chodź, skarbeńku, tego nie powinieneś przegapić.

Robin ziewnął i założył kurtkę. Przecierając zaspane oczy, wyszedł na zimny poranek, spowity mgłą tak gęstą, że ledwie było widać dziób statku. Gdy jednak mleczne opary nieco się podniosły, na horyzoncie ukazał się szaroczarny zarys. Pierwszy widok Londynu: Srebrnego Miasta, serca imperium brytyjskiego, w tej epoce największego i najbardziej zamożnego miasta na świecie.

ROZDZIAŁ

DRUGI

To metropolis ogromne. Ta fontanna losów mojego kraju.
I przeznaczenia Ziemi samej.

William Wordsworth, „The Prelude"
(przeł. Grzegorz Komerski)

Londyn był szary i bezbarwny; był eksplozją kolorów; był hałaśliwą wrzawą; był upiorną ciszą duchów i cmentarzy. Gdy „Hrabina Harcourt" pożeglowała po falach Tamizy ku nabrzeżom w bijącym sercu stolicy, Robin z miejsca zrozumiał, że Londyn, podobnie jak Kanton i wszystkie miasta będące ustami przemawiającymi do reszty świata, jest siedliskiem sprzeczności i tłumów.

Niemniej, w przeciwieństwie do Kantonu, Londyn miał mechaniczne serce. Puls srebra wypełniał całe miasto. Srebro połyskiwało w kołach dorożek i powozów, lśniło w końskich podkowach; błyszczało pod oknami i nad drzwiami budynków; spoczywało zakopane pod ulicami i krążyło we wskazówkach tykających na wieżach zegarów; demonstrowano je w sklepowych witrynach, których szyldy i plakaty z dumą zachwalały magicznie ulepszone chleby, buty i błyskotki. Napędzająca Londyn siła rozbrzmiewała ostro i metalicznie, całkiem odmiennie od rozklekotanego, bambusowego grzechotu stanowiącego tło i podglebie życia w Kantonie. Była sztuczna – była niczym zgrzyt drapiącego osełkę noża; była monstrualnym przemysłowym labiryntem z Williama Blake'a – wyposażoną w liczne koła zębate okrutną Machiną, której przekładnie i tryby tyrańskie siłą przymusu wzajemnie się w ruch wprawiają*.

Londyn zgromadził lwią część światowych zasobów srebra i języków, z której to mieszanki powstało miasto większe, cięższe, szybsze i jaśniejsze, niż pozwalała natura. Londyn był żarłoczny, nienasycony; nieprzerwanie pasł się swymi łupami, lecz przez cały czas, o dziwo, pozostawał głodny. Londyn był naraz niewyobrażalnie bogaty i krańcowo ubogi. Londyn – urokliwy, paskudny, rozległy, ciasny, rozbuchany, węszący, cnotliwy, pełen hipokryzji, posrebrzany Londyn zbliżał się do dnia sądu, dnia, w którym miasto musiało pożreć samo siebie od wewnątrz bądź eksplodować na zewnątrz ku nowym przysmakom, sile roboczej, kapitałowi i kulturom.

Szale jednak nie przechyliły się jeszcze ani na jedną, ani na drugą stronę i hulanka mogła wciąż trwać w najlepsze. Kiedy Robin, profesor Lovell i pani Piper zeszli na portowe nabrzeże, znaleźli się w samym sercu londyńskiego handlu kolonialnego. Statki, ociężałe od skrzyń z herbatą, bawełną i tytoniem, o masztach i relingach wysadzanych srebrnymi ćwiekami, usprawniającymi i przyspieszającymi żeglugę, oczekiwały na opróżnienie ładowni przed kolejną podróżą do Indii, Indii Zachodnich, Afryki czy na Daleki Wschód. Okręty te rozsyłały brytyjskie towary po całym świecie i sprowadzały kufry pełne srebra.

Srebrne sztabki wykorzystywano w Londynie – i na całym świecie – od tysiąca lat, lecz od epoki szczytowego rozwoju imperium hiszpańskiego nie było miejsca tak w srebro bogatego i tak od jego mocy zależnego. Srebro, którym wykładano rynny wodociągów, sprawiało, iż płynęła nimi woda nadnaturalnie

* *Cruel Works Of many Wheels I view, wheel without wheel, with cogs tyrannic, moving by compulsion each other.* William Blake, „Jerusalem".

czysta i świeża. Srebro w rynsztokach maskowało fetor deszczówki, błota i ścieków aromatem niewidzialnych róż. Srebro w wieżach zegarowych niosło bicie dzwonów na mile dalej, niż pozwalałyby na to mechanizmy, a ich dźwięki zderzały się ze sobą nad miastem i całą okolicą, tworząc fałszywe harmonie.

Srebrem były też wzmocnione siedzenia dwukółek, które profesor Lovell przywołał, gdy uporali się z obowiązkami celnymi. Jedną dla nich i dodatkową, która miała zabrać bagaże. Kiedy mościli się w ciasnym pojeździe, uczony pochylił się i wskazał palcem srebrną sztabkę, wprawioną w podłogę.

– Możesz przeczytać ten napis? – poprosił.

Robin zgiął się wpół i zmrużył oczy.

– Szybkość i... *spes*?

– *Spēs* – powtórzy profesor. – To łacińskie słowo. Jest dalekim przodkiem angielskiego *speed*, szybkości, i obejmuje szeroki zakres znaczeń wiążących się z nadzieją, pomyślnością, sukcesem i osiąganiem celów. Sprawia, że te powozy są nieco bezpieczniejsze i szybsze.

Robin zmarszczył czoło i przeciągnął palcem po sztabce. Była taka mała, wydawała się zbyt niepozorna, by móc wywołać tak doniosły efekt.

– Ale jak to możliwe? – spytał, po czym zadał drugie, bardziej palące pytanie: – Czy ja...

– W swoim czasie. – Profesor poklepał chłopaka po ramieniu. – Lecz tak, owszem, Robinie Swift. Zostaniesz jednym z nielicznych na świecie naukowców, którzy rozumieją tajemnicę działania srebra. Właśnie w tym celu cię sprowadziłem.

Dwugodzinna jazda powozem zakończyła się w miejscowości o nazwie Hampstead, położonej o kilka mil na północ od Londynu właściwego. Profesor Lovell posiadał tu trzypiętrowy dom wzniesiony z jasnoczerwonej cegły i ozdobiony białą sztukaterią, otoczony sporą połacią starannie utrzymanej zieleni.

– Swój pokój znajdziesz na samej górze – uczony zwrócił się do Robina, otwierając drzwi. – Schodami do końca i w prawo.

Wnętrze budynku było bardzo ciemne i zimne. Pani Piper zajęła się rozsuwaniem zasłon, a chłopiec wniósł swój kufer po krętych schodach. Pokój okazał się dość skromnie umeblowany – biurko, łóżko i krzesło – a także całkowicie pozbawiony ozdób czy innych zbędnych dodatków, z wyjątkiem narożnego regału, wyładowanego tak wieloma książkami, że jego własny ukochany księgozbiór wydał się w porównaniu śmiesznie mizerny.

Zaintrygowany Robin podszedł do półek. Czyżby wszystkie te lektury zostały przygotowane specjalnie z myślą o nim? Mało prawdopodobne, chociaż liczne tytuły zapowiadały treści, które mogły przypaść mu do gustu. Na górze wypatrzył liczne dzieła Swifta i Defoe, napisane przez jego ulubionych autorów powieści, o których istnieniu nie miał nawet pojęcia. Były też, a jakże, „Podróże Guliwera". Zdjął tomik z półki. Okładka nosiła ślady używania, niektóre strony były pomięte i straszyły zagiętymi rogami, gdzieniegdzie widniały plamy po herbacie czy kawie.

Skonsternowany odstawił książkę na regał. Tak, ktoś musiał mieszkać w tym pokoju przed nim. Może jakiś inny chłopiec? Może jego rówieśnik, również uwielbiający Jonathana Swifta, który przeczytał „Podróże Guliwera" tyle razy, że druk po prawej stronie u góry, tam gdzie chwyta się przewracaną kartkę, zaczynał niknąć?

Tylko kto to mógł być? Dotąd Robin zakładał, że profesor Lovell nie ma dzieci.

– Robin! – zawołała z dołu pani Piper. – Jesteś potrzebny przed domem!

Chłopiec zbiegł po schodach. Uczony czekał przy drzwiach, niecierpliwie zerkając na cyferblat kieszonkowego zegarka.

– Czy pokój cię satysfakcjonuje? – zainteresował się. – Znalazłeś wszystko, czego potrzebujesz?

– O tak. – Robin energicznie pokiwał głową.

– Wyśmienicie. – Profesor wskazał podbródkiem czekającą dwukółkę. – Wsiadaj, czas zrobić z ciebie Anglika.

Nie była to wcale przenośnia. Przez resztę popołudnia jeździli z miejsca na miejsce, odwiedzając kolejne przybytki mające pomóc w asymilacji Robina w angielskim społeczeństwie. Byli u lekarza, który chłopca zważył, przebadał, a następnie z pewnym ociąganiem uznał za nadającego się do życia na wyspie:

– Bogu dzięki nie znajduję objawów żadnych tropikalnych chorób. Pcheł też nie ma. Jak na swój wiek jest trochę zbyt niski, ale wystarczy podkarmić baraniną z ziemniakami, a jeszcze odbije. A teraz pora na zastrzyk przeciwko ospie. Podwiń no ten rękaw, proszę. Dziękuję. Nie będzie bolało. Policz do trzech.

Następnie przyszła kolej na fryzjera, który przyciął niesforne, sięgające podbródka kosmyki Robina i uformował z nich krótką, schludną fryzurę kończącą się nad uszami. Złożyli też wizytę kapelusznikowi, szewcowi i wreszcie krawcowi, który zmierzył chłopakowi każdy możliwy obwód i pokazał kilka zwojów tkaniny, spomiędzy których oszołomiony Robin wybrał jedną na chybił trafił.

Późnym popołudniem trafili do sądu, gdzie odbyli spotkanie z prawnikiem, który przygotował dokumenty, mające sprawić, iż Robin stanie się pełnoprawnym obywatelem Zjednoczonego Królestwa, a profesor Richard Linton Lovell jego prawnym opiekunem.

Uczony podpisał papiery płynnym, zamaszystym ruchem. Zaraz po nim do biurka mecenasa podszedł Robin. Blat znajdował się zbyt wysoko, więc adwokat przyciągnął ławkę, na której chłopiec mógł wygodnie stanąć.

– Ale ja już przecież coś podpisywałem. – Rzucił okiem na kartkę. Język był bardzo zbliżony do tego, jakim spisana była umowa, którą profesor podsunął mu w Kantonie.

– Tamten akt ustalał jedynie warunki ugody zawartej pomiędzy tobą a mną – wyjaśnił Lovell. – Ten czyni z ciebie Anglika.

Robin przebiegł wykaligrafowany tekst spojrzeniem: opiekun prawny, sierota, nieletni, kuratela...

– Profesor mnie adoptuje?

– Obejmuję nad tobą opiekę prawną. To co innego.

Dlaczego? – niemal wyrwało się chłopcu. Od tego pytania zależało coś bardzo ważnego, lecz był wciąż zbyt mały, by dokładnie zrozumieć co. Nabrzmiała możliwościami chwila zaczęła się dłużyć. Mecenas podrapał się w nos. Profesor Lovell odchrząknął, choć nie skomentował. Sam z siebie rzadko cokolwiek wyjaśniał i Robin wiedział, że nie powinien naciskać. Podpisał.

Do Hampstead wrócili długo po zachodzie słońca. Chłopak zapytał, czy wolno mu położyć się spać, lecz uczony zaprowadził go prosto do jadalni.

– Nie możemy sprawić zawodu pani Piper. Spędziła w kuchni całe popołudnie. Jeśli nie jesteś głodny, poprzeganiaj przynajmniej jedzenie po talerzu.

Ponowne objęcie w posiadanie własnej kuchni uświetniła pani Piper wystawną ucztą. Jadalniany stół, mebel absurdalnie wielki jak na kilkoro tylko biesiadników, uginał się pod dzbankami mleka, białymi bułeczkami, pieczonymi ziemniakami z marchwią, sosami, jakąś potrawą, która delikatnie parowała w posrebrzanej wazie, i podanym w całości pieczonym kurczakiem w smakowitej glazurze. Robin nie miał nic w ustach od rana; powinien umierać z głodu, lecz wyczerpanie sprawiło, iż widok takiej obfitości pożywienia wywołał u niego jedynie skręt kiszek.

Uciekł więc wzrokiem od stołu ku wiszącemu na przeciwległej ścianie obrazowi. Malowidła nie sposób było zignorować; stanowiło dominujący element całego pomieszczenia. Na płótnie widniał wieczorny pejzaż pięknego miasta, lecz chłopiec doszedł do wniosku, że to raczej nie Londyn. Budynki otaczała aura powagi i dostojeństwa. Sprawiały też wrażenie znacznie starszych.

– Ach tak. – Profesor Lovell zauważył, na co patrzy podopieczny. – Masz przed sobą Oksford.

Oksford. Robin słyszał już tę nazwę, choć nie był pewien gdzie. Spróbował przeanalizować obcy wyraz, jak czynił ze wszystkimi nowymi angielskimi słowami.

– To jakiś... ośrodek handlu bydłem? Targ może?*

– Uniwersytet – skorygował uczony. – Uczelnia, do której przybywają najbardziej wyrafinowane umysły naszego kraju, aby prowadzić badania naukowe, eksperymentować i wykładać. Musisz wiedzieć, Robinie, że to wspaniałe miejsce – stwierdził i wskazał widniejący pośrodku malowidła wielki, zwieńczony kopułą gmach. – Oto Biblioteka Radcliffe'a. A to – palec Lovella skierował się ku stojącej obok biblioteki wieży, najwyższemu z gmachów na obrazie – Królewski Instytut Translatoryki. Tam właśnie nauczam i tam też spędzam większą część każdego roku.

– Bardzo ładne – pochwalił chłopak.

– O tak! – rzucił profesor nietypowo dla siebie ciepłym głosem. – To najpiękniejsze miejsce na całej Ziemi. – Rozłożył szeroko ręce, jakby ujrzał przed sobą Oksford w całej okazałości. – Wyobraź sobie miasto uczonych, z których każdy zaprzątnięty jest najcudowniejszymi, najbardziej fascynującymi dziedzinami wiedzy. Nauki ścisłe. Matematyka. Językoznawstwo. Literatura. Wyobraź sobie budynek za budynkiem, a w każdym z nich więcej książek, niż widziałeś przez całe swoje życie. Wyobraź sobie ciszę, samotność, miejsce, w którym można spokojnie pomyśleć. – Urwał na moment i westchnął. – Londyn to gniazdo nieustannego harmidru. W tym mieście niczego nie można doprowadzić do końca; to miasto jest zbyt głośne, chaotyczne i nadmiernie wymagające. Zgoda, można uciec

* Angielska nazwa Oxford składa się z dwóch członów: *ox* oznaczającego tyle co wół, byk, i *ford*, czyli bród, przeprawa przez rzekę (przyp. tłum.).

ku przedmieściom takim jak Hampstead, lecz rozwrzeszczane centrum przyciąga człowieka z powrotem, czy tego chce, czy nie. Za to Oksford udostępnia swym gościom wszelkie narzędzia potrzebne do konstruktywnej pracy, strawę, odzienie, książki, herbatę, po czym zostawia ich w spokoju. To ognisko skupiające w sobie całą wiedzę i wynalazczość cywilizowanego świata. To miejsce, które, o ile studiując tutaj, poczynisz stosowne postępy, będziesz mógł pewnego dnia z dumą nazwać swym domem.

Jedyną stosowną reakcją na te słowa wydało się chłopakowi zachowanie trwożnego, pełnego zachwytu milczenia. Profesor Lovell zapatrzył się tęsknie w malowidło. Robin starał się dorównać opiekunowi w poziomie entuzjazmu, lecz mimowolnie raz po raz zerkał na niego z ukosa. Miękkość spojrzenia i rzewny wyraz twarzy głęboko chłopaka poruszyły. Nie znali się długo, lecz przez cały ten czas chłopiec ani razu nie słyszał, by uczony o czymkolwiek wypowiadał się z tak wielkim upodobaniem.

Nauka rozpoczęła się już nazajutrz.

Tuż po śniadaniu profesor Lovell polecił Robinowi umyć się i stawić za dziesięć minut w salonie. Na miejscu czekał na ucznia uśmiechnięty korpulentny dżentelmen, który przedstawił się jako pan Felton – utytułowany były student Oksfordu, absolwent sławetnego kolegium Oriel, uważasz pan – i tak, jego zadaniem było dopilnować, by Robin osiągnął odpowiedni dla tego uniwersytetu poziom znajomości języka łacińskiego. Owszem, troszkę może późno jak na początek, ale nie ma przecież takich zaniedbań, których nie pozwoliłaby nadrobić odpowiednio wytężona praca.

Pierwszy poranek kursu wypełniła nauka podstawowego słownictwa – *agricola, terra, aqua* – co już samo w sobie mocno Robina onieśmieliło, lecz okazało się wkrótce stosunkowo proste w porównaniu z karkołomnymi zasadami regulującymi koniugację i deklinację, do których przeszli w następnej kolejności. Chłopak nigdy nie uczył się gramatyki jako takiej – angielską stosował instynktownie, wiedział, jak powinien mówić, ponieważ właściwe formy dobrze mu brzmiały – tak więc poznając tajniki łaciny, uczył się zarazem o składowych częściach mowy i zdania. Rzeczownik, czasownik, spójnik, podmiot, orzeczenie; usłyszał także o przypadkach – mianowniku, dopełniaczu, bierniku... W ciągu trzech godzin przyswoił oszałamiający zasób materiału, którego połowy nie pamiętał już pod koniec lekcji. Wyniósł jednak głęboki szacunek dla języka i wszystkich nowych słów, ponieważ zrozumiał, jak wiele można za ich pomocą uczynić.

– Nie martw się, mój chłopcze. – Pan Felton na szczęście okazał się jegomościem cierpliwym i wydawał się rozumieć, jak okrutnej udręce poddaje umysł Robina. – Przyjemniej będzie, kiedy uporamy się z fundamentami i zaczniemy przerabiać Cycerona. – Zerknął do notatek Robina. – Musisz natomiast zwracać więcej uwagi na ortografię.

– To znaczy? – Chłopiec nie miał pojęcia, gdzie popełnił błąd.

– Pominąłeś niemal wszystkie makrony.

– Ach! Te kreski... – Robin stłumił pomruk zniecierpliwienia; coraz bardziej doskwierał mu głód. Chciał jak najszybciej skończyć i pójść na obiad.

– Długość samogłosek jest szalenie istotna, Robinie Swift. – Pan Felton zabębnił kostkami palców o blat. – Weźmy taką Biblię. Hebrajski oryginał nie precyzuje, jakiego gatunku był owoc, do którego zjedzenia nakłonił Ewę wąż. Po łacinie wszak *malum* oznacza „zło", a *mālum* – zapisał oba słowa, z naciskiem kreśląc makron nad drugim – znaczy tyle co „jabłko". Różnica niewielka, a wystarczyła, żeby obciążyć jabłuszka winą za grzech pierworodny. Prawda wygląda jednak tak, że odpowiedzialna mogła być nawet persymona.

Pan Felton odjechał w południe, pozostawiając uczniowi listę niemal stu słów, których znajomość planował sprawdzić następnego dnia rano. Do obiadu Robin zasiadł samotnie w salonie, mechanicznie pakując do ust kęsy szynki i ziemniaków, wpatrując się pustym wzrokiem w podręcznik do gramatyki.

– Może jeszcze kartofelków, serdeńko? – zachęciła pani Piper.

– Nie, dziękuję. – Ciężki posiłek pospołu z drobniutkim drukiem sprawiły, iż Robina ogarnęła senność. Głowa dosłownie mu pękała; najchętniej uciąłby sobie długą drzemkę.

O przerwie nie było niestety mowy. Punktualnie o czternastej w domu pojawił się obdarzony siwym wąsem osobnik, niejaki pan Chester, który przez trzy kolejne godziny wprowadzał Robina w zawiłości klasycznej greki.

Naczelną cechą greki okazała się ta każąca temu językowi wszystko, co swojskie, czynić obcym. Grecki alfabet odpowiadał łacińskiemu, lecz jedynie częściowo, a poszczególne litery bardzo często brzmiały inaczej, niż wyglądały – rho (P) wcale nie brzmiała jak znajome „p", a eta (H) oznaczała dźwięk inny niż „h". Podobnie jak w łacinie występowały tu koniugacja i deklinacja, lecz sporo więcej w grece było trybów, stron i czasów. Pod względem wymowy greka odbiegała od angielszczyzny znacznie bardziej niż łacina i Robin z najwyższym trudem usiłował sprawić, by tony greckie nie brzmiały w jego ustach jak chińskie. Pan Chester okazał się nauczycielem bardziej surowym od pana Feltona i kiedy chłopcu mieszały się końcówki czasowników, reagował oschłą irytacją. Pod koniec popołudnia Robin był już tak pogubiony, że mógł najwyżej powtarzać wyszczekiwane przez pana Chestera dźwięki.

Pan Chester zniknął o siedemnastej, nie omieszkawszy uprzednio zlecić uczniowi całej góry lektur, od których samego widoku robiło się Robinowi niedobrze. Zaniósł teksty do swojego pokoju, po czym, czując nieprzyjemne zawroty głowy, zwlókł się otępiały do jadalni.

– Jak poszły ci lekcje? – zaciekawił się profesor Lovell.

– Dobrze – odpowiedział Robin po chwili wahania.

– Niemało tego, prawda? – Wargi uczonego złożyły się w uśmiech. – Może człowieka przytłoczyć.

– Może trochę, profesorze – westchnął chłopiec.

– Na tym jednak polega piękno nauki nowego języka. To przedsięwzięcie, które powinno onieśmielać. Powinno wydawać się niemożliwe do realizacji. Dzięki temu możemy w pełni docenić złożoność tych języków, które już znamy.

– Nie rozumiem tylko, dlaczego języki muszą być aż tak skomplikowane. – W głosie Robina pojawiła się zaskakująca gwałtowność. Nie zdołał się powstrzymać; frustracja wzbierała w nim od samego rana. – Po co komu tyle reguł? I ta masa końcówek? W chińszczyźnie niczego takiego nie mamy. Nie mamy też czasów, deklinacji, koniugacji... Chiński jest o wiele prostszy...

– I tutaj się mylisz – odparł profesor Lovell. – Każdy język jest skomplikowany na swój własny sposób. Łacina po prostu wprawiła całą swoją złożoność w kształt słowa. Morfologiczne bogactwo tego języka jest zaletą, nie przeszkodą. Zastanów się nad zdaniem: „Będzie się uczył". *Tā huì xué.* Zarówno angielski, jak chiński potrzebują tu trzech słów. Łacinie wystarczy jedno. *Disce.* To znacznie bardziej eleganckie, nie sądzisz?

Robin nie był pewien, co sądzić.

Ustalony pierwszego dnia rozkład – łacina rankiem, greka po południu – stał się szkieletem życia chłopca na całą możliwą do przewidzenia przyszłość. I mimo że pracy było dużo, cieszył się z tego. Był zadowolony, że jego dni nabrały wreszcie porządku i struktury. Nie czuł się już tak dotkliwie wykorzeniony i skołowany – znalazł cel, miał swoje miejsce i chociaż wciąż nie pojmował, dlaczego to życie przypadło w udziale właśnie jemu spośród wszystkich urwisów włóczących się po kantońskim porcie, podchodził do nowych obowiązków bez słowa skargi, pilnie i z determinacją.

Dwa razy w tygodniu odbywał z profesorem Lovellem konwersacje po mandaryńsku*. Z początku nie rozumiał, co owe rozmowy mają na celu. Wydawały mu się sztuczne, wymuszone, a przede wszystkim – całkowicie zbędne. Mówił przecież płynnie, nie musiał też szukać w pamięci słówek i nie miał problemów z wymową, jak wówczas, kiedy rozmawiał po łacinie z panem Feltonem. Dlaczego więc musiał odpowiadać na te wszystkie banalne pytania w rodzaju: „Jak smakował ci obiad?" tudzież „Co sądzisz o dzisiejszej pogodzie?".

Profesor Lovell był jednak nieugięty.

– Języki zapomina się łatwiej, niż przypuszczasz – powiedział. – Kiedy przestajesz żyć w chińskim świecie, przestajesz też po chińsku myśleć.

– Jak to? Byłem przekonany, że chcesz, żebym zaczął myśleć po angielsku – rzucił zbity z tropu chłopiec.

– Chcę, żebyś żył po angielsku – odparł uczony. – To prawda. Natomiast tak czy inaczej musisz kultywować chińszczyznę. Słowa i zwroty, które wydają ci się teraz wyryte w kościach, mogą zniknąć, zanim się obejrzysz. – Lovell mówił tak, jakby znał to zjawisko z doświadczenia. – Dorastając, otrzymałeś solidne podstawy mandaryńskiego, kantońskiego i angielskiego. To bardzo fortunne zrządzenie losu. Istnieją dorośli ludzie, którzy przez

---

* Ponieważ rodzina Robina przeniosła się na południe stosunkowo niedawno, chłopak wychowywał się, mówiąc jednocześnie w dialektach mandaryńskim i kantońskim. O kantońskim jednak, jak poinformował go profesor Lovell, mógł już spokojnie zapomnieć. To mandaryński był oficjalnym językiem pekińskiego dworu cesarskiego, mową urzędników i uczonych, a zatem tylko on był wart uwagi.

Tego rodzaju podejście stanowi efekt uboczny uzależnienia brytyjskich środowisk akademickich od bardzo skromnego na Zachodzie materiału badawczego. Skompilowany przez Matteo Ricciego słownik portugalsko-chiński oparty został na dialekcie mandaryńskim, którego autor nauczył się na dworze cesarskim dynastii Ming. Podobnie sprawa miała się ze słownikami Francisca Vara, Josepha Prémare'a i Roberta Morrisona. Brytyjscy sinolodzy z epoki byli więc znacznie bardziej skoncentrowani na mandaryńskim niż innych dialektach. Dlatego właśnie Robin został poproszony o zapomnienie ojczystego języka.

całe życie próbują osiągnąć to, co ty masz w kieszeni już teraz. A kiedy już im się to udaje, mówią jedynie częściowo płynnie, radzą sobie, jeśli z wysiłkiem przypomną sobie przed rozmową odpowiednie słownictwo, lecz nie jest to poziom sprawności człowieka, który zna dany język od urodzenia. Ty, z drugiej strony, opanowałeś najtrudniejsze elementy dwóch aż systemów językowych, akcenty i rytm, wszystkie te nieświadomie stosowane niuanse, których nauka dorosłym zajmuje długie lata, a efekty są zawsze niezadowalające. Musisz jednak to wszystko zachować. Otrzymałeś od losu wielki dar i nie wolno ci go roztrwonić.

– Wciąż nie rozumiem – przyznał Robin. – Skoro moją największą zaletą jest znajomość chińskiego, to po co mi jeszcze greka i łacina?

– Żeby zrozumieć angielski – zachichotał profesor Lovell.

– Przecież znam angielski.

– Nie tak dobrze, jak ci się wydaje. Mową tą posługuje się bardzo wielu ludzi, lecz tylko nieliczni znają go naprawdę, tylko garstka rozumie jego szkielet i korzenie. Człowiek natomiast musi poznać dzieje, formę i głębię języka, zwłaszcza jeśli zamierza pewnego dnia manipulować nim tak, jak nauczysz się ty. A przy tym musisz po mistrzowsku opanować chiński. Czego pierwszym etapem jest powtarzanie tego, co już potrafisz.

Profesor Lovell miał rację. Robin wkrótce odkrył, że język, który dawniej zdawał się czymś równie znajomym jak własna skóra, można było zatracić zdumiewająco łatwo. W Londynie, gdzie trudno było innego Chińczyka choćby zobaczyć – w każdym razie nie w kręgach, w których obracał się chłopiec – jego ojczysty język wydawał się niezrozumiałym bełkotem. Chińskie słowa wypowiadane w salonie, najbardziej angielskim z pomieszczeń całego świata, sprawiały wrażenie dźwięków nie na miejscu. Wymyślonych. Robina przerażały też niekiedy nagłe luki w pamięci oraz fakt, że sylaby, z którymi się wychowywał, zaczynały brzmieć obco i nieswojo.

W efekcie zaczął się przykładać do nauki chińskiego dwakroć bardziej niż do greki i łaciny. Całymi godzinami, dzień w dzień, ćwiczył kreślenie symboli, dopracowując każdą kreskę do momentu, gdy potrafił bezbłędnie odtworzyć na papierze wydrukowane znaki. Sięgał głęboko w pamięć, by przywołać atmosferę prowadzonych po chińsku rozmów, by wywołać brzmienie mandaryńskich słów, naturalnie spływających mu po języku, których tonu nie musiał sobie przypominać przed każdym użyciem.

Niemniej zapominał i tak. I był przerażony. Zdarzało się, że w trakcie konwersacji nie potrafił wyłuskać z pamięci słowa, którym dawniej posługiwał się codziennie. Bywało też, iż sam stwierdzał, że brzmi niczym europejski marynarz niewprawnie powtarzający niezrozumiałe, egzotyczne frazy.

Mógł to jednak naprawić. I wiedział, że naprawi. Dzięki ćwiczeniom, dzięki pamięci, dzięki codziennym wprawkom – nie było to oczywiście to samo, co życie i oddychanie mandaryńskim, lecz wystarczało. Był w wieku, w którym język odciska się w umyśle na trwałe. Musiał jednak próbować, i to bardzo usilnie, aby nie przestać śnić w swoim własnym, pierwszym języku.

Przynajmniej trzy razy w tygodniu profesor Lovell podejmował w pokoju dziennym rozmaitych gości. Robin domyślał się, że byli to również uczeni, ponieważ przybywali obarczeni naręczami książek bądź rękopisów, nad którymi potem ślęczeli rozdyskutowani do późnych godzin nocy.

Kilku z tych mężczyzn, jak się okazało, znało chiński i chłopiec niekiedy ukrywał się na półpiętrze za balustradą, podsłuchując niecodziennie brzmiące dysputy Anglików, roztrząsających przy popołudniowej herbacie szczegóły klasycznej chińskiej gramatyki.

– To po prostu partykuła oznaczająca dokonanie pewnej czynności – perorował któryś.

– Skądże, nie wszystko może być partykułą! – ripostowali koledzy.

Chłopiec odnosił wrażenie, iż profesor Lovell woli, kiedy podopieczny usuwa się z widoku gości. Nigdy wprawdzie wprost nie zabronił Robinowi się pokazywać, lecz za każdym razem dosyć wymownie podkreślał, że o dwudziestej spodziewa się wizyty panów Woodbridge'a i Ratcliffe'a, co Robin interpretował jako sugestię, że powinien się zmyć.

I zupełnie mu to nie przeszkadzało. Zgadza się, rozmowy uczonych były fascynujące – często opowiadali o rzeczach niesamowitych w rodzaju ekspedycji do Indii Zachodnich, prowadzonych w Indiach negocjacjach cen bawełny i gwałtownych rozruchach na Bliskim Wschodzie. Jako grupa jednak byli przerażający; przewijający się przez salon kondukt poważnych, znakomicie wykształconych mężczyzn, jednolicie odzianych w czerń niczym kruki, z których każdy onieśmielał bardziej od poprzednika.

Do jedynej sytuacji, kiedy Robin wtargnął na spotkanie tego towarzystwa, doszło przypadkowo.

Wracał właśnie z ogrodu, gdzie odbywał jeden z zaleconych przez lekarza codziennych spacerów, kiedy doleciały go podniesione głosy profesora i jego gości, z ożywieniem rozprawiających na temat Kantonu.

– Napier to idiota – tłumaczył Lovell. – Zbyt wcześnie odkrywa karty. Brak mu wyczucia. Parlament wciąż nie jest gotów, a poza tym takim postępowaniem potęguje rozdrażnienie kompradorów.

– Uważasz, że nastąpi kiedyś moment, w którym torysi zdecydują się na interwencję? – zapytał mężczyzna o bardzo niskim głosie.

– Niewykluczone. Z tym że jeżeli zamierzają użyć floty, powinni zawczasu bardziej umocnić swoją pozycję w Kantonie.

Słysząc to, chłopiec po prostu nie zdołał się powstrzymać i wszedł do pokoju.

– Rozmawiacie o Kantonie?

Obecni zwrócili się ku niemu jak jeden mąż. Było ich czterech, wszyscy bardzo wysocy, każdy w okularach lub z monoklem.

– Co się dzieje w Kantonie? – podjął Robin, czując rosnący niepokój.

– Cisza – rzucił profesor Lovell. – Robinie, masz ubłocone buty, wszędzie zostawiasz ślady. Zdejmij je i weź kąpiel.

– Czy król Jerzy wypowie Kantonowi wojnę? – chłopiec nie rezygnował.

– Robinie, król nie może wypowiedzieć wojny Kantonowi. Nie toczy się wojen przeciwko miastom.

– Czy w takim razie król Jerzy zaatakuje Chiny? – kontynuował z uporem Robin.

Z jakiegoś niejasnego powodu pytanie mocno całą czwórkę rozbawiło. Parsknęli śmiechem.

– Ech, gdybyż to było możliwe – stwierdził z żalem ten o basowym głosie. – Cała sprawa byłaby wtedy znacznie prostsza, nieprawdaż?

– A ty wobec kogo byłbyś w takiej sytuacji lojalny? – Siwobrody dżentelmen przyjrzał się Robinowi uważnie. – Wobec Anglii? Czy ojczyzny?

– Dobry Boże! – Czwarty mężczyzna, o budzących dziwny niepokój bladobłękitnych oczach, pochylił się nad chłopcem, zupełnie jakby oglądał go przez wielkie, niewidzialne szkło powiększające. – To właśnie ten nowy? Jeszcze bardziej podobny niż poprzedni...

– Hayward! – Głos profesora Lovella rozciął powietrze niczym okruch szkła.

– Doprawdy zadziwiające! Weźmy choćby oczy. Nie barwę może, ale ten kształt...

– Hayward!

Skonfundowany Robin zerkał to na jednego, to na drugiego.

– Dość już tego! – podjął profesor Lovell. – Robinie, wyjdź!

Chłopiec wymamrotał przeprosiny i pospiesznie ruszył na schody, na śmierć zapominając o ubłoconym obuwiu. Zza pleców dobiegły go strzępki odpowiedzi opiekuna:

– On nie wie. Nie chcę, żeby zaczął sobie wyobrażać zbyt wiele... Nie, Hayward, nie mam zamiaru... – Gdy Robin znalazł się na półpiętrze, skąd mógł bezpiecznie podsłuchiwać zza balustrady, tematem rozmowy był już Afganistan.

Wieczorem tego dnia Robin wykąpał się, stanął przed lustrem i zaczął intensywnie wpatrywać się w swoje odbicie. Patrzył tak długo, że własne rysy zaczęły mu się wydawać obcymi.

Ciotki z upodobaniem powtarzały, że z takim wyglądem mógłby się odnaleźć wszędzie – czupryna i oczy, jedno i drugie w jaśniejszym odcieniu brązu niż u reszty kruczowłosej i ciemnookiej rodziny, mogły z równym powodzeniem należeć do syna portugalskiego majtka, jak do dziedzica tronu dynastii Qing. Robin przypisywał ten fakt losowemu zrządzeniu natury, przypadkowi, który obdarzył go rysami nierozstrzygającymi jednoznacznie o przynależności rasowej. Nigdy jednak nie przyszło mu nawet do głowy, że może nie być czystej krwi Chińczykiem.

Tylko co to mogło oznaczać? Że jego ojciec był biały? Że jego ojcem jest...

„Weźmy choćby oczy".

Dowód niepodważalny, czyż nie?

Lecz dlaczego w takim razie ojciec go nie uznał? Dlaczego uczynił go jedynie swym podopiecznym, a nie synem?

Niemniej, mimo młodego wciąż wieku, Robin rozumiał, że niektórych prawd nie można wypowiadać na głos, że normalne życie będzie możliwe tylko wówczas, kiedy zostaną przemilczane. Miał dach nad głową, zagwarantowane trzy posiłki dziennie i dostęp do morza książek, przez które mógł brnąć aż do śmierci. Wiedział, że nie ma prawa domagać się czegokolwiek więcej. Podjął więc decyzję. Postanowił, że nie będzie zadawać profesorowi Lovellowi trudnych pytań, że nie postara się zapełnić pustego miejsca, które powinna zająć prawda. I o ile opiekun nie uzna go za pełnoprawnego syna, to on, Robin, nie spróbuje uczynić go swym ojcem. Kłamstwo nie jest kłamstwem, dopóki ktoś go nie wypowie; niepostawione pytania nie domagają się odpowiedzi. Pozostaną obaj w wygodnej, przejściowej, bezkresnej przestrzeni pomiędzy prawdą a zaprzeczeniem.

Osuszył się, ubrał i usiadł przy biurku, by dokończyć zadany na wieczór przekład. Wraz z panem Feltonem zajmowali się obecnie „Żywotem Agrykoli" Tacyta.

Auferre trucidare rapere falsis nominibus imperium atque ubi solitudinem faciunt pacem appellant.

Robin przeanalizował zdanie, poradził się słownika, aby sprawdzić, czy *auferre* rzeczywiście znaczy to, co myślał, po czym zapisał tłumaczenie*.

Kiedy na początku października, po święcie Michała Archanioła, rozpoczął się jesienny trymestr, profesor Lovell wyjechał do Oksfordu, gdzie miał spędzić osiem kolejnych tygodni. Podobne podróże odbywał na czas każdego z uniwersyteckich trymestrów**, wracając do domu jedynie w ferie. Robin uwielbiał te okresy; mimo że jego lekcje nie ustawały, był w stanie swobodniej odetchnąć i odprężyć się nieco, nie ryzykując przy tym, że sprawi opiekunowi zawód.

Zyskiwał też okazję, by nie czując na karku profesorskiego oddechu, zbadać dokładniej miasto.

Profesor Lovell nie wypłacał chłopcu kieszonkowego, lecz pani Piper od czasu do czasu wciskała mu nieco drobnych na smakołyki i Robin pieniądze te skrzętnie oszczędzał, aż wreszcie uciułał sumę, pozwalającą wyprawić się dorożką do Co-

* Rabunki, mordy i kradzież nazywają udanym panowaniem, a gdy pozostawią po sobie pustynię, twierdzą, że to pokój (przeł. A. Naruszewicz).

** Rok akademicki na Uniwersytecie Oksfordzkim podzielony jest na trymestry, w języku angielskim nazywane od świąt przypadających w czasie ich trwania: jesienny (*Michaelmas*) od października do grudnia; wiosenny (*Hilary*) od stycznia do marca i letni (*Trinity*) od kwietnia do czerwca (przyp. tłum.).

vent Garden. Gdy dowiedział się od gazeciarza o działających w mieście konnych omnibusach, korzystał z nich niemal w każdy weekend, przecinając serce Londynu z Paddington Green aż po Bank. Kilka pierwszych samotnych wypadów przypłacił atakami paniki; zdarzały się momenty, iż nabierał przekonania, że za nic nie zdoła trafić z powrotem do Hampstead i już do śmierci będzie musiał wieść nędzny żywot ulicznika. Mimo wszystko nie ustawał. Nie pozwolił się zastraszyć londyńskiej plątaninie. Dlaczego miałby? Czyż Kanton nie był podobnie zawiłym labiryntem? Postanowił sobie, że udomowi to miasto, zwiedzając każdy jego zakamarek. I tak, uliczka za uliczką, Londyn przestał przytłaczać, nie wydawał się już dyszącym, wijącym się gniazdem potworów, które mogły go pożreć za każdym zakrętem, a stał się znośną gmatwaniną, której podstępy i wyboje dawało się z góry przewidzieć.

Robin czytał miasto. Londyn lat trzydziestych dziewiętnastego wieku przeżywał eksplozję druku. Dzienniki, czasopisma, żurnale, kwartalniki, tygodniki, miesięczniki i książki wszelkich możliwych gatunków sfruwały z księgarskich półek, lądowały na progach domostw i sprzedawały się, zachwalane głośnymi okrzykami na niemal każdym skrzyżowaniu. Chłopiec wystawał przed stoiskami, na których pyszniły się najnowsze wydania gazet takich jak „Times", „Standard" czy „Morning Post"; czytał, choć nie w pełni rozumiał artykuły w periodykach naukowych w rodzaju „Edinburgh Review" i „Quarterly Review"; chłonął prasę satyryczną jak „Figaro in London" i tchnące tanim melodramatyzmem szmatławce, barwnie opisujące makabryczne zbrodnie i relacjonujące wyznania skazanych na śmieć szubrawców. Z rzeczy tańszych upodobał sobie „Bawbee Bagpipe". Natknął się też na publikowaną w odcinkach powieść pod tytułem „Pickwick Papers" autorstwa niejakiego Karola Dickensa, pisarza niezwykle zabawnego, lecz mocno niechętnego wszystkim ludziom, których skóra nie była dość biała. Robin odkrył też Fleet Street, serce londyńskiej branży prasowej, gdzie z drukarni wychodziły ciepłe jeszcze dzienniki. Wracał tam raz za razem, znosząc do domu sterty wczorajszych gazet, które wystawiano na ulice i można je było zabrać za bezcen.

Nie rozumiał połowy czytanych tekstów, także tych, w których znał każde słowo. Artykuły przepełnione były politycznymi aluzjami, branżowymi dowcipami, slangiem i skrótami myślowymi, których znaczenia nikt go nie nauczył. Brak spędzonego w Londynie dzieciństwa próbował więc nadrobić, pochłaniając dzieła wszystkie owego miasta. Brnął przez odniesienia do nazw takich jak torysi, wigowie, czartyści i reformiści i starał się zapamiętać ich znaczenie. Zapoznał się z tym, czym są ustawy zbożowe i jaki miały związek z Francuzem o imieniu Napoleon. Doszedł, kim są katolicy i protestanci, i pojął (tak przynajmniej sądził), iż nawet drobne różnice doktrynalne potrafią się okazać sprawami wielkiej i krwawej doniosłości. Dowiedział się, że Anglik to nie to samo co Brytyjczyk, choć wciąż nie do końca potrafił to rozróżnienie opisać własnymi słowami. Poznawanie nowych słówek stanowiło dla niego rodzaj zabawy, ponieważ z ich zrozumieniem nieodłącznie wiązała się nowa porcyjka wiedzy o angielskiej historii i kulturze. Z zachwytem dostrzegał w potocznych wyrazach nieoczekiwane zbitki innych, które poznał wcześniej. *Hussy* było połączeniem *house* i *wife*. Holiday składało się z *holy* i *day*. *Bedlam* jakimś niepojętym sposobem wyrodziło się z *Bethlehem*. Podobnie *goodbye* okazało się przedziwnym skrótem zwrotu *God be with you**. W dzielnicy East End Robin natknął się na rymowany slang, który na początku jawił mu się jako wielka zagadka, gdyż trudno było ogarnąć rozumem, w jaki sposób Hampstead może oznaczać zęby**. Gdy jednak zrozumiał, że cała sprawa polega na odrzucaniu rymującego się wyrazu, zaczął

* *hussy* – latawica, *house* – dom, *wife* – żona; *Bedlam* – początkowo nazwa słynnego londyńskiego szpitala dla psychicznie chorych, później, już małą literą, ogólnie zakład dla obłąkanych, *Bethlehem* – Betlejem; *goodbye* – żegnaj, *God be with you* – Bóg z tobą (przyp. tłum.)

** *Hampstead Heath* rymuje się z *teeth* (zęby). Przykład: *She's still got all her baby hampsteads.* (Ona nadal ma zęby mleczne).

się tym slangiem setnie bawić i wymyślać własne określenia. (Pani Piper nie była zachwycona, kiedy kolację zaczął określać mianem *meal of saints*, posiłku świętych)*.

Jego umysł produkował zabawne skojarzenia jeszcze długo po tym, jak chłopiec poznawał właściwe znaczenia tajemniczo brzmiących słów i wyrażeń. Wyobrażał sobie, że rząd to seria półek, na których przesiadują rzędem niczym lalki wykwintnie ubrani mężczyźni. Zabawiał się myślą, że wigowie otrzymali swą nazwę od peruk**, a torysi od młodej księżniczki Wiktorii. Wyobrażał sobie, że Marylebone składa się z marmuru i kości, Belgravia jest krainą dzwonów i grobów, a Chelsea została ochrzczona na cześć muszelek i morza***. Profesor Lovell miał w bibliotece całą półkę dzieł Alexandra Pope'a i Robin przez okrągły rok żył w przekonaniu, że „Rape of the Lock" opowiada o współżyciu płciowym z kawałem żelaza, a nie o kradzieży kosmyka włosów****.

Nauczył się, że funt wart jest tyle, co dwadzieścia szylingów, a jeden szyling odpowiada dwunastu pensom – na jasność w kwestii wartości florenów, aniołów i ćwiartek musiał, jak się wydawało, zaczekać. Przyswoił sobie, że Brytyjczycy dzielą się na wiele typów, podobnie zresztą jak Chińczycy, i że Irlandczyk czy Walijczyk różni się od Anglika bardzo istotnie. Dowiedział się, że pani Piper pochodzi z miejsca zwanego Szkocją, co czyniło z niej Szkotkę, a także tłumaczyło jej akcent, śpiewny i podkreślany mocno wymawianym „r", bardzo różnym od sposobu mówienia profesora Lovella.

---

* *dinner, sinner* (kolacja, grzesznik)

** *wig* (peruka)

*** *marble* (marmur), *bone* (kość), *bell* (dzwon), *grave* (grób), *shell* (brzmiące nieco podobnie do *chell* – muszla), *sea* (morze)

**** Zrozumiała pomyłka. Pope posłużył się słowem *rape* w znaczeniu „zabrać przemocą, wyrwać", znacznie starszym od obecnego, wywodzącym się z łacińskiego *rapere*.

„Rape of the Lock" może być dosłownie odczytane jako „gwałt na zamku u drzwi" (dop. tłum.)

Zrozumiał, że Londyn roku tysiąc osiemset trzydziestego był miastem, które nie potrafiło zdecydować, czym powinno się stać. Srebrne Miasto już teraz było największym centrum światowych finansów, a także wiodącym ośrodkiem przemysłu i technologii. Spływających do miasta zysków nie dzielono jednak równo. Londyn był zarówno miastem wystawianych w Covent Garden spektakli i wyprawianych w Mayfair balów, jak miastem zatłoczonych slumsów otaczających Saint Giles. Londyn był miastem reformatorów, miejscem, gdzie ludzie pokroju Williama Wilberforce'a i Roberta Wedderburna nawoływali do zniesienia niewolnictwa; gdzie zamieszki w Spa Fields zakończyły się oskarżeniem przywódców o zdradę stanu; gdzie zwolennicy Roberta Owena próbowali kaptować nowych rekrutów do swych utopijnych, socjalistycznych komun (Robin nie był jeszcze pewien, czym jest ten cały socjalizm); i gdzie „Wołanie o prawa kobiety" autorstwa Mary Wollstonecraft, książka wydana zaledwie czterdzieści lat wcześniej, inspirowało kolejne fale dumnych, hałaśliwych feministek i sufrażystek.

Robin odkrył, że w parlamencie, w innych budynkach państwowych i na ulicach reformatorzy wszelkiej maści toczyli bój o duszę Londynu, podczas gdy konserwatywne, uwłaszczone klasy rządzące zawzięcie stawiały opór wszelkim próbom zmian. Nie rozumiał tych politycznych zawirowań, jeszcze nie. Przeczuwał zaledwie, że Londyn, a także Anglia jako taka jest bardzo podzielona co do własnej natury i planów na przyszłość. Rozumiał także, że u podstawy tego fermentu kryje się srebro. Ponieważ kiedy radykałowie opisywali wynikające z uprzemysłowienia niebezpieczeństwa, kiedy konserwatyści przeciwstawiali im na dowód rozbuchaną, rozwijającą się gospodarkę, gdy przedstawiciele dowolnej partii wypowiadali się na temat slumsów, kwestii mieszkaniowych, dróg, transportu, rolnictwa i przemysłu; gdy ktokolwiek w ogóle omawiał problem przyszłości Wielkiej Brytanii i jej imperium, zawsze, niezmiennie, pojawiało się to jedno słowo; widniało na ulotkach, w czasopismach, a nawet w modlitewnikach: srebro, srebro, srebro...

Od pani Piper natomiast dowiedział się więcej, niż uważał za możliwe na temat Anglii i angielskiego jedzenia. Przystosowanie podniebienia do nowych smaków zabrało mu nieco czasu. Mieszkając w Kantonie, nie poświęcał kuchni zbyt wielkiej uwagi – kleik, bułki na parze, pierogi i dania jarskie składające się na jego codzienną dietę wydawały mu się niezbyt zajmujące. Ot, podstawowe pokarmy ludzi ubogich, dalece odbiegające od wyrafinowanych dań chińskiej arystokracji. Obecnie nie posiadał się ze zdumienia, jak bardzo za nimi tęsknił. Anglicy regularnie używali jedynie dwóch smaków – coś mogło być słone lub niesłone – i wiele wskazywało na to, iż pozostałych po prostu nie rozpoznają. Mieszkańcy kraju, który tak bardzo wzbogacił się na handlu przyprawami, okazali się zaskakująco niechętni ich stosowaniu; w efekcie odkąd Robin zamieszkał w Hampstead, ani razu nie skosztował potrawy, którą mógł z czystym sercem nazwać doprawioną. O pikantności mógł jedynie pomarzyć.

Więcej przyjemności niż samo jedzenie sprawiało mu dowiadywanie się nowych rzeczy na jego temat. Ta wiedza przychodziła do niego właściwie sama – kochana pani Piper była kobieciną gadatliwą i podając obiad, chętnie wygłaszała kolejne wykłady zawsze, gdy Robin wykazywał choć odrobinę zainteresowania tym, co pojawiało się na talerzu. Wyłuszczyła mu, że ziemniaków, które lubił pod każdą postacią, nie należy podawać ważniejszym gościom, gdyż uchodzą powszechnie za strawę pospólstwa. Dowiedział się, że wynalezione niedawno wzmacniane srebrem talerze i naczynia pozwalają zachować odpowiednią temperaturę dań, lecz sztuczki tej nie powinno się ujawniać gościom i dlatego niewielkie sztabki kruszcu wprawia się wyłącznie w denka.

Pani Piper opowiedziała, że zwyczaj dzielenia posiłku na dania przyszedł do Anglii z Francji, a fakt, że nie stało się to jeszcze powszechnie obowiązującą normą, przypisać należy niechęci wobec tego konusa, Napoleona. Robin dowiedział się, choć nie w pełni pojął, na czym polegają drobne, acz fundamentalne różnice pomiędzy lunchem, lunchem uroczystym a posiłkiem w południe. Posiadł wiedzę, że za swoje ulubione serniki migdałowe powinien dziękować katolikom, gdyż to zakaz spożywania nabiału w dni postne zmusił angielskich kucharzy do podjęcia eksperymentów z mleczkiem migdałowym.

Pewnego wieczora pani Piper zaserwowała płaski okrągły placek: kawał pieczonego ciasta, pokrojony w trójkątne cząstki. Robin sięgnął po jedną i ostrożnie odgryzł kawałek. Danie okazało się gęste i mączyste, znacznie bardziej zbite niż puszyste bułeczki, które co tydzień przyrządzała na parze matka. Nie było to niesmaczne, lecz zaskakująco ciężkie. Popił masę potężnym łykiem wody.

– Co to? – zapytał.

– *Bannock*, skarbeńku – powiedziała pani Piper.

– Ależ skąd, to *scone* – poprawił profesor Lovell*.

– Nie ma mowy, wiem przecież, że *bannock*...

– *Scones* to poszczególne kawałki – uściślił uczony. – *Bannock* jest nazwą całego wypieku.

– A gdzież tam! To jest *bannock* i te małe trójkąty też są. *Scones* to te suche, kruche dziwactwa, którymi tu w Anglii tak chętnie zaklejacie sobie dzioby...

– Zakładam, że nie obejmuje pani tym opisem własnych *scones*, pani Piper. Nikt przy zdrowych zmysłach nie śmiałby pani oskarżyć o podawanie suchego pieczywa.

---

* Obie nazwy nie posiadają dobrych odpowiedników w języku polskim, tym bardziej że podobne dyskusje jak ta odbywają się w kręgu anglosaskiej kultury do dziś. Najogólniej rzecz ujmując, *bannock* to rodzaj grubego podpłomyka, pierwotnie pieczonego lub smażonego z mąki owsianej bądź jęczmiennej i podawanego po pokrojeniu na cząstki. *Scones* natomiast są bułeczkami wypiekanymi z ciasta pszennego bądź owsianego z dodatkiem proszku do pieczenia i w dalszej części książki nazywane są właśnie „bułeczkami" (przyp. tłum.).

– To *bannock*. – Pani Piper nie uległa pochlebstwu. – Duży i małe. Tak mówiły moja matka i babka, więc wiem chyba, jak się to nazywa.

– A skąd właściwie ta nazwa? – zaciekawił się Robin. Brzmienie słowa wywołało w jego umyśle wizję górskiego potwora, obdarzonej ostrymi pazurami, żylastej bestii, którą udobruchać można było jedynie, składając w ofierze bochen gliniastego chleba.

– Z łaciny – podjął profesor Lovell. – Słowo *bannock* wywodzi się z *panicium*, oznaczającego „pieczywo".

Wyjaśnienie sprawiało wrażenie wiarygodnego, choć rozczarowywało swą przyziemnością. Robin wziął kolejny kęs *bannocka* – lub może *scone'a*? – i tym razem, kiedy mięknący przysmak osiadł mu na żołądku, poczuł przyjemność.

Głęboka miłość do bułeczek szybko zbliżyła do siebie chłopaka i panią Piper. Szkotka piekła je i serwowała na wiele sposobów – bez niczego, podawane z gęstą śmietaną i dżemem malinowym; słonawe, wypełnione nadzieniem z sera i szczypioru czosnkowego lub upstrzone kawałkami suszonych owoców. Robin najbardziej lubił bułeczki proste, bez dodatków i udziwnień – po co psuć coś, co jego zdaniem było doskonałe samo w sobie? Niedawno uczył się o platońskich ideach i nabrał przekonania, iż bułeczki stanowią platońską ideę pieczywa. A śmietana pani Piper była arcypyszna – jednocześnie lekka, orzechowa i odświeżająca. Szkotka wyjawiła mu, że w niektórych domach mleko stoi na wolnym ogniu przez niemal całą dobę, by na powierzchni zebrała się odpowiednio gęsta warstwa tłuszczu, lecz w ostatnie Boże Narodzenie profesor Lovell sprezentował jej przemyślne, wzmacniane srebrem ustrojstwo, dzięki któremu śmietana oddzielała się od mleka dosłownie w kilka sekund.

Sam uczony czystą formę wypieków poważał najmniej i do popołudniowej herbaty raczył się zawsze bułeczkami z dodatkiem sułtanek.

– Dlaczego mówimy na nie sułtanki? – spytał zafrapowany Robin. – Przecież to zwykłe rodzynki, prawda?

– Nie jestem pewna, serdeńko – odparła pani Piper. – Może kwestia pochodzenia? Sułtanka brzmi bardzo orientalnie. Richardzie, gdzie one rosną? W Indiach?

– W Azji Mniejszej – oświadczył profesor Lovell. – I nazywają się sułtankami, nie sułtanami, dlatego że nie mają nasienia.

– A widzisz, już wszystko wiemy. Najważniejsze jest nasienie. – Pani Piper puściła chłopakowi oczko.

Robin nie zrozumiał żartu, wiedział jednak, że nie lubi bułeczek z sułtankami. Ze swoich owoce wydłubywał pod nieuwagę opiekuna, po czym maczał bułkę w śmietanie i wciskał ją sobie do ust.

Drugą poza bułeczkami wielką namiętnością Robina stały się powieści. Dwa tuziny książek, które rok w rok przychodziły na jego kantoński adres, były zaledwie cienkim strumyczkiem. Teraz miał dostęp do powodziowej fali. Z książką nie rozstawał się nigdy, choć musiał wykazać się nieliché kreatywnością, by znaleźć w napiętym rozkładzie dnia czas na dodatkową lekturę – czytał więc przy stole, pałaszując potrawy pani Piper, lecz nie poświęcając im nawet jednej myśli; czytał w czasie zdrowotnych rundek po ogrodzie, choć dostawał od tego zawrotów głowy; próbował nawet czytać w kąpieli, lecz na nowym wydaniu „Pułkownika Jacka" Daniela Defoe pozostały tak nieładne ślady wilgotnych palców, że zawstydzony chłopiec tej praktyki zaniechał.

Powieści kochał ponad wszystko. Dickensowskie drukowane cykle były zajmujące i ciekawe, lecz największą przyjemność sprawiało mu trzymanie w dłoniach zamkniętej, skończonej opowieści. Pochłaniał powieści każdego gatunku. Podobał mu się cały katalog Jane Austen, choć czytając jej książki, często musiał zasięgać języka u pani Piper, która objaśniała mu tajemnice opisywanych przez autorkę konwenansów. (Gdzie jest Antigua? I dlaczego sir Thomas Bertram bez przerwy tam podróżował?)* Pożerał podróżnicze dzieła Thomasa Hope'a i Jamesa Moriera, dzięki którym poznał Greków i Persów, a przynajmniej pewną ich wymyślną wersję. Bardzo przypadł mu do gustu „Frankenstein" Mary Shelley, aczkolwiek nie był w stanie rozkoszować się w podobny sposób poezjami jej mniej utalentowanego męża, które uważał za znacznie przedramatyzowane.

Kiedy profesor Lovell wrócił po wspomnianym jesiennym trymestrze z Oksfordu, zabrał Robina do księgarni – Hatchards na Piccadilly, tuż naprzeciwko domu towarowego Fortnum & Mason. Chłopiec przystanął przed pomalowanymi na zielono drzwiami i otworzył szeroko oczy. Podczas swych wypadów do miasta mijał księgarnie po wielokroć, lecz nigdy nawet nie marzył, że wolno mu będzie wejść do środka. Z jakiegoś powodu wbił sobie do głowy myśl, iż sklepy z książkami są przeznaczone wyłącznie dla zamożnych dorosłych, a gdyby ośmielił się wejść, ktoś zaraz wytargałby go za ucho i wyrzucił na bruk.

– A to tylko sklep dla szerokiej publiczności – powiedział z uśmiechem uczony, widząc onieśmielenie podopiecznego. – Zaczekaj, aż zobaczysz bibliotekę na uniwersytecie.

Wewnątrz omiótł Robina wszechobecny gęsty aromat kurzu, drewna i świeżej farby drukarskiej. Przemknęło mu przez myśl, że gdyby tak właśnie pachniał tytoń, paliłby dzień w dzień.

Ruszył ku najbliższemu regałowi i trwożnie uniósł rękę ku prezentowanym książkom, choć żadnej nie dotknął. Zanadto się bał – wszystkie były nowe i świeże; na grzbietach nie widniało ani jedno pęknięcie, a kartki wydawały się gładkie i jasne. Robin nawykł do książek używanych, wyświechtanych, zawilgłych; nawet jego podręczniki gramatyki liczyły sobie po kilkadziesiąt lat. Tutejsze lśniące, niedawno oprawione książki sprawiały wrażenie przedmiotów zupełnie innego gatunku, takich, które należy raczej podziwiać z oddali, niż chwytać w ręce i czytać.

* Ponieważ posiadał niewolników.

– Wybierz sobie jedną – polecił profesor Lovell. – Powinieneś poznać uczucie nabywania pierwszej książki w życiu.

Wybrać? Tylko jedną? Jedną jedyną z całego tego skarbca? Robin nie znał żadnego tytułu i poczuł się przytłoczony wielością tekstów, które musiałby przewertować, aby dokonać rozsądnego wyboru. Wtem jego wzrok spoczął na konkretnej książce: „W służbie króla"* Fredericka Marryata, autora, którego jak dotąd nie czytał. Dobrze poznawać nowości, stwierdził w duchu.

– Hmm, Marryat? Osobiście nie znam, ale mówiono mi, że wśród twoich rówieśników cieszy się sporym uznaniem. – Profesor Lovell obrócił książkę w dłoniach. – Czyli ta, tak? Jesteś pewien?

Chłopiec skinął głową. Zdawał sobie sprawę, że jeśli nie podejmie decyzji od razu, nie wyjdzie z księgarni już nigdy. Czuł się jak konający z głodu człowiek, którego los rzucił w sam środek cukierni. Paleta możliwości przyprawiała o zawrót głowy, lecz nie chciał wystawiać cierpliwości opiekuna na próbę.

Kiedy wyszli na ulicę, profesor wręczył mu owiniętą w brązowy papier paczkę. Robin przycisnął prezent do piersi, najwyższym wysiłkiem woli powstrzymując się przed rozdarciem opakowania jeszcze przed powrotem do domu. Złożył opiekunowi wylewne podziękowania, lecz zauważył, że wprawiło to uczonego w niejakie zakłopotanie. Zaraz potem jednak Lovell zapytał, czy przyjemnie jest trzymać w dłoniach nową książkę. Chłopiec entuzjastycznie potaknął i po raz pierwszy odkąd pamiętał, wymienili z Anglikiem uśmiechy.

Robin zaplanował, że odłoży „W służbie króla" na niedzielę, kiedy na smakowanie nowej lektury będzie mógł poświęcić całe wolne od nauki popołudnie. Już jednak kiedy nastało czwart-

* „The King's Own" (przyp. tłum.)

kowe popołudnie, dalsze oczekiwanie okazało się ponad jego siły. Ledwie za panem Feltonem zamknęły się drzwi, w te pędy pochłonął przygotowany przez panią Piper chleb z serem, po czym pognał na górę do biblioteki, gdzie umościł się w ulubionym fotelu i zaczął czytać.

Zachwyt ogarnął go właściwie od pierwszych stron. Książka opowiadała o morskich przygodach; mówiła o zemście, brawurze i walce; o bitwach okrętów wojennych i dalekich rejsach. Myśli Robina popłynęły ku ich podróży z Kantonu i umieścił te wspomnienia w kontekście powieści, wyobraził sobie własne pojedynki z piratami, siebie samego budującego tratwę, zdobywającego ordery za męstwo i honor...

Skrzypnęły otwierane drzwi.

– Co ty robisz? – zapytał profesor Lovell.

Robin podniósł spojrzenie. Tak wyraźnie miał przed oczyma pokonującą wzburzone fale królewską flotę, że dopiero po chwili przypomniał sobie, gdzie jest.

– Robinie – powtórzył uczony – co robisz?

W bibliotece zrobiło się nagle bardzo zimno; złociste popołudnie zaszło cieniem. Chłopiec spojrzał za wzrokiem opiekuna na tykający nad wejściem zegar. Poczucie czasu stracił bez reszty. Choć przecież wskazówki musiały się mylić, prawda? Nie mógł w tym fotelu spędzić bitych trzech godzin.

– Przepraszam – wyjąkał oszołomiony. Czuł się jak wędrowiec z dalekiej krainy, przybysz zbyt gwałtownie przeniesiony z fal Oceanu Indyjskiego do tego mrocznego, lodowatego pomieszczenia. – Ja nie... Straciłem poczucie... czasu.

Wyraz twarzy profesora Lovella pozostawał zagadką. I tego Robin się przestraszył. Ten nieodgadniony mur, nieludzka obojętność spojrzenia przerażały nieskończenie bardziej niż najwścieklejsze wybuchy furii.

– Pan Chester czeka na dole już godzinę z okładem – powiedział uczony. – Osobiście nie zatrzymałbym go nawet na dziesięć minut, ale ja dopiero co wróciłem do domu.

Wyrzuty sumienia przyprawiły chłopca o skurcz żołądka.

– Naprawdę bardzo przepraszam, profesorze. Ja... – zaczął.

– Co takiego czytasz? – uciął Lovell.

Robin zawahał się i po chwili pokazał opiekunowi okładkę*.

– To ta książka, którą mi profesor kupił... Rozgrywa się właśnie walna bitwa i chciałem się przekonać, jak...

– Uważasz, że treść tego piekielnego powieścidła ma w ogóle jakiekolwiek znaczenie?

Kiedy w późniejszych latach Robin wracał do tego wspomnienia, niezmiennie przerażała go bezczelność własnej reakcji. Zapewne odpowiadała za nią przyćmiewająca myśli panika, gdyż zachował się – oceniając z perspektywy czasu – niedorzecznie głupio. Zamknął po prostu książkę i ruszył do drzwi, jakby wciąż miał szansę zdążyć na zajęcia, jakby występek tej skali mógł zostać tak gładko puszczony w niepamięć.

Profesor wziął zamach i uderzył Robina na odlew w lewy policzek.

Siła ciosu powaliła chłopaka na podłogę pod drzwiami. Nie poczuł bólu, raczej szok; wibrujące skronie nie bolały, jeszcze nie – ból przyszedł dopiero po kilku sekundach, gdy krew gwałtowną falą wypełniła mu głowę.

Lovell nie skończył. Gdy otumaniony chłopiec dźwignął się na klęczki, uczony sięgnął po stojący obok kominka pogrzebacz i smagnął nim przez prawą pierś podopiecznego. Raz i drugi. I znowu.

Robin zapewne bałby się bardziej, gdyby wcześniej postrzegał profesora jako człowieka zdolnego posłużyć się przemocą. To bicie jednak było tak niespodziewane, tak nieprzystające do

---

* „W służbie króla" była ostatnią książką Marryata, jaką Robin przeczytał w życiu. I bardzo dobrze. Powieści Fredericka Marryata, aczkolwiek pełne morskich awantur, tak fascynujących dla młodych angielskich chłopców, portretowały jednocześnie czarnoskórych jako szczęśliwych, zadowolonych ze swego losu niewolników, a amerykańskich Indian jako szlachetnych dzikusów bądź rozwiązłych pijaków. Chińczyków i Hindusów opisywał Marryat jako „rasy charakteryzujące się poślednim wzrostem i zniewieściałością charakteru".

postaci Anglika, że przede wszystkim wydawało się nierzeczywiste. Chłopcu nie przyszło nawet do głowy błagać, płakać czy choćby krzyknąć. Gdy pogrzebacz trzaskał mu o żebra po raz ósmy, dziewiąty, dziesiąty, kiedy poczuł na zębach smak krwi, był po prostu bezdennie zdumiony, że coś takiego jest w ogóle możliwe. Absurd. Miał wrażenie, że utknął we śnie.

Profesor Lovell wcale nie sprawiał wrażenia człowieka ogarniętego niepohamowanym szałem. Nie krzyczał, w jego spojrzeniu brakowało obłąkańczego błysku; nie zaczerwienił się nawet. Każdym mocnym, precyzyjnie mierzonym ciosem starał się po prostu zadawać jak najwięcej bólu, minimalizując zarazem ryzyko spowodowania trwałych obrażeń. Nie mierzył w głowę, nie wkładał w razy siły mogącej połamać żebra. Nie; chciał jedynie zostawić Robinowi sińce, ślady, które można było prostym sposobem ukryć i które z czasem musiały zniknąć bez reszty. Doskonale wiedział, co robi i jak. Zupełnie jakby nie był to jego pierwszy raz.

Po dwunastym uderzeniu nastąpił koniec. Profesor Lovell, stateczny i opanowany jak zwykle, odłożył precyzyjnym ruchem pogrzebacz na miejsce, cofnął się i zasiadł przy stole, skąd zmierzył milczącym spojrzeniem podopiecznego, który podniósł się na kolana i starł z twarzy tyle krwi, ile tylko zdołał.

– Sprowadzając cię z Kantonu, bardzo jasno dałem znać, jakie są moje oczekiwania – odezwał się uczony po przeciągłej chwili ciszy.

W gardle Robina wezbrał wreszcie płacz, dławiąca, opóźniona reakcja emocjonalna. Zebrał się jednak w sobie i przełknął łzy. Bał się pomyśleć, co mógł zrobić profesor, gdyby ważył się teraz choć zaszlochać.

– Wstań – rzucił zimno Lovell. – Usiądź.

Robin odruchowo posłuchał. Zauważył, że jeden z zębów trzonowych chwieje mu się na wszystkie strony. Trącił go koniuszkiem języka i skrzywił się, czując świeży strumyk słonawej krwi.

– Spójrz na mnie – polecił profesor Lovell.

Chłopiec podniósł wzrok.

– Cóż, za jedno należy cię pochwalić – zauważył uczony. – Kiedy dostajesz w skórę, nie płaczesz.

Robina zaswędziało w nosie. Łzy wciąż groziły powodzią i powstrzymywał je z coraz większym wysiłkiem. Miał wrażenie, że ktoś rytmicznie przebija mu skronie ostrym kolcem. Ból nie pozwalał niemal oddychać, lecz mimo to najważniejsze w tej chwili było nie dać po sobie niczego poznać. Tak okropnie i źle nie czuł się jeszcze nigdy w życiu. Chciał umrzeć.

– Nie będę pod swoim dachem tolerować lenistwa – podjął profesor Lovell. – Praca tłumacza nie jest łatwym kawałkiem chleba, Robinie. Ten fach wymaga zdolności skupienia. Dyscypliny. Od początku masz pod górkę z uwagi na niedostateczną znajomość języków klasycznych, a do nadrobienia wszystkich zaległości przed wstąpieniem na Oksford zostało ci zaledwie sześć lat. Nie możesz sobie pozwolić na gnuśność. Nie wolno ci marnować czasu na marzenia. – Zawiesił głos i westchnął. – Sugerując się doniesieniami panny Slate, pozwoliłem sobie żyć w nadziei, że wyrosłeś na chłopca pilnego i pracowitego. Teraz widzę, że się pomyliłem. Lenistwo i skłonność do szalbierstw są wśród twoich krajan powszechnymi cechami. Właśnie dlatego Chiny pozostają zacofane i bezwolne, podczas gdy wasi sąsiedzi pędzą z duchem postępu naprzód. Jesteście z urodzenia głupi, obdarzeni słabą wolą i niezdolni do ciężkiej pracy. Musisz się tym skłonnościom opierać, Robinie. Musisz nauczyć się pokonywać krążący w twych żyłach jad. Wielce zaryzykowałem, obstawiając, że posiądziesz tę umiejętność. Dowiedź tego, pokaż mi, że było warto, lub opłać sobie bilet powrotny do Kantonu. Chciałbyś wrócić? – Uczony, zaciekawiony, przechylił głowę na bok.

– Nie. – Robin głośno przełknął ślinę.

Odpowiedział szczerze. Nawet teraz, nawet gdy poznał trud nauki, nie był w stanie wyobrazić sobie innej przyszłości. Kanton oznaczał biedę, utratę wszelkiego znaczenia oraz niewiedzę. Kanton oznaczał zarazę. I rozbrat z książkami. A Londyn oznaczał wszelkie wygody, o jakich można zamarzyć. Londyn oznaczał również pewnego dnia Oksford.

– Skoro tak, zdecyduj w tej chwili, Robinie. Oddaj się bez reszty studiom, dokonaj wszelkich niezbędnych poświęceń i obiecaj, że już nigdy nie przyniesiesz mi takiego wstydu. Albo odpłyń do domu pierwszym statkiem. Trafisz z powrotem na ulicę, bez rodziny, bez fachu i pieniędzy. Nigdy nie otrzymasz drugiej takiej szansy, jaką dałem ci ja. Będziesz marzyć o powrocie do Londynu, o poznaniu Oksfordu. I nigdy, przenigdy nie dotkniesz nawet srebrnej sztabki. Tak więc – profesor Lovell odchylił się i zmierzył chłopca zimnym, oceniającym spojrzeniem – wybieraj.

Robin wyszeptał odpowiedź.

– Głośniej. Po angielsku.

– Przepraszam – wychrypiał chłopiec. – Chcę zostać.

– Znakomicie. – Uczony wstał z krzesła. – Pan Chester czeka na dole. Doprowadź się do porządku i idź na lekcje.

Robin jakimś cudem dotrwał do końca zajęć. Pociągał nosem, nie był w stanie się skupić, na jego policzku wykwitł potężny siniec, a pierś pulsowała tuzinem niewidocznych stłuczeń. Nauczyciel litościwie nawet słowem nie wspomniał o incydencie. Chłopiec wyrecytował wszystkie koniugacje i przy każdej się pomylił. Pan Chester cierpliwie poprawiał go uprzejmym, choć nieco sztucznym tonem. Spóźnienie nie poskutkowało skróceniem lekcji – pracowali jeszcze długo po porze kolacji i były to najdłuższe trzy godziny w całym życiu ucznia.

Następnego ranka profesor Lovell zachowywał się jakby nigdy nic. Kiedy Robin zszedł na śniadanie, opiekun zapytał, czy uporał się z zadanymi przekładami. Chłopiec potaknął. Pani Piper podała jajka na szynce, które zjedli w dziwnie gorączkowym milczeniu. Robina bolało przy przeżuwaniu i momentami przy przełykaniu – w ciągu nocy twarz opuchła mu jeszcze bardziej – lecz kiedy zakasłał, pani Piper poradziła jedynie, by kroił szynkę na drobniejsze kęsy. Po herbacie gospodyni uprzątnęła zastawę, a Robin poszedł po podręczniki do łaciny, żeby przygotować się na spotkanie z panem Feltonem.

Nie przyszło mu do głowy, że mógłby uciec, ani wówczas, ani w następnych tygodniach. Inne dziecko mógłby ogarnąć strach, mogłoby skorzystać z pierwszej szansy, by zniknąć wśród londyńskich zaułków. Inne dziecko, nawykłe do lepszego, bardziej życzliwego traktowania, mogłoby zrozumieć, że nonszalancja, z jaką dorośli tacy jak pani Piper, pan Felton i pan Chester podchodzą do obitego, posiniaczonego jedenastolatka, jest czymś koszmarnie złym. Robin jednak był tak wdzięczny za możliwość powrotu do poprzedniej normalności, że nie czuł nawet rozgoryczenia z powodu tego, co zaszło.

Zresztą nic podobnego już się nie powtórzyło. Robin mocno się o to postarał. Następne sześć lat spędził, ucząc się do upadłego. W pełni świadomy wiszącej nad nim bezustannie groźby wydalenia z kraju, podporządkował życie jednemu celowi – stać się studentem, jakiego chciał widzieć profesor Lovell.

Po roku greka i łacina zaczęły sprawiać mu więcej przyjemności, zdołał przyswoić już tyle cegiełek tworzących oba te języki, że potrafił samodzielnie wyławiać z nich większe skrawki znaczenia. Od tego momentu, mierząc się z nowymi tekstami, nie czuł się jak ślepiec w ciemności, lecz raczej jak człowiek, który uzupełnia treścią puste miejsca. Odnajdywanie właściwych form gramatycznych, wcześniej źródło dotkliwej frustracji, zaczęło mu przynosić tego rodzaju satysfakcję, jaką daje odstawienie książki na właściwe miejsce na półce lub odszukanie zaginionej skarpety – elementy tworzyły całość, zwartą i kompletną.

Na łacinie czytał Cycerona, Liwiusza, Wergiliusza, Horacego, Cezara i Juwenalisa; na grece zmagał się z Ksenofontem, Homerem, Platonem i Lizjaszem. Znienacka uświadomił sobie, że ma smykałkę do języków. Pamięć mu służyła i wykazywał się talentem do tonów i rytmu. Wkrótce w obu klasycznych językach osiągnął płynność, jakiej pozazdrościłby mu dowolny student Oksfordu. Z czasem profesor Lovell przestał wygłaszać kąśliwe uwagi na temat wrodzonej gnuśności podopiecznego, a kiwał tylko głową, słuchając o jego kolejnych postępach w wędrówce przez kanoniczne dzieła starożytnych.

Historia tymczasem kroczyła naprzód. W tysiąc osiemset trzydziestym roku zmarł król Jerzy IV, po którym tron objął jego młodszy brat, Wilhelm IV, człowiek wiecznego kompromisu, który w roli monarchy nie zadowalał nikogo. W tysiąc osiemset trzydziestym pierwszym przetoczyła się przez Londyn kolejna epidemia cholery, pozostawiając po sobie trzydzieści tysięcy trupów. Choroba uderzyła przede wszystkim w ludzi najuboższych i pozbawionych stałego adresu, biedaków tłoczących się w ciasnych, przeludnionych dzielnicach, niemających szans uciec przed przekazywanymi sobie wzajemnie miazmatami*. Hampstead pozostało nietknięte – z perspektywy profesora Lovella i jego przyjaciół żyjących w oddalonych od centralnych rejonów miasta, otoczonych murami rezydencjach, epidemia była tematem przelotnej wzmianki, powodem do pełnego współczucia westchnienia, czymś, o czym można szybko zapomnieć.

W tysiąc osiemset trzydziestym trzecim roku miało miejsce wydarzenie niezwykłej wręcz wagi – w Anglii i wszystkich jej koloniach zniesiono niewolnictwo, zastąpione czteroletnim okresem „terminowania" u byłych panów, mającym stanowić okres przejściowy przed całkowitym odzyskaniem wolności. W kręgach profesora Lovella nowinę przyjęto z umiarkowanym poczuciem rozczarowania, podobnym temu, jakiego doświadcza zawodnik krykieta po przegranym meczu.

* Widząc podawane przez prasę codzienną, z dnia na dzień rosnące liczby ofiar, Robin zwrócił się do pani Piper z pytaniem, dlaczego lekarze nie mogą po prostu uzdrowić wszystkich chorych za pomocą srebra, tak jak jego uzdrowił profesor Lovell. „Srebro jest drogie" – odpowiedziała gospodyni i nigdy już do tego tematu nie wracali.

– Cóż, tą jedną decyzją zniszczono wszystko, czym były dla nas Indie Zachodnie – poskarżył się pan Hallows. – Abolicjoniści z tym swoim przeklętym moralizatorstwem! Powtarzam i będę powtarzać, że ta abolicyjna obsesja stanowi wytwór brytyjskiej potrzeby, każącej nam przynajmniej pod względem kulturowym dążyć do zachowania przewagi nad utraconą Ameryką. Zresztą czy ku tej zmianie istniały jakiekolwiek rzeczywiste powody? Jak powszechnie wiadomo, wszyscy ci nieszczęśnicy w Afryce identyczną niewolę cierpią pod rządami tyranów, których nazywają królami*.

– W kwestii Indii Zachodnich nie traciłbym nadziei – odparł profesor Lovell. – Wciąż dozwolona jest przecież pewna forma pracy przymusowej...

– Ale nie opiera się już na posiadaniu! To drastycznie osłabia całą instytucję.

– Może jednak mamy do czynienia z zapowiedzią lepszej przyszłości? Wszak wyzwoleńcy istotnie pracują lepiej niż niewolnicy, a utrzymywanie niewolnictwa jest droższe niż wolny rynek pracy.

– Naczytałeś się za dużo Smitha. Na znakomity pomysł wpadli Hobart i MacQueen, należy po prostu przemycić tam statek wyładowany po brzegi Chińczykami** i sprawa rozwiązana. To zmyślni i zdyscyplinowani osobnicy. Richard może zaświadczyć osobiście...

---

* Pan Hallows zapomina tutaj, iż niewolnictwo uprzedmiotawiające, w którego ramach niewolnik traktowany jest jak osobista własność, a nie samodzielny podmiot, stanowi wynalazek czysto europejski.

** Rzeczywiście, w początkowym okresie po wyzwoleniu Haiti Brytyjczycy zaczęli rozważać plan importowania tam pracowników innych ras, takich właśnie jak Chińczycy („plemię trzeźwe, cierpliwe i przedsiębiorcze"), co miało stanowić alternatywę dla niewolników z Afryki. W roku 1806 statek „Fortitude" przewiózł dwustu chińskich robotników na Trynidad, gdzie mieli stworzyć kolonię będącą w zamyśle „barierą między nami a czarnymi". Kolonia upadła, a większość pracowników wróciła do ojczystych Chin. Niemniej idea zastępowania Afrykańczyków siłą roboczą chińskiego pochodzenia odżywała co jakiś czas przez całe XIX stulecie.

– Skądże znowu! Richard uważa, że to lenie, czyż nie, Richardzie?

– Natomiast najbardziej życzyłbym sobie – wtrącił pan Ratcliffe – żeby w dyskusjach o zniesieniu niewolnictwa przestały wreszcie brać udział kobiety. Już teraz dostrzegają w tej sytuacji zbyt wiele podobieństw do własnego położenia, jeszcze gotowe wpaść na podobny pomysł.

– Jak to? – odezwał się profesor Lovell. – Czyżby pani Ratcliffe była niezadowolona ze swej sytuacji?

– Wydaje się jej, że od abolicji już tylko mały krok do przyznania kobietom praw wyborczych. – Pan Ratcliffe zaniósł się nieprzyjemnym śmiechem. – To by dopiero była heca.

W ten sposób rozmowa zeszła na temat niedorzeczności praw kobiet.

Robin stwierdził w duchu, iż nigdy nie zrozumie tych ludzi, rozmawiających o świecie i targających nim wydarzeniach jak o wielkiej partii szachów, w której całe kraje i narody są figurami, wedle woli i kaprysu przesuwanymi z jednego pola na inne.

Tak, świat zewnętrzny stanowił dla nich przedmiot abstrakcyjny, lecz jeszcze bardziej abstrakcyjny zdawał się samemu Robinowi, który nie był osobiście zaangażowany w żaden z omawianych procesów. Chłopak przeżywał swoją epokę za pośrednictwem zminiaturyzowanego świata rezydencji profesora Lovella. Reformy, powstania w koloniach, bunty niewolników, ruch sufrażystek i gorące debaty w parlamencie znaczyły dla niego tyle co nic. Ważne były jedynie martwe języki i fakt, że pewnego dnia, dnia przybliżającego się z każdym mijającym rokiem, wstąpi na uniwersytet, który wciąż znał jedynie ze ściennego malowidła – uniwersytet w mieście wiedzy, w mieście śniących iglic.

Koniec nastąpił bez fanfar i ceregieli. Pewnego dnia pan Chester oświadczył po prostu zbierającemu książki Robinowi, że ich wspólne lekcje były dla niego przyjemnością i życzy mu akademickich sukcesów. W ten właśnie sposób chłopak dowiedział się, że w następnym tygodniu zostanie wysłany do Oksfordu.

– A, tak – odparł zagadnięty o to profesor Lovell. – Czyżbym zapomniał wspomnieć? Pisałem już do władz kolegium. Oczekują twojego przybycia.

Podobno odbyła się pewna procedura, wymiana listów polecających i gwarancji finansowych, dzięki której Robin znalazł się na uczelni, lecz on sam nie brał w tym udziału. Opiekun po prostu poinformował go, że zakwaterowanie ma zapewnione od dwudziestego dziewiątego września, więc najlepiej będzie, jeżeli wieczorem dwudziestego ósmego będzie już w pełni spakowany.

– Dotrzesz na miejsce kilka dni przed rozpoczęciem trymestru. Pojedziemy razem.

W ostatni przed wyjazdem wieczór pani Piper upiekła z myślą o Robinie całą tacę niewielkich, twardych, okrągłych herbatników, tak aromatycznych i łamliwych, że zdawały się topnieć w ustach.

– Nazywamy to kruchym ciastem – wyjaśniła. – Pamiętaj, że zawierają sporo cukru, więc nie zjedz wszystkich za jednym posiedzeniem. Rzadko je piekę. Richard jest zdania, że słodycze psują chłopięcy charakter. Ty jednak w pełni sobie zasłużyłeś.

– Kruche ciasto – powtórzył chłopak. – Bo szybko się psuje?*

W podobny sposób zabawiali się od dnia pamiętnej dyskusji na temat *bannocka*.

– Nie, serdeńko – zaśmiała się. – Dlatego że powstaje z takich jakby okruszków. Tłuszcz w pewnym sensie „skraca" ciasto. Stąd nazwa.

---

* Kruche ciasto po angielsku to *shortbread*, dosłownie „krótkie ciasto" (przyp. tłum.).

Robin przełknął obracaną w ustach słodką, tłustawą grudkę i popił ją łykiem mleka.

– Pani Piper, będę za pani etymologicznymi pogadankami tęsknić jak diabli.

Ku jego zaskoczeniu oczy kobiety zaczerwieniły się w kącikach.

– Pisz zawsze, kiedy uznasz, że przyda ci się paczka wiktuałów – powiedziała gospodyni z nietypową chrypką w głosie. – Nie wiem wprawdzie, jak wygląda życie na tych uniwersytetach, ale wiem, że karmią tam karygodnie.

ROZDZIAŁ

TRZECI

Lecz tak się nigdy nie stanie: nam wystarczyć musi
Jedyne to miasto, gdzie bestii nie ma śladu,
Którego nie wzniosła zysku żądza, co kusi,
ni wilczy głód władzy, imperialnego ładu.

C.S. Lewis, „Oxford"
(przeł. Grzegorz Komerski)

Następnego dnia rano Robin z profesorem Lovellem udali się dwukółką na dworzec w centrum Londynu, gdzie przesiedli się do dyliżansu, który miał zawieźć ich aż do samego Oksfordu. Czekając na otwarcie drzwi, Robin zabawiał się, próbując odgadnąć pochodzenie nazwy pojazdu. Cząstka *coach* zdawała mu się oczywista, lecz dlaczego *stage*? Czyżby dlatego, że płaski, szeroki powóz przypominał w jakimś odległym sensie scenę?* A może takimi pojazdami podróżowały aktorskie trupy? Nie, chyba jednak nie. O dyliżansie można było powiedzieć sporo, ale skojarzenie ze sceną było jednak zbyt szalone.

– Dlatego że podróż odbywa się etapami – wyjaśnił profesor, gdy Robin uznał się za pokonanego i zapytał. – Konie, po-

---

* Dyliżans po angielsku to *stagecoach*. *Coach* oznacza „powóz", „karetę" czy po prostu „pojazd", a *stage* to „scena" bądź „etap" (przyp. tłum.).

dobnie jak ludzie, niechętnie pokonują biegiem całą drogę do Oksfordu za jednym zamachem. Ja jednak nie znoszę nocować w przydrożnych zajazdach, więc nasza podróż odbędzie się w jednym etapie. Mniej więcej dziesięć godzin bez żadnych postojów. Radzę, abyś skorzystał zawczasu z toalety.

W powozie poza nimi znalazła się dziewiątka innych pasażerów – dobrze ubrana czteroosobowa rodzina i grupka przygarbionych dżentelmenów w burych garniturach z łatami na łokciach, w których Robin domyślił się uniwersyteckich wykładowców.

Chłopak siedział wciśnięty pomiędzy opiekuna a jednego z jegomości w garniturach. Na rozmowę pora była stanowczo zbyt wczesna. Kiedy dyliżans potoczył się naprzód po bruku, pasażerowie zapadli w drzemkę bądź zapatrzyli się pustym wzrokiem w nieokreśloną dal. Robin dopiero po jakimś czasie uświadomił sobie, że kobieta zajmująca miejsce naprzeciwko raz po raz odrywa wzrok od drutów i włóczki i ukradkowo na niego zerka. Kiedy spojrzał jej w oczy, natychmiast zwróciła się do profesora Lovella.

– Czy on pochodzi z Orientu? – spytała.

– Przepraszam, nie dosłyszałem? – Wyrwany z drzemki uczony raptownie poderwał głowę.

– Pytałam o pańskiego chłopaka – podjęła nieznajoma. – Czy pochodzi może z Pekinu?

Robin rzucił okiem na opiekuna, bardzo był ciekaw, co zaraz usłyszy.

Lovell jednak pokręcił tylko głową.

– Z Kantonu – odparł lakonicznie. – To dalej na południe.

– Ach... – Kobieta przyjęła brak dalszych wyjaśnień z wyraźnym niezadowoleniem.

Uczony ponownie zapadł w sen. Nieznajoma tymczasem otaksowała Robina jeszcze jednym niepokojąco zaintrygowanym spojrzeniem, po czym skupiła uwagę na swoich pociechach. Chłopak przez cały czas milczał. Z jakiegoś niezrozumiałego dla siebie powodu poczuł w piersi dziwny ucisk.

Dzieci kobiety przyglądały mu się za to nieprzerwanie; siedziały z szeroko otwartymi oczyma i rozdziawionymi buziami, co byłoby nawet urocze, gdyby Robin nie czuł się przez nie jak dziwadło w rodzaju dwugłowej kozy. W pewnym momencie chłopczyk pociągnął matkę za rękaw, a kiedy się nachyliła, szepnął jej coś na ucho.

– Och... – Zachichotała, po czym spojrzała na Robina. – Chciałby się dowiedzieć, czy widzisz.

– Że... co?

– Py-ta, czy wi-dzisz. – Nieznajoma podniosła głos, a wszystkie sylaby wydeklamowała przesadnie wyraźnie, jakby chłopak miał kłopoty ze słuchem. (Podobnych sytuacji Robin doświadczał często na pokładzie „Hrabiny Harcourt" i za nic nie potrafił zrozumieć, dlaczego Anglicy traktują osoby nieznające ich języka jak przygłuche). – Czy przez takie oczy widać wszystko wyraźnie? Czy oglądasz świat jak przez szparki?

– Wzrok mam doskonały – odpowiedział Robin półgłosem.

Rozczarowany odpowiedzią malec skupił się na podszczypywaniu siostry, a jego matka, jakby nigdy nic, wróciła do swojej robótki.

Rodzina wysiadła w Reading, a kiedy zniknęli, Robin zauważył, że oddycha mu się znacznie swobodniej. Co więcej, mógł nareszcie wyprostować nogi i dać odpocząć zesztywniałym kolanom, nie ściągając na siebie podejrzliwych spojrzeń nieznajomej, która zerkała w takich chwilach z obawą, jakby próbował ją okraść.

Przez ostatnie mniej więcej dziesięć mil trasa podróży wiodła wśród idyllicznie zielonych pastwisk, upstrzonych pasącymi się to tu, to tam stadami krów. Robin próbował czytać przewodnik zatytułowany „Uniwersytet w Oksfordzie i jego kolegia", lecz dopadła go migrena i odpłynął w drzemkę. Niektóre dyliżanse wzmacniane były srebrem, dzięki czemu toczyły się po drogach gładko jak po lodzie, lecz ich pojazd należał do starszych modeli i bezustanne podskoki mocno męczyły. Chłopaka obudził terkot kół na kocich łbach. Rozejrzał się i stwierdził, że znajdują się na High Street, tuż przed bramą jego nowego domu. Uniwersytet Oksfordzki składał się z dwudziestu dwóch kolegiów, z których każde posiadało własny kompleks mieszkalny, osobny herb, stołówkę, obyczaje i tradycje. Najbogatsze były kolegia Christ Church, Trinity, St. John's i All Souls, w związku z czym ich tereny i zabudowania prezentowały się najbardziej okazale.

– Powinieneś znaleźć sobie w nich przyjaciół, po to choćby, żeby zwiedzić ogrody – podpowiedział profesor Lovell. – Studentów z kolegiów Worcester i Hertford możesz spokojnie ignorować. Ubóstwo i brzydota. – Robin nie był pewien, czy opiekun ma na myśli ogrody, czy ludzi. – A karmią wyjątkowo podle. – Kiedy wysiadali z dyliżansu, jeden z dżentelmenów w garniturach rzucił uczonemu kwaśne spojrzenie.

Robin miał zamieszkać w kwaterze należącej do kolegium University. Z przewodnika wiedział, że powszechnie nazywa się je „Univ", że zapewnia dach nad głową wszystkim studentom Królewskiego Instytutu Translatoryki, a pod względem estetycznym jest „dostojne, czcigodne i majestatyczne, jak przystało na najstarszą córę uniwersytetu". I rzeczywiście sprawiało wrażenie gotyckiego sanktuarium; fronton budynku składał się w przeważającej mierze z wieżyczek i szeregów identycznych okien, otwierających się w gładkich, białych ścianach.

– No cóż, jesteś na miejscu. – Profesor Lovell stanął z dłońmi w kieszeniach, sprawiał wrażenie lekko zakłopotanego.

Odwiedzili już budkę portiera, odebrali klucze Robina i przetaszczyli jego kufry ze środka High Street na chodnik. Pożegnanie stało się nieuchronne. Z tym że uczony nie miał pojęcia, jak się do niego zabrać.

– Cóż – powtórzył profesor – do rozpoczęcia nauki masz jeszcze kilka dni, więc powinieneś je wykorzystać na zapoznanie się z miastem. Mapę masz... tak, tam... Chociaż Oksford jest na tyle nieduży, że już po kilku przechadzkach nauczysz się go na pamięć. Może poszukaj kolegów z roku; myślę, że też się już sprowadzili. Ja kwateruję na północ stąd, w dzielnicy Jericho. Wskazówki znajdziesz w tej kopercie. Pani Piper dojedzie do mnie w przyszłym tygodniu i podobnie jak ja spodziewa się za dwie soboty ugościć cię na kolacji. Myślę, że bardzo się na twój widok ucieszy. – Wszystko to brzmiało jak recytacja z góry przygotowanej listy. Profesor Lovell miał wyraźny kłopot ze spojrzeniem podopiecznemu prosto w oczy. – Wszystko się zgadza? Jesteś gotów?

– Och tak – rzucił Robin. – Ja również z radością zobaczę panią Piper.

I znowu zapadło między nimi milczenie. Chłopak był niemal pewien, że istnieją jakieś inne słowa, których powinien użyć, słowa zdolne należycie podkreślić i uhonorować ten moment – chwilę jego wejścia w dojrzałość, rozstanie z domem, wstąpienie na uczelnię. Nie potrafił ich sobie jednak wyobrazić, podobnie zresztą jak profesor Lovell.

– Więc cóż. – Uczony skinął energicznie głową i odwrócił się w kierunku High Street, jakby chcąc potwierdzić, że nie jest już potrzebny. – Poradzisz sobie z bagażami? – spytał jeszcze.

– Tak, profesorze.

– Więc cóż... – powtórzył Lovell i ruszył przed siebie.

Niezbyt wdzięczny dobór pożegnalnych słów, sugerujący, że nastąpi jakiś ciąg dalszy. Chłopak przez chwilę odprowadzał opiekuna spojrzeniem, podświadomie spodziewając się, że profesor się odwróci, lecz ten skoncentrował się już na wzywaniu powozu. Dziwne, owszem, lecz Robin tym się nie przejął. Ich stosunki od początku wyglądały w ten właśnie sposób: niedokończone rozmowy, tematy, których lepiej nie poruszać.

Kwatera Robina znajdowała się pod adresem Magpie Lane 4* – pokryty zieloną farbą budynek stojący w połowie lekko zakrzywionej, wąskiej alejki, łączącej High Street z Merton Street. Przy drzwiach ktoś już stał i zmagał się z zamkiem. Nieznajomy również musiał być nowym studentem – wokół zalegały na bruku torby podróżne i kufry.

Był też, co Robin zauważył po kilku kolejnych krokach, młodzieńcem w oczywisty sposób wywodzącym się spoza Anglii. Prawdopodobnie z jednego z krajów Azji Południowej. Robin widywał w Kantonie marynarzy o podobnym odcieniu skóry i wszyscy oni schodzili na ląd ze statków przybywających z Indii. Chłopak miał gładką, przydymioną cerę, był wysoki i proporcjonalnie zbudowany, a przy tym okazał się posiadaczem najdłuższych, najczarniejszych rzęs, jakie Robin widział w życiu. Ocienione nimi oczy zmierzyły go od stóp do głów, po czym spoczęły pytająco na twarzy – Robin domyślił się, że nieznajomy stara się odgadnąć jego pochodzenie.

– Nazywam się Robin – wypalił. – Robin Swift.

– Ramiz Rafi Mirza – przedstawił się z dumą młodzieniec i wyciągnął rękę. Posługiwał się wymową niemal tak znakomitą, jak sam profesor Lovell. – Lub po prostu Rami, jeśli wolisz. A ty... będziesz studiować w Instytucie Translatoryki, prawda?

– Zgadza się – odparł Robin. – Pochodzę z Kantonu – dodał, wiedziony przeczuciem.

– Kalkuta. – Mięśnie twarzy Ramiego zauważalnie się rozluźniły.

– Dopiero przyjechałeś?

– Do Oksfordu tak. Do Anglii nie. Cztery lata temu przypłynąłem do Liverpoolu, a od tamtej pory kisiłem się w wielkiej, śmiertelnie nudnej posiadłości w Yorkshire. Opiekun chciał,

* Dawniej uliczka ta nosiła nazwę Gropecunt Lane i była, jak można się domyślić, ulicą domów publicznych. W przewodniku Robina o tym nie wspomniano.

Grope znaczy „obściskiwać", a *cunt* to bardzo nieeleganckie określenie „kobiety" tudzież pewnego elementu jej anatomii (dop. tłum.).

żebym przed wstąpieniem na uniwersytet zaaklimatyzował się w angielskim społeczeństwie.

– Ze mną było tak samo! – rzucił Robin z przejęciem. – I jak wrażenia?

– Paskudna pogoda. – Kącik ust Ramiego drgnął ku górze. – A jedynym, co mogę tu przełknąć, są ryby.

Wymienili szerokie uśmiechy.

Robin poczuł nagle, że coś rozpiera mu pierś. Osobliwe uczucie. Jeszcze nigdy nie spotkał człowieka, który znajdowałby się w takiej samej lub podobnej sytuacji co on, i ogarnęło go silne przeczucie, że gdyby zbadał rzecz głębiej, odkryłby przynajmniej tuzin dodatkowych podobieństw. Chciał zadać tysiąc pytań, lecz nie miał pojęcia, od czego zacząć. Czy Rami również był sierotą? Kim był jego dobroczyńca? Jak się żyło w Kalkucie? Czy odwiedzał swoje rodzinne miasto? Co go sprowadzało do Oksfordu? Nagle Robina opadł niepokój – zesztywniały język nie był w stanie złożyć ani słowa... W dodatku pozostawała jeszcze kwestia kluczy i rozrzuconych na bruku bagaży, przez które uliczka wyglądała, jakby huragan zrzucił na nią zawartość okrętowej ładowni...

– Nie sądzisz, że powinniśmy... – wydukał Robin w tej samej chwili, w której Rami rzucił:

– Może otworzymy?

Zaśmiali się.

– Wciągnijmy to do środka. – Rami z uśmiechem trącił czubkiem buta najbliżej leżący kufer. – Mam tu gdzieś pudełko bardzo udatnych słodyczy. Chyba nie pozwolimy im doczekać wieczora, co?

Ich mieszkania – numery sześć i siedem – znajdowały się naprzeciwko siebie, po dwóch stronach korytarza. Każde składało się ze sporej sypialni i salonu, wyposażonego w niski stół, pusty regał i kanapę. Kanapa i stół wydały się chłopcom zbyt oficjalne, rozsiedli się więc po turecku na podłodze w pokoju Ramiego i przyjrzeli sobie niczym onieśmielone dzieci, niepewne, co począć z rękoma.

Rami dobył z jednej z toreb owiniętą w kolorowy papier paczkę i ułożył ją między nimi.

– Pożegnalny podarek od sir Horace'a Wilsona, mojego opiekuna. Dał mi jeszcze butelkę porto, ale wyrzuciłem. Na co masz ochotę? – Rami rozdarł papier. – Są toffi, karmelki, czekoladki, orzeszki w polewie i szeroki wybór kandyzowanych owoców...

– O rany...! Skuszę się na toffi, dziękuję.

Robin nie potrafił sobie przypomnieć, kiedy ostatnio rozmawiał z rówieśnikiem*. Dopiero teraz zaczynał rozumieć, jak bardzo potrzebuje przyjaciela, lecz nie miał pojęcia, jak nawiązuje się przyjaźnie, a perspektywa fiaska przyprawiła go o nagły atak paniki. Co będzie, jeśli Rami uzna go za nudziarza? Albo osobę irytującą? Nadmiernie uprzejmą? Odgryzł kawałek toffi, przełknął i złożył dłonie na kolanach.

– To może opowiedz mi o Kalkucie? – zagaił.

Rami zareagował szerokim uśmiechem.

W przyszłości Robin bardzo często wracał wspomnieniami do tamtego wieczora. Niezmiennie zdumiewała go tajemnicza alchemia tego spotkania, łatwość, z jaką ze sobą obcowali; surowo wychowani, obcy sobie ludzie w ciągu minut stali się pokrewnymi duszami. Rami sprawiał wrażenie równie podekscytowanego jak Robin. Rozmawiali bez końca. Żaden temat nie był tabu; w każdej kwestii albo zgadzali się natychmiast –

* Był chłopiec nazwiskiem Henry Little, który pewnego razu odwiedził Hampstead ze swoim ojcem, kolegą profesora Lovella z Królewskiego Towarzystwa Azjatyckiego. Robin próbował zainteresować nowego znajomego rozmową o bułeczkach, co uznał za wstęp równie dobry jak każdy inny. Henry Little jednak bez słowa wyciągnął ręce i pociągnął Robina za powieki tak mocno, że Robin odruchowo kopnął go w piszczel. W efekcie Robin został zesłany do swojego pokoju, a młody Little do ogrodu. Od tamtej pory profesor Lovell nie zapraszał już kolegów wraz z pociechami.

tak, owszem, bułeczki bez sułtanek są znacznie smaczniejsze, albo wszczynali fascynującą dysputę – nie, Londyn to naprawdę urocze miasto; wy, wiejskie myszki jesteście po prostu uprzedzeni z zazdrości. Tylko, proszę, nie próbuj się kąpać w Tamizie.

W pewnym momencie zaczęli deklamować poezję – prześliczne kuplety w języku urdu, które jak wyjaśnił Rami, nazywają się gazelami, i wiersze z epoki Tang, za którymi Robin wcale nie przepadał, lecz wiedział, że na słuchaczach robią spore wrażenie. A za wszelką cenę chciał wywrzeć dobre wrażenie na Ramim. Rami był dowcipny, oczytany i zabawny. Na każdy temat miał przemyślaną, zdecydowaną opinię. Brytyjskie kulinaria. Brytyjskie maniery i rywalizacja pomiędzy Oksfordem a Cambridge („Oksford jest od Cambridge większy, lecz Cambridge jest ładniejsze, aczkolwiek jestem zdania, że Cambridge powstało, żeby pomieścić gdzieś ludzi pomniejszych talentów"). Zjeździł pół świata; odwiedził Lucknow, Madras, Lizbonę, Paryż i Madryt. Rodzinne Indie w jego ustach zakrawały na raj:

– Ach, jakie tam rosną mango, Ptaszyno. – Bo z miejsca zaczął nazywać Robina Ptaszyną*. – Nieziemsko soczyste. Na tej żałosnej wysepce nie kupisz nawet zbliżonych. Od lat nie miałem takiego mango w ustach. Wszystko bym oddał, żeby choć zobaczyć prawdziwe bengalskie mango.

– Czytałem „Księgę tysiąca i jednej nocy" – wypalił pijany emocjami Robin, również chcąc okazać się człowiekiem obytym.

– Kalkuta nie należy do świata arabskiego, Ptaszyno.

– Wiem. – Robin zalał się rumieńcem. – Chciałem tylko...

– Ale, ale! Nie wspominałeś, że znasz arabski! – Rami nie pozwolił mu dokończyć.

– Bo nie znam. Czytałem w przekładzie.

– Czyim? – westchnął Rami.

---

* Robin to również angielska nazwa ptaka, po polsku zwanego rudzikiem (przyp. tłum.).

– Jonathana Scotta? – odpowiedział niepewnie Robin po chwili grzebania w pamięci.

– Okropność! – Rami machnął ręką. – Wyrzuć tę książkę czym prędzej. Zacznijmy od tego, że nie jest to nawet przekład bezpośredni. Scott tłumaczył na angielski z wersji francuskiej. A po drugie, efekt nawet w przybliżeniu nie przypomina oryginału. Musisz wiedzieć, że Galland, Antoine Galland, francuski tłumacz, zrobił, co tylko mógł, aby sfrancuzić dialogi, i pozbył się wszystkich kulturowych detali, które według niego mogłyby wprawić paryskiego czytelnika w zakłopotanie. Konkubiny Haruna Ar-Raszida to u niego *dames ses favourites*. Faworyty. Sam powiedz, jak można pomieszać konkubinę z faworytą? Ponadto całkowicie wyciął co bardziej erotyczne ustępy, a gdzie widział taką potrzebę, wtrącił kulturowe wyjaśnienia. Wytłumacz mi, naprawdę chciałbyś czytać epos, czując przy pikantnych fragmentach na szyi oddech rozdygotanego Francuza?

Przez cały czas tyrady Rami zamaszyście gestykulował. Było jasne, że nie jest naprawdę zły, był po prostu pełen żaru i w oczywisty sposób błyskotliwy, a przy tym bez reszty pochłonięty przekazywaniem światu prawdy. Robin, naraz zachwycony i zdumiony, odchylił się i przyjrzał uroczej, pobudzonej twarzy nowego kolegi.

Mógłby się rozpłakać. Rozpaczliwa samotność dręczyła go od dawna, a uświadomił to sobie dopiero teraz. I teraz nie był już samotny. Doznanie okazało się tak cudowne, że nie wiedział, co ze sobą począć.

Gdy wreszcie opadła ich senność tak wielka, że nie byli w stanie dokończyć zdania, cała podłoga usłana była lepkimi papierkami, a słodyczy w paczce została najwyżej połowa. Ziewając, życzyli sobie dobrej nocy. Robin, powłócząc nogami, wrócił do siebie, zamknął drzwi i stanął twarzą w twarz z pustym mieszkaniem.

To miał być jego dom na cztery najbliższe lata – to nakryte niskim, ukośnym sufitem łóżko, na którym miał się co rano budzić, ten cieknący kran nad umywalką, przy której będzie obmywać twarz, i to biurko w kącie, nad którym będzie się wieczorami garbić, pisząc przy świecach ociekających woskiem aż na parkiet.

Po raz pierwszy od przybycia do Oksfordu uderzył go fakt, że musi tu zbudować nowe życie. Wyobraził je sobie: stopniowe gromadzenie książek i drobiazgów, które wypełnią pusty teraz regał, powolne niszczenie świeżych, wykrochmalonych lnianych koszul, które wciąż jeszcze czekały w kufrach, procesję pór roku, widoczną za wstrząsanym powiewami wiatru, niedomykającym się oknem nad łóżkiem. A po drugiej stronie korytarza Rami.

Całkiem nieźle.

Łóżko nie było zasłane, lecz chłopak nie miał siły na szukanie pościeli i mocowanie się z poszewkami. Skulił się po prostu na boku i nakrył płaszczem. Nie minęła chwila, a już mocno spał z szerokim uśmiechem na twarzy.

Zajęcia miały się zacząć dopiero trzeciego października, co pozostawiało Robinowi i Ramiemu trzy dni na swobodne odkrywanie miasta.

Nastały trzy najszczęśliwsze dni w życiu Robina. Nie musiał niczego czytać, nie wisiały nad nim lekcje do odrobienia, nie uczył się niczego na pamięć, nie pisał żadnych rozprawek. Po raz pierwszy zyskał pełnię kontroli nad własnym portfelem i rozkładem dnia. W efekcie oszalał z wolności.

Pierwszy dzień poświęcili na sprawunki. Udali się do firmy krawieckiej Ede & Ravenscroft, gdzie wyfasowali sobie togi; w księgarni Thornton's zaopatrzyli się we wszystkie wymagane w trakcie nauki podręczniki; na straganach targu Cornmarket zakupili imbryki, łyżki, pościel i lampy naftowe. Kiedy zdobyli już wszystkie, jak sądzili, akcesoria niezbędne w studenckim życiu, stwierdzili, że w kieszeniach pozostały im jeszcze spore sumki, a co więcej, ubóstwo nie groziło im też w przyszłości – obaj mieli stypendia pozwalające co miesiąc inkasować w kwesturze tę samą kwotę.

Pozwolili więc sobie na rozrzutność. Kupili torebki kandyzowanych orzechów i karmelków. W uniwersyteckiej wypożyczalni wynajęli łodzie wiosłowe i przez całe popołudnie obijali się o brzegi rzeki Cherwell. Wybrali się do kawiarni na Queen's Lane, gdzie przeputali astronomiczne kwoty na wypieki, jakich nie kosztowali nigdy wcześniej. Ramiemu bardzo przypadły do gustu owsiane ciastka: „To jest takie smaczne, że rozumiem już, dlaczego warto być koniem!". Robin z kolei wolał lukrowane bułeczki, tak słodkie, że zęby bolały go po nich jeszcze kilka dobrych godzin.

W Oksfordzie odstawali od tłumu niczym spuchnięte kciuki. Początkowo Robin był tym dość poruszony. W Londynie, ośrodku nieco bardziej kosmopolitycznym, cudzoziemcy nigdy nie prowokowali aż tak przeciągłych spojrzeń. Mieszkańcy Oksfordu jednak zdawali się nieustannie ich obecnością zaskoczeni. Zdecydowanie więcej uwagi ściągał na siebie Rami. Robin wyglądał obco jedynie z bliska i w odpowiednim oświetleniu, Rami był inny wyraźnie i natychmiastowo.

– O tak – rzucił z przesadnym akcentem, jakiego Robin dotąd u niego nie słyszał, gdy piekarz zapytał go, czy pochodzi z Hindustanu. – Mam tam też liczną rodzinę. Nie powtarzaj nikomu, ale w rzeczywistości jestem członkiem rządzącej dynastii. Jestem czwarty w kolejce do tronu... Jakiego tronu? Och, lokalnego, nasz ustrój jest wielce skomplikowany. A pałac opuściłem, bo chciałem doświadczyć normalnego życia, zdobyć porządne brytyjskie wykształcenie, rozumiesz.

– Dlaczego mówiłeś tak dziwnie? – zaciekawił się Robin, kiedy wyszli z piekarni. – I co to ma znaczyć, że jesteś w kolejce do tronu?

– Każdy Anglik na mój widok próbuje ustalić, do jakiej opowieści należę – odpowiedział Rami. – Albo jestem brudnym, kradnącym na lewo i prawo robotnikiem, albo sługą w domu jakiegoś nababa. W Yorkshire doszedłem do wniosku, że najwygodniej mi, kiedy myślą, iż jestem mogolskim księciem.

– Ja zawsze próbowałem się wpasować – przyznał Robin.

– W moim przypadku to wykluczone – odparł Rami. – Ja muszę odgrywać rolę. W Kalkucie często opowiada się historię Sake'a Deana Mahomeda, pierwszego muzułmanina z Bengalu, który dorobił się w Anglii prawdziwych pieniędzy. Ma białą żonę, Irlandkę. Posiada nieruchomości w Londynie. A wiesz, jak tego dokonał? Otworzył restaurację, lecz ta upadła. Następnie próbował zatrudnić się jako lokaj, lecz i to mu nie wyszło. Wówczas wpadł na genialny pomysł i otworzył w Brighton gabinet pielęgnacji orientalnej. – Rami zachichotał. – Prosimy, prosimy, odetchnijcie leczniczymi oparami! Zaznajcie rozkoszy masażu indyjskimi olejkami! W mig zapomnicie, co to astma i reumatyzm. Nasze szampony i oleje leczą również paraliż. Oczywiście w Indiach nikt w takie rzeczy nie wierzy, ale wystarczyło, że Dean Mahomed przekonał cały świat, że posiada egzotyczne medykamenty, a wszyscy zaczęli jeść mu z ręki. Jaki płynie z tego wniosek, Ptaszyno? Skoro i tak będą opowiadać o tobie niestworzone rzeczy, należy to wykorzystać. Anglicy nigdy nie uznają mnie za członka własnej elity, ale jeśli wpasuję się w ich wyobrażenia, uznają mnie przynajmniej za księcia.

Pod tym względem chłopcy się różnili. Odkąd Robin trafił do Londynu, niezmiennie próbował się dostosować i nie wychylać, a własną odmienność starał się minimalizować. Wychodził z założenia, że im bardziej niepozorny się stanie, tym mniej przyciągnie uwagi. Rami jednak, który nie mógł się nie wyróżniać, postanowił lśnić niczym klejnot. Był krzykliwy aż do przesady. Robin stwierdził w duchu, że to niesamowite i odrobinę przerażające zarazem.

– Czy *mirza* naprawdę oznacza księcia? – zapytał Robin, kiedy usłyszał, jak kolega powtarza to już trzeciemu sklepikarzowi.

– Pewnie. Może to nie do końca ten sam tytuł, co w Europie, słowo wywodzi się z perskiego *amīrzādeh*, lecz „książę” jest dostatecznie bliskim odpowiednikiem.

– Czyli jednak jesteś...?

– Nie. – Rami prychnął pod nosem. – Chociaż... Może kiedyś, w przeszłości. Mamy taką rodzinną opowieść. Ojciec twierdzi, że byliśmy arystokratami na dworze mogolskich władców. Ale to się skończyło.

– A co się stało?

– Brytyjczycy, Ptaszyno. – Rami zmierzył Robina dziwnym spojrzeniem. – Orientuj się.

Wieczorem wydali stanowczo zbyt wiele pieniędzy na kosz pełen bułek, sera i słodkich winogron, który zanieśli na parkowe wzgórze we wschodniej części kampusu, i urządzili sobie piknik. Wypatrzyli pod drzewami spokojny zakątek, odosobniony na tyle, że Rami mógł odmówić modlitwę o zachodzie słońca, po czym usiedli na trawie i rozrywając dłońmi miękkie pieczywo, wypytywali jeden drugiego o dotychczasowe życie, z ciekawością chłopców, którzy przez lata uważali, że ich sytuacja jest wyjątkowa i niepowtarzalna.

Rami błyskawicznie wydedukował, że profesor Lovell jest ojcem Robina.

– To raczej oczywiste, prawda? W przeciwnym wypadku nie byłby tak skryty. Z drugiej strony, w jaki sposób miałby poznać twoją matkę? A czy on wie, że ty wiesz? Czy nadal próbuje to ukrywać?

Otwartość kolegi mocno Robina zaniepokoiła. Tak bardzo nawykł do ignorowania tego tematu, że rozmawiając o ojcu w ten jawny i nieskrępowany sposób, poczuł się dość nieswojo.

– Nie wiem. Nie potrafię odpowiedzieć na żadne z tych pytań.

– Hmm. A jest do ciebie podobny?

– Chyba trochę. Wykłada tutaj. Języki wschodnioazjatyckie. Poznacie się i sam się przekonasz.

– Nie zapytałeś go o to?

– Nie, nawet nie próbowałem – przyznał Robin. – Nie wiem, co bym usłyszał. – Nie, to nie była prawda. – Znaczy... Myślę, że po prostu nic by nie odpowiedział.

Odkąd się poznali, nie minęła nawet doba, lecz Rami umiał już czytać z twarzy Robina na tyle dobrze, że nie naciskał.

Rami znacznie chętniej mówił o własnej przeszłości. Pierwsze trzynaście lat życia spędził w Kalkucie, miał trzy młodsze siostry, a cała rodzina pracowała dla zamożnego nababa nazwiskiem sir Horace Wilson. Następne cztery lata mieszkał już w Yorkshire, co stanowiło efekt wrażenia, jakie wywarł na Wilsonie swoją inteligencją. Na angielskiej prowincji uczył się greki i łaciny i próbował nie wydrapać sobie z nudów oczu.

– Szczęściarz z ciebie, że uczyłeś się w Londynie – zauważył. – Przynajmniej miałeś dokąd chodzić w wolne dni. Ja dojrzewałem wśród mokradeł i nagich wzgórz, a w moim otoczeniu nie było nikogo poniżej czterdziestki. Widziałeś może króla?

To był kolejny z licznych talentów Ramiego: zmieniał temat rozmowy tak zręcznie, że Robin niekiedy nie potrafił za nim nadążyć.

– Wilhelma? Nie, nie złożyło się. On rzadko pokazuje się publicznie. Zwłaszcza ostatnio, po wprowadzeniu ustaw o fabrykach i biedocie... Zwolennicy reform bez przerwy wywołują uliczne rozruchy, w mieście nie byłoby dla niego bezpiecznie.

– Zwolennicy reform, rozruchy – powtórzył Rami z zazdrością w głosie. – Szczęściarz. W Yorkshire o głośnym wydarzeniu mówiło się, kiedy ktoś się żenił. Albo gdy sąsiadowi nioski pouciekały.

– Wiesz, ja w tym nie uczestniczyłem – wyjaśnił Robin. – Szczerze mówiąc, wiodłem dość monotonne życie. Nic, tylko nauka i nauka. Wszystko, byle dostać się tutaj.

– Ale teraz już tu jesteśmy.

– Wypijmy za to! – Robin z westchnieniem ułożył się na plecach. Rami podał mu filiżankę syropu z bzu zmieszanego z wodą i miodem. Stuknęli się i wznieśli toast.

Z wzniesienia ponad South Park widzieli cały uniwersytet, spowity w złocisty pled zachodu. W promieniach słońca oczy Ramiego zaczęły lśnić, a skóra zapłonęła niczym polerowany brąz. Robin poczuł absurdalne pragnienie, by dotknąć policzka kolegi; zanim umysł powstrzymał ciało, zdążył nawet lekko unieść rękę.

Rami spojrzał na niego z góry. Kosmyk czarnych włosów opadł mu na oczy. Robin uznał, że wygląda to niezwykle uroczo.

– Dobrze się czujesz?

– Bardzo dobrze się czuję. – Robin podparł się na łokciach i powiódł spojrzeniem ponad miastem. Profesor Lovell miał rację, stwierdził w duchu. To najpiękniejsze miejsce na ziemi. – Wybornie.

Przez weekend pod adresem Magpie Lane 4 zameldowali się pozostali lokatorzy. Żaden z nich nie okazał się studentem translatoryki. Stawili się w kolejności: Colin Thornhill, wielkooki, wylewny przyszły adwokat, który mówił wyłącznie paragrafami bądź o sobie; Bill Jameson, sympatyczny rudowłosy student medycyny, wiecznie przejęty cenami; oraz mieszkający na końcu korytarza bliźniacy Edgar i Edward Sharpowie, teoretycznie drugoroczni studenci literatury klasycznej, którzy jednak, jak sami przyznawali, „oczekiwali na objęcie w drodze spadku pokaźnego majątku, więc przede wszystkim byli zainteresowani towarzyskim aspektem uniwersyteckiego życia".

W sobotni wieczór umówili się na jednego w przylegającej do wspólnej kuchni świetlicy. Gdy do środka weszli Rami z Robinem, Bill, Colin oraz Sharpowie siedzieli już przy niskim stole. Okazało się, że choć chłopcy zostali zaproszeni na dwudziestą pierwszą, to wino lało się od dobrej chwili – na podłodze walało się kilka pustych butelek, a bracia Sharp podpierali ramionami jeden drugiego, ewidentnie pijani.

Colin perorował na temat studenckich tóg.

– Patrząc na togę, można powiedzieć o człowieku dosłownie wszystko – tłumaczył z przekonaniem. Jego mowę cechował specyficzny, przesadnie precyzyjny i podejrzanie wyrazisty akcent. Robin nie potrafił go umiejscowić, lecz brzmienie nie przypadło mu do gustu. – Toga bakałarza zakręca na wysokości łokcia i jest ostro zakończona. Togi dżentelmenów są jedwabne i mają rękawy zdobione frędzlami. Togi studentów z gminu są pozbawione rękawów i mają frędzle na barkach, a serwitorzy nie mają frędzli ani przy togach, ani przy czapkach.

– Dobry Boże – rzucił Rami, siadając do stołu. – On tak już długo?

– Będzie przynajmniej dziesięć minut – powiedział Bill.

– Och, musicie wiedzieć, że odpowiedni strój jest w akademii rzeczą ogromnej wagi – podjął uparcie Colin. – W ten sposób demonstrujemy swoją pozycję społeczną. Za jeden z siedmiu grzechów śmiertelnych uważa się tutaj noszenie do togi zwykłego tweedowego kaszkietu bądź poruszanie się w todze o lasce. Słyszałem też kiedyś o jegomościu, który nie mając pojęcia o typach tóg, powiedział krawcowi, że jest stypendystą i jako taki potrzebuje togi stypendysty. Skończyło się tym, że nazajutrz śmiechem przegnano go z jadalni, gdyż okazało się, że nie jest żadnym stypendystą, a zwykłym płacącym studentem z gminu.

– Więc jakie togi powinniśmy nosić my? – wtrącił Rami. – Ciekaw jestem, czy zamówiliśmy w zakładzie właściwe.

– Zależy – odparł Colin. – Jesteś dżentelmenem czy serwitorem? Ja opłacam czesne, ale nie wszystkich to dotyczy. W jaki sposób rozliczasz się z kwestorem?

– Nie wiem – przyznał Rami. – Myślisz, że czarne będą dobre? Wiem tylko, że zamówiliśmy sobie czarne.

Robin prychnął pod nosem. Colin lekko wybałuszył oczy.

– Czarne. No, zgoda, ale rękawy...

– Dajcie spokój – uśmiechnął się Bill. – Colin jest bardzo przejęty kwestiami pozycji społecznej.

– Do tóg podchodzi się tutaj bardzo poważnie – oświadczył uroczyście Colin. – Czytałem w przewodniku. Bez odpowiedniego stroju nie zostaniecie nawet wpuszczeni na wykłady. Więc jak, jesteś dżentelmenem czy serwitorem?

– Nie jest ani jednym, ani drugim. Obaj nie są. – Edward zwrócił się do Robina. – Jesteście babolami, prawda? Słyszałem, że wszyscy babole otrzymują stypendia.

– Babole? – powtórzył lekko niepewnie Robin. Słyszał to słowo pierwszy raz w życiu.

– Studentami Instytutu Translatoryki – wyjaśnił niecierpliwie Edward. – Musicie być, prawda? Tylko tam przyjmują takich jak wy.

– Takich jak my? – Rami uniósł brew.

– Właśnie, coś ty właściwie za jeden? – spytał niespodziewanie Edgar Sharp. Jeszcze przed momentem chybotał się na krawędzi snu, lecz teraz z potężnym wysiłkiem usiadł prosto i zmrużył oczy, jakby próbował Ramiego wypatrzyć w gęstej mgle. – Czarny? Turek?

– Pochodzę z Kalkuty – syknął Rami. – Z czego wynika, iż jestem Hindusem, jeśli pozwolisz.

– Hmm – mruknął Edward.

– „Londyńskie ulice, gdzie muzułmanin w turbanie, Żyd brodaty i Afrykańczyk z kędzierzawą czupryną spotykają brązowoskórego Hindusa" – zanucił pod nosem Edgar. Siedzący obok niego bliźniak prychnął tylko i pociągnął kolejny łyk porto.

Tym razem Rami nie znalazł riposty. Potrząsnął głową i wbił w Edgara pełne zdumienia spojrzenie.

– Taa... – mruknął Bill, drapiąc się za uchem. – Cóż...

– Cytowałeś może Annę Barbauld? – zainteresował się Colin. – Wspaniała poetka. Naturalnie nie składa słów tak wprawnie jak poeci mężczyźni, ale mój ojciec uwielbia jej prace. Szalenie romantyczne.

– A ty jesteś z Chin, prawda? – Edgar spojrzał spod półprzymkniętych powiek na Robina. – Czy to prawda, że Chińczycy okaleczają stopy swoim kobietom, obwiązując je bandażami tak mocno, że nie mogą chodzić?

– Co? – żachnął się Colin. – Przecież to niedorzeczne.

– Sam o tym czytałem – podjął z naciskiem Edgar. – Powiedz, czy to ma być zmysłowe? Czy raczej robicie to po to, żeby wam nie uciekały?

– To znaczy... – Robin nie miał pojęcia, od czego zacząć. – Nie wszędzie się to praktykuje. Mojej matce nikt stóp nie wiązał, a tam, skąd pochodzę, istnieje spory sprzeciw...

– Więc to prawda – zakrakał Edgar. – Mój Boże! Wywodzisz się z bardzo perwersyjnej nacji.

– A czy naprawdę pijecie mocz małych chłopców w celach medycznych? – zaciekawił się Edward. – Ciekawe, jak się ten kordiał zbiera?

– A może wreszcie ucichniesz i ograniczysz się do wlewania sobie wina w dziób? – warknął ostro Rami.

W tym momencie nadzieja na spędzenie wieczora w sympatycznej atmosferze prysła właściwie na dobre. Ktoś jeszcze zaproponował partyjkę wista, lecz bracia Sharp nie znali zasad, a byli zbyt pijani, żeby je spamiętać. Bill wytłumaczył się migreną i wcześnie poszedł do siebie. Colin rozpoczął jeszcze jedną tyradę, tym razem dotyczącą zawiłości etykiety panującej w uniwersyteckich stołówkach. Wyrecytował nawet bardzo długą, łacińską modlitwę i zasugerował, by wszyscy nauczyli się jej na pamięć jeszcze przed świtem, lecz nikt go nie słuchał. Sharpowie, w dziwacznym pokazie skruchy, zadali Robinowi i Ramiemu kilka uprzejmych, acz absurdalnych pytań na temat sztuki przekładu, jednak od początku było jasne, iż odpowiedzi nie interesują ich ani trochę. Nie było do końca jasne, jakiego rodzaju towarzystwa szukają bliźniacy w Oksfordzie, lecz tutaj go nie znaleźli. Po półgodzinie spotkanie dobiegło końca i wszyscy rozeszli się do kwater.

Wieczorem hałaśliwie zapowiadano wspólne śniadanie w domu. Kiedy jednak Rami i Robin rankiem pojawili się w kuchni, znaleźli jedynie pozostawiony na stole liścik.

„Wybraliśmy się do kawiarni w Iffley, Sharpowie mocno ten lokal zachwalają, ale nie sądzę, by przypadł wam do gustu. Do zobaczenia – CT".

– Cóż – rzucił oschle Rami. – Wygląda na to, że będziemy my i będą oni.

Robinowi nie przeszkadzało to w najmniejszym stopniu.

– Cieszę się, że będziemy my.

Rami odwdzięczył się uśmiechem.

Trzeci wspólny dzień spędzili, zwiedzając klejnoty w uniwersyteckiej koronie. Oksford w tysiąc osiemset trzydziestym szóstym roku przeistaczał się w nienasyconą istotę, karmiącą się produkowanym przez siebie bogactwem. Kolegia podlegały bezustannym renowacjom; wykupowały od miasta coraz to nowe połacie ziemi; średniowieczne gmaszyska zastępowano budynkami nowszymi i bardziej cieszącymi oko; nowo wznoszone biblioteki otwierały podwoje dla świeżo zakupionych zbiorów. Niemal każdy oksfordzki budynek nosił własną nazwę – wywodzącą się nie od funkcji czy lokalizacji, lecz od nazwiska zamożnego, wpływowego człowieka, który zainspirował jego powstanie. Istniało więc potężne, imponujące Muzeum Ashmole'a, gdzie zwiedzający mogli podziwiać kolekcję osobliwości podarowaną uniwersytetowi przez Eliasa Ashmole'a, zawierającą między innymi głowę ptaka dodo, czaszki hipopotamów, a także długi na trzy cale barani róg, który wyrósł ponoć z czoła pewnej staruszki z Cheshire nazwiskiem Mary Davis; była Biblioteka Radcliffe'a, kryty kopułą budynek, który jakimś cudem wydawał się większy wewnątrz niż oglądany z zewnątrz; był Teatr Sheldona, otoczony wielkimi, kamiennymi popiersiami znanymi jako cesarskie głowy i wyglądającymi jak zwyczajni ludzie, którzy przypadkiem napotkali na swej drodze mityczną Meduzę.

A wreszcie była też Biblioteka Bodlejańska – och, Bodlejanka, najprawdziwszy skarb narodowy; miejsce schronienia największego w Anglii zbioru rękopisów („W Cambridge mają jedynie sto tysięcy tytułów – rzucił z wyższością wpuszczający ich do środka pracownik – a w Edynburgu pożałowania godne sześćdziesiąt trzy tysiące"), którego zasoby wciąż się rozrastały pod okiem dumnie zarządzającego przybytkiem wielebnego doktora Bulkeleya Bandinela, dysponującego wynoszącym dwa tysiące funtów rocznie budżetem przeznaczonym na sam tylko zakup książek.

I to właśnie wielebny doktor Bulkeley Bandinel we własnej osobie powitał chłopców, gdy przyszli po raz pierwszy zwiedzić bibliotekę, i sam też zaprowadził ich do czytelni tłumaczy.

– Nie wypadało, abym poprosił o to któregoś z pracowników – westchnął. – Zazwyczaj pozwalamy durnym żakom krążyć samopas, a kiedy się gubią, sami muszą pytać o drogę. Ale wy jesteście tłumaczami, więc w pełni docenicie wszystko, co tutaj mamy.

Bandinel był mocno zbudowanym mężczyzną o oczach i usposobieniu spaniela, obdarzonym ustami wiecznie wykrzywionymi w grymasie zmartwienia. Niemniej gdy ruszył przez bibliotekę, jego oczy rozświetliła niekłamana przyjemność.

– Zaczniemy od głównych skrzydeł, a następnie przemkniemy do skrzydła księcia Humphreysa. Chodźcie, chodźcie, nie bójcie się niczego oglądać. Wszak książki są stworzone, żeby je dotykać. Inaczej byłyby bezużyteczne. Jesteśmy niezwykle dumni z kilku niedawnych zdobyczy. Mamy kolekcję map Richarda Gougha podarowaną nam w tysiąc osiemset dziewiątym. British Museum ich nie chciało, wyobrażacie to sobie? A dar od Malone'a...? Będzie już jakieś dziesięć lat, wielce poszerzyło nasze szekspiriana. Ach, właśnie! Zaledwie dwa lata temu otrzymaliśmy kolekcję Francisa Douce'a. Trzynaście tysięcy woluminów po francusku i angielsku. Ale chyba żaden z was nie specjalizuje się we francuskim, co...? Arabski? O tak, tędy proszę. Większością znajdujących się w Oksfordzie tekstów arabskich dysponuje Instytut, ale mam kilka ciekawych zbiorów poezji z Egiptu i Syrii. Myślę, że mogłyby was zainteresować...

Bibliotekę Bodlejańską opuścili pod wielkim wrażeniem, oszołomieni i nieco onieśmieleni wielością pozostających do ich dyspozycji materiałów. Rami naciągnął sobie policzki, próbując sparodiować obwisłą skórę wielebnego doktora Bandinela, lecz nie było w tym prawdziwej złośliwości; trudno wyśmiewać człowieka, który w tak ewidentny sposób ukochał gromadzenie wiedzy i którego cel stanowiło wyłącznie wiedzy poszerzanie.

Dzień zakończyli wycieczką po kolegium University, której przewodził niejaki Billings, starszy portier. Okazało się, że jak dotąd widzieli jedynie niewielki wycinek swojego nowego domu. Kolegium, położone na wschód od Magpie Lane, składało się z dwóch zielonych czworokątnych dziedzińców i rozmaitości budynków przywodzących na myśl rycerskie twierdze. Billing wyliczył po drodze patronów owych gmachów oraz przytaczał ich biografie. Opowiadał o darczyńcach, architektach i innych znaczących osobistościach.

– Te posągi nad wejściami przedstawiają królowe Annę i Marię... a wewnątrz mamy Jakuba Drugiego i doktora Radcliffe'a... A te przepyszne witraże w kaplicy wykonał w tysiąc sześćset czterdziestym Abraham Linte. Owszem, trzymają się świetnie. A za ten po wschodniej stronie odpowiada witrażysta Henry Giles z Yorku... Akurat nie trwa żadne nabożeństwo, więc możemy wściubić nosy głębiej. Za mną!

W kaplicy Billings przystanął przed kamienną tablicą, ozdobioną płaskorzeźbą.

– Skoro jesteście adeptami translatoryki, to zapewne wiecie, kto to taki.

Wiedzieli. Obaj słyszeli jego nazwisko właściwie bez przerwy, odkąd przybyli do Oksfordu. Tablica upamiętniała absolwenta kolegium University, powszechnie uznanego geniusza, który w tysiąc siedemset osiemdziesiątym szóstym roku wydał fundamentalny tekst dowodzący, iż łacina, sanskryt i greka mają wspólnego przodka w języku praindoeuropejskim. Obecnie był to najsłynniejszy tłumacz kontynentu, z wyjątkiem może swego bratanka, świeżego absolwenta kolegium, Sterlinga Jonesa.

– Sir William Jones – powiedział Robin, zmieszany nieco przedstawioną na płaskorzeźbie scenką. Jones siedział przy biurku z nogą na nodze, podczas gdy trzy inne postacie, w oczywisty sposób przedstawiające Hindusów, siedziały przed nim uniżenie, niczym małe dzieci przed obliczem nauczyciela.

– Zgadza się! – Billings puchł z dumy. – Widzimy go tutaj przy tłumaczeniu kompendium hinduskiego prawa, w czym asystuje mu trzech braminów. Jak myślę, jesteśmy jedynym kolegium, na którego ścianach można znaleźć podobizny Hindusów. Lecz cóż, Univ od zawsze było związane z koloniami w szczególny sposób*. A te tygrysie łby, jak zapewne wiecie, symbolizują Bengal.

– Dlaczego on siedzi przy stole, skoro bramini siedzą na podłodze? – zapytał Rami.

– Cóż, podejrzewam, że Hindusi tak już wolą – oznajmił Billings. – Lubią, uważacie, siadać ze skrzyżowanymi nogami. Tak im wygodniej.

– Niebywale zajmujące – burknął Rami. – Nie miałem pojęcia.

Niedzielę spędzili w przepaścistych odmętach bodlejańskich regałów. Listę lektur świeżo upieczeni studenci otrzymali tuż po zameldowaniu się w kolegium, lecz obaj, mierząc się z nagłym zalewem wolności, odłożyli sprawę na ostatnią chwilę. W niedzielę Bodlejanka zamykała podwoje o dwudziestej. Przed drzwiami biblioteki stanęli o dziewiętnastej czterdzieści pięć, a wtedy okazało się, że nazwa Instytutu Translatoryki ma naprawdę olbrzymią moc. Kiedy Rami wyjaśnił, po co przychodzą, pracownicy zapewnili ich, że mogą zostać tak długo,

* To prawda. Kolegium University wypuściło w świat między innymi wysokiego sędziego Bengalu (sir Roberta Chambersa), wysokiego sędziego Bombaju (sir Edwarda Westa) oraz wysokiego sędziego Kalkuty (sir Williama Jonesa). Wszyscy byli biali.

jak będą potrzebować. Drzwi pozostaną otwarte dla nocnych stróżów, a chłopcy będą mogli wyjść w dowolnie wybranym momencie.

Kiedy wychynęli wreszcie spomiędzy półek z torbami pękającymi od książek, oczy mieli przekrwione od wpatrywania się w drobniutki druk.

Po zmroku księżyc zawiązał spisek z latarniami i połączone ich światła zalewały miasto nikłą, nieziemską poświatą. Brukowane uliczki pod nogami kolegów zdawały się szlakami łączącymi odmienne stulecia. Mogli kroczyć przez Oksford czasów reformacji lub Oksford średniowieczny. Sunęli przez bezczas, wymiar zaludniony przez uczonych dawnych epok. Spacer powrotny do kolegium zajmował niecałe pięć minut, lecz wydłużyli go, wybierając trasę przez Broad Street. Po raz pierwszy oglądali miasto o tak późnej porze; mieli ochotę rozsmakować się w nocy. Szli w milczeniu, nie chcieli się odzywać, by czar nie prysł.

W pewnym momencie zza kamiennego muru doleciała ich salwa śmiechu. Skręcili w Holywell Lane i ujrzeli po drugiej stronie ulicy grupkę sześciu czy siedmiu studentów w czarnych togach. Sądząc po chwiejnym kroku, żacy ci nie wracali z wytwornej kolacji w grzecznym towarzystwie, a z pobliskiego pubu.

– Koledzy z Balliol, prawda? – szepnął Rami.

Robin parsknął pod nosem.

Spędzili w Oksfordzie zaledwie trzy dni, a poznali już kolegialną hierarchię i związane z nią stereotypy. Exeter było szacowne, lecz nieprzesadnie intelektualne; Brasenose hałaśliwe i chętne do wypitki. Ich sąsiednie kolegia Queen's i Merton przeważnie po prostu ignorowano. Studenci z Balliol, którzy wraz ze studentami z Oriel płacili najwyższe czesne, byli bardziej znani z zaciągania niebotycznych długów niż punktualnego stawiania się na konwersatoria.

Nieznajomi spojrzeli w ich stronę. Robin i Rami pozdrowili ich skinieniami i kilku odpowiedziało. Wzajemny dżentelmeński szacunek studenckiej braci.

Dzieląca ich ulica była dosyć szeroka. Minęliby się zapewne zupełnie spokojnie, gdyby nie jeden z tamtych, który nagle wymierzył palcem w Ramiego.

– A to co?! – zawołał. – Widzieliście?!

Koledzy ze śmiechem pociągnęli go za sobą.

– Chodźmy, Mark – rzucił któryś. – Zostaw ich...

– Stójcie! – Chłopak nazwany imieniem Mark wyszarpnął się przyjaciołom. Stanął na ulicy nieruchomo, zmrużył oczy i przyjrzał się Ramiemu w pijackim skupieniu. – Patrzcie na jego twarz! – Wyciągnięty palec wciąż wisiał w powietrzu. – Widzicie?

– Mark, proszę – jęknął ten z nieznajomych, który zdążył odejść najdalej. – Nie zachowuj się jak idiota. – W tej chwili nikt się już nie śmiał.

– To Hindus – wycedził Mark. – Co Hindus robi w Oksfordzie?

– Czasami zwiedzają uniwersytet – zauważył inny student. – Pamiętasz tę dwójkę cudzoziemców sprzed dwóch tygodni? Perscy sułtani czy ktoś taki...

– Chyba rzeczywiście. Tacy w turbanach...

– Ale ten ma na sobie togę! – Mark podniósł głos i spojrzał Ramiemu w oczy. – E, dlaczego nosisz ten strój? – W tonie natręta pojawiła się nuta agresji. Atmosfera stała się jawnie nieprzyjemna, więź między stojącymi naprzeciwko siebie członkami studenckiej braci, o ile w ogóle wcześniej istniała, została zerwana na dobre. – Nie wolno ci nosić togi! – podjął Mark. – Zdejmuj to!

Rami zrobił krok naprzód.

– Nie. – Robin chwycił kolegę za ramię.

– Halo! Mówię do ciebie! – Mark wszedł na dzielącą ich ulicę i ruszył przed siebie. – Co jest? Po angielsku nie rozumiesz? Ściągaj tę togę, słyszysz? Zdejmij natychmiast.

Rami ewidentnie był gotów do bitki – zacisnął pięści, ugiął nieznacznie kolana, szykował się do skoku. Stało się jasne, że jeżeli Mark zbliży się bardziej, wieczór skończy się krwawo.

Dlatego Robin rzucił się do ucieczki.

Znienawidził się za to już w chwili, gdy zerwał się do biegu. Czuł się jak skończony tchórz. Był to jednak jedyny sposób zażegnania nieuchronnej katastrofy. Innego wymyślić po prostu nie zdołał. A był pewien, że Rami, wstrząśnięty, podąży w ślad za nim. I rzeczywiście – po kilku sekundach usłyszał za sobą tupot, przyspieszony oddech i wykrztuszane co chwila przekleństwa. Pognali w głąb Holywell.

Śmiech – bo na ulicy ponownie rozległ się śmiech, choć nie ten, który rodzi się z wesołości – przybierał na sile. Chłopcy z Balliol pokrzykiwali za nimi, imitując odgłosy małp; rechot niósł się wzdłuż cieni zalegających pod ceglanymi murami. Robin był przez chwilę przekonany, że tamci ich ścigają, że depczą im już po piętach, niemal słyszał dudnienie ich kroków. Okazało się jednak, że to tylko krew huczy mu w uszach. Nieznajomi nie ruszyli w pogoń; byli zbyt pijani, zbyt rozbawieni. W tym momencie wyglądali już zapewne świeżego źródła rozrywki.

Niemniej Robin zatrzymał się dopiero, kiedy wybiegli zasapani na High Street. Droga przed nimi była wolna.

– Jasna cholera! – wrzał Rami. – Jasna cholera...

– Przepraszam – szepnął Robin.

– Nie przepraszaj – odparł Rami, choć uciekł spojrzeniem w bok. – Słusznie postąpiłeś.

Robin nie miał pewności, czy kolega wierzy we własne słowa. Nie miał pewności, czy sam w nie wierzy.

Znaleźli się dalej od domu niż przedtem, lecz teraz przynajmniej towarzyszyło im światło latarni, w którym dowolne niebezpieczeństwo musiało się ukazać z oddali.

Pewien czas szli w milczeniu. Robin nie był w stanie wymyślić nic stosownego do powiedzenia; każde ze słów, które przychodziły mu do głowy, umierało niewypowiedziane na języku.

– Jasna cholera – powtórzył Rami. Zatrzymał się jak wryty i złożył dłoń na torbie. – Obawiam się... Czekaj. – Sięgnął do środka i przejrzał książki. Po chwili zaklął raz jeszcze. – Zostawiłem zeszyt z notatkami.

– Na Holywell? – Robin doznał nerwowego skrętu kiszek.

– W Bodlejance. – Rami ucisnął palcami grzbiet nosa i jęknął. – Wiem nawet gdzie, na brzegu biurka. Chciałem ułożyć go w torbie na samej górze, żeby po drodze nie pogięły się rogi. Ale byłem już zmęczony i się zgapiłem.

– Nie możesz z tym zaczekać do jutra? Bibliotekarze na pewno go nie ruszą, a jeśli nawet, to po prostu poprosimy...

– Nie. Mam tam ważne notatki, a boję się, że każą nam jutro recytować. Wrócę się po prostu i...

– Ja ci przyniosę. – Robin nie pozwolił koledze dokończyć. Miał wrażenie, że tak właśnie powinien zrobić, że w ten sposób zrekompensuje wcześniejszą rejteradę.

– Na pewno? – Rami ściągnął brwi.

W tonie chłopaka nie było słychać chęci oporu. Obaj zdawali sobie z tego, co Robin przemilczał – że Robin, zwłaszcza w mroku, może ujść za białego i że jeśli napatoczy się przypadkiem na chłopaków z Balliol, nie ściągnie na siebie uwagi.

– Będę za niecałe dwadzieścia minut – obiecał Robin. – Zostawię ci ten zeszyt przed drzwiami.

Teraz kiedy został sam, nocna atmosfera Oksfordu wydała mu się z nagła złowieszcza; światła nie były już ciepłe, a upiorne, widoczny w nich na bruku cień chłopaka rozciągał się, zniekształcał. Biblioteka Bodlejańska była zamknięta, lecz nocny stróż zauważył machającego Robina przez okno i wpuścił go do środka. Szczęśliwym trafem był to jeden z pracowników, którzy widzieli chłopców już wcześniej, obyło się więc bez kłopotliwych pytań. W zaciemnionej czytelni panował ziąb. Nie paliła się ani jedna lampa; Robinowi przyświecał jedynie księżyc, którego blask wpadał przez okno w przeciwległej ścianie. Drżący w chłodnym powietrzu chłopak znalazł zeszyt Ramiego, wcisnął go do torby i wyszedł żywym krokiem na zewnątrz.

Szepty usłyszał zaraz po przejściu dziedzińca. Powinien był po prostu przyspieszyć, lecz coś – ton głosu, kształt słowa – kazało mu przystanąć. Dopiero gdy znieruchomiał i nadstawił ucha, uświadomił sobie, że słyszy chiński wyraz. Jeden i ten sam, powtarzany raz po raz, coraz bardziej natarczywie:

–*Wúxíng*.

Robin ostrożnie podkradł się wzdłuż muru i wyjrzał zza winkla.

Na środku Holywell Street stała trójka ludzi. Smukłych, jednolicie odzianych w czerń, młodych. Dwóch chłopaków i dziewczyna. Biedzili się nad skrzynią, której musiało odpaść dno, gdyż na kocich łbach walały się przedmioty, w których Robin z miejsca rozpoznał srebrne sztabki.

Na widok podchodzącego Robina wszyscy troje podnieśli wzrok. Młodzieniec szepczący zaciekle po chińsku odwrócił się jako ostatni, gdy jego towarzysze zdążyli już skamienieć. Kiedy spotkali się spojrzeniami, serce podeszło Robinowi do gardła.

Miał wrażenie, że przegląda się w lustrze.

Patrzył we własne brązowe oczy. Na swój prosty nos i swoje brązowe włosy, które nawet w identyczny sposób opadały tamtemu na oczy, niesfornie skręcając z lewa na prawo.

Nieznajomy trzymał w dłoni sztabkę srebra.

Robin uświadomił sobie nagle, co tamten chłopak próbuje zrobić. *Wúxíng* oznacza po chińsku tyle co „bezkształtny, amorficzny, bezcielesny"*. Innym możliwym przekładem jest również „niewidzialny". Ci troje, kimkolwiek byli, próbowali się ukryć. Coś jednak poszło nie po ich myśli, gdyż sztabka działała bardzo mizernie; czarne sylwetki jedynie migotały w świetle lamp i raz po raz stawały się półprzejrzyste. Zdecydowanie jednak pozostali widoczni.

---

* *Wú* znaczy „negatywny, nie, bez", *xíng* oznacza „wygląd, kształt, formę". Słowo to oznacza nie tylko coś niewidzialnego, lecz również coś niematerialnego. Poeta Zhang Shunmin z Północnej Dynastii Song napisał niegdyś, że „wiersze są bezcielesnymi (*wúxíng*) malowidłami, a obrazy są ucieleśnioną poezją".

Sobowtór rzucił Robinowi błagalne spojrzenie.

– Pomóż mi – jęknął, po czym dodał po chińsku: – *Bāngmáng**.

Robin nie miał pojęcia, co kazało mu posłuchać – nerwy po niedawnym spotkaniu ze studentami Balliol, skrajna absurdalność rozgrywającej się na jego oczach sceny, czy może konsternacja wywołana spotkaniem sobowtóra – lecz podszedł bliżej i złożył dłoń na sztabce. Nieznajomy przekazał mu ją bez słowa.

– *Wúxíng* – powiedział Robin, przypominając sobie opowiadane przez matkę mity o kryjących się w ciemności duchach i zjawach. O bezkształtności, o nieistnieniu. – Niewidzialni.

Wyczuł palcami wibrację srebra. Zupełnie znikąd dobył się specyficzny dźwięk, coś w rodzaju stłumionego westchnienia.

Wszyscy czworo zniknęli.

Nie, „zniknęli" nie jest właściwym słowem. Robin nie znajdował właściwego określenia; zostało utracone w przekładzie – odpowiedniego pojęcia na opisanie tego, co właśnie zaszło, nie znały ani język chiński, ani angielski. Wszyscy nadal istnieli, lecz już nie w ludzkiej postaci. Nie byli jednak po prostu istotami, których nie można zobaczyć. Przestali być istotami, bytami w ogóle. Stali się amorficzni. Szybowali, rozprzestrzeniali się; byli powietrzem, cegłami w murach, kamieniami w bruku. Robin utracił świadomość ciała, nie miał pojęcia, gdzie kończy się on, a zaczyna sztabka – był srebrnym kruszcem, kocimi łbami, nocą. Wtem obleciał go lodowaty strach. A jeśli tak już zostanie?

Po kilku sekundach z drugiego końca ulicy nadbiegł policjant. Robin wstrzymał oddech i zacisnął dłoń na sztabce z taką siłą, że zabolało go aż w łokciu.

Stróż prawa spojrzał prosto na niego, wytężył wzrok, lecz widział jedynie ciemność.

– Tu ich nie ma! – wykrzyknął przez ramię. – Trzeba spróbować w parku... – Odbiegł w dal.

---

* „pomagać, wspierać"

Robin pozbył się sztabki. Nie był w stanie jej dłużej utrzymać; coraz szybciej tracił świadomość jej istnienia. Nie wypuścił sztabki, rozwierając palce, lecz gwałtownie cisnął ją na bok, by spróbować oddzielić własną istotę od srebra.

Udało się. Złodzieje na powrót zmaterializowali się w mroku.

– Prędko – ponaglił drugi młodzieniec, chłopak o jasnoblond włosach. – Pochowajmy co możemy za pazuchami, a kufer zostawmy tutaj.

– Nie możemy tego tak po prostu zostawić – stwierdziła dziewczyna. – Wyśledzą nas.

– Więc zbierajmy wszystko. Żywo!

Wszyscy troje zaczęli podnosić leżące dokoła srebro. Robin przez chwilę stał niepewnie, ze zwieszonymi bezradnie ramionami. Moment później jednak pochylił się i zaczął im pomagać.

Niedorzeczność sytuacji wciąż nie dotarła do niego w pełni. Niejasno rozumiał, że bierze udział w bardzo nielegalnym procederze. Ci ludzie nie mogli być związani z Oksfordem, Bodlejanką czy Instytutem Translatoryki. Gdyby byli, nie spiskowaliby pod osłoną nocy, nie nosiliby czarnych strojów i nie ukrywali się przed policją.

Ze wszech miar słuszną i naturalną reakcją byłoby wszczęcie alarmu.

Z jakiegoś jednak powodu udzielenie nieznajomym pomocy wydało się Robinowi jedyną możliwością. Nie dyskutował z logiką tego rozumowania, po prostu działał. Doznanie przypominało wejście w senne marzenie, wkroczenie w świat teatralnego dramatu, w którym doskonale znał własną rolę, lecz wszystko inne pozostawało zagadką. Otoczyła go rządząca się własnymi prawami iluzja i z niezrozumiałych dla samego siebie przyczyn nie chciał tej ułudy burzyć.

Wreszcie wszystkie sztabki zniknęły w kieszeniach i pod koszulami. Swoje Robin przekazał sobowtórowi. Kiedy zetknęli się przy tym palcami, Robina przebiegł dreszcz.

– Idziemy – rzucił blondyn.

Nikt się jednak nie poruszył. Wszyscy troje przyglądali się Robinowi, wyraźnie nie mając pojęcia, co z nim począć.

– A jeśli on nas... – zaczęła dziewczyna.

– Nie zrobi tego – powiedział sobowtór Robina z naciskiem. – Prawda, że nie?

– Oczywiście, że nie – przytaknął Robin szeptem.

– A nie byłoby łatwiej po prostu go... – Jasnowłosy nie wydawał się przekonany.

– Nie. Nie tym razem. – Sobowtór jeszcze przez chwilę mierzył Robina spojrzeniem i wreszcie podjął jakąś decyzję. – Jesteś tłumaczem, prawda?

– Tak – odpowiedział półgłosem. – Tak, ale dopiero co przyjechałem.

– Pod Koślawym Korzeniem – rzucił sobowtór. – Znajdź mnie tam.

Dziewczyna wymieniła spojrzenia z blondynem. Otworzyła usta, jakby chciała zaprotestować, po czym zmieniła zdanie i zamknęła je na powrót.

– No dobrze – mruknął jasnowłosy – ale teraz już chodźmy.

– Zaczekajcie – rzucił rozpaczliwie Robin. – Kim wy... Kiedy powinienem...

Złodzieje jednak gnali już przed siebie.

Okazali się zadziwiająco sprawnymi biegaczami. Po kilku sekundach ulica była zupełnie pusta.

Nie zostawili po sobie najdrobniejszego śladu – zebrali wszystkie sztabki, zdołali nawet zabrać zniszczony kufer. Równie dobrze mogli okazać się duchami. Równie dobrze Robin mógł sobie całe zajście wyobrazić.

Gdy Robin dotarł do domu, okazało się, że Rami jeszcze nie śpi. Otworzył już po pierwszym stuknięciu.

– Dzięki – powiedział, odbierając zeszyt.

– Jasna sprawa.

Umilkli, spojrzeli sobie w oczy.

Nie mieli wątpliwości co do natury wydarzenia, które spotkało ich wieczorem. Obaj byli mocno wstrząśnięci nagłą świadomością, że uniwersytet nie jest miejscem dla nich, że mimo przynależności do Instytutu Translatoryki, pomimo tóg i całej reszty, na tutejszych ulicach ich ciała nie są bezpieczne. Byli ludźmi w Oksfordzie, lecz nie byli ludźmi Oksfordu. Doniosłość tej świeżo zyskanej wiedzy okazała się tak przytłaczająca, stanowiła tak bezwzględną antytezę trzech złocistych dni, jakie spędzili w błogiej ślepocie, że żaden z nich nie potrafił mówić o tym na głos.

Postanowili więc o tym nie rozmawiać. Prawda zanadto by bolała. Znacznie łatwiej było udawać; podtrzymywać fantazję przy życiu tak długo, jak tylko się da.

– Cóż – westchnął żałośnie Robin. – Dobranoc.

Rami bez słowa skinął głową i zamknął drzwi.

ROZDZIAŁ CZWARTY

W ten sposób Pan rozproszył ich stamtąd po całej powierzchni ziemi, i tak nie dokończyli budowy tego miasta. Dlatego to nazwano je Babel, tam bowiem Pan pomieszał mowę mieszkańców całej ziemi. Stamtąd też Pan rozproszył ich po całej powierzchni ziemi.

Księga Rodzaju 11:8–9 (Biblia Tysiąclecia)

Zasnąć okazało się niemożliwością. Robin bez przerwy widział przed sobą majaczącą w mroku twarz sobowtóra. Czyżby naprawdę, zmęczony i zszokowany, całą aferę sobie jedynie wyobraził? Lecz przecież latarnie świeciły tak jasno, a wyraz twarzy nieznajomego – jego strach, panika – głęboko wyryły mu się w pamięci. Wiedział, że nie była to jedynie projekcja umysłu. Nie czuł się, jak kiedy spoglądał w zwierciadło, wszystkie rysy ukazujące na opak, stanowiące fałszywą reprezentację tego, co widział świat. Nie, stojąc przed sobowtórem, czuł, że są tożsami, czuł to głęboko w trzewiach.

Wszystko, co wyrażało oblicze tamtego, nosił w sercu i Robin.

Czy właśnie dlatego mu pomógł? Wiedziony swoistym odruchem współczucia?

Dopiero teraz zaczynał z wolna pojmować znaczenie swojego postępku. Okradł uniwersytet. Czy mógł to być jakiś test?

Wiedział, że w Oksfordzie kultywuje się pewne podobne rytuały. Czy przeszedł sprawdzian pomyślnie? A może już rano zapukają do jego drzwi policjanci i poproszą, by się spakował?

Nie mogę przecież zostać relegowany, myślał. Dopiero co przyjechałem.

I nagle wszystkie rozkosze Oksfordu – ciepło nowego łóżka, woń nowych książek, zapach nowych ubrań – przyprawiły go o dreszcz, nie był w stanie myśleć o niczym, a tylko o tym, że lada moment może wszystko to stracić. Wiercił się, przewracał z boku na bok w wilgotnej od potu pościeli, wyobrażając sobie coraz bardziej szczegółowo wypadki nadchodzącego poranka – widział funkcjonariuszy wyciągających go przemocą z posłania, skuwających mu ręce kajdankami i prowadzących go do aresztu, widział i słyszał profesora Lovella, proszącego surowo, by Robin już nigdy nawet nie próbował kontaktować się z nim ani panią Piper.

Koniec końców uśpiło chłopaka wyczerpanie. Ze snu wyrwało go natarczywe pukanie do drzwi.

– Co ty wyprawiasz? – rzucił ostro Rami. – Jeszcześ się nawet nie umył?

– A co się dzieje? – spytał Robin, gwałtownie mrugając.

– Poniedziałkowy poranek się dzieje, pacanie. – Rami miał już na sobie czarną togę, a w dłoni trzymał studencką czapkę. – Za dwadzieścia minut mamy być pod wieżą.

Zdążyli na czas, choć niewiele brakowało; kiedy dzwon wybił dziewiątą, truchtali właśnie przez zielony dziedziniec przed Instytutem, furkocąc połami rozwianych tóg.

Na miejscu czekało na nich dwóch szczupłych młodzieńców – druga połowa ich roku, jak domyślił się Robin. Jeden biały, drugi czarnoskóry.

– Dzień dobry – odezwał się biały osobliwie kobiecym głosem. – Spóźniliście się.

Zdumiony Robin spojrzał uważniej i spróbował wyrównać oddech.

– Jesteś dziewczyną!

Wstrząs był spory. Obaj z Ramim wychowywali się w sterylnym, odizolowanym od świata środowisku, z dala od dziewcząt w ich wieku. Kobiecość istniała dla nich jako zjawisko w znacznej mierze teoretyczne, rzecz przynależna powieściom, dziwowisko, jakie można niekiedy obserwować po drugiej stronie ulicy. Najlepszy znany Robinowi opis kobiety pochodził z traktatu niejakiej Sary Ellis*, uważającej dziewczęta za stworzenia „łagodne, nieszkodliwe, delikatne i pasywnie życzliwe".

Z punktu widzenia Robina dziewczyny były bytami tajemniczymi, obdarzonymi nie bogatym życiem wewnętrznym, lecz przymiotami czyniącymi je istotami nieziemskimi, nieodgadnionymi, niewykluczone, że wręcz nieludzkimi.

– Przepraszam... Chciałem powiedzieć... Dzień dobry... – zająknął się. – Nie miałem zamiaru... No właśnie...

– Jak to możliwe, że jesteście dziewczętami? – Rami był dalece mniej subtelny.

– No cóż... – Biała dziewczyna obrzuciła go spojrzeniem tak nabrzmiałym pogardą, że Robin skulił się w imieniu kolegi. – Postanowiłyśmy zostać dziewczynami, ponieważ gdybyśmy zostały chłopcami, musieliby nam odjąć połowę szarych komórek.

– Uniwersytet poprosił, żebyśmy ubierały się tak, a nie inaczej, żeby nie drażnić ani nie powodować rozkojarzenia młodych dżentelmenów – wyjaśniła czarnoskóra.

Po angielsku mówiła z nikłym obcym akcentem. Być może francuskim, choć Robin nie był pewien. Dziewczyna uniosła

* Sarah Stickney Ellis, szeroko znana autorka kilku książek (m.in. „The Wives of England", „The Mothers of England" i „The Daughters of England"), utrzymująca, iż na kobietach ciąży moralny imperatyw ulepszania społeczeństwa poprzez kultywowanie domowej przyzwoitości i cnotliwe prowadzenie się. Robin nie miał w tej sprawie wyrobionego zdania, na tekst Ellis trafił przypadkiem.

lewą nogę i poruszyła nią, demonstrując spodnie wykrochmalone tak sztywno, jakby kupiła je zaledwie wczoraj.

– Sami rozumiecie, nie każdy wydział jest tak liberalny jak Instytut Translatoryki.

– Niewygodnie wam? – zapytał Robin, mężnie usiłując dowieść braku uprzedzeń. – Znaczy chodzić w spodniach?

– Raczej wygodnie. Być może dlatego, że mamy dwie nogi, a nie rybie ogony. Victoire Desgraves – przedstawiła się dziewczyna i wyciągnęła do niego rękę.

– Robin Swift. – Uścisnął jej dłoń.

– Swift? – Uniosła znacząco brew. – Ale przecież...

– Letitia Price. – Biała dziewczyna weszła koleżance w słowo. – Letty, jeśli kto woli. A ty?

– Ramiz. – Rami zatrzymał rękę w połowie drogi, jakby nie był przekonany, czy chce dotykać dziewczyn, czy nie. Letty zdecydowała za niego i mocno uścisnęła mu dłoń. – Ramiz Mirza – dodał chłopak, lekko się krzywiąc. – Dla przyjaciół Rami.

– Cześć, Ramiz. – Letty rozejrzała się. – Wygląda na to, że na roku jesteśmy tylko my.

– *Ce sont des idiots* – Victoire z westchnieniem zwróciła się do Letty.

– *Je suis tout à fait d'accord* – odparła półgłosem zagadnięta, po czym obie zachichotały.

Robin nie znał francuskiego, lecz odniósł niejasne wrażenie, że został właśnie oceniony i nie wypadł przy tym celująco.

– A, tu jesteście! – Od konieczności kontynuowania rozmowy wybawił ich wysoki i smukły czarnoskóry chłopak, którzy przywitał się z całą czwórką uściskiem dłoni i przedstawił jako Anthony Ribben, doktorant specjalizujący się w językach francuskim, hiszpańskim i niemieckim. – Mój opiekun uważał się za romantyka – powiedział. – Żywił nadzieję, że podzielę jego upodobanie do poezji. Kiedy jednak wyszło na jaw, że mam większy od przeciętnego talent lingwistyczny, przysłał mnie tutaj. – Zawiesił głos z wyczekiwaniem, przez co poczuli się wywołani do tablicy i wymienili znane sobie języki.

– Urdu, arabski i farsi – wyliczył Rami.

– Francuski i kreolski – rzuciła Victoire. – Mam na myśli kreolski z Haiti, jeśli uznasz, że to się liczy.

– Liczy się – odparł z uśmiechem Anthony.

– Francuski i niemiecki – powiedziała Letty.

– Chiński. – Robin poczuł się lekko przytłoczony i nie na miejscu. – No i znam jeszcze grekę i łacinę.

– Cóż, grekę z łaciną znamy wszyscy – zauważyła Letty. – Przecież to jeden z warunków przyjęcia do Instytutu.

Policzki Robina zalał rumieniec; nie miał pojęcia.

– Naprawdę kosmopolityczna z was kompania. – W oczach Anthony'ego zaiskrzyła wesołość. – Witajcie w Oksfordzie! Jak znajdujecie miasto?

– Przeurocze – odpowiedziała Victoire. – Aczkolwiek... sama nie wiem, trochę też dziwne. Mam wrażenie, że nie jest do końca prawdziwe. Czuję się, jakbym siedziała w teatrze, i cały czas podświadomie czekam, aż opadnie kurtyna.

– Akurat to odczucie nie mija nigdy. – Anthony ruszył ku wieży i przywołał ich za sobą skinieniem. – Zwłaszcza kiedy człowiek znajdzie się za tymi drzwiami. Poproszono mnie, żebym pokazał wam Instytut, a o jedenastej zostawię was pod opieką profesora Playfaira. Czy to będzie wasza pierwsza wizyta w wieży?

Podnieśli wzrok. Gmach był wspaniały – połyskująca w słońcu biała budowla w stylu neoklasycystycznym, wysoka na siedem pięter i ozdobiona dekoracyjnymi kolumnami i witrażami w strzelistych oknach. Była najbardziej charakterystycznym elementem widocznym z High Street i sprawiała, że pobliskie Biblioteka Radcliffe'a oraz kościół pod wezwaniem Świętej Marii Dziewicy bledły w porównaniu. W czasie weekendu Rami z Robinem mijali i podziwiali wieżę mnóstwo razy, lecz zawsze z daleka. Nie śmieli zbliżyć się bardziej. Nie wtedy.

– Olśniewająca, prawda? – Anthony aż westchnął z satysfakcji. – Ten widok nie może się przejeść. Witajcie w wieży, która, wierzcie lub nie, przez cztery najbliższe lata będzie waszym domem. Nazywamy ją Babel.

– Babel? – powtórzył Robin. – Czy to dlatego...

– Czy to dlatego nazywają nas babolami? – dokończył za chłopaka Anthony. – Zgadza się. – Skinął głową. – Żarcik stary jak sam Instytut, ale co wrzesień jakiś pierwszoroczny mądrala z Balliol dochodzi do przekonania, że wymyślił go jako pierwszy, i tak to przekleństwo trwa od dziesięcioleci.

Ich przewodnik wszedł żywo po schodach, u których szczytu, przed wejściem do wieży, widniała wyryta w kamieniu błękitno-złota pieczęć z herbem uniwersytetu. *Dominus illuminatio mea* – głosił napis – „Pan moim światłem". Ledwie Anthony postawił stopę na symbolu, ciężkie drewniane wrota uchyliły się same, ukazując podkreślone złocistym blaskiem lamp wnętrze pełne schodów, krzątających się uczonych w ciemnych togach i książek. Książek było nieprzebrane mrowie.

Robin zastygł, oszołomienie nie pozwoliło mu zrobić kroku. Ze wszystkich dziwów Oksfordu Babel wydawała się najbardziej niewiarygodnym – wieża wyjęta poza ramy czasu, wizja z sennego marzenia. Te witraże, ta wysoka, niesamowita kopuła; wszystko sprawiało wrażenie przeniesionego z malowidła zdobiącego jadalnię profesora Lovella i rzuconego prosto na szaroburą ulicę. Iluminacja średniowiecznego manuskryptu; brama krainy czarów. Chłopak nadal nie potrafił w pełni uwierzyć, iż będą się tu codziennie uczyć, nie dowierzał, że w ogóle mają prawo przekroczyć próg.

A jednak – wieża stała na wyciągnięcie ręki, czekała.

– No co tam? – Rozpromieniony Anthony wskazał gestem otwarte drzwi. – Zapraszam.

– Instytucje trudniące się przekładem od zawsze stanowią nieodzowne narzędzia... Nie, wróć, żywe, bijące serce wielkich cywilizacji. W tysiąc pięćset dwudziestym siódmym roku hiszpański król Karol Piąty Habsburg powołał tak zwane Secretaria de Interpretacion de Lenguas, którego pracownicy żonglowali ponad tuzinem języków, co wydatnie wspomagało zarządzanie podległymi władcy rozległymi terytoriami. Królewski Instytut Translatoryki założono w Londynie na początku siedemnastego stulecia, lecz do obecnej, oksfordzkiej siedziby przeniesiony został dopiero w tysiąc siedemset piętnastym roku, pod koniec wojny o sukcesję hiszpańską, kiedy Brytyjczycy doszli do wniosku, iż roztropnym będzie kształcenie młodych umysłów w językach kolonii, które dopiero co utracili Hiszpanie. Owszem, recytuję to wszystko z pamięci, i nie, nie napisałem tej prezentacji osobiście, ale ze względu na swą niepoślednią charyzmę zajmuję się oprowadzaniem narybku już od pierwszego roku studiów, więc idzie mi niezgorzej. Tędy proszę, na drugą stronę holu.

Anthony cieszył się niecodziennym talentem, pozwalającym mu snuć płynnie opowieść i jednocześnie iść tyłem.

– Babel ma siedem pięter – podjął. – Księga Jubileuszów podaje, że historyczna wieża Babel mierzyła ponad pięć tysięcy kubitów, zatem bez mała dwie mile, co jest rzecz jasna niemożliwe, aczkolwiek nasza Babel istotnie jest najwyższą budowlą Oksfordu, a prawdopodobnie i całej Anglii, wyjąwszy bazylikę Świętego Pawła. Strzela pod niebo na niemal trzysta stóp, nie licząc piwnicy, co znaczy, że dwukrotnie przewyższa Bibliotekę Radcliffe'a.

– Czy wnętrze wieży jest...? – zaczęła Victoire, podnosząc rękę.

– Większe, niż wydaje się z ulicy? – dopowiedział za dziewczynę Anthony. – Istotnie tak jest.

Robin nie od razu zwrócił na to uwagę, lecz teraz poczuł się zdezorientowany. Babel była olbrzymia i z zewnątrz, lecz rzeczywiście wydawała się zbyt niska, by pomieścić tak wysokie piętra, z tak wysokimi regałami.

– Zmyślna sztuczka, możliwa dzięki wzmocnieniu konstrukcji srebrem, aczkolwiek nie jestem pewien, jakie wykorzystano tu pary aktywne. Tak już było, kiedy przyjechałem, i dla mnie to zupełnie naturalne. – Anthony przeprowadził studentów przez tłumek oksfordzkich mieszczan, stojących w kolejkach do kilku okienek. – W holu prowadzimy interesy. Miejscowi kupcy i rzemieślnicy zamawiają tu sztabki do swoich wytworów, miejscy urzędnicy zlecają renowację i tak dalej. To jedyny obszar wieży dostępny dla postronnych, ale oni i tak nie mają większego kontaktu z uczonymi. Obsługują ich specjalnie wytypowani urzędnicy. Tędy!

Na pierwszym piętrze znajdował się dział prawny, zaludniony osobnikami o kwaśnych obliczach, zawzięcie coś piszącymi bądź przeglądającymi grube, przykurzone księgi.

– Tutaj zajęcia nie brakuje nigdy – ciągnął Anthony. – Traktaty międzypaństwowe, handel zamorski, tego rodzaju sprawy. Trybiki imperium, maszyneria, dzięki której świat toczy się naprzód. W tym dziale kończy znakomita większość absolwentów Babel. Można godziwie zarobić, a przyjmują praktycznie każdego chętnego. Wykonujemy tu również sporo zleceń pro bono. Wszyscy w południowo-zachodniej części piętra pracują właśnie nad przekładem Kodeksu Napoleona na inne języki Europy*. Za wszystko inne jednak inkasujemy niemałe kwoty. To piętro przynosi Instytutowi lwią część zysków, naturalnie nie licząc samego wytwarzania sztabek.

– A gdzie powstają sztabki? – zainteresowała się Victoire.

– Na siódmym piętrze.

* Prawdę mówiąc, ten opis działu prawnego jest bardzo życzliwy. Na miejscu byłoby również zauważyć, że zadaniem tłumaczy z tego działu było manipulowanie językami w jak najbardziej korzystny dla Europejczyków sposób. Przykładem może być rzekoma sprzedaż ziemi w Wirginii dokonana przez „króla Paspehaya za cenę miedziaka", mimo oczywistych trudności z dokładnym przełożeniem europejskich pojęć „króla" i „ziemi jako własności" na język algonkiński. Zastosowanym przez dział prawny rozwiązaniem tego kłopotu było stwierdzenie, iż Algonkinowie byli dotąd zbyt dzicy, by wypracować owe pojęcia, i że powinni być zadowoleni z przybycia Anglików, którzy ich w tej kwestii oświecili.

– Czyli na samej górze. Kwestia najlepszego widoku? – spytała Letty.

– Raczej bezpieczeństwa – sprostował Anthony. – W razie wybuchu pożaru najlepiej być na szczycie budynku, skąd najłatwiej się wydostać.

Studenci nie byli w stanie stwierdzić, czy przewodnik żartuje, czy nie*.

Anthony wprowadził ich na kolejne schody.

– Drugie piętro jest królestwem tłumaczy ustnych, zajmujących się przekładem rozmów prowadzonych na żywo. – Wskazał zamaszystym gestem pustawe pomieszczenie, gdzie poza kilkoma brudnymi filiżankami po herbacie i zapomnianą na czyimś biurku stertą papierzysk nie było śladów ludzkiej aktywności. – Rzadko co prawda bywają na miejscu, ale potrzebują zapewniającego poufność miejsca, w którym mogą spokojnie przygotowywać się do zadań. Zazwyczaj towarzyszą w zagranicznych wojażach dygnitarzom i urzędnikom służby zagranicznej, w Rosji bawią się na balach, sączą herbatę w pałacach arabskich szejków i tak dalej. Podobno jednak nieustanna konieczność podróżowania dość szybko staje się wielce uciążliwa, więc niewielu absolwentów Babel decyduje się na tę specjalizację, większość raczej tłumaczeń ustnych unika. Zwykle pracują w tym dziale urodzeni poligloci, którzy języków uczyli się gdzie indziej. Na przykład od rodziców misjonarzy czy w trakcie wakacji u zagranicznych krewnych.

– Tylko dlaczego właściwie nie ma chętnych z Instytutu? – odezwał się Rami. – Brzmi zachęcająco.

– To znakomita posadka dla kogoś, kto marzy o zjeżdżeniu świata za cudze pieniądze – odpowiedział Anthony. – Akademicy natomiast są z natury plemieniem osiadłych samotników. Wędrowanie wydaje się nam bardzo atrakcyjne, ale tylko

* Nie żartował. Siódme piętro Instytutu remontowano od momentu oddania wieży do użytku aż siedem razy.

do momentu, kiedy zdajemy sobie sprawę, że najlepiej byłoby usiąść w domu przy kominku, z filiżanką herbaty i książką w ręku.

– Masz bardzo mgliste pojęcie o charakterze ludzi nauki – zauważyła Victoire.

– Mam pojęcie ukształtowane poprzez doświadczenie. Z czasem zresztą sama się przekonasz. Absolwenci Babel, którzy zatrudniają się w dziale tłumaczeń ustnych, rezygnują zazwyczaj już po dwóch latach pracy. Nawet Sterling Jones, bratanek samego sir Williama Jonesa, uważacie, wytrzymał z ledwością osiem miesięcy, mimo że wszędzie wozili go przecież pierwszą klasą. Tak czy inaczej, tłumaczenia ustne nie cieszą się wielką estymą, gdyż w tym fachu wystarczy rzetelnie przekazać główne punkty wypowiedzi i nikogo przy tym nie obrazić. Nie ma tu zabawy lingwistycznymi subtelnościami, co jest przecież solą naszego zajęcia.

Na trzecim piętrze panowało zdecydowanie większe ożywienie niż poniżej. Tutaj pracujący uczeni sprawiali wrażenie młodszych w porównaniu ze statecznymi, elegancko ubranymi dżentelmenami z działu prawnego: byli to niemal wyłącznie osobnicy z niesfornymi czuprynami i łatami na łokciach.

– Dział literacki – wyjaśnił Anthony. – Tutaj przekłada się na angielski obcojęzyczne powieści, opowiadania i poezje. Czasami też, acz rzadziej, przekład odbywa się w drugą stronę. Mówiąc szczerze, to również niezbyt prestiżowa praca, niemniej bardziej pożądana od tłumaczeń ustnych. Wielu uważa doktorat z literatury za pierwszy i naturalny krok na drodze do profesury.

– Nie zapominajmy, że niektórym bardzo się to zajęcie podoba. – Do Anthony'ego podszedł młody mężczyzna w todze doktoranta. – Cóż to? Pierwszaki?

– Tak jest. Cały pierwszy rok.

– Niezbyt liczne stadko, prawda? – Nieznajomy powitał ich wesołym machaniem. – Witajcie. Nazywam się Vimal Srinivasan. Studia pierwszego stopnia ukończyłem w ostatnim trymestrze. Specjalizuję się w sanskrycie, tamilskim, telugu i niemieckim*.

– Czy tutaj wszyscy, kiedy się przedstawiają, wymieniają też znane sobie języki? – zapytał Rami.

– Ależ oczywiście – potaknął Vimal. – Od tego zależy, w jakim stopniu człowiek jest interesujący. Orientaliści są doprawdy fascynujący. Klasycyści to zgraja nudziarzy. Ale dość o tym. Miło was gościć na najlepszym piętrze wieży.

Victoire z wielkim przejęciem studiowała zawartość regałów.

– Dostajecie tu wszystkie książki, jakie ukazują się za granicą?

– Owszem, większość – powiedział Vimal.

– Czyli francuskie też? Zaraz po publikacji?

– Tak, chciwa dziewczyno – rzucił doktorant bez cienia złośliwości. – Jak się wkrótce przekonacie, budżet książkowy Instytutu jest praktycznie bezdenny, a nasi bibliotekarze bardzo nie lubią, kiedy jakiegoś tytułu brakuje na półce. Niestety, nie możemy przekładać każdego nowego tekstu, jaki do nas trafia; niedostatek siły roboczej. Nadal mnóstwo czasu poświęcamy tłumaczeniu starożytnych.

– I właśnie dlatego jest to jedyny dział Babel, wykazujący rok w rok deficyt – wtrącił Anthony.

– Dociekań mających pomóc w zrozumieniu kondycji ludzkiej nie podejmuje się dla zysku – obruszył się Vimal. – Klasykę co rusz poprawiamy i uzupełniamy. Porównując ubiegłe stulecie z obecnym, mogę stwierdzić, że w dziedzinie niektórych języków poczyniliśmy znaczne postępy, więc nie ma powodu, aby ich najważniejsze pomniki pozostały niedostępne dla szerszej

* Znaczną część fundamentów zachodniej wiedzy i badań nad sanskrytem zawdzięczamy niemieckim romantykom w rodzaju Herdera, Schlegla i Boppa. Nie wszystkie ich monografie doczekały się (porządnego) przekładu na angielski, więc większość badaczy zajmujących się sanskrytem musiała również przyswoić sobie język niemiecki.

publiczności. Osobiście pracuję teraz nad poprawioną łacińską wersją „Bhagawadgity”...

– Bo któż by się przejmował faktem, że całkiem niedawno własny przekład opublikował już Schlegel – rzucił żartobliwie Anthony.

– Ponad dziesięć lat temu! – odparł lekceważąco Vimal. – Poza tym Schleglowska „Gita” jest fatalna. On sam przyznał, że nie pojmuje filozofii stanowiącej podglebie tego dialogu. I to widać w tekście, sam termin „joga” oddaje za pomocą siedmiu odmiennych słów...

– Cóż, tak właśnie wygląda dział literacki. – Anthony powiódł grupkę dalej. – Moim zdaniem, jedno z mniej wartościowych zastosowań zdobytego w Babel wykształcenia.

– Naprawdę? Nie podoba ci się, co tu robią? – zdziwił się Robin, który całym sercem podzielał zachwyt Victoire; życie na trzecim piętrze wieży wydawało mu się spełnieniem marzeń.

– Niespecjalnie – zachichotał Anthony. – Ja jestem tu po to, by pracować ze srebrem. W mojej opinii, znanej zresztą Vimalowi, dział literacki to nic więcej jak wylęgarnia zadufanych osłów. Najsmutniejszy jest fakt, że mogliby stać się najbardziej niebezpiecznymi z uczonych, to wszak oni naprawdę rozumieją języki. Rozumieją ich życie i oddech. Wiedzą, w jaki sposób przyprawić nas krótkim zdaniem o żywsze bicie serca czy gęsią skórkę. Niestety, zanadto poddają się obsesji obcowania z pięknymi wizjami, żeby zająć się kanalizowaniem całej tej energii w coś znacznie bardziej potężnego. Mam, rzecz jasna, na myśli srebro.

Na czwartym i piątym piętrze zorganizowano odpowiednio sale wykładowe i archiwum pomocy dydaktycznych – podręczniki, wypisy, tezaurusy i przynajmniej po cztery różne wydania wszystkich istniejących słowników większości języków świata.

– Słowniki naturalnie znajdziecie na każdym piętrze, ale do archiwum przychodzą ci, którzy naprawdę muszą skupić się na pracy – opowiadał przewodnik. – Zauważcie, że stworzono je dokładnie pośrodku wieży. To po to, żeby nikt nie musiał daleko się fatygować.

Centralną część piątego piętra zajmowały szklane szkatuły, w których na szkarłatnym aksamicie spoczywały opasłe tomy w czerwonych oprawach. Łagodne światło lamp połyskiwało na skórzanych okładkach, przydając im magicznego wyglądu – księgi wydawały się czarnoksięskimi grymuarami, nie narzędziami pracy uczonych.

– A oto i nasze kompendia gramatyczne – powiedział Anthony. – Na pierwszy rzut oka sprawiają dość onieśmielające wrażenie, ale można ich dotykać. Po to są, żeby z nich korzystać. Ważne tylko, aby uprzednio wytrzeć dłonie w tę czerwoną szmatkę.

Kompendia miały identyczne okładki, lecz różniły się grubością. Czekały ułożone w porządku alfabetycznym, według zromanizowanych nazw języków i daty pierwszego wydania. Niektóre gramatyki – w szczególności te dotyczące języków europejskich – otrzymały własne, oddzielne gabloty. Z kolei kompendia języków orientalnych były znacznie skromniejsze. Gramatyka chińska zajmowała jedynie trzy tomy. Japońska i koreańska po jednym. Co zaskakujące, gramatyka języka tagalog wypełniała aż pięć ksiąg.

– To akurat nie nasza zasługa – przyznał Anthony. – Całą pracę wykonali tłumacze hiszpańscy. Dlatego zobaczycie wewnątrz nazwiska osób, które tłumaczyły ten tekst z hiszpańskiego. Sporo gramatyk języków karaibskich i południowoazjatyckich, o te tutaj, wciąż jest w trakcie powstawania. Języki te nie interesowały Babel aż do zawarcia pokoju paryskiego, dzięki któremu imperium brytyjskie powiększyło się o nowe zdobycze terytorialne. Na podobnej zasadzie zauważycie, że większość gramatyk afrykańskich została przełożona na angielski z niemieckiego. To głównie praca niemieckich misjonarzy i filologów. U nas od lat nie ma specjalisty od języków afrykańskich.

Robin nie zdołał się pohamować. Sięgnął po gramatyki orientalne i zaczął je kolejno przeglądać. Na stronie tytułowej każdego tomu starannym charakterem pisma zapisano nazwiska uczonych stojących za pierwszym wydaniem danego kompendium. Gramatykę bengalską opracował Nathaniel Halhed, sanskrycką sir William Jones. Tak było niemal wszędzie. Autorami kompilacji byli raczej biali Brytyjczycy, a nie ludzie posługujący się tymi językami od urodzenia.

– Językom Orientu przyglądamy się poważniej dopiero od niedawna – podjął Anthony. – Przez dłuższy czas pozostawaliśmy daleko w tyle za Francuzami. Podwaliny położył sir William Jones. To on zorganizował w Babel pierwsze kursy sanskrytu, arabskiego i farsi. Pracę nad gramatyką farsi rozpoczął w tysiąc siedemset siedemdziesiątym pierwszym roku, ale aż do tysiąc osiemset trzeciego działał na tym polu w pojedynkę.

– A co się wtedy zmieniło? – zainteresował się Robin.

– Wtedy do Instytutu wstąpił Richard Lovell – odpowiedział przewodnik. – Ten dżentelmen jest w powszechnej opinii geniuszem w dziedzinie języków Dalekiego Wschodu. Osobiście wzbogacił naszą kolekcję o dwie księgi gramatyki chińskiej.

Robin z czcią sięgnął po pierwszy ze wspomnianych tomów. Książka okazała się niezmiernie ciężka, jakby do papieru dołożyła się waga atramentu. Chłopak rozpoznał zwarte, schludne pismo opiekuna. Treść świadczyła o niesłychanie szerokiej znajomości tematu. Odłożył księgę, zdjęty niepokojącą konstatacją, że profesor Lovell – cudzoziemiec – wie o jego ojczystym języku więcej niż on sam.

– A w tych gablotach co jest? – zapytała Victoire. – I dlaczego są zamknięte?

– Dlatego że są to jedyne wydania, jakie mamy w Oksfordzie – wyjaśnił Anthony. – Rezerwowe egzemplarze przechowywane są w Cambridge, Edynburgu i Ministerstwie Spraw Zagranicznych w Londynie. Aktualizujemy tę kolekcję co roku, dodając nowe znaleziska. Niemniej są to jedyne wyczerpujące kompendia wiedzy fachowej dotyczące każdego z języków świata. Jak się kiedyś przekonacie, nowe odkrycia dopisywane są ręcznie. Przedrukowywanie tego wszystkiego przy każdym uzupełnieniu byłoby stanowczo zbyt drogie. Poza tym nasze prasy drukarskie nie radzą sobie z wieloma obcymi systemami pisma.

– Czyli gdyby Babel strawił pożar, moglibyśmy stracić wyniki badań z całego roku? – zauważył Rami.

– Roku? Raczej z kilku dziesięcioleci. Ale nic takiego się nie wydarzy. – Anthony postukał w blat stołu, w którym Robin zauważył dziesiątki wąskich sztabek srebra. – Gramatyki są chronione lepiej niż księżniczka Wiktoria. Te księgi są odporne na ogień, zalanie i nie pozwolą się wziąć do ręki nikomu, kto nie figuruje w rejestrze Instytutu. Gdyby ktoś pokusił się o próbę kradzieży czy wandalizmu, zostałby porażony niewidzialną siłą tak potężną, że straciłby zmysły i ocknął się dopiero po przybyciu policji.

– Sztabki naprawdę potrafią zrobić coś takiego? – wypalił z niepokojem Robin.

– No, może odrobinę mnie poniosło – powiedział Anthony. – To zresztą tylko moje domysły. Zabezpieczeniami zajmuje się profesor Playfair, a on lubi otaczać swoją pracę aurą tajemnicy. Ale tak, zastosowane w wieży środki bezpieczeństwa mogą zdumiewać. Z pozoru to typowy oksfordzki budynek, ale każdy, kto chce się tu włamać, kończy we krwi na bruku. Widziałem taki wypadek na własne oczy.

– Dosyć zdecydowane te środki jak na instytucję naukową – mruknął Robin, czując, że dłonie robią mu się śliskie od potu. Wytarł je w togę.

– Cóż, to dość naturalne – odparł Anthony. – W tych murach przechowuje się więcej srebra niż w skarbcu Banku Anglii.

– Naprawdę? – rzuciła zaskoczona Letty.

– Tak, tak. Babel to jedno z najbogatszych miejsc w kraju. Chcecie zobaczyć?

Studenci pokiwali głowami. Anthony pstryknął palcami i poprowadził ich na schody.

Siódme piętro stanowiło jedyną część wieży, do której dostępu strzegły drzwi i ściany. Pozostałe piętra i parter urządzone były na planie otwartym i tylko schody na ostatni poziom prowadziły do ceglanego korytarza, zakończonego ciężkimi drewnianymi drzwiami.

– Zapora przeciwpożarowa – wyjaśnił Anthony. – W razie potrzeby, na przykład gdyby na górze coś eksplodowało, jest w stanie szczelnie odciąć dolne poziomy budynku, żeby ogień nie strawił gramatyk. – Naparł na drzwi całym sobą i nacisnął klamkę.

Siódme piętro zdecydowanie bardziej niż bibliotekę przypominało warsztat lub wnętrze manufaktury. Uczeni, niczym rasowi mechanicy, pochylali się nad stołami narzędziowymi, ściskając w rękach szeroki asortyment przyborów do grawerunku, którym pokrywali rozmaicie uformowane kawałki srebra. Wokół snuły się odgłosy wiercenia, warkoty i postukiwania. Pod oknem coś huknęło. Snop iskier trysnął w powietrze, a tuż za nim popłynął stek przekleństw. Żaden z obecnych nie podniósł nawet spojrzenia.

Na spotkanie wyszedł im zażywny, siwowłosy biały mężczyzna. Miał bystre, błyszczące oczy i szeroką twarz, na której uśmiech pozostawił gęstą siateczkę zmarszczek. Mógł być w dowolnym wieku pomiędzy czterdziestką a sześćdziesiątką. Jego czarna toga pokryta była tak grubą warstwą srebrnego pyłu, że mienił się cały przy każdym ruchu. Nad oczyma ciemniały gęste, niebywale ekspresyjne brwi; kiedy mówił, wydawało się, że już przy następnym słowie entuzjastycznie zeskoczą na podłogę.

– Dzień dobry – przywitał się. – Jestem profesor Jerome Playfair i piastuję funkcję dziekana Instytutu. Dłubię trochę przy włoskim i francuskim, ale moją pierwszą miłością jest język niemiecki. Dziękuję ci, Anthony, jesteś wolny. Czy przygotowaliście się już z Woodhouse'em do wypadu na Jamajkę?

– Jeszcze nie – odpowiedział doktorant. – Musimy znaleźć ten elementarz *patois*. Podejrzewam, że znowu zabrał go Gideon i nie wpisał do rejestru.

– Więc bierzcie się do roboty!

Anthony skinął głową, pożegnał się ze studentami, uchylając nieistniejącego kapelusza, i zniknął za ciężkimi drzwiami.

– Czyli wycieczkę zapoznawczą po Babel macie już za sobą. – Profesor Playfair obrzucił grupkę promiennym spojrzeniem. – Jak się wszyscy miewacie?

W pierwszej chwili nie odezwał się nikt. Letty, Rami i Victoire sprawiali wrażenie oszołomionych równie dokumentnie jak Robin. Do przetrawienia mieli mnóstwo nowych informacji i wskutek tego chłopak nie był pewien, czy podłoga, na której stoi, jest prawdziwa.

– Wiem, wiem, jak się czujecie – zachichotał profesor Playfair. – Pierwszego dnia tutaj przeżywałem dokładnie to samo. Zupełnie jakby ktoś odkrył przed wami całkiem nowy, ukryty świat, nieprawdaż? To jak skosztowanie jedzenia elfów. Kiedy człowiek dowie się, jak wygląda codzienność w wieży, reszta świata okazuje się wyjątkowo mało zajmująca.

– To wszystko jest zadziwiające, profesorze – przyznała Letty. – Doprawdy niesamowite.

– To najwspanialsze miejsce na Ziemi. – Uczony puścił dziewczynie oczko, po czym odchrząknął. – Opowiem wam historię. Wybaczcie mi pewną dozę patosu, ale uważam, że sytuacja wymaga należytej oprawy. Ostatecznie jest to wasz pierwszy dzień w miejscu, które jest moim zdaniem najważniejszym ośrodkiem badawczym na świecie. Nie macie nic przeciwko?

Nie potrzebował ich zgody, lecz i tak pokiwali głowami.

– Dziękuję. Otóż historię tę znamy od Herodota. – Playfair przeszedł kilka kroków w bok, niczym aktor zajmujący wyznaczoną pozycję na scenie. – Grek podaje, że egipski król

Psametych zawarł pewnego razu pakt z jońskimi rozbójnikami morskimi i przy ich pomocy pokonał jedenastu władców, którzy go wcześniej zdradzili. Po rozprawieniu się z przeciwnikami obdarzył jońskich sojuszników sporymi połaciami ziemi. Chciał jednak mieć lepszą niż dotąd gwarancję, że Jończycy nie zwrócą się przeciw niemu, tak jak uczynili to pobici władcy. Chciał zapobiec wojnom, wybuchającym z powodu nieporozumień. Posłał więc młodych egipskich chłopców, żeby zamieszkali wśród Jończyków i nauczyli się greki, aby w dorosłości mogli służyć jako tłumacze. Tutaj, w Babel, czerpiemy z Psametycha inspirację. – Powiódł roziskrzonym spojrzeniem po twarzach młodych studentów. – Sztuka przekładu od niepamiętnych czasów działa w służbie pokoju. Tłumacze umożliwiają porozumienie, co z kolei umożliwia dyplomację, handel i współpracę między odmiennymi ludami, co wszystkim zainteresowanym przynosi bogactwo i pomyślność. Spostrzegliście już z pewnością, że w całym Oksfordzie jedynie Babel przyjmuje adeptów o pozaeuropejskich korzeniach. Nigdzie indziej w tym kraju nie znajdziecie Hindusów, muzułmanów, Afrykanów i Chińczyków studiujących pod jednym dachem. Przyjmujemy was nie pomimo, lecz z powodu waszego cudzoziemskiego pochodzenia. – Ostatnie zdanie profesor Playfair zaakcentował tak, jakby był z tego faktu szczególnie dumny. – Ze względu na swój rodowód posiadacie dar językowy niedostępny dla rdzennych Anglików. To wy, podobnie jak młodzież Psametycha, jesteście ustami, które swoimi słowami doprowadzą do realizacji wizji globalnej harmonii. – Zawiesił na mgnienie głos i złożył dłonie jak do modlitwy. – Z powodu tego, co teraz mówię, pokpiwają ze mnie doktoranci. Prawię podobno wyświechtane banały. Ja jednak uważam, że w naszej sytuacji pewna egzaltacja jest uzasadniona. Ostatecznie spotykamy się tu po to, aby uczynić nieznane znanym, aby obce stało się swojskim. Jesteśmy po to, żeby czarować słowami.

Robin stwierdził w duchu, że od nikogo nie słyszał jeszcze tak życzliwych słów wobec cudzoziemców. I chociaż przypowieść profesora przyprawiła go o skurcz jelit – znał wspomniany ustęp Herodota i pamiętał, że wszyscy młodzi Egipcjanie byli niewolnikami – to poczuł również dreszcz emocji na myśl, że być może obcość nie skazuje go wcale na wieczną egzystencję na marginesie, że może jednak, w jakiś sposób, czyni go wyjątkowym.

Następnie profesor Playfair zebrał ich wszystkich wokół pustego stołu roboczego.

– Pospólstwo uważa, że praca ze srebrem jest równoważna magii. – Uczony zakasał rękawy po łokcie, mówiąc, podnosił głos, by przekrzyczeć panujący na piętrze harmider. – Ludzie sądzą, że moc sztabek tkwi w samym srebrze, że srebro jest kruszcem czarodziejskim, zawierającym w sobie siłę pozwalającą zmieniać świat.

Otworzył szufladę po lewej i wyjął z niej gładką sztabkę.

– Nie do końca się mylą. W srebrze rzeczywiście kryje się coś szczególnego. Pewna cecha, która sprawia, iż jest to do naszych celów medium idealne. Lubię myśleć, że metal ten otrzymał od bogów szczególne błogosławieństwo. Ostatecznie oczyszcza się je za pomocą rtęci, a rtęć to metal Merkurego, boskiego posłańca. Merkury, Hermes. Czy więc srebro nie ma naturalnego związku z hermeneutyką? Ale, ale, nie popadajmy w przesadny romantyzm. Nie, moc sztabek pochodzi ze słów. Mówiąc konkretnie, z tego pierwiastka znaczenia, którego słowa nie są w stanie wyrazić, tego, co bezpowrotnie ginie, kiedy przechodzimy z mowy jednej na drugą. Srebro chwyta i oddaje światu to, co utracone w przekładzie.

Podniósł wzrok i spojrzał w skonfundowane twarze studentów.

– Macie wiele pytań. Nie martwcie się. Pracę ze srebrem zaczniecie dopiero pod koniec trzeciego roku. Macie aż nadto czasu, aby przyswoić sobie teorię. W tej chwili ważne jest przede wszystkim, byście pojęli doniosłość naszego dzieła. – Playfair sięgnął po rysik. – Którym jest, co jasne, rzucanie zaklęć. – Zaczął grawerować na sztabce jakieś słowo. – To będzie prosta demonstracja. Skutek nie będzie wielce spektakularny, ale ciekawi mnie, czy poczujecie. – Skończył pisać i uniósł sztabkę, by pokazać im słowo. – *Heimlich*. Po niemiecku oznacza to tajemnicę, coś ukrytego i tak właśnie oddam to po angielsku. Ale *heimlich* to znacznie więcej niż tajemnica. Słowo to wywodzimy od pragermańskiego wyrazu, oznaczającego „dom". Złóżcie tę konstelację znaczeń razem i co otrzymacie? Owo zagadkowe, intymne uczucie, jakiego doznajemy, przebywając tam, gdzie nasze miejsce, z dala od świata zewnętrznego. – Mówiąc, zapisał na odwrocie sztabki wyraz „potajemny". Ledwie skończył, srebro zaczęło wibrować. – *Heimlich* – powtórzył. – Potajemny.

Robin po raz kolejny usłyszał śpiew, który nie miał źródła, nieludzki głos znikąd.

Świat się odmienił. Coś ich spowiło i otoczyło – niematerialna bariera przyćmiła powietrze, zagłuszyła hałasy, sprawiła, iż poczuli się, jakby byli samotni na pełnym ludzi piętrze. Teraz byli tutaj bezpieczni. Nikt się nie wtrącał. Wieża należała do nich, stała się ich azylem*.

Tego rodzaju magia nie była dla nich nowością. Wszyscy wcześniej widzieli srebro w działaniu; w Anglii nie można było się z nim nie zetknąć. Czym innym była jednak świadomość, że sztabki działają, że wzmacnianie srebrem stanowi fundament sprawnie działającego nowoczesnego społeczeństwa, a czym innym naoczna obserwacja zniekształcenia rzeczywistości, siły, z jaką słowa chwytały to, czego żadne słowo nie potrafiło ująć, i wywoływały niesamowity, fizyczny efekt.

Victoire stała z dłonią na ustach. Letty oddychała płytko i szybko. Rami raptownie mrugał, jakby usiłował powstrzymać łzy.

---

* Por. pokrewne niemieckie słowo *unheimlich*.

A Robin, zapatrzony w drgającą wciąż sztabkę, zrozumiał w tej chwili, że było warto. Warto było znosić samotność, warto było nawet dostać pogrzebaczem, a potem cierpieć długie godziny katorżniczej nauki i przełykać kolejne porcje językowej wiedzy niczym łyżeczki gorzkiego syropu po to, by pewnego dnia móc zrobić coś takiego. Naprawdę było warto.

– Na koniec jeszcze jedna drobnostka – oświadczył profesor Playfair, sprowadzając studentów po schodach. – Musimy pobrać wam krew.

– Słucham? – wyrwało się zaskoczonej Letty.

– Potrzebujemy próbek waszej krwi. To potrwa tylko chwilę. – Uczony przeprowadził ich przez hol do niewielkiego, schowanego za regałami pomieszczenia.

Pozbawiony okien pokoik wyposażono jedynie w prosty stół i cztery krzesła. Playfair wskazał im gestem siedzenia, po czym podszedł do ściany, w której ukryte były liczne szuflady. Wysunął pierwszą od góry, zawierającą, jak się okazało, mrowie maleńkich fiolek z krwią. Każdy szklany pojemniczek opatrzony został etykietą z nazwiskiem.

– Kwestia działania systemów ochronnych – wytłumaczył profesor. – Próby włamania do Babel mają miejsce częściej niż do wszystkich londyńskich banków razem wziętych. Większość hołoty zatrzymuje się na drzwiach, ale zainstalowane w nich zabezpieczenia muszą w jakiś sposób odróżniać intruzów od swoich. Eksperymentowaliśmy wcześniej z włosami i paznokciami, lecz te zbyt łatwo skraść.

– Krew też można ukraść – zauważył Rami.

– W rzeczy samej – przyznał profesor Playfair – ale to już wymaga od złoczyńcy zupełnie innego stopnia determinacji, czyż nie? – rzucił i wyjął z niższej szuflady kilka strzykawek. – Podwińcie rękawy, jeśli łaska.

Studenci, nie bez pewnych oporów, obnażyli przedramiona.

– Czy nie powinna nam asystować pielęgniarka? – spytała nerwowo Victoire.

– Nie ma absolutnie żadnego powodu do strachu. – Uczony postukał paznokciem w igłę. – Mam wprawę. Znajdę żyłę, zanim się obejrzycie. Kto pierwszy?

Zgłosił się Robin; nie chciał czekać w napięciu, obserwując cierpienia kolegów. Po nim przyszła kolej na Ramiego, Victoire i wreszcie Letty. W sumie zabieg zajął niecały kwadrans i rzeczywiście nie przyniósł im szkody, aczkolwiek kiedy igła wysunęła się z ramienia Letty, cera dziewczyny przybrała niepokojąco zielonkawy odcień.

– Zjedz coś treściwego – poradził jej profesor Playfair. – Zalecam kaszankę, jeśli uda ci się gdzieś dostać. – Cztery nowe fiolki zniknęły w szufladzie. – Od tej chwili stanowicie część wieży – dodał naukowiec, zamykając schowek na klucz. – Od tego momentu wieża was zna.

– Skóra cierpnie, kiedy się o tym pomyśli – skrzywił się Rami.

– Ależ zupełnie niepotrzebnie – odparł uczony. – Jesteście w miejscu, gdzie powstaje magia. Widząc jedynie otoczkę, można pomyśleć, że znajdujemy się w nowoczesnym uniwersytecie, lecz w najgłębszej istocie Babel niewiele się różni od laboratorium średniowiecznego alchemika. Fundamentalną różnicę stanowi tylko fakt, że nam naprawdę udało się odkryć klucz do transmutacji. Nie znaleźliśmy go w samej materialnej substancji bytu, a w jego nazwie.

Stołówka Babel, wspólna dla kilku różnych wydziałów humanistycznych, znajdowała się przy dziedzińcu Biblioteki Radcliffe'a, ponieważ jednak zajęcia miały rozpocząć się dopiero następnego dnia, pozostawała zamknięta. Młodzi tłumacze wrócili więc do kolegium, w którego bufecie wciąż serwowano lunch. Gorące potrawy zdążyły już zniknąć, lecz aż do kolacji można było skosztować popołudniowej herbaty i wszystkich tradycyjnie podawanych do niej przekąsek. Wyładowali tace filiżankami, imbryczkami, cukiernicami, dzbaneczkami z mlekiem i bułeczkami, po czym ruszyli pomiędzy długimi drewnianymi stołami, aż wypatrzyli jeden wolny w samym rogu sali.

– Czyli pochodzisz z Kantonu? – zagaiła Letty. Dziewczyna okazała się, jak zauważył Robin, osobą obdarzoną wyjątkowo silną osobowością; wszelkie pytania, nawet najbardziej niewinne, zadawała tonem oficera śledczego. Kiedy się odezwała, wbił akurat zęby w bułeczkę; pieczywo było czerstwe i musiał je popić herbatą, przez co nie zdążył udzielić odpowiedzi. – A ty skąd? – Letty przeniosła spojrzenie na Ramiego. – Madras? Bombaj?

– Kalkuta – odpowiedział uprzejmie Rami.

– Mój ojciec stacjonował w Kalkucie – powiedziała dziewczyna. – Trzy lata, od tysiąc osiemset dwudziestego piątego do dwudziestego ósmego. Całkiem możliwe, że się zetknęliście.

– Wspaniale – odparł Rami, smarując bułeczkę sowitą warstwą dżemu. – Niewykluczone, że miał okazję celować do moich sióstr.

Robin prychnął, lecz Letty pobladła.

– Chciałam tylko powiedzieć, że stykałam się już z Hindusami.

– Jestem muzułmaninem.

– Mam jedynie na myśli...

– I wiesz co? – Rami poruszał nożem z rosnącym wigorem. – To doprawdy irytujące, że dla wszystkich Indie to wyłącznie hinduizm. „Ach, rządy wyznawców islamu to jedynie aberracja, skutek obcej inwazji, Mogołowie to przelotne mgnienie, ale tradycja, o tak, tradycja to sanskryt i upaniszady”. – Podniósł bułkę do ust. – Ale po co ja to mówię, słyszysz te słowa pierwszy raz w życiu, prawda?

Niezbyt szczęśliwy początek znajomości. Nastroje i poczucie humoru Ramiego nie zawsze zjednywały mu nowych przyjaciół i nad jego erudycyjnymi tyradami należało po prostu przejść do porządku dziennego. Niestety, Letitia Price wydawała się zdolna do wszystkiego z wyjątkiem tego.

– Ach, ta Babel – wtrącił Robin, by kolega nie zdążył dodać nic więcej. – Piękny budynek.

– Owszem. – Letty obrzuciła go zdziwionym spojrzeniem.

Rami wywrócił oczyma, odchrząknął i odłożył bułkę na talerzyk.

Popijali herbatę bez słowa. Victoire nerwowo dzwoniła łyżeczką o filiżankę. Robin gapił się za okno. Rami przez chwilę bębnił palcami o stół, lecz przestał, gdy Letty zgromiła go spojrzeniem.

– Jak wam się tu podoba? – Victoire podjęła brawurową próbę ratowania rozmowy. – To znaczy całe Oxfordshire. Mam wrażenie, że jak dotąd udało się nam zobaczyć jedynie ułamek. Naturalnie wielkością nie może się równać z Londynem czy Paryżem, ale tyle tutaj ukrytych zakamarków, nie sądzicie?

– Wszystko tu jest niesamowite – podjął Robin przesadnie entuzjastycznym tonem. – Niebywałe! Każdy budynek z osobna. Pierwsze trzy dni spędziliśmy, po prostu chodząc z miejsca na miejsce i podziwiając. Widzieliśmy już wszystkie atrakcje turystyczne, muzeum oksfordzkie, ogrody Christ Church...

– I wszędzie was wpuścili? – Victoire uniosła brew.

– Szczerze mówiąc, nie bez problemów. – Rami odstawił filiżankę. – Pamiętasz, Ptaszyno, Muzeum Ashmole'a...

– Prawda – potaknął Robin. – Byli tak głęboko przekonani, że spróbujemy coś ukraść, że przy wejściu i wyjściu musieliśmy pokazać zawartość kieszeni. Jakbyśmy naprawdę chcieli zwinąć klejnot Alfreda.

– Nas nie wpuścili tam w ogóle – powiedziała Victoire. – Podobno damy bez towarzystwa nie mają prawa wstępu.

– Niby czemu? – prychnął pod nosem Rami.

– Zapewne ze względu na nasze nerwowe usposobienie – rzuciła Letty. – Nie chcą, żeby kobiety mdlały im przed obrazami.

– Ach, tyle kolorów! Jakież to ekscytujące! – powiedziała z przekąsem Victoire.

– Wszystkie te bitwy i biusty. – Letty omdlewającym gestem przytknęła grzbiet dłoni do czoła. – Zbyt wiele jak na moje nerwy!

– I co zrobiłyście? – zaciekawił się Rami.

– Wróciłyśmy, kiedy wejścia strzegł kto inny, i tym razem podszyłyśmy się pod mężczyzn – odparła Victoire, po czym podjęła znacznie niższym głosem: – Bardzo przepraszam, jesteśmy gośćmi z prowincji, odwiedzamy kuzyna i nie mamy co ze sobą począć, dopóki nie skończy zajęć...

– Żartujecie? – zaśmiał się Robin.

– Żebyś wiedział, że zadziałało – powiedziała z naciskiem Victoire.

– Nie wierzę.

– Ależ naprawdę. – Uśmiechnęła się. Robin zauważył, że dziewczyna ma oczy wielkie i piękne niczym łania. Przyjemnie też było jej słuchać; miał wrażenie, że każde jej zdanie uwalnia z głębi jego serca falę śmiechu. – Pomyśleli pewnie, że jesteśmy dwunastoletnimi chłystkami, ale wpuścili nas...

– Dopóki nie zaczęłaś się emocjonować – wtrąciła Letty.

– Rzeczywiście, wszystko było dobrze, weszłyśmy do środka...

– A wtedy Victoire zobaczyła Rembrandta i pisnęła, o tak. – Letty wydała z siebie przenikliwy szczebiot. Koleżanka trąciła ją w ramię, lecz sama również chichotała.

– Proszę wybaczyć, panienko. – Victoire ściągnęła brwi, naśladując rozgniewanego stróża. – Nie powinno panienki tu być, obawiam się, że zmyliła panienka drogę...

– Czyli jednak... Nerwowe usposobienie.

I to wystarczyło. Lody stopniały. Śmiali się już wszyscy – trochę może zbyt głośno jak na poziom dowcipu, ale ważne było, że przy stole zapanowała wesołość.

– Rozpoznał was ktoś jeszcze? – zainteresował się Rami.

– Nie. Wszystkim wydaje się, że jesteśmy dwoma wybitnie chudymi pierwszorocznikami – odpowiedziała Letty. – Aczkolwiek jeden gość zaczął pokrzykiwać na Victoire, żeby zdjęła togę.

– A nawet próbował ją ze mnie zerwać. – Dziewczyna spuściła wzrok. – Letty musiała mu przyłożyć parasolką.

– Nas spotkało coś podobnego – przyznał Rami. – Którejś nocy zaczęło za nami krzyczeć kilku podpitych cwaniaczków z Balliol.

– Nie podobało im się, że dzielą strój z kimś o ciemniejszej skórze? – stwierdziła Victoire.

– Nie – mruknął Rami. – Nie podobało.

– Bardzo mi przykro – podjęła Victoire. – Czy oni... To znaczy wyszliście z tej afery bez szwanku?

Robin zerknął nerwowo na kolegę, lecz w oczach Ramiego wciąż pełgały radosne iskierki.

– Zdecydowanie. – Rami otoczył Robina ramieniem. – Osobiście byłem gotów roztrzaskać parę kinoli, ale ten tutaj wiedział, jak powinien postąpić roztropny młodzian. Wziął nogi za pas i pędził, jakby za nim sto diabłów goniło. Nie miałem więc wyjścia i poszedłem za jego przykładem.

– Ja po prostu nie lubię konfliktów. – Robin się zarumienił.

– Co prawda, to prawda – powiedział Rami. – Gdybyś mógł, rozpłynąłbyś się w powietrzu.

– Cóż – Robin wydął wargi – mogłeś zostać i pokonać ich w pojedynkę.

– Co? Miałbym cię zostawić samego na ciemnej ulicy? – Rami wyszczerzył się od ucha do ucha. – Swoją drogą, wyglądałeś przekomicznie. Rwałeś przed siebie jak ktoś, kto na gwałt szuka toalety.

Nad stołem znów popłynął śmiech.

Wkrótce stało się jasne, że nie ma dla nich tematów tabu. Mogli rozmawiać o wszystkim, dzielić się nieopisanymi upokorzeniami, jakich doznawali, przebywając w miejscu, w którym nie powinni, rozmawiać o drążącym serca niepokoju, który aż dotąd każde z nich zachowywało dla siebie. Opowiadali o sobie otwarcie, ponieważ nareszcie znaleźli się wśród ludzi, dla których ich wyjątkowe doświadczenia nie były czymś kłopotliwym czy niezrozumiałym.

Następnie wymienili opowieści o swojej dotychczasowej edukacji. Babel, jak się okazało, zawsze wybierała swych pomazańców w bardzo młodym wieku. Letty, pochodząca z położonego na południu Anglii Brighton, olśniewała nieprzeciętną pamięcią rodzinę i przyjaciół, odkąd tylko nauczyła się mówić; któryś z gości rodziców, znajomek paru oksfordzkich profesorów, zorganizował dziewczynce prywatne lekcje francuskiego, niemieckiego, łaciny i greki i studiowała języki, aż do momentu wstąpienia na uniwersytet.

– Niewiele brakowało, a byłyby z tego nici – powiedziała Letty, szaleńczo trzepocząc rzęsami. – Ojciec zapowiedział, że nigdy w życiu nie będzie finansować kształcenia kobiety, więc bardzo się cieszę ze stypendium. Ale żeby tu dojechać, i tak musiałam spieniężyć wszystkie swoje bransoletki. Inaczej nie miałabym na dyliżans.

Victoire, podobnie jak Robin i Rami, przybyła do Europy wraz z opiekunem.

– Trafiłam do Paryża – wyjaśniła. – On był Francuzem, ale miał kontakty w Instytucie i obiecał, że napisze do nich, kiedy osiągnę odpowiedni wiek. Z tym że zanim do tego doszło, umarł i przez pewien okres nie byłam pewna, czy będę mogła przyjechać. – W tym miejscu głos na mgnienie odmówił jej posłuszeństwa i upiła łyk herbaty. – Udało mi się jednak porozumieć z Instytutem na własną rękę i to oni zorganizowali mi podróż – dodała niejasno.

Robin podejrzewał, że dziewczyna pominęła wiele elementów swojej historii, lecz ponieważ sam był ekspertem w dziedzinie ukrywania niemiłych prawd, nie próbował z niej wyciągnąć dodatkowych szczegółów.

Łączyło ich jedno – gdyby nie Babel, nie zagrzaliby miejsca nigdzie w tym kraju. Obdarzono ich niewyobrażalnymi przywilejami, ich mecenasami byli ludzie zamożni i wpływowi, wiedzeni nie do końca zrozumiałymi motywami, i każde z czworga było boleśnie świadome, iż wszystko to mogą w dowolnym momencie utracić. Niepewność jutra zarazem przydawała im śmiałości i napawała przerażeniem. Wciśnięto im w dłonie klucze do nowego królestwa; nie chcieli ich zwracać.

Kiedy herbata w imbrykach zaczęła się kończyć, wszyscy niemal byli już w sobie nawzajem zakochani – wciąż nie po same uszy, gdyż prawdziwa miłość wymaga czasu i wspomnień, lecz na tyle jej bliscy, na ile pozwalało pierwsze wrażenie. Nie nastały jeszcze czasy, kiedy Rami z dumą nosił nieporadnie wydziergane przez Victoire szaliki; gdy Robin dokładnie wiedział, jak długo należy parzyć herbatę Ramiego, aby była gotowa, gdy chłopak przybiegnie do stołówki spóźniony z kursu arabskiego; czy kiedy wszyscy wiedzieli, iż Letty przyniesie na zajęcia papierową torebkę pełną cytrynowych herbatników, ponieważ jest środowy poranek, a w cukierni Taylora świeże sprzedawali właśnie w środy. Tego popołudnia z pewnością jednak dostrzegli, że mogą się takimi właśnie przyjaciółmi stać, i ich serca przepełnił zachwyt, gdyż rozumieli, iż to wcale nie jest odległa wizja.

Potem kiedy wszystko się posypało, a świat rozpękł na kawałki, Robin cofał się w myślach do tego dnia, do tej godziny i tego stołu i zadawał sobie pytanie, dlaczego zaufali sobie tak szybko, z tak zapalczywą wiarą? Dlaczego nie chcieli dostrzec miliona sposobów, w jakie mogli się nawzajem skrzywdzić? Dlaczego nawet przez moment nie zastanowili się nad różnicami w urodzeniu i wychowaniu, które oznaczały, że nie stali i nigdy nie mogli stanąć po tej samej stronie?

Odpowiedź jednak zdawała się oczywista – wszyscy czworo tonęli w morzu obcości i dostrzegli w pozostałych tratwę, której uchwycenie było jedynym sposobem na pozostanie na powierzchni.

Dziewczętom nie pozwolono zamieszkać w kwaterach kolegium, co stanowiło główny powód, dla którego ścieżki całej czwórki skrzyżowały się dopiero pierwszego dnia zajęć. Victoire i Letty kwaterowały mniej więcej dwie mile dalej, w służbówce jednej z oksfordzkich szkół dziennych. Było to podobno typowe rozwiązanie, stosowane w wypadku studiujących w Oksfordzie kobiet. Robin z Ramim odprowadzili koleżanki, gdyż uznali, że tak właśnie powinni postąpić dżentelmeni. Robin miał jednak nadzieję, iż podobne wędrówki nie staną się rytuałem codziennym; droga była naprawdę daleka, a wieczorami nie jeździły już omnibusy.

– Nie mogli umieścić was gdzieś bliżej? – zdziwił się Rami.

– Nie. – Victoire pokręciła głową. – Władze wszystkich kolegiów zgodnie oświadczyły, że nasza nadmierna bliskość stanowi ryzyko dla moralności męskiej młodzieży.

– To nieuczciwe – obruszył się Rami.

– Co ty nie powiesz? – Letty obrzuciła go osobliwym spojrzeniem.

– Nie jest tak źle – podjęła Victoire. – Mamy na trasie kilka przyjemnych pubów. Jak dotąd byłyśmy już Pod Jeźdźcami Apokalipsy, Pod Koślawym Korzeniem i jeszcze w tym lokalu, gdzie gromadzą się szachiści, Pod Wieżą i Pionkami, bo...

– Przepraszam – Robin wszedł dziewczynie w słowo. – Powiedziałaś może: Pod Koślawym Korzeniem?

– Tak. To nieopodal mostu, na Harrow Lane – powiedziała Victoire. – Ale nie spodoba ci się tam. Same tylko weszłyśmy i zaraz zawróciłyśmy. Okropnie brudno. Szklanki były tak tłuste i zakurzone, że na pewno kleją się do rąk.

– Czyli studenci tam nie zaglądają?

– Nie. Myślę, że chłopcy z Oksfordu woleliby ducha wyzionąć, niż się tam pokazać. To pub dla pospólstwa, nie intelektualistów – powiedziała Letty, po czym zwróciła uwagę przyjaciół na człapiące przed nimi stado krów.

Robin nie wrócił do tematu. Potem kiedy dziewczyny bezpiecznie trafiły do domu, poprosił Ramiego, by wrócił na Magpie Lane sam.

– Na śmierć zapomniałem, że obiecałem odwiedzić profesora Lovella – usprawiedliwił się, w czym pomógł mu fakt, że do Jericho było z tej okolicy bliżej niż z kolegium. – Ale to długi spacer i nie chcę cię ze sobą ciągnąć.

– Wydawało mi się, że byliście umówieni dopiero na przyszły weekend? – zauważył Rami.

– Tak, ale przypomniałem sobie właśnie, że miałem zajrzeć też wcześniej – powiedział Robin i odchrząknął. Kłamiąc przyjacielowi prosto w oczy, czuł się fatalnie. – Pani Piper przygotowała podobno jakieś słodkości.

– O niebiosa! – Rami, co dość zdumiewające, nie zwąchał podstępu. – Obiad był niejadalny. Na pewno nie potrzebujesz towarzystwa?

– Na pewno. Dzień był długi i jestem już zmęczony. Spacer w ciszy i spokoju dobrze mi zrobi.

– Jasna sprawa – rzucił ze zrozumieniem Rami.

Rozstali się na Woodstock Road. Rami oddalił się na południe, prosto w kierunku kolegium. Robin odbił w prawo, rozglądając się za wspomnianym przez Victoire mostem. Zadawał sobie pytanie, czego właściwie szuka. Za przewodnika służyło mu jedynie wspomnienie kilku szeptanych słów.

Odpowiedź znalazła go sama. W połowie Harrow Lane usłyszał za sobą kroki. Obejrzał się przez ramię i ujrzał śledzącą go w wąskiej uliczce, skrytą w mroku postać.

– Nie spieszyłeś się – rzucił sobowtór Robina. – Kręcę się tu od rana.

– Kim jesteś? – spytał ostro Robin. – Dlaczego wyglądasz jak ja?

– Nie tutaj – uprzedził sobowtór. – Pub jest tuż za rogiem, wejdźmy do środka...

– Odpowiedz mi! – Robin nie rezygnował. Spóźnione poczucie zagrożenia ocknęło się dopiero w tej chwili; zaschło mu w ustach, serce zaczęło wściekle kołatać. – Ktoś ty?

– Nazywasz się Robin Swift – powiedział nieznajomy. – Wychowywałeś się bez ojca, za to z angielską opiekunką, której obecności nikt nie potrafił wyjaśnić. Miałeś stały dostęp do anglojęzycznych książek, a kiedy pojawił się profesor Lovell, żeby zabrać cię do Anglii, pożegnałeś się z ojczystą ziemią na dobre. Podejrzewasz, że profesor jest twoim ojcem, ale on nigdy tego nie potwierdził, i jesteś przekonany, że nigdy cię nie uzna. Czy to się zgadza?

Robina zatkało. Otworzył usta i poruszył szczęką. Na próżno; najprościej w świecie nie miał nic do powiedzenia.

– Chodźmy już – zaprosił sobowtór. – Napijemy się.

Old English Beer

KSIĘGA II
TRUST 22

ROZDZIAŁ
PIĄTY

– Takie obelgi nie robią na mnie żadnego wrażenia – zauważył Monks. – Wystarczy mi, że zna pan fakty.

Charles Dickens, „Przygody Olivera Twista”
(przeł. Natalia Gren)

Weszli Pod Koślawy Korzeń i znaleźli wolny stolik w zacisznym kącie pod ścianą. Sobowtór zamówił dwie szklanki złocistego piwa. Robin osuszył swoją trzema chciwymi łykami, co sprawiło, że poczuł się nieco pewniej, choć wrażenie oszołomienia wciąż nie słabło.

– Nazywam się – podjął sobowtór – Griffin Lovell.

Po dokładniejszym przyjrzeniu się Robin stwierdził, że chłopak nie jest tak podobny do niego, jak mu się wcześniej wydawało. Był kilka lat starszy, a jego rysy cechowała nadana przez czas dojrzała ostrość, której twarz Robina jeszcze nie nabrała. Mówił niższym, mniej życzliwym, za to bardziej stanowczym głosem. Co więcej, o kilka cali Robina przewyższał, acz był od niego znacznie chudszy; prawdę powiedziawszy, sprawiał wrażenie człowieka zbudowanego wyłącznie z ostrych krawędzi i kątów. Ponadto miał ciemniejsze włosy, jaśniejszą cerę. Wyglądał jak książkowa podobizna Robina, panujące w pubie oświetlenie uwypuklało różnice i rozmywało barwy.

„Jeszcze bardziej podobny niż poprzedni...” – usłyszał w głowie Robin.

– Lovell – powtórzył Robin, próbując dojść do siebie. – To znaczy, że jesteś...?

– On nigdy tego nie przyzna – odparł Griffin. – Tak samo zresztą jak w twoim przypadku, prawda? A czy wiesz, że profesor ma żonę i dzieci?

– Co?! – Robin aż się zakrztusił.

– Sama prawda. Siedmioletnią córkę i trzyletniego syna. Kochane urwisy, Philippa i Dick. Szanowna małżonka ma na imię Johanna. Lovell ukrywa ich w uroczej posiadłości w Yorkshire. Częściowo dlatego jest w stanie finansować swoje zamorskie wojaże. Sam nie miał pensa, ale ona jest bajecznie bogata. Ponoć pięćset funtów rocznie.

– Ale czy ta kobieta...?

– Czy o nas wie? Zdecydowanie nie. Chociaż moim zdaniem nie przejęłaby się, nawet gdyby wiedziała. Pewien problem mogłaby ewentualnie stanowić kwestia reputacji. Nie zawarli tego małżeństwa z miłości. On potrzebował majątku, a ona chciała móc się czymś pochwalić w towarzystwie. Widują się mniej więcej dwa razy do roku. Resztę czasu profesor spędza tutaj lub w Hampstead. Zabawne, ale nam poświęca znacznie więcej czasu niż tamtym dzieciom. No, w każdym razie tobie. – Griffin pochylił głowę na bok.

– Czy ja śnię? – wymamrotał Robin.

– Chciałbyś. Napij się. Blady jesteś jak trup.

Robin mechanicznym ruchem sięgnął po szklankę. Przestał dygotać, ale miał wrażenie, że umysł wypełnia mu wata. Picie nie pomagało, lecz pozwalało przynajmniej zająć czymś ręce.

– Jestem pewien, że chcesz mi zadać mnóstwo pytań – podjął Griffin. – Spróbuję na nie odpowiedzieć, lecz musisz wykazać się cierpliwością, bo i ja mam wiele pytań. Jak się nazywasz?

– Robin Swift – odparł zbity z tropu Robin. – Przecież wiesz.

– Ale czy naprawdę to nazwisko wolisz?

– To moje pierwsze... – Robin nie był pewien, do czego Griffin zmierza. – Naturalnie mam jeszcze chińskie, ale nikt... Ja nie...

– Niech będzie – uciął Griffin. – Swift. Dobre nazwisko. Jak na nie wpadłeś?

– „Podróże Guliwera" – przyznał Robin i teraz kiedy powiedział to na głos, pomysł wydał mu się niezwykle głupiutki. Przy Griffinie, za sprawą dzielących ich kontrastów, właściwie od początku czuł się jak małe dziecko. – To... to jedna z moich ulubionych lektur. Profesor Lovell powiedział, że mogę wybrać dowolne nazwisko, a to przyszło mi do głowy od razu.

– Widzę, że trochę złagodniał. – Kącik warg Griffina uniósł się nieznacznie. – Mnie przed podpisaniem papierów zabrał na róg ulicy i oświadczył, że znajdy często nazywa się od miejsc, gdzie zostały porzucone. Powiedział, że mogę chodzić po mieście, dopóki nie znajdę słowa, które nie będzie brzmieć zbyt niedorzecznie.

– I znalazłeś?

– Jasne, Harley. Nic szczególnego. Zauważyłem po prostu napis nad sklepem i spodobało mi się brzmienie. Kształt, jaki przyjmują wargi, kiedy to mówisz, sposób, w jaki język przechodzi w drugą sylabę. Ale żaden ze mnie Harley, tak jak ty nie jesteś wcale Swiftem. Nazywam się Lovell.

– Więc jesteśmy...

– Przyrodnimi braćmi – wyręczył Robina Griffin. – Dobry wieczór, braciszku. Cieszę się, że mogę cię poznać.

– Chciałbym wreszcie usłyszeć tę historię w całości. – Robin odstawił szklankę.

– Zrozumiałe. – Griffin nachylił się nad blatem.

W porze kolacji Pod Koślawym Korzeniem zebrał się tłumek na tyle gęsty, że wszelkie rozmowy tonęły w ogólnym gwarze. Mimo to Griffin zaczął mówić tak cicho, że Robin musiał wytężyć słuch, by go zrozumieć.

– Oto cała historia. Jestem przestępcą. Wraz ze wspólnikami regularnie kradniemy z Babel srebro, książki i przybory grawerskie, które z Anglii trafiają do naszych współpracowników rozsianych po całym świecie. To, czego świadkiem stałeś się wczorajszej nocy, było zdradą i gdyby ktokolwiek się dowiedział, wtrącono by cię do Newgate na najmarniej dwadzieścia lat, a wcześniej poddano torturom, żebyś wygadał, co o nas wiesz. – Wszystko to powiedział bardzo szybko, monotonnie, z jednolitym natężeniem głosu. Kiedy umilkł, oparł się na krześle, a w jego oczach zagościło zadowolenie.

Robin zrobił jedyne, co przyszło mu do pulsującej bólem głowy – pociągnął kolejny głęboki łyk piwa. Kiedy odstawił szklankę, wykrztusił tylko:

– Dlaczego?

– To proste – odparł Griffin. – Niektórzy potrzebują srebra o wiele bardziej niż zamożni londyńczycy.

– Ale... kto taki?

Griffin nie odpowiedział od razu. Przez kilka sekund mierzył brata badawczym spojrzeniem, jakby starał się wypatrzyć coś na jego twarzy – kolejne podobieństwo bądź jakąś istotną, wrodzoną cechę.

– Dlaczego twoja matka umarła? – zapytał wreszcie.

– Cholera – rzucił Robin po chwili milczenia. – Wybuchła epidemia i...

– Nie zapytałem, na co – Griffin wszedł chłopakowi w słowo. – Pytałem dlaczego.

„Nie wiem dlaczego" – miał ochotę odwarknąć Robin, lecz wiedział. Wiedział od zawsze, zmusił po prostu sam siebie, aby o tym nie myśleć. Przez cały czas, jaki minął od tamtej pory, nie pozwolił sobie sformułować pytania w dokładnie ten sposób. „Och, dwa tygodnie z okładem" – powiedziała pani Piper. Przybyli do Chin ponad dwa tygodnie wcześniej.

Poczuł w oczach pieczenie. Zamrugał.

– Jak się dowiedziałeś o mojej matce?

– Może dokończysz to piwo? – Griffin odchylił się nieco i zaplótł dłonie na karku.

Tuż za drzwiami Griffin ruszył żwawo po Harrow Lane, zarzucając Robina gradem wypluwanych półgębkiem pytań.

– Skąd pochodzisz?

– Z Kantonu.

– Ja urodziłem się w Makao. Nie pamiętam, czy kiedykolwiek byłem w Kantonie. A kiedy cię tu przywiózł?

– Do Londynu?

– Nie, do Manili. Jasne, że do Londynu, bęcwale.

Robinowi przemknęło przez myśl, że jego brat potrafi zachować się jak skończony osioł.

– Sześć... Nie, teraz to już siedem lat temu.

– Nie do wiary. – Griffin bez ostrzeżenia skręcił w lewo, w Banbury Road; Robin pospieszył za nim. – Nic dziwnego, że mnie nie szukał. Znalazł sobie nowe zajęcie, co nie?

Robin potknął się na kocim łbie i zachwiał. Odzyskał równowagę i potruchtał za Griffinem. Nigdy w życiu nie pił piwa, a tylko podawane przez panią Piper słabe wina stołowe. Miał wrażenie, że chmiel znieczulił mu język. Bardzo chciał zwymiotować. Po co wypił aż tyle? Był otumaniony, zebranie myśli wymagało dwakroć więcej czasu niż zwykle... Oczywiście jednak taki był cel. Jasne stało się, że Griffin chciał uczynić go bezbronnym i powolnym. Robin nabrał podejrzeń, że przyrodni brat lubi utrzymywać innych ludzi w stanie wiecznej niepewności.

– Dokąd idziemy? – zapytał.

– Na południe. A potem na zachód. Nieważne, rzecz w tym, że pozostając w ruchu, najłatwiej uniknąć podsłuchania. – Griffin zanurkował w Canterbury Road. – Kiedy człowiek przystaje, ogon może gdzieś się schować i usłyszeć całą rozmowę, ale gdy się kluczy, nie jest to takie proste.

– Ogon?

– Ostrożności nigdy zbyt wiele.

– Czy w takim razie moglibyśmy poszukać cukierni?

– Cukierni?

– Powiedziałem koledze, że spotkam się dzisiaj z panią Piper. – Robinowi wciąż kręciło się w głowie, lecz kłamstwo pamiętał bardzo wyraziście. – Nie mogę wrócić z pustymi rękoma.

– Dobrze. – Griffin wszedł na Winchester Road. – Taylor może być? Reszta będzie już o tej porze zamknięta.

Robin zniknął za drzwiami ciastkarni i pospiesznie nabył kilka najprostszych wypieków – nie chciał, aby Rami zaczął coś podejrzewać, kiedy następnym razem przejdą obok witryny. W pokoju miał odpowiedni płócienny woreczek; sklepowe pudełka mógł po prostu wyrzucić.

Paranoja Griffina okazała się zaraźliwa. Robin czuł się naznaczony, jakby ktoś oznaczył go szkarłatną farbą. Płacąc, był niemal pewien, że ktoś oskarży go o kradzież. Odbierając drobne, nie był w stanie spojrzeć sprzedawcy w oczy.

– No dobrze – zagaił Griffin, gdy Robin wychynął z powrotem na ulicę. – Powiedz, chciałbyś dla nas kraść?

– Kraść? – Znowu ruszyli absurdalnie niespacerowym tempem. – Znaczy... z Babel?

– Oczywiście, że z Babel. Nie ociągaj się!

– Ale po co wam ja?

– Po to, że jesteś członkiem tej instytucji, a my nie. Wieża zna twoją krew, dzięki czemu możesz otwierać drzwi, które dla nas pozostają zamknięte.

– Ale dlaczego... – Język Robina potykał się o kolejne naglące pytania. – Po co? Co robicie z łupami?

– Powiedziałem ci przecież. Rozdajemy. Jesteśmy jak Robin Hood. Ha, ha. Robin, łapiesz? Nie? No dobra. Sztabki i narzędzia do pracy ze srebrem rozsyłamy potrzebującym z całego świata. Otrzymują je ludzie, którym nie dane było zostać brytyjskimi bogaczami. Ludzie tacy jak twoja matka. Widzisz, Babel jest olśniewającym miejscem, ale olśniewa wyłącznie dlatego, że sprzedaje swoje pary aktywne mocno ograniczonej klienteli. – Griffin rzucił okiem przez ramię. Poza nimi na ulicy nie było nikogo z wyjątkiem praczki taszczącej w oddali kosz z bielizną. Niemniej przyspieszyli jeszcze bardziej. – Więc jak będzie? Wchodzisz w to?

– Ja... Nie wiem. – Robin potrząsnął głową. – Nie mogę tak po prostu... Wiesz, nadal mam tyle wątpliwości.

– Pytaj, o co tylko chcesz. – Griffin wzruszył ramionami. – Śmiało.

– No... No dobrze. – Robin spróbował nadać pytaniom przynajmniej pozory racjonalnego porządku. – Kim jesteście?

– Towarzystwo Hermes – odparł Griffin bez chwili wahania. – W skrócie po prostu Hermes.

– Towarzystwo Hermes. – Robin obrócił nazwę w ustach. – Skąd ta...?

– Żart. Srebro i rtęć. Merkury i Hermes. Hermes i hermeneutyka. Nie mam pojęcia, kto to wykoncypował.

– I jesteście tajnym sprzysiężeniem? Nikt o was nie wie?

– Babel wie z pewnością. Nasze wzajemne relacje są, by tak rzec, burzliwe. Ale nie wiedzą zbyt wiele. Bez wątpienia mniej, niżby sobie życzyli. Jesteśmy mistrzami pozostawania w cieniu.

Mógłbym dyskutować, stwierdził w duchu Robin, przypominając sobie podsłuchane w mroku przekleństwa i rozsypane na bruku srebro.

– Jak wielu was jest? – spytał na głos.

– Tego wyjawić nie mogę.

– Macie jakąś kwaterę główną?

– Tak.

– Pokażesz mi, gdzie się znajduje?

– Wykluczone – odparł ze śmiechem Griffin.

– Ale jest was więcej, prawda? – Robin nie ustępował. – Mógłbyś mnie przynajmniej przedstawić...

– Nie mogę i nie chcę. Dopiero co się poznaliśmy, braciszku. Nie mam pewności, czy kiedy się rozstaniemy, nie pognasz w te pędy do Playfaira.

– Jak więc... – Poirytowany Robin urwał i zamachał rękoma. – Nic mi nie dajesz, a prosisz o wszystko.

– Zgadza się, bracie. W ten właśnie sposób działa każde godne tego miana tajne stowarzyszenie. Nie wiem, jakim jesteś człowiekiem, i zdradzając ci cokolwiek więcej, okazałbym się durniem.

– Ale rozumiesz, że stawia mnie to w niezwykle trudnym położeniu? – Z punktu widzenia Robina Griffin odmawiał słuszności jego bardzo uzasadnionym wątpliwościom. – Ja o tobie również niczego nie wiem. Może jesteś kłamcą, może próbujesz mnie wrobić...

– Gdyby tak było, już teraz tkwiłbyś za kratami. Ta obawa odpada. A w jakiej to sprawie podejrzewasz nas o kłamstwo?

– Możliwe, że wcale nie korzystacie z tego srebra, żeby pomagać – zauważył Robin. – Towarzystwo Hermes może być jedynie przykrywką. Niewykluczone, że sprzedajecie po prostu kradzione fanty dla zysku...

– Wyglądam ci na człowieka, który bogaci się na handlu srebrem?

Robin popatrzył na chudą, niedożywioną sylwetkę Griffina, na jego wystrzępiony czarny płaszcz i rozczochrane włosy. Cóż, musiał przyznać, że Towarzystwo Hermes rzeczywiście nie sprawiało wrażenia grupy oszustów, dorabiających się kosztem innych. Być może Griffin wykorzystywał kradzione srebro w innych niecnych celach, lecz nabijanie własnej kiesy raczej do nich nie należało.

– Wiem, że to niemało jak na jedną rozmowę – podjął Griffin. – Ale musisz mi zaufać. Innej możliwości po prostu nie ma.

– Chcę ci zaufać. To znaczy... Jedynie... Wiele oczekujesz. – Robin pokręcił głową. – Dopiero co przyjechałem. W Babel byłem tylko raz i nie znam ani tego miejsca, ani ciebie na tyle, żeby rozumieć, co się tu dzieje...

– Więc dlaczego to zrobiłeś? – rzucił Griffin.

– Co zrobiłem?

– Wczoraj w nocy. – Griffin spojrzał z ukosa. – Pomogłeś nam, o nic nie pytając. Nie wahałeś się nawet przez chwilę. Dlaczego?

– Nie wiem – odpowiedział zgodnie z prawdą Robin.

Sam zadawał sobie to pytanie przynajmniej tysiąc razy. Dlaczego aktywował tę sztabkę? Z pewnością nie jedynie dlatego, że cała sytuacja – środek nocy, księżycowa poświata – tak bardzo przypominała sen, że zasady i konsekwencje wydawały się bez znaczenia. Przyczyną nie był też wyłącznie widok sobowtóra, który kazał mu wątpić w samą naturę rzeczywistości. Poczuł w tamtej chwili przymus głębszy, choć niewytłumaczalny.

– Wydawało mi się, że tak powinienem, że tak trzeba.

– Jak to? Nie zdawałeś sobie sprawy, że pomagasz szajce złodziei?

– Wiedziałem, że kradniecie – sprostował Robin. – Ale... poczułem, że nie robicie nic złego.

– I na twoim miejscu tego przeczucia bym się trzymał – podjął Griffin. – Zaufaj mi. Zaufaj, że działamy w słusznej sprawie.

– A jaka sprawa jest słuszna? – zapytał Robin. – Twoim zdaniem? Po co to wszystko?

Griffin rozciągnął usta w uśmiechu. Bardzo specyficznym, pełnym poczucia wyższości uśmiechu, który nie sięgnął oczu.

– Nareszcie zacząłeś zadawać właściwe pytania – powiedział.

Zatoczyli pętlę i znaleźli się ponownie na Banbury Road. Zamajaczył przed nimi park i w Robinie obudziła się nadzieja, że skrócą drogę, idąc na południe ku Parks Road – robiło się coraz później, a noc była zimna. Griffin jednak poprowadził na północ, z dala od centrum.

– Czy wiesz, do czego wykorzystuje się w tym kraju większość sztabek?

– Może używają ich lekarze? – zaryzykował Robin.

– Ha! Urocze. Nie, do wzmacniania ozdób salonowych. Tak, tak. Srebro sprawia, że budziki odzywają się głosami prawdziwych kogutów, że światła zapalają się i gasną na zawołanie, że kotary w oknach dostosowują barwę do pory dnia i tak dalej. Dlatego że to przyjemne i że wyższe klasy brytyjskiego społeczeństwa mogą sobie na to pozwolić, a czegokolwiek bogaty Brytyjczyk zapragnie, bogaty Brytyjczyk dostaje.

– Rozumiem – przyznał Robin. – Niemniej sam fakt, że Babel sprzedaje sztabki, zaspokajając popyt...

– Chcesz poznać drugie i trzecie co do wysokości źródła wpływów Babel?

– Działalność prawna?

– Nie. Wzmacnianie broni. Zarówno tej służącej osobom prywatnym, jak państwom – powiedział Griffin. – A także współpraca z handlarzami niewolników. W porównaniu z tym dział prawny przynosi pensy.

– To... To niemożliwe.

– Nie, tak właśnie działa świat. Pozwól, bracie, że odmaluję przed tobą pewien obraz. Zauważyłeś zapewne, iż Londyn stanowi centrum wielkiego, nieprzerwanie rozrastającego się imperium. A najważniejszą z instytucji, które ten wzrost umożliwiają, jest Babel. Babel gromadzi zamorskie języki i talenty w ten sam sposób, w jaki gromadzi srebro, po czym wykorzystuje je do tworzenia magii, na której korzysta Anglia i tylko Anglia. Znakomita większość używanych obecnie na świecie sztabek znajduje się właśnie w Londynie. Najnowsze i najpotężniejsze sztabki działają w oparciu o sanskryt oraz języki chiński i arabski, ale w krajach, gdzie języków tych się powszechnie używa, nie znajdziesz nawet tysiąca sztabek. Te, które tam są, dostępne są jedynie ludziom władzy i pieniądza. I to jest złe. To grabież. To z gruntu niesprawiedliwe. – Griffin miał nawyk podkreślania każdego zdania ruchem otwartej dłoni. Przypominał dyrygenta wskazującego raz za razem ten sam dźwięk. – A w jaki sposób do tego dochodzi? – mówił dalej. – Jak to się dzieje, że potęga obcych języków trafia akurat do Anglii? To nie przypadek, to dokonywana z premedytacją grabież na kulturze i zasobach innych krain. Profesorowie z upodobaniem udają, że wieża stanowi azyl czystej wiedzy, że wyrasta ponad przyziemne troski interesów i ekonomii, lecz to nieprawda. Babel jest nierozerwalnie związana z kolonializmem. Sama jest kolonializmem. Zadaj sobie pytanie, dlaczego w dziale literackim powstają praktycznie jedynie przekłady na angielski, a nie odwrotnie. Zastanów się, na czym polega misja tłumaczy posyłanych za granicę. Wszystko, co Babel robi, robi w służbie rozrastającego się imperium. Pomyśl, sir Horace Wilson, człowiek, który jako pierwszy w historii Oksfordu zaczął wykładać sanskryt, połowę czasu poświęca na kształcenie chrześcijańskich misjonarzy. Celem tego wszystkiego – ciągnął – jest dalsza akumulacja srebra. Posiadamy tyle srebra dlatego, że pochlebstwem, manipulacją i groźbą nakłaniamy inne kraje do zawierania umów, na mocy których gotówka spływa do Anglii. I wymuszamy stosowanie się do tych układów tymi samymi sztabkami, które dzięki Babel sprawiają, iż nasze okręty żeglują szybciej, nasi żołnierze są twardsi, a działa bardziej zabójcze. To błędne koło zysku i o ile jakaś zewnętrzna siła tego cyklu nie przerwie, Brytania wcześniej czy później zdobędzie całe bogactwo tego świata. A ową zewnętrzną siłą jesteśmy my. My, Hermes. My przekazujemy srebro ludziom, wspólnotom i ruchom, które na to zasługują. Wspieramy bunty niewolników. Ruchy oporu. Przetapiamy sztabki przeznaczone do prania obrusów i wykorzystujemy je do leczenia chorób. – Griffin nareszcie zwolnił, odwrócił się i spojrzał Robinowi w oczy. – Właśnie po to to wszystko.

– Ro...rozumiem. – Robin nie mógł zaprzeczyć, że usłyszał właśnie bardzo fascynującą teorię dotyczącą działania świata. Problem polegał na tym, że stawiała w stan oskarżenia wszystko, co było jego sercu drogie.

– Skąd więc wahanie?

Istotnie, skąd? Robin próbował przebić się przez mgłę niepewności, znaleźć przyczynę swej ostrożności, którą nie byłby zwykły strach. Nie mógł jednak, gdyż to właśnie było przyczyną – obawa przed konsekwencjami, lęk przed zniszczeniem cudownej iluzji Oksfordu, do którego właśnie się dostał, wizji, którą Griffin zbezcześcił, zanim Robin zdążył się nią nacieszyć.

– To wszystko spada na mnie tak nagle – podjął. – Dopiero co cię poznałem. Wielu rzeczy jeszcze nie rozumiem.

– Tak to już jest z tajnymi organizacjami – przypomniał Griffin. – Łatwo popaść w przesadny romantyzm. Myślisz, że czeka cię długi proces rekrutacji, że zostaniesz wprowadzony, że ujrzysz cały nowy świat, poznasz zasady jego działania i zaangażowanych ludzi. Jeśli opierasz swoje pojęcie podziemnej działalności wyłącznie na powieściach i szmatławych zbiorkach opowiadań grozy, to spodziewasz się pewnie rytuałów, haseł i sekretnych schadzek w opuszczonych magazynach. Tak nie jest, bracie. To nie tania opowiastka z brukowca. Prawdziwe życie jest chaotyczne, przerażające i pełne niewiadomych – powiedział Griffin, po czym jego ton złagodniał. – Powinieneś zrozumieć, że to, o co cię proszę, wiąże się z wielkim niebezpieczeństwem. Z powodu tych sztabek giną ludzie. Na własne oczy widziałem, jak przez nie tracą życie moi przyjaciele. Babel chętnie zmiażdżyłaby nas wszystkich, a nie chcesz wiedzieć, jaki los spotyka pojmanych członków Hermesa. Istniejemy dlatego, że działamy w rozproszeniu. Nie przechowujemy wszystkich informacji o sobie w jednym miejscu. Dlatego nie mogę cię poprosić, żebyś na spokojnie zapoznał się z jakąś broszurą. Proszę, żebyś zechciał zaryzykować w oparciu o własne przekonanie.

Robin po raz pierwszy skonstatował, że Griffin wcale nie jest tak pewny siebie ani groźny, jak sugerował jego żywiołowy sposób mówienia. Stał w tej chwili z wciśniętymi do kieszeni dłońmi, przygarbionymi ramionami i dygotał w kąśliwych podmuchach jesiennego wiatru. I był wyraźnie zdenerwowany. Podrygiwał, przestępował z nogi na nogę; po każdym zdaniu niespokojnie oglądał się za siebie. Robin był zdeprymowany, skonfundowany, lecz jego brat po prostu się bał.

– Tak musi być – tłumaczył z naciskiem Griffin. – Niewiele informacji. Błyskawicznie podejmowane decyzje. Z przyjemnością pokazałbym ci cały swój świat, uwierz mi, w samotności nie ma nic sympatycznego, lecz wciąż pozostajesz studentem Babel, którego znam od niespełna doby. Być może nadejdzie dzień, kiedy zaufam ci w pełni, ale stanie się to dopiero wówczas, kiedy dowiedziesz lojalności, a ja nie będę mieć innego wyboru. Póki co wiesz już, czym się zajmujemy i czego od ciebie potrzebujemy. Przyłączysz się do nas?

Robin zdał sobie sprawę, że audiencja dobiega końca. Został poproszony o podjęcie ostatecznej decyzji. Podejrzewał, że jeśli odmówi, Griffin po prostu zniknie z jego Oksfordu, że rozpłynie się w cieniu tak dokumentnie, że Robin do końca życia będzie się zastanawiać, czy ta rozmowa miała miejsce naprawdę.

– Chcę, naprawdę chcę, tylko nadal nie... Potrzebuję czasu na przemyślenie. Proszę.

Z góry wiedział, że te słowa Griffina zirytują. Ogarnęło go jednak przerażenie. Czuł się, jakby ktoś zaprowadził go na skraj przepaści i bez żadnych gwarancji bezpieczeństwa kazał skoczyć. Czuł się jak siedem lat temu, kiedy profesor Lovell podsunął mu umowę i ze stoickim spokojem poprosił, aby Robin zapisał mu całą swą przyszłość. Z tym że wówczas nie miał nic, więc niczego nie mógł utracić. Dzisiaj po jednej stronie miał wszystko – jedzenie, ubranie, dach nad głową – a po drugiej najwyżej niepewność przetrwania.

– Dobrze więc. Pięć dni. – Griffin wyglądał na zagniewanego, lecz nie wygłosił nawet słowa pretensji. – Dam ci pięć dni. W ogrodzie kolegium Merton jest taka samotna brzoza. Kiedy ją zobaczysz, domyślisz się która. Jeśli się zgodzisz, do soboty wytnij na pniu znak krzyża. W razie odmowy nie kłopocz się niczym.

– Tylko pięć?

– Dzieciaku, jeśli ten czas nie wystarczy ci, żeby się tu rozeznać, to i tak nic więcej nie zrozumiesz. – Griffin poklepał go po ramieniu. – Trafisz stąd do domu?

– Co? Ach... Szczerze... Nie. – Robin od pewnego czasu szedł rozkojarzony, nie miał pojęcia, gdzie się znajdują. Zabudowania zostały daleko za nimi, otaczały ich jedynie zielone wzgórza.

– Jesteśmy w Summertown – wyjaśnił Griffin. – Ładnie tu, choć trochę zbyt nudno jak na mój gust. Woodstock jest tuż za tą łąką. Skręć w lewo i idź prosto na południe, a w końcu znajdziesz się w znajomej okolicy. Tutaj się rozstaniemy. Pięć dni – powtórzył i odwrócił się.

– Czekaj... Jak się mam z tobą skontaktować? – zapytał Robin. Teraz kiedy Griffin rzeczywiście miał odejść, myśl o rozstaniu wydała mu się nieprzyjemna. Obleciał go strach, że jeśli straci Griffina z oczu, przyrodni brat zniknie na dobre i cała ta awantura okaże się jedynie snem.

– Powiedziałem, żadnych kontaktów – odparł Griffin. – Jeśli na brzozie pojawi się krzyż, znajdę cię sam. To zabezpieczenie, na wypadek gdybyś okazał się kapusiem, łapiesz?

– A co mam robić do tego czasu?

– Jak to? Jesteś przecież studentem Babel. Rób to, co robią studenci. Uczęszczaj na zajęcia. Pij i wdawaj się w bójki. Choć nie, miękki jesteś. Lepiej z nikim się nie bij.

– Ale... No dobrze. Rozumiem.

– Coś jeszcze?

Coś jeszcze? Robin miał ochotę parsknąć śmiechem. Miał przynajmniej tysiąc dalszych pytań, z których Griffin zapewne nie odpowiedziałby nawet na jedno. Mimo wszystko postanowił zaryzykować:

– Czy on o tobie wie?

– Kto?

– Nasz... Profesor Lovell.

– Ach... – Tym razem Griffin nie znalazł gładkiej, natychmiastowej odpowiedzi. Tym razem przez chwilę milczał. – Nie jestem pewien.

– Nie wiesz? – Robin poczuł się zaskoczony.

– Rzuciłem Babel po trzecim roku – wyjaśnił półgłosem Griffin. – Należałem do Hermesa od samego początku, ale dawniej studiowałem w wieży tak samo jak ty. Potem coś się stało, w wieży przestało być dla mnie bezpiecznie, więc dałem nogę. I od tamtej pory jestem... – Urwał i odchrząknął. – Ale to wszystko nieważne. Wystarczy ci wiedzieć, że raczej nie powinieneś wspominać o mnie przy kolacji.

– Tego akurat nie musiałeś mi mówić.

Griffin chciał odejść, lecz przystanął i zawrócił.

– Jeszcze jedno. Gdzie mieszkasz?

– Co? W kwaterach kolegium University. Wszystkich nas tam ulokowali.

– To wiem. Pytam o adres.

– Ach. – Robin się zarumienił. – Magpie Lane cztery, pokój numer siedem. Taki dom z zielonym dachem. Narożne mieszkanie, z pochyłymi oknami wychodzącymi na kaplicę Oriel.

– Wiem które. – Słońce zaszło już dawno temu. Robin nie widział skrytej w cieniu twarzy Griffina. – Dawniej sam tam mieszkałem.

ROZDZIAŁ

SZÓSTY

– Tylko pytanie – odrzekła Alicja – czy pan może nadawać słowom aż tyle rozmaitych znaczeń.
– Pytanie jest tylko – rzekł Hojdy Bojdy – kto tu decyduje: i koniec.

Lewis Carroll, „Po drugiej stronie lustra"
(przeł. Robert Stiller)

Wprowadzające zajęcia profesora Playfaira z teorii przekładu odbywały się we wtorkowe poranki na czwartym piętrze wieży. Ledwie studenci zdążyli zająć miejsca, wykład się rozpoczął, a wąską salkę wypełnił tubalny, aktorski głos uczonego.

– W tym momencie każde z was posługuje się w miarę płynnie przynajmniej trzema językami, co już samo w sobie stanowi pewnego rodzaju osiągnięcie. Dzisiaj jednakże postaram się wam wyłuszczyć, w czym zawiera się wyjątkowa trudność przekładu. Zastanówcie się, jak podstępne jest choćby słówko *hello*, zwykłe „cześć". Tak, na pierwszy rzut oka powitania wydają się łatwe! *Bonjour. Ciao. Hallo.* I tak dalej, i dalej. Załóżmy jednak, że dokonujemy tłumaczenia z języka włoskiego na angielski. Po włosku *ciao* zastosować możemy zarówno przy powitaniu, jak i żegnając się. Samo słowo o tym nie decyduje, stanowi to po prostu wyraz dobrego wychowania. A wywodzi się z weneckiego *s-ciào vostro*, oznaczającego z grubsza tyle co „sługa uniżony". To jednak zbędna dygresja. Rzecz w tym, że kiedy przenosimy *ciao* na grunt angielszczyzny, jeżeli tłumaczymy scenę, w której bohaterowie literaccy właśnie się rozchodzą, musimy uczynić to w sposób jasno dający do zrozumienia, iż *ciao* jest w tym wypadku pożegnaniem. Niekiedy wynika to bezpośrednio z kontekstu, lecz przecież nie zawsze, czasami jesteśmy zmuszeni umieścić w przekładzie słowa nowe. Tak więc schody zaczynają się już w tym punkcie, a nie wyszliśmy nawet poza proste *hello*. Pierwszą lekcją, jaką przyswaja sobie każdy dobry tłumacz, jest konstatacja, iż pomiędzy językami nie istnieje coś takiego jak prosta współzależność jeden do jednego, czy chodzi o słowa, czy nawet pojęcia. Johann Breitinger, szwajcarski filolog, który twierdził, że języki są „zbiorami całkowicie równoważnych i wzajemnie wymiennych słów i lokucji, w pełni odpowiadających sobie w warstwie znaczeniowej", żył w grubym błędzie. Język nie przypomina matematyki. Zresztą nawet matematyki wyrażane w różnych językach nie są ze sobą identyczne*. Do tego zagadnienia wrócimy jednak przy innej okazji.

Słuchający wykładu Robin przyłapał się na tym, że z wielką uwagą obserwuje twarz profesora Playfaira. Nie był pewien, czego wypatruje. Być może jakiejś poszlaki wskazującej na nikczemność charakteru. Śladu odmalowanego przez Griffina okrutnego, egoistycznego, skrytego potwora. Playfair jednak wyglądał po prostu na pogodnego człowieka nauki, rozkocha-

---

* To prawda. Matematyka nie istnieje w oderwaniu od kultury. Pomyślmy o systemach liczbowych. Nie wszystkie języki za ich podstawę uznają liczbę dziesięć. Podobnie geometria. Geometria Euklidesowa zakłada pojęcie przestrzeni, które nie jest wspólne całemu światu. Jedna z najgłębszych zmian intelektualnych w dziejach polegała na zamianie cyfr rzymskich na bardziej eleganckie cyfry arabskie, których notacja wraz z pojęciem zera, oznaczającym „nic", umożliwiła rozwój nowych form arytmetyki. Stare nawyki umierały jednak powoli; w 1299 roku florencki cech kupiecki Arte del Cambio zabronił swym członkom stosowania zarówno cyfr arabskich, jak i zera. „Należy pisać otwarcie, jedynie za pomocą liter".

nego w urodzie słów. W opromienionej dziennym światłem sali głoszone przez Griffina teorie o wielkich spiskach wydawały się głęboko niedorzeczne.

– Język nie istnieje jako zbiór nazw odnoszących się do uniwersalnych pojęć – ciągnął profesor. – Gdyby tak było, przekładem nie musieliby się parać wysoko wykwalifikowani fachowcy. Posadzilibyśmy po prostu w jednym pokoju zgraję pierwszoroczniaków z odpowiednimi słownikami i szast-prast mielibyśmy gotowe tłumaczenie kompletu dzieł Buddy. Tymczasem wszyscy musimy się uczyć delikatnego tańca wokół starej jak świat dychotomii, którą uczynnie ubrali dla nas w słowa Cyceron i święty Hieronim: *verbum e verbo* i *sensum e sensu*. Czy ktoś mógłby...

– Słowo za słowo – wyrwała się Letty – Znaczenie za znaczenie.

– Świetnie – pochwalił profesor Playfair. – Na tym właśnie polega dylemat. Czy podstawową jednostką translatorską powinny być słowa, czy może winniśmy podporządkować dosłowną wierność przekładu ogólnemu duchowi tekstu?

– Nie rozumiem – ponownie odezwała się Letty. – Czy wierne oddanie w przekładzie poszczególnych słów nie powinno pozwolić nam otrzymać równie wiernego znaczenia?

– Tak byłoby w istocie – odparł wykładowca – gdyby, powtarzam, słowa odnosiły się do siebie w ten sam sposób we wszystkich językach. Tak jednak nie jest. Słowa *schlecht* i *schlimm* oba oznaczają w niemieckim „źle". Skąd jednak mamy wiedzieć, kiedy zastosować jedno, a kiedy drugie? Kiedy, mówiąc po francusku, powiemy *fleuve*, a kiedy *riviere*? Jak oddać po angielsku francuskie słowo *esprit*? Nie powinniśmy tłumaczyć słów po kolei, w oderwaniu od ich wzajemnych relacji, lecz musimy raczej oddawać sens tego, jakie pełnią w danym ustępie zadanie. Tylko znów, jak tego dokonać, skoro języki różnią się między sobą tak istotnie? Bo nie są to, uważacie, odmienności trywialne. Erazm napisał cały traktat o tym, dlaczego w swoim przekładzie Nowego Testamentu oddał greckie *logos* za pomocą łacińskiego *sermo*. Tłumaczenie słowo za słowo jest po prostu niedostateczne i niedoskonałe.

– „Z tej służalczej ścieżki słusznieś zszedł – wyrecytował Rami – śledzenia słowa za słowem i wersu po wersie".

– „Gdyż to właśnie płodzą zniewolone umysły, nie poezję, lecz ból" – dokończył profesor Playfair. – John Denham. Bardzo dobrze, panie Mirza. Tak więc sami widzicie, tłumacze nie tyle przekazują uprzednio spisaną wiadomość, co przepisują oryginał na nowo. I w tym sęk. Przepisywanie jest wszak odmianą pisania, a to, co napisane, zawsze odzwierciedla poglądy i uprzedzenia autora. Ostatecznie łacińskie *translatio* oznacza tyle co „przenieść na drugą stronę". Przekład zawiera w sobie pierwiastek wymiaru przestrzennego, dosłownego przenoszenia tekstów na podbite tereny. Słowa dostarcza się niczym korzenne przyprawy z obcych krain. Słowa, które odbyły podróż z rzymskich pałaców do herbaciarni współczesnej Wielkiej Brytanii, oznaczają coś zupełnie innego. A wciąż, zwróćcie uwagę, zajmujemy się leksyką – mówił dalej uczony. – Gdyby przekład polegał jedynie na znajdowaniu właściwych motywów, odpowiednich pojęć ogólnych, teoretycznie moglibyśmy ostatecznie uczynić każde tłumaczenie jasnym, czyż nie? Na swej drodze napotykamy jednak przeszkody: składnię, gramatykę, morfologię i ortografię. Wszystko, co tworzy szkielet każdego języka. Pochylmy się nad wierszem Heinricha Heinego „Ein Fichtenbaum". Utwór króciutki, z nietrudnym do odczytania przesłaniem. Sosna marząca o palmie symbolizuje męskie pożądanie kobiety. A jednak przekład tego wiersza na angielski jest diabelnie trudny, ponieważ angielszczyzna, w odróżnieniu od niemieckiego, nie zna rodzajów gramatycznych. Nie można więc po angielsku ukazać różnicy pomiędzy męskim *ein Fichtenbaum* i żeńską *einer Palme*. Rozumiecie? Tak więc już na wstępie musimy uznać, że przeinaczenia są nieuniknione. Pytanie brzmi, według jakich reguł zniekształcać. – Zabębnił palcami o leżącą przed nim książkę. – Skończyliście już wszyscy Tytlera, czy tak?

Pokiwali głowami. Rozdział wprowadzający pracy „Esej o zasadach przekładu" pióra Alexandra Frasera Tytlera, lorda Woodhouselee, zadano im poprzedniego dnia.

– W takim razie znacie trzy podstawowe prawidła, jakie zaleca Tytler. A brzmią one... Tak, panno Desgraves?

– Pierwsze mówi, iż przekład powinien w pełni i dokładnie oddawać ideę oryginału – powiedziała Victoire. – Drugie, że przekład winien odzwierciedlać manierę i literacki styl pierwowzoru. I trzecie, że przekład powinno się czytać z takim samym stopniem łatwości, jak utwór oryginalny.

Dziewczyna mówiła z takim przekonaniem i precyzją, że Robin pomyślał, iż czyta wprost z książki. Kiedy się jednak obejrzał, z podziwem stwierdził, że przyjaciółka wpatruje się w nieokreśloną dal. Podobnie genialną pamięcią cieszył się Rami. Robin zaczynał się czuć onieśmielony talentami kolegów z roku.

– Bardzo dobrze – pochwalił profesor Playfair. – Brzmi to wszystko dość zrozumiale. Co jednak w rzeczywistości oznacza „maniera i styl literacki" oryginału? Co ma oznaczać „łatwość czytania" danego utworu? Jaką publiczność mamy na myśli, zastanawiając się nad tym wszystkim? Właśnie z tymi kwestiami weźmiemy się w tym trymestrze za bary, z tymi wszystkimi fascynującymi zagadnieniami. – Zatarł dłonie. – Pozwólcie, że znów zagram na nieco teatralnej nucie i odwołam się do naszej imienniczki, wieży Babel. Tak, drodzy studenci, nie jestem w stanie w pełni otrząsnąć się z romantycznej aury naszej instytucji. Wybaczcie, proszę.

W tonie uczonego nie było cienia wyrzutów sumienia. Playfair wyraźnie lubował się w dramatycznym mistycyzmie, a wszystkie jego monologi były zapewne po wielokroć przećwiczone i z biegiem lat pracy dopracowane do perfekcji. Słuchacze jednak nie narzekali. Lubowali się wszyscy w tym samym.

– Twierdzi się często, że największą tragedią opisaną w Starym Testamencie nie jest wcale wypędzenie człowieka z Edenu, lecz właśnie upadek wieży Babel. Adam i Ewa, choć utracili łaskę, wciąż rozumieli i potrafili się posługiwać językiem aniołów. Tymczasem gdy wiedzeni pychą ludzie podjęli próbę zbudowania pomostu do nieba, Bóg pomieszał im języki. Podzielił ich i rozproszył po całej ziemi. Za sprawą katastrofy wieży Babel utraciliśmy nie tylko pierwotną jedność ludzkości, lecz też pierwotny język, twór podstawowy i wrodzony, doskonale zrozumiały, cechujący się perfekcją formy i treści. Uczeni bibliści nazywają go językiem Adamowym. Niektórzy sądzą, iż jest nim hebrajski. Inni utrzymują, że mowa ta, choć rzeczywiście istniała w starożytności, zaginęła w pomroce dziejów. Jeszcze kolejni twierdzą, że to język sztuczny, który powinniśmy dopiero wynaleźć. Część ludzi sądzi, że rolę tę wypełnia francuski, a ich rywale mówią, że mógłby ją wypełnić angielski, kiedy skończy już swe przemiany i grabieże.

– Ach, ale ten akurat problem jest prosty – odezwał się Rami. – Mówimy tu o języku syryjskim.

– Wielce zabawne, panie Mirza. – Robin nie wiedział, czy Rami naprawdę żartował, lecz nikt inny nie skomentował. – Dla mnie jednak – brnął dalej profesor Playfair – nie jest istotne, czym był język Adamowy, gdyż jest jasne, że nie mamy do niego dostępu. Nigdy nie przemówimy tym boskim narzeczem. Niemniej zbierając pod tym dachem wszystkie języki świata, gromadząc pełen w miarę możliwości zakres ludzkich sposobów wyrażania się, możemy podjąć przynajmniej próbę. Żyjąc na tym padole łez, nigdy nie zdołamy sięgnąć nieba, lecz pomieszanie, w jakim się znaleźliśmy, nie jest bezdenne. Jesteśmy w stanie, doskonaląc sztukę przekładu, osiągnąć to, co ludzkość straciła wraz z upadkiem Babel. – Uczony westchnął, głęboko poruszony własnym występem. Robin odniósł wrażenie, że w kącikach oczu Playfaira migocą najprawdziwsze łzy. – Magia. – Profesor złożył sobie rękę na piersi. – To, co tutaj robimy, to najprawdziwsze czary. Nie zawsze można to poczuć, jestem przeświadczony, że odrabiając dzisiejszą pracę domową, będziecie mieć wrażenie, że zamiast gnać w pogoni za sekretami ducha, zajmujecie się czymś w rodzaju składania bielizny pościelowej. Nigdy jednak nie zapominajcie, jak śmiałego przedsięwzięcia się tu podejmujemy. Nie zapominajcie, że usiłujemy złamać klątwę nałożoną na ludzkość przez Boga.

Robin podniósł rękę.

– Czy mamy przez to rozumieć, że naszym celem jest wzmocnienie ogólnoludzkiej jedności?

– A cóż by to miało oznaczać? – Profesor Playfair z zainteresowaniem pochylił głowę na bok.

– Ja tylko... – zaczął Robin i umilkł.

To, co powiedział, zabrzmiało bardzo głupio, jakby nie postawił naukowego pytania, a wyrwał się z dziecięcą mrzonką. Letty i Victoire spoglądały na niego spod ściągniętych brwi; nawet Rami zmarszczył nos. Robin postanowił ponowić próbę. Wiedział, co ma na myśli, nie był po prostu w stanie ubrać pytania w słowa odpowiednio subtelne i eleganckie.

– No cóż, skoro w Biblii Bóg poróżnił ludzkość, to zastanawiam się, czy przypadkiem celem przekładu nie jest przywrócenie owej prajedności. Czy nie tłumaczymy po to, żeby... jak by to... ponownie stworzyć raj na ziemi, doprowadzić do pojednania między nacjami.

W spojrzeniu profesora Playfaira pojawiło się zdumienie. Szybko jednak powróciła poprzednia promienna mina.

– Cóż, naturalnie. Na tym polega projekt imperium i dlatego właśnie tłumaczymy z woli korony.

W poniedziałki, czwartki i piątki młodzi tłumacze mieli zajęcia językowe, które po wykładzie profesora Playfaira wydawały im się odświeżająco konkretne i swojskie. Bez względu na specjalizację trzy razy w tygodniu brali też lekcje łaciny. (Grekę mógł na tym etapie zarzucić każdy, kto nie specjalizował się w językach klasycznych). Łacinę wykładała niejaka profesor Margaret Craft, kobieta stanowiąca doskonałe przeciwieństwo Playfaira. Uśmiechała się z rzadka. Nauczane treści prezentowała bez cienia emocji, recytując z pamięci, ani razu nie spoglądając przy tym na kartki z notatkami, które mimo wszystko odwracała w odpowiednich momentach, jakby od dawna wiedziała, co na nich widnieje. Nie zapytała studentów o nazwiska – zwracała się do nich jedynie za pomocą wyciągniętego palca wskazującego i krótkiego, zimnego „ty". Z początku wydała się też osobą całkowicie wyzutą z poczucia humoru, lecz kiedy Rami odczytał na głos jedną z bardziej suchych uwag Owidiusza – *fugiebat enim*, „albowiem uciekała", wygłoszoną po tym, kiedy Jowisz błagał Io, by nie umykała – Craft zaniosła się śmiechem tak dziewczęcym, iż z miejsca wydała się dwie dekady młodsza; chichotała, jakby była panienką, która z powodzeniem mogła stać się częścią ich grupy. Chwila jednak szybko przeminęła, a na twarz wykładowczyni powróciła maska.

Robin profesor Craft nie lubił. Mówiła z dziwacznym, nienaturalnym rytmem, robiąc zupełnie niespodziewane pauzy, przez które trudno było nadążyć za jej tokiem rozumowania. Dwie godziny, jakie spędzali na jej wykładach, ciągnęły się w nieskończoność. Jedynie Letty wydawała się zauroczona. Wpatrywała się w profesor Craft oczyma, w których lśnił szczery podziw. Kiedy wychodzili po zajęciach na korytarz, Robin zaczekał przy drzwiach na zbierającą rzeczy koleżankę, aby wspólnie z nią pójść do stołówki. Zamiast wyjść jednak, dziewczyna ruszyła prosto do biurka wykładowczyni.

– Pani profesor, zastanawiałam się, czy mogłabym z panią zamienić dwa...

– Zajęcia dobiegły końca, panno Price. – Profesor Craft podniosła się z krzesła.

– Wiem, ale chciałam poprosić o chwilę pani czasu... Jeśli jest taka możliwość, oczywiście... Chodzi o to, że będąc kobietą na Oksfordzie... Ostatecznie nie jest nas wiele... Miałam nadzieję usłyszeć jakieś wskazówki...

Robin odniósł wrażenie, motywowane niejasnym poczuciem rycerskiej grzeczności, że powinien przestać słuchać, lecz lodowaty głos profesor Craft rozciął powietrze, zanim chłopak zdążył dotrzeć na schody.

– Babel nie dyskryminuje kobiet. Rzecz w tym, że niewiele przedstawicielek naszej płci wykazuje zainteresowanie językami.

– Ale jest pani jedyną kobietą wykładającą w Babel i my wszystkie studentki uważamy, że to godne podziwu, chciałam więc...

– Dowiedzieć się, jak to osiągnąć? Ciężką pracą i wrodzoną błyskotliwością. Z pewnością wiedziałaś to już wcześniej.

– Tylko że w przypadku kobiet jest inaczej, a pani profesor z pewnością doświadczyła...

– Panno Price, kiedy będę chciała omówić istotne kwestie, poruszę je w czasie zajęć. Tymczasem zajęcia dobiegły już końca. Obecnie nadużywa panna mojego czasu wolnego.

Robin przyspieszył kroku, zakręcił i zbiegł po krętych schodach, zanim Letty mogła go zauważyć. Kiedy usiadła potem z talerzem w stołówce, zauważył wokół jej oczu różowawą obwódkę. Udał jednak, że tego nie widzi. Rami i Victoire, jeśli nawet zwrócili uwagę, również nie skomentowali.

W środowe popołudnie przyszła kolej na indywidualne zajęcia Robina z chińskiego. Podświadomie spodziewał się zastać w sali profesora Lovella, lecz okazało się, iż jego nauczycielem będzie profesor Anand Chakravarti, naukowiec genialny i niedoceniany, mówiący po angielsku z tak doskonałym londyńskim akcentem, że równie dobrze mógłby pochodzić z Kensington.

Ćwiczenia z chińskiego okazały się przeżyciem zupełnie odmiennym od zajęć z łaciny. Profesor Chakravarti nie prawił Robinowi kazań ani nie zmuszał go do długich recytacji. Nauczał w drodze konwersacji. Zadawał pytania, Robin starał się jak najlepiej na nie odpowiadać, a potem wspólnie próbowali odszukać w tej odpowiedzi sens.

Profesor Chakravarti rozpoczął od tematów tak podstawowych, że Robin w pierwszej chwili nie rozumiał, dlaczego muszą o tym rozmawiać. Potem jednak nauczyciel wskazał na implikacje poruszanych zagadnień i chłopak zdał sobie sprawę, że wykraczają one daleko poza zakres jego rozumienia. Czym jest słowo? Jaka jest najmniejsza możliwa jednostka znaczenia i dlaczego nie jest nią słowo? Czym słowo różni się od znaku? W jaki sposób chiński mówiony różni się od chińskiego pisanego?

Przedziwnie było analizować i rozbierać na czynniki pierwsze język, który jak się Robinowi wydawało, znał jak własną kieszeń, uczyć się klasyfikacji wyrazów na ideogramy i piktogramy, zapamiętywać całe mrowie nowych terminów, w większości związanych z morfologią i ortografią. Czuł się, jakby nurkował w zakamarkach własnego umysłu i dokonywał tam sekcji, by poznać tajemnicę jego działania. Doświadczenie zarazem intrygujące i niepokojące.

A potem nastał czas pytań trudniejszych. Które chińskie znaki można prześledzić aż do źródłowych, rozpoznawalnych obrazków? Z którymi nie można tego zrobić? Dlaczego symbol oznaczający „kobietę" – 女 – stanowi również jeden z kluczy wykorzystywanych w znaku oznaczającym „niewolnictwo". Oraz w znaku oznaczającym „dobro".

– Nie wiem – przyznał Robin. – Dlaczego? Czy niewolnictwo i dobroć zawierają z natury pierwiastek kobiecy?

– Ja również nie wiem. – Profesor Chakravarti wzruszył ramionami. – Na te pytania nadal staramy się odpowiedzieć wspólnie z Richardem. Widzisz, wciąż daleko nam do stworzenia zadowalającej wersji gramatyki chińskiej. Kiedy się tego języka uczyłem, nie miałem porządnych chińsko-angielskich pomocy. Musiałem sobie radzić z „Elémens de la grammaire chinoise" Abel-Remusata i „Grammatica Sinica" Fourmonta. Wyobrażasz to sobie? Chiński i francuski do dzisiaj kojarzą mi się z migreną. Niemniej wydaje mi się, że poczyniliśmy dzisiaj pewien postęp.

Wtedy Robin uświadomił sobie, kim tutaj jest. Nie zwyczajnym studentem, a kolegą, jedną z niewielu osób znających chiński od urodzenia, kimś zdolnym poszerzyć skromny zakres dotychczasowej wiedzy Babel. Albo też kopalnią srebra, którą można bezkarnie wypatroszyć z zasobów, rozległ się w jego głowie głos Griffina. Robin jednak szybko tę myśl odepchnął. Prawda była taka, że przyczynienie się do rozwoju jednej z gramatyk stanowiło perspektywę ekscytującą. Lecz wciąż czekało go wiele nauki. Drugą połowę zajęć poświęcili na czytanie w klasycznej chińszczyźnie, czego Robin liznął nieco w domu profesora Lovella, ale czego nigdy nie robił na poważnie. Klasyczny język chiński był dla mandaryńskiego tym, czym łacina dla angielszczyzny; można się było domyślić ogólnego znaczenia danego zdania, lecz reguły gramatyczne wymykały się intuicji i nie dało się ich pojąć bez rygorystycznej praktyki w czytaniu. Interpunkcja była jedną wielką enigmą. Rzeczowniki, gdy tylko przychodziła im na to ochota, stawały się czasownikami. Symbole posiadały często kilka sprzecznych ze sobą znaczeń, z których każde sugerowało równie możliwą interpretację. Na przykład znak 篤 mógł oznaczać „ograniczać" albo „duży, znaczący".

Tego popołudnia zmagali się z Shijing – Księgą Pieśni – spisaną w mowie tak odległej od współczesnych Chin, że nawet czytelnicy z okresu Han uznaliby ją za powstałą w obcym języku.

– Sugeruję, żebyśmy zrobili sobie przerwę – zaproponował profesor Chakravarti po dwudziestominutowej dyskusji na temat znaku 不, który w większości kontekstów oznaczał przeczenie, lecz tutaj wydawał się wyrazem pochwalnym, co nijak nie pasowało do tego, co obaj na temat tego symbolu wiedzieli. – Przypuszczam, że tę kwestię musimy pozostawić otwartą.

– Ale ja nie rozumiem – rzucił sfrustrowany Robin. – Jak możemy to tak zostawić? Może moglibyśmy kogoś zapytać? Czy nie moglibyśmy wybrać się na wyprawę badawczą do Pekinu?

– Moglibyśmy – odparł Chakravarti. – Istnieje tylko pewien kłopot. Jakiś czas temu cesarz Qing wydał dekret, na mocy którego uczenie obcokrajowców chińskiego stało się zbrodnią karaną śmiercią. – Poklepał chłopaka po ramieniu. – Więc cóż, radzimy sobie, jak możemy. Jesteś prawie tak dobry jak podróż do Chin.

– Naprawdę nikt inny nie mówi tutaj po chińsku? – zdziwił się Robin. – Jestem jedynym studentem?

Na twarz uczonego wypłynęła dziwna mina. Robin zdał sobie sprawę, że nie powinien wiedzieć o istnieniu Griffina. Profesor Lovell zapewne zobowiązał pozostałych pracowników wydziału do zachowania tajemnicy i najprawdopodobniej, z punktu widzenia Instytutu, Griffin po prostu nie istniał. Robin nie zdołał się jednak pohamować:

– Słyszałem, że był jeden taki. Kilka lat temu. Również z wybrzeża.

– A, tak. Rzeczywiście był jeden taki. – Profesor Chakravarti niespokojnie zadudnił koniuszkami palców o biurko. – Sympatyczny chłopak, acz nie aż tak pilny jak ty. Griffin Harley.

– Tak? I co się z nim stało?

– Cóż, prawdę powiedziawszy, to smutna historia. Zmarł. Tuż przed początkiem czwartego roku. – Nauczyciel podrapał się w skroń. – Zachorował w czasie zamorskiej wyprawy badawczej i nie zdążył nawet wrócić. Takie wypadki mają miejsce bardzo często.

– Bardzo często?

– Owszem. Naszą profesję cechuje pewne... ryzyko zawodowe. Przy tak dużej liczbie wyjazdów należy się spodziewać pewnych strat.

– Ale wciąż nie pojmuję – przyznał Robin. – Na pewno wielu zdolnych Chińczyków chciałoby studiować w Anglii.

– Cóż, istotnie. – Palce Chakravartiego zabębniły o blat ze zdwojoną siłą. – Pamiętajmy jednak o lojalności wobec kraju. Nie byłoby dobrze werbować uczonych, którzy w dowolnie wybranym momencie mogliby uciec z powrotem pod skrzydła dynastii Qing. Po wtóre, Richard jest zdania, że... cóż. Chodzi o określony styl wychowania.

– O takie wychowanie jak moje?

– Zgadza się. W przeciwnym razie, Richard twierdzi... – Robin zauważył, że profesor Chakravarti często chowa się za tym, co myśli Richard – że Chińczycy wykazują pewne wrodzone skłonności. Jednym słowem, sądzi, że studenci z Chin po prostu by się tutaj nie zaaklimatyzowali

„Podrzędne, niecywilizowane plemię".

– Rozumiem.

– Oczywiście ta reguła nie stosuje się do ciebie – zapewnił pospiesznie profesor Chakravarti. – Ty otrzymałeś należyte wychowanie i jesteś cudownie wręcz gorliwy, więc nie spodziewam się problemów.

– Tak. – Robin z trudem przełknął ślinę przez ściśnięte nagle gardło. – Miałem ogromne szczęście.

W drugą sobotę, licząc od przyjazdu do Oksfordu, Robin wyprawił się na północ, na umówioną kolację z opiekunem.

Oksfordzka rezydencja profesora Lovella okazała się jedynie o ton skromniejsza od posiadłości w Hampstead. Budynek był nieco mniejszy, a zamiast rozległego ogrodu towarzyszyły mu jedynie niewielkie ogródki od frontu i za domem. Tak czy inaczej, zwykła pensja wykładowcy nie powinna pozwolić na mieszkanie w takim miejscu. Wzdłuż żywopłotu rosły wiśnie o gałęziach ciężkich od dorodnych, czerwonych owoców, mimo że jesienią dawno powinny już były opaść. Robin nabrał podejrzeń, że gdyby pogrzebał w trawie wokół drzewek, znalazłby w ziemi srebrne sztabki.

– Mój drogi chłopiec! – Pani Piper rzuciła się na niego, ledwie zadzwonił do drzwi. Szkotka otrzepała mu kilka liści z płaszcza i obróciła parę razy, oceniając sylwetkę. – Wielkie nieba! Już mi wychudłeś...

– Karmią fatalnie – powiedział i rozciągnął usta w szerokim, radosnym uśmiechu; sam nie miał pojęcia, jak bardzo się za tą kobietą stęsknił. – Dokładnie tak, jak pani przewidziała. Wczoraj na kolację dostaliśmy solone śledzie...

– Nie...! – Pani Piper aż się zachłysnęła.

– ...wołowinę na zimno...

– Nie!!!

– ...i czerstwy chleb.

– Nieludzkie! Ale uszy do góry. Nagotowałam tyle, że wynagrodzisz sobie tę głodówkę z nawiązką. – Poklepała go po policzkach. – A poza tym, jak znajdujesz studenckie życie? Lubisz chodzić w todze? Poznałeś jakichś przyjaciół?

Robin już miał odpowiedzieć, kiedy ze schodów zszedł profesor Lovell.

– Witaj, Robin – rzucił. – Wchodź, proszę. Pani Piper, jego płaszcz... – Chłopak zrzucił okrycie z ramion i podał je pani Piper, która z dezaprobatą zerknęła na poplamiony atramentem mankiet. – Jak ci idzie nauka?

– Jak pan uprzedzał, studia są wymagające – odpowiadając, Robin poczuł się w pewien sposób starszy, a jego głos nieco się obniżył. Opuścił dom nawet nie miesiąc temu, lecz miał wrażenie, że dojrzał o przynajmniej kilka lat i nie jest już chłopcem, a młodym mężczyzną. – Natomiast jest to wyzwanie przyjemne. Dowiaduję się bardzo dużo nowego.

– Profesor Chakravarti twierdzi, że zdążyłeś wnieść już spory wkład do gramatyki.

– Nie tak duży, jak bym sobie życzył – odparł Robin. – Klasyczna chińszczyzna posługuje się partykułami, z którymi nie wiem, co począć. Wydaje mi się niekiedy, że połowa naszych przekładów to zwykła zgadywanka.

– Mnie to uczucie towarzyszy od dziesięcioleci. Wejdziemy? – Profesor Lovell wskazał gestem jadalnię.

Zupełnie jakby trafili z powrotem do Hampstead. Długi stół zastawiono dokładnie tak, jak przyzwyczajony był Robin. On i profesor zasiedli u jego szczytów, a po prawej ręce chłopaka wisiało malowidło, z tym że tutejsze nie przedstawiało oksfordzkiej Broad Street, a widok Tamizy. Pani Piper nalała wina, po czym porozumiewawczo mrugnęła do gościa i zniknęła w trzewiach kuchni.

Profesor Lovell uniósł kieliszek i wypił.

– Teorię masz z Jerome'em, a łacinę z Margaret, prawda?

– Zgadza się. Całkiem dobrze mi idzie. – Robin upił nieduży łyk. – Aczkolwiek profesor Craft wykłada tak, jakby przemawiała do pustej sali, a profesor Playfair, mam wrażenie, pomylił powołania. Zdecydowanie widzę go na scenie.

Profesor Lovell zachichotał. Robin uśmiechnął się wbrew sobie; jeszcze nigdy nie udało mu się opiekuna rozbawić.

– Czyżby uraczył was swoją mową o Psametychu?

– Owszem – potaknął chłopak. – Czy to wszystko wydarzyło się naprawdę?

– Kto wie? Pewne jest tyle, że tak twierdził Herodot – odpowiedział uczony. – Herodot zresztą przekazuje jeszcze jedną ciekawą opowieść dotyczącą Psametycha. Otóż władca ten chciał ustalić, jaki język leży u źródeł wszystkich innych języków świata, przekazał więc dwa noworodki pod opiekę pewnego pasterza i polecił mu wychowywać te dzieci tak, by nie słyszały nawet słowa ludzkiej mowy. I przez pewien czas maluchy po prostu gaworzyły, jak to czynią wszystkie dzieci świata. Pewnego dnia jednak jedno z nich wyciągnęło do pasterza drobne rączki i wykrzyknęło „bekos", co w języku frygijskim oznacza „chleb". Tak więc Psametych uznał, że Frygijczycy muszą być najdawniejszym ludem świata, a ich mowa prajęzykiem. Przeurocza opowiastka, czyż nie?

– Domyślam się, że nikt nie uznaje jej za solidny argument w dyskusji?

– Nie, na Boga.

– Ale czy tego typu eksperyment mógłby się w ogóle powieść? – podjął chłopak. – Czy możemy cokolwiek wywnioskować z dziecięcej paplaniny?

– O ile mi wiadomo, nie – odparł profesor Lovell. – Nie istnieje możliwość odizolowania małych dzieci od środowiska językowego przy jednoczesnym zapewnieniu normalnego przebiegu rozwoju. Być może ciekawie byłoby kupić małe dziecko i się przekonać... Ale cóż, nie. – Pochylił głowę na bok. – Przyjemnie jest jednak czasem pomyśleć, że tak zwany prajęzyk istnieje.

– Podobny temat poruszał na zajęciach profesor Playfair – zauważył Robin. – Opowiadał nam o języku idealnym, wrodzonym i nieskażonym. Języku Adamowym. – Teraz kiedy spędził już w Babel nieco czasu, Robin czuł się znacznie pewniej w rozmowach z opiekunem. W pewnym sensie mogli odnosić się do siebie niemal jak równy z równym; jak połączeni wspólnym fachem koledzy. Atmosfera przy kolacji nie kojarzyła się z przesłuchaniem, a raczej ze swobodną konwersacją dwóch akademików, zajmujących się tą samą, pasjonującą dziedziną wiedzy.

– Język Adamowy. – Lovell skrzywił się z niesmakiem. – Nie pojmuję, dlaczego nabija wam głowy takimi rzeczami. Jako metafora jest to bez wątpienia zgrabne, lecz przez takie podejście regularnie co kilka lat jakiś doktorant z uporem godnym lepszej sprawy usiłuje odkryć, że językiem Adamowym był praindoeuropejski, lub też stara się stworzyć ten język osobiście. I niezmiennie kończy się to kilkoma tygodniami twórczych cierpień, po których ofiara złudzeń odzyskuje jasność myślenia. Czasami pomaga też surowa rozmowa o priorytetach.

– Czyli według profesora prajęzyk nie istnieje? – zainteresował się Robin.

– Zgadza się. Najbardziej gorliwi chrześcijanie uważają, że to oni są w jego posiadaniu, lecz gdyby Słowo Boże rzeczywiście było zbiorem prawd wrodzonych i jednoznacznych, można by się spodziewać, że na świecie będzie mniej sporów co do jego interpretacji. – Uczony pokręcił głową. – Zdarzają się również ludzie uważający, że językiem Adamowym może być angielski, a mówiąc ściślej, że angielski może się nim stać. Z tego prostego powodu, że za angielskim stoi militarna i ekonomiczna potęga, dzięki której ma szansę wypchnąć z pola gry całą konkurencję. Z tym że dobrze jest pamiętać, iż jeszcze zaledwie stulecie temu Wolter w podobnym duchu oświadczył, że językiem uniwersalnym ludzkości jest francuski. Naturalnie powiedział to przed Waterloo. Webb i Leibnitz spekulowali, że w przeszłości powszechnie zrozumiały mógł być chiński, a to ze względu na jego ideogramatyczną naturę. Hipotezę tę obalił Percy, wskazując, że chińskie znaki wywodzą się z egipskich hieroglifów. Chcę przez to powiedzieć, że w tej dziedzinie nic nie jest absolutne i bezwarunkowe. Dominujące języki utrzymują swoją pozycję jeszcze przez jakiś czas po upadku armii ich macierzystych imperiów, świetnym przykładem służy nam tu portugalski, lecz koniec końców zawsze tracą na znaczeniu. Natomiast ja osobiście uważam, że rzeczywiście istnieje czysta dziedzina znaczenia, swoisty język pomiędzy, w pełni wyrażający wszystkie pojęcia i idee, do czego nam jeszcze daleko. Świadczy o tym to specyficzne doznanie, którego doświadczamy, kiedy udaje się nam przekład.

– To trochę jak u Woltera... – wtrącił Robin, ośmielony winem i faktem, że zdołał odszukać w pamięci stosowny cytat. – Pamiętam, co napisał w przedmowie do swojego przekładu Szekspira. „Próbowałem wzbijać się na wyżyny tam, gdzie na wyżynach szybował autor".

– Zaiste – przyznał profesor Lovell. – Tylko pamiętajmy, że jak to ujął Frere: „Uważamy, że język przekładu powinien, tak dalece jak to możliwe, być żywiołem niewyczuwalnym i niewidocznym, czystym medium myśli i wrażeń i niczym ponadto". Lecz cóż takiego wiemy o myślach i uczuciach, czego nie dowiadujemy się za pośrednictwem języka?

– Czy to właśnie stanowi źródło mocy sztabek? – zaciekawił się Robin. Rozmowa powoli zaczynała się mu wymykać; przeczuwał w rozważaniach opiekuna głębię, na jaką nie był gotów się zapuścić, i aby się nie zagubić bez reszty, musiał sprowadzić dyskusję na bardziej konkretne tory. – Czy działają, ponieważ chwytają czyste znaczenie, to, które gubimy, starając się je wyrazić prymitywnymi przybliżeniami?

– Tak. – Profesor Lovell pokiwał głową. – Tak właśnie brzmi przyjmowana obecnie teoria tego zjawiska, lepszej nie posiadamy. Myślę jednak, że wraz z ewolucją języków, w miarę jak ich użytkownicy stają się coraz bardziej wyrafinowani i światli, a same języki karmią się coraz to nowymi pojęciami, puchną i zmieniają kształt, by stopniowo obejmować więcej i więcej, z wolna do tego języka się przybliżamy. Przestrzeni na nieporozumienia jest stopniowo coraz mniej. A co z tego wynika dla przyszłości srebrnych sztabek, trzeba będzie dopiero zbadać.

– Z pewnością oznacza to, że romantycy w pewnym momencie stracą grunt pod nogami – zauważył Robin.

Chłopak żartował, lecz profesor potaknął energicznym skinieniem.

– Celne spostrzeżenie. Romantycy, ale też i romaniści. Obecnie francuski, włoski i hiszpański zajmują w Instytucie pozycję dominującą, lecz ich wkład w tworzenie nowych sztabek maleje z roku na rok. Dlatego że coraz częściej komunikujemy się ponad granicami krajów. Że coraz więcej jest zapożyczeń. Konotacje zmieniają się i zbiegają w miarę, jak francuski i hiszpański upodabniają się do angielskiego i vice versa. Za kilkadziesiąt lat sztabki opatrzone słowami z języków romańskich mogą stracić moc na dobre. Tak, jeżeli chcemy zachować innowacyjność, musimy dokonać zwrotu na Wschód. Potrzebujemy języków, którymi nie mówi się w Europie.

– Czyli to dlatego specjalizuje się profesor w chińskim – stwierdził chłopak.

– Tak jest. – Lovell pokiwał głową. – Jestem głęboko przekonany, że Chiny to przyszłość naszego fachu.

– I dlatego wraz z profesorem Chakravartim próbujecie wprowadzać do Instytutu coraz więcej studentów o zróżnicowanym pochodzeniu?

– Widzę, że ktoś rozsiewa plotki z posiedzeń rady wydziału – zachichotał profesor Lovell. – Owszem, są w Babel osoby bardzo niezadowolone z faktu, że przyjęliśmy w tym roku tylko jedną klasycystkę, i to kobietę. Ale tak już musi być. Studenci starsi od was będą mieli kłopot ze znalezieniem zatrudnienia.

– A skoro mówimy o rozprzestrzenianiu się języka, chciałem przy okazji zapytać... – Robin odchrząknął. – Dokąd te wszystkie sztabki trafiają? To znaczy kto je kupuje?

– Ci, których na nie stać, oczywiście. – Uczony obrzucił chłopaka zaintrygowanym spojrzeniem.

– Ale jeśli się nie mylę, nigdzie poza Anglią nie używa się sztabek aż tak powszechnie – podjął Robin. – W Kantonie nawet w przybliżeniu nie są tak popularne. Słyszałem, że podobnie ma się sprawa w Kalkucie. I wydaje mi się to trochę... nie wiem, dziwne. Przecież Chińczycy i Hindusi mają kluczowy wkład w ich działanie, ale wykorzystują je niemal wyłącznie Brytyjczycy.

– Cóż, to kwestia prostego rachunku ekonomicznego – odparł profesor. – Nasze wytwory są bardzo drogim towarem. I tak się składa, że stać na nie właśnie Brytyjczyków. Zawieramy również umowy z kupcami chińskimi i indyjskimi, lecz takich, którzy są w stanie pokryć koszty eksportu, jest niewielu.

– Z tym że tutaj mamy sztabki w szpitalach, sierocińcach i instytucjach dobroczynnych – zauważył Robin. – Dysponujemy sztabkami, które są w stanie pomóc potrzebującym. Poza Anglią jednak nic takiego nie ma miejsca.

Prowadził ryzykowną grę i zdawał sobie z tego sprawę. Musiał jednak zyskać jasność. Bez jednoznacznego potwierdzenia nie mógł uznać profesora Lovella i jego kolegów za wrogów, a bez tego nie był w stanie podpisać się pod przedstawionym przez Griffina oskarżeniem Babel.

– Cóż, nie możemy trwonić energii na wynajdowanie sztabek służących dowolnemu kaprysowi – prychnął profesor Lovell.

Robin spróbował innego argumentu.

– Rzecz w tym, że... cóż, wydaje się po prostu uczciwe, iż powinna następować jakiegoś rodzaju wymiana. – Zaczął żałować, że wypił aż tyle. Czuł się nadmiernie rozluźniony i podatny na ciosy. Zbyt rozemocjonowany jak na rozmowę, która winna pozostać w czysto intelektualnych ramach. – Zabieramy cudze języki, cudzy sposób widzenia i opisywania świata. Powinniśmy chyba dać coś w zamian?

– Ale język – odparł Lovell – nie jest towarem komercyjnym jak herbata czy jedwab, nie jest dobrem, które się kupuje i za które się płaci. Język jako zasób jest niewyczerpany. Ucząc się obcego języka, posługując się nim, czy naprawdę kogokolwiek okradamy?

Robin dostrzegał logikę wywodu, lecz płynący z niego wniosek wciąż powodował pewien dyskomfort. Z pewnością sprawa nie mogła być tak prosta; wyjaśnienie Lovella musiało maskować jakiś nieuczciwy przymus czy wyzysk. Nie potrafił jednak sformułować sprzeciwu, nie dostrzegał w rozumowaniu rozmówcy najmniejszej luki.

– Cesarz Qing dysponuje jedną z największych rezerw srebra na świecie – podjął profesor. – Ma też liczną armię uczonych. W tym lingwistów znających angielski. Dlaczego więc nie zapełnia swego dworu srebrnymi sztabkami? Dlaczego Chińczycy, posiadający tak przebogaty język, nie opracowali własnych gramatyk?

– Może nie posiadają wystarczających umiejętności, żeby zacząć? – rzucił chłopak.

– Może, ale dlaczego mielibyśmy im je udostępniać?

– Ale nie o to chodzi. Chodzi o to, że oni tego potrzebują, dlaczego więc Babel nie wyśle naukowców w ramach programów wymiany? Dlaczego ich nie nauczymy, jak to się robi?

– Być może dlatego, że każdy kraj gromadzi swoje najcenniejsze zasoby i pilnie ich strzeże.

– Albo że zagarniacie dla siebie wiedzę, która powinna być dostępna powszechnie – odparł Robin. – Bo skoro język jest darmowy, skoro wiedza jest darmowa, to dlaczego wszystkie gramatyki w wieży przechowuje się pod kluczem? Dlaczego nie gościmy w Babel zagranicznych uczonych i nie rozsyłamy swoich naukowców, żeby otwierali ośrodki przekładu na całym świecie?

– Dlatego że jako Królewski Instytut Translatoryki służymy interesom korony.

– I to właśnie wydaje mi się z gruntu niesprawiedliwe.

– Naprawdę tak uważasz? – W głosie profesora Lovella zabrzmiała lodowata nuta. – Robinie Swift, czy według ciebie to, czym się tutaj zajmujemy, rzeczywiście jest fundamentalnie niesprawiedliwe?

– Chcę się po prostu dowiedzieć – powiedział Robin – dlaczego srebro nie mogło ocalić mojej matki.

Na krótką chwilę nad stołem zapanowała cisza.

– Cóż, bardzo mi przykro z powodu twojej matki. – Lovell sięgnął po nóż i zaczął kroić stek. Sprawiał wrażenie podenerwowanego, skonsternowanego. – Pamiętaj jednak, że epidemia cholery azjatyckiej wybuchła w Kantonie wskutek fatalnego stanu higieny publicznej, a nie nierównomiernej dystrybucji sztabek. Zresztą żadna znana nam para aktywna nie jest w stanie wskrzesić umarłego...

– Co to za wymówka? – Robin odstawił kieliszek na stół. W tej chwili był już porządnie pijany, przez co ogarnął go bojowy nastrój. – Mieliście odpowiednie sztabki, są łatwe w produkcji, sam profesor tak mówił, dlaczego więc...

– Na litość boską! – warknął Lovell. – Przecież to była tylko zwykła kobieta.

Ktoś zadzwonił do drzwi. Robin drgnął, jego widelec brzęknął o talerz i wylądował na podłodze. Głęboko zawstydzony chłopak natychmiast go podniósł. Z korytarza dobiegł ich głos pani Piper:

– Och, cóż za niespodzianka! Raczą się właśnie kolacją, wprowadzę pana...

Moment później do jadalni wkroczył jasnowłosy, przystojny i elegancko ubrany mężczyzna z kilkoma książkami w ręku.

– Sterling! – Profesor Lovell odłożył nóż i wstał, by powitać przybysza. – Byłem przekonany, że nie zdążysz.

– Skończyłem w Londynie wcześniej, niż przewidywałem... – Sterling pochwycił spojrzenie Robina i nagle zesztywniał. – Och, dobry wieczór.

– Dobry wieczór – odpowiedział wzburzony i onieśmielony chłopak, który uświadomił sobie, że ma przed sobą słynnego Sterlinga Jonesa. Gwiazdę wydziału, bratanka samego Williama Jonesa. – Bardzo mi miło.

Sterling nie zareagował. Przez chwilę po prostu mierzył Robina wzrokiem. Jego wargi złożyły się w przedziwny grymas, lecz chłopak nie potrafił odcyfrować jego znaczenia.

– Dobry Boże... – rzucił wreszcie.

– Sterling! – Profesor Lovell odchrząknął.

Oczy nowego gościa jeszcze przez moment świdrowały chłopaka, po czym uciekły w bok.

– Tak, bardzo miło – rzucił jakby po namyśle, lecz ponieważ zdążył już zwrócić się do Robina plecami, słowa zabrzmiały sztucznie i niezręcznie. – Miałeś rację, Dick – podjął, odkładając książki na stół. – Kluczem okazały się słowniki Ricciego. Brakującym elementem było pośrednictwo portugalskiego. Ale z tym mogę ci pomóc. Wydaje mi się, że jeśli zestawimy w łańcuszek znaki, które tu zaznaczyłem...

– Mocno wilgotne – skomentował Lovell, wertując kolejne stronice. – Mam nadzieję, że nie zapłaciłeś pełnej ceny...?

– Jak to, Dick? Masz mnie za durnia? Nie zapłaciłem ani pensa.

– No cóż, po Makao...

Rozgorzała między nimi ożywiona dyskusja. O Robinie zapomnieli na dobre. Chłopak przyglądał się im w milczeniu, czuł się pijany i nie na miejscu. Paliły go policzki. Nie dojadł kolacji, lecz miał wrażenie, że w tej sytuacji nie powinien. Zresztą i tak stracił apetyt. Jego wcześniejsza pewność siebie zniknęła bez śladu. Ponownie czuł się jak głupi mały chłopczyk, wyśmiany i odesłany precz przez przypominających stado wron bywalców salonu profesora Lovella.

Zadziwiła go również sprzeczność: gardził nimi, wiedział, że nie mają czystych intencji, a jednak wciąż chciał, aby go szanowali, aby uznali go za jednego ze swoich. Osobliwa mieszanka emocji. Nie miał bladego pojęcia, jak się z nimi uporać.

„Przecież nie skończyliśmy" – miał ochotę wygarnąć ojcu w twarz. „Rozmawialiśmy o mojej matce".

Poczuł w piersi mocny ucisk, jakby jego serce było zamkniętym w klatce zwierzęciem, próbującym wyrwać się na wolność. Intrygujące. Bywał już w podobny sposób ignorowany, znał ten chłód doskonale. Profesor Lovell nigdy nie brał uczuć Robina pod uwagę, nie starał się go pocieszyć, nie wykazywał troski; w podobnych sytuacjach zawsze raptownie zmieniał temat, oddzielając się od podopiecznego zimnym, obojętnym murem, i trywializował jego krzywdy do tego stopnia, że samo napomknienie o nich wydawało się przejawem braku powagi. Tak, Robin nawykł do takiego traktowania.

Z tym że dzisiaj – może ze względu na wino, a może dlatego, że wzburzenie kumulowało się w nim od dawna i właśnie teraz przekroczyło pewien krytyczny poziom – miał ochotę wrzeszczeć. Płakać. Kopnąć w ścianę. Zrobić cokolwiek, byle tylko ojciec popatrzył mu w oczy.

– Ach, Robin. – Profesor Lovell rzucił mu przelotne spojrzenie. – Zanim wyjdziesz, bądź tak dobry i przekaż pani Piper, że chętnie napijemy się kawy.

Robin chwycił swój płaszcz i wyszedł z jadalni.

Tym razem nie skręcił z High Street w Magpie Lane.

Poszedł dalej prosto i niedługo potem znalazł się na terenie kolegium Merton. Nocą tutejszy ogród stanowił nieziemskie widowisko; czarne, poskręcane konary drzew niczym palce wyciągały się spoza zamkniętej żelaznej bramy. Robin przez chwilę bezskutecznie mocował się z zamkiem, po czym, ciężko dysząc, wspiął się na ogrodzenie i przecisnął wąską szparą między sterczącymi u góry szpikulcami. Po przejściu kilkunastu stóp uświadomił sobie, że nie ma pojęcia, jak wygląda brzoza.

Czując się jak osioł, cofnął się i rozejrzał. W pewnym momencie jego uwagę zwróciła blada plama – jasne drzewo, otoczone krzewami morwy, przyciętymi w taki sposób, że uginały się ku górze, jakby w geście adoracji. Z białego pnia wyrastała wypukła narośl; w księżycowej poświacie przywodziła na myśl łysą głowę. Lub kryształową kulę.

Chyba warto spróbować, stwierdził w duchu Robin.

Gładząc palcami jasną korę, pomyślał o swoim bracie, odzianym w kruczoczarny, furkocący na wietrze płaszcz. Griffin potrafił budować atmosferę. Robin zastanowił się nad wciąż gorejącym mu w piersi węgielkiem. Nawet długi, trzeźwiący spacer nie uśmierzył płonącego w nim gniewu. Wciąż był gotów wrzeszczeć. Czy naprawdę do takiej furii doprowadziła go kolacja u ojca? Czy to właśnie było owo szlachetne oburzenie, które napędzało Griffina? Robin czuł jednak coś bardziej złożonego niż rewolucyjny żar. W sercu miał nie tyle przekonanie, co zwątpienie, niechęć i głęboką konsternację.

Nienawidził tego miejsca. Ubóstwiał je. Nie podobało mu się, jak go traktowało. Chciał stać się jego częścią – bo było tak przyjemnie tu należeć, rozmawiać z wykładowcami jak równymi sobie, uczestniczyć w prowadzonej przez nich wielkiej grze.

Paskudna myśl zakradła mu się do głowy: wszystko dlatego, że jesteś małym, zranionym chłopcem i masz całemu światu za złe, że nie poświęca ci więcej uwagi. Nie, przecież niemożliwe, by był aż tak małostkowy, nie wściekł się na ojca dlatego tylko, że poczuł się zignorowany.

Zobaczył i usłyszał już dostatecznie wiele. Wiedział, z jakiego źródła wyrastają korzenie Babel; wiedział dosyć, by zaufać instynktowi.

Drapnął po drzewie paznokciem. Nic z tego. Idealnie sprawdziłby się nóż, lecz Robin nigdy noża przy sobie nie nosił. Ostatecznie dobył z kieszeni pióro i przycisnął stalówkę do wypukłości. Kora ustąpiła. Przeciągnął kilka razy z całej siły, żeby znak stał się widoczny. Rozbolały go palce, a stalówka uległa nieodwracalnemu zniszczeniu. Niemniej na naroślі pozostał wyraźny krzyż.

ROZDZIAŁ

SIÓDMY

Quot linguas quis callet, tot homines valet.

Iloma językami władasz, tylu ludzi jesteś wart.

Karol V

Kiedy w następny poniedziałek Robin wrócił z zajęć do domu, zauważył wciśnięty w szparę pod parapetem zwitek papieru. Wyjął go z rozkołatanym sercem, zatrzasnął drzwi pokoju, usiadł na podłodze i rozłożył liścik Griffina.

Griffin spisał go odręcznie, posługując się chińskimi znakami. Skonfundowany Robin odczytał całość dwukrotnie, potem raz jeszcze od tyłu, i znów od początku. Wyglądało na to, że Griffin rozrysował znaki bez ładu i składu, zupełnie losowo, tworząc całkowicie pozbawione sensu zdania – choć nie, to nie były nawet zdania, mimo że miejscami pojawiała się interpunkcja. Symbole ignorowały wszelkie zasady składni i gramatyki. Tak, owszem, to musiał być szyfr, lecz autor nie zostawił klucza, a Robin nie był w stanie wyłowić z pamięci żadnych literackich aluzji tudzież subtelnych wskazówek, które brat mógł mu podsunąć w trakcie spotkania.

Wreszcie jednak zrozumiał, że podchodzi do listu w niewłaściwy sposób. Wiadomość nie została napisana po chińsku. Griffin posłużył się chińskimi znakami, by oddać słowa w języku, który był zapewne angielskim. Robin wyrwał z pamiętnika kartkę, ułożył ją obok listu i zapisał zromanizowane wersje każdego symbolu. Chwilami była to zgadywanka, gdyż chińskie znaki zapisywano łacińskim alfabetem na wiele sposobów, lecz koniec końców odkrył kilka powtarzających się zależności – *tè* zawsze oznaczało „the", a *ü* odpowiadało dźwiękowi „oo" – i złamał kod.

„Zaczekaj na najbliższą deszczową noc. Otwórz drzwi wieży punktualnie o północy, zaczekaj w holu, po czym wyjdź pięć po. Z nikim nie rozmawiaj. Po wszystkim wróć prosto do domu. Postępuj dokładnie według instrukcji. Zapamiętaj i spal".

Zwięźle, bezpośrednio i z najmniejszą możliwą dawką informacji – cały Griffin. W Oksfordzie deszcz siąpił właściwie bez przerwy. Najbliższa deszczowa noc mogła wypaść już następnego dnia. Robin przeczytał notkę ponownie i raz jeszcze, a kiedy nabrał pewności, że zna treść na pamięć, rzucił oryginał i kartkę z odszyfrowanym tekstem w płomienie kominka. Wpatrywał się w ogień, dopóki ostatni skrawek papieru nie obrócił się w popiół.

W środę lunęło jak z cebra. Przez całe popołudnie nad miastem snuła się gęsta mgła. Robin obserwował ciemniejące niebo z narastającym lękiem. Kiedy o osiemnastej wyszedł z gabinetu profesora Chakravartiego, chodniki malowała szarością łagodna mżawka. Zanim dotarł na Magpie Lane, deszcz padał już miarowo.

Chłopak zamknął się w pokoju, ułożył na biurku teksty, które miał przeczytać na łacinę, i czekając na wyznaczoną w liściku godzinę, próbował przynajmniej na nie zerkać.

Pół godziny przed północą ulewa rozszalała się na dobre. Deszcz należał do tych, które samym tylko dźwiękiem dają do zrozumienia, iż mimo braku porywistego wiatru, zamieci śnieżnej czy gradu niosą ze sobą przenikliwy chłód. Bijące o kocie łby krople wydawały się spadającymi z nieba kostkami lodu. Robin świetnie rozumiał, jaki sens kryje się za wyborem Griffina – w takie noce idący ulicą człowiek ledwie widzi czubek własnego nosa, a nawet gdyby mógł sięgnąć wzrokiem dalej, nie ma najmniejszej ochoty tego czynić. Woda lała się z nieba w takich ilościach, że przechodnie chodzili przygarbieni, ze spuszczonymi głowami, znieczuleni na bieg świata, zainteresowani jedynie znalezieniem suchego i ciepłego schronienia. Kwadrans przed północą Robin narzucił płaszcz i wyszedł z pokoju.

– A ty dokąd się wybierasz?

Robin zamarł w korytarzu. Był przekonany, że Rami dawno już śpi.

– Zapomniałem czegoś z biblioteki – szepnął.

– Znowu? – Rami pochylił głowę na bok zaciekawiony.

– Cóż, pewnie jakaś klątwa – westchnął Robin, starając się nie zdradzić niczego spojrzeniem.

– Sakramencko pada. Przecież możesz chyba pójść jutro? – Czoło Ramiego przecięła zmarszczka. – Co właściwie zostawiłeś?

„Lektury na jutro" – miał na końcu języka Robin, lecz powstrzymał się w ostatniej chwili. Przecież to właśnie nad nimi rzekomo ślęczał cały wieczór.

– A, nic takiego, pamiętnik. Jeśli tam zostanie, nie będę mógł spokojnie zasnąć. Wolałbym, żeby nikt do niego nie zajrzał.

– A coś ty tam nawypisywał? Miłosne wyznania?

– Nie, ale no wiesz... Po prostu mnie to dręczy.

– Przypilnuj, żebym jutro wstał o ludzkiej porze – ziewnął Rami. Wyglądało na to, że Robin jest wybitnym kłamcą albo też senność stępiła czujność przyjaciela. – Całą noc siedzę nad Drydenem i bardzo mi się to nie podoba.

– Jasna sprawa – obiecał Robin i pospiesznie wyszedł na ulicę.

W morderczych strugach deszczu dziesięciominutowy spacer przez High Street zdawał się trwać całe wieki. Babel lśniła w oddali niczym ciepły płomyk świecy, wszystkie piętra wieży wciąż były jasno oświetlone, mimo iż w oknach nie pojawiało się wiele sylwetek. Pracownicy Instytutu pracowali przez całą dobę, lecz większość wychodziła z niezbędnymi lekturami do domów przed dwudziestą drugą. Ci, którzy bawili w wieży o północy, zostawali tam przeważnie do białego rana.

Na dziedzińcu Robin przystanął i rozejrzał się. Pusto. List Griffina był tak okropnie niejasny; chłopak nie wiedział, czy powinien czekać na członków Towarzystwa Hermes, czy raczej działać dalej w myśl poleceń.

„Postępuj dokładnie według instrukcji".

Oksfordzkie dzwony wybiły północ. Robin, ciężko dysząc z emocji, z wyschniętymi na wiór ustami, ruszył energicznie do wejścia. Gdy dotarł do kamiennych schodów, w mroku zmaterializowały się dwie postacie – odziani w czerń młodzieńcy. Deszcz nie pozwalał dostrzec ich twarzy.

– No dalej! – rozległ się naglący szept. – Prędko!

Robin podbiegł do drzwi.

– Robin Swift – powiedział cicho, lecz wyraźnie.

Zabezpieczenia rozpoznały właściciela jednej z próbek krwi. W ciemności poniósł się szczęk zamka.

Robin otworzył drzwi i zatrzymał się na mgnienie na progu, pozwalając czekającym za jego plecami nieznajomym wemknąć się do wieży. Pomknęli po schodach na górę niczym zjawy – szybcy, bezszelestni. Chłopak czekał w holu i dygotał z zimna, czując spływające mu po czole krople wody. Wpatrywał się w zegar, którego wskazówka odmierzała kolejne sekundy wyznaczonych pięciu minut.

Operacja przebiegła zdumiewająco gładko. W odpowiednim momencie Robin po prostu odwrócił się i wyszedł z wieży. Poczuł delikatne pacnięcie na wysokości krzyża, lecz poza tym nie zarejestrował niczego: żadnych szeptów czy pobrzękiwania srebrnych sztabek. Agentów Hermesa pochłonęła ciemność. Kilka sekund później było już po wszystkim, jakby nigdy nic.

Robin odwrócił się i ruszył z powrotem na Magpie Lane. Targały nim gwałtowne dreszcze, a w głowie czuł zawroty wywołane niebywałą śmiałością nocnej eskapady.

Spał bardzo źle. Raz po raz wiercił się w łóżku, zawieszony w pełnym koszmarów półśnie. Leżał w nasiąkającej potem pościeli, dręczony mglistymi wizjami, w których funkcjonariusze policji wyważali kopniakami drzwi pokoju i ciągnęli go przemocą do aresztu, powtarzając ze śmiechem, że wszystko widzieli i o wszystkim wiedzą. Na dobre zasnął dopiero tuż nad ranem i był tak wymęczony, że przegapił pierwszy dzwon. Obudził go dopiero służący, który zapukał do drzwi z pytaniem, czy trzeba zamieść podłogi.

– Ach... Tak, przepraszam. Proszę dać mi tylko minutę i już mnie nie ma. – Robin przemył wodą twarz, ubrał się i wybiegł. Dzisiaj planowali spotkać się przed zajęciami w jednej z sal na czwartym piętrze wieży i porównać swoje przekłady.

– A, jesteś nareszcie – rzucił Rami na widok karygodnie spóźnionego przyjaciela. Wraz z Letty i Victoire siedzieli przy kwadratowym stole. – Przepraszam, że wyszedłem bez ciebie, ale uznałem, że cię nie ma. Pukałem dwa razy i nikt nie otworzył.

– Nie ma sprawy. – Robin zajął miejsce. – Źle spałem, pewnie przez te grzmoty.

– Ale dobrze się czujesz, prawda? – spytała z troską Victoire. – Jesteś jakiś... – Zamachała sobie dłonią przed twarzą. – Blady?

– Koszmary i tyle – mruknął pod nosem. – Nachodzą mnie... czasami.

Wymówka zabrzmiała wyjątkowo niemądrze, lecz Victoire współczującym gestem poklepała go po dłoni.

– Oczywiście. – Uśmiechnęła się.

– Czy możemy już zacząć? – spytała ostrym tonem Letty. – Jak dotąd powtarzaliśmy tylko słownictwo, bo Rami uparł się, że musimy zaczekać na ciebie.

– Przepraszam, naturalnie. – Robin pospiesznie przejrzał notatki, aż wreszcie znalazł zadanego wczoraj Owidiusza.

Był pełen obaw, że nie wysiedzi do końca spotkania. Jakimś cudem jednak, widząc ciepłe promienie słońca gładzące chłodny, drewniany blat stołu, słysząc drapanie stalówki o papier i wyraźną, czystą recytację Letty, zdołał skupić wyczerpany umysł na pracy, a najważniejszym tematem dnia wydała mu się znowu łacina, a nie nieuchronne wydalenie z uczelni.

Dyskusja okazała się nadspodziewanie ożywiona. Robin, nawykły do czytania swoich przekładów na głos panu Chesterowi, poprawiającemu pomyłki ad hoc, nie przewidywał aż tak zaciętych debat nad każdym zwrotem, znakiem interpunkcyjnym oraz liczbą powtórzeń w danym ustępie. Szybko stało się jasne, że każde z czworga przyjaciół prezentuje zupełnie odmienny styl tłumaczenia. Letty, mająca bzika na punkcie jak najbliższego trzymania się łacińskich form gramatycznych, zdawała się gotowa wybaczać najbardziej nawet karkołomne manipulacje słowami. Rami tymczasem, biegunowo od niej odległy, gotów był poświęcać techniczną precyzję na rzecz urody retorycznych zabiegów, gdyż jak twierdził, w ten sposób łatwiej oddać myśl przewodnią tekstu, nawet jeśli należy w tym celu użyć nieobecnej w oryginale składni. Victoire bez przerwy utyskiwała na ograniczenia angielszczyzny – to taki nieporęczny język, francuski byłby tu znacznie bardziej na miejscu – czemu niezmiennie przyklaskiwała Letty, a kiedy słuchający ich Rami pozwolił sobie prychnąć pod nosem, wszyscy natychmiast zapomnieli o Owidiuszu i ponownie odbyli zaciekłą dyskusję na temat wojen napoleońskich.

– Lepiej ci? – spytał Rami, kiedy zarządzili przerwę.

Robin rzeczywiście poczuł się lepiej. Przyjemnie było schronić cię w cieple martwego języka i stoczyć retoryczną batalię, w której nawet porażka nie mogła mu nijak zaszkodzić. Zdumiało go, jak zwyczajna i normalna okazała się reszta dnia, z jakim spokojem siedział z kolegami na wykładzie profesora Playfaira i udawał, że najbardziej istotnym tematem na świecie jest Tytler. W jasnym świetle dnia nocna awantura zdawała się odległym snem. Tym natomiast, co namacalne i konkretne, ponownie stał się Oksford, zajęcia, profesorowie oraz świeże bułeczki i tłusta śmietana.

Niemniej nie był w stanie wyzbyć się przyczajonego głęboko w duszy przeczucia, że to wszystko jest okrutnym żartem, że jego postępek lada moment wyjdzie na jaw. Czyż bowiem było możliwe, że obędzie się bez konsekwencji? Za tak drastyczny akt zdrady – kradzież z samego serca Babel, instytucji, z którą całkiem dosłownie zawarł pakt krwi – musiał przecież zapłacić jakąś straszliwą cenę.

Niepokój uderzył Robina w pełni po południu. To, co jeszcze poprzedniego wieczora wydawało mu się ekscytującą, szlachetną misją, teraz zakrawało na pospolitą głupotę. Na łacinie za żadne skarby nie potrafił się skoncentrować i dopiero kiedy profesor Craft pstryknęła mu palcami tuż przed twarzą, zorientował się, że już trzykrotnie poprosiła o odczytanie kolejnego wersu. Najokropniejsze scenariusze wyobrażał sobie drobiazgowo i wyraziście – widział wpadających do sali, wrzeszczących, wytykających go palcami stróżów prawa: „Tu jest! Złodziej!". Widział oszołomione, zaskoczone spojrzenia kolegów z roku; widział profesora Lovella, który z jakiegoś powodu pełniąc naraz rolę oskarżyciela i sędziego, z zimną krwią posyłał go na szubienicę. Wyobrażał sobie kominkowy pogrzebacz, spadający raz po raz, chłodno i metodycznie, gruchocący kolejno wszystkie jego kości. Wizje jednak pozostały jedynie wizjami. Nikt nie przybył Robina aresztować. Zajęcia posuwały się naprzód mozolnie, powoli, bez przeszkód. Groza stopniowo bladła. Kiedy przed kolacją spotkali się z przyjaciółmi w stołówce, chłopak stwierdził w duchu, że zdumiewająco łatwo przychodzi mu udawanie przed sobą, iż poprzednia noc nie miała miejsca. A gdy zasiedli już wszyscy nad jedzeniem – ziemniakami i stekiem tak twardym, że krojenie go na możliwe do przełknięcia kęsy okazało się istną mordęgą – zaśmiewając się z profesor Craft z irytacją poprawiającej pełne ozdobników przekłady Ramiego, wyprawa do wieży stała się zaledwie nikłym wspomnieniem.

Gdy wrócił wieczorem do domu, pod parapetem czekał na niego kolejny liścik. Rozłożył karteczkę drżącymi palcami. Wiadomość była bardzo krótka i tym razem Robin zdołał ją rozszyfrować w głowie.

„Czekaj na kontakt".

Poczuł się rozczarowany, co natychmiast przyprawiło go o niemałą konsternację. Czyż nie spędził właśnie całego dnia, marząc o tym, by koszmar, w jaki dał się wpędzić bratu, okazał się czczym snem? Niemal słyszał drwiący głos Griffina: „Co? Spodziewałeś się, że ktoś poklepie cię po plecach? Że dostaniesz w nagrodę herbatniczka?".

A teraz stwierdził, że ma ochotę na więcej. Z tym że nie miał, niestety, pojęcia, kiedy Griffin raczy się ponownie odezwać. Brat uprzedzał przecież, że kontakty między nimi będą sporadyczne, że zanim znowu się zetkną, może upłynąć nawet kilka trymestrów. Że Robin zostanie wezwany wtedy, gdy będzie potrzebny, i ani dnia wcześniej. Kiedy wrócił do domu wieczorem dnia następnego, skrytka pod parapetem była pusta. Podobnie było dzień później.

Mijały dni, mijały tygodnie.

„Jesteś przecież studentem Babel" – powiedział Griffin. „Rób to, co robią studenci".

Zadanie okazało się bardzo proste. W miarę jak wspomnienie o bracie i Towarzystwie Hermes wycofywało się w odmęty umysłu Robina, w dziedzinę koszmarów i mroku, na czoło wysforowała się Babel i tchnące jaskrawymi, olśniewającymi barwami oksfordzkie życie.

Zadziwiająco szybko pokochał Instytut i związanych z nim ludzi. Nawet nie zauważył, kiedy to uczucie rozkwitło. Przez cały pierwszy trymestr Robin wirował niczym dziecięcy bączek, oszołomiony i wyczerpany; zajęcia i wykłady wyznaczały stały rytm lektur i zarwanych, okupionych przekrwionymi oczyma nocy, których jedyną osłodą i radością było towarzystwo przyjaciół z roku. Dziewczęta, oby żyły wiecznie, szybko przebaczyły Robinowi i Ramiemu nieszczególne pierwsze wrażenie. Robin odkrył, że z Victoire łączy go bezkrytyczne upodobanie do literatury wszelkiej maści, od gotyckich powieści grozy po romanse. Z olbrzymią przyjemnością wymieniali się książkami i omawiali najnowsze, sprowadzane z Londynu tomiki szmirowatych opowiadań. A Letty, odkąd udało się ją wreszcie przekonać, że chłopcy nie są zbyt głupi, by studiować na Oksfordzie, stała się o wiele bardziej znośna. Okazało się też, iż wyniosła z domu niezwykle cięty dowcip i przenikliwą świadomość zawiłości brytyjskiej struktury klasowej, co pozwalało jej wygłaszać szalenie zabawne komentarze. Zabawne dla wszystkich z wyjątkiem tych, pod których adresem je kierowała.

– Colin to typowy przedstawiciel dolnych stref klasy średniej. Z wielkim upodobaniem opowiada o swoich szerokich koneksjach, choć sprowadzają się one do tego, że znajomkiem jego rodziny jest jakiś matematyk z Cambridge – oceniła po jednej z wizyt na Magpie Lane. – Skoro chce zostać praktykującym prawnikiem, mógł po prostu odbyć staż w którymś ze stowarzyszeń adwokackich, ale studiuje tutaj, gdyż zależy mu na prestiżu i kontaktach. Niestety, nie jest nawet w połowie tak czarujący, żeby zdobyć jedno czy drugie. Ten chłopiec posiada osobowość wilgotnego ręcznika; jest strasznie oślizły, ale potrafi się przykleić. – Umilkła, po czym rozbawiła słuchaczy do rozpuku, parodiując Colina, witającego się z nią przesadnie wylewnymi komplementami.

Rami, Victoire i Letty – ci troje nadawali życiu Robina barwy i to oni stali się jego jedynym łącznikiem ze światem pozaksiążkowym. Wszyscy potrzebowali siebie nawzajem, ponieważ nie mieli nikogo innego. Starsi studenci Babel odcinali się od pierwszoroczniaków bez mała agresywnie: byli zbyt zajęci, zbyt genialni i zbyt godni podziwu. Po dwóch tygodniach zajęć Letty zdobyła się na odwagę i spytała doktoranta imieniem Gabriel, czy może dołączyć do kółka miłośników literatury francuskiej. Niestety, śmiałość nie pomogła i dziewczyna została błyskawicznie odtrącona ze specyficznie zjadliwą wzgardą, na jaką stać jedynie Francuzów. Robin z kolei próbował zaprzyjaźnić się ze studentką trzeciego roku, Japonką nazwiskiem Ilse Dejima*, mówiącą po angielsku z lekkim niderlandzkim akcentem. Ich ścieżki przecinały się często w okolicach gabinetu profesora Chakravartiego, lecz za każdym razem, kiedy chłopak próbował się przywitać, Ilse robiła minę tak kwaśną, jakby wdepnęła w błotnistą kałużę.

Próbowali również nawiązać kontakty towarzyskie ze studentami drugiego roku, grupką pięciu białych chłopców, mieszkających po drugiej stronie ulicy, na Merton Street. Przedsięwzięcie wzięło w łeb natychmiast, kiedy jeden z nich, Philip Wright, na jednej z wydziałowych kolacji dał Robinowi do zrozumienia, że pierwszy rok jest tak międzynarodowy wyłącznie ze względu na politykę wydziału.

– W radzie trwa walka pomiędzy stronnikami większego nacisku na języki europejskie a tymi, którzy propagują języki inne, bardziej, powiedzmy... egzotyczne. Chakravarti i Lovell od lat szerzą ferment, gardłując za zwiększeniem różnorodności wśród studentów. Nie podoba im się, że na moim roku wszyscy studiujemy języki klasyczne. Podejrzewam, że wy macie, by tak rzec, stanowić dla nas przeciwwagę

* Podobnie jak Robin, Ilse nie posługiwała się w Anglii nazwiskiem prawdziwym, lecz przybranym, stanowiącym połączenie zanglicyzowanego imienia (Ilse) i nazwiska pochodzącego od wyspy, na której się urodziła (Dejima).

– Nie do końca rozumiem, co w tym złego. – Robin próbował zachować się uprzejmie.

– Nie jest to złe samo przez się. Taka odgórna polityka prowadzi jednak do tego, że na studia nie dostają się inni uzdolnieni kandydaci, także tacy, którzy z powodzeniem zdali egzaminy wstępne.

– Ja żadnych egzaminów nie zdawałem – przyznał Robin.

– Otóż właśnie. – Philip pociągnął nosem i do końca wieczora nie odezwał się do Robina nawet jednym słowem.

Tak więc to Rami, Letty i Victoire stali się głównymi partnerami intelektualnymi Robina i w efekcie chłopak zaczął postrzegać Oksford ich oczyma. Rami zachwycał się fioletowym szalikiem, prezentowanym na wystawie zakładu krawieckiego Ede & Ravenscroft; Letty zaśmiewała się do rozpuku na widok młodzieńca o maślanych oczach, wysiadującego przed kawiarnią Queen's Lane Coffeehouse z tomikiem sonetów; Victoire emocjonowała się za każdym razem, kiedy w kafejce Vaults & Garden pojawiały się świeże bułeczki, lecz ponieważ codziennie do południa miała zajęcia z francuskiego, kupował je dla niej Robin, zawijał w chusteczkę i przechowywał na później w kieszeni. Również same zajęcia stały się dla chłopaka bardziej zajmujące, odkąd zaczął je traktować jako materiał wyjściowy do błyskotliwych uwag, krytycznych bądź zabawnych, którymi mógł się potem podzielić z grupą.

Czasami potrafili się poróżnić. Dyskutowali i spierali się bez końca, w sposób typowy dla młodych, inteligentnych ludzi o rozbuchanym ego i wyrobionym zdaniu na każdy możliwy temat. Robin i Victoire toczyli niegasnącą debatę na temat wyższości literatury angielskiej nad francuską bądź vice versa, w której oboje, o dziwo, pozostawali żarliwie lojalni wobec swych przybranych krajów. Victoire obstawała przy twierdzeniu, iż najlepsze nawet umysły Anglii nie dorastają do pięt Wolterowi czy Diderotowi. Robin byłby może w stanie pójść wobec przyjaciółki na pewne ustępstwa, gdyby nie wyśmiewała bezustannie przynoszonych przez niego z Bodlejanki przekładów, twierdząc, że „w porównaniu z oryginałami te tłumaczenia są nic niewarte. Równie dobrze mógłbyś tej książki wcale nie czytać". Victoire i Letty, choć bardzo ze sobą zżyte, ścinały się w kwestiach finansowych i tym, czy Letty ma prawo uważać się za ubogą tylko dlatego, że ojciec odciął ją od rodowej fortuny*. Najczęściej do scysji dochodziło między Letty i Ramim, gdyż Rami powtarzał, że Letty, jako osoba, która w życiu nie postawiła stopy w żadnej z brytyjskich kolonii, nie powinna się wypowiadać na temat rzekomych korzyści płynących z angielskiej obecności w Indiach.

– Och, wiem o Indiach niejedno! – odpowiadała Letty. – Czytałam mnóstwo esejów. Znam Hamiltona „Przekład listów hinduskiego radży"...

– Och, doprawdy? – fukał Rami. – Czyli tę książkę, wedle której Indie są uroczym, hinduistycznym krajem, cierpiącym tyranię narzuconą przez muzułmańskich najeźdźców? O tej mówisz?

Słysząc to, Letty zwykle zamykała się w sobie i dąsała aż do następnego dnia. Nie była to jednak wyłącznie jej wina. Rami pasjami lubił ją prowokować i podważał niemal każde jej zdanie. Dumna, przyzwoita, nieco sztywna Letty reprezentowała sobą wszystko, czym Rami w Anglikach gardził, i Robin podejrzewał, że przyjaciel nie będzie zadowolony, dopóki Letty nie wystąpi jawnie przeciwko własnej ojczyźnie.

Żaden z tych sporów jednak nie mógł ich ze sobą poróżnić na dobre. Przeciwnie, scysje spajały czwórkę młodych tłumaczy, szlifowały ich charaktery i określały indywidualne miejsca w mozaice grupy. Spędzali ze sobą każdą minutę. W weekendy przesiadywali przy narożnym stoliku w kawiarni Vaults & Garden, przepytując Letty z językowych dziwactw angielszczyzny,

---

* Chłopcy do tej dyskusji się nie mieszali. Rami był zdania, że Letty ma rację, twierdząc iż jako kobieta nie jest w sensie prawnym dziedziczką majątku rodziny Price. Robin natomiast uważał za drobną przesadę fakt, że dziewczyna określa się jako „uboga", żyjąc ze stypendium pozwalającego jej jeść kiedy i na co tylko ma ochotę.

którą jedynie ona znała od dziecka. (Co znaczy *corned* i czym jest *corned beef*?* A kim jest *welcher*?** Letitia, proszę w imię boskie, co znaczy *jigger-dubber*?***)

Kiedy Rami zaczął pewnego razu narzekać, że serwowane w stołówce posiłki są tak marne, że zaczął tracić na wadze (nie żartował; kuchnia kolegium, o ile nie serwowała sztampowo twardego, gotowanego mięsa, nieosolonych pieczonych warzyw i trudnych do zidentyfikowania zup, podawała zagadkowe i niejadalne dania opatrzone nazwami typu „marynata indyjska", „żółw na modłę karaibską" oraz coś, co nazywało się „chińskim chilo"; co gorsza, tylko część tego jedzenia była *halal*), włamali się do kuchni i upitrasili potrawkę z ciecierzycy, ziemniaków i mieszanki przypraw wyszperanych przez Ramiego w oksfordzkich sklepikach. W rezultacie powstała gęsta, szkarłatna masa, pikantna tak bardzo, że już po pierwszym kęsie mieli wrażenie, jakby ktoś przydzwonił im w nos. Rami nie chciał przyznać się do porażki; stwierdził po prostu, że efekt ich kulinarnego eksperymentu stanowi kolejny dowód na jego ogólne twierdzenie, iż z Brytyjczykami jest coś fundamentalnie nie tak, bo gdyby tylko mógł tu dostać prawdziwą kurkumę i gorczycę, danie smakowałoby znacznie lepiej.

– Przecież mamy w Londynie hinduskie restauracje – zaprotestowała Letty. – Każdy, kto chce, może na Piccadilly skosztować curry z ryżem...

– Jak komuś smakuje mdła paciaja, to proszę bardzo – fuknął Rami. – Dojedz lepiej ciecierzycę...

Nieszczęśliwa Letty pociągnęła nosem i oświadczyła, że nie przełknie ani kęsa więcej. Robin i Victoire ze stoickim spoko-

---

* Robin, Victoire i Rami poczuli się bardzo rozczarowani, gdy okazało się, że nazwa *corned beef*, „solona wołowina", nie ma nic wspólnego z kukurydzą, a jedynie z rozmiarem kryształów soli używanych do konserwowania mięsa.

** „szalbierz, oszust"

*** Slangowe określenie strażnika więziennego, *jigger* oznacza „drzwi", a *dubber* to „zamykacz".

jem ładowali sobie do ust kolejne łyżki. Rami poinformował całą trójkę, że są zwykłymi tchórzami – w Kalkucie, dodał, nawet małe dzieci bez mrugnięcia okiem zjadają papryczki chili w całości. Niemniej on sam miał pewien problem z dojedzeniem zalegającej na talerzu, ogniście czerwonej masy.

Robin nie był w pełni świadomy tego, co ma, czego szukał i ostatecznie zdobył, aż do pewnego wieczora w połowie trymestru, kiedy całą czwórką zebrali się w mieszkaniu Victoire. Dziewczyna zajmowała najbardziej przestronną kwaterę spośród nich wszystkich, ponieważ żaden inny student nie chciał z nią mieszkać. W rezultacie miała do własnej dyspozycji nie tylko całą sypialnię, lecz także łazienkę i sporych rozmiarów salon, w którym zaczęli się zwyczajowo spotykać i uczyć, kiedy po dwudziestej pierwszej Bodlejanka zamykała podwoje. Tego konkretnego dnia nie studiowali jednak, a grali w karty, gdyż profesor Craft bawiła w Londynie na konferencji. O kartach jednak dość szybko zapomnieli, ponieważ w pokoju niespodziewanie rozszedł się intensywny aromat dojrzałych gruszek, co stanowiło nielichą zagadkę, ponieważ żadne z nich gruszek nie jadło, a Victoire przysięgła, że nie chomikuje w sypialni ani jednej.

Moment później Victoire turlała się po podłodze, naraz piszcząc i śmiejąc się, ponieważ Letty raz po raz pokrzykiwała: „Gdzie jest ta gruszka? Gdzie ją masz, Victoire? Gdzie gruszka?". Rami rzucił żarcik na temat hiszpańskiej inkwizycji, więc Letty, aby nie pozostać w tyle, rozkazała przyjaciółce wywrócić wszystkie kieszenie płaszcza i dowieść, że nie ukryła tam na przykład ogryzka. Victoire posłuchała, lecz po gruszce wciąż nie było śladu, co wywołało kolejny atak histerycznego śmiechu.

Robin tymczasem siedział przy stole i przyglądał się im z uśmiechem, czekając na podjęcie przerwanej gry, aż wreszcie zrozumiał, że do kart nie wrócą, bo wszyscy za bardzo się śmieją, a poza tym karty Ramiego leżą na podłodze, widoczne dla wszystkich, co automatycznie czyniło dalszą rozgrywkę bezzasadną. W pewnej chwili aż potrząsnął głową, gdyż pojął, co ten niesłychanie zwyczajny i niezwykły jednocześnie moment oznacza – że w ciągu kilku tygodni stali się dla siebie tym, czego nie miał w Hampstead, i tym, czego nie spodziewał się znaleźć po opuszczeniu Kantonu już nigdy; kręgiem ludzi, których kochał tak gorąco, że za każdym razem, gdy o nich myślał, czuł w piersi bolesne ukłucie.

Byli rodziną.

Zaraz potem poczuł się winny tego, że pokochał ich tak bardzo; ich i Oksford.

Uwielbiał to życie; szczerze. Mimo wszystkich zniewag, jakich regularnie doznawał, każdy spacer po kampusie napawał go zachwytem. Najprościej w świecie nie potrafił, jak Griffin, trwać w stanie wiecznej, buntowniczej podejrzliwości; nie potrafił wykrzesać z siebie nienawiści do tego miejsca.

Czyż nie miał prawa do szczęścia? Aż do tej pory nigdy nie czuł w piersi tak błogiego ciepła, nigdy nie zrywał się rankiem z łóżka tak ochoczo jak teraz. Babel, przyjaciele i Oksford – wszystko to otworzyło jakąś część jego duszy, słoneczną i swojską, na uczucia, których nie spodziewał się zaznać już nigdy. A świat utracił część swego mroku.

Robin był dzieckiem złaknionym czułości, której teraz otrzymał obfitość – czy to naprawdę źle, że tak kurczowo się tego uchwycił?

Nie był gotów w pełni poświęcić się Towarzystwu Hermes. Lecz, na Boga, dla przyjaciół byłby skłonny choćby i zabić.

W przyszłości dziwił się sam sobie, że nigdy nawet nie zastanowił się poważniej nad wyjawieniem komuś z grupy prawdy o Hermesie. Ostatecznie pod koniec jesiennego trymestru powierzyłby tym ludziom własne życie. Nie miał cienia wątpliwości, że gdyby wpadł w mroźne fale Tamizy, każde z nich bez wahania zanurkowałoby za nim. A jednak – Griffin i jego sprzysiężenie należeli do krainy złych snów i cieni; przyjaciele z roku byli dziećmi słońca, ciepła i śmiechu, a Robin nie potrafił sobie wyobrazić, iż mógłby doprowadzić do spotkania obu tych światów.

Tylko raz poczuł pokusę, żeby się wygadać. Pewnego dnia przy obiedzie Rami i Letty spierali się – znowu – o brytyjską obecność w Indiach. Rami uważał okupację Bengalu za rzecz oburzającą; Letty wyraziła opinię, że zwycięstwo Anglików pod Plassey stanowiło uczciwą odpłatę za to, co nazwała nieludzkim traktowaniem jeńców przez Siraj ud-Daulaha, oraz stwierdziła, że Brytyjczycy nie podjęliby interwencji, gdyby Mogołowie nie okazali się tak nieudolnymi władcami.

– Zresztą nie jest przecież tak, że wszyscy tam okrutnie cierpicie – mówiła. – W administracji cywilnej pracuje mnóstwo Hindusów, naturalnie są to ci z odpowiednimi kwalifikacjami...

– Owszem, z tym że w tym wypadku oznacza to elitę. Warstwę ludzi mówiących po angielsku i wysługujących się Brytyjczykom – odparł Rami. – Wy nie sprawujecie nad nami rządów, wy sprawujecie nierząd. To, co spotyka mój kraj, jest najzwyklejszym rabunkiem. Nie mówimy tu o wolnym handlu, a raczej o powolnym wykrwawianiu, grabieży i plądrowaniu. Nie potrzebowaliśmy Brytyjczyków, tę opowieść stworzyli sami, bazując na swoim fałszywym poczuciu wyższości.

– Skoro tak uważasz, to co właściwie robisz w Anglii? – rzuciła wyzywająco Letty.

– Uczę się, kobieto. – Rami popatrzył na nią jak na wariatkę.

– Ach, uczysz się po to, żeby zdobyć broń, która posłuży do obalenia imperium. Zgadłam? – obruszyła się dziewczyna. – Zamierzasz zabrać ze sobą do domu kilka sztabek i rozpętać rewolucję, tak? Może pójdziemy do Babel i tam obwieścisz swoje zamiary?

Tym razem Rami nie odciął się błyskawiczną ripostą.

– To nie takie proste – odpowiedział po chwili namysłu.

– Och, doprawdy? – Letty wyczuła, iż trafiła we wrażliwe miejsce; stała się psem, który zacisnął zęby na kości i nie zamierza puścić. – Bo mnie się wydaje, że fakt, iż tutaj jesteś i tutaj się kształcisz, jest właśnie tym elementem, który dowodzi przewagi Anglików nad wami. Chyba że wskażesz mi lepszy instytut językowy w Kalkucie?

– Mamy w Indiach zatrzęsienie doskonałych medres – syknął Rami. – O przewadze Brytyjczyków decydują działa. Broń i gotowość do skierowania jej przeciwko niewinnym ludziom.

– Czyli naprawdę przybyłeś tu, żeby sprowadzić srebro do Indii, gdzie skorzystają z niego buntujący się sipajowie?

„Może istotnie powinien" – niemal wyrwało się Robinowi. „Może właśnie tego potrzebuje nasz świat".

Powstrzymał się jednak i nie otworzył nawet ust. Nie dlatego, że bał się złamać złożoną Griffinowi obietnicę, lecz ponieważ nie chciał swoim wyznaniem zniszczyć życia, które we czworo zbudowali. I dlatego jeszcze, że sam nie potrafił rozwiązać sprzeczności pomiędzy chęcią dalszej pracy i rozwoju w Babel a coraz jaśniejszym z dnia na dzień wnioskiem, iż wieża stoi na fundamencie niesprawiedliwości. Jedynym sposobem, w jaki potrafił usprawiedliwić swoje szczęście i dalszy akrobatyczny taniec na granicy dwóch światów, było nieustanne wyczekiwanie kolejnej wiadomości od Griffina – ta niewidoczna, milcząca rebelia, której główny cel stanowiło uśmierzenie wyrzutów sumienia wywołanych świadomością, że cała ta lśniąca, mieniąca się pozłota ma swoją cenę.

ROZDZIAŁ ÓSMY

Nie widzieliśmy wówczas nic wulgarnego w tym, by paczka chłopaków, którzy jeszcze przed trzema miesiącami dostawali baty i którym w domu nie wolno było pić więcej niż trzy kieliszki portweinu, zapraszała się teraz wzajemnie do swych apartamentów na ananasa i lody i upijała się szampanem lub czerwonym winem.

William Makepeace Thackeray, „Księga snobów"
(przeł. Agnieszka Glinczanka)

W ostatnich tygodniach listopada Robin asystował członkom Towarzystwa Hermes przy trzech kolejnych kradzieżach. Wszystkie przebiegły skutecznym, mechanicznym tokiem wyznaczonym przez akcję pierwszą – liścik pod parapetem, deszczowa noc, spotkanie o północy i minimalny, sprowadzający się do przelotnego rzutu okiem kontakt z agentami. Robin nie miał pojęcia, czy za każdym razem pomaga tym samym ludziom. Nie wiedział też, co takiego kradną ani do czego wyniesione fanty wykorzystują. Wiedział jedynie to, co usłyszał od Griffina – że przykłada rękę do mgliście zdefiniowanej walki przeciwko imperium i że w tej kwestii może jedynie zaufać bratu na słowo.

Wciąż miał nadzieję, że Griffin zaprosi go na kolejną pogawędkę Pod Koślawym Korzeniem, lecz wszystko wskazywało na to, że krewniaka pochłonęło kierowanie międzynarodową organizacją podziemną, której Robin był zaledwie drobnym trybikiem.

Niewiele brakowało, a w trakcie czwartej kradzieży doszłoby do wpadki. Gdy Robin czekał jak zwykle w holu na kompanów, do wieży wparadowała głównym wejściem studentka trzeciego roku, niejaka Cathy O'Nell. Na nieszczęście chłopaka Cathy zaliczała się do bardziej gadatliwych przedstawicielek wyższych sfer; specjalizowała się w języku celtyckim i być może wskutek samotności – poza nią zajmował się tą dziedziną tylko jeden student – robiła, co w swej mocy, by zaprzyjaźnić się z całym Instytutem.

– Robin! – rzuciła cała w skowronkach. – Co tu robisz o tak nieludzkiej porze?

– Zapomniałem swojego Drydena – skłamał, poklepując się po kieszeni, jakby dopiero co wsunął do niej książkę. – Okazało się, że zostawiłem na stole.

– Och, Dryden! Przykra rzecz. Pamiętam, że Playfair molestował nas tym przez długie tygodnie. Interesująca lektura, ale okropnie sucha.

– Okropnie sucha – rzucił Robin z nadzieją, że dziewczyna zaraz zniknie. Było już pięć po północy.

– A każe wam porównywać przekłady na zajęciach? – zainteresowała się Cathy. – Mnie pewnego razu przez pół godziny przepytywał, dlaczego zamiast „podobny barwie dojrzałych jabłek" napisałam po prostu „czerwony". Czułam się jak na przesłuchaniu, a pod koniec byłam cała spocona.

Sześć po. Robin rzucił okiem na schody, na Cathy i raz jeszcze na schody. Dopiero wtedy zdał sobie sprawę, że dziewczyna oczekuje reakcji.

– Och. – Potrząsnął głową. – Eee... Skoro mowa o Drydenie, powinienem już lecieć...

– Ach, wybacz, proszę. Pierwszy rok jest doprawdy wymagający, a ja cię zatrzymuję...

– Będę się żegnał, miło było...

– Jeśli mogę w czymś ci pomóc, daj proszę znać – zaoferowała wesoło. – Z początku jest koszmar, ale z trymestru na trymestr będzie lepiej. Przysięgam.

– Jasne. Dziękuję... Do zobaczenia. – Poczuł się strasznie. Cathy podeszła do niego z sympatią, a podobne propozycje ze strony studentów wyższych lat nie zdarzały się często. Robin jednak myślał wyłącznie o czekających na piętrze wspólnikach i tym, co może się wydarzyć, jeśli zdecydują się zejść w tym samym momencie, gdy dziewczyna ruszy na górę.

– W takim razie powodzenia. – Cathy pomachała na pożegnanie i skierowała się w głąb holu. Robin wycofał się do przedsionka i zaczął modlić, by dziewczynie nie przyszło do głowy się odwrócić.

Całą wieczność później dwie postacie w czerni zbiegły drugimi schodami.

– Co mówiła? – spytał szeptem jeden ze spiskowców. Jego głos wydał się Robinowi dziwnie znajomy, lecz nie skojarzył go z nikim konkretnym.

– Nic. Zwykła towarzyska pogawędka. – Robin otworzył drzwi i całą trójką wyszli w mroczny chłód. – Wszystko w porządku?

Odpowiedź nie padła. Agenci Griffina zdążyli już zniknąć, zostawiając go samego pośród deszczowej nocy.

Człowiek z natury bardziej ostrożny zapewne wycofałby się po tym doświadczeniu ze współpracy z Hermesem, nie ryzykowałby całej przyszłości w tak niepewnych przedsięwzięciach. Robin jednak zrobił to ponownie. Pomógł przy piątej i szóstej kradzieży. Trymestr jesienny dobiegł końca, zimowe ferie przeminęły jak z bicza strzelił i rozpoczął się kolejny okres nauki. Teraz gdy Robin podchodził nocami do wieży, serce nie dudniło mu już w uszach jak oszalałe. Minuty pomiędzy wejściem i wyjściem nie przypominały odwiedzin w czyśćcu. Wszystko przebiegało nad wyraz łatwo, ot, otwierał drzwi i zamykał. Było to tak proste, że przy siódmej kradzieży zdołał sobie wmówić, że w zasadzie nie robi nic niebezpiecznego.

– Działasz bardzo skutecznie – pochwalił Griffin. – Lubią z tobą pracować, wiesz? Wykonujesz polecenia i nie próbujesz na siłę pomagać.

Tydzień po rozpoczęciu wiosennego trymestru Griffin zstąpił wreszcie ze swych wyżyn i spotkał się z bratem osobiście. Ponownie przechadzali się żywym krokiem po uliczkach Oksfordu, tym razem szli wzdłuż Tamizy w kierunku Kensington. Robin miał wrażenie, że składa półroczny raport z postępów w nauce bardzo ważnemu i niezwykle zajętemu profesorowi, a teraz, słysząc słowa uznania, daremnie spróbował nie wyjść na rozchichotanego młodszego braciszka.

– Czyli dobrze mi idzie?

– Bardzo dobrze. Jestem z ciebie zadowolony.

– Więc może opowiesz mi trochę więcej o Hermesie? – poprosił Robin. – Albo przynajmniej zdradzisz, dokąd trafiają sztabki? Co z nimi robicie?

– Cierpliwości – zaśmiał się Griffin.

Kawałek drogi pokonali w milczeniu. Rankiem tego dnia nad miastem przeszła gwałtowna burza i wezbrana Tamiza głośno szumiała pod mglistym, ciemniejącym niebem. Wieczór należał do tych, kiedy cały świat zdaje się tracić barwy, gdy staje się niedokończonym obrazem, szkicem skomponowanym z szarości i cienia.

– Więc może zadam inne pytanie – podjął Robin. – Wiem, że nie powiesz mi dzisiaj zbyt wiele o swojej organizacji. Ale powiedz przynajmniej, jak się to wszystko skończy.

– Co jak się skończy?

– No wiesz... Chodzi o moją rolę. Obecny układ mi nie przeszkadza, oczywiście dopóki nie wpadnę, ale cóż, wydaje mi się, że to nie może trwać w nieskończoność.

– Oczywiście, że nie może – odparł Griffin. – Będziesz się pilnie uczyć, skończysz studia, a wtedy zaczną cię prosić, żebyś robił różne niesmaczne rzeczy ku chwale imperium. Albo jak sam powiedziałeś, pewnego dnia wpadniesz. Kiedyś to się rozstrzygnie, w jedną albo drugą stronę. Tak było z nami wszystkimi.

– Wszyscy członkowie Hermesa opuścili Babel?

– Bardzo niewielu znam takich, którzy zostali.

Robin nie był pewien, co o tym myśleć. Często koił duszę, snując fantazje o życiu po studiach – gdyby tylko zechciał, czekała go przyjemna posadka wykładowcy, gwarancja kolejnych opłaconych z cudzej kieszeni lat pracy naukowej, przesiadywania w tych przepysznych oksfordzkich bibliotekach, mieszkania w wygodnych apartamentach kolegium. A gdyby zapragnął dorobić, mógłby udzielać prywatnych lekcji zamożnym studentom. Mógł też podjąć ekscytującą karierę za granicą, gdzie towarzyszyłby bukinistom i tłumaczom symultanicznym. W traktacie „Zhuangzi", który właśnie przetłumaczyli wspólnie z profesorem Chakravartim, słowo *tǎntu**, dosłownie oznaczające „płaską drogę", stosowane było metaforycznie na określenie „spokojnego życia". Tego właśnie chciał – gładkiej, równej ścieżki ku przyszłości; szlaku, na którym nie czekały żadne niespodzianki. Jedyną przeszkodę stanowiło, rzecz jasna, jego własne sumienie.

– Zostaniesz w Babel tak długo, jak dasz radę – stwierdził Griffin. – Widzisz, z mojego punktu widzenia powinieneś zostać. Bóg świadkiem, że trzeba nam więcej ludzi wewnątrz. Ale z czasem będzie ci coraz trudniej. Pojawi się kłopot z godzeniem instynktu moralnego z wyznaczanymi przez Instytut zadaniami. Co będzie, kiedy skierują cię do badań związanych ze zbrojeniami? Albo gdy wyślą cię na pogranicze w Nowej Zelandii lub Kolonii Przylądkowej?

– Takich misji nie można jakoś uniknąć?

Griffin parsknął śmiechem.

– Współpraca z wojskiem stanowi ponad połowę zlecanych Instytutowi zadań. Ich wykonywanie jest niezbędne dla

---

* 坦途

każdego, kto chce zostać w wieży. Poza tym to bardzo intratne zajęcie. Większość wydziałowej starszyzny dorobiła się na wojnach z Napoleonem. Skąd, uważasz, nasz drogi tatuś, ma fundusze pozwalające utrzymać trzy domy? Tutejszą ułudę podtrzymuje w istnieniu przemoc.

– A co, jeśli zdecyduję się odejść? – spytał Robin. – Jak się to odbędzie?

– Proste. Sfingujesz własną śmierć i przejdziesz do podziemia.

– Ty tak zrobiłeś?

– Tak, mniej więcej pięć lat temu. Ciebie też to w końcu czeka. A potem staniesz się podobnym mi cieniem i będziesz się modlić, żeby jakiś pierwszoroczniak okazał się na tyle moralny, żeby wpuścić cię do jednej z bibliotek, w których niegdyś przesiadywałeś całymi dniami. – Griffin urwał i zerknął na brata z ukosa. – Niezbyt zachęcająca wizja, prawda?

Robin się zawahał. Nie był pewien, jak wyrazić słowami dręczący go dyskomfort. Owszem, porzucenie oksfordzkiego życia na rzecz Hermesa było w pewien sposób pociągające. Chciał robić to samo, co Griffin; chciał zyskać dostęp do wewnętrznego kręgu Towarzystwa, przekonać się, dokąd trafiają skradzione sztabki i jak są wykorzystywane. Chciał poznać cały ten ukryty świat.

Wiedział jednak, że jeśli się zdecyduje, zamknie sobie drogę powrotu.

– Mam po prostu wrażenie, że to bardzo trudne, tak się odciąć – powiedział. – Od wszystkiego.

– Czy wiesz, jak Rzymianie tuczyli popielice?

– Griffin... – westchnął Robin.

– Musiałeś przecież czytać Warrona, prawda? Otóż w swojej „Res rustica"* opisuje on *glirarium*. Bardzo elegancka konstrukcja. Należy zrobić słój z perforowanym wieczkiem, dzięki któremu stworzenie może oddychać, i ścianami tak gładkimi,

* „O gospodarstwie wiejskim"

żeby uniemożliwić ucieczkę. Nakładasz do środka jedzenia i instalujesz jakieś podesty i kładki, aby zwierzę nie za bardzo się nudziło. A najważniejsze to trzymać całość w ciemności, aby stworzenie było przekonane, że czas zapaść w sen zimowy. W tak urządzonym więzieniu popielice na zmianę śpią i tuczą się. Nic poza tym.

– Dobra – prychnął zniecierpliwiony Robin. – Dobra, rozumiem, do czego pijesz.

– Wiem, że to niełatwe – podjął Griffin. – Trudno zrezygnować z całego tego sztafażu, jaki wiąże się z twoją pozycją. Jestem pewien, że nadal bardzo podobają ci się togi, przyjęcia przy winie, stypendium...

– Nie chodzi o przyjęcia – uciął Robin. – Wcale na takich nie bywam. I nie chodzi też o stypendium czy te głupie togi. Rzecz w tym, że... sam nie wiem. To taka drastyczna zmiana.

Jak mógł to wyjaśnić? Babel stanowiła dla niego coś więcej niż wygodę i dobra materialne. Wieża uzasadniała jego obecność w Anglii, to z jej powodu znalazł się tutaj, a nie żebrał w kantońskich zaułkach. Babel była jedynym miejscem, gdzie jego talent cokolwiek znaczył. Oznaczała bezpieczeństwo. I może rzeczywiście wydawało się to wszystko moralnie wątpliwe, ale... czy to źle, że chciał po prostu przetrwać?

– Nie zadręczaj się – rzucił Griffin. – Nikt nie oczekuje, że odejdziesz z Oksfordu. Strategicznie rzecz biorąc, nie byłoby to rozsądne rozwiązanie. Widzisz, jestem wolny i na zewnątrz czuję się szczęśliwy, ale sam nie jestem w stanie dostać się do wieży. Jesteśmy niewolnikami symbiotycznego związku z siłami, które sprawują władzę. Potrzebujemy ich srebra i ich narzędzi. A także, chociaż przykro o tym wspominać, wykorzystujemy wyniki ich badań – powiedział i popchnął Robina. Gest miał być przyjacielski, poufały, lecz ponieważ żaden z nich nie miał w takich kwestiach wprawy, okazał się dość groźny. – Studiuj sobie spokojnie i zostań w Babel. A sprzecznościami się nie przejmuj. Masz przecież sposób na łagodzenie wyrzutów sumienia. Ciesz się swoim *glirarium*, mała popielico.

Griffin zostawił Robina na rogu Woodstock. Robin odprowadził wzrokiem szczupłą sylwetkę brata, otoczoną furkocącymi połami płaszcza niczym skrzydłami wielkiego ptaka. Zastanawiał się, jak to możliwe, by kogoś jednocześnie tak bardzo podziwiać i nie cierpieć.

W klasycznej chińszczyźnie znaki 二心, dosłownie oznaczające „dwa serca", odnosiły się do zdradzieckich intencji lub braku lojalności. Robin znalazł się w niełatwym położeniu człowieka kochającego to, co sam zdradzał.

Ubóstwiał Oksford i uniwersyteckie życie. Przyjemnie było być jednym z baboli, którzy pod wieloma względami stanowili najbardziej uprzywilejowaną grupę studentów. Powołując się na Babel, mogli korzystać z dowolnych księgozbiorów w dowolnym kolegium, w tym z niedorzecznie wspaniałej biblioteki Codringtona, w której co prawda nie znajdowały się żadne potrzebne im teksty, lecz dokąd wszyscy chętnie chodzili, ponieważ wysokie ściany i marmurowe posadzki sprawiały, że czuli się bardzo dostojnie. Za utrzymanie nie płacili wcale. W odróżnieniu od innych serwitorów nie musieli roznosić posiłków na stołówce ani sprzątać mieszkań wykładowców. Wikt i opierunek młodych tłumaczy finansowała bezpośrednio Babel, wskutek czego rachunków nawet nie widywali. Miesiąc w miesiąc otrzymywali stypendium w wysokości dwudziestu szylingów, a dodatkowo mogli korzystać ze specjalnego funduszu pozwalającego nabywać dowolne potrzebne im pomoce naukowe. Gdyby uznali, że jest im do pracy niezbędne złote pióro wieczne, Babel opłaciłaby i to.

Jak bardzo było to ważne, Robin zdał sobie sprawę dopiero, gdy pewnej nocy natknął się w świetlicy na Billa Jamesona, zapisującego z ponurą miną na skrawku papieru długie kolumny liczb.

– Rozliczam właśnie bieżący miesiąc – wyjaśnił na widok Robina. – Wydałem więcej, niż przysyłają mi z domu. Ciągle mnie to spotyka.

Widniejące na kartce sumy wydały się Robinowi zdumiewające; nie podejrzewał nawet, że oksfordzka edukacja może być aż tak kosztowna.

– I co zamierzasz? – zapytał.

– Mam kilka drobiazgów, które mogę oddać w zastaw. W ten sposób wyjdę na zero i jakoś dotrwam do następnego miesiąca. Ewentualnie odpuszczę sobie kilka posiłków. – Jameson podniósł wzrok. Widać było, iż czuje się skrajnie skrępowany. – Ale przypuśćmy... Jest mi niewysłowienie niezręcznie, ale czy istnieje możliwość, abyś...

– Naturalnie – potaknął Robin pospiesznie. – Ile potrzebujesz?

– Nie prosiłbym, ale opłaty w tym trymestrze... Musimy osobiście płacić za zwłoki, na których w akademii przeprowadzamy sekcje, ja naprawdę...

– Nie musisz nic mówić. – Robin sięgnął do kieszeni, wyjął portfel i zaczął odliczać monety. Poczuł się w tej roli niesłychanie pretensjonalnie. Dopiero co odebrał tego ranka stypendium z kwestury i miał wielką nadzieję, że Jameson nie dojdzie do wniosku, że regularnie paraduje z tak wypchaną kiesą. – Czy tyle pokryje przynajmniej wyżywienie?

– Anioł z ciebie wcielony, Swift! Zwrócę ci równo z początkiem miesiąca – obiecał Jameson, po czym westchnął i pokręcił głową. – Ech, Babel. Dbają tam o was, co?

Dbali. Babel była nie tylko zamożna, ale i otoczona powszechnym szacunkiem. Wydział Robina był zdecydowanie najbardziej prestiżowy w całym uniwersytecie. To Babel pokazywali krewnym świeżo upieczeni studenci, oprowadzając ich po raz pierwszy po Oksfordzie. To studenci Babel niezmiennie zdobywali doroczną Nagrodę Kanclerza, wręczaną autorowi najlepszego łacińskiego wiersza, i to adepci Babel dostawali stypendia hebrajskie Kennicotta. To studentów Babel zapraszano na specjalne przyjęcia* w gronie stanowiących cenną klientelę wydziału polityków, arystokratów i niewyobrażalnie bogatych ludzi. Pewnego razu gruchnęła plotka, że na dorocznym garden party Instytutu pojawi się sama księżniczka Wiktoria; pogłoska się wprawdzie nie potwierdziła, lecz nieobecna księżniczka podarowała wydziałowi nową marmurową fontannę, którą tydzień później zainstalowano na dziedzińcu i którą profesor Playfair wzmocnił srebrem w ten sposób, że przez całą dobę tryskała wysokimi, połyskliwymi łukami wody.

W połowie wiosennego trymestru, podobnie jak wszystkie wcześniejsze pokolenia studentów Babel, Robin, Rami, Victoire i Letty przyswoili już sobie nieznośne poczucie wyższości osób znających meandry i trybiki uniwersyteckiego życia. Bawili się setnie, gdy odwiedzający Oksford goście, w stołówce traktujący ich z góry bądź zupełnie ich ignorujący, zaczynali nagle się łasić i rwać do ściskania dłoni, gdy tylko wyjawiali, że studiują translatorykę. Lubili wspominać mimochodem o tym, że mają dostęp do Świetlicy Seniorów, miejsca bardzo ładnego, lecz nieosiągalnego dla adeptów studiów pierwszego stopnia. Osobiście bywali tam rzadko, ponieważ niełatwo jest prowadzić spokojną rozmowę, kiedy na kanapie w kącie pochrapuje wiekowy, pomarszczony profesor.

Victoire i Letty, rozumiejące już, że obecność kobiet w Oksfordzie stanowi raczej tajemnicę poliszynela niż surowe tabu, zaczęły powoli zapuszczać włosy. Pewnego razu Letty przyszła nawet do stołówki nie w spodniach, a w spódnicy. Chłopcy

---

* Wydarzenia owe z początku wydawały się wielką atrakcją. Z czasem jednak stały się męczące, kiedy okazało się, iż uczeni z Babel byli na nich nie tyle poważanymi gośćmi, co wystawionymi na pokaz egzotycznymi zwierzętami, które miały tańcem i sztuczkami zabawiać zamożnych darczyńców. Robina, Victoire i Ramiego traktowano natomiast jako typowych przedstawicieli krajów pochodzenia. Robin musiał więc cierpieć niekończące się pogawędki na temat chińskich ogrodów botanicznych i wyrobów z laki; od Ramiego oczekiwano, by wyjaśnił wewnętrzną naturę „rasy hinduskiej", cokolwiek miałoby to oznaczać, a Victoire, o dziwo, niezmiennie proszono o radę i przewidywania w kwestii Przylądka.

z kolegium zareagowali szeptami i pokazywali ją sobie palcami, lecz obsługa nie skomentowała zajścia nawet jednym słowem i dziewczyna otrzymała wszystkie trzy dania kolacji oraz lampkę wina bez najmniejszego zamieszania.

W innych sytuacjach wyraźnie jednak czuli, że nie są tutaj u siebie.

W żadnym z ulubionych pubów przyjaciół nikt nie chciał obsłużyć Ramiego, jeśli chłopak stawił się na spotkaniu jako pierwszy. Letty i Victoire nie mogły wynosić książek poza bibliotekę bez obecności gotowego za nie poręczyć studenta płci męskiej. Victoire regularnie brano za służącą Letty lub Robina. Woźni raz po raz prosili ich wszystkich, by nie wchodzili na trawniki, ponieważ jest to zabronione, choć pozostali żacy deptali tę podobno „szalenie delikatną" trawę bez przeszkód.

Co więcej, przyjaciele dopiero po kilku miesiącach nauczyli się mówić jak prawdziwi oksfordczycy. Otóż oksfordzki dialekt odbiega od londyńskiego i powstał w znacznej mierze jako efekt studenckiej skłonności do skracania i zniekształcania wszystkiego, co się tylko da. „Magdalene" wymawiano jak „Maudlin"; „Saint Aldate" na tej samej zasadzie stawało się „Saint Old's". „Magna Vacatio" obracało się w „Long Vacation", a jeszcze później w „Long". New College stał się „New"; Saint Edmunds zmienił się w „Teddy'ego". Robin całych miesięcy potrzebował, by mając na myśli „kolegium University", nauczyć się posługiwać zwięzłym „Univ". „Spread"* oznaczało przyjęcie z większą liczbą gości; „pidge", skrót od „pigeonhole"**, wskazywało z kolei przegródkę w drewnianej szafce, w której umieszczano przychodzącą do studentów korespondencję. Osiągnięcie językowej płynności wymagało również przyswojenia mrowia niepisanych konwencji i zasad współżycia, których Robin obawiał się, że nigdy nie pojmie. Żadne z czworga przyjaciół nie było

---

* uczta (przyp. tłum.)

** przegródka, dosłownie „gołębia dziupla", od wyrazów „pigeon" – gołąb i „hole" – dziura (przyp. tłum.)

w stanie zrozumieć na przykład zawiłej etykiety związanej z zaproszeniami. Nie wiedzieli też, jak można się w ogóle wkręcić w towarzyski ekosystem Oksfordu ani jak wiele oddzielnych, lecz wzajemnie przenikających się warstw ów ekosystem tworzy*. Niemal codziennie docierały do nich plotki o szalonych przyjęciach, wymykających się spod kontroli wieczornych posiadówkach w pubie, spotkaniach tajnych stowarzyszeń i herbatkach, na których ten czy ów zachował się wielce grubiańsko wobec swego profesora tudzież obraził czyjąś siostrę. Sami jednak w podobnych wydarzeniach nie brali udziału.

– Dlaczego nas nigdy nie zapraszają na spotkania przy winie? – zainteresował się Rami. – Przecież jesteśmy fantastyczni.

– Ty nie pijesz wina – przypomniała Victoire.

– Cóż, chętnie nasyciłbym się atmosferą...

– Myślę, że to dlatego, że sam nie wyprawiasz podobnych imprez – zauważyła Letty. – To wszystko opiera się na wymianie barterowej. Czy choć raz zdarzyło się któremuś z was wysłać komuś zaproszenie?

– Wydaje mi się, że nigdy nawet nie widziałem zaproszenia na oczy – przyznał Robin. – Czy ich komponowanie wymaga jakichś szczególnych umiejętności?

– Och, to nic trudnego – rzucił Rami. – „Do wielce szacownego Pendennisa. Bestio piekielna, z rozkoszą uraczę cię dzisiejszego wieczora nieprzyzwoitą ilością trunków. Z wyrazami nieprzyjemności, nieprzyjaciel twój, Mirza". Widzisz?

– Bardzo ładnie, doprawdy – prychnęła Letty. – Trudno się dziwić, że nie należysz do towarzyskiej śmietanki.

Do śmietanki nie zaliczało się żadne z nich. Do oksfordzkiej elity nie zaliczali się nawet biali babole ze starszych rocz-

* Dzięki Colinowi Thornhillowi i braciom Sharp Robin stał się świadom istnienia rozmaitych „klas" ludzi, z którymi mógł się na uniwersytecie zetknąć. Wszystkie one nosiły barwne nazwy w rodzaju „bystrzaków", „tępoli", „czytaczy", „dżentelmenów", „łajdaków", „grzeszników", „chichotków" czy „świętoszków". Przypuszczał, że sam zalicza się do grona „czytaczy", i miał wielką nadzieję, że nie jest „łajdakiem".

ników, gdyż surowe wymagania studiów w Babel pozbawiały ich czasu na życie towarzyskie. Miano śmietanki przynależało natomiast studentowi drugiego roku kolegium University Eltonowi Pendennisowi i jego przyjaciołom. Wszyscy oni zaliczali się do tych studentów, którzy opłacali wyższe od standardowego czesne, co pozwalało uniknąć konieczności zdawania egzaminów wstępnych oraz uprawniało do pewnych innych przywilejów. W stołówce zasiadali przy bardziej prestiżowym stole, kwaterowali w mieszkaniach o wyższym znacznie standardzie niż te przy Magpie Lane i kiedy tylko chcieli, zabawiali się, grając w bilard w Świetlicy Seniorów. Weekendy spędzali, polując i bywając na kortach tenisowych, a miesiąc w miesiąc jeździli dyliżansem do Londynu, gdzie brylowali na bankietach i balach. Sprawunków nigdy nie załatwiali na High Street; najmodniejsze ubrania, cygara i ozdoby przywożono im ze stolicy prosto pod wskazany adres, a o cenę nie pytali nigdy.

Letty, która wychowała się w środowisku pełnym młodzieńców pokroju Pendennisa, uczyniła jego i jego znajomków celem nieustannych złorzeczeń:

– Bogate dzieciaki, studiujące za pieniądze tatusiów. Założę się, że przez całe życie nie zajrzeli nawet do jednego podręcznika. Nie mam pojęcia, dlaczego Elton ma się za takiego przystojniaka. Przecież te jego usta są wybitnie dziewczęce; nie powinien ich tak wydymać. A te jego dwurzędowe, fioletowe surduty? Komedia i tyle. Nie wiem też, z jakiego powodu rozpowiada wszem wobec, że coś go wiąże z Clarą Lily. Znam Clarę i wiem, że jest już praktycznie zaręczona z najstarszym synem Woolcottów...

Chcąc nie chcąc jednak, Robin tym chłopcom zazdrościł – zazdrościł ludziom, którzy się w tym świecie urodzili i wychowali, którzy posługiwali się jego szyframi równie swobodnie jak ojczystym językiem. Patrząc na roześmianego Eltona Pendennisa paradującego ze swoją gromadką po dziedzińcu, mimowolnie wyobrażał sobie, jak by to było znaleźć się w ich kręgu. Pragnął życia, jakim żył Pendennis, nie tyle ze względu na kosztowne przyjemnostki – wino, cygara, stroje, bankiety – lecz na to, co to życie oznaczało: pewność, że wiodący je człowiek zawsze będzie w Anglii mile widziany. Gdyby tylko zdołał dorównać Pendennisowi płynnością wymowy, gdyby przynajmniej nauczył się ją naśladować, wówczas i on wtopiłby się w pejzaż idyllicznego uniwersyteckiego życia. I nie byłby już cudzoziemcem, co kilka zdań zastanawiającym się nad wymową jakiegoś słowa, stałby się tutejszym, człowiekiem, którego miejsce w tym kraju nigdy nie mogło zostać zakwestionowane ani cofnięte.

Kiedy więc pewnego wieczora znalazł w swojej przegródce pocztowej opatrzony tłoczonymi dekoracjami kartonik, poczuł się mocno wstrząśnięty. Odczytał treść:

„Robinie Swift,

z przyjemnością wychyliłbym w twoim towarzystwie kieliszek w najbliższy piątek – o dziewiętnastej, jeśli masz ochotę uczestniczyć od samego początku, bądź o rozsądnie późniejszej godzinie. Nie jesteśmy drobiazgowi".

Liścik podpisany był zamaszystą, pełną esów-floresów kaligrafią, której odczytanie zajęło Robinowi dłuższą chwilę. „Elton Pendennis".

– Chyba zanadto się tym emocjonujesz – skomentował Rami, kiedy Robin pokazał przyjaciołom zaproszenie. – Nie mów, że naprawdę się tam wybierasz?

– Nie chcę być nieuprzejmy – odparł słabym głosem Robin.

– A kogo obchodzi, co o tobie pomyśli Pendennis? Nie zaprosił cię przecież ze względu na twoje nienaganne maniery. Chce po prostu zaznajomić się z kimś z Babel.

– Bardzo ci dziękuję, Rami.

– Pytanie brzmi tylko, dlaczego padło na ciebie? – Rami nie wychwycił uszczypliwości. – Przecież ja jestem nieskończenie bardziej czarujący.

– Nie jesteś dostatecznie nobliwy – zauważyła Victoire. – A Robin tak.

– Nigdy nie rozumiałem, co ludzie mają na myśli, mówiąc „nobliwy" – prychnął Rami. – Wszyscy opisują tym słowem dobrze urodzonych. Ale co to tak naprawdę znaczy? Czy po prostu tyle, że ktoś jest bardzo bogaty?

– Moim zdaniem chodzi o maniery – rzuciła Victoire.

– Bardzo zabawne – odparł Rami. – Przecież tu nie o maniery chodzi. Przypuszczam, że chcą Robina, ponieważ on może uchodzić za białego, a my nie.

– Czy to naprawdę wykluczone, że chcieliby po prostu mnie poznać? – Robin nie był w stanie uwierzyć, że przyjaciele rozprawiają o sprawie w tak obcesowy sposób.

– Nie wykluczone, a po prostu mało prawdopodobne. Przecież ty fatalnie sobie radzisz w towarzystwie osób, których nie znasz.

– Nieprawda!

– Prawda! Zamykasz się w sobie i uciekasz do kąta, jakby chcieli do ciebie strzelać. – Rami zaplótł ręce na piersi i pochylił głowę na bok. – Po co chcesz się z tą hałastrą zadawać?

– Nie wiem. To tylko zwykłe spotkanie przy winie.

– Spotkanie przy winie, a potem co? – podjął Rami z naciskiem. – Spodziewasz się, że zostaniesz jednym z nich? Że zabiorą cię do Bullingdon Club?

Klub ten był ekskluzywną instytucją, oferującą młodym mężczyznom spędzenie popołudnia na polowaniu, partyjce krykieta bądź przy wystawnym posiłku. Członkostwo przyznawano na podstawie dość zagadkowych zasad, ściśle jednak związanych z wagą koneksji i portfela kandydata. Mimo otaczającego Babel prestiżu żaden ze znanych Robinowi studentów Instytutu nie spodziewał się zaproszenia do Bullingdon.

– Kto wie, może i tak – rzucił po to tylko, by nie zgodzić się z przyjacielem. – Ciekawie byłoby zajrzeć do środka.

– Ty się cieszysz! – wykrzyknął oskarżycielsko Rami. – Masz nadzieję, że cię polubią!

– Wiesz, mógłbyś po prostu przyznać, że mi zazdrościsz.

– Tylko nie przybiegaj do mnie z płaczem, kiedy ochlapią ci koszulę winem i zwyzywają brzydkimi słówkami.

– Jak to? Nie staniesz w obronie mojej czci? – Robin wyszczerzył się od ucha do ucha.

– Podwędź im jakąś zgrabną popielniczkę. – Rami poklepał go po ramieniu. – Zaniosę do lombardu i opłacimy czesne Jamesona.

Z jakiegoś powodu to Letty okazała się najbardziej zaciekłą przeciwniczką przyjmowania zaproszenia Pendennisa. Kiedy wyszli z kawiarni i ruszyli w kierunku biblioteki, na długo po tym, jak rozmowa zeszła na całkowicie inne tory, dziewczyna przytrzymała Robina za łokieć i zaczekała z nim, pozwalając, by Rami i Victoire wyprzedzili ich o kilkanaście kroków.

– Ci chłopcy to nieciekawe towarzystwo – powiedziała. – Moczymordy i nygusy. Nie warto się z nimi zadawać.

– Letty – zaśmiał się Robin – przecież to tylko spotkanie przy winie.

– Więc dlaczego chcesz tam iść? – nacisnęła. – Przecież ty właściwie nawet nie pijesz.

Robin za nic nie potrafił zrozumieć, dlaczego przyjaciółka rozdmuchuje błahą sprawę do takiego poziomu.

– Jestem po prostu ciekaw, nic więcej. Prawdopodobnie będzie tam okropnie.

– No to nie idź. – Letty ani myślała rezygnować. – Wyrzuć zaproszenie i tyle.

– Cóż, nie. To byłoby niegrzeczne. A poza tym naprawdę nie mam tego wieczora nic do roboty...

– Mógłbyś go spędzić z nami – zauważyła. – Rami chce coś ugotować.

– Rami ciągle coś pichci i nigdy mu nie wychodzi.

– Ach, więc może jednak naprawdę masz nadzieję, że uznają cię za swojaka? – Dziewczyna wymownie uniosła brew. – Swift i Pendennis, papużki nierozłączki, tego właśnie chcesz?

– Naprawdę tak bardzo się boisz, że poznam nowych przyjaciół? – W tonie Robina dała się słyszeć nuta irytacji. – Wierz mi, Letitio, twojego towarzystwa nie przebije nic.

– Rozumiem – odparła i chłopak z najwyższym zdumieniem stwierdził, że dziewczynie łamie się głos. Co więcej, jej oczy mocno się zaczerwieniły. Czyżby miała się rozpłakać? Co się z nią dzieje? – Czyli nie zmienisz zdania – dokończyła.

– To tylko spotkanie przy kielichu – powtórzył sfrustrowany. – Letty, o co chodzi?

– Nieważne – rzuciła i przyspieszyła kroku. – Pij sobie, z kim chcesz.

– Nie omieszkam – fuknął, lecz dziewczyna była już daleko z przodu.

W następny piątek za dziesięć dziewiętnasta Robin narzucił swoją jedyną porządną marynarkę, wyszperał spod łóżka zakupioną u Taylora butelczynę porto i ruszył do studenckich kwater na Merton Street. Mieszkanie Eltona Pendennisa odnalazł bez najmniejszego trudu. Ledwie znalazł się we właściwej alejce, doleciały go z okien podniesione głosy i lekko arytmiczne dźwięki pianina.

Zanim go usłyszeli, musiał zapukać kilka razy. Wreszcie drzwi stanęły otworem, ukazując rozczochranego blondyna nazwiskiem, o ile się Robin nie mylił, St. Cloud.

– Och – rzucił, przyglądając się Robinowi spod ciężkich powiek. Był już mocno pijany. – Przyszedłeś.

– Uznałem, że tak wypada – odparł Robin. – Ostatecznie zostałem zaproszony? – dodał i natychmiast skarcił się w duchu za mimowolnie pytającą intonację.

St. Cloud zamrugał, po czym odwrócił się i zdawkowym machnięciem zaprosił Robina do środka.

– Cóż, wchodź.

W salonie trzej inni chłopcy siedzieli w wygodnych fotelach i ćmili cygara. Powietrze było tak gęste od dymu, że ledwie Robin znalazł się w środku, dopadł go atak kaszlu.

Wszyscy tłoczyli się wokół Eltona Pendennisa niczym płatki wokół centrum kwiatu. Teraz, oglądając go z bliska, Robin uznał, że doniesienia o męskiej urodzie gospodarza nie są ani trochę przesadzone. Pendennis był jednym z najprzystojniejszych mężczyzn, jakich przyszło mu oglądać, istnym ucieleśnieniem byronowskich bohaterów. Oczy ocienione miał gęstymi, ciemnymi rzęsami; a pełne usta rzeczywiście wyglądałyby, jak chciała Letty, dziewczęco, gdyby natura nie osadziła ich w tak mocnej i wyrazistej szczęce.

– Nie jest to kwestia towarzystwa, tylko śmiertelnej nudy – tłumaczył właśnie. – Londyn jest miejscem przyjemnym na kilka miesięcy, ale potem, rok za rokiem, człowiek obraca się wśród ciągle tych samych twarzy, a dziewczęta nie stają się ładniejsze, tylko starsze. Ktoś, kto uczestniczył w jednym z tamtejszych balów, doskonale wie, jak wyglądają wszystkie. Pamiętam, jak pewien przyjaciel ojca obiecał kiedyś najbliższym znajomym, że ożywi ich spotkania. Zorganizował wystawną kolację, po czym polecił służbie ruszyć na miasto i zaprosić wszystkich żebraków i bezdomnych, jakich spotkają po drodze. Kiedy przyjaciele gospodarza dotarli o umówionej godzinie na miejsce, zastali tych nędzarzy całkiem pijanych, tańczących na stole. Przezabawne. Żałuję doprawdy, że mnie wtedy nie zaproszono. – Dowcipna anegdota dobiegła końca; słuchacze jak na komendę wybuchnęli śmiechem. Pendennis podniósł wzrok. – Och, witaj. Robin Swift, prawda?

W tym momencie nieśmiały optymizm Robina i nadzieja, że wieczór naprawdę może się okazać przyjemny, wyparowały bez śladu. Opadło go wyczerpanie.

– To ja.

– Elton Pendennis. – Gospodarz przywitał się z Robinem uściskiem ręki. – Bardzo się cieszymy, że znalazłeś czas – dodał, po czym zaczął wskazywać dymiącym cygarem kolejne osoby. – To Vincy Woolcombe. – Rudowłosy chłopak, siedzący obok Pendennisa, przyjaźnie pomachał do Robina dłonią. – Milton Saint Cloud, odpowiedzialny za oprawę muzyczną wieczoru. – Jasnowłosy, piegowaty St. Cloud, który zasiadł już na powrót do pianina, leniwie skinął głową i wrócił do wygrywania nieskładnych dźwięków. – A to Colin Thornhill, znacie się zresztą.

– Jesteśmy na Magpie Lane sąsiadami – przyznał skwapliwie Colin. – Robin mieszka pod siódemką, a ja pod trójką...

– Wspominałeś już – wtrącił Pendennis. – Nie raz zresztą i nie dwa.

Colin umilkł. Robin pożałował, że nie ma przy nim Ramiego; jeszcze nigdy nie widzieli, by ktokolwiek zgasił Colina jednym krótkim spojrzeniem.

– Spragniony? – zapytał Pendennis. Na stole czekała tak różnorodna kolekcja alkoholi, że Robinowi zakręciło się w głowie od samego patrzenia. – Częstuj się, czym chcesz. Nigdy nie pijemy wszyscy tego samego, nie dogadujemy się. Porto i sherry dekantujemy tam... Ach, widzę, że też coś przyniosłeś... Postaw po prostu na stole – rzucił, nie patrząc nawet na flaszkę. – Tu mamy absynt, rum znajdziesz tam. Och, ginu niestety została reszteczka, ale nie krępuj się, możesz dokończyć butelkę. Niespecjalny w smaku. A ten deser zamówiliśmy u Sadlera, więc też się częstuj, jeśli jeszcze trochę postoi, może się zepsuć.

– Wystarczy kropelka wina – powiedział Robin. – Jeśli macie.

W gronie przyjaciół, z uwagi na Ramiego, alkohol pijało się rzadko, więc Robin nie był zaznajomiony z rozmaitymi typami i markami trunków. Nie miał również pojęcia, co wybór tego czy innego napoju mówi o ludzkim charakterze. Niemniej profesor Lovell zawsze pijał do kolacji wino, więc wydawało się ono bezpiecznym wyborem.

– Oczywiście. Jest bordo, porto i madera, gdybyś miał chętkę na coś mocniejszego. Cygaro?

– Och... Nie, dziękuję, natomiast chętnie skosztuję madery. – Robin wycofał się na jedyne wolne siedzenie, unosząc ze sobą bardzo pełny kieliszek.

– Czyli jesteś babolem? – Pendennis rozsiadł się wygodniej w fotelu.

– Tak nas nazywają. – Robin upił wina, starając się naśladować apatyczną manierę gospodarza. Jak to możliwe, by w tak swobodnej pozycji wydawać się tak eleganckim?

– A czym konkretnie się zajmujesz? Chiński?

– Specjalizuję się w języku mandaryńskim – odpowiedział Robin. – Aczkolwiek badam jednocześnie podobieństwa i różnice z japońskim, a także sanskrytem...

– Czyli jesteś Chińczykiem, tak? – zadał kolejne pytanie Pendennis. – Nie mieliśmy w tej kwestii jasności. Moim zdaniem wyglądasz na Anglika, ale Colin zarzeka się, że naprawdę pochodzisz z Orientu.

– Urodziłem się w Kantonie – wyjaśnił cierpliwie Robin. – Aczkolwiek powiedziałbym, że jestem naraz Anglikiem i...

– Znam Chiny – Woolcombe wszedł Robinowi w słowo. – „Kubla Chan"!

Na krótką chwilę zapadło milczenie.

– Tak? – rzucił Robin w ciszę, zastanawiając się, czy uwaga miała cokolwiek znaczyć.

– Poemat Coleridge'a – wytłumaczył Woolcombe. – Niesłychanie orientalne dzieło literackie. A przy tym w jakiś sposób bardzo też romantyczne.

– Bardzo ciekawe – odpowiedział Robin, usilnie starając się zachować uprzejmy ton. – Będę musiał przeczytać.

Salon ponownie umilkł. Robin poczuł się zobowiązany podtrzymać rozmowę, więc spróbował odbić pytanie.

– Więc co... czym takim planujecie się wszyscy zająć? Co chcecie robić po studiach?

Parsknęli śmiechem. Pendennis wsparł podbródek na dłoni.

– Robić – powtórzył przeciągle. – To takie proletariackie słowo. Stanowczo wolę życie duchowe.

– Nie słuchaj go – rzucił Woolcombe. – Elton będzie do śmierci żyć z odziedziczonego majątku, zadręczając gości dętymi filozoficznymi obserwacjami. Ja zostanę duchownym. Colin adwokatem, a Milton, o ile tylko znajdzie w sobie motywację, żeby pójść kiedyś na wykład, będzie lekarzem.

– Czyli na uniwersytecie nie uczysz się do żadnego konkretnego zawodu? – Robin zwrócił się do Pendennisa.

– Piszę – odparł gospodarz z wystudiowaną obojętnością, tonem człowieka, który dzieli się skąpym skrawkiem informacji w nadziei, iż stanie się przedmiotem zainteresowania. – Tworzę poezję. Jak dotąd nie napisałem przesadnie wiele...

– Pokaż mu – zasugerował jak na zawołanie Colin. – Koniecznie mu pokaż! Robin, to naprawdę głębokie utwory. Zobaczysz, kiedy usłyszysz...

– No dobrze. – Pendennis, nadal markując niechęć, pochylił się i sięgnął po stosik papierów, który jak uświadomił sobie Robin, przez cały czas czekał w gotowości na stoliku. – Cóż, utwór ten powstał jako odpowiedź na „Ozymandiasza" Shelleya*, który jak wiesz, jest peanem na cześć czasu bezlitośnie niszczącego wszystkie wielkie imperia tego świata wraz z ich spuścizną. Ja natomiast utrzymuję, że w czasach nowoczesnych da się stworzyć dziedzictwo niezniszczalne i że już w dzisiejszym Oksfordzie można znaleźć wielkich ludzi, zdolnych podjąć tak monumentalne zadanie. Otwieram identycznym wersem co Shelley. – Odchrząknął. – „Podróżnik, wracający z starożytnej ziemi..."

Robin odchylił się w fotelu i wypił swoją maderę do końca. Dopiero po kilkunastu sekundach zrozumiał, że wiersz się skończył i powinien wygłosić jego pochwałę.

---

* Wielu romantycznie nastawionych studentów kolegium University widziało w sobie następców Percy'ego Bysshe Shelleya, który rzadko bywał na wykładach i został wydalony za to, że nie przyznał się do autorstwa pamfletu zatytułowanego „O konieczności ateizmu". Ponadto poślubił sympatyczną dziewczynę imieniem Mary i ostatecznie utonął w czasie gwałtownego sztormu w pobliżu włoskiego Lerici.

– W Babel mamy tłumaczy specjalizujących się w poezji – rzucił oschle, nie wiedząc, co powiedzieć innego.

– To w oczywisty sposób nie to samo – odparł Pendennis. – Tłumaczenie poezji jest dobre dla tych, w których duszach nie płonie twórczy ogień. Tacy ludzie poszukują poklasku i chwały, wykorzystując cudze dzieła.

– Nie sądzę, żeby była to prawda – prychnął Robin.

– Nie masz jak tego ocenić – zauważył Pendennis. – Nie jesteś przecież poetą.

– Prawdę powiedziawszy... – Robin przez chwilę gładził krawędź kieliszka, po czym zdecydował się kontynuować: – Moim zdaniem przekład wiersza może być pod wieloma względami zadaniem trudniejszym niż jego napisanie. Poeta ma swobodę, może pisać cokolwiek zechce. Może korzystać z dowolnych lingwistycznych sztuczek języka, w którym tworzy. Dobór słownictwa, kolejność słów, ich brzmienie, wszystko to ma wielkie znaczenie i bez dowolnego z tych elementów całość sypie się jak domek z kart. Właśnie dlatego Shelley utrzymywał, że tłumaczenie poezji jest mniej więcej równie mądre, jak ciskanie fiołków do tygla*. A zatem autor przekładu musi być zarazem tłumaczem, krytykiem literackim i poetą. Musi odczytać oryginał na tyle dobrze, by zrozumieć jego wewnętrzną mechanikę, i tak dokładnie, jak to możliwe, przekazać jego znaczenie, a następnie ująć owo przetłumaczone znaczenie w zadowalającą pod względem estetycznym konstrukcję języka docelowego, w opinii tłumacza dorównującą pierwowzorowi. Poeta pląsa po łące zupełnie nieskrępowany. Tłumacz tańczy w okowach.

* Robin, wbrew swej ogólnej niechęci do Shelleya, czytał jego rozważania nad przekładem i chcąc nie chcąc, darzył je szacunkiem: „Na tym więc polega próżność tłumaczeń: równie mądrze byłoby ciskać fiołki do tygla w nadziei odkrycia formalnej zasady ich barwy i woni, jak próbować przelać dzieła poety z mowy jednej na drugą. Roślina musi wyrastać z własnego nasienia lub nie zrodzi kwiecia – na tym właśnie polega klątwa wieży Babel”.

Pod koniec przemowy Pendennis i jego przyjaciele gapili się na Robina z rozdziawionymi ustami, całkowicie zbici z tropu, jakby nie wiedzieli, co o nim myśleć.

– Tłumacz tańczy w okowach... – powtórzył po chwili milczenia Woolcombe. – Urocze.

– Ale ja nie jestem poetą – rzucił Robin nieco bardziej kąśliwie, niż planował. – Więc co ja mogę wiedzieć?

Jego niepokój zniknął bez śladu. Nie przejmował się już tym, jak wypadnie w ich oczach, nie dbał o to, czy ma porządnie zapiętą marynarkę ani czy uparte okruszki nadal trzymają się kącika jego warg, czy nie. Nie chciał aprobaty Pendennisa. Nie interesowało go zdanie żadnego z tych chłopców.

Prawda o naturze dzisiejszego wieczora uderzyła Robina z taką wyrazistością, że nieomal zaśmiał się w głos. Nie starali się go ocenić po to, by rozważyć, czy nadaje się do ich grona, czy nie. Starali się mu zaimponować i w ten sposób wykazać własną wyższość, chcieli dowieść, że status babola nie wytrzymuje porównania ze statusem znajomka Eltona Pendennisa.

Tymczasem nie zaimponowali Robinowi niczym. Czy naprawdę to właśnie szczyt szczytów oksfordzkiej socjety? Ci tutaj? Poczuł wobec tych chłopców głębokie współczucie – uważali się za estetów, za ludzi wiodących życie oderwanych od świata mędrców. Lecz oni nigdy nie wyryją ani słowa na srebrnej sztabce i nie poczują pod palcami siły wibrującego znaczenia. Nigdy nie zmienią tkanki świata mocą samego tylko życzenia.

– Czyli to tego uczą was w Babel? – Woolcombe sprawiał wrażenie lekko przytłoczonego. Wiele wskazywało, że nikt nigdy nie postawił się w ten sposób Eltonowi Pendennisowi.

– Tego i kilku innych drobiazgów – odparł Robin.

Za każdym razem kiedy się odzywał, czuł przypływ uniesienia. Ci chłopcy byli niczym; gdyby tylko zechciał, zmiażdżyłby ich jednym słowem. Mógł bez konsekwencji wskoczyć na kanapę i cisnąć kieliszek z winem na zasłonę, dlatego że po prostu nie dbał o ich zdanie. Tak silne poczucie pewności siebie było dla Robina czymś zupełnie obcym, lecz doznanie okazało się naprawdę przyjemne.

– Oczywiście głównym celem nauki w Babel jest praca ze srebrem. Cała ta gadanina o poezji to wyłącznie teoretyczne podstawy. – W tym momencie po prostu zmyślał. Miał jedynie niejasne pojęcie o teoretycznych podstawach pracy ze srebrem, lecz to, co przed chwilą powiedział, zabrzmiało niezgorzej, a podziałało jeszcze lepiej.

– Pracowałeś ze srebrem? – zainteresował się St. Cloud. Pendennis rzucił mu rozzłoszczone spojrzenie, lecz chłopak nie umilkł. – Trudne to?

– Jak na razie uczę się podstaw – przyznał Robin. – Najpierw mamy dwa lata studiów podstawowych, potem czeka mnie rok terminowania na jednym z pięter wieży i dopiero później będę samodzielnie tworzyć działające sztabki.

– Mógłbyś nam pokazać? – spytał Pendennis. – Może sam zrobię coś takiego?

– Twoja sztabka by nie zadziałała.

– Dlaczego? – zdziwił się gospodarz. – Znam łacinę i grekę.

– Ale nie znasz ich wystarczająco dobrze – odparł Robin. – Żeby tworzyć sztabki, trzeba danym językiem żyć i oddychać, nie wystarczy od czasu do czasu rzucić okiem na jakiś tekst. Zdarza ci się śnić w językach innych niż angielski?

– A tobie? – odbił piłeczkę Pendennis.

– Cóż, naturalnie – powiedział Robin. – Jestem przecież Chińczykiem.

Pokojem po raz kolejny zawładnęła niepewna cisza. Robin postanowił oszczędzić wszystkim cierpienia.

– Dziękuję za zaproszenie – podjął i wstał z miejsca. – Muszę iść do biblioteki.

– Oczywiście – rzucił Pendennis. – Na pewno macie wiele nauki.

Gdy Robin ruszył po płaszcz, nikt nie odezwał się słowem. Pendennis obserwował chłopaka leniwym spojrzeniem, powoli sącząc maderę. Colin co chwila mrugał, raz czy drugi otworzył usta, lecz nie dobył się z nich nawet szept. Milton bez entuzjazmu podniósł się z fotela, aby odprowadzić gościa do drzwi, lecz Robin podziękował mu machnięciem.

– Trafisz sam? – upewnił się Pendennis.

– Jestem pewien, że sobie poradzę – zawołał Robin przez ramię. – Bywałem w znacznie większych mieszkaniach.

Następnego poranka zrelacjonował przebieg spotkania przyjaciołom, budząc huraganowe wybuchy śmiechu.

– Powtórz ten wiersz raz jeszcze – rzuciła błagalnie Victoire. – Proszę!

– Nie pamiętam całości – usprawiedliwił się Robin. – Ale niech pomyślę... Zaraz, tak, był jeszcze taki wers: „W szlachetnych jego policzkach krew narodu buzowała...".

– Nie?! O Boże!

– „A we włosów splotach duma Waterloo grała..."

– Nie rozumiem, dlaczego się czepiacie – wtrącił Rami. – Ten człowiek jest w oczywisty sposób skończonym poetyckim geniuszem.

Nie śmiała się tylko Letty.

– Przykro mi, że miałeś nieudany wieczór – stwierdziła mroźnym tonem.

– Miałaś rację. – Robin pokusił się o wspaniałomyślność. – To durnie, przyznaję. Nie powinienem był odstępować cię na krok, moja droga, urocza i trzeźwa Letty. Ty zawsze masz rację.

Dziewczyna nie odpowiedziała. Zabrała swoje książki, otrzepała spodnie i wzburzonym krokiem wyszła ze stołówki. Victoire zaczęła się podnosić, jakby chciała przyjaciółkę dogonić, lecz westchnęła tylko, pokręciła głową i usiadła z powrotem.

– Zostaw ją – rzucił Rami. – Nie psujmy sobie miłego popołudnia.

– Ona tak zawsze? – zaciekawił się Robin. – Nie rozumiem, jak możesz z nią mieszkać.

– Prowokujesz ją – zauważyła Victoire.

– Nie broń jej...

– Ale taka jest prawda – ucięła dziewczyna. – Obaj ją prowokujecie i nie próbujcie udawać niewiniątek. Bawi was, kiedy się wścieka.

– Jedynie dlatego, że jest wiecznie taka nadęta – prychnął Rami. – Czy przy tobie staje się zupełnie innym człowiekiem, czy po prostu się dostosowałaś?

Victoire patrzyła to na jednego, to na drugiego. Robin odniósł wrażenie, że dziewczyna mocno się nad czymś zastanawia.

– Czy wiedzieliście, że Letty miała brata? – spytała wreszcie.

– Co? Jakiegoś nababa z Kalkuty? – rzucił Rami.

– Jej brat nie żyje – powiedziała Victoire. – Od roku.

– Och. – Rami potrząsnął głową. – Przykre.

– Na imię miał Lincoln. Lincoln i Letty Price'owie. Byli ze sobą tak blisko związani, że w dzieciństwie przyjaciele domu nazywali ich bliźniętami. Lincoln wstąpił na Oksford kilka lat przed nią, ale nie miał nawet w połowie takiej głowy do książek jak siostra i w każde święta ścierał się o to z ojcem, który twierdził, że chłopak marnotrawi szansę na wykształcenie. Lincoln znacznie bardziej przypominał Pendennisa niż nas, jeśli wiecie, co chcę powiedzieć. Pewnej nocy poszedł się napić. Następnego ranka do domu Letty przyszła policja. Powiedzieli, że Lincolna przejechał powóz. Zasnął przy krawężniku, a woźnica go nie zauważył.

Rami i Robin milczeli; nie mieli pojęcia, co mogliby powiedzieć. Czuli się jak mali chłopcy skarceni przez surową guwernantkę.

– Letty przyjechała do Oksfordu kilka miesięcy po tym wypadku – mówiła dalej Victoire. – Wiedzieliście, że studenci, którzy zgłaszają się do Instytutu bez specjalnej rekomendacji, muszą zdawać egzamin? Ona do niego przystąpiła i zdała. To jedyny na całym uniwersytecie wydział, który przyjmuje kobiety. Letty od zawsze chciała studiować w Babel, przygotowywała się do tego przez całe życie, lecz ojciec nie chciał jej puścić. Zgodził się dopiero po śmierci Lincolna. Rozumiecie dlaczego, prawda? Córka na Oksfordzie to nieco krępujący temat rozmów, ale jeszcze większym wstydem jest nie mieć na Oksfordzie ani jednego dziecka. I powiedzcie, czy to nie straszne?

– Nie miałem pojęcia – przyznał ze wstydem Robin.

– Nie sądzę, żebyście w ogóle rozumieli, jak trudno jest być tutaj kobietą – ciągnęła Victoire. – W sferze deklaracji nasza uczelnia jest liberalna, jasne. Ale w rzeczywistości mają nas za nic. Kiedy wychodzimy na zajęcia, gospodyni grzebie nam w rzeczach, chce udowodnić, że przyjmujemy kochanków. Każda nasza chwila słabości uznawana jest za dowód na potwierdzenie najpodlejszych teorii na temat kobiecej kruchości, skłonności do histerii i przyrodzonego ograniczenia umysłu...

– I w związku z tym namawiasz, jak wnoszę, abyśmy przymknęli oko na to, że Letty zachowuje się, jakby miała kij w pupie? – mruknął Rami.

Victoire obrzuciła go dziwacznym spojrzeniem.

– Tak – podjęła. – Letty bywa czasami nieznośna i uszczypliwa, wiem, ale to nie wynika z okrucieństwa. Ona po prostu boi się, że trafiła do miejsca, w którym nikt jej nie chce. Że wszyscy tu woleliby zamiast niej widzieć jej brata i że jeśli tylko powinie się jej noga, natychmiast zostanie odesłana do domu. A ponad wszystko przeraża ją myśl, że któryś z was mógłby wstąpić na ścieżkę Lincolna. Dlatego potraktujcie ją czasem ulgowo. Naprawdę nie wiecie, jak wiele z jej zachowań wynika ze strachu.

– Jej zachowania – stwierdził Rami – wynikają z egocentryzmu.

– Zrobicie, co chcecie, ale ja muszę z nią mieszkać. – Rysy Victoire zastygły, sprawiała wrażenie wściekłej na nich obu. – Więc wybaczcie mi, że staram się utrzymać pokój.

Dąsy Letty nigdy nie trwały długo. Także i tym razem przyjaciółka wkrótce milcząco im przebaczyła. Kiedy następnego dnia wchodzili na wykład, odpowiedziała na ostrożny uśmiech Robina własnym. A kiedy chłopak zerknął pytająco na Victoire, ta skinęła głową. Wyglądało na to, że doszło do porozumienia; Letty już wiedziała, że Robin i Rami wiedzą, wiedziała, że jest im przykro, a ponadto jej samej było przykro i trochę wstyd z powodu tak egzaltowanego zachowania. Żadne dodatkowe wyjaśnienia nie były potrzebne.

Tym bardziej że czekały ich wielce emocjonujące dyskusje. W tym trymestrze na zajęciach profesora Playfaira szczególnie wnikliwie rozważali pojęcie wierności przekładu.

– Ludzie parający się przekładem notorycznie spotykają się z oskarżeniami o niewierność swoich tłumaczeń – grzmiał wykładowca. – Zastanówmy się jednak, na czym miałaby polegać wierność? Wobec kogo lub czego winno się jej dochowywać? Wobec tekstu? Publiczności? A może autora? Czy wierność to coś całkowicie oderwanego od stylu? Od piękna? Zacznijmy od tego, co Dryden napisał o „Eneidzie": „Starałem się sprawić, by Wergiliusz przemówił do nas takim samym angielskim, jakim mówiłby, gdyby przyszedł na świat we współczesnej Anglii". – Playfair powiódł spojrzeniem po twarzach studentów. – Czy ktokolwiek z was uważa, że to deklaracja wierności?

– No dobrze, podłożę się – zgłosił się Rami. – Nie, nie sądzę, że podejście Drydena było słuszne. Wergiliusz należy do konkretnego miejsca i czasu. Czy nie jest niewiernością odzieranie go z całego bogactwa oryginalnego kontekstu? Zmuszanie go, żeby mówił do nas jak dowolny spotkany na ulicy Anglik?

– A czyż nie jest przejawem niewierności zmuszanie Wergiliusza, aby przemawiał niczym napuszony cudzoziemiec, a nie sympatyczny jegomość, z którym chętnie uciąłbyś sobie pogawędkę? – Profesor Playfair wzruszył ramionami. – Zauważmy, że Guthrie pokazał Cycerona takiego, jakim byłby, będąc członkiem angielskiego parlamentu. Niemniej przyznaję, są to metody ryzykowne i wątpliwe. Łatwo posunąć się za daleko, a wtedy otrzymamy coś na kształt „Iliady" w przekładzie Pope'a.

– Zawsze sądziłam, że Pope należał do największych twórców swojej epoki – wtrąciła Letty.

– Tak, być może, gdybyśmy rozmawiali o jego własnych poezjach – przyznał profesor Playfair. – Natomiast w swoim tłumaczeniu umieścił tak wiele brytyjskich akcentów, że jego Homer przemawia językiem osiemnastowiecznego angielskiego arystokraty. A to nijak nie przystaje do naszej wizji epoki wojny trojańskiej.

– Przystaje za to do wizji typowo angielskiej arogancji – skomentował Rami.

– Nie tylko Anglicy przekładają w ten sposób – odparł wykładowca. – Przypomnijcie sobie Herderowskie ataki na francuskich neoklasycystów. Twierdził, że czynią Homera swym jeńcem, że stroją go we francuskie piórka i każą mu być posłusznym francuskim obyczajom. Ba, wszyscy powszechnie znani tłumacze perscy przedkładali tak zwanego ducha przekładu nad ściśle rozumianą wierność. Nierzadko zastępowali europejskie imiona perskimi, a obce aforyzmy zamieniali na fragmenty perskiej poezji i perskie przysłowia. Czy pańskim zdaniem postępowali źle? Byli niewierni?

Rami nie znalazł stosownej repliki.

– Naturalnie na tak postawione pytanie nie ma jednej właściwej odpowiedzi – podjął Playfair. – Problemu tego nie rozstrzygnął jak dotąd żaden z teoretyków. Debata wciąż trwa w najlepsze. Schleiermacher argumentował, że przekład powinien być na tyle nienaturalny, by jasno dawał znać, iż jest tekstem obcego pochodzenia. Twierdził, że mamy dwie możliwości: albo tłumacz zostawi autora w spokoju i przybliży do niego czytelnika, albo też da spokój czytelnikowi i przybliży do niego autora. Schleiermacher wybrał tę pierwszą drogę. Niemniej obecnie w Anglii dominuje podejście drugie. Tłumacze starają się pisać tak, aby angielski odbiorca nie miał świadomości, iż czyta przekład. Co wam wydaje się bardziej właściwe?

Czy jako tłumacze powinniśmy dokładać wszelkich starań, by pozostać niewidzialnymi? Czy mamy przypominać czytelnikowi, że tekst, który ma w rękach, nie został napisany w jego ojczystym języku?

– To dylemat nie do rozwiązania – uznała Victoire. – Albo sytuujemy tekst w jego oryginalnym miejscu i czasie, albo sprowadzamy do swojej epoki i miejsca. Zawsze jednak coś się traci.

– Czy w takim razie wierne tłumaczenie jest z gruntu niemożliwe? – postawił pytanie profesor Playfair. – Czy nigdy nie porozumiemy się w pełni z innymi epokami i krainami?

– Myślę, że nie – przyznała niechętnie dziewczyna.

– Pomyślmy za to, co jest przeciwieństwem wierności. – Playfair zbliżał się do końca występu: pozostało mu już tylko zamknąć całość efektownym zabiegiem. – Zdrada. Przekład jest aktem przemocy dokonanym na oryginale, jest aktem zniekształcania tekstu z myślą o odbiorcach obcych, dla których nie został przeznaczony. Co takiego oznacza to dla nas? Jak inaczej możemy podsumować te rozważania, jeśli nie uznając, iż każdy akt przekładu zawsze jest również aktem zdrady?

Tę głęboką refleksję podkreślił, jak zwykle spoglądając w oczy kolejno całej czwórce. Kiedy wzrok wykładowcy padł na Robina, chłopak poczuł w trzewiach kwaśne, piekące wyrzuty sumienia.

ROZDZIAŁ DZIEWIĄTY

Tłumacze są i zawsze byli gatunkiem ludzi wiarołomnych i powściągliwych; jeśli już podsuną nam złoty samorodek, to zawsze ukryty jest głęboko w pokładach siarki i piachu, gdzie wyśledzić go może jedynie najbardziej cierpliwe oko.

Thomas Carlyle, „Stan literatury niemieckiej"
(przeł. Grzegorz Komerski)

Studenci Babel pierwsze egzaminy zdawali dopiero po trzecim roku, więc kolejny, letni trymestr kosztował czwórkę młodych tłumaczy ani mniej, ani więcej nerwów niż poprzednie dwa. I gdzieś w tym wirze esejów, lektur i z góry skazanych na niepowodzenie nocnych prób udoskonalenia ziemniaczanego curry Ramiego pierwszy rok studiów dobiegł końca.

Zgodnie z przyjętym w Instytucie zwyczajem przyszli drugoroczniacy wyjeżdżali latem za granicę, gdzie mogli zanurzyć się w żywiole obcego języka. Rami czerwiec i lipiec spędził w Madrycie, gdzie uczył się hiszpańskiego i studiował zawartość umajjadzkich archiwów. Letty udała się do Frankfurtu, gdzie czytała ponoć wyłącznie niezrozumiałe dzieła niemieckich filozofów, a Victoire trafiła do Strasburga, skąd powróciła z głową pełną nieznośnych koncepcji dotyczących kuchni i eleganckiego jedzenia*. Robin żył przez pewien czas nadzieją, że uda mu się odwiedzić Japonię, lecz ostatecznie wysłano go do anglo-chińskiej uczelni w Malakce, by odświeżył tam znajomość mandaryńskiego. Placówka ta, prowadzona przez protestanckich misjonarzy, narzucała studentom bardzo wymagający program, składający się z modlitw, czytania dzieł klasyków antyku, a także zajęć z dziedzin medycyny, filozofii moralnej i logiki. Robin ani razu nie zdołał opuścić terenu uczelni, żeby przespacerować się po Heeren Street, na której mieszkali Chińczycy. Cały kilkutygodniowy wyjazd zapamiętał jako nieprzerwany strumień słońca, piasku i niekończących się dyskusji biblijnych z białymi protestantami.

Koniec lata chłopak powitał z zadowoleniem. Wszyscy wrócili do Oksfordu opaleni i po kilka kilogramów cięższi, co zawdzięczali przyjemnemu oddechowi od paskudnej uniwersyteckiej kuchni. Niemniej żadne z czworga przyjaciół nie miałoby ochoty przedłużyć wakacji, nawet gdyby mogli. Stęsknili się za sobą, za Oksfordem, za deszczem i fatalnym wyżywieniem, a także za akademickimi rygorami Babel. Ich umysły, bogatsze o nowe dźwięki i słowa, były niczym wyrzeźbione do perfekcji mięśnie, czekające na pierwszy poważny wysiłek.

Byli gotowi zająć się magią.

W tym roku akademickim nareszcie zyskali dostęp do działu pracy ze srebrem. Pierwsze własne sztabki mieli wygrawerować dopiero na czwartym roku, lecz w tym trymestrze rozpoczynali teoretyczne zajęcia przygotowawcze z etymologii – prowadzone, o czym Robin myślał z niejakim lękiem, przez profesora Lovella.

* Na przykład: czy wiecie, jak Francuzi określają niefortunną sytuację? Otóż mówią: *Triste comme un repas sans fromage*. „Smutne jak posiłek bez sera”. Moim zdaniem można w ten sposób opisać smak wszystkich angielskich serów.

Pierwszego dnia nauki wspięli się na siódme piętro wieży, gdzie wzięli udział w specjalnym seminarium wstępnym z profesorem Playfairem.

– Witajcie po przerwie. – Playfair zazwyczaj wykładał w prostym garniturze, dziś jednak przywdział czarną togę z frędzlami, które teatralnie majtały mu się na wysokości kostek. – Kiedy odwiedziliście to piętro poprzednio, widzieliście, jak działa magia, którą tutaj tworzymy. Dzisiaj zajmiemy się analizą jej tajemnicy. Siadajcie.

Rozgościli się na krzesłach przy najbliższych stołach roboczych. Letty, żeby lepiej widzieć, odsunęła sprzed nosa stojący na blacie stos książek.

– Nie ruszaj tego! – warknął Playfair ostro i niespodziewanie.

– Słucham? – Dziewczyna aż drgnęła.

– To stół Evie – rzucił Playfair. – Nie widzisz tabliczki?

Rzeczywiście, do przedniej części stołu przykręcona była nieduża, brązowa tabliczka. Wszyscy wyciągnęli szyje i przeczytali napis: „Własność Eveline Brooke. Nie dotykać".

Letty zebrała swoje rzeczy, wstała i usiadła obok Ramiego.

– Przepraszam – mruknęła z zalanymi rumieńcem policzkami.

Przez chwilę siedzieli bez słowa, niepewni, co dalej. Jeszcze nigdy nie widzieli profesora Playfaira w stanie takiego wzburzenia. Uczony jednak, równie nagle jak wybuchnął, powrócił do swego tradycyjnego, ciepłego wyrazu twarzy i, z lekkim podskokiem, jakby nigdy nic rozpoczął wykład.

– Fundamentalną zasadą pracy ze srebrem jest nieprzekładalność. Kiedy mówimy, że dane słowo czy fraza są nieprzetłumaczalne, mamy na myśli, że brak dla nich dokładnego odpowiednika w innym języku. Nawet jeśli znaczenie takich sformułowań da się uchwycić kilkoma słowami czy zdaniami, coś się traci, coś, co wpada w semantyczne luki, wytwarzane rzecz jasna przez doświadczane w toku życia kulturowe różnice. Weźmy chińskie pojęcie *dao*, które oddajemy niekiedy jako „drogę", „ścieżkę" czy „właściwy stan rzeczy". Niemniej żadne z tych pojęć nie obejmuje w pełni znaczenia *dao*. Tak małe słówko, a aby je rozjaśnić, potrzeba całego filozoficznego tomu. Nadążacie?

Pokiwali głowami. Jak dotąd usłyszeli jedynie to, co profesor Playfair wtłaczał im do głów przez cały ubiegły trymestr – że każdy przekład zawiera w sobie element zniekształcenia. Wyglądało na to, że nareszcie wykorzystają to wypaczenie w praktyce.

– Żaden przekład nie jest w stanie idealnie oddać znaczenia oryginału. Ale czymże jest znaczenie? Czy odnosi się do czegoś, co logicznie poprzedza słowa, jakimi opisujemy swój świat? Moim zdaniem, intuicyjnie tak jest. W przeciwnym wypadku nie mielibyśmy podstawy pozwalającej uznawać jedne przekłady za dokładne, a inne za niedokładne. Aby tłumaczenie oceniać, musimy mieć jakieś niewysłowione przeczucie tego, czego w nim brakuje. Humboldt* na przykład twierdzi, że słowa są związane z opisywanymi przez nie pojęciami za pomocą czegoś niewidzialnego, niematerialnego: mistycznej dziedziny sensu i idei, emanujących z czysto duchowej energii, która manifestuje się jedynie wtedy, gdy przypiszemy jej niedoskonałe określenie. – Profesor Playfair postukał palcem w stół, na którym czekały ułożone w równym rządku srebrne sztabki. Na kilku widniały wyryte napisy, pozostałe były czyste. – Właśnie to czyste królestwo znaczenia, czymkolwiek jest i w jakikolwiek sposób istnieje, jest centrum naszego rzemiosła. Podstawowe reguły pracy ze srebrem są bardzo proste. Na jednej stronie sztabki grawerujecie wyraz lub zwrot w jed-

* Fryderyk Wilhelm Christian Karol Ferdynand von Humboldt jest być może najbardziej znany z wydanej w 1836 pracy „Rozmaitość języków a rozwój umysłowy ludzkości", w której utrzymywał między innymi, że język danej kultury jest głęboko powiązany ze zdolnościami umysłowymi i charakterem jego użytkowników. Hipoteza ta miała wyjaśniać, dlaczego łacina i greka lepiej nadają się do wyrafinowanych zadań intelektualnych niż, dajmy na to, język arabski.

nym języku, a na drugiej odpowiednik w języku innym. Jako iż przekład nigdy nie jest doskonały, znaczenia zniekształcone lub zagubione w tłumaczeniu zostają przez kruszec przechwycone i wyrażone w świecie fizycznym. I to, moi drodzy studenci, jest najlepsze przybliżenie działania tych czarów, jakie oferują nam nauki przyrodnicze. – Zmierzył ich uważnym wzrokiem. – Nadal nadążacie?

W tej chwili spojrzeniom całej czwórki zdecydowanie brakowało już wcześniejszej pewności.

– Być może, profesorze – odezwała się Victoire – gdyby podeprzeć teorię jakimś przykładem...

– Naturalnie. – Playfair sięgnął po pierwszą sztabkę od prawej. – Z kopii tej akurat sztabki bardzo chętnie korzystają rybacy. Greckie słowo *karabos* ma liczne znaczenia, w tym „łódź", „krab" czy „żuk". Jak sądzicie, skąd biorą się te skojarzenia?

– Kwestia funkcji? – zaryzykował Rami. – Może łodzie wykorzystywano do połowu krabów?

– Niezgorsza myśl, ale nie.

– Kształt – zasugerował Robin i kiedy to powiedział, pomysł wydał mu się sensowny. – Pomyślmy o galerze z kilkoma rzędami wioseł. Taki statek przypomina stworzenie z licznymi ruchliwymi odnóżami, czyż nie?

– Odrobinę pana poniosło, panie Swift, ale wpadł pan na właściwy trop. Skupmy się na *karabos.* Z tego słowa wywodzi się nasza „karawela", czyli lekki i szybki typ okrętu. Oba słowa oznaczają „statek", lecz tylko *karabos* wykazuje oryginalny grecki związek z morskimi stworzeniami. Czy teraz rozumiecie?

Pokiwali głowami.

Playfair postukał ścianki sztabki, na której widniały wyrazy *karabos* i „karawela".

– Kuter, na którym zainstaluje się taką drobnostkę, przywiezie do portu połów znacznie bogatszy niż konkurencyjne jednostki. Sztabki te były szczególnie popularne w zeszłym stuleciu, dopóki ich nadmierne wykorzystywanie nie doprowadziło do przetrzebienia łowisk. Srebro potrafi do pewnego stopnia nagiąć rzeczywistość, ale nowych ryb z powietrza nie wyczaruje. Do tego trzeba by znaleźć zupełnie inne słowa. Czy teraz brzmi to wszystko bardziej sensownie?

Ponownie potaknęli.

– A oto jedna z naszych najczęściej kupowanych sztabek. Znajdziecie je w torbach lekarskich jak Anglia długa i szeroka. – Wykładowca podniósł drugą sztabkę od prawej. – *Triacle* i „melasa".

Robin drgnął. To za pomocą tej sztabki lub jej kopii profesor Lovell ocalił go w Kantonie. Pierwsze zaklęte srebro, jakiego dotknął w życiu.

– Najczęściej wykorzystuje się ją do stworzenia słodkiego w smaku remedium, będącego antidotum na większość rodzajów toksyn. Tego genialnego odkrycia dokonała studentka nazwiskiem Evie Brooke. Tak, ta sama Evie. Uświadomiła sobie, że słowo „melasa"* zostało po raz pierwszy odnotowane w siedemnastym stuleciu w odniesieniu do cukru stosowanego do maskowania nieprzyjemnego smaku medykamentów. A źródła tego słowa odkryła w starofrancuskim *triacle*, oznaczającym „antidotum" tudzież „lekarstwo na ukąszenie węża". Jeszcze wcześniejszymi przodkami okazały się łacińskie *theriaca* i greckie *theriake*, oba oznaczające „odtrutkę".

– Ale para aktywna zawiera tylko dwa słowa, angielskie i francuskie – zauważyła Victoire. – Jak więc...

– Dzięki tak zwanemu łańcuszkowi sensu – wyjaśnił profesor Playfair, obracając sztabkę tak, by zobaczyli łacińskie i greckie wyrazy wygrawerowane na bokach. – To technika przywołująca dawne źródłosłowy w charakterze przewodników, pomagających przenieść znaczenie poprzez mile i stulecia. Możecie o tym myśleć jak o dodatkowych palikach wzmacniających namiot. Dzięki nim konstrukcja jest bar-

* ang. *treacle* (przyp. tłum.)

dziej stabilna i pomaga dokładnie ustalić, na czym polega dokonane w przekładzie zniekształcenie. To jednak temat na później, teraz się tym nie kłopoczcie – stwierdził i podniósł trzecią sztabkę. – A to cacko wynalazłem całkiem niedawno osobiście, na zlecenie księcia Wellingtona – powiedział, nie kryjąc dumy. – Greckie *idiotes* może oznaczać „głupca", jak podpowiada nam swojski „idiota". Początkowo jednak słowo to oznaczało człowieka trzymającego się na uboczu, niedbającego o sprawy światowe, nieuczestniczącego w życiu społecznym. Jego idiotyzm nie polega na wrodzonym braku rozumu, lecz na ignorancji i braku wykształcenia. Przekładając *idiotes* na „idiotę", usuwamy więc element wiedzy. Ta sztabka potrafi więc sprawić, że człowiek błyskawicznie zapomina czegoś, czego się dowiedział. Bardzo przydatne dla wojskowych, kiedy schwytają wrogiego szpiega i chcą sprawić, żeby jeniec zapomniał, co zobaczył*. – Odłożył sztabkę. – Sami widzicie. Kiedy człowiek zrozumie już podstawową zasadę, wszystko okazuje się proste. Srebro chwyta znaczenia ginące w przekładzie, a zawsze coś ginie, i sztabka materializuje je w świecie fizycznym. Łatwe?

– Przecież to nieskończona potęga! – stwierdziła Letty. – Dzięki tym sztabkom można zdziałać właściwie wszystko. Można stać się Bogiem...

– Niezupełnie, panno Price. Ogranicza nas naturalny proces ewolucji języków. Nawet rozbieżne znaczeniowo słowa wciąż zachowują ze sobą bliskie związki. To ogranicza skalę zmian, jakie mogą wywoływać sztabki. Nie da się na przykład wskrzeszać umarłych, gdyż nie znaleźliśmy pary aktywnej, w której życie i śmierć nie byłyby przeciwieństwami. Poza tym istnieje jeszcze jedno poważne ograniczenie, to, dzięki

---

* Militarne zastosowanie tej pary aktywnej nie było jednak tak łatwe i proste, jak twierdził profesor. Nie sposób było precyzyjnie ustalić, jaki zakres wiedzy ulegnie wymazaniu, i sztabka nierzadko sprawiała, że agenci przeciwnika zapominali jedynie, jak sznuruje się buty, bądź kilku ostatnio przyswojonych słów po angielsku. Książę Wellington nie był zachwycony.

któremu angielscy chłopi nie biegają z tymi sztabkami na szyi niczym z talizmanami. Czy któreś z was spróbuje może odgadnąć, o czym mówię?

Zgłosiła się Victoire.

– Potrzebny jest ktoś płynnie władający danym językiem obcym.

– W samo sedno – pochwalił profesor Playfair. – Słowa nie posiadają znaczenia, o ile nie zostaną wypowiedziane w obecności osoby zdolnej je pojąć. I nie wystarcza przy tym płytki poziom zrozumienia. Nie sposób po prostu powiedzieć chłopu, co *triacle* oznacza w języku francuskim, i oczekiwać, że sztabka zadziała. Tutaj konieczna jest umiejętność myślenia w danym języku, życie i oddychanie tą mową, a nie wyłącznie postrzeganie jej jako grupki losowych, rzuconych na papier znaków. Z tej samej przyczyny nie można do pracy ze srebrem wykorzystywać języków sztucznych*, a języki starożytne, takie jak staroangielski, straciły moc oddziaływania. Ach, staroangielski mógłby być spełnieniem wszystkich marzeń każdego pracującego ze srebrem człowieka, jesteśmy w posiadaniu obszernych słowników tej mowy, a etymologię poszczególnych słów potrafimy prześledzić z wielką dokładnością, więc sztabki powstałe w oparciu o tę mowę funkcjonowałyby z niesłychaną precyzją. Niestety, nikt jednak już po staroangielsku nie myśli. Nikt tym językiem nie oddycha i w nim nie żyje.

---

* Pod koniec osiemnastego stulecia żywe, choć krótkotrwałe zainteresowanie badaczy wywołały możliwości, jakie dawałoby stosowanie srebra do wzmacniania języków sztucznych, takich jak: mistyczny *lingua ignota* Hildegardy von Bingen, którego słownik zawierał ponad tysiąc słów; język prawdy, dzieło Johna Wilkinsa, wyposażony w złożony schemat, pozwalający sklasyfikować każdą rzecz we wszechświecie; czy też „język uniwersalny" sir Thomasa Urquharta z Cromarty, stanowiący próbę lingwistycznej redukcji świata do w pełni racjonalnej ekspresji arytmetyki. Usiłowania te spełzły na niczym, natykając się na przeszkodę, która następnie została przez uczonych z Babel uznana za prawdę fundamentalną: języki są czymś więcej niż prostymi szyframi i muszą być wykorzystywane przez ludzi do wyrażania samych siebie w kontaktach z innymi.

Po części dlatego właśnie oksfordzka edukacja w dziedzinie języków klasycznych wciąż pozostaje tak rygorystyczna. Wielu stopni naukowych nie sposób otrzymać bez płynnej znajomości łaciny i greki, aczkolwiek reformatorzy od lat agitują za zarzuceniem tego warunku. Gdybyśmy to jednak uczynili, połowa sztabek w Oksfordzie przestałaby działać.

– Dlatego znaleźliśmy się tu my – zauważył Rami. – My od początku mówimy płynnie w innych językach.

– Tak jest. Dlatego znaleźliście się tu wy – potaknął wykładowca. – Dzieci Psametycha. Cudownie jest, przyznacie chyba, wejść w posiadanie mocy tak potężnej za sprawą cudzoziemskiego pochodzenia. Ja, można powiedzieć, mam pewną smykałkę do nauki języków, niemniej i tak całe lata musiałbym strawić, aby posiąść urdu w stopniu takim, w jakim posługujesz się tą mową ty.

– Jak to możliwe, że sztabki działają, skoro wymagają obecności człowieka płynnie posługującego się danym językiem? – spytała zaintrygowana Victoire. – Czy nie powinny tracić mocy zaraz, gdy tylko tłumacz opuści pomieszczenie?

– Znakomite pytanie. – Profesor Playfair uniósł w dłoniach pierwsze dwie sztabki. Studenci zauważyli, że druga jest nieznacznie dłuższa od pierwszej. – Poruszamy tutaj kwestię trwałości. Czas utrzymywania się wywoływanych przez sztabki efektów zależy od kilku czynników. Pierwszym jest ilość i czystość samego kruszcu. Obie te sztabki to ponad dziewięćdziesięcioprocentowe srebro, resztę stanowi stop miedzi, stosowany również do bicia monet. Zwróćmy jednak uwagę, iż sztabka z *triacle* jest o mniej więcej dwadzieścia procent większa, co oznacza, że będzie pracować kilka miesięcy dłużej, proporcjonalnie do częstotliwości i intensywności użytkowania. – Odłożył sztabki na stół. – Wiele tańszych sztabek, które widujecie w Londynie, nie cechuje się aż tak długim okresem trwałości. Niewiele zresztą jest rzeczywiście w całości wykonanych ze srebra. Najczęściej mamy do czynienia z cienką srebrną powłoką, pod którą skrywa się metal tańszy bądź drewno. Takie sztabki przestają działać już po kilku tygodniach, po czym należy je, jak to czasem nazywamy, odświeżyć.

– Za dodatkową opłatą? – spytał Robin.

– Cóż, pieniądze na wasze stypendia nie spadają nam z nieba. – Profesor Playfair skinął z uśmiechem głową.

– Czyli niczego więcej do podtrzymania działania sztabki nie trzeba? – zaciekawiła się Letty. – Wystarczy tłumacz, który wypowie słowa składające się na parę aktywną?

– Rzecz jest nieco bardziej złożona – przyznał wykładowca. – Niekiedy trzeba poprawić grawerunek, innymi razy wymienia się całą sztabkę...

– A ile takie usługi kosztują? – nacisnęła Letty. – Bo doszły mnie słuchy, że tuzin szylingów. Czy naprawdę proste odświeżenie sztabki warte jest tak wiele?

Uczony uśmiechnął się jeszcze szerzej. Przypominał w tej chwili niesfornego chłopca, przyłapanego na dłubaniu palcem w aromatycznym placku.

– Powiem tak: wykonywanie usług, które szerokie kręgi społeczeństwa uważają za magię, jest niebywale rentowne.

– To znaczy, że cena naszych usług jest całkowicie arbitralna? – rzucił Robin. Pytanie zabrzmiało bardziej napastliwie, niż zamierzał. Pomyślał jednak o londyńskiej epidemii cholery; o słowach pani Piper, która tłumaczyła, że biedocie po prostu nie sposób pomóc ze względu na ogromne koszty pracy ze srebrem.

– O tak. – Profesor Playfair najwyraźniej postrzegał całą sprawę jako niebywale zabawną. – To my jesteśmy dysponentami tajemnicy i możemy dyktować takie warunki, jakie tylko zechcemy. Na tym polega piękno bycia mądrzejszym od wszystkich innych. No cóż, dobrze. Zanim zakończymy, chcę wspomnieć o jeszcze jednym. – Poderwał leżącą na drugim krańcu stołu połyskującą, czystą sztabkę. – Muszę was ostrzec. Istnieje bowiem jedna para aktywna, której nie wolno wam nigdy, pod żadnym pozorem próbować. Czy ktokolwiek domyśla się, cóż to za słowa?

– Dobro i zło? – podsunęła Letty.

– Pomysłowo, ale nie.

– Imiona Boga? – zaproponował Rami.

– Ufamy, że aż tak głupi nie jesteście. Nie, nie. Pytanie jest nieco bardziej podchwytliwe.

Wszyscy czworo milczeli.

– Odpowiedzią jest tłumaczenie – wyjaśnił wykładowca. – Chodzi po prostu o słowa oznaczające przekład. – Kilkoma szybkimi ruchami wyrył na sztabce jakiś wyraz, który po chwili pokazał studentom: „tłumaczyć". – Czasownik „tłumaczyć" posiada w każdym języku nieco odmienne konotacje. Określenia angielskie, hiszpańskie i francuskie, *translate, traducir* i *traduire* wywodzą się z łacińskiego *translatio*, oznaczającego „przenoszenie". Jeśli jednak opuścimy sferę języków romańskich, zauważymy pewne zmiany. – Tym razem nakreślił kilka liter na drugiej stronie sztabki. – Dla przykładu, chińskie *fānyì* konotuje obracanie lub przerzucanie czegoś na drugą stronę, a sam drugi znak *yì* przynosi skojarzenia ze zmianą i wymianą. W języku arabskim *tarjama* odnosi się do tłumaczenia, ale również do biografii. Sanskryckie słowo brzmi *anuvad*, i może także oznaczać „mówić" lub „powtarzać raz po raz". Różnica wynika tu raczej z pojęcia czasu niż z zawartej w łacinie metafory przestrzennej. W języku igbo oba słowa, *tapia* i *kowa*, mówią o narracji, dekonstrukcji i odbudowie, o rozbiorze na elementy składowe umożliwiającym zmianę postaci. I tak dalej, i dalej. Różnice i implikacje, jakie za sobą pociągają, są nieskończone. Mówiąc wprost, nie znajdziemy dwóch języków, w których tłumaczenie oznaczałoby dokładnie to samo – stwierdził, demonstrując drugi z wyrytych w srebrze wyrazów. Włoskie *tradurre*. Odłożył sztabkę na stół.

– Tłumaczyć – powiedział. – *Tradurre*.

Ledwie oderwał dłoń od metalu, sztabka zaczęła drżeć. Zdumieni studenci przyglądali się kawałkowi srebra, który dygotał coraz silniej i silniej. Widowisko było w pewien sposób koszmarne. Sztabka wydawała się żywą istotą, stworzeniem opętanym przez złośliwego demona, rozpaczliwie usiłującym się wyzwolić bądź przynajmniej rozpaść na kawałki. Nie słychać było niczego poza stukotem metalu o drewno, lecz w uszach Robina brzmiało to jak wrzask torturowanej istoty.

– Aktywacja tej pary prowadzi do powstania paradoksu – podjął ze stoickim spokojem profesor Playfair, podczas gdy sztabka trzęsła się tak mocno, że momentami podrywała się na kilka cali ponad blat. – Sztabka usiłuje zmaterializować czystą formę przekładu, coś, co dostosuje się do wszystkich metafor kojarzących się z każdym istniejącym słowem, co jest oczywiście niewykonalne, ponieważ przekład idealny nie istnieje. – Powierzchnię srebra pokryły pęknięcia, cienkie rysy rozgałęziające się, poszerzające, rosnące. – Fizyczna manifestacja tego paradoksu nie może się zmaterializować nigdzie poza samym srebrem. Prowadzi to do zapętlonego cyklu, kończącego się zniszczeniem sztabki. O... tym właśnie.

Sztabka wystrzeliła wysoko w powietrze i rozpękła się na setki okruchów, które zasypały deszczem stoły, krzesła, podłogę. Robin i wszyscy jego przyjaciele drgnęli i odruchowo schowali głowy w ramionach. Playfair nawet nie mrugnął.

– Nie próbujcie tego. Nie próbujcie nawet z ciekawości. Tego srebra – kopnął jeden z leżących na parkiecie odłamków – nie można ponownie wykorzystać. Nawet gdybyśmy je przetopili i przekuli, wykonane z niego sztabki nie posiadałyby mocy. Gorzej, efekt ten rozprzestrzenia się niczym choroba zakaźna. Gdybyście aktywowali tę sztabkę na stosie srebrnego kruszcu, zniszczylibyście bezpowrotnie wszystko. Ktoś nieostrożny bez trudu mógłby stracić w ten sposób tysiące funtów. – Wykładowca odłożył rylec na blat. – Czy to jasne?

Pokiwali głowami.

– Świetnie. Nigdy o tym nie zapominajcie. Przekład idealny, jego końcowa forma i sama możliwość jest fascynującym zagadnieniem dla filozofów. Ostatecznie stanowi ono najgłębsze jądro opowieści o Babel. Teoretyczne kwestie lepiej jednak pozostawić w ścianach sal wykładowych. Nie warto w oparciu o nie prowadzić eksperymentów mogących zniszczyć cały ten budynek.

– Anthony miał rację – zauważyła Victoire. – Na co komu dłubanina w dziale literackim, kiedy można pracować ze srebrem?

Siedzieli w stołówce, przy swoim ulubionym stole. Wszyscy czuli się mocno upojeni potęgą. Od końca zajęć powtarzali dotyczące pracy ze srebrem frazesy, lecz żaden nie zmieniał faktu podstawowego: usłyszeli dzisiaj coś niebywale świeżego i niesamowitego. Kiedy wyszli już z wieży, cały świat zdawał się zupełnie odmieniony. Odwiedzili dom czarodzieja, przyglądali się, jak miesza magiczne eliksiry; widzieli, jak rzuca magiczne zaklęcia, i teraz nic już nie mogło ich zaspokoić, dopóki nie spróbują tego samego osobiście.

– Czyżby ktoś o mnie wspominał? – Anthony wśliznął się na ławę naprzeciwko Robina. Popatrzył na twarze przyjaciół, po czym uśmiechnął się ze zrozumieniem. – Ach tak. Pamiętam te miny. Playfair zaprosił was dzisiaj na demonstrację?

– I na tym właśnie spędzasz całe dnie? – spytała z przejęciem Victoire. – Bawisz się wynajdowaniem par aktywnych?

– Ciepło, ciepło – przyznał Anthony. – Mniej w tym zabawy jako takiej, a zdecydowanie więcej wertowania słowników etymologicznych, ale rzeczywiście, kiedy już człowiek znajdzie coś, co może zadziałać, robi się doprawdy interesująco. W tej chwili igram z parą słów, która moim zdaniem może znaleźć zastosowanie w piekarniach. Mąka i kwiat. *Flour* i *flower.*

– Czy nie są to po prostu zupełnie odrębne słowa? – spytała Letty.

– Na pierwszy rzut oka można tak uznać – odparł Anthony. – Jeśli jednak cofniemy się do anglofrancuskiego oryginału z trzynastego stulecia, okaże się, że było to jedno i to samo słowo. *Flower* oznaczało po prostu najdrobniejszą frakcję, otrzymywaną z przemielonego zboża. Z biegiem czasu mąka i kwiat usamodzielniły się i zaczęły oznaczać odmienne przedmioty. Jeżeli jednak moja sztabka zadziała zgodnie z przewidywaniami, mógłbym ją instalować w maszynach do mielenia, które wytwarzałyby znacznie lepiej oczyszczoną mąkę. – Urwał i westchnął. – Ale cóż, nie jestem pewien, czy w praktyce coś z tego wyjdzie. Choć jeśli tak, będę się stanowczo domagać, by w Vaults & Garden zapewnili mi dożywotni darmowy przydział świeżych bułeczek.

– A wypłacają ci tantiemy? – zaciekawiła się Victoire. – Wiesz, za każdym razem, kiedy Instytut sprzedaje kopię jednej z twoich sztabek?

– Och, skądże. Otrzymuję jednorazowo skromną sumkę, lecz wszelkie późniejsze zyski trafiają na konto wieży. Za to moje nazwisko trafia do rejestru par aktywnych. Jak dotąd odkryłem sześć. Na terenie imperium wykorzystuje się obecnie jedynie około tysiąca dwustu par aktywnych, więc o bardziej honorowym laurze akademickim trudno nawet marzyć. To znacznie większy prestiż niż publikacja artykułu w znanym periodyku.

– Momencik – wtrącił Rami. – Czy tysiąc dwieście nie jest trochę zaniżonym szacunkiem? Pomyślcie, pary aktywne wykorzystuje się od czasów cesarstwa rzymskiego, jak więc...

– Jak to możliwe, że nie zalaliśmy jeszcze kraju kawałkami srebra, na których widniałyby wszystkie możliwe pary?

– Właśnie – potaknął Rami. – A w każdym razie dlaczego nie mamy więcej niż niecałe półtora tysiąca?

– Cóż, zastanów się – powiedział Anthony. – Problem wydaje się dość oczywisty. Języki na siebie oddziałują; obdarzają się wzajemnie nowymi znaczeniami i podobnie jak w przypadku wody wypływającej z zapory: im bardziej porowata tama, tym mniejsza energia przepływu. Większość sztabek zasilających Londyn zawiera tłumaczenia z łaciny, francuskiego i niemieckiego. Wszystkie one jednak tracą z wolna swoją wydajność. W miarę jak między kontynentami dokonują się lingwistyczne przepływy, gdy słowa w rodzaju *saute* czy *gratin** stają się standardowymi elementami leksykonu angielszczyzny, semantyczne wypaczenia tracą moc.

– Profesor Lovell tłumaczył mi kiedyś coś podobnego – przypomniał sobie Robin. – Jest przekonany, że w nieodległej przyszłości języki romańskie będą dawać coraz mniej działających par.

– I ma rację – stwierdził Anthony. – W naszym stuleciu przetłumaczono z innych języków europejskich na angielski i vice versa mnóstwo tekstów. Wygląda na to, że nie jesteśmy w stanie uwolnić się od uzależnienia od Niemców i ich filozofów oraz od Włochów i ich poetów. Więc katedra języków romańskich rzeczywiście jest najbardziej zagrożoną częścią instytutu, mimo że wciąż zachowują się tak, jakby to do nich należał cały gmach. Podobnie coraz mniej obiecująco wygląda przyszłość języków klasycznych. Łacina i greka utrzymają się jeszcze przez jakiś czas, ponieważ tylko społeczne elity cenią sobie biegłą znajomość tych języków, aczkolwiek znajomość łaciny staje się bardziej powszechna, niż podejrzewacie. Gdzieś na siódmym piętrze siedzi doktorant pracujący nad wskrzeszeniem języków kornijskiego i mańskiego, lecz nikt nie wróży mu wybitnych sukcesów. Podobnie z galijskim, tylko nie mówcie o tym Cathy. Dlatego właśnie wasza trójka jest dla Instytutu tak cenna. – Mówiąc to, Anthony wskazał po kolei wszystkich przyjaciół z wyjątkiem Letty. – Znacie języki, które nie zostały zużyte do granic możliwości.

– A co ze mną? – obruszyła się Letty.

– Cóż, ty masz przed sobą pewne perspektywy, aczkolwiek tylko dlatego, iż Brytyjczycy swoje poczucie tożsamości

---

* *Saute* – określenie potraw smażonych w wysokiej temperaturze na małej ilości tłuszczu, także sama metoda takiego smażenia; *gratin* – określenie różnego rodzaju zapiekanek, wypiekanych w płaskim naczyniu, zwykle ze złocistą skórką z sera, bułki tartej czy jajek. Oba określenia wywodzą się z języka francuskiego (przyp. tłum.).

narodowej wykształcili w opozycji do Francuzów. Francuzi są przesądnymi heretykami, my jesteśmy protestantami. Francuzi noszą obuwie z drewna, więc my zakładamy buty skórzane. Przez pewien okres będziemy jeszcze stawiać skuteczny opór zakusom francuskiego na nasz język. Ale naprawdę liczą się kolonie i półkolonie. Robin i Chiny, Rami i Indie. Chłopcy, to wy jesteście reprezentantami ziem dziewiczych. To o was toczy się walka.

– Mówisz, jakbyś opowiadał o surowcach naturalnych – zauważył Rami.

– Cóż, z pewnością. Język jest takim samym surowcem jak złoto czy srebro. W imię zgromadzonych w instytucie gramatyk niejeden człowiek walczył i zginął.

– Ale to przecież jawna niedorzeczność – wtrąciła Letty. – Język to tylko słowa, ludzkie myśli. Nie da się ograniczyć stosowania danego języka.

– Czyżby? – odparł Anthony. – A czy wiesz, że w Chinach oficjalną karą za nauczanie cudzoziemców mandaryńskiego jest śmierć?

– To prawda? – Letty spojrzała na Robina.

– Wydaje mi się, że tak – potwierdził chłopak. – To samo słyszałem od profesora Chakravartiego. Rząd Qingów... Boją się. Boją się świata zewnętrznego.

– Widzicie? – podjął Anthony. – Języki to nie wyłącznie słowa. Mowa decyduje również o sposobie postrzegania świata. Języki są kluczami do cywilizacji. A za wiedzę tego rzędu warto nawet zabijać.

– Słowa snują opowieści. – W ten sposób profesor Lovell rozpoczął pierwsze zajęcia, odbywające się popołudniową porą w pozbawionym okien pokoju na czwartym piętrze wieży. – Między innymi opowiadają nam własne historie. Mówią o tym, w jaki sposób weszły w użycie i jak ewoluowały, by ostatecznie nabrać dzisiejszych znaczeń. Słowa mówią nam na temat ludzi równie wiele, jeśli nie więcej, jak dowolne inne zabytki historii. Weźmy słowo *knave*, oznaczające „waleta" bądź „niegodziwca", „łotrzyka". Jak myślicie, skąd się wywodzi?

– Chodzi o gry karciane, prawda? – zaczęła Letty. – Mamy króla, królową... – Nagle zrozumiała, że w ten sposób nie wyjaśni źródeł. – Ach, pospieszyłam się. Przepraszam. – Umilkła.

Profesor Lovell pokręcił głową.

– Staroangielskie *cnafa* oznacza młodego służącego, chłopca na posyłki. Możemy to potwierdzić, sięgając do niemieckiego *Knabe*, dawnego terminu na określenie „chłopca". Tak więc waleci byli początkowo młodymi chłopcami, usługującymi rycerzom. Kiedy jednak pod koniec szesnastego stulecia instytucja rycerstwa upadła, a arystokraci zrozumieli, że mogą korzystać z tańszych i lepszych armii zaciężnych, setki waletów straciło zatrudnienie. W tej gardłowej sytuacji zrobili więc to, co zrobiłby na ich miejscu każdy młodzieniec: zaczęli zadawać się z rabusiami, złodziejami i wszelkiej maści zbirami spod ciemnej gwiazdy. Dlatego *knave* oznacza dziś także łotra. Widzimy zatem, że historia słowa nie jest jedynie opisem zmian w tkance języka, lecz również tych, które zachodzą w życiu całych społeczeństw.

Profesor Lovell nie był wykładowcą natchnionym, nie był stworzony do występów przed publicznością. Na pierwszy rzut oka widać było, że czuje się niezręcznie; poruszał się sztywno i raptownie, przemawiał suchym, poważnym, rzeczowym tonem. A mimo to każde padające z jego ust słowo rozbrzmiewało w odpowiednim momencie i po prostu porywało.

Robin już od kilku dni poważnie obawiał się zajęć z opiekunem. Dzisiaj jednak nie czuł się wcale skrępowany ani zawstydzony. Profesor Lovell traktował go dokładnie tak jak w Hampstead w obecności osób ze swojego towarzystwa – był odległy, oficjalny, jego spojrzenia przemykały po twarzy chłopaka, nie zatrzymując się nawet na moment, zupełnie jakby niewidzialna była sama przestrzeń, którą Robin zajmował.

– Słowo „etymologia" natomiast – ciągnął Lovell – pochodzi z greckiego *etymon*, „prawdziwe znaczenie słowa", i wcześniejszego *etumos*, „prawdziwy, rzeczywisty". Możemy więc myśleć o etymologii jako o ćwiczeniu umysłowym, pozwalającym ocenić, jak dalece dane słowo odbiegło od własnych korzeni. Wiedzcie bowiem, że słowa potrafią pokonywać niesłychane odległości, zarówno dosłownie, jak w przenośni. – W tym momencie niespodziewanie spojrzał prosto na Robina. – Jak brzmi mandaryńskie określenie potężnej burzy?

– Eee... – zająknął się chłopak. – *Fēngbào*?*

– Nie. Poproszę o coś mocniejszego.

– *Táifēng*?**

– Dobrze. – Uczony wymierzył palcem w Victoire. – A z jakimi burzliwymi zjawiskami atmosferycznymi mamy notorycznie do czynienia w rejonie Karaibów?

– Z tajfunami – odpowiedziała dziewczyna bez zastanowienia i za moment aż potrząsnęła głową. – *Taifēng*? Tajfun? W jaki...

– Zacząć należy od świata grecko-rzymskiego – podjął profesor Lovell. – Tyfon był potworem, potomkiem Gai i Tartara, stworzeniem obdarzonym niszczycielską siłą i setką wężowych łbów. W pewnym momencie zaczęto tę postać kojarzyć z huraganowymi wiatrami, o czym wiemy, ponieważ Arabowie posługiwali się na opisanie gwałtownych sztormów terminem *tūfān*. Z arabskiego słowo przeskoczyło do języka portugalskiego, a portugalscy żeglarze i odkrywcy zawieźli je swymi statkami prosto do Chin.

– Ale przecież *táifēng* nie jest jedynie zapożyczeniem – zauważył Robin. – Posiada własne chińskie znaczenie. *Tái* znaczy tyle co „wielki", a *fēng* to „wiatr"...

– Czyżbyś sądził, że Chińczycy nie mogli znaleźć transliteracji posiadającej samodzielne znaczenie? – rzucił profesor

---

* 風暴

** 颱風

Lovell. – Takie procesy zachodzą bezustannie. Kalki fonologiczne często bywają zarazem kalkami semantycznymi. Słowa się rozprzestrzeniają. Dzięki słowom brzmiącym w dziwnie podobny sposób można wyśledzić rozmaite momenty kontaktów międzykulturowych. Języki są jedynie zmiennymi zespołami symboli, stabilnymi na tyle, aby umożliwiać wzajemną komunikację, a jednocześnie dostatecznie płynnymi, aby odzwierciedlać zmienną dynamikę społeczeństw. I kiedy przywołujemy jakieś słowo w srebrze, przywołujemy w duchu tę zmienną historię.

– Mam pytanie dotyczące metody. – Letty podniosła rękę.

– Słucham.

– Nie mam wątpliwości w kwestii badań historycznych – powiedziała. – Uczony historyk przygląda się zabytkom, dokumentom i tak dalej. Ale jak można badać dzieje słów? W jaki sposób ustalić, jak daleko zdołały dotrzeć?

– Należy czytać. – Lovell sprawiał wrażenie ogromnie zadowolonego z pytania. – Innego sposobu nie ma. Trzeba gromadzić wszelkie możliwe teksty źródłowe, a następnie przysiąść fałdów i zabrać się do rozwiązywania łamigłówek. Należy szukać wzorów i nieregularności. Wiadomo na przykład, że w łacinie epoki klasycznej litera „m" na końcu wyrazu nie była wymawiana, ponieważ inskrypcje odkryte w Pompejach roją się od wyrazów, w których litery tej brakuje. W ten sposób jesteśmy w stanie badać zmiany brzmienia wyrazów. Następnie możemy zacząć przewidywać kierunek, w jakim dane słowo powinno ewoluować, a jeśli rzeczywistość wygląda inaczej, wynika z tego, że być może błędna była nasza wstępna hipoteza o wspólnych początkach. Praca etymologa jest pracą detektywa mierzącego się z całymi stuleciami. I jest to zajęcie diabelnie trudne, przypominające nierzadko poszukiwanie igły w stogu siana. Z tym że nasze igły, śmiem twierdzić, warte są trudów i wyrzeczeń.

Wykorzystując jako przykład angielski, młodzi tłumacze zaczęli w tym roku studiować procesy powstawania, zmian, ewolucji, pomnażania się, dzielenia i zlewania języków. Badali zmiany dźwięków; dlaczego angielski wyraz *knee** zawiera niemą literę „k", którą w niemieckim odpowiedniku wypowiada się wyraźnie? Dlaczego spółgłoski zwarte w łacinie, grece i sanskrycie znajdują tak regularne odpowiedniki w spółgłoskach języków germańskich? Czytali przekłady prac Boppa, Grimma i Raska; czytali „Etymologiae" Izydora z Sewilli. Przyglądali się przesunięciom znaczeniowym, zmianom składni, procesom wyodrębniania dialektów i zapożyczeń, jak również metodom rekonstrukcyjnym, pozwalającym odkryć wzajemne powiązania języków z pozoru niemających ze sobą nic wspólnego. Ryli w językach niczym górnicy w kopalnianych tunelach, poszukując drogocennych pokładów wspólnego dziedzictwa i wypaczonych znaczeń.

Praca ta odmieniła sposób, w jaki prowadzili rozmowy. Raz po raz urywali w środku zdania. Nie byli w stanie wypowiedzieć najbardziej potocznych zdań i aforyzmów, nie zastanawiając się przy tym nad pochodzeniem tworzących je słów. Podobne dociekania przenikały wszystkie ich kontakty, stały się najnormalniejszym trybem rozumienia siebie wzajemnie i całego świata**. Nie potrafili już oglądać świata, nie dostrzegając w nim opowieści i historii, ułożonych na podobieństwo wielowarstwowego, oceanicznego osadu.

Odkryli przy tym, że obce wpływy na angielszczyznę są zarazem głębsze i bardziej różnorodne, niż przypuszczali. *Chit* – „bon", „pokwitowanie" – okazał się potomkiem wywodzącego się z języka marathi *chitti*, określającego „list" czy „notkę". *Cof-*

* kolano (przyp. tłum.)

** – *Awkward*, „niezręczny", „niezgrabny" – powiedziała pewnego razu Victoire, wskazując Robina – wywodzi się ze staronordyjskiego *aufgr*, oznaczającego „przewrócony na opak, jak żółw ułożony na skorupie".

– W takim razie „Victoire" z pewnością nie pochodzi od bogini zwycięstwa, tylko od *vicious*, „zły" i „podły" – odgryzł się chłopak.

fee, kawa, trafiła do angielskiego poprzez niderlandzkie *koffie*, tureckie *kahveh* z pierwotnego arabskiego źródłosłowu *gahwah*. *Tabby cats*, „koty pręgowane", nazwano od pasiastego gatunku jedwabiu, który z kolei został ochrzczony nazwą miejsca swego pochodzenia, bagdadzkiej dzielnicy al-'Attābiyya. Zamorskie źródła znalazły się nawet w nazwach najbardziej podstawowych określeń tkanin. *Damask*, „adamaszek", pochodził od tkaniny wytwarzanej w Damaszku; *gingham*, „kraciasta bawełna", od malajskiego słowa *genggang*, oznaczającego „pasiasty". *Calico*, „bawełniana surówka" odnosiła się do Kalikut w indyjskim stanie Kerala, a *taffeta*, „tafta", jak ogłosił pewnego razu Rami, ma swoje korzenie w perskim słowie *tafte*, oznaczającym „połyskliwą tkaninę". Nie wszystkie jednak angielskie słowa miały tak egzotyczne lub arystokratyczne pochodzenie. Dość szybko dowiedzieli się tego, co w etymologii najbardziej zajmujące – że na język wpłynąć może dosłownie wszystko, od zwyczajów żywieniowych sfer bogatych i wpływowych, po wulgarny bełkot ludzi najuboższych i najpodlejszych. Gwara nizin, tajne języki złodziei, mowa wagabundów i obcokrajowców wniosły do angielszczyzny takie słowa jak *bilk, booty* i *bauble**.

Angielski nie poprzestawał na pożyczaniu z innych języków słówka czy dwóch. Angielski był obcymi naleciałościami wypchany po brzegi, okazał się istnym lingwistycznym potworem Frankensteina. Robin nie posiadał się ze zdumienia, że w kraju tym, którego obywatele mieli się za lepszych od mieszkańców całej reszty świata, nie dało się spokojnie wypić popołudniowej herbatki, żeby nie natknąć się na lingwistyczny towar z importu.

Poza etymologią w tym roku każde z czworga przyjaciół rozpoczęło kurs jednego języka dodatkowego. Nie chodziło przy

* *bilk* – „okpić", „oszukać"; *booty* – „łupy"; *bauble* – „świecidełko, błyskotka" (przyp. tłum.)

tym o osiągnięcie płynności, lecz o pogłębienie za jego pomocą zrozumienia języków, w których się specjalizowali. Letty i Rami studiowali praindoeuropejski u profesora De Vreese'a. Victoire przedstawiła radzie doradczej kilka propozycji języków zachodniej Afryki, których miała nadzieję się uczyć, lecz pomysły te zostały odrzucone, co uzasadniono zbyt skromną liczbą zgromadzonych w Babel materiałów dydaktycznych dotyczących tych konkretnych języków. Ostatecznie więc stanęło na hiszpańskim – profesor Playfair twierdził, że jest to język istotny na granicy haitańsko-dominikańskiej – lecz dziewczyna nie była tym rozwiązaniem zachwycona.

Robin z kolei podjął naukę sanskrytu u profesora Chakravartiego, który już na pierwszych zajęciach zrugał chłopaka za nieznajomość tego języka.

– Sinologów powinno się uczyć sanskrytu od samego początku. Sanskryt trafił do Chin poprzez teksty buddyjskie, co spowodowało prawdziwą eksplozję językowych innowacji, gdyż buddyzm wprowadził dziesiątki pojęć, na które Chińczycy nie mieli własnych określeń. Sanskryckie *nun* lub *bhiksunī* stało się *ni**, *nirvana* stała się *nièpan***. Z sanskrytu wywodzą się podstawowe chińskie koncepcje piekła, świadomości i nieszczęścia. Nie można nawet próbować zrozumieć dzisiejszych Chin bez zrozumienia buddyzmu, co pociąga za sobą konieczność poznania sanskrytu. Równie dobrze mógłbyś uczyć się tabliczki mnożenia, nie znając ani jednej cyfry.

Robinowi przemknęło przez myśl, że nieco niesprawiedliwe jest oskarżanie go, że za szybko nauczył się swojego języka ojczystego, lecz nie skomentował.

– Od czego więc zaczniemy? – zapytał.

– Od alfabetu – rzucił promiennie profesor Chakravarti. – Od abecadła, by tak rzec. Weź pióro do ręki i kreśl te litery, dopóki nie wypracujesz sobie pamięci mięśniowej. Spodzie-

* 尼

** 涅槃

wam się, że zajmie ci to jakieś pół godziny. Proszę bardzo, zaczynamy.

Łacina, teoria przekładu, etymologia oraz dwa języki – młodzi tłumacze obciążeni byli pracą w sposób wręcz absurdalny, tym bardziej że wykładowcy każdego przedmiotu zadawali tyle prac domowych, jakby nie mieli świadomości istnienia innych kursów. Ciało pedagogiczne wykazywało się nieprzejednanym brakiem współczucia.

– Niemcy mają takie wdzięczne słówko *Sitzfleisch* – odparł z sympatycznym uśmiechem profesor Playfair, kiedy Rami zaprotestował wobec nawały lektur, których przeczytanie wymagało czterdziestu godzin tygodniowo. – Tłumaczone dosłownie oznacza „siedzące mięso", a wyraża prostą życiową prawdę, iż niekiedy trzeba po prostu usiąść na czterech literach i zabrać się do roboty.

Mimo wszystko przyjaciołom nadal udawało się przeżywać również chwile radosne. Oksford od pewnego czasu traktowali prawie jak dom i zdołali sobie w tym mieście wykuć niewielkie nisze, przestrzenie, w których byli nie tylko tolerowani, lecz gdzie wręcz rozkwitali. Wiedzieli już, w których kawiarniach zostaną obsłużeni bez zbędnego zamieszania, a w których obsługa będzie bądź udawać, że Rami nie istnieje, bądź twierdzić, że jest zbyt brudny, by siadać na ich krzesłach. Wiedzieli, do których pubów mogą zaglądać wieczorami spokojnie, nie obawiając się nękania. Bywali na spotkaniach Oksfordzkiego Klubu Dyskusyjnego i szczypali się w dłonie, próbując powstrzymać śmiech, gdy młodzieńcy pokroju Colina Thornhilla i Eltona Pendennisa wykrzykiwali hasła opiewające wolność, równość i sprawiedliwość. A Robin, za namową Anthony'ego, zajął się wioślarstwem.

– Niezdrowo jest przesiadywać całymi dniami w bibliotece – zauważył doktorant. – Trzeba też czasem rozruszać mięśnie, inaczej mózg przestaje sprawnie funkcjonować. Spróbuj, nie pożałujesz.

Sport ogromnie przypadł Robinowi do gustu. Znajdował wielką przyjemność w rytmicznej powtarzalności napędzania wiosłem łodzi. Regularny wysiłek wzmocnił mu ramiona, a nogi z jakiegoś powodu jakby się wydłużyły. Chłopak z wolna przestał przypominać zgarbioną trzcinę, nabrał krzepy i nieco się rozrósł, co każdego ranka, gdy zerkał w lustro, przysparzało mu niemało zadowolenia. W pewnym momencie zaczął z prawdziwą niecierpliwością wyczekiwać mroźnych poranków na Tamizie, chwil, kiedy całe miasto wciąż pogrążone było we śnie, a jedynymi dźwiękami w promieniu mil były ptasi świergot i miłe dla ucha pluskanie wzruszanego wiosłami nurtu.

Do klubu wioślarskiego próbowały również, acz nieskutecznie, dostać się dziewczęta. Okazało się jednak, że nie są dostatecznie wysokie, aby wiosłować, a rola sternika wymagała zbyt częstego pokrzykiwania na załogę, by mogły z powodzeniem udawać mężczyzn. Niemniej kilka tygodni później Robina doszły plotki o dwóch nowych, niezwykle zaciekłych zawodnikach uniwersyteckiej drużyny szermierczej. Przepytywane w tej sprawie Victoire i Letty z początku stanowczo zaprzeczały.

– Najbardziej intrygująca jest ta cała agresja – wyznała ostatecznie Victoire. – Takie to zabawne. Chłopcy zawsze atakują, korzystając z bezmyślnej siły, a zupełnie zapominają o taktyce.

– Tymczasem jest to prosta kwestia zachowania zimnej krwi – dodała Letty, kiwając głową – i uderzania wtedy, kiedy przeciwnik się odsłoni. Nic łatwiejszego.

Zimą Tamiza zamarzła i przyjaciele wybrali się na łyżwy, choć dla wszystkich z wyjątkiem Letty była to zupełna nowość. Przywiązali łyżwy do butów tak mocno, jak tylko potrafili (– Mocniej! – zadysponowała Letty. – Łyżwa nie może się chybotać, bo połamiecie sobie kostki), i wyszli niepewnie na lód, po czym podtrzymując się jedno drugie, ruszyli chwiejnie naprzód, aczkolwiek co chwila kończyło się to lawinowym upadkiem całej czwórki. W pewnym jednak momencie Rami zaobserwował, iż jeżeli pochyli się naprzód i ugnie nogi w kolanach, może się bardziej rozpędzić i trzeciego dnia przerósł umiejętnościami wszystkich, nawet samą Letty, która kiedy przyjaciel zaczął zwinnie kreślić wokół niej kółka, udawała przez chwilę naburmuszoną, lecz zaraz potem śmiała się do rozpuku.

W tym okresie łącząca ich przyjaźń stała się już więzią solidną i konkretną. Nie byli oszołomionymi, wystraszonymi pierwszoroczniakami, trzymającymi się razem po to tylko, by nie runąć w przepaść. Tworzyli grupę zahartowanych w boju weteranów, zjednoczonych wspólnym cierpieniem. Byli twardymi żołnierzami, którzy mogli zawierzyć sobie nawet życie. Skrupulatna Letty zawsze – mimo złorzeczeń – była gotowa sprawdzić przekład, bez względu na porę dnia czy nocy. Victoire z kolei przypominała niezawodny sejf; potrafiła wysłuchać dowolnie wielu skarg i małostkowych narzekań, nie zdradzając potem ani słowa nikomu innemu. A Robin mógł zapukać do drzwi Ramiego, kiedy tylko zapragnął, czy to w poszukiwaniu filiżanki herbaty, rozweselenia, czy chwili wspólnego płaczu.

Kiedy jesienią pojawili się w Babel nowi studenci pierwszego roku – ani jednej dziewczyny, sami chłopcy o dziecięcych buźkach – przyjaciele praktycznie nie poświęcili im uwagi. Mimowolnie stali się podobni starszym studentom, którym tak zazdrościli w czasie pierwszego trymestru. To, co uznali wówczas za snobizm i nieuzasadnioną wyniosłość, okazało się po prostu objawem wyczerpania. Bardziej doświadczeni żacy nie ignorowali młodszych po to, by ich dręczyć. Najzwyczajniej w świecie nie mieli dla nich czasu.

Przyjaciele stali się więc tym, kim usiłowali zostać od początku studiów – ludźmi powściągliwymi, genialnymi i do szpiku przeżartymi zmęczeniem. Było im źle. Zbyt krótko sypiali i za mało jedli. Za dużo czytali i nie mieli bladego pojęcia o wydarzeniach rozgrywających się poza Oksfordem, a nawet

Babel. Światowe życie przestało dla nich istnieć, wiedli żywot wyłącznie duchowy. I byli z tego powodu wniebowzięci.

A Robin, na przekór wszystkiemu, miał nadzieję, że przepowiedziany przez Griffina dzień nie nastanie nigdy; że będzie mógł trwać w tym chwiejnym stanie równowagi już zawsze. Nigdy bowiem nie czuł się bardziej szczęśliwy niż właśnie teraz: zapracowany do granic możliwości, zbyt pochłonięty kolejnymi wyzwaniami, by dostrzegać, jakiej całości są elementami.

Pod koniec trymestru jesiennego pojawił się w Babel francuski chemik nazwiskiem Louis-Jacques-Mandé Daguerre, który sprowadził ze sobą intrygujący obiekt. Była to – jak obwieścił – heliograficzna *camera obscura*, zdolna w teorii do utrwalania nieruchomych obrazów za pomocą miedzianych płytek i światłoczułych związków chemicznych. Problem stanowiła mechanika urządzenia, co zmotywowało Francuza do postawienia następującej kwestii: czy babole nie mogliby zerknąć do środka i może, w jakiś sposób, konstrukcję usprawnić?

Problem aparatu Daguerre'a stał się w wieży głównym tematem rozmów. Wydział ogłosił konkurs – ten z dopuszczonych do pracy ze srebrem studentów, który zdoła znaleźć rozwiązanie, otrzyma prawo do opatrzenia własnym nazwiskiem stosownego patentu, za czym w naturalny sposób musiały w przyszłości popłynąć niemałe pieniądze. Przez dwa tygodnie całe siódme piętro wrzało niemą aktywnością. Studenci czwartego roku i doktoranci kartkowali słowniki etymologiczne, poszukując owych dwóch słów zdolnych stworzyć odpowiednią sieć znaczeń związanych ze światłem, barwą, obrazem i imitacją.

Trudny ten orzech rozgryzł wreszcie Anthony Ribben. W zgodzie z warunkami zawartej z Daguerre'em umowy objęta patentem para aktywna nie została ujawniona publicznie, lecz plotki głosiły, że Anthony wykorzystał w jakiś przemyślny sposób łacińskie *imago*, poza „podobizną" czy „imitacją" bliskie znaczeniowo „duchowi" bądź „zjawie". Inni plotkarze twierdzili, że Anthony odkrył metodę pozwalającą roztopić sztabkę tak, by wydobyć z rozgrzanej rtęci opary. Cokolwiek wymyślił, zdradzić nie mógł, lecz jego wysiłki zostały sowicie opłacone.

Aparat działał. Jak za sprawą magii, łudząco dokładna podobizna danego przedmiotu mogła zostać w zadziwiająco krótkim czasie przeniesiona na kartkę. Urządzenie Daguerre'a – dagerotyp, jak rychło je nazwano – okazało się lokalną sensacją. Każdy chciał zostać za jego pomocą zdjęty i powielony. Daguerre wraz z władzami instytutu zorganizowali w holu wieży trzydniową wystawę, do której wejścia spragnieni wrażeń przedstawiciele okolicznej społeczności ustawiali się w wielokrotnie zakręconej kolejce.

Robin myślał wprawdzie z niepokojem o przekładzie z sanskrytu, który miał oddać już następnego dnia, lecz Letty uparła się, że muszą iść i zrobić sobie grupowy portret.

– Nie chcesz pamiątki po naszej znajomości? – zdziwiła się. – Nie chcesz utrwalić tego momentu?

– Nieszczególnie. – Robin wzruszył ramionami.

– A ja właśnie chcę! – oświadczyła z uporem. – Chcę móc dokładnie pamiętać, jacy byliśmy teraz, w tym roku, w tysiąc osiemset trzydziestym siódmym. Nie chcę tego nigdy zapomnieć.

Zebrali się więc wszyscy przed aparatem. Letty i Victoire zasiadły na krzesłach ze sztywno splecionymi na kolanach dłońmi. Robin i Rami stanęli za przyjaciółkami, niepewni, co począć z rękoma. Złożyć je na ramionach dziewcząt? Czy może lepiej na oparciach mebli?

– Ręce wzdłuż boków – zadysponował fotograf. – I starajcie się wytrzymać w bezruchu. Nie, nie. Najpierw przysuńcie się nieco bliżej siebie. O, tak będzie dobrze.

Robin uśmiechnął się, zrozumiał, że nie utrzyma warg w wymaganej pozycji przez tak długi czas, i spoważniał.

Następnego dnia odebrali gotowy portret od rezydującego w holu wieży urzędnika.

– Proszę was – rzuciła Victoire – przecież to w ogóle nie wygląda jak my.

Letty była jednak zachwycona; usilnie zaczęła ich namawiać, żeby natychmiast wybrali się na poszukiwania odpowiedniej ramki.

– Powieszę sobie nad kominkiem. Co sądzicie?

– Wolałbym, żebyś to wyrzuciła – burknął Rami. – Jak na to patrzę, dostaję rozstroju nerwowego.

– Przesadzasz – stwierdziła Letty. Dziewczyna niczym zahipnotyzowana wpatrywała się w podobizny, wyglądała tak, jakby ujrzała świadectwo działania prawdziwej magii. – To przecież my. Zastygli w czasie, pochwyceni w chwili, do której nigdy już nie powrócimy. Cudowne.

Robin również był zdania, że dagerotyp wygląda w najlepszym wypadku osobliwie, aczkolwiek zachował tę opinię dla siebie. Miny całej czwórki były niesłychanie sztuczne. Ot, maski, nieudolnie skrywające fizyczny dyskomfort. Aparat zniekształcił i spłaszczył spajającego ich ducha, a niewidzialne ciepło zażyłości sprawiało na papierze wrażenie sztywnej, wymuszonej bliskości. Dagerotypia, stwierdził w duchu chłopak, również jest odmianą przekładu i nie wypadli w tym tłumaczeniu najlepiej.

Jak fiołki ciśnięte do tygla.

ROZDZIAŁ

DZIESIĄTY

Chcąc utrwalić w swych uczniach zasady, utrzymują ich w bezpiecznych i wytwornych ryzach edukacji klasycznej. Prawdziwy oksfordzki wykładowca drży na samą myśl o tym, że jego młodzież mogłaby dyskutować o prawdach moralnych i kwestiach społecznych, że miałaby konstruować lub obalać teorie i oddawać się śmiałym rozważaniom natury politycznej. Profesor, o jakim mowa, ujrzałby w takim zachowaniu jedynie brak poszanowania praw boskich i zdradę wobec królów.

Sydney Smith, „Edukacja zawodowa Edgewortha"
(przeł. Grzegorz Komerski)

Pod koniec jesiennego trymestru obecność Griffina stała się bardziej zauważalna niż zwykle. Robin zaczął się zastanawiać nad losem brata już jakiś czas temu. Odkąd wrócił z Malakki, misje otrzymywał nie dwa razy w miesiącu, a tylko raz, aż wreszcie zlecenia przestały się pojawiać na dobre. Z nastaniem grudnia jednak kolejne notki z zaproszeniem na spotkanie Pod Koślawym Korzeniem zaczęły przychodzić co kilka dni i co kilka dni, jak dawniej, bracia odbywali swe energiczne przechadzki po mieście. Zwykle okazywały się one preludiami do zaplanowanych już kradzieży. Od czasu do czasu jednak wydawało się, że Griffin nie ma wyraźnego powodu do spotkania i chce jedynie porozmawiać.

Robin z przejęciem wyczekiwał tych pogawędek; tylko przy ich okazji brat stawał się nieco mniej tajemniczy, a za to bardziej ludzki, ulepiony z krwi i kości. Niemniej Griffin nadal nie odpowiadał na najbardziej palące pytania. Nie wyjaśnił, co takiego Hermes robi z kradzionymi materiałami i jak przebiega, o ile w ogóle, dzieło rewolucji.

– Nadal ci nie ufam – powtórzył Griffin. – Wciąż jesteś zbyt świeży.

Ja tobie też nie ufam, pomyślał Robin, lecz na głos powiedział coś innego.

– Od jak dawna działa Hermes? – zapytał, próbując okrężnej drogi do celu.

– Wiem, do czego zmierzasz. – Griffin zmierzył go dziwnym spojrzeniem.

– Chciałbym po prostu wiedzieć, czy Towarzystwo powstało współcześnie, czy... czy...

– Nie wiem. Pojęcia nie mam. Przynajmniej kilkadziesiąt lat. Może dłużej, ale to nic pewnego. Dlaczego nie zapytasz po prostu o to, czego naprawdę chcesz się dowiedzieć?

– Dlatego że nie odpowiesz.

– Spróbuj.

– Proszę bardzo. Skoro mówisz, że Towarzystwo działa od dłuższego czasu, to nie jestem w stanie zrozumieć...

– Dlaczego wciąż nie zwyciężyliśmy? O to chodzi?

– Nie. Nie rozumiem, co ta wasza działalność w ogóle zmienia – powiedział Robin. – Babel wciąż jest... Babel. A wy dalej jesteście...

– Grupką wydalonych z uczelni studentów, odłupujących drobny miał z cielska niewzruszonego kamiennego giganta? – podsunął Griffin. – Bracie, wal prosto z mostu, nie musisz kluczyć.

– Chciałem użyć sformułowania „nieliczną grupą idealistów". Ale owszem. Bo... proszę cię, Griffin, trudno jest zachować wiarę, kiedy nie wiem nawet, jakie skutki przynosi to, co robię.

Griffin zwolnił. Przez kilka sekund milczał, zastanawiał się.

– Namaluję ci pewien obrazek – podjął wreszcie. – Skąd pochodzi srebro?

– Griffin, ja poważnie...

– Zaspokój moją ciekawość.

– Mam za dziesięć minut zajęcia.

– Ale moja odpowiedź nie może być prosta. Nikt cię nie wyrzuci, jeśli raz się spóźnisz. Skąd się bierze srebro?

– Nie wiem. Z kopalń?

– Czy oni naprawdę niczego was tam nie uczą? – rzucił Griffin z przeciągłym westchnieniem.

– Griffin...

– Słuchaj, co mówię. Srebro jest w obiegu od zawsze. Ateńczycy wydobywali je w Attyce, a Rzymianie, jak sam wiesz, kiedy tylko zrozumieli, jak można je wykorzystać, użyli go do powiększenia imperium. Jednak dopiero znacznie później srebro stało się walutą międzynarodową, medium pozwalającym zaistnieć międzykontynentalnym sieciom handlowym. Początkowo było go po prostu zbyt mało. Wreszcie, w szesnastym wieku, Habsburgowie, władcy pierwszego prawdziwie globalnego imperium, natknęli się na potężne złoża srebra w amerykańskich Andach. Hiszpanie wyrywali je górom rękami tubylców, którzy, możesz być pewien, nie byli należycie wynagradzani*, po czym bili z niego swoje dolary, dzięki czemu Sewilla i Madryt zaczęły opływać w bogactwa. Srebro uczyniło ich zamożnymi – ciągnął Griffin. – Bogatymi na tyle, że mogli sprowadzać z Indii barwioną bawełnę, za którą kupowali afrykańskich niewolników, wykorzystywanych do pracy w koloniach. Tak więc Hiszpanie systematycznie się bogacili, a wszędzie, gdzie się po-

---

* Spore niedomówienie. Kilka krótkich dekad po dokonanym w 1544 w Potosi „odkryciu" miasto srebra okazało się zabójczą pułapką dla afrykańskich niewolników i tubylców, którzy pracowali w oparach rtęci i pili skażoną wodę. Hiszpańska „królowa gór, obiekt zazdrości monarchów" była piramidą wzniesioną na zwłokach ludzi zabitych przez choroby, przymusowe marsze, niedożywienie, przepracowanie i zanieczyszczone środowisko.

jawiali, nieśli ze sobą śmierć, zniewolenie i ubóstwo. Chyba dostrzegasz już pewien schemat?

Griffin tłumaczył w sposób uderzająco podobny do stylu profesora Lovella. Obaj wykonywali gwałtowne ruchy rękoma, jakby starali się swoje przydługie diatryby kiełznać nie za pomocą kropek i przecinków, a gestami. Obaj też mówili z bardzo precyzyjną, synkopowaną manierą. Łączyła ich także miłość do stawiania iście sokratejskich pytań:

– Przeskoczmy dwieście lat naprzód i co widzimy?

Robin westchnął, lecz podjął grę:

– Całe srebro i władza przepływa z Nowego Świata do Europy.

– Otóż właśnie – rzucił Griffin. – Srebro gromadzi się tam, gdzie jest już w użyciu. Przez bardzo długi czas wiedli w tej dyscyplinie prym Hiszpanie, a Holendrzy, Brytyjczycy i Francuzi deptali im po piętach. Kolejne stulecie naprzód i okazuje się, że Hiszpania jest tylko cieniem dawnej siebie. Wojny napoleońskie skorodowały potęgę Francji, a na szczyt wybiła się wspaniała Brytania. Największa rezerwa srebra w Europie. Zdecydowanie najlepszy na świecie instytut translatoryki. I najsilniejsza flota, co znalazło potwierdzenie pod Trafalgarem. Wszystko to razem oznacza, że Anglia jest na najlepszej drodze do zawładnięcia całym światem, prawda? Tymczasem w ciągu ubiegłego stulecia zaczęło się dziać coś bardzo interesującego. Coś, co przyprawia brytyjski parlament i kompanie handlowe o potężny ból głowy. Domyślasz się, o czym mówię?

– Nie powiesz mi chyba, że kończy się nam srebro.

– Im kończy się srebro. – Griffin uśmiechnął się od ucha do ucha. – A zgadniesz, dokąd płynie teraz?

Tym razem Robin znał odpowiedź, gdyż przez wiele lat słuchał narzekających na to zjawisko profesora Lovella i jego znajomych, odwiedzających wieczorami salon w Hampstead.

– Do Chin.

– Tak jest. Ta wyspa dosłownie puchnie od towarów sprowadzanych z Orientu. Brytyjczycy nie mogą się nasycić chińską porcelaną, lakowanymi szafkami oraz jedwabiem. A herbatą? Na Boga, czy masz pojęcie, ile herbaty rokrocznie wysyłają Chiny do Anglii? To ilości warte przynajmniej trzydzieści milionów funtów. Brytyjczycy tak ukochali herbatę, że parlament nalegał w pewnym okresie, by Kompania Wschodnioindyjska magazynowała na wypadek niedoborów nadwyżkę w wysokości rocznego zapotrzebowania kraju. Na chińską herbatę wydajemy co rok grube miliony, a płacimy za nią srebrem. Chiny natomiast nie odwzajemniają się równym apetytem na towary brytyjskie. Pewnego razu lord Macartney zaprezentował cesarzowi Qing rozmaite angielskie produkty i wiesz, co usłyszał? „Nie interesują mnie przedmioty kosztowne i dziwne". Chińczycy po prostu nie potrzebują niczego, co mamy w ofercie. Są w stanie sami zaspokajać własne potrzeby. Tak więc srebro płynie do Chin, a Brytyjczycy nie mogą temu zapobiec, ponieważ nie zmienią istniejącej podaży i popytu. Pewnego dnia nie będzie już ważne, jak genialnymi tłumaczami jesteśmy, ponieważ zabraknie srebra, z którym można byłoby pracować. Imperium brytyjskie upadnie wskutek własnej chciwości. A srebro zgromadzi się w nowych ośrodkach władzy, miejscach uprzednio okradanych i wykorzystywanych. Tam będą surowce. I jedynym, czego będą potrzebować te kraje, to ludzi zdolnych pracować ze srebrem. Talenty podążają za pracą, zawsze tak było. Wystarczy więc poczekać, aż imperium straci zasoby. Resztę załatwią prawidła rządzące dziejowymi cyklami, a ty musisz jedynie ten proces przyspieszyć.

– To przecież... – Robin zawiesił głos, nie potrafił dobrać odpowiednich słów, by wyrazić swoją wątpliwość. – To jakaś abstrakcja, w dodatku zbyt prosta. Nie może być przecież... To znaczy nie jesteś w stanie przewidzieć biegu historii, malując ją w tak ogólnym zarysie...

– Przewidzieć można naprawdę wiele. – Griffin zerknął z ukosa na brata. – Ale na tym właśnie polega problem oferowanego przez Babel wykształcenia, czyż nie? Uczą języków i sztuki przekładu, ale nie historii, nie nauk ścisłych, nie polityki międzynarodowej. Nie mówią wam o armiach, których siła stoi za dialektami.

– Ale jak miałoby to wszystko wyglądać? – Robin nadal nie rozumiał. – To, co opisujesz. Znaczy jak ma do tego dojść? Wojna światowa? Powolny upadek gospodarczy i kryzys, z którego wstanie nowy, odmieniony świat?

– Nie wiem – przyznał Griffin. – Przyszłości nikt nie zna dokładnie. Czy władza przeniesie się do Chin, czy do Ameryki? Czy Wielka Brytania będzie zawzięcie walczyć o zachowanie pozycji...? Tego nie sposób przepowiedzieć.

– Skąd więc wiesz, że to, co robicie, cokolwiek w ogóle zmienia?

– Nie umiem przewidzieć skutków każdego starcia – wyjaśnił Griffin – ale jedno wiem ponad wszelką wątpliwość. Bogactwo Anglii zależy od opartego na przymusie gromadzenia zasobów. Przed rozrastającym się imperium rysują się jedynie dwie możliwości: albo mechanizmy przymusu staną się znacznie bardziej brutalne, albo całość się po prostu rozpadnie. Bardziej prawdopodobna jest pierwsza ewentualność. Ale ona sama może spowodować realizację drugiej.

– Mimo wszystko to bardzo nierówna walka – zauważył z rezygnacją Robin. – Wy po jednej stronie, całe imperium po drugiej.

– Tylko jeśli ktoś uważa istnienie imperium za nieuchronne – stwierdził Griffin. – A to nieprawda. Przyjrzyj się obecnym czasom. Wychodzimy właśnie z potężnego kryzysu sfery atlantyckiej, w ramach którego monarchie i ich imperia upadały jedna po drugiej. Brytania i Francja poniosły porażkę w Ameryce, a potem rzuciły się do gardeł sobie, co żadnej ze stron nie przyniosło korzyści. Teraz obserwujemy nową konsolidację władzy, zgoda. Wielka Brytania zdobyła Bengal, holenderską Jawę i Kolonię Przylądkową. A jeżeli postawi na swoim także w Chinach, jeśli zdoła odwrócić nierównowagę wymiany handlowej, stanie się niezwyciężona. Nic jednak – ciągnął – nie jest rozstrzygnięte z góry. Wiele zależy od czynników losowych, i to w takich punktach możemy wywierać odpowiedni nacisk. Tam gdzie o toku spraw mogą decydować indywidualne decyzje i najmniejsze nawet armie. Pomyśl na przykład o Barbadosie. Lub o Jamajce.

– Tamtejsze bunty niewolników zostały przecież zdławione – przypomniał Robin.

– Ale niewolnictwo zostało zniesione, czyż nie? Przynajmniej na terytoriach brytyjskich. Nie, nie twierdzę, że wszystko toczy się w pomyślnym kierunku. Nie twierdzę też, że możemy sobie przypisać pełnię zasług za zmiany w brytyjskim prawie. Jestem pewien, że abolicjoniści poczuliby się urażeni. Twierdzę natomiast, że jeśli myślisz, że Anglicy uchwalili ustawę z tysiąc osiemset trzydziestego trzeciego wiedzeni moralnym odruchem, to jesteś w błędzie. Zrobili to, ponieważ nie byli w stanie dłużej godzić się ze stratami – powiedział i skinął ręką, jakby demonstrując coś na niewidzialnej mapie. – W takich kluczowych punktach to my mamy przewagę. Uderzając we właściwe miejsca, prowokując straty, których imperium nie będzie mogło ignorować, doprowadzimy sytuację do momentu krytycznego. Do chwili, w której przyszłość stanie się niepewna, a zmiana możliwa. Dzieje nie są raz na zawsze utkanym kobiercem, zamkniętym światem bez wyjścia. Historię możemy kształtować. Tworzyć. Wystarczy, że podejmiemy taką decyzję.

– Ty naprawdę w to wierzysz – rzucił zdumiony Robin. Przekonanie Griffina wydało mu się niemal oszałamiające. Dla niego tego rodzaju abstrakcyjne wywody stanowiły powód do wycofania się ze świata, ucieczki ku bezpiecznemu azylowi martwych języków i książek. Z perspektywy Griffina były dźwiękiem wzywającej do boju trąbki.

– Muszę – powiedział Griffin. – W przeciwnym wypadku rację miałbyś ty. W przeciwnym razie nie mielibyśmy niczego.

Po tej rozmowie Griffin najwyraźniej uznał, że Robin nie zdradzi Towarzystwa Hermes, gdyż kolejne zadania pojawiały się coraz częściej. I nie wszystkie misje sprowadzały się do kradzieży. Griffin prosił też brata o materiały – podręczniki etymologiczne, konkretne strony z kompendiów gramatycznych, tabele ortograficzne – które dało się w prosty sposób zdobyć, skopiować i zwrócić bez zwracania zbędnej uwagi. Mimo pozornej łatwości zadań Robin musiał się mieć na baczności, gdyż zamawiając teksty i pomoce niezwiązane z własną specjalizacją, wzbudzał niejakie podejrzenia. Pewnego razu Ilse, starsza studentka z Japonii, zapytała, w jakim celu wypożycza podręcznik gramatyki staroniemieckiej, i Robin, jąkając się co drugie słowo, wymyślił na poczekaniu bajeczkę o tym, jak to sięgnął po tom przypadkowo, pracując nad odszukaniem hetyckich korzeni pewnego chińskiego słowa. Co zaskakujące, Ilse uwierzyła, mimo że znajdowali się w zupełnie niepasującej do wyjaśnienia części biblioteki. Założyła zapewne, że chłopak jest niezbyt rozgarnięty.

W ogólnym rozrachunku jednak prośby Griffina nie przysparzały Robinowi poważniejszych kłopotów. Współpraca z Hermesem okazała się też znacznie mniej romantyczna, niż sobie wyobrażał – i być może, niż miał nadzieję. Brakowało mrożących krew w żyłach eskapad, nie wymieniał się tajnymi hasłami z innymi agentami w czasie spotkań na środku mostu nad wzburzoną rzeką. Wszystko przebiegało prozaicznie i bez fajerwerków. Robin stwierdził przy tym, że jednym z największych osiągnięć Towarzystwa Hermes jest skuteczne utrzymanie działalności w sekrecie i niedopuszczanie własnych członków do zbędnych im informacji. Gdyby, dajmy na to, Griffin pewnego dnia zniknął, Robin miałby olbrzymi kłopot z udowodnieniem komukolwiek, że tajne stowarzyszenie nie stanowi jedynie zwykłego wytworu jego wybujałej fantazji. Bardzo często opadało go wrażenie, iż wcale nie należy do żadnego potajemnie działającego gremium, lecz jest trybikiem potężnej i nudnej, sprawnie działającej machiny biurokratycznej.

Nawet kradzieże wpisały się z czasem w powszedni tryb życia Robina. Profesorowie wydawali się całkowicie nieświadomi ponoszonych przez Babel strat. Towarzystwo Hermes wynosiło z wieży srebro w niewielkich ilościach, które dało się ukryć za pomocą buchalteryjnych wybiegów, co było o tyle łatwe, że jak to powiedział pewnego razu Griffin, największą cnotą humanistów jest całkowita bezradność wobec rachunków.

– Gdyby nikt tego nie kontrolował, Playfair nie zauważyłby zniknięcia całych skrzyń srebra – zapewniał Robina. – Myślisz, że ten człowiek ma w księgach porządek? Przecież on ledwie sobie radzi z prostym dodawaniem.

Bywały dni, kiedy Griffin nie poruszał tematu Hermesa wcale, za to wykorzystywał godzinę, jaką zajmowała przechadzka do Port Meadow i z powrotem, wypytując Robina o jego oksfordzkie życie – ciekawiły go wioślarskie sukcesy, ulubione księgarnie brata, a także opinie na temat serwowanych przez uniwersyteckie jadłodajnie posiłków.

Robin odpowiadał z rezerwą. Przez cały czas podświadomie czekał na moment, w którym Griffin odsłoni karty, przeobrazi pogawędkę w spór, a wyrażane przez brata uwielbienie dla świeżych bułeczek uzna za dowód odurzenia burżuazyjnym stylem życia. Griffin jednak wciąż po prostu pytał i Robin z wolna zdał sobie sprawę, że być może brat po prostu tęskni za studiami.

– Uwielbiam kampus w porze Bożego Narodzenia – przyznał pewnego wieczora Griffin. – Właśnie wtedy Oksford jest najbardziej magiczny.

Słońce już zaszło. Powietrze z przyjemnie kąsającego mrozem stało się boleśnie lodowate, lecz miasto mrugało płomykami świątecznych świec, a na chłopców sypał miękki, leniwy śnieg. Było naprawdę uroczo. Robin, chcąc nasycić się scenerią, zwolnił kroku, lecz zauważył przy tym, że Griffinem wstrząsają gwałtowne dreszcze.

– Griffin, czy nie... – zaczął Robin i urwał; nie był pewien, jak poruszyć temat uprzejmie. – Czy ten płaszcz to twoje jedyne okrycie?

– A co? – Griffin drgnął i zjeżył się niczym drażniony pies.

– Nic, tylko... Widzisz, mam przecież stypendium. Gdybyś chciał kupić coś cieplejszego...

– Nie traktuj mnie z góry! – Robin z miejsca pożałował, że w ogóle dotknął tej kwestii. Griffin był zbyt dumny. Nie przyjąłby darowizny, nie radził sobie nawet ze współczuciem. – Nie potrzebuję twoich pieniędzy!

– Jak wolisz – odparł urażony Robin.

Kolejną przecznicę przeszli w milczeniu. Wreszcie jednak odezwał się Griffin, w oczywisty sposób traktując pytanie jak gałązkę oliwną.

– Co się będzie działo w święta?

– Najpierw uroczysta kolacja w jadalni.

– Czyli seria długaśnych modlitw po łacinie, gumowata gęś i bożonarodzeniowy pudding, który trudno odróżnić od karmy dla świń. Pytałem o naprawdę ważne wydarzenia.

– No cóż, pani Piper przygotowała dla mnie w Jericho specjalne paszteciki. – Robin uśmiechnął się od ucha do ucha.

– Z nerkami i wołowiną?

– Nie, z kurczakiem i porem. To moje ulubione. A dla Letty upiekła cytrynową tartę. Podobno jest jeszcze czekoladowy placek z orzechami pekan dla Ramiego i Victoire...

– Oby twoja pani Piper żyła wiecznie – rzucił Griffin. – Za moich czasów profesor zatrudniał taką oziębłą staruchę, niejaką panią Peterhouse. Jędza nie ugotowałaby nic smacznego, nawet gdyby zależało od tego jej życie. Nigdy za to nie przegapiła żadnej okazji, by wtrącić przy mnie jakąś uszczypliwość na temat mieszańców. Aczkolwiek to nie podobało się też i jemu. Chyba właśnie dlatego ją zwolnił.

Skręcili w Cornmarket. W tej chwili wieża była już bardzo blisko i Griffin zaczął się nerwowo rozglądać; Robin był pewien, że niebawem się rozstaną.

– Zanim zapomnę. – Griffin sięgnął do kieszeni płaszcza, wyciągnął zawiniętą w papier paczkę i podał ją Robinowi. – Dla ciebie.

– Jakieś narzędzie? – Zaskoczony chłopak pociągnął za sznurek.

– Po prostu prezent. Wesołych świąt.

Robin rozdarł papier, spod którego wyjrzała piękna, pachnąca świeżym drukiem okładka.

– Wspominałeś, że lubisz Dickensa – wyjaśnił Griffin. – To nowość, pełne wydanie jego ostatniej powieści. Zapewne już czytałeś w odcinkach, ale doszedłem do wniosku, że chciałbyś mieć całość w książkowym wydaniu.

Kupił Robinowi trzytomowy komplet „Olivera Twista". Obdarowany chłopak przez chwilę był w stanie tylko się jąkać – nie miał pojęcia, że będą się wymieniać podarkami, i nie przygotował niczego dla Griffina. Ten jednak zbył sprawę machnięciem.

– Nawet o tym nie mów. Przecież jestem od ciebie starszy, nie zawstydzaj mnie.

Dopiero potem, kiedy Griffin i jego łopocące wokół kostek poły płaszcza zniknęli już na Broad Street, Robin zrozumiał, że wybór tego akurat tytułu był ze strony Griffina rodzajem żartu.

„Wróć ze mną" – miał na końcu języka, kiedy się żegnali. „Chodźmy do stołówki. Zjedzmy razem świąteczną kolację".

To jednak było wykluczone. Robin wiódł podwójne życie, a Griffin egzystował w świecie cieni, poza zasięgiem ludzkich spojrzeń. Robin nie mógł sprowadzić go na Magpie Lane. Nie mógł przedstawić przyjaciołom. I nigdy w pełnym świetle dnia nie mógł go nazwać bratem.

– No to cóż – odchrząknął Griffin. – Do następnego razu.

– Czyli do kiedy?

– Nie wiem jeszcze. – Griffin już odchodził, świeży śnieg wypełniał jego ślady. – Zaglądaj pod parapet.

Pierwszego dnia drugiego trymestru główne wejście do Babel zablokowała czwórka uzbrojonych policjantów. Byli mocno zajęci kimś lub czymś wewnątrz, lecz Robin nie miał szans zobaczyć, co się dzieje. Widok przesłaniał tłum dygocących na zimnie uczonych.

– Co się stało? – Rami zwrócił się do dziewcząt.

– Podobno doszło do włamania – powiedziała Victoire. – Wydaje mi się, że ktoś miał chrapkę na srebro.

– Ale jak to? Policja była akurat na miejscu?

– Kiedy włamywacz próbował otworzyć drzwi, uruchomił się jakiś alarm – wyjaśniła Letty. – A policjanci po prostu chyba przybyli na czas.

Z wieży wyszło dwóch kolejnych funkcjonariuszy, bezceremonialnie prowadzących między sobą człowieka, w którym Robin domyślił się złodzieja. Nieznajomy był ciemnowłosym mężczyzną w średnim wieku, brodatym i odzianym w bardzo brudne ubranie. Czyli nikt z Hermesa, pomyślał z ulgą Robin. Twarz pojmanego wykrzywiał grymas bólu, a kiedy policjanci powiedli go w dół schodów do czekającego powozu, ponad głowami gapiów poniosły się głośne jęki. Na stopniach została strużka krwi.

– Gość ma w sobie z pięć kul. – Tuż obok przyjaciół wyrósł Anthony Ribben. Wyglądał, jakby zbierało mu się na wymioty. – Cóż, dobrze wiedzieć, że zabezpieczenia działają jak należy.

– To zabezpieczenia tak go urządziły? – wzdrygnął się Robin.

– Wieży strzeże najbardziej wyrafinowany system w kraju – stwierdził Anthony. – I nie dotyczy to tylko kompendiów gramatycznych. W Babel przechowuje się srebro o wartości około pół miliona funtów, a jedynymi obecnymi stale obrońcami są chuderlawi akademicy. Oczywiście, że drzwi również są chronione.

– W jaki sposób? – Serce Robina biło w tej chwili bardzo energicznie; słyszał jego rytm w uszach.

– Konkretnych par aktywnych nikt nam nie zdradził. Władze Instytutu są w tej kwestii bardzo powściągliwe. Playfair odświeża system co kilka miesięcy, czyli mniej więcej zawsze po kolejnej próbie kradzieży. Muszę przyznać, że obecna pułapka podoba mi się znacznie bardziej niż poprzednia. Tamta zadawała kończynom włamywacza głębokie rany za pomocą starożytnych noży. Podobno sprowadzono je z Aleksandrii. Krew tryskała aż na dywan w holu. Jeśli dobrze się przyjrzeć, do dziś można w kilku miejscach zauważyć brązowawe plamki. Całe tygodnie spędziliśmy, próbując odgadnąć, jakimi słowami posłużył się Playfair, ale nikomu się nie udało.

– Jak myślisz, co się z tym człowiekiem stanie? – Victoire wpatrywała się w odjeżdżający policyjny powóz.

– Och, pewnie trafi na pokład najbliższego statku do Australii – rzucił Anthony. – No, chyba że się wcześniej wykrwawi.

– Rutynowa akcja – zapewnił Griffin. – Wejdziemy i wyjdziemy, nawet nas nie zobaczysz. Jest tylko lekkie zamieszanie co do godziny, więc musisz być gotów przez całą noc – powiedział i trącił Robina w ramię. – Ej, co jest?

– Co? – Robin zamrugał i podniósł wzrok.

– Jakiś wystraszony jesteś.

– Bo widzisz... – Robin zastanowił się przez chwilę, po czym wypalił: – Wiesz o zabezpieczeniach, prawda?

– Co?

– Dziś rano było włamanie. I złodziej uruchomił jakiś system zabezpieczeń, rodzaj broni palnej. Skończył dosłownie naszpikowany kulami...

– Ach tak, naturalnie. – Na twarzy Griffina odmalowało się zaskoczenie. – Nie mów, że to dla ciebie nowina? Babel szczyci się niebywale mocnymi systemami ochrony. Przecież na pewno mówili wam o tym zaraz na początku studiów?

– Tak, ale teraz ten system jest ulepszony. I to właśnie staram się powiedzieć. Zabezpieczenia wiedzą, kiedy próg przekracza złodziej...

– Sztabki nie są aż tak wyrafinowane – rzucił lekceważąco Griffin. – Rozróżniają tylko studentów, ich gości i obcych. Jak myślisz, co by się działo, gdyby pułapki reagowały na każdego tłumacza, który potrzebowałby wynieść kilka sztabek na noc do domu? Albo gdyby ktoś sprowadził do Instytutu żonę, nie informując o tym uprzednio Playfaira? Jesteś całkowicie bezpieczny.

– Ale skąd ta pewność? – Głos Robina zabrzmiał bardziej lękliwie, niż chłopak zamierzał. Odchrząknął i spróbował dyskretnie obniżyć ton. – Nie widziałeś tego, co ja. Nie znasz nowych par aktywnych...

– Nic ci nie grozi. Masz, weź to, jeśli się niepokoisz. – Griffin pogrzebał w kieszeni i po chwili rzucił Robinowi sztabkę.

Wygrawerowany napis głosił: *Wúxíng*. Niewidzialność. Tą samą sztabką posłużył się w nocy, kiedy spotkali się po raz pierwszy.

– Dzięki temu, jeśli coś rzeczywiście pójdzie nie tak, szybko się ulotnisz. Zresztą i tak będziesz chyba musiał użyć tego na swoich wspólnikach. Trudno niezauważenie wydostać z miasta skrzynię tych rozmiarów.

– Wiesz? Mógłbyś przynajmniej potraktować moje słowa trochę bardziej poważnie. – Robin wsunął sztabkę do wewnętrznej kieszeni.

– Czyli co? Teraz nagle strach cię obleciał? – spytał Griffin z uśmieszkiem.

– Chodzi o to... – Robin umilkł i po przemyśleniu zdecydował się nie owijać w bawełnę. – Mam po prostu wrażenie... Widzisz, to zawsze ja ryzykuję, podczas gdy ty sobie po prostu...

– Po prostu co? – dopytał ostrym tonem Griffin.

Robin wkroczył na grząski grunt. Zrozumiał to, widząc błysk w oczach brata. Trafił w bolący punkt. Przed miesiącem, w okresie, kiedy ich znajomość nie była jeszcze tak okrzepła, być może zmieniłby temat. Dzisiaj jednak nie potrafił zamilknąć. Czuł się poniżony i rozdrażniony, a to sprawiło, że miał ochotę mocno się odegrać.

– Dlaczego tym razem ty nie przyjdziesz? – spytał. – Dlaczego sam nie skorzystasz z tej sztabki?

Griffin kilka razy zamrugał powoli. A potem powiedział głosem tak beznamiętnym i spokojnym, że z pewnością wymuszonym:

– Nie mogę. Wiesz, że nie mogę.

– Dlaczego?

– Bo ja nie śnię po chińsku. – Wyraz twarzy i ton Griffina nie zmieniły się nawet o jotę, lecz słowa aż ociekały przekonaniem o własnej moralnej wyższości. Oglądać go takim jak w tej chwili było doznaniem co najmniej niezwykłym. Bardzo przypominał ich wspólnego ojca. – Widzisz, jestem twoim nieudacznym poprzednikiem. Nasz drogi papa za wcześnie wywiózł mnie z kraju. Mam wrodzony słuch do tonów, ale to wszystko. Moja znajomość chińskiego jest wynikiem nauki. Nie wspominam po chińsku, nie marzę w tym języku. Muszę sobie wszystko za każdym razem przypominać. Mam pewien talent do języków, ale nie zawsze jestem w stanie uruchomić sztabkę. W połowie wypadków po prostu nie działają. – Zagrała mu grdyka. – W twoim wypadku ojciec nie powtórzył błędu. Pozwolił ci się kisić w Kantonie, dopóki nie nauczyłeś się czytać i pisać. Mnie przywiózł do Anglii, zanim wyrobiłem w sobie wystarczająco wiele skojarzeń i wspomnień. Co więcej, on był jedyną osobą, z którą rozmawiałem po mandaryńsku, kiedy mój kantoński był znacznie lepszy. A teraz wszystko stracone. Nie myślę w tym języku i nie śnię w nim.

Robin przypomniał sobie złodziei w alejce, przypomniał sobie rozpaczliwy szept Griffina próbującego aktywować sztabkę. Co ja bym począł, gdybym zapomniał, jak się mówi po chińsku? – spytał się w duchu i ogarnęło go przerażenie.

– Ty to rozumiesz, prawda? – podjął Griffin, bacznie go obserwując. – Wiesz, jakie to uczucie, kiedy człowiek zaczyna zapominać ojczysty język. Ty zdążyłeś to powstrzymać. Ja nie.

– Przykro mi – powiedział Robin. – Nie miałem pojęcia.

– Nie żałuj mnie – rzucił oschle Griffin. – Nie ty zniszczyłeś mi życie.

Robin nagle ujrzał Oksford oczyma brata – zobaczył instytucję, która nigdy go nie ceniła, gdzie doświadczył wyłącznie ostracyzmu i upokorzeń. Wyobraził sobie Griffina w czasie studiów w Babel, desperacko starającego się zdobyć aprobatę i uznanie profesora Lovella, lecz niezdolnego osiągnąć wprawy w posługiwaniu się sztabkami. Jak strasznie musiał się czuć, poszukując w duszy ulotnych chińskich zwrotów z dawnego, ledwie pamiętanego życia z pełną świadomością, iż tylko one sprawiają, że jest cokolwiek w tym mieście wart.

Nic dziwnego, że Griffina drążył gniew. Nic dziwnego, że darzył Babel tak gorącą nienawiścią. Griffin został obrabowany ze wszystkiego – ograbiono go z ojczystego języka, z ojczyzny, z rodziny.

– Dlatego więc jesteś mi potrzebny, drogi braciszku. – Griffin uniósł rękę i zmierzwił Robinowi włosy. Zrobił to tak mocno, że zabolało. – Ty jesteś taki, jak trzeba. Jesteś niezastąpiony.

Robin wiedział, że nie powinien na to odpowiadać.

– Zaglądaj pod parapet. – W oczach Griffina nie było nawet odrobiny ciepła. – Wypadki toczą się bardzo szybko. A ta akcja jest ważna.

Robin zdusił w sobie wątpliwości i skinął głową.

– Dobrze.

Tydzień później, wracając z kolacji u profesora Lovella, Robin znalazł pod parapetem skrawek papieru, którego tak bardzo się obawiał.

„Dzisiejszej nocy" – głosił napis. „Dwudziesta trzecia".

Do dwudziestej trzeciej został kwadrans, Robin pospiesznie narzucił odwieszony przed minutą płaszcz, wyciągnął z szuflady sztabkę niewidzialności i wybiegł z powrotem na deszcz.

Po drodze zerknął na odwrót karteczki, lecz tym razem Griffin nie zamieścił dodatkowych instrukcji. Samo w sobie nie musiało to zwiastować kłopotów – Robin uznał, że znaczy to tyle, iż powinien po prostu wpuścić członków Hermesa do wieży – lecz godzina była zaskakująco wczesna, a on dopiero poniewczasie zdał sobie sprawę, że nie zabrał ze sobą niczego. Nie miał książek, torby, ani nawet parasola – niczego, co mogłoby uzasadnić jego nocną wyprawę do Babel.

Zawieść jednak nie mógł. Dokładnie z wybiciem dwudziestej trzeciej Robin przemknął przez dziedziniec i otworzył drzwi Instytutu. Nic, czego nie robiłby dziesiątki razy wcześniej – Sezamie, otwórz się, Sezamie, zamknij się – a poza tym miał trzymać się na uboczu i nie przeszkadzać. Dopóki próbka jego krwi nie zniknie ze skrytki, zabezpieczenia nie powinny zadziałać.

Dwóch agentów Hermesa weszło do środka i zniknęło na schodach. Robin jak zwykle został w holu, wypatrując ewentualnych nocnych marków i odliczając pozostałe do wyjścia sekundy.

Pięć po dwudziestej trzeciej wspólnicy Griffina zbiegli po schodach. Jeden z nich niósł zestaw przyborów do grawerunku, drugi kuferek ze srebrnymi sztabkami.

– Dobra robota – szepnął któryś. – Znikamy.

Robin skinął głową i otworzył drzwi, by ich wypuścić. Ledwie pierwszy agent przekroczył próg, powietrze rozdarła straszliwa kakofonia dźwięków – wycie, skowyt i zgrzyt trybów niewidocznego mechanizmu. Zarazem groźba i przestroga, hybryda starożytnej grozy i nowoczesnych osiągnięć w dziedzinie przelewania ludzkiej krwi. Panele w drzwiach rozsunęły się, ukazując ukrytą wnękę.

Agenci Hermesa bez słowa pomknęli przez dziedziniec.

Robin zawahał się, niepewny, czy powinien ruszyć ich śladem. Miał szansę uciec – pułapka była głośna, lecz działała niespiesznie. Zerknął pod siebie i zauważył, że obiema stopami stoi na herbie uniwersytetu. Może system zadziała dopiero, kiedy z niego zejdzie?

Dowiedzieć się mógł tylko w jeden sposób. Zaczerpnął głęboki oddech i wybiegł na schody. Doleciał go huk, po którym poczuł palące szarpnięcie w lewym ramieniu. Nie potrafił stwierdzić, gdzie dokładnie dostał. Ból zajął całą kończynę naraz, nie promieniując z żadnego konkretnego ogniska. Ramię Robina płonęło, eksplodowało, wydawało się, że lada moment odpadnie. Biegł naprzód. Pociski siekły powietrze. Chłopak co chwila zygzakował i podskakiwał; czytał gdzieś, że w taki sposób najskuteczniej uniknąć trafienia, choć nie miał pojęcia, czy to prawda. Słyszał kolejne wystrzały, lecz żadnemu nie towarzyszyła eksplozja bólu. Dotarł do końca dziedzińca i skręcił w lewo na Broad Street. Wieża została poza zasięgiem wzroku i kul.

W tym samym momencie dogoniły Robina strach i ból. Ugięły się pod nim kolana. Zdołał przebiec jeszcze dwa kroki, po czym stanął i oparł się plecami o ścianę, walcząc z silną falą nudności. Kręciło mu się w głowie. Nawet gdyby pojawiła się policja, o ucieczce nie było mowy. Nie w tym stanie, nie z krwią ściekającą mu po ramieniu, nie z czarnymi mroczkami zajmującymi coraz większą część pola widzenia. Skup się! – nakazał sobie. Wcisnął roztrzęsioną rękę do kieszeni i poszukał sztabki. Lewą dłoń miał śliską od krwi; to wywołało kolejny zawrót głowy.

– *Wúxíng* – wyszeptał w panice, próbując się skupić, wyobrazić sobie świat po chińsku. Był niczym. Nie miał kształtu. – Niewidzialny.

Srebro nie zadziałało. Nie potrafił aktywować sztabki; nie potrafił przestawić się na chiński, był w stanie myśleć wyłącznie o tym okrutnym bólu.

– Ty tam! Ani kroku!

Profesor Playfair. Robin drgnął, gotów na najgorsze, lecz oblicze uczonego rozjaśnił ciepły, troskliwy uśmiech.

– Ach, to ty, Swift! Dobry wieczór. Nie poznałem cię. Czy wszystko w porządku? W budynku mamy jakieś zamieszanie.

– Profesorze, ja... – Robin nie miał cienia pomysłu, co może powiedzieć, uznał więc, że najlepszą taktyką będzie bełkot. – Ja nie... Byłem blisko, ale nie wiem, czy...

– Widziałeś kogoś? – spytał Playfair. – System powinien intruza zastrzelić, ale wygląda na to, że po ostatnim razie zablokowała się mechanika. Chociaż nie wiadomo. Mógł dostać tak czy inaczej. Nie rzucił ci się w oczy ktoś kulejący? Ktoś, kto wyglądałby na obolałego?

– Nie, nikogo... Kiedy alarm się rozległ, byłem jeszcze przed zakrętem i nie widziałem dziedzińca. – Czyżby Playfair naprawdę kiwał głową ze zrozumieniem? Robin nie śmiał uwierzyć we własne szczęście. – Czy to... Znów mieliśmy włamanie?

– Może tak, może nie. Nie przejmuj się. – Uczony poklepał Robina po ramieniu, co wywołało kolejną falę koszmarnego bólu, która objęła tym razem cały tułów. Chłopak zacisnął zęby, z trudem powstrzymując okrzyk. – Zabezpieczenia lubią czasami wierzgnąć. Prawdopodobnie pora je wymienić. Szkoda, obecna wersja bardzo mi się podobała. Naprawdę dobrze się czujesz?

Robin pokiwał głową i odpowiedział, całym sobą starając się zachować panowanie nad głosem:

– Najadłem się strachu, nic więcej. Po tym, co widzieliśmy w zeszłym tygodniu...

– Ach, owszem. Paskudna sprawa, nieprawda? Aczkolwiek dobrze wiedzieć, że mój skromny pomysł sprawdził się w praktyce. Przed instalacją nie pozwolono mi tego systemu przetestować nawet na psach. Cieszę się, że to nie ciebie trafiła ta usterka. – Uczony zaśmiał się gardłowo. – Mogłeś skończyć nafaszerowany ołowiem.

– Rzeczywiście – powiedział Robin słabnącym głosem. – Bardzo... bardzo się cieszę.

– Nic ci nie będzie. Napij się whisky z kroplą gorącej wody, to dobrze robi na szok.

– Tak, chyba... Chyba rzeczywiście tak zrobię – rzucił chłopak i odwrócił się, by odejść.

– Nie szedłeś przypadkiem do Instytutu? – spytał lekko zdziwionym tonem profesor Playfair.

To kłamstwo Robin miał już w zanadrzu.

– Niepokoiłem się terminami i chciałem trochę wcześniej zająć się esejem dla profesora Lovella. Teraz jednak jestem zbyt roztrzęsiony i nic mądrego nie napiszę. Pójdę chyba po prostu do łóżka.

– Naturalnie. – Uczony ponownie poklepał go po ramieniu. Jeszcze mocniej niż poprzednio; oczy Robina niemal wystrzeliły z orbit. – Richard zapewne powiedziałby, że tak postępują tylko lenie, ja jednak rozumiem. Wciąż jesteś dopiero na drugim roku, więc odrobina leniuchowania nie powinna ci zaszkodzić. Wracaj do domu i wyśpij się. – Profesor Playfair pożegnał się ostatnim wesołym skinieniem i odmaszerował w kierunku wieży, skąd wciąż dobiegało wycie alarmu.

Robin głęboko odetchnął i pokuśtykał w swoją stronę, modląc się, by nie zemdleć na środku ulicy.

Mimo wszystko na Magpie Lane dotarł przytomny. Krwawienie nie ustało, lecz kiedy wytarł ramię wilgotnym ręcznikiem, stwierdził z ulgą, że kula nie utkwiła w ramieniu. Pocisk rozorał jedynie ciało tuż nad łokciem, pozostawiając ranę głęboką na jedną trzecią cala. Draśnięcie było szczęśliwie niewielkie, lecz Robin nie miał pojęcia, jak je należycie opatrzyć. Przypuszczał, że nie obędzie się bez igły i nici, lecz zdawał sobie sprawę, że szukanie o tej godzinie uniwersyteckiej pielęgniarki byłoby niezbyt rozsądne.

Zacisnął więc zęby i spróbował sobie przypomnieć wszelkie pożyteczne sugestie z przeczytanych powieści awanturniczych. Alkohol – tak, ranę trzeba odkazić. Robin przejrzał zawartość szafek i wyszperał opróżnioną do połowy butelkę brandy, świąteczny prezent od Victoire. Wylał na ramię kilka kropel, syknął z bólu i dla wzmocnienia efektu pociągnął parę głębszych łyków. Następnie odszukał czystą koszulę i podarł ją na pasy. Pomagając sobie zębami, owinął tym prowizorycznym bandażem ranę – z lektur pamiętał, że ucisk tamuje krwawienie. Nie wiedział, co może zrobić więcej. Czy powinien teraz spokojnie czekać, aż rana się zamknie?

Zakręciło mu się w głowie. Skutek utraty krwi czy po prostu zadziałała brandy?

Rami. Znaleźć Ramiego, pomyślał. On pomoże.

Nie. Prosząc o pomoc Ramiego, uczyniłby go wspólnikiem. A Robin prędzej by umarł, niż w jakikolwiek sposób naraził przyjaciela.

Usiadł pod ścianą, odchylił głowę i wpatrując się w sufit, wziął kilka głębokich oddechów. Wystarczy przebrnąć tę jedną noc. Zużył kilka kolejnych koszul – będzie musiał odwiedzić krawca i wymyślić jakąś zgrabną opowiastkę o katastrofie w pralni – lecz ostatecznie krwawienie ustało. Wyczerpany chłopak padł na łóżko i zasnął.

Następnego dnia, po trzech godzinach zajęć, obolały, krzywiący się z bólu Robin udał się do biblioteki medycznej, gdzie na jednym z regałów wyszperał podręcznik lekarza polowego. Później wybrał się na Cornmarket, kupił igłę i nici, po czym pospieszył do domu, by zszyć ranę postrzałową.

Zapalił świeczkę, odkaził nad płomieniem igłę i po wielu nieudanych próbach nawlókł nić. Usiadł i przyłożył ostry koniec do piekącego, odsłoniętego ciała.

Zabrakło mu odwagi. Raz po raz przystawiał igłę do rany i w obawie przed bólem zaraz ją cofał. Sięgnął po brandy i wychylił trzy potężne hausty. Odczekał kilkanaście minut, żeby trunek miał czas rozgościć się w żołądku, i w końcu poczuł w kończynach przyjemne mrowienie. Tak, osiągnął właściwy stan – umysł miał przyćmiony na tyle, by nie przejmować się bólem, a jednocześnie wciąż był na tyle przytomny, aby zszyć ramię. Spróbował ponownie. Tym razem poszło łatwiej, choć i tak musiał tłumić krzyk, zaciskając zęby na kawałku tkaniny. Przy ostatnim szwie czoło Robina było już całe wilgotne od potu; po policzkach spływały strumienie łez. Resztką sił oderwał nić, zaciągnął zębami supełki i cisnął zakrwawioną igłę do umywalki. Moment później runął na posłanie, skulił się na boku i wypił wszystko, co zostało w butelce.

Tej nocy Griffin się z nim nie skontaktował.

Robin zdawał sobie sprawę, że głupotą było się tego spodziewać. Griffin, dowiedziawszy się o nocnym zajściu, z pewnością postanowił zapaść się pod ziemię. Nie bez racji zresztą. W zasadzie Robin nie powinien się dziwić, gdyby brat nie odezwał się do niego choćby i do końca trymestru. Niemniej jego serce zalała przemożna, czarna fala urazy.

Bo przecież tłumaczył Griffinowi, że właśnie tak się ta awantura skończy. Przestrzegał, opowiedział mu o zajściu z niedoszłym złodziejem. Tego fiaska naprawdę można było uniknąć.

Chciał spotkać się z bratem jak najszybciej po to tylko, by móc na niego nawrzeszczeć, powiedzieć „a nie mówiłem?", wytknąć Griffinowi, że powinien był go posłuchać. Że gdyby Griffin nie był tak arogancki, może jego młodszy brat nie miałby w tej chwili na ramieniu tych paskudnych szwów. Do spotkania jednak nie doszło. Skrytka pod parapetem pozostała pusta tej nocy i następnej. Wyglądało na to, że Griffin zniknął z Oksfordu bez śladu, na dobre pozbawiając Robina wszelkiej możliwości kontaktu z sobą i całym Towarzystwem Hermes.

Robin nie mógł rozmówić się z bratem. Nie mógł zwierzyć się Victoire, Letty ani Ramiemu. Tej nocy za jedyne towarzystwo miał siebie, popłakującego bezradnie nad osuszoną butelczyną i rwącym ramieniem. I po raz pierwszy odkąd przybył do Oksfordu, poczuł się naprawdę samotny.

ROZDZIAŁ

JEDENASTY

Jesteśmy li tylko niewolnikami lejącymi pot na cudzej plantacji; to my doglądamy winorośli, lecz wino spija właściciel.

John Dryden, wyimek z „Dedykacji"
do jego przekładu „Eneidy"
(przeł. Grzegorz Komerski)

Robin nie spotkał się z Griffinem do końca drugiego trymestru i przez cały trzeci.

Prawdę mówiąc, niemal tego nie zauważył. W miarę upływu tygodni studentów drugiego roku obarczano coraz większą nawałą pracy i chłopakowi bardzo niewiele czasu zostawało na rozpamiętywanie uraz.

Nadeszły letnie wakacje, choć nie były to wakacje prawdziwe, a raczej coś w rodzaju przyspieszonego dodatkowego okresu nauki. Praktycznie cały ich czas wypełniło Robinowi paniczne przyswajanie sanskryckiego słownictwa, którego znajomość miała zostać poddana sprawdzianowi na tydzień przed rozpoczęciem zajęć. A potem wszyscy stali się nagle studentami trzeciego roku. Na tym etapie młodzi tłumacze doskonale już wiedzieli, jak wyczerpująca jest nauka w Babel, a przy tym studia w wieży utraciły resztki powabu nowości.

Z nastaniem września prysł cały urok Oksfordu; złociste zachody i błękit nieba przeszły w wieczny chłód i mgłę. Niemiłosiernie padało, a wichury wydawały się w porównaniu z poprzednimi latami szczególnie zajadłe. Silne porywy wiatru regularnie łamały im parasole. Bez przerwy chodzili w przemoczonych skarpetach. Treningi klubu wioślarskiego zawieszono*.

Zresztą może i dobrze. Żadne z czwórki przyjaciół nie miało już czasu na sport. Trzeci rok studiów tradycyjnie określano w Babel mianem syberyjskiej zimy, co stało się w pełni zrozumiałe, kiedy dostali do rąk wykaz zajęć. Wciąż mieli kontynuować naukę trzeciego języka oraz łaciny, która wedle krążących po wieży pogłosek miała stać się wyjątkowo trudna z powodu Tacyta. Nie zniknęły także zajęcia z teorii przekładu u profesora Playfaira ani etymologia z profesorem Lovellem, aczkolwiek związane z tymi kursami wymagania urosły dwukrotnie i od studentów oczekiwano teraz na każdych zajęciach pięciostronicowego eseju.

Co najważniejsze, przydzielono im promotorów, pod których okiem mieli prowadzić niezależne projekty badawcze. Traktowano je niczym swoiste pra-prace magisterskie – pierwsze ich dzieło, które po pomyślnym ukończeniu i zaliczeniu miało trafić do naukowych archiwów wieży.

Rami i Victoire z miejsca poczuli się swymi promotorami głęboko rozczarowani. Rami został zaproszony przez profesora Josepha Hardinga do współpracy przy uzupełnianiu kompendium gramatyki języka farsi, co z pozoru stanowiło wielki

---

* Dwa tygodnie po rozpoczęciu roku akademickiego grupa kilkunastu świeżo upieczonych studentów Balliol wynajęła kilka łodzi wiosłowych. Odurzeni alkoholem doprowadzili do powstania na środku rzeki Cherwell zatoru, który zatrzymał trzy barki i jedną łódź mieszkalną, powodując niewyobrażalne straty finansowe. W ramach kary władze uniwersytetu zawiesiły wszystkie zawody wioślarskie aż do następnego roku.

zaszczyt*. Chłopak jednak nie dostrzegał w tym zajęciu nawet odrobiny romantyzmu.

– Ze swojej strony proponowałem, że zajmę się przekładem rękopisów ibn Chalduna – opowiadał przyjaciołom. – Wiecie, tych, które zdobył Silvestre de Sacy. Harding jednak stwierdził, że pracują już nad nimi francuscy orientaliści i że mało prawdopodobne, żeby Paryż zechciał mi te pisma wypożyczyć na cały trymestr. Zapytałem więc, czy mógłbym zamiast tego przełożyć po prostu na angielski arabskojęzyczne eseje Omara ibn Saida, zważywszy, że zalegają w naszych zbiorach nietknięte od bez mała dekady, na co Harding powiedział tylko, iż nie widzi takiej potrzeby, ponieważ abolicja stała się już w Anglii faktem, dacie wiarę?** Zupełnie jakby Ameryka nie istniała. Ostatecznie Harding zdecydował, że skoro chcę zrobić coś istotnego, powinienem się zająć redakcją zamieszczonych w gramatyce farsi cytatów, w związku z czym każe mi teraz czytać Schlegla. „Uber die Sprache und Weisheit der Indier". I wiecie, co się okazało? Pisząc to, Schlegel nie był nawet w Indiach. Praca powstała w Paryżu. Jak można napisać traktat o „języku i mądrości" Indii, przesiadując w Paryżu?***

* Uzupełnienie podręcznika gramatyki choćby o akapit wymagało wielkiej skrupulatności i uwagi. Oksford wciąż dochodził do siebie po blamażu, do jakiego doprowadził niejaki George Psalmanazar, Francuz, który twierdził, że jest pochodzącym z Formozy uczonym. Fakt posiadania niecodziennie białej jak na Azjatę skóry tłumaczył, utrzymując, iż Formozanie mieszkają pod ziemią. Zanim został ostatecznie zdemaskowany jako oszust, przez kilkadziesiąt lat wykładał formozańskie języki i publikował na ich temat liczne artykuły naukowe.

** Omar ibn Said był pochodzącym z Afryki Zachodniej islamskim uczonym schwytanym w niewolę w 1807 roku. Kiedy w 1831 roku napisał swoją autobiografię, wciąż należał do amerykańskiego polityka z Karoliny Północnej, Jamesa Owena. Ibn Said pozostał niewolnikiem do końca życia.

*** To tylko jedno z licznych niedociągnięć dzieła Schlegla. Islam uważał on za „martwy i pusty teizm". Zakładał też, że Egipcjanie są potomkami Hindusów, i twierdził, że języki chiński i hebrajski są gorsze od niemieckiego i sanskrytu, ponieważ brakuje w nich fleksji.

Oburzenie Ramiego okazało się trywialną błahostką w porównaniu z tym, z czym przyszło się borykać Victoire. Promotorem dziewczyny został profesor Hugo Leblanc, pod którego okiem przez dwa poprzednie lata studiowała bez żadnych problemów francuski i który teraz stał się źródłem jej niesłabnącej frustracji.

– Niesamowite – skarżyła się. – Chcę pracować nad kreolskim, czemu Leblanc w zasadzie nie jest przeciwny, choć uważa go za język zdegenerowany. Z tym że jedynym, co go naprawdę interesuje, jest wudu.

– Ta pogańska religia? – upewniła się Letty.

– Ta religia – powtórzyła Victoire z naciskiem, miażdżąc koleżankę spojrzeniem. – Owszem. Leblanc bez przerwy wypytuje o zaklęcia i wiersze wudu, których sam oczywiście przeczytać nie może, bo napisano je po kreolsku.

– Chwileczkę, czy to aby nie to samo, co francuski? – Na twarzy Letty odmalowała się konsternacja.

– Nawet w przybliżeniu nie – odparła Victoire. – Francuski jest jego leksyfikatorem, to prawda, ale kreolski jest samodzielnym językiem, wyposażonym we własne reguły gramatyczne. Użytkownicy tych języków nie rozumieją się wzajemnie. Nawet gdybyś uczyła się francuskiego przez dziesięć lat, to i tak bez wsparcia słownika kreolski wiersz mógłby sprawić ci nielichy kłopot. Leblanc nie ma słownika, bo taki słownik nie istnieje, jeszcze nie, więc w ramach substytutu wykorzystuje mnie.

– No to w czym problem? – rzucił Rami. – Na moje oko szykuje ci się całkiem interesujący projekt.

– Rzecz w tym – podjęła dziwnie skrępowana Victoire – że teksty, które chce tłumaczyć Leblanc, są... sama nie wiem, dosyć szczególne. One naprawdę coś znaczą.

– Chcesz powiedzieć, że są do tego stopnia wyjątkowe, że nie powinno się ich nawet przekładać? – zdziwiła się Letty.

– To element dziedzictwa – oświadczyła Victoire. – Zawierają wykład świętych prawd...

– W które ty z pewnością nie wierzysz...

– Może i nie – przyznała Victoire. – Ja nie... Znaczy nie wiem. W każdym razie z pewnością nie powstały po to, żeby się nimi dzielić. Byłabyś zadowolona, przesiadując długie godziny w towarzystwie białego mężczyzny, który wypytuje o podłoże każdej metafory, o pochodzenie imion wszystkich bóstw po to, żeby wykraść z wierzeń twojego ludu kilka słów, dzięki którym rozjarzy się kawałek srebra?

– Ale przecież te wierzenia nie są... prawdziwe, zgodzisz się chyba? – Letty wciąż nie była przekonana.

– Oczywiście, że są.

– No proszę cię, Victoire.

– Są prawdziwe w sensie, którego ty nigdy nie pojmiesz. – W głosie Victoire nagle pojawiło się ożywienie. – W sensie, który jest w stanie pojąć wyłącznie ktoś urodzony na Haiti. Ale na pewno nie w tym, jaki wyobraża sobie Leblanc.

– Więc dlaczego mu tego po prostu nie powiesz? – Letty wyrwało się westchnienie.

– Myślisz, że nie próbowałam? – syknęła Victoire. – Próbowałaś może kiedyś odwieść profesora z Babel od jakiegoś pomysłu?

– Swoją drogą – Letty była zirytowana, przez co pokazała pazurki – co ty właściwie możesz wiedzieć o wudu? Dorastałaś chyba we Francji?

Nic gorszego powiedzieć w tej chwili nie mogła. Victoire zacisnęła usta i odwróciła wzrok. Rozmowa wygasła. Zapadło krępujące milczenie, którego dziewczęta za nic nie chciały przerwać. Robin i Rami wymienili spojrzenia, czuli się głupio, nie rozumieli. Stało się coś bardzo złego, doszło do naruszenia jakiegoś tabu, lecz wszyscy byli zbyt przestraszeni, aby dociec jakiego.

Robin i Letty byli ze swoich projektów w miarę zadowoleni, choć były pracochłonne i pochłaniały mnóstwo czasu. Robin pracował z profesorem Chakravartim nad skompletowaniem listy istniejących w języku chińskim zapożyczeń z sanskrytu, a Letty wspólnie z profesorem Leblankiem przedzierała się przez francuskojęzyczne artykuły naukowe w poszukiwaniu potencjalnie użytecznych nieprzetłumaczalnych metafor z dziedzin matematyki i inżynierii. Nauczyli się nie omawiać szczegółów w towarzystwie Ramiego i Victoire. W grupie natomiast, rozmawiając o współpracy z promotorami, porozumiewali się ostrożnie, za pomocą komunałów; Robin i Letty zawsze „czynili spore postępy", podczas gdy Ramiemu i Victoire „jak zwykle szło pod górkę".

Na osobności jednak Letty nie była tak delikatna i wyrozumiała. Kwestia profesora Leblanca stała się punktem zapalnym w jej stosunkach z Victoire, którą niezrozumienie i brak empatii ze strony przyjaciółki bolały i zdumiewały. Letty z kolei oskarżała Victoire o nadmierną wrażliwość.

– Sama sobie to robi – stwierdziła w rozmowie z Robinem. – Znacznie ułatwiłaby sobie życie, gdyby po prostu przestała grymasić i zajęła się pracą. Przecież w całym Babel nikt jeszcze nie zajął się poważnie haitańską odmianą kreolskiego. Kompendium gramatyki jest w powijakach. Victoire mogłaby być na tym polu pionierką!

Kiedy Letty wpadała w podobny nastrój, dyskusja z nią zdawała się wykluczona – było jasne jak słońce, że dziewczyna potrzebuje po prostu słuchacza, któremu mogłaby wyłożyć swe żale – lecz Robin mimo wszystko spróbował.

– Może ta sprawa jest dla niej po prostu ważniejsza, niż myślisz.

– Ale nie jest. Wiem, że nie! Victoire nie jest ani trochę religijna; jest ucywilizowaną osobą...

Chłopak aż zagwizdał.

– Oj, Letty wkraczasz na grząski grunt.

– Wiesz, co mam na myśli – zahuczała dziewczyna. – Nie jest Haitanką. Jest Francuzką. I nie rozumiem, dlaczego zawsze musi być taka trudna.

W połowie jesiennego trymestru Letty i Victoire praktycznie przestały ze sobą rozmawiać. Na zajęcia przychodziły w kilkuminutowych odstępach i Robin zastanawiał się, jak wielkich zabiegów wymaga od nich takie rozplanowanie wyjścia z domu, by nie musiały deptać sobie po piętach w trakcie długiego spaceru na uczelnię.

Nie tylko między dziewczynami doszło do rozłamu. W tym okresie między przyjaciółmi zapanowała duszna atmosfera. Coś zaczęło pękać – nie, być może „pękać" jest zbyt mocnym słowem. Ostatecznie wciąż trwali jedno przy drugim z zacięciem ludzi, którzy nie mają na świecie nikogo innego. Ich więź zmieniła jednak charakter. Prawie każdą chwilę spędzali w swoim towarzystwie, lecz jednocześnie się tego towarzystwa obawiali. Każde niemal słowo okazywało się niezamierzoną zniewagą bądź wygłoszoną z premedytacją inwektywą. Kiedy Robin narzekał na sanskryt, słyszał, że wykazuje się brakiem wrażliwości na fakt, że profesor Harding uparcie i mylnie twierdzi, iż jest to jeden z języków Ramiego; kiedy Rami cieszył się z tego, że wraz z profesorem Hardingiem uzgodnili nareszcie kierunek badań, odzywała się urażona Victoire, która z profesorem Leblankiem nie czyniła żadnych postępów. Dawniej solidarność dodawała im otuchy, lecz teraz już tylko przypominali sobie wzajemnie o własnych niedolach.

Najgorsze z punktu widzenia Robina było, że w tajemniczy i nagły sposób coś zmieniło się w relacjach Letty z Ramim. Z pozoru iskrzyło między nimi jak dotąd. Rami nieprzerwanie przyjaciółkę przedrzeźniał i drażnił, a ona w odpowiedzi rozpalała się niczym żagiew. Ostatnio jednak riposty Letty przybrały osobliwy ton, zachowywała się dosłownie jak ofiara poważnych represji. Jeżyła się na najmniejsze, często niemożliwe do uchwycenia uszczypliwości. Rami natomiast stał się jeszcze bardziej okrutny i złośliwy w trudny do opisania sposób. Robin nie miał pojęcia, co może na to poradzić, i zupełnie przy tym nie rozumiał, co tę zmianę spowodowało. Wiedział jedynie, że kiedy obserwował wybuchające między tą dwójką scysje, za każdym razem czuł w piersi dotkliwe kłucie.

– Letty taka po prostu jest – oznajmił przyciśnięty przez Robina Rami. – Nieustannie szuka atencji i uważa, że najlepszym sposobem na jej zdobycie jest urządzanie scen.

– Zrobiłeś coś, co mogło ją zrazić?

– Poza faktem, że żyję? Nie wydaje mi się. Może zajmijmy się już tym przekładem, co? – Temat wyraźnie Ramiego nużył. – Wszystko jest w porządku, Ptaszyno, przyrzekam.

Nic jednak nie było w porządku. Przeciwnie, sprawy przybierały coraz bardziej dziwaczny obrót. Rami i Letty nie znosili się z wzajemnością, a jednocześnie coś ich ku sobie wabiło; nie potrafili rozmawiać, nie zajmując skrajnych, zawsze przeciwnych stanowisk, co nieodwołalnie kończyło się sporem. Kiedy Rami nabierał ochoty na kawę, Letty marzyła się herbata; gdy Ramiemu przypadł do gustu wiszący na ścianie obraz, Letty natychmiast wymieniała tuzin powodów, dla których malowidło to stanowi rażący przykład zachowawczego obstawania Akademii Królewskiej przy zatęchłych artystycznych konwencjach.

Robinowi trudno było ów stan rzeczy znieść. Pewnej nocy, w środku niespokojnego snu, doznał niespodziewanej, pełnej przemocy wizji, pod koniec której wepchnął Letty w nurt Cherwell. Po przebudzeniu spróbował odszukać w sercu choćby cień poczucia winy. Daremnie. Myśl o Letty, przemokniętej i plującej wodą, sprawiała mu za dnia tyle samo radości, co we śnie.

Jedną z nielicznych odskoczni stanowiły praktyki, w ramach których wszyscy czworo przez cały trymestr asystowali pracownikom Instytutu przy pracy ze srebrem.

– Słowo teoria wywodzi się z greckiego *theōria*, oznaczającego „widok" lub „widowisko". Ten sam rdzeń znajdujemy również w wyrazie „teatr". – W ten oto sposób odprawił ich profesor Playfair. – Niemniej nie wystarczy biernie przyglądać się cudzemu trudowi. Trzeba ubrudzić ręce samemu. Musicie na własnej skórze poczuć, jak ten metal śpiewa.

W praktyce oznaczało to masę dodatkowej, niepłatnej pracy. Ku wielkiemu rozżaleniu Robina praktykanci spędzali bardzo niewiele czasu na siódmym piętrze, gdzie prowadzono najbardziej emocjonujące badania. Zamiast tego trzy razy w tygodniu towarzyszył profesorowi Chakravartiemu w wyprawach po całym Oksfordzie, pomagając przy instalacji i konserwacji sztabek. Nauczył się polerować srebro do połysku (utlenianie i patyna znacznie osłabiały działanie par aktywnych), dobierać odpowiedni rozmiar rylca, którym następnie z mozołem odnawiał wygrawerowane napisy, a także zręcznie wsuwać i wysuwać sztabki z gniazd montażowych. Któregoś razu pomyślał, iż to wielka szkoda, że Griffin zaszył się w podziemiu, ponieważ teraz, dzięki praktykom, mieliby niemal nieograniczony dostęp do narzędzi i przechowywanego w wieży kruszcu. Nie musiałby nocami wpuszczać do instytutu złodziei. Otoczony szufladami pełnymi sprzętu grawerskiego i wiecznie roztargnionymi profesorami, mógłby wynosić co tylko dusza zapragnie.

– Jak często trzeba to robić? – zapytał.

– Och, tej pracy nie ma końca – odparł profesor Chakravarti. – W ten sposób, rozumiesz, zarabiamy. Sprzedaż sztabek przynosi pokaźny dochód, lecz prawdziwe pieniądze pochodzą z ich odświeżania. Ja i Richard mamy niestety nieco więcej pracy niż inni koledzy. Babel cierpi na brak sinologów.

Tego popołudnia wizytowali pewną rezydencję w Wolvercote, gdzie mimo dwunastomiesięcznej gwarancji przestała działać instalacja w ogrodzie. Nieco kłopotów przysporzyło przybyszom samo pokonanie bramy – gosposia długo nie mogła uwierzyć, że ma do czynienia z uczonymi z Babel, i podejrzewała, że przybyli obrabować dom – lecz kiedy dowiedli swej tożsamości na kilka sposobów, w tym recytując łacińskie modlitwy, łaskawie pozwoliła im wejść.

– Podobne sytuacje zdarzają mi się mniej więcej dwa razy w miesiącu. Można się przyzwyczaić – zapewnił profesor Chakravarti, aczkolwiek wyglądał na nieco przygnębionego. – Richard nie ma nawet w połowie tak licznych perypetii*.

Gosposia zaprowadziła ich przed dom do prześlicznego, bujnie porośniętego roślinnością ogrodu z cicho pluskającym, wijącym się wężowo strumykiem i kilkoma dekoracyjnymi skałami. Całość urządzona była, jak zostali poinformowani, w stylu chińskim, niezwykle popularnym, odkąd William Chambers zaprezentował swoje projekty w ogrodzie botanicznym Kew. Robin nie przypominał sobie, by w Kantonie widział cokolwiek podobnego, lecz skwapliwie potakiwał, dopóki gosposia nie zostawiła ich samych.

– Cóż, powód usterki jest jasny. – Profesor Chakravarti odsunął na bok gałęzie krzewu i ukazał fragment ogrodzenia, w którym znajdowała się sztabka. Ktoś regularnie ocierał srebro taczką i w ten sposób starł połowę grawerunku. Wina użytkownika, coś takiego nie podpadało pod gwarancję.

Pozwolił Robinowi wyłuskać sztabkę z gniazda, po czym obrócił ją, demonstrując napisy. Po jednej stronie „ogród", po drugiej znak 齋, mogący oznaczać ogród widokowy, lecz także bardziej ogólnie miejsce wyciszenia, ucieczki od świata, posiadający też dodatkowe konotacje z rytuałami oczyszczania, wręczania jałmużny i taoistycznymi aktami skruchy.

– Dzięki temu ogród wydaje się ładniejszy i nie docierają tu hałasy oksfordzkiego życia. Co więcej, sztabka utrzymuje z dala hołotę. Efekt jest, przyznajmy, dość subtelny. Nie poddaliśmy tej pary zbyt długim testom, lecz bogacze są gotowi zapłacić niemal za wszystko – powiedział Chakravarti, oczyszczając sztabkę z ziemi. – Hm. Zobaczmy, czy to wystarczy. – Pozwolił

* Większość klientów Babel była skłonna uwierzyć, że ich sztabki działają w oparciu o moc obcych języków, lecz nie w to, że ich konserwacja wymaga pomocy cudzoziemców. Profesor Chakravarti nie raz i nie dwa musiał zabierać ze sobą białych studentów czwartego roku po to tylko, by zostać wpuszczonym za próg.

Robinowi ponownie zainstalować srebro, po czym pochylił się i obejrzał dzieło. Zadowolony wyprostował się i otrzepał spodnie. – Chcesz ją aktywować?

– To znaczy... po prostu wypowiedzieć te słowa? – Robin wiele razy widział, jak robią to wykładowcy, lecz wciąż nie mógł uwierzyć, że procedura jest tak prosta. Zaraz potem jednak przypomniał sobie, że sztabkę niewidzialności aktywował już przy pierwszym podejściu.

– Cóż, ważny jest specyficzny stan ducha. Oczywiście należy wypowiedzieć odpowiednie słowa, ale ważniejsze jest, abyś miał w głowie naraz oba znaczenia. Musisz zaistnieć jednocześnie w obu lingwistycznych światach i wyobrazić sobie, że podróżujesz między jednym a drugim. Czy wyrażam się choć trochę zrozumiale?

– Chyba... Chyba tak, profesorze. – Robin zmarszczył brwi i spojrzał na sztabkę. – Ale to naprawdę wszystko?

– Och nie. Są pewne mentalne sztuczki heurystyczne, które poznasz na czwartym roku. Na specjalnych seminariach poznasz dodatkowe elementy teorii, ale koniec końców rzecz sprowadza się do wyczucia. – Profesor Chakravarti sprawiał wrażenie zniechęconego; Robin odniósł wrażenie, że uczonego ta rezydencja irytuje i chciałby jak najszybciej znaleźć się gdzie indziej. – No, dalej.

– Cóż... Dobrze. – Robin przyłożył dłoń do metalu. – *Zhāi*. Ogród. – Wyczuł pod palcami nikłe drżenie. W ogrodzie zrobiło się ciszej i bardziej spokojnie, choć chłopak nie był pewien, czy nie jest to jedynie gra wyobraźni. – Udało mi się?

– Miejmy nadzieję. – Chakravarti zarzucił sobie torbę z narzędziami na ramię. Nie zadał sobie nawet trudu, by sprawdzić. – Chodź, czas zainkasować opłatę.

– Czy zawsze trzeba wypowiedzieć parę aktywną, żeby sztabka zadziałała? – spytał Robin w drodze powrotnej na kampus. – To mało praktyczne. Sztabek jest takie mnóstwo, a tłumaczy tak niewielu.

– To akurat zależy od kilku czynników – odpowiedział profesor Chakravarti. – Najważniejszy to sama natura działania sztabki. Efekty niektórych są mocno ograniczone w czasie. Głównie tych, które wywołują reakcje krótkie i gwałtowne. Tak funkcjonuje wiele sztabek wojskowych. Po każdym użyciu należy je aktywować ponownie. Istnieją jednak również inne, o przedłużonym działaniu, weźmy na przykład systemy zabezpieczające naszą wieżę tudzież sztabki instalowane na okrętach i w powozach.

– Co sprawia, że działają dłużej?

– Przede wszystkim zawartość czystego srebra w stopie. Im więcej karatów, tym dłużej utrzymuje się efekt. Stopy mniej szlachetne dają gorsze rezultaty. Przy tym obserwuje się również bardziej subtelne różnice, wynikające z techniki wytapiania i grawerunku, o których będziesz się uczyć już bardzo niedługo. – Profesor Chakravarti rzucił chłopakowi uśmiech. – Nie możesz się już doczekać, prawda?

– To wszystko jest bardzo pasjonujące, profesorze.

– Fascynacja szybko opadnie, przekonasz się – odparł uczony. – Powłóczysz się trochę po mieście, mamrocąc raz po raz te same słowa, a zamiast jak czarodziej poczujesz się jak papuga.

Pewnego popołudnia stawili się w Muzeum Ashmole'a, by sprawdzić sztabkę, która za nic nie pozwalała się aktywować. Angielski napis głosił „weryfikować", a po stronie chińskiej widniał znak 參 oznaczający „potwierdzać". Drugi z tych wyrazów mógł również oznaczać tyle co „zestawiać" oraz „porównywać". Muzealnicy planowali używać sztabki do odróżniania eksponatów oryginalnych od falsyfikatów, lecz ostatnio srebro zawiodło podczas prób, które rozsądnie przeprowadzano przed wykorzystaniem go do oceny nowych nabytków.

Robin z profesorem Chakravartim starannie obejrzeli sztabkę przez szkła przenośnego mikroskopu, lecz ani grawerunek liter łacińskich, ani chińskiego symbolu nie wykazywał żadnych świadectw erozji. A sztabka uparcie nie chciała zadziałać, nawet kiedy uczony pogłębił oba napisy najbardziej precyzyjnym rylcem z zestawu.

– Zawiń to, z łaski swojej – poprosił z westchnieniem profesor – i schowaj do torby.

– A co się właściwie stało? – Robin wykonał polecenie.

– Więź rezonansowa przestała działać. Niekiedy i tak bywa, zwłaszcza w przypadku starszych par aktywnych.

– Czym jest więź rezonansowa?

– Za mną! Do wieży – rzucił przez ramię wychodzący już z muzeum Chakravarti. – Pokażę ci na miejscu.

Kiedy wrócili do Babel, uczony powiódł chłopaka na południowe skrzydło siódmego piętra. Robin znalazł się tu po raz pierwszy. Wszystkie poprzednie wizyty na tym poziomie ograniczały się do warsztatu, zajmującego zresztą większość przestrzeni. Wstępu do południowej części piętra strzegły bardzo mocne drzwi, zabezpieczone aż trzema zamkami, które profesor Chakravarti otworzył za pomocą kluczy wyłuskiwanych z pobrzękującego pęku.

– W zasadzie jeszcze nie powinienem ci tego pokazywać – oznajmił naukowiec z porozumiewawczym mrugnięciem. – Informacje zastrzeżone i tak dalej. Niestety, w inny sposób nie zrozumiesz.

Zgrzytnął ostatni zamek i drzwi stanęły otworem.

Tuż za progiem chłopak poczuł się, jakby trafił do wnętrza gigantycznego pianina. Z podłogi sterczał bezlik grubych srebrnych prętów przeróżnej długości. Jedne sięgały mu pasa; inne strzelały wysoko, ciągnąc się aż po sufit. Miejsca pomiędzy nimi było akurat tyle, by mogli zwinnie przejść, żadnego nie dotykając. Robinowi widok skojarzył się z kościelnymi organami; ogarnęła go dziwna ochota, by sięgnąć po młotek i zacząć bić kolejno we wszystkie pręty.

– Rezonans jest jedną z metod obniżania kosztów – zaczął wyjaśniać profesor Chakravarti. – Wysokokaratowe srebro musimy zachowywać do wytwarzania sztabek o długo utrzymującym się działaniu. Jak już mówiłem, trafiają one między innymi do marynarki wojennej, wzmacniają jednostki floty handlowej i tak dalej. Sztabki z mniejszą zawartością srebra trafiają przede wszystkim do klientów mieszkających na terenie Anglii, dzięki czemu możemy je zasilać, korzystając właśnie ze zjawiska rezonansu.

– Ale jak to działa? – Oszołomiony Robin spoglądał na las prętów.

– Najprościej będzie, jeżeli wyobrazisz sobie Babel jako centrum, a wszystkie uzależnione od rezonansu sztabki w Anglii jako peryferie. Peryferie czerpią moc z centrum. – Profesor Chakravarti zatoczył ręką dokoła. Chłopak zauważył, że wszystkie pręty wibrują z olbrzymią częstotliwością, lecz co dziwne, wieża wcale nie rozbrzmiewała kakofonią przykrych dla ucha dźwięków. Przeciwnie, było cicho, w powietrzu nie dało się wyczuć najlżejszego drżenia. – Na prętach, które masz przed sobą, wygrawerowane są najpowszechniej stosowane w kraju pary aktywne, dzięki czemu mogą one podtrzymywać działanie powiązanych z nimi sztabek. Moc tamtych pochodzi stąd, dzięki czemu nie wymagają bezustannej reaktywacji.

– Trochę jak brytyjskie garnizony wojskowe w koloniach, które korzystają ze sprowadzanego z Anglii zaopatrzenia – skomentował Robin.

– Zgrabne porównanie, owszem.

– A więc te pręty rezonują ze wszystkimi sztabkami w kraju? – Chłopak ujrzał oczyma wyobraźni rozpostartą nad Wielką Brytanią niewidzialną sieć znaczeń i sensów, bez której srebrne sztabki utraciłyby swą moc. Myśl wydała mu się zgoła przerażająca. – Tylko czy nie powinno być ich więcej?

– Powinno i jest. Istnieją również znacznie mniejsze ośrodki rezonansowe. Jeden mamy w Edynburgu, inny funkcjonuje w Cambridge. Przenoszona przez rezonans energia słabnie proporcjonalnie do wzrostu odległości, rozumiesz. Niemniej lwia część prętów znajduje się tutaj. Instytut nie mógłby utrzymać wielu takich ośrodków, ponieważ aby działać, wymagają obecności wykwalifikowanych tłumaczy.

Robin pochylił się nad jednym z najbliższych prętów. Poza wygrawerowaną u góry parą wyrazów widniał na nim szereg liter i zagadkowych symboli.

– W jaki sposób tworzy się tego rodzaju więź?

– To w miarę skomplikowany proces. – Profesor Chakravarti podprowadził chłopaka do smukłego pręta, zainstalowanego w pobliżu wychodzącego na południe okna. Przyklęknął, wydobył z torby przyniesioną z muzeum sztabkę i przyłożył ją do srebrnego słupka. Robin zauważył, że na jednej z bocznych ścianek sztabki widnieją oznaczenia dokładnie odpowiadające symbolom z pręta. – Pręt i sztabka muszą zostać odlane z tego samego surowca. Do tego dochodzi spora ilość pracy z etymologią i symbolami. Jeżeli wybierzesz tę specjalizację, poznasz wszystkie szczegóły na czwartym roku. Dodatkowo stosujemy tutaj sztuczny alfabet, opracowany na podstawie rękopisu odkrytego w siedemnastym stuleciu przez pewnego praskiego alchemika*. Chodzi o to, by nikt spoza Babel nie był w stanie tej techniki odtworzyć. Na tym etapie możesz uznać to, co robię teraz, za pogłębianie więzi.

* Manuskrypt, o którym mowa – od nazwiska alchemika, który upublicznił wiedzę o jego istnieniu, nazywany Kodeksem Barescha – jest księgą omawiającą, jak się wydaje, tematy z dziedzin magii, nauk ścisłych i botaniki. Spisany został alfabetem łączącym litery łacińskie z innymi, nieznanego pochodzenia. W alfabecie tym nie występują znaki interpunkcyjne ani rozróżnienie na litery wielkie i małe. Język tekstu wydaje się najbliższy łacinie – autor stosuje między innymi łacińskie skróty. Cel powstania i znaczenie Kodeksu Barescha pozostają od stuleci tajemnicą. Rękopis znalazł się w posiadaniu Babel w połowie osiemnastego wieku, lecz nawet tutejsi tłumacze nie byli w stanie odcyfrować tekstu. Alfabet wykorzystywany do tworzenia więzi rezonansowych powstał wprawdzie w oparciu o symbole z księgi Barescha, lecz nie jest świadectwem postępu w pracach nad rozwiązaniem jej zagadki.

– Ale przecież sztuczne języki nie powinny aktywować sztabek – zauważył Robin.

– One rzeczywiście nie pozwalają na manifestację utraconych znaczeń w świecie fizycznym – powiedział Chakravarti – ale w charakterze mechanizmu łączącego sprawdzają się całkiem dobrze. Oczywiście moglibyśmy ograniczyć się do cyfr, lecz Playfair uwielbia otaczać się tajemnicami. Lubi mieć wszystko na wyłączność.

Chłopak stał przez chwilę w milczeniu i obserwował profesora, który pogłębił rylcem symbole na sztabce z muzeum, obejrzał je przez szkło powiększające, po czym poprawił również znaki na pręcie rezonansowym. Operacja zajęła mniej więcej kwadrans. Na koniec uczony na powrót owinął sztabkę aksamitną szmatką, schował ją do torby i wstał.

– Teraz powinno być dobrze. Odniesiemy ją jutro.

Robin, który od kilku minut odczytywał napisy na prętach, zauważył, że większość stanowią pary chińsko-angielskie.

– Musicie je wszystkie podtrzymywać tylko we dwóch z profesorem Lovellem?

– Nie inaczej – przyznał Chakravarti. – Nikt poza nami tego nie potrafi. Kiedy skończysz studia, będzie nas trzech.

– Czyli jesteśmy im potrzebni – powiedział chłopak. Dziwnie było pomyśleć, że funkcjonowanie całego imperium zależy od tak nielicznej grupki fachowców.

– Wręcz niebywale potrzebni – skinął głową profesor. – A w naszej sytuacji dobrze jest być potrzebnym.

Stanęli ramię w ramię przed oknem. Podziwiając panoramę Oksfordu, Robin odniósł wrażenie, iż miasto przypomina misternej konstrukcji pozytywkę, której działanie jest w pełni uzależnione od srebrnych trybików; gdyby zabrakło srebra, gdyby pręty rezonansowe uległy zniszczeniu, Oksford zastygłby w bezruchu. W jednej chwili umilkłyby dzwony, powozy zamarły na środku ulic, a mieszkańcy zatrzymali się w pół kroku, w nienaturalnych pozycjach, z ustami oniemiałymi w pół słowa. Nie potrafił sobie jednak wyobrazić, że srebra może kiedykolwiek zabraknąć. Londyn i Babel bogaciły się z dnia na dzień, gdyż okręty, wzmacniane sztabkami o przedłużonym działaniu, sprowadzały z dalekich krajów całe ładownie wypakowanych srebrem kufrów. W żadnym zakątku świata nie istniał rynek, który zdołałby się oprzeć brytyjskim wpływom, odporny nie był nawet Daleki Wschód. Jedyne wydarzenie mogące zakłócić napływ srebra stanowiłaby całkowita zapaść globalnej gospodarki, a ponieważ była to wizja absurdalna, to i Srebrne Miasto, i Oksford wydawały się wieczne.

Pewnego dnia w połowie stycznia przyjaciele tuż po wejściu do wieży zauważyli, że wszyscy starsi studenci i wykładowcy noszą pod togami czarne ubrania.

– To ku pamięci Anthony'ego Ribbena – wyjaśnił profesor Playfair na początku seminarium. On sam jednak wybrał koszulę w kolorze bzu.

– A co się stało? – zaniepokoiła się Letty.

– Ach, rozumiem. – Naukowiec ściągnął twarz. – Wy jeszcze nie wiecie.

– O czym?

– Anthony zaginął w czasie pobytu naukowego na Barbadosie. Jeszcze latem – powiedział Playfair. – Zniknął w noc poprzedzającą wypłynięcie jego statku powrotnego do Bristolu. Zaginął po nim wszelki słuch. Należy założyć, że nie żyje. Wszyscy jego koledzy z siódmego piętra są tym faktem bardzo poruszeni i jak mniemam, będą nosić żałobę do końca tygodnia. Przyłączyła się do nich część studentów i pracowników innych wydziałów Instytutu. – Uczony mówił to wszystko tonem tak swobodnym i nieprzejętym, jakby rozmawiali o tym, dokąd popłynąć na popołudniową wycieczkę łódką. Robin przyglądał się mu z głębokim niedowierzaniem.

– Ale czy on... Czy profesor nie jest... Miałem na myśli, że... Czy Anthony nie miał krewnych? Zostali poinformowani?

– Rodziny nie miał, jedynie opiekuna – odparł profesor Playfair, wypisując jednocześnie na tablicy plan obecnych zajęć. – Pan Falwell został uwiadomiony pocztą. Doszły mnie słuchy, że wiadomość mocno wytrąciła go z równowagi.

– Mój Boże – jęknęła Letty. – To straszne – powiedziała, rzucając zatroskane spojrzenie Victoire, która znała Anthony'ego najlepiej spośród całej czwórki.

Victoire jednak przyjęła wiadomość z zadziwiającym spokojem; nie sprawiała wrażenia wstrząśniętej ani zmartwionej. Wydawała się za to lekko skrępowana. Na jej twarzy malowała się mina człowieka, który ma nadzieję na jak najszybszą zmianę tematu. Profesor Playfair skwapliwie pospieszył jej z pomocą.

– Cóż, przejdźmy wreszcie do rzeczy. W ubiegły piątek zatrzymaliśmy się na nowatorskich pracach niemieckich romantyków...

W Babel nie opłakiwano Anthony'ego. Władze Instytutu nie zorganizowały nawet mszy ku jego pamięci. Kiedy Robin następnym razem znalazł się na siódmym piętrze, zauważył, że miejsce przy warsztacie zmarłego zajął już inny doktorant, chłopak o czuprynie koloru pszenicy.

– Obrzydliwość – skwitowała Letty. – Jak tak można? Przecież on był absolwentem Babel, a wszyscy tu udają, że w ogóle nie istniał.

Oburzenie dziewczyny wynikało z głęboko zakorzenionego strachu, grozy, która dręczyła również Robina – oboje mieli bowiem świadomość, że Anthony okazał się człowiekiem zbędnym, kimś, kogo można poświęcić. Że oni wszyscy są w istocie zbędni. Że ta wieża – miejsce, w którym wszyscy po raz pierwszy w życiu poczuli się u siebie – dopóki pozostawali przy życiu, hołubiła ich i doceniała, lecz w rzeczywistości nie darzyła ich żadnym cieplejszym uczuciem. Że w ostatecznym rozrachunku wszyscy są jedynie żywymi, wymiennymi opakowaniami dla języków.

Nikt z całej czwórki nie wypowiedział tych myśli na głos. Podobne refleksje mogły sprawić, że czar uniwersyteckiego życia pryśnie i nigdy nie wróci. Wszyscy spodziewali się natomiast, że odejście Anthony'ego najbardziej przeżyje Victoire. Ci dwoje byli ze sobą mocno zżyci; byli jedynymi czarnoskórymi studentami wieży i oboje pochodzili z Indii Zachodnich. Koledzy dość często widywali ich, kiedy z pochylonymi głowami, pogrążeni w rozmowie, wracali ramię w ramię ze stołówki do Babel.

Robin jednak nie zauważył, żeby Victoire przez całą zimę uroniła choć jedną łzę. Chciał ją pokrzepić, lecz nie miał pojęcia jak. Zadanie było trudne tym bardziej, że dziewczyna nie pozwalała poruszać tematu. Przy pierwszej wzmiance o Anthonym nerwowo drgała, gwałtownie mrugała i z miejsca zaczynała mówić o czymś innym.

– Wiedzieliście, że Anthony był niewolnikiem? – spytała Letty pewnego wieczora w stołówce. W przeciwieństwie do przyjaciółki z determinacją podejmowała tę kwestię przy każdej możliwej okazji. Śmierć Anthony'ego fascynowała ją z niepokojąco szlachetnych pobudek. – Po wejściu w życie ustawy o abolicji jego pan nie chciał mu zwrócić wolności i planował go wywieźć do Ameryki. W Oksfordzie został jedynie dlatego, że Babel zdecydowała się go wykupić. Zapłacili za jego wyzwolenie. Możecie uwierzyć w coś takiego?

Robin rzucił okiem na Victoire, lecz wyraz twarzy dziewczyny nie zmienił się ani trochę.

– Letty – powiedziała z wielkim spokojem – ja tu próbuję jeść.

ROZDZIAŁ DWUNASTY

Słowem, byłem zbyt wielkim tchórzem, aby uczynić to, co uważałem za słuszne, i zanadto tchórzyłem, aby uniknąć złych postępków.

Charles Dickens, „Wielkie nadzieje"
(przeł. Karolina Beylin)

Kiedy Griffin ponownie wypłynął na powierzchnię, wiosenny trymestr trwał już w najlepsze. Nie kontaktowali się od tak wielu miesięcy, że Robin przestał nawet sprawdzać skrytkę pod parapetem tak pilnie jak dawniej i zapewne przegapiłby liścik, gdyby jego uwagi nie zwróciła sroka, która z wielkim zapałem próbowała wydłubać kartkę ze szpary.

Posłuszny zawartym w wiadomości instrukcjom chłopak stawił się Pod Koślawym Korzeniem następnego dnia punktualnie o trzynastej trzydzieści, lecz Griffin spóźnił się niemal o godzinę. Kiedy brat wreszcie się pojawił, Robinem wstrząsnął jego opłakany wygląd. Można było pomyśleć, że samo chodzenie stanowi dla Griffina poważny wysiłek; gdy przeszedł przez salę i usiadł, dyszał tak ciężko, jakby pokonał właśnie maratoński dystans. Było jasne, że odzieży nie zmieniał od wielu dni; otaczająca go woń przyciągała spojrzenia pozostałych gości. Co więcej, Griffin nieznacznie kuśtykał, a za każdym razem kiedy podnosił rękę, spod mankietów jego koszuli wyglądały bandaże.

Robin nie był pewien, jak powinien zareagować. Wybierając się na to spotkanie, przygotował sobie długą, ostrą w wymowie tyradę, lecz teraz, kiedy patrzył na brata, słowa uwięzły mu w gardle. Siedział więc cicho i czekał, wpatrując się w Griffina, który zamówił zapiekaną w cieście baraninę i dwie szklanki piwa.

– Na uczelni w porządku? – zapytał po chwili Griffin.

– Nie najgorzej – przyznał Robin. – Zajmuję się... Hmm... Pracuję teraz nad samodzielnym projektem.

– Z kim?

– Z Chakravartim – rzucił Robin i podrapał się za kołnierzykiem. Głupio mu było rozmawiać o studiach.

– To miło. – Na stole pojawiło się piwo. Griffin osuszył swoją szklankę duszkiem i skrzywił się. – Bardzo miło.

– Niestety, moi koledzy z roku nie są zachwyceni swoimi projektami.

– No pewnie, że nie są – prychnął Griffin. – Babel nigdy nie pozwoli wam zajmować się tym, czym powinniście. Będziecie pracować wyłącznie nad tym, co pozwoli im napchać kieszenie.

Po tych słowach długą chwilę siedzieli w milczeniu. Robina dręczyło niejasne, pozbawione wszelkich podstaw poczucie winy. Miał wrażenie, że robak wyrzutów sumienia ryje mu w trzewiach coraz głębiej i głębiej. Przyniesiono jedzenie. Z talerza unosiły się tumany gorącej pary, lecz Griffin pożarł danie błyskawicznie, jakby umierał z głodu. Niewykluczone zresztą, iż tak właśnie było; kiedy pochylał się nad stołem, łopatki sterczały mu z pleców tak bardzo, że oczy bolały od samego patrzenia.

– Powiedz... – zaczął Robin i odchrząknął. Wciąż nie miał pojęcia, jak zacząć. – Griffin, czy wszystko...

– Przepraszam. – Griffin odłożył widelec. – Widzisz, ja... wróciłem do Oksfordu dopiero zeszłej nocy i padam z nóg.

– Jasne – rzucił Robin z westchnieniem.

– Jakkolwiek by było, oto lista potrzebnych mi tekstów. – Griffin sięgnął do kieszeni i wyłowił z niej wymiętą kartkę. – Z arabskimi tytułami możesz mieć problem. Zapisałem je w transkrypcji, dzięki czemu znajdziesz odpowiedni regał, ale potem będziesz już musiał szukać samodzielnie. Na szczęście wszystkie znajdują się w Bodlejance, nie w Babel, więc nie musisz się martwić, że ktoś zapyta, co kombinujesz.

– I to wszystko? – Robin odebrał listę.

– Wszystko.

– Naprawdę?

Robin nie był w stanie dłużej tego tłumić. Spodziewał się ze strony Griffina bezduszności, to prawda, lecz nie nędznie udawanej ignorancji. Wraz z cierpliwością wyparowały z serca Robina resztki współczucia; ich miejsce zajęły uraza i rozgoryczenie, które wrzały w nim już od roku.

– Jesteś pewien?

– A co? Stało się coś? – Griffin obrzucił go nieufnym spojrzeniem.

– Nie zamierzasz ze mną porozmawiać na temat ostatniego razu? – spytał ostro Robin.

– Ostatniego razu?

– Tak, tego, kiedy włączył się alarm. Uruchomiliśmy pułapkę, strzelającą pułapkę...

– Nic ci się przecież nie stało.

– Zostałem ranny! – wycedził Robin. – Co się wtedy stało? Ktoś zawalił. Wiem, że nie byłem to ja, bo ja stałem dokładnie tam, gdzie powinienem. A z tego wynika, że pomyliłeś się co do zabezpieczeń i...

– Takie rzeczy po prostu czasami się zdarzają. – Griffin wzruszył ramionami. – Na szczęście nikogo nie schwytali...

– Dostałem w rękę!

– Słyszałem. – Griffin spojrzał nad stołem, jakby próbował wypatrzyć ranę brata przez rękaw koszuli. – Ale wyglądasz całkiem zdrowo.

– Musiałem zszyć ranę samodzielnie...

– Brawo, zuch chłopak! Znacznie lepszy pomysł niż wizyta w uniwersyteckim ambulatorium. Bo chyba tam nie byłeś, co?

– Co się z tobą dzieje?!

– Ciszej! – syknął Griffin.

– Ja mam się uciszyć?!

– Nie rozumiem, dlaczego z takim uporem tę sprawę roztrząsasz. Popełniłem błąd. Udało ci się uciec. To się nie powtórzy. Od tego momentu przestanę z tobą wysyłać ludzi z zewnątrz. Teraz sam będziesz wynosić fanty...

– Nie na tym polega problem – warknął Robin. – Zostałem przez ciebie ranny, a ty zostawiłeś mnie na lodzie.

– Proszę cię, nie dramatyzuj – rzucił z westchnieniem Griffin. – Wypadki się zdarzają. I nic ci nie jest. – Urwał, zastanowił się i podjął nieco ciszej: – Słuchaj, jeśli poczujesz się przez to lepiej, to wiedz, że mamy bezpieczną kryjówkę na Saint Aldate's. Korzystamy z niej, kiedy ktoś musi na pewien czas się ulotnić. Tuż obok kościoła znajdziesz drzwi do piwnicy. Sprawiają wrażenie zardzewiałych na amen, ale wystarczy, że odnajdziesz miejsce, w którym zainstalowana jest sztabka, i wypowiesz odpowiednie słowa. W ten sposób wejdziesz do tunelu, to odnoga, o której zapomniano w trakcie renowacji i...

– Kryjówka nie załatwia sprawy! – Robin pokiwał palcem.

– Następnym razem bardziej się postaramy – obiecał Griffin. – To było jednorazowe potknięcie. Z mojej winy. Bierzemy ten błąd pod uwagę. A teraz naprawdę się ucisz, bo ktoś nas zaraz podsłucha. – Odchylił się w krześle i oparł wygodniej. – No dobrze. Przez kilka ładnych miesięcy byłem poza miastem, więc chętnie usłyszę, co nowego w wieży. I proszę cię, bądź zwięzły.

Robin był w pełni gotów brata uderzyć. I zrobiłby to, gdyby nie bał się ściągnąć spojrzeń, gdyby Griffin nie był w tak opłakanym stanie. Rozumiał już, że niczego więcej nie uzyska. Griffin, podobnie jak profesor Lovell, potrafił wykrzesać z siebie zdumiewająco silną determinację i upór; kiedy coś im nie pasowało, po prostu nie przyjmowali tego do wiadomości, a wszelkie próby wywarcia nacisku kończyły się jedynie dodatkową frustracją. Przelotnie Robina korciło też, by po prostu wstać i wyjść, po to choćby, żeby zobaczyć minę Griffina. Takie rozwiązanie przyniosłoby jednak najwyżej chwilową satysfakcję. Gdyby potem wrócił, brat po prostu by go wykpił; gdyby odszedł naprawdę, zerwałby jedyną więź łączącą go z Towarzystwem Hermes. Uciekł się więc do metody, która w kontaktach z ojcem i bratem sprawdzała się najlepiej – zdusił irytację i zrezygnowany przystał na podyktowane przez Griffina warunki.

– Właściwie to niewiele się dzieje – przyznał, wziąwszy uprzednio dla uspokojenia głęboki oddech. – Ostatnio żaden z profesorów nie podróżował za granicę i wydaje mi się, że nikt też nie zmienił zabezpieczeń. Ach, miało miejsce jedno okropne wydarzenie. Jeden z doktorantów, Anthony Ribben...

– A tak, znam Anthony'ego – wtrącił Griffin, po czym zreflektował się i odchrząknął. – To znaczy znałem. Kolega z roku.

– Czyli słyszałeś? – upewnił się Robin.

– Co miałem słyszeć?

– Że Anthony nie żyje.

– Co? Nie – rzucił Griffin dziwnie bezbarwnym głosem. – Nie. Chodziło mi o to, że znaliśmy się, zanim odszedłem z uczelni. Nie żyje, mówisz?

– Przepadł bez wieści przed powrotem z Indii Zachodnich.

– Straszne – mruknął bez emocji Griffin. – Doprawdy straszne.

– I tyle?

– A co chciałbyś jeszcze usłyszeć?

– Studiowaliście ze sobą!

– Z prawdziwą przykrością donoszę, że takie wypadki nie są niczym niezwykłym. Podróże to niebezpieczna zabawa. Co kilka lat ktoś ginie.

– Ale to... wszystko jest nie tak. Nie odbyła się nawet msza w jego intencji. Życie w wieży toczy się dalej jakby nigdy nic. I to właśnie... – Robin urwał. Nagle zebrało mu się na płacz. Wspominając o tej sprawie, poczuł się jak głupiec. Nie miał pojęcia, czego oczekuje, być może jakiegoś rodzaju potwierdzenia, iż życie Anthony'ego miało wartość i że nie można o nim tak gładko zapomnieć. Tylko że Griffin, co Robin powinien był przewidzieć, był ostatnią osobą, u której mógł szukać pokrzepienia.

Griffin przez bardzo długą chwilę siedział bez słowa. Spoglądał za okno ze ściągniętymi w skupieniu brwiami, być może rozważał coś w duchu. Wydawało się, że Robina w ogóle nie słucha. Raptem jednak pochylił głowę na bok, otworzył usta, zamknął je i otworzył ponownie,

– Wiesz, to żadna niespodzianka. Babel traktuje w ten sposób wszystkich studentów. Szczególnie tych, których sprowadzają zza granicy. Jesteś dla nich cennym nabytkiem, pozycją na liście aktywów, ale niczym ponadto. Maszyną do tłumaczenia. A kiedy ktoś zawiedzie, pozbywają się go bez chwili namysłu.

– Ale Anthony nie zawiódł, on zginął.

– Na jedno wychodzi. – Griffin wstał z miejsca i sięgnął po płaszcz. – Tak czy siak, teksty z listy chcę dostać w ciągu tygodnia. Niedługo dam ci znać, gdzie masz je podrzucić.

– To wszystko? Koniec rozmowy? – rzucił zaskoczony Robin. Ogarnęła go świeża fala rozczarowania. Nie byłby w stanie powiedzieć, czego chce od Griffina, nie wiedział nawet, czy brat byłby to w stanie zapewnić, lecz z pewnością miał nadzieję na więcej.

– Mam sprawy do załatwienia. – Griffin nawet się nie odwrócił. Zmierzał już do drzwi. – Pilnuj parapetu.

Ten rok był fatalny pod każdym możliwym względem.

Oksford skaziła jakaś trucizna. Coś wyprało uniwersytet ze wszystkiego, co wcześniej sprawiało Robinowi radość. Noce stały się chłodniejsze, deszcze bardziej ulewne. Wieża nie była już rajem, a więzieniem. Nauka okazała się torturą. Studia nie cieszyły już ani jego, ani jego przyjaciół; nie czuli dreszczu odkrywców jak na pierwszym roku ani zadowolenia na myśl, że pewnego dnia, na czwartym roku, zaczną nareszcie pracować ze srebrem. Starsi koledzy zapewniali, że tak jest zawsze, że trzecioroczny marazm jest fazą normalną i nieuniknioną. Ten rok jednak wydawał się znacznie gorszy także z kilku innych perspektyw. Dla przykładu, alarmująco wzrosła liczba prób rabunku wieży. Wcześniej w Babel spodziewano się przeciętnie dwóch do trzech nieudanych włamań rocznie, po których studenci tłoczyli się przy drzwiach, aby niczym w teatrze podziwiać skutki działania okrutnych, instalowanych przez Playfaira systemów ochronnych. W tym roku tymczasem już w lutym złodzieje próbowali szczęścia bez mała co tydzień, a studenci mieli serdecznie dosyć widoku policjantów odciągających po bruku okaleczonych sprawców.

Wieżę wzięli na cel nie tylko złodzieje. Jej ściany bezustannie bezczeszczono, zazwyczaj za pomocą moczu, rozbitych butelek i rozlanego alkoholu. Dwukrotnie pojawiły się na nich namalowane pod osłoną nocy krzywymi, szkarłatnymi literami hasła. SZATAŃSKIE JĘZYKI – głosił ten widniejący od tyłu; DIABELSKIE SREBRO – wołał ten spod okna.

Pewnego ranka młodzi tłumacze zastali na dziedzińcu przed Instytutem dziesiątki mieszkańców miasta, gniewnie pokrzykujących na wchodzących i wychodzących z wieży naukowców. Zaintrygowani studenci podeszli ostrożnie bliżej. Ciżba sprawiała onieśmielające wrażenie, lecz nie była na tyle gęsta, by nie mogli przedostać się do drzwi. Być może fakt, że woleli narazić się na starcie z tłumem, niż spóźnić na zajęcia, powinien skłonić ich do zastanowienia, lecz wszystko naprawdę było na jak najlepszej drodze, dopóki przed Victoire nie wyrósł krzepki mężczyzna, który zaczął warczeć na dziewczynę z szorstkim i niezrozumiałym północnym akcentem.

– Nie znam pana – odezwała się zlękniona Victoire. – Nie wiem, czego pan...

– Chryste! – Rami skoczył naprzód jak trafiony pistoletową kulą. Victoire pisnęła. Serce Robina zamarło. Zaraz potem zrozumiał jednak, co się stało. Kurze jajo; ktoś cisnął nim w dziewczynę, a Rami poderwał się, by osłonić ją własną piersią. Victoire cofnęła się i zakryła twarz dłońmi. Rami otoczył ją ramieniem i poprowadził po schodach do wieży.

– Ludzie! Co wy wyprawiacie?! – wydarła się Letty.

Mężczyzna, który rzucił jajkiem, odpowiedział niewyraźnym okrzykiem. Robin czym prędzej chwycił dłoń Letty i pociągnął ją do Instytutu w ślad za Ramim i Victoire.

– Nic ci się nie stało? – spytał.

– Nic, nic mi nie jest. – Victoire trzęsła się tak mocno, że ledwie była w stanie mówić. – Och, Rami, pozwól. Mam chusteczkę...

– Nie ma potrzeby. – Rami zdjął marynarkę. – I tak już zniszczona. Kupię sobie nową.

W holu zaciekawieni studenci i klienci tłoczyli się przy oknach i wyglądali na wzburzony tłum. Robin w pierwszym odruchu zastanowił się, czy za demonstracją nie stoi Hermes. To jednak było wykluczone – kradzieże Griffina były zawsze starannie planowane, co sugerowało istnienie aparatu znacznie bardziej wyrafinowanego niż wściekła ciżba.

– Wiesz może, co się tu dzieje? – zwrócił się do Cathy O'Nell.

– Wydaje mi się, że to tkacze – odpowiedziała dziewczyna. – Władze Babel nawiązały podobno współpracę z właścicielami jakiejś przędzalni na północy. W efekcie wszyscy ci ludzie stracili zajęcie.

– Wszyscy? – zdziwił się Rami. – Z powodu kilku sztabek?

– Och, zwolnionych zostało kilkuset pracowników – włączył się Vimal, który podsłuchał ich rozmowę. – Mówi się, że to efekt działania jakiejś genialnej pary aktywnej, którą opracował profesor Playfair, a zyski z tej umowy pozwolą nam opłacić renowację całego wschodniego skrzydła holu. Właściwie wcale mnie to nie zaskakuje, jeśli sztabka rzeczywiście wykonuje pracę aż tylu ludzi.

– Choć trochę to smutne, nieprawda? – odezwała się Cathy. – Ciekawe, co ci nieboracy teraz poczną?

– To znaczy? – spytał Robin.

– No wiesz. – Cathy skinęła za okno. – Zastanawiam się, w jaki sposób utrzymają rodziny.

Robin poczuł falę wstydu. Nawet o tym nie pomyślał.

Kiedy weszli na górę i rozpoczęły się zajęcia z etymologii, profesor Lovell wykazał się jeszcze większą bezdusznością.

– Nie przejmujcie się tymi protestami. Hołota i nic więcej. Pijacy i malkontenci z północy. Szumowiny, dla których jedynym sposobem wyrażania zdania jest pokrzykiwanie na środku ulicy. Zdecydowanie wolałbym, gdyby wystosowali do nas list, aczkolwiek szczerze wątpię, aby choć co drugi z nich potrafił czytać.

– Czy to prawda, że stracili pracę? – spytała Victoire.

– Cóż, oczywiście. Zajęcie, jakim się trudnili, nie jest już nikomu potrzebne. Tak zresztą powinno się stać już dawno temu. Nie istnieje powód, dla którego cały proces przędzenia i tkania nie miałby ulec pełnej mechanizacji. Na tym po prostu polega postęp.

– Ci ludzie wydają się tego nie doceniać – zauważył Rami.

– Och, zdecydowanie są wściekli – przyznał profesor Lovell. – Bez trudu można sobie wyobrazić, z jakiego powodu. Zważmy, co srebro uczyniło dla tego kraju w ciągu ostatnich dziesięciu lat. W niewyobrażalny sposób zwiększyło wydajność rolnictwa i przemysłu. Obecnie fabryki są tak sprawne, że działają z załogami mniejszymi o trzy czwarte niż dawniej. Weźmy włókiennictwo: mechaniczne czółenko Kaya, krosno z napędem wodnym Arkwrighta, przędzarka Cromptona i krosno projektu Cartwrighta. Wszystkie te wynalazki powstały dzięki wzmacnianiu srebrem. Srebro wyniosło Wielką Brytanię na czoło pochodu krajów świata, jednocześnie pozbawiając pracy tysiące robotników. Oni jednak, zamiast ruszyć głową i posiąść umiejętności, które ktoś mógłby wykorzystać, wolą skamleć na stopniach naszej wieży. Podobne protesty, rozumiecie, to żadna nowość. Ten kraj toczy choroba. – W głosie profesora Lovella zabrzmiała nieprzyjemna zaciekłość. – Zaczęło się od luddystów, zgrai przygłupich robotników z Nottingham, którzy uznali, że lepiej zniszczyć maszyny, niż przystosować się do postępu. I od tamtej pory ta zaraza rozprzestrzenia się po całej Anglii. Wszędzie można spotkać ludzi, którzy chętnie ujrzeliby nas w trumnach. Podobne ataki spotykają nie tylko Babel. O nie, u nas zresztą nie jest wcale tak źle, tutaj jesteśmy stosunkowo dobrze chronieni. Na północy demonstranci dopuszczają się podpaleń, właścicieli budynków kamienują, a dyrektorów fabryk oblewają kwasem. W Lancashire raz po raz niszczone są krosna. O tak, nieraz już pracownicy Instytutu otrzymywali groźby śmierci. To po prostu pierwszy raz, kiedy protestujący z północy dotarli aż do Oksfordu.

– Grożono profesorowi śmiercią? – spytała poważnie zaniepokojona Letty.

– Naturalnie. Z każdym rokiem częściej.

– I to profesora nie niepokoi?

– Skądże! – obruszył się Lovell. – Patrzę na tę tłuszczę i myślę o dzielącej nas przepaści. Ja jestem tu, gdzie jestem, ponieważ głęboko wierzę w wiedzę i postęp nauki, co wykorzystuję z pożytkiem dla siebie. Oni są tam, gdzie są, ponieważ z uporem odmawiają wejścia w przyszłość. Tacy ludzie nie są mnie w stanie przestraszyć. Tacy ludzie po prostu mnie bawią.

– I tak już będzie do końca roku? – spytała lękliwie Victoire. – Tam, na dziedzińcu?

– Tak długo z pewnością nie – zapewnił uczony. – Wieczorem nie zobaczysz tam nikogo. Osobnikom tego pokroju brak wytrwałości. Z zachodem słońca zgłodnieją albo uznają, że czas wychylić szklankę czegoś mocniejszego. A jeżeli nawet nie, zajmą się nimi nasze zabezpieczenia oraz policja.

Profesor Lovell mylił się jednak. Ani demonstracja nie była dziełem izolowanej garstki niezadowolonych, ani protestujący nie rozeszli się wieczorem. Policja rzeczywiście usunęła tłum jeszcze w ciągu dnia, lecz przybysze z północy wciąż powracali mniej licznymi grupkami; kilka razy w tygodniu zmierzających do wieży naukowców nękały kilkunastoosobowe zgraje. Pewnego dnia ewakuowano wszystkich obecnych w budynku, ponieważ profesorowi Lovellowi dostarczono do gabinetu paczkę, z której dobiegało niepokojące cykanie. Okazało się, że przesyłka skrywa zegar połączony z materiałem wybuchowym. Na szczęście do środka dostała się deszczówka i uszkodziła zapalnik.

– A co będzie, kiedy przestanie padać? – spytał Rami.

Na to pytanie nie potrafił odpowiedzieć nikt.

Z dnia na dzień dwukrotnie wzmocniono ochronę wieży. Korespondencję odbierali teraz i sortowali nowo zatrudnieni pracownicy w specjalnym budynku na drugim końcu Oksfordu. Frontowych drzwi dniem i nocą strzegło kilku funkcjonariuszy policji, a profesor Playfair zabezpieczył wejście nowym zestawem sztabek, przy czym tradycyjnie nie ujawnił ani zastosowanych par aktywnych, ani spodziewanych efektów ich działania.

Protesty nie były objawem niezadowolenia mało istotnej grupki. Coś działo się jak Anglia długa i szeroka, w kraju zachodziły zmiany, których konsekwencji nie dało się jeszcze w pełni przewidzieć. Oksford, od dawna podążający za innymi większymi miastami z mniej więcej stuletnim opóźnieniem, nie potrafił wiecznie udawać, że jest odporny na nowe. W pewnym momencie nie można było dłużej ignorować przemian zewnętrznego świata. Sprawa nie tyczyła się jedynie pracowników przędzalni. Najważniejszymi słowami dekady stały się „reforma", „zamieszki" i „nierówność". Skutki tak zwanej srebrnej rewolucji przemysłowej, który to termin Peter Gaskell ukuł przed zaledwie sześcioma laty, dopiero zaczynały być odczuwalne w skali całego kraju. Wzmacniane srebrem maszyny, te same, które William Blake ochrzcił „szatańskimi młynami", błyskawicznie wypierały rzemiosło i rękodzieło, lecz zamiast przynosić powszechną pomyślność, doprowadziły do gospodarczej recesji, a także przyspieszyły pogłębianie się rozziewu pomiędzy bogatymi a biedotą, co wkrótce stało się tematem powieści Disraelego i Dickensa. Rolnictwo na wsiach zamierało; mężczyźni, kobiety i dzieci masowo migrowali do wielkich ośrodków miejskich, szukając pracy w fabrykach, gdzie harowali niewyobrażalnie długie godziny i tracili kończyny bądź nawet życie wskutek przerażających wypadków.

Wprowadzone w tysiąc osiemset trzydziestym czwartym roku ustawy, zwane nowym prawem o ubogich, napisane przede wszystkim w celu zmniejszenia kosztów udzielania wsparcia najbiedniejszym, były z gruntu okrutne i opierały się głównie na systemie kar. Od dnia ich uchwalenia nikt nie mógł ubiegać się o pomoc finansową, o ile nie przeniósł się do przytułku z obowiązkową pracą, w których z premedytacją tworzono warunki takie, by nikt nie chciał tam mieszkać. Zwiastowane przez profesora Lovella postęp i oświecenie sprowadzały jedynie cierpienie i ubóstwo; nowe zawody, których pojawienie się uczony przewidywał z myślą o zwalnianych robotnikach, nigdy nie powstały. Coraz bardziej rzucał się w oczy fakt, że jedyną grupą, która zyskała na srebrnej rewolucji przemysłowej, są ci, którzy bogaci byli już wcześniej, oraz niewielka garstka ludzi odpowiednio sprytnych bądź takich, którym się po prostu poszczęściło.

Życie stało się niestabilne, nieprzewidywalne. Tryby angielskiej historii obracały się bardzo szybko. Świat stawał się coraz mniejszy, bardziej zmechanizowany i pełen wzrastających nierówności, lecz nikt nadal nie wiedział, czym się to wszystko skończy ani co konkretnie oznacza to dla Babel i całego imperium.

Robin wraz z przyjaciółmi robili jednak to, co zawsze robią naukowcy. Garbili się nad książkami i poświęcali uwagę wyłącznie swoim badaniom. Kiedy przysłane z Londynu oddziały wojska pojmały i wywiozły do tamtejszego więzienia Newgate prowodyrów, demonstranci ostatecznie zniknęli, a wykładowcy i studenci nie wstrzymywali już oddechu za każdym razem, kiedy zbliżali się do wieży.

Młodzi tłumacze pogodzili się z życiem w towarzystwie krążących po mieście policjantów, podobnie jak zaakceptowali fakt, że nowe książki i listy przychodziły teraz do Babel ze znacznym opóźnieniem. Przestali też czytać wstępniaki w „Oxford Chronicle" – nowym, proreformatorskim, radykalnym periodyku, którego redakcja wedle wszelkich oznak próbowała zszargać ich reputację.

Nie mogli jednak zupełnie ignorować nagłówków, krzyczących ze stoisk prasowych na każdym rogu ulicy.

Czy Babel zagraża brytyjskiej gospodarce?
Zagraniczne sztabki doprowadziły
do kolejnych masowych zwolnień.
Srebro? Powiedz: nie!

Wszystko to powinno co najmniej wytrącać z równowagi. Robin jednak odkrył, że życie w cieniu dowolnie intensywnych niepokojów społecznych jest dość łatwe, o ile tylko człowiek nauczy się o nich nie myśleć.

Pewnego burzowego wieczora, idąc na umówioną kolację do domu profesora Lovella, Robin zauważył siedzącą na rogu Woodstock Road rodzinę. Wszyscy wyciągali przed siebie cynowe kubki w nadziei na jałmużnę. Żebracy nie byli na ulicach oksfordzkich przedmieść rzadkością, lecz prawie nigdy nie były to całe rodziny. Kiedy chłopak się zbliżył, dwoje małych dzieci pozdrowiło go machaniem, a widok bladych, zalanych deszczem buziek wywołał w nim na tyle silne wyrzuty sumienia, że przystanął i wyłowił z kieszeni kilka pensów.

– Dziękuję – mruknął ojciec. – Niech ci Bóg błogosławi.

Mężczyzna miał w tej chwili dłuższą brodę i znacznie bardziej złachmaniony strój, lecz Robin poznał go prawie od razu – nie było żadnych wątpliwości. Był to jeden z ludzi, którzy kilka tygodni temu pod wieżą wykrzykiwali za Robinem obelżywe hasła. Popatrzyli sobie w oczy. Nie było jasne, czy żebrak go rozpoznał; otworzył usta, by coś powiedzieć, lecz chłopak ruszył raźno przed siebie i nawet jeśli nieznajomy coś za nim wołał, słowa zatonęły w szumie wiatru i deszczu.

Robin nie wspomniał o tym epizodzie ani pani Piper, ani profesorowi Lovellowi. Nie chciał myśleć o wszystkim, co symbolizowała żebrząca rodzina – nie chciał myśleć o tym, że mimo rzekomego poparcia dla sprawy rewolucji, oddania idei równości i pomocy ubogim sam nigdy prawdziwej biedy nie zaznał. W Kantonie zdarzały się im trudniejsze okresy, zawsze jednak wiedział, kiedy otrzyma następny posiłek i gdzie będzie mógł zanocować. Patrząc na członków swojej rodziny, nigdy nie zastanawiał się, do czego będzie się musiał posunąć, aby utrzymać ich przy życiu. Mimo iż identyfikował się z ubogim sierotą, Oliverem Twistem, mimo że nieraz gorzko użalał się nad własnym losem, faktem pozostawało, że odkąd postawił nogę na angielskiej ziemi, ani razu nie poszedł spać o pustym żołądku.

Tego wieczora zjadł posiłek jak zwykle, uśmiechał się w reakcji na komplementy pani Piper i wypił z profesorem Lovellem butelkę wina. Wracając do kolegium, obrał jednak inną trasę. Miesiąc później zapomniał o sprawie i poszedł tradycyjną drogą, lecz nie miało to już żadnego znaczenia – rodzina żebraków zniknęła.

Widmo egzaminów sprawiło, że rok fatalny stał się rokiem koszmarnym. Studenci Babel testowani byli w ramach dwóch sesji – pierwszej na zakończenie trzeciego roku studiów i drugiej w trakcie roku czwartego. Studenci czwartoroczni zdawali egzaminy w połowie trymestru wiosennego, a trzecioroczni dopiero w trymestrze letnim. W efekcie tuż po feriach zimowych nastrój w wieży zmieniał się diametralnie. Biblioteki i czytelnie tłumnie zaludniali nerwowi studenci czwartego roku, którzy podrywali głowy z morderczymi minami, gdy tylko ktoś głośniej odetchnął bądź ważył się w ich obecności szepnąć dwa słowa.

Zgodnie z tradycją wyniki egzaminów starszych studentów ogłaszano publicznie po zakończeniu sesji. Tak więc, gdy w wyznaczone piątkowe południe spokój wieży zmąciło trzykrotne bicie dzwonu, wszyscy poderwali się z miejsc i zbiegli do holu, z którego wypraszano właśnie ostatnich interesantów. Na blacie zajmującego środek sali stołu stał profesor Playfair. Miał na sobie bogato zdobioną togę z fioletowymi lamówkami i trzymał przed sobą rozwinięty pergamin, z rodzaju tych, jakie Robin widywał jedynie na zdobiących średniowieczne księgi miniaturach. Gdy w wieży nie została już ani jedna osoba niezwiązana z Instytutem, odchrząknął i zaintonował śpiewnym głosem:

– Egzaminy z wyróżnieniem pierwszego stopnia zdali następujący kandydaci. Matthew Houndslow...

Gdzieś z tyłu rozległ się donośny, piskliwy okrzyk.

– Adam Moorhead.

Student czekający bliżej czoła grupy padł pośrodku holu na kolana i zasłonił usta dłońmi.

– To nieludzkie – zauważył szeptem Rami.

– W najwyższym stopniu okrutne, a wręcz niebywałe – zgodził się Robin. Nie potrafił jednak oderwać spojrzenia od ceremonii. Do jego egzaminów wciąż zostało sporo czasu, choć wcale nie tak dużo, a zdjęte grozą serce donośnie łomotało. Publiczne głoszenie informacji o tym, kto jest genialny, a kto nie, było może rytuałem strasznym, lecz zarazem bardzo ekscytującym.

Wyróżnienia pierwszego stopnia zdobyli jedynie Matthew i Adam. Profesor Playfair ogłosił jeszcze studenta oznaczonego wyróżnieniem stopnia drugiego (James Fairfield) oraz tego, który po prostu zdał (Luke McCaffrey), po czym zadudnił grobowo:

– Następujący kandydat nie zdał egzaminu i nie zostanie poproszony o powrót do Królewskiego Instytutu Translatoryki w celu odbycia studiów doktoranckich, a także nie otrzyma tytułu naukowego: Philip Wright.

Specjalizujący się we francuskim i niemieckim Wright siadywał obok Robina na wydziałowych kolacjach przez cały pierwszy rok. Od tamtej pory potężnie schudł i zmizerniał na twarzy. Ostatnio bezustannie krążył po bibliotece, wyglądając, jakby nie mył się i nie golił od wielu dni, wpatrując się w trzymany w dłoniach tekst z mieszanką paniki i nabożnej czci.

– Panie Wright, otrzymał pan od nas wszelkie możliwe udogodnienia – ciągnął profesor Playfair. – Myślę, że szliśmy panu na rękę bardziej, niż było to dla pana dobre. Czas przyznać otwarcie, iż pański czas tutaj dobiegł właśnie końca.

Wright wykonał taki ruch, jakby chciał podejść do profesora, lecz dwóch doktorantów chwyciło go za ręce i odciągnęło. Nieszczęśnik zaczął błagać, powtarzał bełkotliwie, że jego odpowiedzi zostały źle zrozumiane i wszystko wyjaśni, jeśli tylko otrzyma taką możliwość. Playfair przez cały czas stał spokojnie z dłońmi splecionymi na plecach i udawał, że nie słyszy.

– Czym właściwie podpadł? – Robin zwrócił się do Vimala.

– Zamiast rzeczywistej podał etymologię ludową – powiedział Vimal, kręcąc z emfazą głową. – Próbował francuskie określenie kaczki, *canard*, powiązać z kanarkami, lecz kanarki nie są w żaden sposób bliskimi krewnymi kaczek. Pochodzą z Wysp Kanaryjskich, których nazwa wiąże się z psami...

Reszty odpowiedzi Robin już nie słuchał.

Profesor Playfair wydobył z wewnętrznej kieszeni marynarki szklaną fiolkę – Robin domyślił się, że jest to próbka krwi Wrighta. Naukowiec położył naczynko na stole i zmiażdżył je podeszwą. Okruchy szkła i brązowe okruszki posypały się dokoła. Wright zawył. Nie było jasne, jakiej krzywdy doznał wskutek zniszczenia fiolki – ręce i nogi miał całe, nie popłynęła też krew – lecz osunął się na podłogę i chwycił za brzuch jak dźgnięty włócznią.

– Potworne – szepnęła zapatrzona Letty.

– Średniowieczne aż do przesady – potaknęła Victoire.

Po raz pierwszy na własne oczy zobaczyli, co spotyka tych, którzy nie zdają. Nie potrafili oderwać wzroku.

Wrighta podźwignął z podłogi trzeci doktorant, który odprowadził go do drzwi i bezceremonialnie zepchnął ze schodów. Wszyscy obecni obserwowali to z rozdziawionymi ustami. Tak groteskowa ceremonia wydawała się nie przystawać do nowoczesnej uczelni. Niemniej była tu najzupełniej stosowna. Oksford, a więc także i Babel, mimo pozornej współczesności i wyrafinowania były od zarania instytucjami religijnymi, a uniwersyteckie rytuały wciąż pozostawały głęboko zakorzenione w średniowiecznym mistycyzmie. Oksford był anglikański, był chrześcijański, a to oznaczało krew, ciało i ziemię*.

Drzwi zatrzasnęły się z hukiem. Profesor Playfair otrzepał togę, zeskoczył ze stołu i spojrzał na zgromadzonych.

– Cóż, szczęśliwie mamy to już za sobą – powiedział, po czym natychmiast się rozpromienił. – Wszystkim pozostałym ogromnie gratuluję.

Dwa dni później Griffin poprosił Robina o spotkanie w gospodzie w Iffley, oddalonej od kolegium o niemal godzinę drogi spacerem. Lokal był mroczny i hałaśliwy. Odnalezienie brata zajęło Robinowi dobrą chwilę, ponieważ Griffin siedział skulony pod najdalszą ścianą. Cokolwiek robił od czasu ich ostatniej rozmowy, nie było związane z jedzeniem; stały przed nim aż dwa parujące talerze z zapiekaną baraniną, a pierwszą porcję

* Warto dodać, że ten rytuał był stosunkowo łagodny w porównaniu z ceremoniami z końca XVIII wieku. Wówczas studentów czwartego roku poddawano tak zwanemu „testowi drzwi": osoby, które dopiero co podeszły do egzaminu, musiały przejść przez frontowe drzwi wieży. Ci, którzy zdali, przechodzili bez problemu, pozostałych zabezpieczenia traktowały jak zwyczajnych intruzów i cierpieli wszystkie związane z tym brutalne konsekwencje. Praktyki tej ostatecznie zaniechano, uznawszy, że trwałe okaleczenie jest zbyt surową karą za niezdanie egzaminu. Niemniej profesor Playfair rokrocznie gardłował, iż powinno się dawny obyczaj przywrócić.

pożerał w takim tempie, jakby ani trochę nie obawiał się poparzeń.

– Co to za miejsce? – spytał Robin.

– Zaglądam tu czasami na kolację – odpowiedział Griffin. – Karmią podle, ale porcje są wielkie, a co ważniejsze, nie przychodzi tu nikt z uniwersytetu. Zbyt wielu tu, jak to mawiał Playfair? Miejscowych.

Wyglądał naprawdę źle – był wyraźnie wyczerpany, miał zapadnięte policzki, a jego sylwetka mocno przypominała ogryzek. Budził skojarzenia z ocalałym z morskiej katastrofy rozbitkiem, człowiekiem, który ma za sobą długą i bardzo niebezpieczną podróż. Oczywiście jednak nie zdradził Robinowi, gdzie był. Zawieszony na oparciu krzesła czarny płaszcz Griffina cuchnął.

– Coś ci dolega? – Robin wskazał lewą rękę brata. Przedramię owinięte było bandażem, lecz rana musiała wciąż być otwarta, ponieważ widniejąca na opatrunku ciemna plama zauważalnie się rozrastała.

– Ach, ty o tym. – Griffin zerknął na nadgarstek. – To nic, po prostu nie chce się zagoić.

– Więc chyba jednak coś?

– E tam.

– Źle to wygląda. – Robin stłumił nerwowy chichot, a w jego następnych słowach zabrzmiało więcej goryczy, niż zamierzał. – Może powinieneś się zszyć? Brandy pomaga.

– Ha! Nie, mamy kogoś od takich spraw. Potem poproszę, żeby rzucił na to okiem. – Griffin zasłonił bandaż rękawem. – Ale do rzeczy. Chcę, żebyś w przyszłym tygodniu był w pogotowiu. Sprawa jest delikatna i nie znam jeszcze dokładnej daty ani godziny, ale akcja będzie bardzo ważna. W wieży spodziewają się dużej przesyłki srebra z banku Magniac & Smith i chętnie przejęlibyśmy skrzynię w czasie rozładunku. Naturalnie trzeba będzie odwrócić uwagę ochrony. I nie może to być nic błahego. Być może będziesz musiał przechować w swoim pokoju trochę materiałów wybuchowych.

– Materiałów wybuchowych? – Robin aż się wzdrygnął.

– Zapomniałem, jak łatwo cię wystraszyć. – Griffin machnął ręką. – Nie łam się, pokażę ci zawczasu, jak się z nimi obchodzić, i jeśli wszystko zaplanujesz, i dobrze ustawisz, nikomu włos z głowy nie spadnie...

– Nie – zaprotestował Robin. – Nie, ja mam dość. Kończę z tym. To jakiś absurd. Na coś takiego mnie nie namówisz.

– A ciebie co dziś ugryzło? – Brew Griffina powędrowała na czoło.

– Dopiero co widziałem, jak ktoś wylatuje z Instytutu...

– Ach... – zaśmiał się Griffin. – Na kogo padło w tym roku?

– Na Wrighta – powiedział Robin. – Stłukli fiolkę z jego krwią. Wyrzucili go przemocą z wieży, odebrali mu prawo wejścia, odcięli od wszystkich i wszystkiego...

– Ale ciebie nic podobnego przecież nie spotka, więc skąd te nerwy? Ty jesteś przecież genialny. A może złościsz się, bo odciągam cię od wkuwania?

– Otwieranie drzwi to jedno – rzucił Robin – ale podkładanie bomb to zupełnie inna skala.

– Wszystko pójdzie jak z płatka. Wystarczy, że mi zaufasz...

– Sęk w tym, że ja ci nie ufam – wypalił Robin. Serce biło mu w tej chwili bardzo gwałtownie, lecz zabrnął zbyt daleko, by zamilknąć. Musiał wylać z siebie wszystko za jednym zamachem; nie mógł bez końca gryźć się w język. – Po prostu nie ufam ci. Działasz coraz bardziej chaotycznie.

– Chaotycznie? – Tym razem Griffin uniósł obie brwi naraz.

– Znikasz i całymi tygodniami nie dajesz znaku życia, a kiedy się już pojawiasz, zazwyczaj się spóźniasz. Twoje liściki z instrukcjami są tak nagryzmolone i pełne skreśleń, że ich odszyfrowanie wymaga naprawdę wielkiego talentu. Babel wzmocniła ochronę przynajmniej trzykrotnie, ale ty się tą sprawą nawet nie zainteresowałeś. I nadal nie wyjaśniłeś mi, co poszło źle ostatnim razem ani w jaki sposób zamierzacie obejść zabezpieczenia teraz. Już raz zostałem postrzelony, a ciebie to guzik obchodzi...

– Powiedziałem przecież, że mi przykro – wtrącił zmęczonym głosem Griffin. – I że to się nie powtórzy.

– Tylko z jakiego powodu miałbym ci wierzyć?

– Z takiego, że ta akcja jest ważna. – Griffin nachylił się nad blatem. – Może się dla nas okazać prawdziwym punktem zwrotnym, niewykluczone, że nareszcie przeważymy szale...

– Więc opowiedz mi o tym. Chcę usłyszeć więcej. Nie mogę dłużej działać jak dziecko we mgle.

– Zobacz, powiedziałem ci o kryjówce przy Saint Aldate's, prawda? – Spojrzenie Griffina przesłonił cień frustracji. – Dobrze wiesz, że nie mogę zdradzić ci więcej. Wciąż jesteś zbyt świeży, nie rozumiesz zagrożeń...

– Zagrożeń nie rozumiem? Przecież to ja ciągle ryzykuję! To ja kładę na szali całą swoją przyszłość...

– To całkiem zabawne, co mówisz. – Griffin wszedł mu w słowo. – Bo wydawało mi się, że twoją przyszłością jest Towarzystwo Hermes.

– Wiesz, co miałem na myśli.

– Tak, to dosyć oczywiste. – Griffin pogardliwie wydął wargi. W tej chwili wyrazem twarzy bardzo przypominał ich wspólnego ojca. – Straszliwie obawiasz się wolności, braciszku. I ten strach ogranicza cię zupełnie jak kajdany. Tak bardzo utożsamiłeś się z kolonizatorami, że uważasz, iż niebezpieczeństwo, jakie grozi im, zagraża również tobie. Kiedy wreszcie pojmiesz, że po prostu nie możesz stać się jednym z nich?

– Nie odwracaj kota ogonem – rzucił Robin. – Nie znoszę, kiedy tak robisz. Mówiąc o swojej przyszłości, wcale nie mam na myśli ciepłej posadki. Mam na myśli fizyczne przetrwanie. Dlatego chcę, żebyś mi powiedział, dlaczego ta akcja jest tak szalenie istotna. Dlaczego teraz? Dlaczego akurat ta?

– Robin...

– Oczekujesz, że narażę własne życie w imię jakichś fantomów – warknął Robin. – Proszę po prostu, abyś pokazał mi powód.

Griffin nie odpowiedział od razu. Potoczył wzrokiem po sali, zastukał palcami o blat, po czym odezwał się półgłosem:

– Afganistan.

– Co takiego dzieje się w Afganistanie?

– Gazet nie czytasz? Brytyjczycy zamierzają wciągnąć Afganistan do swojej strefy wpływów. Niemniej podjęto już pewne działania, realizuje się określone plany, żeby do tego nie dopuścić. Ale w to naprawdę nie mogę cię wtajemniczyć, bracie...

Robin jednak już się śmiał.

– Afganistan? Naprawdę?

– To cię śmieszy? – zdziwił się Griffin.

– Pustosłowie i nic więcej. Jak zwykle – syknął rozbawiony Robin. W tej chwili coś w jego umyśle rozpękło się na tysiąc kawałków; prysło złudzenie, że powinien darzyć Griffina podziwem, że Towarzystwo Hermes rzeczywiście jest ważne. – Ty dzięki temu czujesz, że coś znaczysz, prawda? Dlatego zachowujesz się, jakbyś miał wpływ na bieg spraw całego świata? Widziałem ludzi, którzy naprawdę pociągają za sznurki, ale ty w niczym ich nie przypominasz. Oni nie muszą walczyć o władzę pazurami. Nie dokonują z jej powodu głupich nocnych kradzieży i nie narażają w jej imię młodszego rodzeństwa. Oni władzę już mają.

– Co to ma znaczyć? – Oczy Griffina zmieniły się w wąskie szparki.

– Co ty właściwie robisz, co? – spytał zdecydowanym tonem Robin. – Pomówmy poważnie, Griffin. Co, u licha, kiedykolwiek zrobiłeś? Imperium nie runęło. Babel stoi, jak stała. Słońce wschodzi, jak wschodziło, a Brytania trzyma w szponach prawie cały świat. Srebro płynie nieprzerwanym strumieniem. Twoja działalność nie ma żadnego znaczenia.

– Powiedz mi, że nie myślisz w ten sposób naprawdę.

– Nie, ja tylko... – Robin poczuł ostre ukłucie wyrzutów sumienia. Być może potraktował brata zbyt surowo, lecz wciąż był przekonany, że jego wątpliwości mają sens. – Po prostu nie rozumiem, co nasze akcje zmieniają. A oczekujesz ode mnie tak wiele. Chcę ci pomóc, Griffin. Ale równie gorąco chcę przetrwać.

Griffin na długą chwilę zamilkł. Robin siedział i z rosnącym niepokojem przyglądał się bratu, stoicko dojadającemu ostatnie kęsy zapiekanki. Wreszcie Griffin odłożył widelec i starannie, powoli, wytarł usta serwetką.

– Wiesz, co w kwestii afgańskiej jest najbardziej zabawne? – spytał Griffin ledwie dosłyszalnym szeptem. – Brytyjczycy nie dokonają tej inwazji przy pomocy angielskich wojsk. Wyślą do Afganistanu oddziały z Bengalu i Bombaju. Każą sipajom strzelać do Afgańczyków tak samo, jak kazali im walczyć i ginąć nad Irawadi. A to dlatego, że ci hinduscy żołnierze kierują się logiką identyczną z twoją. Wierzą, że lepiej jest służyć imperium, znosić brutalny ucisk i tak dalej, niż stawiać opór. I w ten oto sposób Brytyjczycy zwyciężają, bracie. Bo tak jest bezpiecznie, bo to zapewnia stabilność, bo takie podejście pozwala nam przetrwać. A oni szczują nas jednych przeciwko drugim. Sprawiają, że oddalamy się od siebie.

– Nie powiedziałem, że wycofuję się na dobre – wtrącił pospiesznie Robin. – Ja tylko... Wiesz, tak do końca roku, dopóki wszystko się jakoś nie ułoży...

– Tak to nie działa. – Griffin pokręcił głową. – Jesteś z nami albo nie. Afganistan na ciebie nie zaczeka.

Robin zaczerpnął głębszy, niepewny oddech.

– Skoro tak, ja rezygnuję.

– Znakomicie. – Griffin cisnął serwetkę na stół i wstał. – Tylko trzymaj usta na kłódkę, dobrze? W przeciwnym wypadku będę musiał uciszyć cię osobiście, a nie lubię mokrej roboty.

– Będę milczeć jak grób. Masz moje słowo...

– Twoje słowo nie jest mi do niczego potrzebne – rzucił Griffin. – Wiem za to, gdzie śpisz.

Na te słowa Robin nie znalazł riposty. Wiedział, że brat nie blefuje, lecz zdawał sobie też sprawę, że gdyby Griffin naprawdę mu nie ufał, nie pozwoliłby mu wrócić żywym na uczelnię. Wpatrywali się w siebie przez długą chwilę bez słowa.

Ostatecznie Griffin pokręcił głową.

– Przegrałeś, bracie – stwierdził. – Jesteś statkiem dryfującym po morzu, okrętem poszukującym bezpiecznej przystani. Rozumiem, czego chcesz. Mnie też kiedyś na tym zależało. Ale nasz port macierzysty po prostu nie istnieje. Zniknął. – Ruszył do drzwi, lecz przystanął jeszcze obok Robina i zacisnął mu palce na ramieniu. Tak mocno, że zabolało. – Uświadom sobie jedno, braciszku. Na twoim maszcie nie powiewa niczyja bandera. Możesz szukać dowolnej przystani. I jesteś w stanie zrobić znacznie więcej, niż błąkać się wśród bezkresnych fal.

KSIĘGA
III
TRUST 23

ROZDZIAŁ

TRZYNASTY

Góry zlegną w połogu, zrodzi się śmieszna mysz.

Horacy, „Sztuka poetycka"
(przeł. Andrzej Lam)

Griffin dotrzymał słowa. Nie podrzucił Robinowi ani jednego liściku więcej. Z początku Robin był przeświadczony, że brat po prostu poświęci nieco czasu na dąsy, po czym zacznie go ponownie dręczyć, zlecając jakieś drobniejsze, rutynowe zadania. Tydzień jednak przeszedł w miesiąc, a miesiąc rozrósł się w trymestr. Robin spodziewał się, że Griffin zechce się w jakiś sposób odgryźć – że co najmniej przyśle mu pełen oskarżycielskiego jadu list pożegnalny. Przez pierwsze dni po ich rozstaniu Robin spinał się za każdym razem, gdy poczuł na ulicy spojrzenie nieznajomego. Obawiał się, że Towarzystwo Hermes postanowi mimo wszystko zadbać o swoje bezpieczeństwo w sposób radykalny.

Griffin jednak zerwał kontakty na dobre.

Robin starał się nie przejmować konsekwencjami tego faktu. Tajne sprzysiężenie przecież nie ucieknie. Okazja do podjęcia walki znajdzie się zawsze. Konspiratorzy zaczekają do momentu, kiedy Robin stwierdzi, że jest gotów wstąpić w ich szeregi. Przecież to oczywiste. Zresztą nie mógłby uczynić dla Hermesa nic, gdyby nie pozostał jednym z elementów środowiska naturalnego Babel. Griffin sam powiedział coś podobnego – mówił, że ludzie wewnątrz są mu bardzo potrzebni. Czy to nie wystarczający powód, aby Robin pozostał na swoim miejscu?

Tymczasem dla studentów trzeciego roku nastała pora sesji. Kończące rok egzaminy były w Oksfordzie wydarzeniem sporej wagi. Aż do końca poprzedniego stulecia normą były egzaminy *viva voce* – ustne przesłuchania, istne tortury dokonywane na oczach zaintrygowanego tłumu – aczkolwiek już na początku lat trzydziestych dziewiętnastego stulecia zdobyć tytuł licencjata można było, zdając pięć egzaminów pisemnych i tylko jeden *viva voce*, co uzasadniano tezą, że ustne odpowiedzi są zbyt trudne do oceny, a poza tym jest to zwyczaj nadmiernie okrutny. W tysiąc osiemset trzydziestym szóstym roku zabroniono także udziału publiczności w egzaminach ustnych, przez co oksfordzcy mieszczanie stracili jedną z popularnych dorocznych rozrywek.

Zamiast tego młodym tłumaczom kazano spodziewać się trzygodzinnego egzaminu pisemnego z każdego z ich języków głównych; trzygodzinnego egzaminu pisemnego z etymologii; egzaminu *viva voce* z teorii przekładu i testu z pracy ze srebrem. Niedostateczny wynik dowolnego z egzaminów teoretycznych oznaczał natychmiastowe wydalenie z Babel, natomiast porażka na sprawdzianie praktycznym oznaczała utratę szansy na podjęcie w przyszłości pracy na siódmym piętrze wieży*.

---

* Mimo że wielu absolwentów Instytutu z ochotą podejmowało pracę w dziale prawnym bądź literackim, dla studentów zamorskiego pochodzenia egzamin z pracy ze srebrem był o wiele ważniejszy, ponieważ trudno im było zdobyć prestiżowe posady na piętrach innych niż siódme, gdzie ich płynnej znajomości języków nieeuropejskich najbardziej potrzebowano. Griffinowi, kiedy oblał sprawdzian praktyczny, zaproponowano kontynuowanie kariery w dziale prawnym. Profesor Lovell jednak od zawsze wyrażał opinię, że nie liczy się nic poza pracą ze srebrem i że wszystkie inne działy Babel to jedynie gniazda pozbawionych talentu i wyobraźni durniów. Biedny Griffin, wychowany pod pogardliwym i wymagającym okiem Lovella, zgodził się z opiekunem.

Egzamin ustny prowadziła trzyosobowa komisja pod wodzą profesora Playfaira, owianego złą sławą srogiego egzaminatora, według pogłosek rokrocznie doprowadzającego do łez przynajmniej dwóch studentów.

– *Balderdash!** – cedził przeciągle. – To słowo oznaczało w przeszłości paskudny napój, serwowany przez karczmarzy pod koniec gwarnego wieczora, kiedy kończyły im się zapasy trunków. Powstawał jako koktajl piwa, wina, cydru, mleka... Mieszano ze sobą dosłownie wszystko z nadzieją, że klienci nie będą protestować, ponieważ ich jedynym celem jest wprawienie się w stan upojenia. My jednak znajdujemy się w murach Uniwersytetu Oksfordzkiego, nie w trzeciorzędnej karczmie po północy, i potrzebujemy czegoś bardziej wyrafinowanego niż banialuki, jakie pan wygaduje. Zechce pan spróbować raz jeszcze?

Czas, który na pierwszym i drugim roku studiów zdawał się rozciągać w nieskończoność, teraz płynął w zdwojonym tempie. Nie mogli już odkładać lektur na półkę i wygłupiać się nad rzeką, tłumacząc sobie, że naukę zawsze można nadgonić. Do egzaminów zostało pięć tygodni, potem cztery, a wreszcie ledwie trzy. Kiedy letni trymestr dobiegł końca i skończyły się ostatnie zajęcia, powinni okazję tę uświetnić złocistym popołudniem, słodkimi deserami, syropem z kwiatów bzu i wioślarską przygodą na falach Cherwell. O szesnastej jednak, dokładnie z wybiciem dzwonów, przyjaciele spakowali książki i przeszli z sali profesor Craft prosto do jednej z czytelni na czwartym piętrze, gdzie barykadowali się codziennie od trzynastu dni i przesiadywali nad słownikami oraz tłumaczeniami, dopóki skroni nie wypełnił im pulsujący ból.

Motywowane wspaniałomyślnością – lub być może sadyzmem – władze Babel udostępniły przygotowującym się do egzaminów studentom pomoce naukowe w postaci srebrnych sztabek, na których widniał angielski wyraz *meticulous*** oraz

* (ang.) brednie (przyp. tłum.)

** skrupulatny (przyp. tłum.)

jego łaciński przodek *metus* oznaczający „strach, grozę". Nowoczesne znaczenie *meticulous* narodziło się dopiero kilkadziesiąt lat wcześniej we Francji, dzięki konotacji z obawą przed popełnieniem błędu. Efektem działania sztabek było budzenie w użytkowniku poczucia dojmującego lęku za każdym razem, gdy mylił się przy pracy.

Rami tych pomocy nie cierpiał i stanowczo odmówił korzystania z nich.

– Te sztabki nawet nie pozwalają stwierdzić, na czym polegał błąd – biadolił. – Po prostu zupełnie bez powodu w pewnym momencie dopadają człowieka nudności.

– Cóż, tobie akurat odrobina skrupulatności mogłaby się przydać – burknęła Letty, oddając koledze sprawdzone przed momentem tłumaczenie. – Na tej jednej stronie popełniłeś przynajmniej tuzin błędów, a poza tym składasz stanowczo za długie zdania...

– Wcale nie są za długie! To normalny cyceroński styl.

– Nie każdą niezgrabność języka możesz usprawiedliwić, twierdząc, że to cyceronizm...

– Dobrze, dobrze, Letty. Wszystko jedno. – Rami machnął ręką. – I tak napisałem to w dziesięć minut na kolanie.

– Szybkość nie jest cnotą tłumacza. Chodzi o precyzję...

– Im więcej przerobię, na tym szerszy zakres pytań będę gotowy – odparł Rami. – A przecież teraz chodzi tylko o to, aby zdać te egzaminy. Nie chcę, żeby mnie jakiś temat zaskoczył. Nie znoszę czuć pustki w głowie.

Obawa Ramiego nie była bezpodstawna. Stres cechuje się wyjątkową zdolnością do wymazywania ze studenckich umysłów treści wykutych na pamięć wiele lat wcześniej. Całkiem niedawno w czasie egzaminów studentów czwartego roku jeden z nich – tak przynajmniej mówiono na korytarzach Instytutu – padł ofiarą paranoi tak silnej, że nie tylko oświadczył, iż nie jest w stanie dokończyć egzaminu, lecz dodał również, że przez cały czas kłamał i wcale nie zna francuskiego (a był to jego język ojczysty). Przez długi czas wszyscy czworo przyjaciele uważali, że są na tego rodzaju mentalne zaburzenia odporni, lecz pewnego dnia, na tydzień przed sesją, Letty wybuchnęła znienacka płaczem i wyznała, że nie zna po niemiecku ani jednego słowa, że jest zakłamaną szachrajką, a cała jej dotychczasowa kariera w Babel stanowi owoc podłego oszustwa. Pozostała trójka zrozumiała treść owej samokrytyki dopiero znacznie później, gdyż dziewczyna wygłosiła ją w całości językiem Schlegla.

Dysfunkcje pamięci stanowiły jedynie pierwszy z serii objawów. Robin nie pamiętał, by strach przed złą oceną kiedykolwiek przedtem doprowadzał go do tak fatalnego samopoczucia. Zaczęło się od chronicznego, pulsującego bólu głowy, potem doszły mdłości, pojawiające się niezmiennie przy każdej gwałtowniejszej zmianie pozycji. Zupełnie bez ostrzeżenia zalewały go fale paniki, a dłonie nierzadko trzęsły się tak bardzo, że z trudem utrzymywał pióro. Pewnego razu, kiedy pisał próbny esej, zaczęło ciemnieć mu w oczach. Nie był w stanie myśleć, nie potrafił przypomnieć sobie ani jednego słowa i w końcu oślepł na dobre. Do siebie wrócił dopiero po upływie niemal dziesięciu minut. Nie umiał też zmusić się do jedzenia. Jakimś cudem jednocześnie czuł się skrajnie wyczerpany i nie mógł zasnąć z powodu nadmiaru krążącej w nim nerwowej energii.

Aż wreszcie, jak każdy godny tego miana starszy student Oksfordu, Robin stwierdził, iż popada w obłęd. Jego kontakt z rzeczywistością, i tak osłabiony wskutek długotrwałej izolacji w miasteczku uczonych, rwał się coraz bardziej. Godziny wkuwania pogarszały zdolność chłopaka do odczytywania znaczenia znaków i symboli, powoli zatracał umiejętność rozróżniania rzeczywistości od fantazji. Lingwistyczne abstrakcje stały się istotnymi faktami; niezbędne atrybuty dnia codziennego, w rodzaju jajek czy owsianki, okazały się bytami mocno podejrzanej proweniencji. Prowadzenie najprostszych rozmów stało się niesłychanie uciążliwe; zdawkowe wymiany zdań odstręczały, zapominał znaczenia najbardziej powszechnych pozdrowień. Kiedy pewnego razu woźny zapytał Robina, czy miał udany dzień, chłopak zaniemówił na dobre pół minuty, gdyż musiał głęboko zastanowić się nad znaczeniem słów „udany" i „dzień".

– Och tak, cierpię na tę samą przypadłość – odparł wesoło Rami, kiedy Robin zdecydował się wreszcie poskarżyć. – Okropne doznanie. Nie potrafię już prowadzić zwyczajnych konwersacji. Bez przerwy zastanawiam się nad sensem podstawowych wyrazów.

– Ja z kolei raz po raz wpadam na ściany – przyznała Victoire. – Widzę jedynie słowniki, a reszta świata znika.

– Ja zauważam niepokojące zmiany w herbacianych fusach – powiedziała Letty. – Bez przerwy dostrzegam w nich znaki jakiegoś nieznanego alfabetu. Któregoś dnia przyłapałam się na tym, że naprawdę próbowałam je odczytać. Zaczęłam nawet przepisywać te symbole na kartkę.

Świadomość, że nie tylko on ma wizje, nieco Robinowi ulżyła, gdyż ostatnio widywał już nieobecnych ludzi. Pewnego razu, gdy polował w księgarni Thorntona na umieszczoną na liście lektur egzaminacyjnych antologię łacińskiej poezji, zauważył przy drzwiach znajomy profil. Podszedł bliżej i okazało się, że wzrok go nie mamił – Anthony Ribben płacił właśnie za jakąś owiniętą w papier paczkę. Cały i zdrów jak ryba.

– Anthony... – zaczął Robin półgłosem.

Anthony podniósł wzrok i otworzył szeroko oczy. Spotkali się spojrzeniami. Robin ruszył w jego stronę, skonsternowany i uradowany zarazem, lecz Anthony wcisnął pospiesznie księgarzowi kilka monet i jak oparzony wypadł na ulicę. Kiedy Robin wyskoczył na Magdalene Street, Anthony'ego już nie było. Chłopak rozglądał się niepewnie przez kilkanaście sekund, po czym wrócił do księgarni, zastanawiając się, czy nie mógł się po prostu pomylić. W Oksfordzie jednak niełatwo było spotkać czarnoskórych młodzieńców. A to znaczyło, że albo został w kwestii śmierci Anthony'ego okłamany – że władze Babel uknuły jakąś niesłychanie zawiłą mistyfikację – albo całe spotkanie było jedynie dziełem jego wyobraźni. Biorąc pod uwagę swój obecny stan ducha, za znacznie bardziej prawdopodobną uznał ewentualność numer dwa.

Sprawdzianem, przed którym drżeli najbardziej, był egzamin z pracy ze srebrem. W ostatnim tygodniu letniego trymestru zostali poinformowani, że będą musieli opracować własną parę aktywną i wygrawerować ją na sztabce na oczach jednego z profesorów. Należytych technik dobierania par wyrazów, grawerunku i manipulowania skalą i trwałością efektów, a także zawiłości związanych z więziami rezonansowymi mieli się nauczyć dopiero na czwartym roku. Teraz jednak, uzbrojeni w znajomość podstawowych zasad działania sztabek, musieli jedynie osiągnąć jakikolwiek skutek. Działanie kruszcu nie musiało być idealne, na początku nie udawało się to nikomu. Musieli zrobić jednak coś. Musieli dowieść, iż posiadają ową niemożliwą do zdefiniowania cechę, wyjątkowy instynkt łowców znaczeń, który z szeregowego tłumacza czyni specjalistę od pracy ze srebrem.

Korzystanie z pomocy doktorantów było teoretycznie zabronione, lecz urocza, przemiła Cathy O'Nell ukradkiem wsunęła Robinowi do ręki pożółkłą broszurkę omawiającą zasady poszukiwania par wyrazów. Doszło do tego pewnego popołudnia, gdy zastała chłopaka siedzącego w bibliotece z malującym się na twarzy wyrazem strachu i oszołomienia.

– To ogólnodostępny tekst – powiedziała współczującym tonem. – Wszyscy z niego korzystaliśmy. Przeczytaj od deski do deski, a wszystko będzie dobrze.

Broszura była dość wiekowa – napisano ją w tysiąc siedemset dziewięćdziesiątym ósmym roku, czego świadectwem była między innymi archaiczna ortografia – zawierała jednak liczne krótkie i łatwo przyswajalne wskazówki. Pierwsza sugerowała, iż należy trzymać się z dala od spraw religii. O tym Robin wiedział już dzięki dziesiątkom krążących po Instytucie przerażających historii. To za sprawą teologii w Oksfordzie zainteresowano się w ogóle językami orientalnymi – jedynym powodem, dla którego uczeni zaczęli badać hebrajski, arabski i syryjski, była potrzeba tłumaczenia tekstów religijnych. Wyimki z Pisma Świętego i podobnych ksiąg jednak, jak się okazało, działały na srebrze w sposób nieprzewidywalny i bezlitosny. Pod północną ścianą siódmego piętra do dziś stało biurko, do którego nikt nie miał odwagi się zbliżyć, ponieważ wciąż od czasu do czasu wypuszczało z nieokreślonego źródła snopy dymu. Studenci utrzymywali, że jest to skutek podjętej przez niemądrego doktoranta próby przełożenia na srebrze imienia Boga.

Bardziej pomocna okazała się druga z udzielanych przez broszurkę lekcji – w myśl której dobrze było skupić badania na poszukiwaniu wyrazów pokrewnych, istniejących w różnych językach, lecz posiadających wspólny źródłosłów i często również zbliżone znaczenie*. To właśnie takie słowa, rodzące się na sąsiednich gałęziach etymologicznego drzewa, tworzyły najbardziej owocne pary aktywne. Kłopot z wyrazami pokrewnymi polegał jednak na tym, że ich znaczenie jest najczęściej tak zbliżone, iż w przekładzie nie występuje jego utrata, a zatem działanie opartych o nie sztabek jest bardzo mizerne. Angielskie i hiszpańskie słowa oznaczające „czekoladę" nie różnią się przecież w sposób istotny pod względem znaczenia. Co więcej, poszukujący wyrazów pokrewnych lingwista powinien uważać na tak zwanych „fałszywych przyjaciół" – słowa sprawiające na pierwszy rzut oka wrażenie pokrewnych, lecz posiadające zupełnie odmienne znaczenie i rodowód. Angielskie *have* (mieć) nie pochodzi, na przykład, od łacińskiego *habere* (trzymać, posiadać), lecz od również łacińskiego *capere* (poszukiwać).

Szczególnie podstępni byli wedle broszurki fałszywi przyjaciele, których znaczenia również zdawały się zbliżone. *Farang*, słowo z języka farsi, którego używano na określenie Europejczyków, wydaje się pokrewne angielskiemu *foreign***. *Farang*

---

* Na przykład angielskie *night*, noc, i hiszpańskie *noche* wywodzą się z tego samego, łacińskiego *nox*.

** obcy, zagraniczny (przyp. tłum.)

tymczasem powstał w odniesieniu do Franków, a zachodnich Europejczyków ogólnie zaczął oznaczać dopiero potem. Angielskie *foreign* z drugiej strony narodziło się z łacińskiego *fores*, oznaczającego „drzwi". Tak więc łączenie *farang* z *foreign* nie powodowało żadnego skutku*.

Trzecią z wymienionych w broszurze wskazówek było korzystanie z techniki zwanej łańcuszkiem sensu. Przyjaciele jak przez mgłę pamiętali, że dawno, dawno temu wspominał o niej profesor Playfair. W przypadku sparowanych słów, które oddaliły się od siebie pod względem znaczenia tak bardzo, że wykluczało to bezpośredni przekład, można spróbować dodać w charakterze pośredników słowa z języka trzeciego lub nawet czwartego. Grawerując je wszystkie w chronologicznej, zgodnej z ewolucją kolejności, można było otrzymać zamierzony skutek. Inną, choć pokrewną techniką było odnalezienie drugiego etymonu: innego wyrazu, który mógł wpłynąć na rozwój znaczenia. Francuskie *fermer* („zamykać") jest na przykład w oczywisty sposób oparte na łacińskim *firmare* („utwardzać, wzmacniać"), lecz zawiera w sobie również ślad łacińskiego *ferrum*, oznaczającego „żelazo". Zatem słowa *fermer*, *firmare* oraz *ferrum* mogłyby hipotetycznie pozwolić na stworzenie zamka w pełni odpornego na próby otwarcia bez klucza.

Wszystkie powyższe techniki w teorii wydawały się niezwykle obiecujące. W praktyce jednak było niezwykle trudno je zastosować. Największe wyzwanie i tak bowiem stanowiło odnalezienie odpowiedniej pary. W poszukiwaniu inspiracji przyjaciele sięgnęli po egzemplarz Aktualnego Rejestru Par –

---

* Inną pułapką, równie zwodniczą jak fałszywi przyjaciele, jest korzystanie z etymologii ludowych: nieprawdziwych, lecz popularnych teorii na temat pochodzenia wyrazów. Na przykład słowo *handiron* oznacza metalowe narzędzie podpierające polana w kominku. Można ulec pokusie i założyć, że wywodzi się ono z oddzielnych słów *hand* i *iron*. Tymczasem prawdziwym źródłosłowem jest francuskie *andier*, które do angielskiego trafiło jako *andire*.

wyczerpującej listy używanych w danym roku na terenie imperium par aktywnych.

– Patrzcie tu! – Letty wskazała wers na pierwszej stronie. – Nareszcie się dowiedziałam, co napędza te samobieżne tramwaje w Londynie.

– Jakie tramwaje? – spytał Rami.

– Nie widziałeś? – zdziwiła się dziewczyna. – Poruszają się zupełnie same, nikt nimi nie zawiaduje.

– Zawsze myślałem, że jest tam jakiś wbudowany mechanizm – przyznał Robin. – Rodzaj silnika...

– To prawda, ale tylko w przypadku większych modeli – oznajmiła Letty. – W mniejszych nie ma tyle miejsca. Naprawdę nie zauważyliście, że jeżdżą zupełnie same? – Podekscytowana znów wskazała na odpowiednią linijkę w almanachu. – Sztabki montuje się w torach. Słowo *track** jest pokrewne średnioniderlandzkiemu *trecken* oznaczającemu tyle co „ciągnąć", istnieje też francuski wyraz pośredniczący. Tak więc znaleźliśmy dwa słowa, które oznaczają to, co nazywamy torem, lecz tylko jedno ma konotacje z wprawiającą w ruch siłą. W efekcie tor sam napędza wagony. Doprawdy genialne!

– Widzę, że nie mamy się czym przejmować – rzucił Rami z przekąsem. – Wystarczy, że na egzaminie zrewolucjonizujemy transport publiczny i kłopot z głowy.

Godzinami mogli wertować rejestr, księgę pełną nieskończenie zajmujących i zdumiewająco błyskotliwych odkryć. Jak zauważył Robin, wiele par opracował osobiście profesor Lovell. Jedna, szczególnie przemyślna, zestawiała chiński znak *gŭ* 古, „stary, sędziwy" z angielskim *old***. Chiński symbol niósł w sobie także konotacje z trwałością i siłą; dokładnie zresztą ten sam symbol 古 znajdował się w znaku *gù* 固, znaczącym tyle co „twardy, silny, solidny". Powiązanie pojęć trwałości i zaawansowanego wieku chroniło maszyny przed usterkami wy-

* (ang.) tor (przyp. tłum.)

** stary (przyp. tłum.)

nikającymi ze starzenia się materiałów, co więcej, im dłużej dane urządzenie pozostawało w użyciu, tym lepiej się sprawowało.

– Eveline Brooke... Co to właściwie za jedna? – zaciekawił się Rami, przeglądając najnowsze pary, widniejące pod koniec księgi.

– Eveline Brooke? – powtórzył Robin. – Nie wiem dlaczego, ale nazwisko brzmi znajomo.

– Kimkolwiek ta kobieta jest, jest genialna. – Rami wskazał na stronę. – Spójrzcie, w samym tylko tysiąc osiemset trzydziestym trzecim odkryła ponad dwanaście par. Przeciętny pracownik Instytutu umieszcza mniej więcej pięć rocznie.

– Zaraz, zaraz – wtrąciła Letty. – Myślicie, że Eveline może być tą Evie?

– Tą Evie? – Robin zmarszczył czoło.

– Ta od stołu – przypomniała dziewczyna. – Zapomnieliście? Kiedyś Playfair naskoczył na mnie za to, że usiadłam na cudzym miejscu. Powiedział, że to stół Evie.

– Możliwe, że dziewczyna jest mocno ekscentryczna i nie lubi, kiedy inni dotykają jej rzeczy.

– Tyle że ten jej warsztat od miesięcy wygląda tak samo – oznajmiła Letty. – Specjalnie zwracałam na to uwagę. Minął szmat czasu, a wszystkie książki i pióra leżą dokładnie tam, gdzie leżały wtedy. Więc albo Evie jest ekscentryczna w stopniu wręcz niebywałym, albo wcale już z tego stołu nie korzysta.

Po dokładniejszym przejrzeniu almanachu znaleźli liczne wskazówki potwierdzające inną jeszcze teorię. W latach tysiąc osiemset trzydzieści trzy i trzydzieści cztery Evie odkryła imponującą liczbę par aktywnych, lecz w tysiąc osiemset trzydziestym piątym jej nazwisko po prostu znikało z rejestru. Od pięciu lat nie zamieściła w księdze ani jednego wpisu. Przyjaciele nie pamiętali, by poznali osobę nazwiskiem Evie Brooke na którejś z wydziałowych kolacji czy bankietów; nie wygłaszała także wykładów, nie prowadziła seminariów. Kimkolwiek

Eveline Brooke była, jakkolwiek była genialna, ewidentnie przebywała poza Babel.

– Momencik – odezwała się Victoire. – Załóżmy, że skończyła studia w trzydziestym trzecim. To by znaczyło, że była na jednym roku ze Sterlingiem Jonesem. I z Anthonym.

I jeszcze z Griffinem, uświadomił sobie Robin, aczkolwiek zachował myśl dla siebie.

– Może też coś się jej stało w podróży? – zasugerowała Letty.

– To by znaczyło, że na studentach z ich roku ciąży jakaś potworna klątwa – zauważył Rami.

Wszyscy nagle odnieśli wrażenie, że w sali robi się bardzo zimno.

– Może wrócimy do kucia? – podsunęła Victoire.

Nikt nie zaprotestował.

Późnymi wieczorami, kiedy od wpatrywania się w książki tracili zdolność racjonalnego myślenia, młodzi tłumacze zabawiali się wymyślaniem najbardziej absurdalnych par aktywnych.

Pewnego razu zwycięzcą konkursu okazał się Robin, dzięki słowu *jīxīn*.

– Pamiętam, że kantońskie kobiety zawsze częstowały swych synów wybierających się na cesarski egzamin państwowy duszonymi serduszkami – powiedział. – Przesąd ten bierze się stąd, że słowo *jīxīn*, kurze serca, brzmi bardzo podobnie do *jixing*, oznaczającego pamięć*.

– I to ma mi pomóc zdać egzamin? – parsknął Rami. – Miałbym wystraszyć profesora krwawymi podrobami?

– Wiecie? Taka sztabka mogłaby sprawić, że serce użytkownika kurczyłoby się do rozmiarów kurczęcego – rzuciła Victoire. – Wyobraźcie sobie tylko. W jednej chwili macie serce zupełnie standardowe, a zaraz potem staje się mniejsze od na-

* *jīxīn* 雞心, *jixing* 記性

parstka i nie jest w stanie pompować odpowiedniej ilości krwi, więc padacie na ziemię...

– Chryste! Victoire, przecież to jakaś makabra! – skwitował Robin.

– Nie, to proste – odezwała się Letty. – Chodzi o metaforę ofiary. Kluczem jest wymiana. Krew kurczaka, tutaj symbolizuje ją serce, wspiera pamięć. Wystarczy więc złożyć ptaka w ofierze bogom i egzamin zdany.

Wymienili spojrzenia. Było już bardzo późno i wszyscy byli boleśnie wręcz niewyspani. Ponadto wszyscy cierpieli na tę swoistą odmianę obłędu, jaka dotyka ludzi bardzo wylęknionych i bardzo zdeterminowanych, szaleństwo, za którego sprawą uczelnia stawała się miejscem równie niebezpiecznym jak pole bitwy.

Gdyby Letty zaproponowała, aby jeszcze tej nocy dokonali napadu na jakiś okoliczny kurnik, przyjaciele poszliby za nią jak w dym.

Wreszcie nastał ów wyczekiwany z trwogą, podniosły tydzień. Młodzi tłumacze byli przygotowani na tyle, na ile być mogli. Obiecano im, że jeśli tylko będą ciężko pracować, nauka zakończy się uczciwym egzaminem, a pracowali bardzo ciężko. Bali się oczywiście, lecz byli również ostrożnie pewni siebie. Ostatecznie przygotowywali się do tych egzaminów przez ostatnie dwa i pół roku; ni mniej, ni więcej.

Sprawdzian u profesora Chakravartiego okazał się najłatwiejszym ze wszystkich. Robin musiał przetłumaczyć na angielski liczący sobie pięćset znaków tekst w klasycznej chińszczyźnie, autorstwa samego Chakravartiego. Urokliwa przypowieść traktowała o cnotliwym mężczyźnie, który gubi kozę w morwowym sadzie, lecz ostatecznie znajduje inną. Dopiero po egzaminie Robin uświadomił sobie, że niewłaściwie oddał *yànshǐ* – oznaczające „romantyczną historię" – za pomocą bardziej stonowanej „barwnej historii"*. Miał jednak nadzieję, że wykpi się grą skojarzeń, pozwalającą Anglikom zestawiać „barwność" z „frywolnością".

Profesor Craft przygotowała na egzamin diabelnie trudny tekst, dotyczący płynności ról, jakie w literackiej spuściźnie Cycerona pełnią *interpretes*. Otóż nie byli oni po prostu tłumaczami, lecz również pośrednikami, mediatorami, a niekiedy nawet zajmowali się w imieniu mocodawców wręczaniem łapówek. Zadaniem Robina i jego przyjaciół było myśl owego tekst rozwinąć, zwracając szczególną uwagę na wykorzystanie w tym kontekście języka. Robin rozpisał się na osiem stron, twierdząc w swym eseju, że u Cycerona termin *interpretes* jest mimo wszystko stosunkowo neutralny, zwłaszcza w porównaniu z mocno nacechowanym, pojawiającym się u Herodota *hermeneus*, z których jeden został zabity przez Temistoklesa za to, że w imieniu Persów posługiwał się greką. Pracę zwieńczył kilkoma uwagami na temat lingwistycznej przyzwoitości i lojalności. Wychodząc z sali, nie był pewien, jak mu poszło – zmęczony umysł uciekł się do sprytnej sztuczki i zaraz gdy na kartce pojawiła się ostatnia kropka, wymazał z pamięci cały tok argumentacji – lecz długie kolumny spisanych ciemnym atramentem słów budziły słuszny respekt i Robin był przekonany, że tekst przynajmniej dobrze się czyta.

Egzamin u profesora Lovella składał się z dwóch części. W ramach pierwszej musieli przetłumaczyć na inny język długą na trzy strony, absurdalną wyliczankę uczącą dzieci alfabetu („A to ananas, którym zajada się Bizon") na dowolnie wybrany język. Robin zmarnował pierwszy kwadrans, próbując porządkować alfabetycznie według brzmienia chińskie symbole, lecz ostatecznie skapitulował i wybrał drogę łatwiejszą, czyli przełożył po prostu całość na łacinę. W drugiej części spraw-

---

* Zrozumiała pomyłka. Znakami tworzącymi *yànshǐ* są 艷史. *Shi* oznacza „historię" 史, a *yàn* 艷 może znaczyć albo „kolorowy", albo „romantyczny, naznaczony seksualnością".

dzianu otrzymali spisaną hieroglifami staroegipską bajkę oraz jej angielski przekład. Zadanie polegało na rozpoznaniu i opisaniu, bez znajomości języka źródłowego, najpoważniejszych trudności, z jakimi borykał się przy pracy tłumacz. Tutaj Robinowi bardzo pomogła znajomość opartego na obrazkach języka chińskiego; napisał więc coś na temat mocy ideogramów i subtelnych skojarzeń wizualnych. Poszło mu na tyle sprawnie, że zdołał oddać pracę przed upływem wyznaczonego czasu.

Egzamin ustny okazał się znośniejszy, niż przewidywali. Profesor Playfair przyjął ich wprawdzie z całą zapowiadaną w plotkach surowością, lecz nawet w roli egzaminatora nie stracił swej estradowej swady i znaczna część niepokoju Robina prysła, gdy tylko uświadomił sobie, że protekcjonalne komentarze i prychnięcia wykładowcy stanowią jedynie teatralny rekwizyt.

– Schlegel w tysiąc osiemset trzecim roku napisał, że bliski jest już czas, kiedy niemiecki stanie się językiem całego cywilizowanego świata – zaczął uczony. – Proszę skomentować.

Szczęśliwym trafem Robin czytał tę pracę Schlegla w przekładzie i wiedział, że autor miał na myśli wyjątkową elastyczność swojej ojczystej mowy. Jego postawa wyrastała jednak – zaczął argumentować chłopak – z lekceważenia i niedocenienia innych języków zachodnich, takich jak angielski (który to język Schlegel w tym samym tekście oskarżył o „monosylabiczną zwięzłość") czy francuski. Tego rodzaju nastawienie – co Robin przypomniał sobie, gdy czas niemal się skończył – było poniekąd typowym nastawieniem rodowitego Niemca, w pełni świadomego, iż cesarstwo niemieckie nie jest w stanie stawić czoła rosnącej w siłę Francji, i próbującego znaleźć pociechę w hegemonii intelektualnej i kulturowej. Odpowiedź nie była szczególnie bystra ani oryginalna, była jednak poprawna, a profesor Playfair dopytał jedynie o kilka drobnych szczegółów i odprawił Robina z sali.

Sprawdzian z pracy ze srebrem został wyznaczony na ostatni dzień sesji. Studentom polecono stawiać się na siódmym poziomie wieży w trzydziestominutowych odstępach. Na pierwszy ogień szła w samo południe Letty, po niej Robin, a później Rami i Victoire, jako ostatnia o trzynastej trzydzieści. Wpół do pierwszej Robin stanął w oczekiwaniu przed pozbawionym okien pokojem w południowym skrzydle ostatniego piętra Babel. Zaschło mu w ustach. Na zewnątrz trwało słoneczne majowe południe, lecz chłopak nie potrafił powstrzymać drżenia kolan.

To proste, powtarzał w duchu. Wystarczą dwa słowa. Trzeba jedynie napisać dwa proste słowa i będzie po krzyku. Nie ma się czego bać.

Strach jednak nie jest uczuciem racjonalnym. Wyobraźnia podpowiadała tysiąc i jeden ewentualnych problemów i trudności. Mógł upuścić sztabkę na podłogę, mógł tuż za progiem doznać zaniku pamięci, mógł też – mimo wprawy – zapomnieć, jak kreśli się dany znak czy jak pisze się angielskie słowo. Poza tym sztabka mogła po prostu nie zadziałać. Mogła nie zadziałać, a wtedy on nieodwołalnie straci szansę podjęcia w przyszłości pracy na siódmym piętrze. Wszystko to mogło się wydarzyć już lada moment.

Drzwi stanęły otworem. Ze środka wyszła roztrzęsiona i blada jak ściana Letty. Robin chciał zapytać, jak jej poszło, lecz dziewczyna wyminęła go bez słowa i zbiegła po schodach.

– Robin, zapraszam cię. – Zza drzwi wychynęła głowa profesora Chakravartiego.

Chłopak zaczerpnął głęboki wdech i wszedł.

Z pomieszczenia zniknęły wszystkie krzesła, książki i regały – usunięto wszystko, co miało jakąkolwiek wartość, i wszystko, co mogło ulec zniszczeniu. Pozostał samotny, ustawiony w rogu stół, na którym nie było nic z wyjątkiem czystej sztabki i grawerskiego rylca.

– No cóż, Robin. – Uczony zaplótł dłonie za plecami. – Cóż takiego dla mnie przygotowałeś?

Zęby chłopaka dzwoniły tak mocno, że trudno mu było mówić. Nie spodziewał się, że dopadnie go aż tak ogłupiający strach. Przed egzaminami pisemnymi, owszem, dostawał drgawek i wymiotował, ale kiedy przychodziło co do czego, kiedy pióro zaczynało skrobać o papier, zadania okazywały się stosunkowo proste. Nie miał do czynienia z niczym innym niż podsumowaniem wszystkiego, czego uczył się przez ostatnie trzy lata. Tutaj miało się wydarzyć coś diametralnie odmiennego. Nie miał pojęcia, czego się spodziewać.

– Będzie dobrze, Robin – podjął łagodnym tonem Chakravarti. – Sztabka zadziała. Musisz się jedynie skoncentrować. Robiłeś to przynajmniej sto razy.

Jeszcze jeden głębszy wdech, jeszcze jeden wydech.

– Przygotowałem coś bardzo prostego. Teoretycznie, metaforycznie... Chcę powiedzieć, że nie jest to do końca sprawdzone i nie sądzę, żeby zadziałało.

– Cóż, w takim wypadku może zaprezentuj mi najpierw teorię, a potem zobaczymy.

– *Míngbai* – wykrztusił z siebie Robin. – Mandaryńskie słowo. To znaczy... To słowo oznacza „rozumieć". Natomiast tworzące je znaki są pełne obrazowych znaczeń. *Míng* to „jasny", „światło", „czysty". I *bai* to „biel". Słowo nie oznacza więc tylko rozumienia czy zdawania sobie sprawy. W *míngbai* zawiera się wizualny element objaśniania, wydobywania na światło dzienne. – Zawiesił głos i odchrząknął. Nie denerwował się już tak bardzo jak zaraz po wejściu. Kiedy opowiedział o swojej parze na głos, nie wydawała mu się już tak beznadziejna. Prawdę powiedziawszy, pomysł sprawiał wrażenie niemal sensownego. – I tutaj dochodzimy do miejsca, w którym tracę nieco pewności, ponieważ nie wiem, z czym się to światło powiąże. Ale sztabka powinna coś rozjaśniać, ujawniać. Tak myślę.

Profesor Chakravarti rzucił chłopakowi zachęcający uśmiech.

– W takim razie czas chyba się przekonać?

Robin sięgnął drżącymi rękoma po sztabkę i przytknął koniuszek rylca do gładkiej metalowej powierzchni. Wyrycie tym narzędziem wyraźnej linii wymagało zaskakująco wiele siły. Czynność okazała się z jakiegoś powodu kojąca – pozwoliła mu skoncentrować się na utrzymywaniu stałego nacisku, przestał myśleć już o tysiącu ewentualnych problemów.

Po chwili napisy były gotowe.

– *Míngbai* – powiedział Robin, unosząc sztabkę tak, aby egzaminator wyraźnie ją widział. Zaraz potem odwrócił ją na drugą stronę. – Rozumieć.

Kruszec zapulsował – coś w srebrze ożyło, jakaś siła, potęga, poryw wiatru, wzburzona fala; w tym ułamku sekundy Robin wyczuł źródło tej mocy, to nienazwane i nienazywalne, ledwie dostrzegalne miejsce, w którym powstaje znaczenie, punkt, do którego słowa dążą, lecz nigdy nie docierają; coś, na co można jedynie niewprawnie wskazywać, sugerować. Sztabkę otoczyła jaskrawa, ciepła kula światła i niemal od razu zaczęła się rozrastać. Po chwili spowiła ich obu. Robin nie sprecyzował, o jakiego rodzaju rozumienie chodzi; nie zaplanował eksperymentu aż tak drobiazgowo, niemniej w tej chwili zrozumiał doskonale. Sądząc po wyrazie twarzy profesora, Chakravarti również pojął.

Chłopak wypuścił sztabkę. Światło zgasło. Metal znieruchomiał między nimi na stole, zwykły, przeciętny kawałek srebra.

– Bardzo dobrze. – Egzaminator nie dodał ani słowa. – Zechcesz zaprosić pana Mirzę?

Letty czekała na niego przed wieżą. W tej chwili była znacznie spokojniejsza; jej policzki odzyskiwały barwę, a oczu nie rozsadzała od środka panika. Dziewczyna musiała biegiem odwiedzić pobliską cukiernię, gdyż w ręku trzymała zmiętą papierową torebkę.

– Ciasteczko? Mam cytrynowe – zaproponowała, kiedy podszedł.

– Chętnie, poproszę. Dzięki. – Robin uświadomił sobie, że umiera z głodu.

– Jak poszło? – Letty wręczyła mu torebkę.

– W porządku. Skutek był trochę inny, niż przewidywałem, ale coś się stało – powiedział Robin i zawahał się. Herbatnik zamarł w pół drogi do ust. Chłopak nie chciał świętować ani zbyt wiele opowiadać, na wypadek gdyby egzaminu nie zdał.

Letty jednak rzuciła mu promienny uśmiech.

– U mnie podobnie. Marzyłam, żeby coś w ogóle się stało, i stało się. Ale wiesz, Robin? To takie cudowne uczucie...

– Jakbyśmy pisali świat od nowa – powiedział.

– Jakbyśmy pisali ręką Boga – rzuciła dziewczyna. – Nigdy w życiu nie czułam nic podobnego.

Wymienili radosne uśmiechy. Robin rozkoszował się smakiem rozpływającego się na języku ciastka. Świetnie rozumiał, dlaczego Letty za nimi przepada; były tak maślane, że znikały w jednej chwili, a cytrynowa słodycz otulała wnętrze ust niczym miód. Udało im się. Wszystko przebiegło pomyślnie; świat nadal mógł się obracać; nic innego nie było już ważne, ponieważ udało im się.

Z wybiciem trzynastej drzwi wieży ponownie stanęły otworem. Wymaszerował z nich maniakalnie wyszczerzony Rami.

– Co? Wam też zadziałało? – spytał, sięgając po ciastko.

– Skąd wiesz? – zdziwił się Robin.

– Bo Letty je – odparł Rami, przeżuwając. – Gdyby któreś z was zawaliło, zmiażdżyłaby te herbatniki na pył.

Najdłużej potrwał egzamin Victoire. Z wieży wyszła prawie po godzinie, zaczerwieniona i skwaszona. Rami natychmiast dopadł jej boku i otoczył przyjaciółkę ramieniem.

– Co się stało? Dobrze się czujesz?

– Przygotowałam dla nich parę kreolsko-francuską – wydyszała dziewczyna. – I udało mi się. Sztabka działała jak marzenie, ale profesor Leblanc stwierdził, że nie mogą umieścić odkrycia w almanachu, bo nie widzi możliwości, żeby para z kreolskim słowem przydała się ludziom, którzy nie znają kreolskiego. A kiedy powiedziałam, że byłaby wielce użyteczna dla Haitańczyków, po prostu parsknął śmiechem.

– Och, biedactwo. – Letty pogłaskała koleżankę po ramieniu. – Pozwolili ci może spróbować z inną parą?

Zadała dokładnie to jedno pytanie, którego zadawać nie powinna. Robin wychwycił w oczach Victoire iskrę irytacji, lecz płomyk zgasł niemal natychmiast. Dziewczyna westchnęła i potaknęła skinieniem.

– Tak, chociaż francusko-angielska nie zadziałała już tak dobrze. W dodatku byłam zbyt roztrzęsiona i nie wyryłam napisów tak precyzyjnie, jak powinnam. No, ale jakiś skutek był.

– Jestem przekonana, że zdasz – oświadczyła ze współczuciem Letty.

– Och, ja już wiem, że zdałam. – Victoire sięgnęła po ciastko.

– Skąd?

– Jak to? – Victoire podniosła na Letty zdziwione spojrzenie. – Zapytałam. Profesor Leblanc powiedział, że zdałam. Wszyscy zdaliśmy. A co, wy nie pytaliście?

Przez moment całą trójką wpatrywali się w Victoire w osłupieniu, po czym wybuchnęli głośnym śmiechem.

Gdyby tylko można było w srebrze grawerować wspomnienia, pomyślał z żalem Robin. Wspomnienia, które urzeczywistniałyby się potem przez długie lata. Które nie byłyby okrutną parodią przeszłości, jaką oferuje dagerotyp, lecz czystym ekstraktem, destylatem emocji i doznań. Zwykła kartka i atrament nie są narzędziami zdolnymi opisać to złociste popołudnie: ciepło nieskomplikowanej przyjaźni, puszczającej w niepamięć wszelkie scysje i nieporozumienia, przebaczającej każdy grzech; promienie słońca odpędzające wspomnienie chłodu sal egzaminacyjnych; lepki posmak cytryn na języku i przepełnioną zaskoczeniem i zachwytem ulgę.

ROZDZIAŁ

CZTERNASTY

Dzisiejszej nocy wszyscy marzymy –
Uśmiechy, westchnienia, zmiana i miłość ckliwa:
Ach, w głębin serc naszych rozedrganych,
Przywdziewamy fantazje równie osobliwe.

Winthrop Mackworth Praed, „The Fancy Ball"
(przeł. Grzegorz Komerski)

Znagła stali się ludźmi wolnymi. Nie na długo – do ich dyspozycji pozostawało jedynie lato, po którym miały powrócić wszystkie męki, przez które właśnie przebrnęli, zwieńczone dwakroć bardziej drakońską udręką egzaminów na czwartym roku. Lecz wrzesień zdawał się niewyobrażalnie odległy. Był przecież maj, a przed nimi rozciągała się połać letnich miesięcy. Zdawało się, że mają tyle czasu, ile dusza zapragnie, i mogą go poświęcić na szczęście. Musieli je sobie tylko przypomnieć.

Co trzy lata władze kolegium University wyprawiały okolicznościowy bal pamięci*. Bale owe stanowiły najważniejsze

* Nazwa tych balów (*commemoration ball*) odnosi się do trwających równolegle uroczystości upamiętniających wszystkich dobroczyńców i ofiarodawców wspierających działalność Uniwersytetu Oksfordzkiego. Ponieważ bale pamięci co roku organizuje inne kolegium, kolej każdego wypada co trzy lata (przyp. tłum.).

wydarzenie w towarzyskim kalendarzu Oksfordu; umożliwiały kolegiom prezentację uroczych dziedzińców i przepastnych piwnic na wino. Zamożniejsze wydziały chełpiły się bogactwem, a uboższe próbowały wejść na kolejny szczebel drabiny prestiżu. Bale pamięci pozwalały kolegiom przeznaczyć nadmiar pieniędzy – z jakiegoś powodu niezainwestowanych w potrzebujących wsparcia studentów – na organizację spotkania najzamożniejszych absolwentów, co uzasadniano rachunkiem, wedle którego bogactwo przyciąga bogactwo, gdyż nie ma lepszej metody na zebranie szczodrych datków na remonty i renowację sal niż zapewnienie dawnym żakom hucznej, wystawnej zabawy. A zabawy naprawdę były wystawne. Konkurujące ze sobą kolegia rok w rok biły rekordy przepychu i rozrzutności. Przez całą noc płynęły rzeki wina, muzyka nie milkła nawet na chwilę, a najbardziej wytrzymali goście, którzy wytrwali w tańcu do brzasku, mogli się spodziewać śniadania serwowanego w pierwszych promieniach słońca na srebrnych tacach.

Letty z uporem powtarzała, że wykupić bilety powinni wszyscy czworo.

– Dokładnie tego nam teraz trzeba. Musimy trochę sobie po tym koszmarze pofolgować. Zasłużyliśmy. Victoire, wybierzesz się ze mną do Londynu, zafundujemy sobie suknie...

– Stuprocentowo wykluczone – odparła Victoire.

– Ale dlaczego? Stać nas przecież. A w szmaragdzie wyglądałabyś olśniewająco, choć może biały jedwab byłby...

– Londyńscy krawcy nie zechcą dla mnie szyć – zauważyła Victoire. – Zresztą do zakładu wpuściliby mnie tylko, gdybym udawała twoją służącą.

Letty wyraźnie poczuła się wstrząśnięta, lecz trwało to jedynie krótką chwilę. Robin zauważył, z jak wielkim pośpiechem przywołała na usta wymuszony uśmiech. Wiedział, jak bardzo Letty cieszy się z odzyskania łask przyjaciółki i że jest gotowa zrobić wszystko, by nie narazić się jej ponownie.

– To nic nie szkodzi, założysz którąś z moich. Jesteś odrobinę wyższa, ale jeśli odprujemy i rozwiniemy dolną zakładkę, będzie jak znalazł. Mam też mnóstwo biżuterii, którą mogłabym ci pożyczyć. Napiszę do Brighton i kto wie, być może podeślą mi jakieś stare błyskotki mamy. Miała takie przecudne szpilki do włosów... Z przyjemnością zajęłabym się twoją fryzurą...

– Ty chyba nie rozumiesz – Victoire odezwała się cicho, lecz z naciskiem. – Ja naprawdę nie chcę...

– Oj, proszę cię, kochana, bez ciebie to żadna zabawa. Opłacę nawet twój bilet.

– Och – rzuciła Victoire. – Proszę, nie chcę być ci dłużna...

– Nam mogłabyś kupić – wtrącił Rami.

– Sam sobie kup. – Letty wywróciła oczyma.

– No nie wiem. Trzy funty? Nie jest to tanio.

– Więc zgłoście się do obsługi srebra – zasugerowała dziewczyna. – Wymagają poświęcenia zaledwie godziny.

– Poza tym Ptaszyna nie cierpi tłoku i ciasnych pomieszczeń – dodał Rami.

– Święta prawda – Robin dziarsko poparł przyjaciela. – W takich miejscach strasznie się stresuję. I od razu dostaję duszności.

– Nie bądźcie śmieszni – ofuknęła ich Letty. – Bale pamięci są wspaniałe! Zapewniam, że w życiu nie widzieliście nic podobnego. Lincoln zaprosił mnie na taki w Balliol... Och, cały budynek wyglądał jak zaklęty. Obejrzałam występy, jakie trudno zobaczyć nawet w Londynie. Co więcej, bale pamięci odbywają się jedynie raz na trzy lata; przy następnej okazji nie będziemy już studentami. Wszystko bym oddała, byle tylko raz jeszcze pójść na taki bal.

Wymienili bezradne spojrzenia. Argument wykorzystujący nieżyjącego brata był nie do odparcia. Letty doskonale zdawała sobie z tego sprawę i użyła go bez wahania.

Tak więc Robin i Rami zatrudnili się do pracy przy organizacji balu. Władze kolegium opracowały program pozwalający w zamian za drobną pomoc uczestniczyć w wydarzeniu także studentom zbyt ubogim, by mogli wykupić bilet, a studenci

Babel byli tu szczególnie uprzywilejowani, gdyż zamiast roznosić trunki czy odbierać przy wejściu okrycia, mogli, jak to nazywano, „obsługiwać srebro". Zajęcie to wymagało jedynie okresowego sprawdzania, czy zastosowane do upiększenia dekoracji, wzmocnienia świateł i nagłośnienia muzyki sztabki nie zostały skradzione bądź czy nie wysunęły się z prowizorycznych gniazd. Pracy więc było tyle co nic, lecz kolegia zdawały się tego nie rozumieć, a tłumacze z Babel nie mieli powodu kogokolwiek w tej kwestii edukować.

W dzień balu Robin i Rami spakowali eleganckie stroje do płóciennych worków i omijając długą, wijącą się wokół budynku kolejkę, skierowali się do kuchennych drzwi. Kolegium University rzeczywiście przeszło samo siebie. Do zobaczenia było tyle, że nie wiedzieli, gdzie skierować oszołomione spojrzenia – ostrygi ułożone na niebotycznych piramidach z lodu; długie stoły uginające się pod rozmaitymi tortami, tartami i ciasteczkami; wysmukłe kieliszki do szampana z cyrkową wprawą roznoszone po całej sali oraz szybujące w powietrzu światełka, pulsujące całą feerią barw. Na kolegialnych dziedzińcach wzniesiono poprzedniej nocy sceny, na których koncertowali teraz wirtuozi harfy i fortepianu. Wśród gości rozeszła się plotka, że w głównym holu ma dać popisowy recital gwiazda opery sprowadzona specjalnie na tę okazję z Włoch. Chwilami Robin rzeczywiście słyszał wybijający się ponad ogólny gwar, przenikliwie wysoki kobiecy głos. Na trawniku hasali akrobaci, wymachujący długimi jedwabnymi szarfami i kręcący na ramionach i nogach srebrnymi pierścieniami. Robin zauważył, że wszyscy odziani są w niecodzienne, sugerujące egzotyczne urodzenie stroje, lecz kiedy przyjrzał się ich twarzom, zaczął się zastanawiać. Widok był zaiste przedziwny, oczy i usta pomalowane mieli w sposób wskazujący orientalny rodowód, lecz spod warstwy kosmetyków wyzierały twarze ludzi, którzy mogli zostać zgarnięci z dowolnej ulicy Londynu.

– To tyle, jeśli chodzi o wierność starym, dobrym anglikańskim wartościom – skomentował Rami. – Przecież to istne bachanalia!

– Myślisz, że dużo mają tych ostryg? – zapytał Robin. Nigdy tego specjału nie kosztował; podobno niekorzystnie wpływały na układ trawienny profesora Lovella, więc pani Piper nigdy ich nie kupowała. – Chciałbym się wreszcie przekonać, jak smakują.

– Zaraz ci jedną przyniosę – rzucił Rami. – A przy okazji, te światełka zaraz pospadają. Powinieneś... No właśnie.

Rami zniknął wśród tłumu. Robin siedział na szczycie drabinki i udawał, że pracuje. Osobiście cieszył się z tej fuchy. Owszem, noszenie stroju lokaja, kiedy wokół w tańcu wirowali eleganccy koledzy i koleżanki, mogło być upokarzające, lecz dzięki zajęciu łatwiej mu było wtopić się w nocne szaleństwa. Podobało mu się, że pozostaje bezpiecznie ukryty w kącie sali i ma co zrobić z rękoma; dzięki temu bal nie wydawał się imprezą tak okropnie przytłaczającą. W dodatku z przyjemnością odkrywał pomysłowe pary aktywne, w które Babel wyposażyła organizatorów. Jedna, z pewnością dzieło profesora Lovella, zestawiała czterowyrazowy chiński idiom 百卉千葩 z jego przekładem brzmiącym „setka roślin i tysiąc kwiatów". Konotacje oryginału, wywołującego skojarzenia z oszałamiającą ferią kolorów, sprawiały, że róże były jeszcze bardziej czerwone, a kwiaty fiołków stawały się większe i intensywniej wybarwione.

– Ostryg nie ma – powiedział Rami – za to przyniosłem ci w zamian kilka tych całych trufli. Nie wiem, co to właściwie jest, ale ludzie zgarniają je z tac na wyścigi. – Podał Robinowi czekoladową truflę, a drugą wcisnął sobie do ust. – O fu! Nie, nie jedz tego.

– Naprawdę ciekawe, co to. – Robin podniósł truflę do oczu. – Czy ta bladawa maź to ser?

– Aż boję się myśleć – rzucił Rami.

– Wiesz? Jest taki chiński znak, *xiǎn**, który może oznaczać „rzadko występujący, świeży i smaczny", ale również „skromny, ubogi".

– Do czego zmierzasz? – Rami wypluł truflę do chusteczki.

– Rzeczy kosztowne i rzadkie bywają niekiedy gorsze.

– Tylko nie mów o tym Anglikom. Zburzyłbyś fundament ich poczucia smaku – stwierdził Rami i powiódł spojrzeniem po gościach. – O, spójrz, kogo wreszcie przywiało.

Przez zatłoczoną salę przeciskała się ku nim Letty, ciągnąc za sobą Victoire.

– Wyglądacie... Dobry Boże! – Robin pospiesznie zgramolił się z drabiny. – Wyglądacie niesamowicie.

Komplement był szczery. Dziewczęta zmieniły się nie do poznania. Tak bardzo przywykł do oglądania ich w koszulach i spodniach, że niekiedy zapominał, iż ma do czynienia z kobietami. Dzisiejszego wieczora stało się jasne, że obie są istotami z innego wymiaru. Letty założyła suknię ze zwiewnej, jasnoniebieskiej tkaniny, której barwa uwydatniała błękit jej oczu. Strój miał przepotężne rękawy – wydawało się, że mogłaby ukryć w nich udziec barani w całości – lecz prawdopodobnie takie się w tym roku nosiło, gdyż bufiaste, kolorowe rękawy pojawiały się na wszystkich uniwersyteckich dziedzińcach. Robin zdał sobie nagle sprawę, że Letty jest całkiem ładną dziewczyną. Nigdy przedtem tego nie dostrzegł, lecz teraz, w miękkim blasku światełek, jej mocno wygięte brwi i ostro zarysowana szczęka nie tchnęły chłodem i surowością, lecz godnym królowych wdziękiem i elegancją.

– Jakim cudem ta fryzura się trzyma? – rzucił Rami.

Oblicze Letty ocieniała przecząca prawidłom grawitacji konstrukcja z włosów uformowanych w jasne, delikatne sprężynki.

– Jak to jakim? – zdziwiła się Letty. – Papiloty, ot co.

---

* 鮮

– Znaczy czarna magia – mruknął Rami. – To nie jest naturalne.

– Powinieneś częściej zadawać się z kobietami – prychnęła Letty.

– Gdzie mam ich szukać? Na oksfordzkich wykładach?

Dziewczyna parsknęła śmiechem.

Prawdziwe przeobrażenie przeszła jednak Victoire, promieniejąca z wnętrza intensywnie szmaragdowej sukni. Jej rękawy również rozdęte były jak balony, lecz przydawało to tylko uroku. Wyglądała jak otoczona kordonem obłoczków. Włosy splotła na czubku głowy w elegancki koczek, pozostający na swoim miejscu dzięki parze ozdobionych koralami szpilek. Na szyi niczym gwiazdozbiór połyskiwał naszyjnik z identycznych korali. Victoire wyglądała cudownie. I była tego świadoma; kiedy zauważyła minę Robina, jej usta zakwitły uśmiechem.

– Widać, że się starałam, prawda? – Letty z dumą przyjrzała się przyjaciółce. – I pomyśleć, że nie chciała przyjść.

– Wygląda jak usiane gwiazdami niebo – powiedział Robin.

Policzki Victoire zalał rumieniec.

– Dobry wieczór. – Podszedł do nich Colin Thornhill. Sprawiał wrażenie mocno już pijanego; miał ewidentny kłopot ze skupieniem zmętniałego spojrzenia. – Widzę, że nawet nasze drogie babole postanowiły zstąpić między maluczkich.

– Dobry wieczór, Colin – odpowiedział Robin z rezerwą.

– Udana impreza, nieprawdaż? Panienka z opery trochę piszczała, ale to może być kwestia akustyki. Tego miejsca nie projektowano z myślą o popisach wokalnych, do tego trzeba więcej przestrzeni, inaczej głos traci brzmienie – ogłosił Colin, po czym, nawet na nią nie patrząc, podsunął pusty kieliszek pod nos Victoire. – Pozbądź się tego i przynieś mi burgunda, dobrze?

– Sam sobie przynieś. – Oburzona dziewczyna aż się wzdrygnęła.

– Jak to? Nie jesteś w pracy?

– Victoire jest studentką – warknął Rami. – Poznaliście się.

– Doprawdy? – Colin był pijany w sztok; co chwila się słaniał, a na jego blade policzki wystąpiły czerwone plamy. Kieliszek zawisł mu w palcach tak niepewnie, że Robin przestraszył się, iż zaraz roztrzaska się na posadzce. – Cóż, oni wszyscy wyglądają dla mnie tak samo.

– Kelnerzy ubrani są na czarno i chodzą z tacami – przypomniała cierpliwie Victoire.

Robin obserwował opanowanie przyjaciółki z niekłamanym podziwem; na jej miejscu już dawno wytrąciłby Colinowi kieliszek z dłoni.

– Natomiast na twoim miejscu – dodała dziewczyna – pomyślałabym o szklance wody.

Colin popatrzył na nią i zmrużył oczy, jakby próbował dostrzec więcej szczegółów. Robin natychmiast cały się spiął, lecz Colin wybuchnął tylko śmiechem, wymamrotał pod nosem coś, co zabrzmiało jak „normalnie jak z Tregeara"*, i odszedł.

– Dupek – burknął Rami.

– Czy ja naprawdę wyglądam jak kelnerka? – spytała Victoire z niepokojem. – I co znaczy *tregear*?

– Mało istotne – zapewnił czym prędzej Robin. – A Colinem się nie przejmuj, to idiota.

– Co więcej, wyglądasz eterycznie – dodała Letty. – Kochani, musimy się po prostu odprężyć. Proszę. – Wyciągnęła ramię ku Ramiemu. – Jesteś już po pracy, zgadza się? Zatańcz ze mną.

– Co to, to nie – odparł ze śmiechem.

– No proszę. – Letty ujęła go za dłonie i pociągnęła w stronę parkietu. – Walc nie jest wcale trudny. Nauczę cię kroków raz-dwa...

– Nie, naprawdę, przestań. – Rami uwolnił ręce.

---

* Gabriel Shire Tregear, działający w Londynie wydawca grafik i zarazem zaciekły rasista. W latach trzydziestych XIX wieku wydał serię obrazkowych karykatur znanych jako „Czarny humor Tregeara", wykpiwających uczestnictwo czarnoskórych w życiu towarzyskim, do czego zdaniem autora nie mieli prawa.

– Ale co to za zabawa, tkwić tak w kącie? – Zawiedziona dziewczyna zaplotła ramiona na piersi.

– Tkwimy tutaj, ponieważ i tak jesteśmy ledwie tolerowani, i ponieważ dopóki nie będziemy poruszać się zbyt szybko i mówić zbyt głośno, mamy szansę wtopić się w tło i przynajmniej udawać obsługę. Tak to już jest, Letty. Brązowoskóry mężczyzna na oksfordzkim balu stanowi intrygującą ciekawostkę, o ile nikomu nie wchodzi w paradę i nie zwraca na siebie uwagi. Ale gdybym z tobą zatańczył, zaraz ktoś by mi przyłożył albo i gorzej.

– Nie przesadzaj – rzuciła nadąsana.

– Moja droga, jestem po prostu roztropny.

Tymczasem w pobliżu pojawił się jeden z braci Sharp i wyciągnął rękę do Letty. Gest był mało szarmancki i dość zdawkowy, lecz dziewczyna bez słowa przyjęła podaną dłoń i bez słowa ruszyła na parkiet, rzucając tylko Ramiemu pełne złości spojrzenie.

– Ma, czego chciała – syknął Rami. – Krzyżyk na drogę.

– Dobrze się czujesz? – Robin zwrócił się do Victoire.

– Nie jestem pewna. – Dziewczyna sprawiała wrażenie podenerwowanej. – Czuję się, nie wiem, odsłonięta. Jak eksponat. Tłumaczyłam Letty, że będą mnie brać za kelnerkę...

– Nie myśl już o Colinie – rzucił Robin. – To naprawdę palant.

– Tylko że oni wszyscy są tacy. – Victoire nie wyglądała na uspokojoną.

– Dobry wieczór. – Wyrósł obok nich rudowłosy chłopak w fioletowej kamizelce. Niejaki Vincy Woolcombe, najmniej okropny członek ferajny Pendennisa, jak przypomniał sobie Robin.

Robin otworzył usta, żeby odpowiedzieć, lecz spojrzenie Woolcombe'a nie zatrzymało się na nim nawet na mgnienie. Skupił je na Victoire.

– Jesteś z naszego kolegium, prawda?

Victoire spojrzała w lewo, w prawo i dopiero po chwili zrozumiała, że Woolcombe rzeczywiście zwraca się do niej.

– Tak, ja...

– Nazywasz się Victoire? – upewnił się chłopak. – Victoire Desgraves?

– Tak. – Dziewczyna uniosła nieco głowę. – Skąd wiesz?

– Cóż, na roku jesteście tylko dwie – przypomniał Woolcombe. – Dwie tłumaczki. Skoro trafiłyście do Babel, musicie być naprawdę genialne. To chyba oczywiste, że znamy wasze nazwiska.

Victoire rozchyliła nieznacznie usta, lecz nie odpowiedziała; była ewidentnie niepewna, czy Woolcombe zapędza ją w pułapkę, czy mówi szczerze.

– *J'ai entendu dire que tu venais de Paris.* – Chłopak pochylił głowę w płytkim ukłonie. – *Les parisiennes sont les plus belles.*

– *Ton français est assez bon* – odpowiedziała z uśmiechem zaskoczona Victoire.

Robin przysłuchiwał się rozmowie z niejakim podziwem. Może jednak Woolcombe nie jest aż takim bufonem – może z Pendennisem zadawał się jedynie z głupoty? Chłopakowi również przyszło do głowy, że Woolcombe może chcieć się kosztem Victoire zabawić, lecz w pobliżu nie było ani jednego z jego znajomków; nikt nie przyglądał się dziewczynie z szyderczym uśmieszkiem, nikt nie rzucał ku nim ukradkowych, rozbawionych spojrzeń przez ramię.

– Zasługa letnich wakacji w Marsylii – powiedział Woolcombe. – Moja matka jest z pochodzenia Francuzką i uparła się, że muszę poznać jej język. Naprawdę uważasz, że mówię znośnie?

– Trochę za bardzo przeciągasz samogłoski – odpowiedziała z pełną powagą Victoire – ale poza tym nie jest źle.

Woolcombe, co należy sprawiedliwie oddać, przyjął krytykę z pokorą.

– Miło słyszeć. Dasz się może zaprosić do tańca?

Victoire uniosła dłoń, zawahała się i rzuciła okiem na Robina i Ramiego, jakby pytając o zdanie.

– Idź – rzucił Rami. – Baw się.

Dziewczyna ujęła dłoń Woolcombe'a, który okręcił ją w miejscu i zaprowadził na parkiet.

Robin i Rami zostali sami. Ich zmiana dobiegła już końca; dzwony wybiły jedenastą kilkanaście minut wcześniej. Chłopcy przebrali się we fraki – identycznego kroju, czarne, obstalowane w ostatnim momencie w Ede & Ravenscroft – lecz nie opuścili bezpiecznego schronienia pod ścianą. Robin podjął symboliczną próbę dołączenia do rozbawionego tłumu, lecz błyskawicznie wycofał się z grozą w oczach – wszyscy ludzie, których choć trochę kojarzył, zajęci byli rozmowami w zamkniętych grupkach i albo ignorowali go zupełnie, przez co czuł się jak natrętny kmiotek, bądź wypytywali o pracę w Babel, gdyż poza tym nie wiedzieli o nim zupełnie nic. Przy czym za każdym razem padał jeszcze tuzin pytań dodatkowych, bez wyjątku dotyczących Chin, Orientu i wzmacniania srebrem. Kiedy ostatecznie przeprowadził odwrót i nieco ochłonął pod ścianą, czuł się tak wylękniony i wyczerpany, że o ponownym wkroczeniu między ludzi nie mogło być mowy.

Rami lojalnie trwał u boku przyjaciela. Przez jakiś czas w milczeniu obserwowali wypadki. Robin porwał z tacy przechodzącego kelnera kieliszek bordo i osuszył go zdecydowanie szybciej, niż powinien. Chciał jednak jak najprędzej przytępić lęk, jaki wzbudziły w nim rozgwar i ścisk.

Ostatecznie milczenie przerwał Rami:

– Więc jak? Poprosisz kogoś do tańca?

– Nie umiem – przyznał Robin. Bacznie wpatrywał się w rozbawiony tłumek, lecz wszystkie dziewczęta ze swymi rozdmuchanymi rękawami wydawały mu się identyczne.

– Tańczyć czy prosić?

– W zasadzie nie potrafię ani jednego, ani drugiego. Z drugim natomiast sprawa wygląda znacznie gorzej. Mam wrażenie, że aby wypadło to przyzwoicie, powinienem kandydatkę znać przynajmniej pobieżnie.

– Nieprawda, jesteś dostatecznie przystojny – ocenił Rami. – A w dodatku jesteś babolem. Na pewno któraś się zgodzi.

Gdyby nie szumiące w głowie wino, Robin za nic nie zadałby następnego pytania:

– A dlaczego ty nie zatańczysz z Letty?

– Nie mam ochoty wszczynać kolejnej dzikiej awantury.

– Rami, poważnie pytam.

– Proszę cię, Ptaszyno – westchnął Rami. – Wiesz przecież, jak jest.

– Ona cię pragnie – rzucił Robin. Uświadomił sobie tę prawdę ledwie przed momentem, a kiedy wypowiedział ją na głos, wydała się tak oczywista, że poczuł się jak idiota, że nie dostrzegł tego wcześniej. – Bardzo gorąco. Dlaczego więc...

– Naprawdę nie wiesz?

Spotkali się spojrzeniami. Robin poczuł na karku mrowienie. Powietrze między przyjaciółmi zgęstniało od niewidocznego ładunku, jak w ostatnich chwilach, zanim rozpęta się burza z piorunami. Robin nie miał pojęcia, co się dzieje, nie wiedział, co wydarzy się zaraz. Pewien był jedynie tego, że jest to wszystko osobliwe i przerażające. Poczuł się jak człowiek stojący w porywistych podmuchach wichury na szczycie wysokiego urwiska.

– Oho, kłopoty. – Rami poderwał się z krzesła.

Po drugiej stronie dziedzińca Letty i Victoire stały pod ścianą, otoczone przez sforę wyszczerzonych chłopców. Przyjaciele wypatrzyli w grupie Pendennisa i Woolcombe'a. Victoire ciasno oplatała się ramionami, a Letty mówiła bardzo szybko coś, czego nie słyszeli.

– Chyba powinniśmy sprawdzić – stwierdził Rami.

– Słusznie. – Robin ruszył w ślad za nim przez tłum.

– To nie jest zabawne! – warczała Letty z twarzą naznaczoną szkarłatnymi rumieńcami gniewu. Niczym zawodowy bokser trzymała przed sobą uniesione pięści; spięte ramiona dziewczyny drżały przy każdym słowie. – Nie jesteśmy panienkami z tancbudy, nie możecie tak po prostu...

– Ale zżera nas ciekawość – rzucił bełkotliwie Pendennis. – Naprawdę różnią się kolorem? Chcielibyśmy zobaczyć, macie tak głębokie dekolty, że męska wyobraźnia aż szaleje... – Wyciągnął rękę do Letty.

Dziewczyna wzięła krótki zamach i z całej siły uderzyła natręta w policzek. Pendennis zatoczył się w tył. Na jego twarzy zaszła błyskawiczna przemiana, pojawił się na niej wyraz zwierzęcej furii. Wykonał krok ku Letty i przez moment zdawało się, że teraz on uderzy ją w rewanżu. Dziewczyna drgnęła i nieznacznie się cofnęła.

Robin czym prędzej zasłonił ją piersią.

– Idźcie stąd – rzucił do przyjaciółek.

Victoire i Letty podbiegły do Ramiego, który wziął je obie za ręce i poprowadził ku tylnej bramie.

Wściekły Pendennis stanął twarzą w twarz z Robinem.

Robin nie miał pojęcia, czym się ta awantura skończy. Pendennis był wyższy, nieco bardziej masywny i prawdopodobnie silniejszy, lecz słaniał się na nogach i nie był w stanie skupić spojrzenia. Gdyby doszło do starcia, walka byłaby z pewnością niegodna i karykaturalna. Nikt nie zostałby poważnie ranny. Być może Robin zdołałby nawet powalić przeciwnika i odejść, zanim Pendennis zdążyłby się pozbierać. Panujące w kolegium zasady dotyczące bójek między studentami były jednak bardzo surowe; obserwowało ich wielu naocznych świadków, a Robin nie miał ochoty sprawdzać, czyje słowo przeważyłoby w trakcie posiedzenia komisji dyscyplinarnej.

– Nie możemy się bić – szepnął Robin – jeśli do tego zmierzasz. Ale masz w dłoni kieliszek madery, a chyba nie chcesz spędzić reszty nocy z czerwoną plamą na koszuli?

Spojrzenie Pendennisa powędrowało w dół, ku kieliszkowi, po czym uniosło się z powrotem.

– Ty żółtku... – wycedził bardzo nieprzyjemnym tonem. – Jesteś zwykłym żółtkiem w przebraniu. Zdajesz sobie z tego sprawę, Swift, prawda?

– I dopuścisz, żeby żółtek zepsuł ci bal? – Robin zacisnął pięści.

Pendennis wykrzywił usta, lecz stało się jasne, że bezpośrednie zagrożenie minęło. Robin musiał jedynie przełknąć zniewagę, musiał wytłumaczyć sobie, że to, co przed chwilą usłyszał, to jedynie zwykłe, nic nieznaczące słowa. Potem mógł już po prostu odwrócić się i wyjść przez bramę w ślad za Ramim, Victoire i Letty.

Wiejący na ulicy chłodny nocny wietrzyk przyniósł ulgę zaczerwienionym, rozgrzanym twarzom przyjaciół.

– Co się tam stało? – zapytał Robin. – Czego oni od was chcieli?

– Niczego. – Victoire trzęsła się gwałtownie na całym ciele; Robin zdjął marynarkę i okrył jej ramiona.

– Wcale nie niczego! – syknęła Letty. – Ten bydlak Thornhill zaczął ględzić na temat różnic w ubarwieniu naszych... naszych... no wiecie... z biologicznych przyczyn i w pewnym momencie Pendennis stwierdził, że powinnyśmy im pokazać...

– Nieważne. – Victoire weszła jej w słowo. – Chodźmy już stąd.

– Ja go zabiję – powiedział Robin bardzo poważnie. – Wracam tam. Ja go zabiję...

– Nie, proszę! – Victoire chwyciła go za ramię. – Nie pogarszaj, błagam cię.

– To przez ciebie. – Rami spojrzał na Letty.

– Przeze mnie? Jakim...

– Tylko ty chciałaś iść na ten bal. Victoire od początku mówiła, że to się źle skończy, ale ty nas zmusiłaś...

– Zmusiłam? – Letty zaśmiała się ostro. – Przecież tak świetnie się bawiłeś, wcinałeś trufle i czekoladki...

– Tak, bawiłem się, dopóki Pendennis ze swoją watahą nie zaczęli napastować Victoire...

– Ze mną też próbowali, wiesz? – Argument zdawał się dość dziwny i Robin nie był pewien, dlaczego Letty o tym wspomina, lecz dziewczyna była wyraźnie wzburzona. Jej głos podniósł się o dobrą oktawę. – To się nie stało tylko dlatego, że ona jest...

– Cisza! – wykrzyknęła Victoire. Jej twarz spływała łzami. – Przestańcie. Niczyja wina. Myśmy po prostu... Powinnam była to przewidzieć. Nie trzeba było przychodzić.

– Przepraszam – odezwała się Letty półgłosem. – Victoire, kochana, ja nie...

– Nie przejmuj się. – Victoire pokręciła głową. – Nie ma najmniejszego powodu, żebyś... Nieważne. – Zaczerpnęła rozedrganymi wargami łyk powietrza. – Chodźmy już stąd, dobrze? Chcę wracać do domu.

– Do domu? – Rami przystanął w pół kroku. – Jak to do domu? W tę noc powinniśmy świętować!

– Oszalałeś? Idę do łóżka. – Victoire lekko uniosła suknię, której rąbek był już mocno w tej chwili ubłocony. – Nareszcie uwolnię się z tego... Dość mam tych głupich rękawów...

– O nie, nie ma mowy. – Rami łagodnie pociągnął dziewczynę w stronę High Street. – Wystroiłyście się na bal i na bal zasługujecie. Więc wybierzmy się na bal.

Po chwili Rami wyjawił im swój plan – mieli spędzić resztę nocy na dachu Babel. Tylko oni, wyładowany słodyczami kosz (dla człowieka o wyglądzie służącego podwędzenie czegoś z kuchni nie stanowiło wielkiego wyzwania), teleskop i czyste, gwiaździste sklepienie*. Kiedy jednak wyszli zza zakrętu i znaleźli się na dziedzińcu przed wieżą, spostrzegli, że w oknach

* W połowie osiemnastego stulecia wśród uczonych z Babel zapanowała przelotna moda na astrologię, z uwagi na którą zamówiono kilka najnowocześniejszych wówczas teleskopów. Zostały zainstalowane na dachu i miały pomagać w odkrywaniu par aktywnych związanych z nazwami znaków zodiaku. Ponieważ astrologia nie jest prawdziwą nauką, wysiłki owe nie przyniosły żadnych wymiernych rezultatów, lecz popatrzeć w gwiazdy zawsze jest przyjemnie.

na parterze palą się światła, a na ich tle poruszają się ludzkie sylwetki.

Ktoś był wewnątrz.

– Zaczekajcie... – zaczęła Letty, lecz Rami lekkim krokiem wbiegł po schodach i otworzył drzwi.

Cały hol był rzęsiście oświetlony szybującymi światełkami, pod którymi tłoczyli się studenci i doktoranci. Robin rozpoznał wśród obecnych Cathy O'Nell, Vimala Srinivasana i Ilse Dejimę. Część obecnych tańczyła, inni gawędzili, trzymając w dłoniach kieliszki wina, niektórzy stali pochyleni nad zniesionymi z siódmego piętra stołami roboczymi i w napięciu obserwowali poczynania jakiegoś doktoranta, kreślącego rylcem na srebrnej sztabce. Wtem coś cicho strzeliło i w pomieszczeniu rozszedł się zapach świeżych róż. Rozległy się oklaski.

Wreszcie ktoś ich zauważył.

– Trzeciorocznaki! – zawołał Vimal i przywołał ich wesołym machaniem. – Czemu tak późno?

– Byliśmy na balu pamięci – przyznał Rami. – Nie mieliśmy pojęcia, że dzisiaj odbywa się tu jakaś prywatka.

– Trzeba ich było zaprosić – stwierdziła ciemnowłosa Niemka. Jeśli pamięć nie płatała Robinowi figli, dziewczyna miała na imię Minna. Mówiąc, nieprzerwanie tańczyła w miejscu, mocno co chwila pochylając głowę na lewo. – Bardzo z twojej strony okrutnie, że pozwoliłeś im wziąć udział w tym teatrze grozy w kolegium.

– Raj mogą docenić jedynie ci, którzy zeszli w otchłań piekieł – odparł sentencjonalnie Vimal. – Apokalipsa. Albo ewangelia Świętego Marka. Albo coś w tym rodzaju.

– W Biblii tego nie ma na pewno – stwierdziła Minna.

– Cóż. – Vimal obojętnie wzruszył ramionami. – Skąd miałbym o tym wiedzieć?

– To naprawdę było z twojej strony okrutne – odezwała się Letty.

– Prędzej! – zawołał Vimal przez ramię. – Przynieście temu dziewczęciu łyk wina.

Rozdano kieliszki; popłynęło porto. Robin już wkrótce popadł w stan bardzo przyjemnego upojenia. Szumiało mu w głowie, ręce i nogi miękko falowały. Zdyszany po odtańczonym z Victoire walcu, stanął oparty plecami o regał i nasiąkał wspaniałością chwili. Vimal z Minną wspięli się na stół, na którym odstawiali właśnie pełną wigoru gigę. Przy biurku naprzeciwko Matthew Houndslow, tegoroczny zdobywca najbardziej prestiżowego stypendium doktoranckiego, rył słowa na kolejnej sztabce srebra, której moc sprawiała, że hol wypełniały pląsające kule jaskrawego, różowofioletowego światła.

– *Ibasho* – powiedziała Ilse Dejima.

Robin spojrzał na dziewczynę. Nigdy wcześniej nie odezwała się do niego nawet słowem i nie był pewien, czy chciała to zmienić w tej chwili. W pobliżu jednak nie było nikogo innego.

– Słucham?

– *Ibasho* – powtórzyła, kołysząc się lekko w miejscu. Dłonie dziewczyny falowały przed jej twarzą; tańczyła lub dyrygowała. Robin nie był pewien. Co więcej, nie miał pojęcia, gdzie znajduje się źródło opływającej ich muzyki. – Trudno to słowo oddać po angielsku. Dosłownie oznacza „miejsce pobytu", ale chodzi tu o takie miejsce, w którym można się poczuć jak w domu, gdzie każdy jest sobą.

Ilse nakreśliła w powietrzu znaki alfabetu kanji – 居场所 – i chłopak rozpoznał ich chińskie odpowiedniki. Symbol oznaczający mieszkanie. Znaki oznaczające miejsce.

Kiedy w następnych miesiącach wracał myślami do tej nocy, znajdował w pamięci jedynie kilka wyraźnych wspomnień – po trzech kieliszkach porto większa część wieczora zlała się w rozkoszną mgiełkę. Mgliście odtwarzał chwilę, kiedy na zestawionych stołach tańczyli do jakiejś szalonej, celtyckiej w duchu melodii, potem zabawiali się jakąś grą językową, której głównym elementem było błyskawiczne wykrzykiwanie rymujących się wyrazów; przez cały czas śmiali się do rozpuku. Pamiętał, że Rami usiadł w kącie z zapłakaną Victoire i przezabawnie parodiował profesorów, dopóki oczy dziewczyny nie wyschły, a potem popłakali się ze śmiechu oboje.

– Gardzę kobietami – oświadczył Rami, naśladując surowy, wyprany z emocji ton profesor Craft. – Są płoche, łatwo się rozpraszają i mówiąc najogólniej, nie są przystosowane do rygorystycznego trybu życia, jakiego wymaga prowadzenie badań naukowych z prawdziwego zdarzenia.

Robin pamiętał zbitki angielskich słów, które nieproszone wypływały mu na powierzchnię świadomości, gdy obserwował zabawę; urywki piosenek i wierszy, strofy, których znaczenie nie było dla niego do końca jasne, lecz które wyglądały i brzmiały bardzo przyjemnie. Może zresztą na tym polega poezja? Może nabiera sensu dzięki brzmieniu? Poprzez wygląd zestawionych ze sobą liter? Nie potrafił sobie przypomnieć, czy jedynie się nad tym wszystkim zastanawiał, czy wypytywał o to każdego, kto się nawinął. W pewnym momencie pochłonęło go roztrząsanie kwestii: „Czym właściwie jest blask fantastyczny?"*. Pamiętał, iż głęboką nocą siedział na schodach wieży u boku Letty, która rzewnie szlochała z głową na jego ramieniu.

– Tak bardzo chciałabym, żeby mnie dostrzegł – powtarzała, targana czkawką. – Dlaczego nie zwraca na mnie uwagi?

I chociaż Robin był w stanie podać dowolną liczbę powodów – gdyż Rami był śniadoskórym cudzoziemcem, a Letty córką admirała; bo Rami nie chciał, by ktoś go zastrzelił na środku ulicy; a może Rami po prostu nie kochał jej tak, jak ona kochała jego, i omyłkowo uznała jego uprzejmość i ostentacyjną werwę za oznaki głębszego zainteresowania – to zachował dość rozumu, by nie wyjawić przyjaciółce prawdy. Tym, czego Letty w owej chwili potrzebowała, nie była szczera rada, lecz człowiek, który mógłby ją pocieszyć, po przyjacielsku pokochać

---

* *Come, and trip as ye go, On the light fantastick toe.* John Milton, „L'allegro", 1645. Pochodząca z wiersza Miltona fraza *trip the light fantastic* weszła do angielskiego na stałe i oznacza tyle co „tańczyć z lekkością i wdziękiem" (przyp. aut. i tłum.).

i obdarzyć jeśli nawet nie upragnioną uwagą, to przynajmniej jakimś jej przybliżeniem. Tak więc pozwolił, aby wypłakała się na jego ramieniu, i czując, jak koszula przesiąka mu łzami, kreślił dłonią koła na plecach dziewczyny, powtarzając raz po raz, że też nie rozumie. Czy ten Rami zdurniał do reszty? Dlaczego jej nie kocha? Przecież Letty jest taka wspaniała, cudowna, samą Afrodytę mogłaby przyprawić o szał zazdrości. Ba – dodał – Letty powinna się cieszyć, że nie zamieniła się jeszcze w uroczego motyla i nie uleciała ku niebu. Na to dziewczyna zareagowała chichotem i łzy zaczęły ustawać. Dobry znak, świadczył o tym, że Robin wypełnił swoją rolę jak należy.

Kiedy tak rozmawiali, doznał przedziwnego wrażenia. Zdało mu się, że zanika, że wtapia się w tło malowidła ukazującego historię równie starą, jak same dzieje. I być może był to skutek wypitego trunku, lecz odniósł też fascynujące wrażenie, że unosi się ponad własne ciało i z góry przysłuchuje zmieszanym odgłosom płaczu dziewczyny i chłopięcego szeptu. Dźwięki splatały się ze sobą, podfruwały i stawały obłoczkami pary, osiadającej wilgocią na zimnych witrażach wieży.

Kiedy zabawa dobiegła końca, wszyscy byli już potężnie pijani – z wyjątkiem Ramiego, choć i on upoił się fizycznym zmęczeniem i śmiechem. I tylko z tego powodu uznali, że rozsądnie będzie odprowadzić dziewczęta dłuższą trasą, wiodącą przez cmentarz za St. Giles. Rami odmówił po cichu modlitwę *du'a* i przemaszerowali przez bramę. Z początku, kiedy wpadając jedno na drugie, poszukiwali drogi między nagrobkami, wyprawa wydała im się wielką przygodą. W pewnym jednak momencie atmosfera uległa raptownemu przeobrażeniu. Ciepło ulicznych latarni przygasło; rzucane przez grobowce cienie wydłużyły się i zaczęły falować, jakby zdradzając obecność istot, które wcale ich tutaj nie chciały. Robina obleciał lodowaty strach. Idąc przez teren nekropolii, nie łamali prawa, lecz z niezrozumiałego powodu poczuł, że przebywając tu w obecnym stanie, gwałcą w okropny sposób jakąś fundamentalną zasadę.

– Chodźmy szybciej. – Rami miał podobne odczucia.

Robin potaknął skinieniem. Ruszyli żwawiej przed siebie.

– Nie powinienem był tu przychodzić po *salat maghrib* – szepnął Rami. – Trzeba było słuchać się matki...

– Zaczekajcie – rzuciła Victoire. – Letty jeszcze... Letty?

Odwrócili się. Letty zatrzymała się kilka alejek wcześniej. Stała zapatrzona w jakiś grób.

– Patrzcie. – Skinęła ręką. – To ona.

– Znaczy kto? – burknął Rami.

Letty nie odpowiedziała, bez słowa przyglądała się podniszczonej kamiennej płycie.

Zawrócili i spojrzeli na widniejący na nagrobku napis. „Eveline Brooke. Ukochana córka, uczona. 1813–1834".

– Eveline – odczytał Robin. – Czy to...

– Evie – potwierdziła Letty. – Dziewczyna od stołu. Ta, która opracowała wszystkie te pary z almanachu. Nie żyje. Nie żyje już od dawna. Od pięciu lat.

Noc nagle stała się dojmująco mroźna. Resztki porto wyparowały z głów młodych tłumaczy wraz ze śmiechem; w tej chwili przyjaciele byli trzeźwi, zziębnięci i bardzo przestraszeni.

– Jak myślicie, co ją spotkało? – Victoire ciasno otuliła szalem ramiona.

– Z pewnością jakaś banalna historia. – Rami mężnie spróbował przepędzić ponury nastrój. – Prawdopodobnie zachorowała. Może padła ofiarą wypadku. A może się przepracowała? Kto wie... Mogła pójść na łyżwy bez szalika albo pochłonięta badaniami zapomniała, że czasem trzeba jeść?

Robin jednak nabrał podejrzeń, że za śmiercią Evie Brooke kryje się coś mniej powszedniego niż choroba. Zniknięcie Anthony'ego przeszło na wydziale praktycznie bez oddźwięku. Można było odnieść wrażenie, iż profesor Playfair wcale już doktoranta nie pamięta; od dnia, w którym ogłosił wieść o jego śmierci, nie wspomniał o nim ani razu. Z drugiej strony stół Evie utrzymywał w niezmienionym stanie przez długie pięć lat.

Eveline Brooke była z jakiegoś powodu wyjątkowa. I przydarzyło się jej coś strasznego.

– Może już wracajmy, dobrze? – wyszeptała po chwili Victoire.

Spędzili na cmentarzu więcej czasu, niż myśleli. Ciemność nieba zaczęła z wolna ustępować blademu brzaskowi, chłód zmieniał się w poranną rosę. Bal dobiegł końca. Dobiegła końca również ostatnia noc trymestru, pozwalając nadejść bezkresowi lata. Przyjaciele bezgłośnie wzięli się za ręce i ruszyli do domu.

ROZDZIAŁ

PIĘTNASTY

Gdy poranki opromienia łagodniejsze światło, a jabłko w pełni
nareszcie gotowe wisi na drzewie ospale dojrzałe,
Wtedy oto nastają cichutko tętniące, najszczęśliwsze dni ze wszystkich!

Walt Whitman, „Dni alkionowe"
(przeł. Grzegorz Komerski)

Wyniki egzaminów znalazł Robin w przegródce na korespondencję już następnego ranka (wyróżnienie drugiego stopnia z teorii przekładu i łaciny, wyróżnienie stopnia pierwszego z etymologii, chińskiego i sanskrytu) wraz z wydrukowanym na grubym, śmietankowej barwy papierze liścikiem następującej treści: „Rada studiów pierwszego stopnia Królewskiego Instytutu Translatoryki ma przyjemność zaprosić Pana do udziału w dalszych studiach w następnym roku akademickim".

Dopiero teraz, kiedy trzymał w dłoni namacalny dokument, wszystko stało się rzeczywiste. Zdał; wszyscy zdali. Przynajmniej przez następny rok nie stracą domu. Mieli sfinansowane mieszkanie, wyżywienie, regularnie wypłacane stypendia i dostęp do wszystkich intelektualnych skarbów Oksfordu. Nie zostaną zmuszeni do opuszczenia Babel. Znów mogli odetchnąć spokojniej.

Oksford w czerwcu był upalny, lepki, złocisty i piękny. Nie otrzymali na lato żadnych pilnych zadań – mogli się wprawdzie zajmować swoimi niezależnymi projektami badawczymi, lecz mówiąc ogólnie, tygodnie pomiędzy końcem trymestru letniego a początkiem jesiennego traktowano jako nieoficjalną nagrodę i okres wytchnienia, który się przyszłym czwartoroczniakom po prostu należy.

Nastały najszczęśliwsze dni, jakich zaznali. Na stokach wzgórz w South Park urządzali sobie pikniki pachnące dojrzałymi, pękającymi w palcach winogronami, świeżo wypieczonymi bułeczkami i kawałkami aromatycznego camemberta. Wiosłowali w górę i w dół rzeki Cherwell – Robin i Rami byli już w miarę znośnymi wioślarzami, lecz dziewczęta nijak nie potrafiły opanować sztuki kierowania łodzią i notorycznie prowadziły ją na brzegi. Wyprawiali się na siedmiomilowe przechadzki na północ do pałacu Blenheim, lecz nie zwiedzali wnętrza, gdyż opłaty za wstęp zwalały z nóg. Teatr Sheldona nawiedziła londyńska trupa wędrownych aktorów, prezentująca wybrane fragmenty dramatów Szekspira; przedstawienia były bezdyskusyjnie fatalne, a ich odbiór dodatkowo pogarszał rechot niewychowanej studenckiej braci, lecz jakość nie była wcale najważniejsza.

Pod koniec czerwca rozmawiało się niemal wyłącznie o koronacji królowej Wiktorii. Wielu ze spędzających lato na kampusie studentów i wykładowców wsiadło dzień wcześniej do powozów, które zawiozły ich na stację kolejową w Didcot, skąd pojechali do Londynu. Ci, którzy pozostali w Oksfordzie, mogli w zamian podziwiać oszałamiający pokaz świateł. W pewnym momencie rozeszły się plotki o planach wystawnej kolacji dla miejscowej biedoty i bezdomnych, lecz władze miasta wykpiły się z niej twierdzeniem, iż bogactwo smaków pieczonej wołowiny i śliwkowego puddingu rozemocjonowałoby ubogich w stopniu niepozwalającym należycie docenić świetlnego widowiska*. Tak więc ubodzy obeszli się tej nocy smakiem, lecz

* W owym czasie włodarze Oksfordu, podobnie jak osoby kierujące Londynem, uważali, że ludzie ubodzy bardziej niż dorosłe, inteligentne osoby przypominają dzieci czy nawet zwierzęta.

przynajmniej pokaz udał się nad wyraz. Robin, Rami i Victoire przechadzali się wraz z Letty po High Street, sączyli zimny cydr z trzymanych w dłoniach kubków i próbowali wykrzesać z serc taki poziom patriotycznego wzmożenia, jaki obserwowali u wszystkich dokoła.

Pod koniec lata wyprawili się na wycieczkę do Londynu, gdzie upajali się rozmaitością doznań i energią życiową, których brakowało w zastygłym w minionych stuleciach Oksfordzie. Wybrali się na przedstawienie do teatru przy Drury Lane – gra aktorska wiele pozostawiała do życzenia, lecz krzykliwe makijaże i piskliwy głos kobiety odtwarzającej główną rolę zafascynowały ich na tyle, że wysiedzieli na miejscach przez bite trzy godziny spektaklu. Na straganach targowiska w New Cut przebierali w dorodnych truskawkach, miedzianych ozdóbkach i saszetkach zawierających podobno egzotyczne odmiany herbat; ciskali drobne monety kataryniarzom z tańczącymi małpkami; zwinnie wymijali nagabujące prostytutki; z rozbawieniem zapoznawali się z ofertą handlarzy sprzedających podrabiane sztabki srebra*; spożyli kolację w „autentycznie indyjskiej" restauracji – zachwalane tam curry wielce rozczarowało Ramiego, lecz zadowoliło pozostałą trójkę, i spędzili noc w ciasnym pokoiku kamienicy przy Doughty Street. Opatuleni płaszczami Robin i Rami wyciągnęli się na podłodze, podczas gdy dziewczęta wtuliły się w siebie na wąskim łóżku. Chichoty i szepty ucichły dopiero długo po północy.

---

* Podobnie jak w przypadku wszystkich cennych i drogich towarów, w Anglii rozwinął się potężny podziemny rynek sztabek wytwarzanych przez fałszerzy zawodowych i amatorów. W New Cut można było nabyć srebro pozwalające Likwidować Szkodniki, Leczyć Najczęstsze Niedomagania, tudzież Wabić Młodych i Zamożnych Dżentelmenów. Większość powstawała w rękach ludzi nieposiadających podstawowej nawet wiedzy na temat wzmacniania srebrem i pokryta była zawiłymi zaklęciami w nieistniejących narzeczach, imitujących języki Orientu. Od czasu do czasu zdarzały się jednak takie, które w bystry sposób korzystały z etymologii ludowej. Z tego właśnie powodu profesor Playfair prowadził regularne badania srebrnej kontrabandy, choć ich wyniki utrzymywano w najwyższej tajemnicy.

Następnego dnia urządzili sobie piesze zwiedzanie miasta, którego trasa skończyła się przy londyńskim porcie. Młodzi tłumacze zeszli na nabrzeże i podziwiali olbrzymie okręty z wielkimi, białymi żaglami i skomplikowaną koronką masztów i takielunku. Próbowali odgadywać bandery i firmowe emblematy, jakimi opatrzone były wychodzące w morze jednostki, zastanawiali się, skąd i dokąd żeglują. Grecja? Kanada? Szwecja? Portugalia?

– Za rok my też wsiądziemy na taki statek – zauważyła Letty. – Jak myślicie, dokąd nas zawiezie?

Świeżo upieczonych absolwentów Babel zaraz po pomyślnie zdanych egzaminach wysyłano w wielki, w pełni darmowy, zagraniczny rejs. Cele owych wypraw zbiegały się zazwyczaj z ważnymi interesami Instytutu – niedawni studenci służyli jako tłumacze na dworze cara Mikołaja I, polowali w ruinach Mezopotamii na tabliczki z pismem klinowym, a pewnego razu przez przypadek niemal wywołali dyplomatyczny skandal w Paryżu – przede wszystkim jednak ekskursje te pozwalały absolwentom zobaczyć świat i nasiąknąć atmosferą obcych językowo środowisk, od których byli przez cztery lata studiów odcięci. Aby obce języki rozumieć, należy nimi żyć, a Oksford, koniec końców, był prawdziwego życia przeciwieństwem.

Rami był przekonany, że wyślą ich do Chin lub Indii.

– Tam po prostu bardzo dużo się dzieje. Kompania Wschodnioindyjska utraciła monopol w Kantonie, co oznacza, że będą potrzebować tłumaczy do najrozmaitszych negocjacji handlowych. Osobiście oddałbym lewe ramię, byle tylko trafić do Kalkuty. Pokochacie to miasto, możemy się zatrzymać u mojej rodziny. Pisałem im o was wszystkich. Wiedzą nawet, że Letty nie może pić zbyt gorącej herbaty. Ale może popłyniemy do Kantonu? Czy nie byłoby wspaniale, Ptaszyno? Kiedy ostatnio odwiedziłeś dom?

Robin wcale nie był pewien, czy chce wracać w rodzinne strony. Zastanawiał się nad tym już kilka razy, lecz nie umiał obudzić w sobie najsłabszej choćby ekscytacji, a jedynie osobliwe, nie do końca zrozumiałe poczucie winy i lęk. W Kantonie nie czekał na niego nikt ani nic; nie miał tam przyjaciół, nie miał krewnych. Było to jedynie na wpół zapomniane miasto. Bał się przy tym własnej reakcji na podróż do domu; na ponowne przekroczenie granicy zaginionego świata dzieciństwa. Co, jeśli nie zmusiłby się potem do podróży powrotnej do Anglii?

Bądź gorzej – co, gdyby nie poczuł zupełnie nic?

– Bardziej prawdopodobne, że wyślą nas na Mauritius lub w podobne okolice – powiedział. – Dziewczyny miałyby okazję wykorzystać francuski.

– Myślisz, że kreolski na Mauritiusie choć trochę przypomina ten z Haiti? – Letty zwróciła się do Victoire.

– Nie jestem pewna, czy ich użytkownicy mogliby się porozumieć – stwierdziła zapytana. – Oba języki powstały w oparciu o ten sam francuski rdzeń, ale kreolski na Haiti wiele form gramatycznych zaczerpnął z języka fon, a maurytyjski... Hmm. Nie wiem. W Instytucie brakuje jego gramatyki, więc nie znam żadnych źródeł.

– Może sama ją kiedyś napiszesz? – podsunęła Letty.

– Może? – Victoire odwdzięczyła się nieznacznym uśmiechem.

Najszczęśliwszym wydarzeniem letnich miesięcy było ponowne zadzierzgnięcie przyjacielskich więzów między dziewczynami. Prawdę powiedziawszy, wszystko, co przez cały trzeci rok było między przyjaciółmi dziwne, niezręczne i krępujące, prysło w momencie, w którym dowiedzieli się, że zdali egzaminy. Letty nie działała już Robinowi na nerwy, a sama nie reagowała kwaśną miną za każdym razem, gdy Rami otwierał usta.

Niemniej trzeba uczciwie powiedzieć, że ich spory nie zostały rozwiązane, a raczej odłożone. Nie zmierzyli się z rzeczywistymi przyczynami wzajemnych napięć, a po prostu zgodnie przypisali je działaniu stresu. Być może miał kiedyś nadejść czas na stanięcie twarzą w twarz z dzielącymi ich różnicami, moment, gdy zamiast zmieniać temat, zostaną zmuszeni podjąć jakieś decyzje, lecz na razie z zadowoleniem korzystali z uroków lata i przypominali sobie, jak cudownie jest kochać. Bo rzeczywiście nastały ostatnie złociste dni. To lato było dla nich drogocenne tym bardziej, iż zdawali sobie sprawę, że ostatecznie się skończy, że rozkoszują się wszystkim jedynie dlatego, iż zapracowali sobie na to w ciągu bezkresnych, wyczerpujących nocy. Żadne z całej czwórki nie miało pojęcia, jak życie będzie wyglądać potem, lecz pewne było, iż nie pozostaną paczką z jednego roku na zawsze. W pewnym momencie będą musieli opuścić miasto śniących iglic; każde podejmie pracę, by odpłacić w ten sposób za wszystko, co dała im Babel. W tej chwili jednak przyszłość, przerażającą, ale nadal mgliście zarysowaną, łatwo było ignorować; bledła bezradnie w konkurencji ze świetlistą teraźniejszością.

W styczniu tysiąc osiemset trzydziestego ósmego roku wynalazca Samuel Morse przeprowadził w Morristown, miejscowości położonej w amerykańskim New Jersey, demonstrację urządzenia umożliwiającego przesyłanie na znaczne dystanse wiadomości nadawanych za pomocą elektrycznych impulsów, odpowiadających sekwencjom kropek i kresek. Sceptycznie nastawiony Kongres Stanów Zjednoczonych odmówił sfinansowania budowy sieci łączącej stołeczny Waszyngton z innymi miastami i zwlekał z tym jeszcze pięć kolejnych lat. Z kolei uczeni z Królewskiego Instytutu Translatoryki, ledwie dowiedzieli się, że aparat Morse'a działa, wyprawili się za ocean i namówili wynalazcę na złożenie miesięcznej wizyty w Oksfordzie, gdzie pracownicy działu wzmacniania srebrem ze zdumieniem przyjęli wiadomość, iż urządzenie nie wymaga do pracy żadnej pary aktywnej, a jedynie odpowiedniej dawki prądu elektrycznego. W lipcu tysiąc osiemset trzydziestego dziewiątego roku

Instytut doprowadził do uruchomienia pierwszej w Anglii linii telegraficznej, komunikującej Oksford z londyńskim Ministerstwem Spraw Zagranicznych*.

Pierwsza wersja alfabetu Morse'a zawierała jedynie cyfry, co wynikało z założenia, że adresat będzie porównywać przesyłane liczby z księgą zawierającą przypisane im słowa. Rozwiązanie to sprawdzało się w przypadku wiadomości najprostszych – sygnałów zawiadujących ruchem kolejowym, prognoz pogody i niektórych korespondencji natury wojskowej. Wkrótce jednak po przybyciu Morse'a profesorowie De Vreese i Playfair opracowali kod alfanumeryczny, pozwalający na wymianę komunikatów dowolnego typu**. Dokonanie to poszerzyło możliwe zastosowania telegrafu o sfery handlową, prywatną i wiele innych. Momentalnie rozeszła się wieść, iż Babel dysponuje środkiem łączności błyskawicznej, pozwalającym rozmawiać z Londynem. Już wkrótce klienci – przede wszystkim ludzie interesu, urzędnicy rządowi i od czasu do czasu duchowni – zaczęli tłoczyć się w holu wieży i wystawać w krętych kolejkach ze ściśniętymi w dłońmi kartkami, na których widniał tekst pilnej wiadomości. Profesor Lovell, zirytowany czynionym przez gąszcz interesantów harmidrem, postulował, by najbardziej hałasujących wystawiać na działanie systemów obronnych budynku. Przeważyło jednak zdanie ludzi spokojniejszych i bardziej wyczulonych na kwestie finansowe. Profesor Playfair, wietrząc znakomitą okazję do zarobku, zadysponował, by północno-zachodnie skrzydło parteru, dotąd wykorzystywane

---

* Dokonując tego kroku, Babel i Morse utarli nosa wynalazcom Williamowi Cooke'owi i Charlesowi Wheatstone'owi, których własny aparat telegraficzny obsługiwał już od dwóch lat linię kolejową Great Western Railway. Telegraf Cooke'a i Wheatstone'a wykorzystywał jednak ruchome igły, które wychylając się, wskazywały na jeden z widniejących na tablicy, ustalonych z góry symboli, co nie umożliwiało komunikacji nawet w połowie tak swobodnej, jak prostsza w obsłudze maszyna Morse'a.

** W odruchu niebywałej akademickiej wspaniałomyślności twórcy zgodzili się, aby kod ów nazywać odtąd alfabetem Morse'a.

w charakterze magazynu, przebudować i zorganizować tam urząd telegraficzny z prawdziwego zdarzenia. Kolejnym wyzwaniem okazało się zapewnienie telegrafowi obsługi. Oczywistym źródłem darmowej siły roboczej byli studenci, więc wszyscy żacy i doktoranci w Instytucie z dnia na dzień objęci zostali obowiązkiem nauczenia się alfabetu Morse'a. Zajęło to jedynie kilka dni, gdyż alfabet Morse'a należy do tych rzadkich języków, które zapewniają jednoznaczną korelację pomiędzy symbolami. Gdy wrzesień przeszedł w październik i rozpoczął się trymestr jesienny, każdemu z młodych tłumaczy przydzielono przynajmniej jedną trzygodzinną zmianę tygodniowo. Tak więc co któryś wieczór o godzinie dwudziestej pierwszej Robin dreptał do niewielkiego biura, siadał ze stertą książek przy telegrafie i czekał, by igła ożyła.

Zaleta tak późnej zmiany polegała na tym, iż nocami wieża otrzymywała niewiele wiadomości, gdyż wszyscy pracownicy londyńskiego urzędu byli już w domach. Wystarczyło zatem, żeby Robin pomiędzy dziewiątą a północą nie zasnął i zachował przytomność na wypadek nadejścia jakiegoś istotnie naglącego przekazu. Poza tym mógł robić, co mu się żywnie podoba, i zazwyczaj poświęcał te trzy godziny lekturze bądź sprawdzeniu esejów przygotowanych na poranne zajęcia.

Niekiedy, by ulżyć zmęczonym w półmroku oczom, wyglądał przez okno. Na dziedzińcu zazwyczaj nie było żywej duszy. High Street, za dnia tak gwarna, nocami zmieniała się w miejsce nieziemskie; po zachodzie słońca, gdy jedynym źródłem światła stawały się blade latarnie i ustawione w oknach świece, miał wrażenie, iż patrzy na inny Oksford, Oksford równoległy, Oksford z magicznego królestwa. Szczególnie w bezchmurne noce miasto ulegało przeobrażeniu. Ulice pustoszały, kamienie milkły, a iglice i wieże obiecywały zagadki, przygody i świat abstrakcji, w którym można było zatonąć na wieki.

Jednej z takich właśnie nocy Robin podniósł wzrok znad opracowywanego akurat przekładu „Zapisków historyka" Sima Qiana i ujrzał dwie odziane w czerń sylwetki, żywym krokiem zbliżające się do wieży. Żołądek chłopaka natychmiast splótł się w ciasny węzeł.

Dopiero kiedy znaleźli się przy schodach, gdy na ich twarze padło światło z okien, zrozumiał, że patrzy na Ramiego i Victoire. Siedział przy biurku jak skamieniały, nie miał pojęcia, co począć. Ci dwoje wykonywali zlecenie Towarzystwa Hermes. Nie mogło być inaczej. W żaden inny sposób nie dało się wytłumaczyć ich stroju, ukradkowych spojrzeń, późnej wycieczki do wieży, w której nie mieli o tej porze nic do roboty. Robin sam widział, jak oboje kilka godzin temu skończyli swoje eseje na seminarium u profesor Craft.

Czy to Griffin ich zwerbował? Z pewnością, stwierdził ze smutkiem Robin. Rozczarowany postawą brata skorzystał z usług jego kolegów z roku.

Naturalnie Robin nie zamierzał ich wydać – nic podobnego nie wchodziło w rachubę. Ale czy powinien im pomóc? Nie, chyba jednak nie – wieża nie była całkiem pusta; na siódmym piętrze wciąż ktoś pracował, a gdyby Robin przestraszył Ramiego i Victoire, mogliby przypadkiem zwrócić na siebie uwagę. Jeśli natomiast uda, że niczego nie widział, a oni pomyślnie zrealizują wyznaczone zadanie, krucha równowaga ich życia w Instytucie pozostanie niezachwiana i wszyscy będą mogli utrzymać cienką politurę wyparcia, z jaką Robin żył już od lat. Rzeczywistość jest przecież plastyczna – o faktach można zapomnieć, prawd nie dopuszczać do głosu, a na życie patrzeć pod jednym tylko kątem, jak przez gruby pryzmat. Wystarczyło nie przyglądać się pewnym sprawom zbyt dociekliwie.

Rami i Victoire zakradli się do środka i wbiegli po schodach. Robin skupił spojrzenie na tłumaczeniu, usilnie starając się nie wytężać słuchu. Po dziesięciu minutach ponownie doleciał go odgłos kroków. Schodzili, zdobyli to, po co przyszli. Już zaraz znikną za drzwiami, moment przeminie i powróci spokój, a Robin zepchnie rzecz całą do odległego zakamarka umysłu, wraz z wszystkimi innymi nieprzyjemnymi prawdami, o których nie miał ochoty myśleć...

Ciszę Babel przeszył nieludzki wizg. Zaraz potem coś donośnie trzasnęło i rozległa się długa litania przekleństw. Robin poderwał się z miejsca i wybiegł z biura.

Rami i Victoire wpadli w pułapkę tuż za drzwiami wieży, zniewoliła ich sieć połyskujących srebrem nici, które mnożyły się z każdą sekundą, spowijając przeguby, talie, kostki i gardła. U stóp pechowców leżało kilka upuszczonych przedmiotów – sześć sztabek srebra, dwie stare księgi, jeden rylec grawerski. Ot, rzeczy, z jakimi uczeni z Babel regularnie wracali do domów.

Wszystko jednak wskazywało na to, że profesor Playfair z powodzeniem usprawnił zabezpieczenia. Osiągnął więcej nawet, niż obawiał się Robin – teraz system sprawdzał nie tylko, kto i z czym przekracza próg Babel, lecz również, jakie ma intencje.

– Ptaszyno... – jęknął Rami. Srebrne sploty zacisnęły się mocniej na jego krtani. – Pomóż...

– Nie ruszaj się. – Robin zaczął mocować się z nićmi. W dotyku okazały się lepkie, lecz ustępliwe. Samodzielnie pochwycony w nie człowiek nie miał szans, lecz z pomocą z zewnątrz już tak. Najpierw Robin uwolnił szyję i ręce Ramiego, a zaraz potem wydostali wspólnie Victoire, lecz wówczas zaplątał się nogami sam Robin. Wyglądało na to, że sieć ustępowała tylko, kiedy mogła chwycić coś w zamian. Przestała się jednak rozrastać, energia zasilającej ją pary aktywnej wyraźnie się wyczerpywała. Rami uwolnił kostki i cofnął się. Przez chwilę całą trójką wpatrywali się w siebie skonsternowani w blasku księżyca.

– Ty też? – zapytała wreszcie Victoire.

– Jak widać – odparł Robin. – Griffin was przysyła?

– Griffin? – zdumiała się dziewczyna. – Nie, Anthony...

– Anthony Ribben?

– No oczywiście – potaknął Rami. – Któż by inny?

– Przecież on nie żyje i...

– Ta rozmowa może zaczekać. – Victoire nie pozwoliła mu dokończyć. – Słuchajcie, syreny...

– Cholera! – rzucił Rami. – Robin, nachyl się w tę stronę...

– Nie ma czasu – odparł Robin. Nie był w stanie ruszyć ani jedną nogą. Srebrne pasma już się nie namnażały, być może dlatego, iż nie był złodziejem, lecz sieć i tak była niewiarygodnie gęsta, przesłaniała całe wejście do wieży i chłopak bał się, że zaraz pochwyci także przyjaciela. – Zostawcie mnie.

Oboje zaczęli protestować.

– To muszę być ja. – Pokręcił głową. – Przecież nie brałem w tym spisku udziału. Nie mam pojęcia, co się dzieje...

– Czy to nie oczywiste? – spytał Rami. – Jesteśmy...

– Nie jest oczywiste i o niczym mi nie mów – syknął Robin. Syreny wyły coraz głośniej, policja niebawem miała dotrzeć na dziedziniec. – Nic nie mów. Ja o niczym nie wiem i kiedy będą mnie przesłuchiwać, to właśnie usłyszą. Tylko znikajcie już, proszę. Ja coś wymyślę.

– Jesteś pewien, że... – zaczęła Victoire.

– Uciekajcie! – rzucił Robin.

Rami otworzył usta, zamknął je, po czym pochylił się i zebrał porzucone przedmioty. Victoire poszła za jego przykładem. Zostawili jedynie dwie sztabki. Sprytnie, pochwalił w myślach Robin. Był to dowód, iż działał w pojedynkę, że nie miał wspólników, którzy ulotnili się z fantami. Zaraz potem oboje zbiegli po stopniach, przemknęli przez dziedziniec i wpadli w boczną alejkę.

– Kto tam? – zawołał ktoś. Robin ujrzał podskakujące na przeciwległym krańcu trawiastego dziedzińca ogniki lamp. Spojrzał w bok i zmrużył oczy, wpatrując się w Broad Street, próbując dostrzec choć cień przyjaciół. Uciekli, udało się, policjanci zmierzali prosto do wieży, szli tylko po niego.

Zaczerpnął głęboko powietrza i skierował twarz ku światłu.

Gniewne okrzyki, jaskrawe lampy, silne dłonie na jego ramionach. Przez kilka kolejnych minut Robin ledwie rejestrował, co się z nim dzieje; był świadom jedynie własnych, niespójnych odpowiedzi, kakofonii policyjnych rozkazów i pytań wybuchających mu prosto w uszy. Starał się sklecić jakąś opowiastkę o złodziejach, których zobaczył w sieci, i o tym, że srebrne linki oplotły go, kiedy próbował niegodziwców zatrzymać. Historyjka okazała się jednak na tyle niewiarygodna, że funkcjonariusze parsknęli tylko śmiechem. Ostatecznie wydobyli go z sieci i zaprowadzili do znajdującego się na parterze wieży niewielkiego pokoju, w którym nie było nic poza samotnym krzesłem. W drzwiach na poziomie ludzkich oczu znajdowało się zakratowane, przesłaniane klapką okienko. Bardziej niż z czytelnią, pomieszczenie kojarzyło się z salą przesłuchań. Robinowi przyszło na myśl, że może nie jest pierwszym agentem Hermesa, który się tu znalazł; że być może ta brązowa plama w kącie to czyjaś zaschnięta krew.

– Zostaniesz tutaj – powiedział dowódca policjantów i skuł chłopakowi ręce na plecach. – Zaczekasz na profesora.

Zamknęli drzwi i zniknęli. Nie dowiedział się, o którego z profesorów chodzi ani kiedy wrócą policjanci. Niewiedza była torturą. Robin siedział i czekał. Dygotały mu kolana, ręce okropnie drżały, całym ciałem wstrząsały fale wzbudzanych przez adrenalinę nudności.

Był skończony. Z tej sytuacji nie miał już powrotu. Z Babel, która inwestowała w wynajdowane przez siebie talenty masę pieniędzy, naprawdę było trudno wylecieć. Studentom darowywano niemal wszystkie występki z wyjątkiem morderstwa*. Kradzież i zdrada Instytutu musiały jednak stanowić powód do wydalenia. A co potem? Cela w miejskim więzieniu? Może w Newgate? Powieszą go? Czy może wsadzą po prostu na statek i odeślą tam, skąd przybył, tam, gdzie nie miał przyjaciół, rodziny ani perspektyw?

Oczyma ducha ujrzał obraz, który z premedytacją tłumił od ponad dekady – gorący i duszny pokój, zapach choroby, jego matka leżąca sztywno tuż obok, jej ściągnięte, siniejące na

* Na liście wykroczeń, które puszczano w niepamięć studentom Babel, znajdowały się publiczne pijaństwo, bójki, udział w hazardowych walkach kogutów oraz uzupełnianie odmawianej przed posiłkiem w jadalni modlitwy o sprośne wulgaryzmy.

jego oczach policzki. Ostatnie dziesięć lat – Hampstead, Oksford, Babel – wszystko to było cudowną ułudą, lecz Robin naruszył zasady – złamał zaklęcie i wkrótce wszystko, co piękne, zniknie, a on ponownie znajdzie się między ubogimi, chorymi, umierającymi i martwymi.

Zgrzytnęły otwierane drzwi.

– Robin. – Do środka wszedł profesor Lovell. Chłopak zajrzał uczonemu w oczy, poszukując skrawka czegoś, życzliwości, rozczarowania, gniewu, czegokolwiek, co mogło podpowiedzieć, co się stanie za moment. Twarz jego ojca jednak, jak zawsze, była pustą enigmatyczną maską. – Dobry wieczór.

– Usiądź. – W pierwszej kolejności profesor Lovell rozkuł Robina. Następnie zaprowadził go na górę, do swego gabinetu na szóstym piętrze wieży, w którym usiedli twarzą w twarz, jakby szykowali się do omówienia jakiegoś akademickiego problemu. – Miałeś wiele szczęścia, że policja powiadomiła właśnie mnie. Wyobraź sobie, do czego by doszło, gdyby poinformowali Jerome'a. Nie miałbyś w tej chwili nóg. – Profesor Lovell nachylił się i złożył splecione dłonie na biurku. – Od jak dawna dokonujesz kradzieży dla Towarzystwa Hermes?

Robin zbladł jak prześcieradło. Nie spodziewał się aż takiej bezpośredniości, a co gorsza, pytanie było bardzo niebezpieczne. Profesor Lovell ewidentnie wiedział o istnieniu Hermesa. Tylko jak wiele wiedział? Do jakiego stopnia Robin mógł skłamać? Niewykluczone też, że Lovell blefował. Może, zastanawiał się chłopak, wystarczy odpowiednio dobrać słowa?

– Powiedz prawdę – podjął Lovell ostrym, beznamiętnym tonem. – To jedyne, co może cię w tej chwili ocalić.

– Od trzech miesięcy – wyszeptał chłopak. Trzy miesiące nie brzmiały tak ostatecznie jak trzy lata, a przy tym był to okres wiarygodnie długi. – Dopiero od... od lata.

– Rozumiem. – W głosie uczonego nie było słychać gniewu. Spokój i zagadkowy wyraz twarzy czyniły go tym bardziej strasznym. Robin zdecydowanie wolałby krzyki.

– Profesorze, ja...

– Milcz – rzucił Lovell.

Robin zacisnął usta. Nieważne. I tak nie wiedział, co powiedzieć. Nie mógł się z tej afery wykpić, uniewinnienie było nieosiągalne. Mógł jedynie zmierzyć się z konsekwencjami swej oczywistej zdrady. Miał jednak nadzieję, że zdoła ochronić Ramiego i Victoire, że przekona profesora Lovella, iż działał sam. To by mu wystarczyło.

– Pomyśleć tylko – podjął uczony po dłuższej chwili milczenia – że miałeś czelność zdobyć się na tak obrzydliwą niewdzięczność. – Odchylił się i pokręcił głową. – Zrobiłem dla ciebie więcej, niż sobie wyobrażasz. Byłeś kantońskim ulicznikiem. Twoja matka była wyrzutkiem. Nawet gdyby twój ojciec był Chińczykiem – przy tych słowach na szyi Lovella zapulsowała żyła i Robin domyślił się, że bardziej dobitnego potwierdzenia nie zyska nigdy – twoja pozycja społeczna byłaby taka sama. Przez całe życie walczyłbyś o przetrwanie. Nigdy nie ujrzałbyś angielskiej ziemi. Nie przeczytałbyś nawet linijki Horacego, Homera czy Tukidydesa. Ba, do śmierci nie wziąłbyś do ręki ani jednej książki. Całe życie spędziłbyś w nędzy i ignorancji, nie byłbyś w stanie nawet wyobrazić sobie bezkresu możliwości, jaki przed tobą otworzyłem. Wyrwałem cię z ubóstwa. Podarowałem ci cały świat.

– Profesorze, ja nie...

– Jak śmiesz? Jak śmiesz pluć w twarz wszystkiemu, co otrzymałeś?

– Profesorze...

– Czy wiesz, jak wielkim przywilejem są studia na tym uniwersytecie? – Profesor Lovell nawet na moment nie podniósł głosu, lecz kolejne sylaby coraz bardziej się wydłużały, najpierw słowa przeciągał, a potem jakby je wypluwał, ucinając końcówki. – Czy wiesz, jakie sumy płaci większość rodzin, byle posłać syna do Oksfordu? Ty otrzymałeś darmowe zakwaterowanie, wikt i opierunek. Co miesiąc korzystasz z luksusu stypendium. Czy naprawdę sądzisz, że to powszechna sytuacja?

W głowie Robina zawirowała setka argumentów – że przecież nie prosił o żadne przywileje, że nie z własnej woli opuścił Kanton, że w zamian za szczodrość uniwersytet nie powinien oczekiwać stałej, bezwarunkowej lojalności wobec korony i jej kolonialnych zapędów i że oczekiwanie takie stanowi w istocie specyficzną formę zniewolenia, na co nigdy się nie godził i nie zgodzi. Że nie chciał tego życia, a zostało mu ono narzucone i wszystkie decyzje zapadły bez jego udziału. Że nie wie, które życie by wybrał, gdyby miał wybór, to oksfordzkie czy jednak życie w Kantonie, pośród ludzi wyglądających jak on i jak on mówiących.

Tylko czy wszystkie te zastrzeżenia miały jakiekolwiek znaczenie? Profesor Lovell nie przyjąłby ich przecież ze współczuciem i zrozumieniem. Liczył się tylko fakt, iż Robin był winny.

– Traktowałeś to jako rodzaj zabawy? – spytał Lovell, wydymając pogardliwie wargi. – Poszukiwałeś dreszczu emocji? Och, bez wątpienia. Jak sądzę, ujrzałeś w sobie bohatera swoich ulubionych opowiastek, istnego Dicka Turpina, czyż nie?* Od dawna zaczytywałeś się w tych tanich powieścidłach. Pilny student za dnia, a nocami dokonujący śmiałych wyczynów złodziejaszek. Chodziło o romantyzm, Robinie Swift?

– Nie. – Robin wyprostował grzbiet i spróbował pozbyć się z głosu żałosnych nut strachu. – Nie. Robiłem po prostu to, co uważam za słuszne.

– Ach, a cóż takiego jest słuszne?

– Wiem, że dla profesora to nieważne. Ale tak, zrobiłem to wszystko i niczego nie żałuję. Możecie ze mną zrobić, co tylko zechcecie...

– Nie, Robin. Powiedz mi, o co walczyłeś. – Lovell odchylił się w krześle, złożył palce w piramidkę i skinął zachęcająco

* Dick Turpin, słynny angielski rozbójnik z XVIII wieku (przyp. tłum.).

głową. Zupełnie jakby odpytywał egzaminowanego studenta. Jakby naprawdę chciał go wysłuchać. – Proszę bardzo, mów. Przekonaj mnie. Postaraj się mnie zwerbować. Słucham.

– Gromadzenie bogactwa przez Babel jest niesprawiedliwe – rzucił Robin.

– Ach, niesprawiedliwe!

– Tak, niesprawiedliwe – podjął chłopak gniewnym tonem. – I egoistyczne. Nasze srebro służy wyłącznie luksusom i wojsku, wykorzystujemy je do tworzenia coraz bardziej frymuśnych koronek i bardziej skutecznej broni, podczas gdy ludzie umierają na pospolite choroby, które moglibyśmy leczyć sztabkami. Nie jest sprawiedliwe sprowadzanie do pracy przy tłumaczeniach studentów z innych krajów w sytuacji, kiedy ich ojczyzny nic z tego nie mają.

Dobrze znał wszystkie te argumenty. Powtarzał niemal słowo w słowo to, co usłyszał kiedyś od Griffina i co z biegiem czasu uznał za słuszne. A jednak teraz, kiedy siedział twarzą w twarz z milczącym jak głaz profesorem Lovellem, każda z tych racji wydała mu się co najmniej niemądra. W dodatku przedstawił je głosem kruchym i piskliwym, tonem, w którym pobrzmiewała głęboka niepewność.

– Rozumiem. Powiedz tylko, skoro tak bardzo mierżą cię metody, jakimi zarobkuje Babel, dlaczego z tak ewidentnym zachwytem odbierałeś swoją część tych pieniędzy?

Robin drgnął.

– Ja nie... nie prosiłem... – Uświadomił sobie, jak bardzo byłoby to niespójne, i urwał. Policzki zapłonęły mu żywym ogniem.

– Robin, chętnie popijasz szampana. Przyjmujesz stypendium. Mieszkasz w wygodnie umeblowanym mieszkaniu na Magpie Lane, paradujesz ulicami Oksfordu w togach i szytych na miarę surdutach. Za wszystko płaci szkoła, lecz jak sam twierdzisz, są to pieniądze zdobyte na ludzkiej krwi. Nie przeszkadza ci to?

Było to najbardziej podstawowe pytanie. Robin od początku był gotów zrezygnować jedynie z niektórych przywilejów w imię rewolucji, w którą też wierzył w zasadzie połowicznie. Wywrotowa działalność podobała mu się tylko pod warunkiem, że nie cierpiał wskutek jej prowadzenia osobiście. I był w stanie żyć z tą oczywistą sprzecznością w sercu dlatego, że nigdy się nad nią zbyt głęboko nie zastanawiał. Kiedy jednak uderzyła go z zewnątrz, odmalowana tak bezpośrednio i obcesowo, Robin uświadomił sobie, że nie tylko nie jest rewolucjonistą, lecz że nie posiada w dodatku żadnych prawdziwych przekonań.

– Czyli imperium nie zawsze jest takie złe, prawda? – Profesor Lovell ponownie wykrzywił pogardliwie usta.

– To niesprawiedliwe – powtórzył chłopak. – Nieuczciwe.

– Nieuczciwe – syknął uczony. – Załóżmy, że wynalazłbyś kołowrotek. Czy uznałbyś, że z tego tytułu spada nagle na ciebie obowiązek dzielenia się zyskiem ze wszystkimi, którzy nadal przędą ręcznie?

– Ale to co innego...

– Czy ciąży na nas obowiązek dzielenia się srebrnymi sztabkami z innymi krajami, które przecież mogą same założyć instytuty przekładu? Z jakiej przyczyny cudza nieumiejętność wykorzystania własnych zasobów miałaby obciążać akurat Wielką Brytanię?

Robin otworzył usta, lecz nie wiedział, co odpowiedzieć. Dlaczego znalezienie słów zaczęło nagle sprawiać tyle kłopotu? Argumenty profesora musiały być z jakiegoś powodu wadliwe, lecz nie potrafił tej wady dostrzec. Wolny rynek, otwarte granice, równy dostęp do wiedzy, w teorii wszystko to brzmiało znakomicie. Skoro jednak reguły te były tak sprawiedliwe, dlaczego wszystkie zyski trafiały właśnie do Anglii? Czyżby Brytyjczycy naprawdę tak bardzo przewyższali wszystkich innych inteligencją i przedsiębiorczością? Czy rzeczywiście zasiedli do uczciwej gry z całą resztą świata i po prostu wygrali?

– Kto cię zwerbował? – zapytał znienacka profesor Lovell. – Bo widzę, że nie przyłożył się za bardzo.

Robin nie odpowiedział.

– Czy był to Griffin Harley?

Chłopak drgnął, wyraźniejsze potwierdzenie nie było nikomu potrzebne.

– Naturalnie, Griffin. – Lovell wypowiadał to imię niczym przekleństwo. Przez dłuższą chwilę wpatrywał się w Robina, przyglądał się jego twarzy, jakby poszukiwał w młodszym synu ducha starszego. – Czy wiesz, co spotkało Eveline Brooke? – spytał zaskakująco łagodnie.

– Nie – odpowiedział Robin, choć w myślach rzucił „tak". Wiedział przecież. Nie znał może szczegółów, lecz wystarczał mu ogólny zarys. Poskładał sobie tę historię w głowie niemal do końca, choć wciąż odsuwał moment umieszczenia w układance ostatniego elementu, gdyż nie chciał wiedzieć na pewno, nie chciał, aby tak wyglądała prawda.

– Była naprawdę genialna – podjął uczony. – Najlepszy student, jakiego widziały mury naszego Instytutu. Duma i radość całego uniwersytetu. Czy wiesz, że to Griffin ją zamordował?

– Nie. – Robin wzdrygnął się na krześle. – To nie...

– Nie wspomniał ci o tym? Szczerze mówiąc, jestem trochę zaskoczony. Przypuszczałem, że będzie się tym chełpić. – W oczach profesora Lovella zagościł mrok. – Pozwól zatem, iż to ja cię oświecę. Pewnego razu, pięć lat temu, Evie, biedna, niewinna Evie, pracowała na siódmym piętrze dobrze po północy. Na jej stole stała zapalona lampa, lecz nawet nie zauważyła, że pozostałe światła pogasły. Taka właśnie była Evie. Kiedy oddawała się pracy, przestawał dla niej istnieć cały świat. Nie istniało nic poza przedmiotem badań. Griffin Harley wszedł do wieży około drugiej w nocy. Nie zauważył Evie. Dziewczyna pracowała za stołami roboczymi, w kącie sali, więc był przekonany, że jest sam. I zajął się tym, co wychodzi mu w życiu najlepiej. Kradł. Myszkował w poszukiwaniu bezcennych rękopisów, które zamierzał zapewne przemycić Bóg wie dokąd. I był już niemal przy drzwiach, gdy zdał sobie sprawę, że Evie go zobaczyła.

Lovell umilkł. Robin w pierwszej chwili nie rozumiał dlaczego, lecz zaraz potem, ku swemu zdumieniu, dostrzegł, że kąciki oczu uczonego zaczerwieniły się i zawilgły. Profesor Lovell, człowiek, który przez wszystkie lata ich znajomości nie okazał nawet cienia uczucia, płakał.

– Nic nie zrobiła – podjął uczony ochrypłym głosem. – Nie wszczęła alarmu. Nie krzyknęła. Nie miała na to szansy. Eveline Brooke znalazła się po prostu w złym miejscu o niewłaściwej porze. Ale Griffin tak bardzo się przestraszył, że mogłaby go wydać, że mimo wszystko ją zamordował. To ja ją znalazłem. Rankiem następnego dnia. – Wyciągnął rękę i postukał palcem w starą srebrną sztabkę leżącą na skraju biurka. Robin widział ją wiele razy wcześniej, lecz zawsze coś ją zasłaniało, a chłopak nie miał śmiałości zapytać. – Chcesz wiedzieć, jak ta para działa? – spytał profesor, odwracając sztabkę.

Robin zerknął na napis. Widniał na niej znak 爆. Poczuł ostry skurcz żołądka. Bał się spojrzeć na słowo wyryte po drugiej stronie.

– *Bao* – powiedział profesor Lovell. – Klucz oznaczający w chińskich znakach ogień. A poza tym „przemoc", „okrucieństwo" i „zamęt"; ten sam klucz, który samodzielnie może oznaczać nieokrzesaną, rozpasaną brutalność; ten sam, który pojawia się w znakach oznaczających „grzmot" i „okrucieństwo"*. A po angielsku oddał go słowem *burst*, wybuch, najbardziej stonowanym z możliwych odpowiedników, tak łagodnym, że niemal nieprawidłowym, dzięki czemu w srebrze zawarła się potężna, niszczycielska moc. Eksplozja nastąpiła tuż przy jej piersi. Żebra Evie otworzyły się niczym potrzaskana klatka na kanarki. A potem zostawił ją tam, między regałami. W dłoniach nadal ściskała książki. Kiedy ją zobaczyłem, kałuża krwi zajmowała pół posadzki. – Pchnął sztabkę po blacie w kierunku chłopaka. – Podnieś ją.

– Profesorze? – spytał niepewnie Robin.

* Znak 爆 składa się z dwóch kluczy: 火 i 暴.

– Weź ją do ręki – warknął profesor Lovell. – Poczuj, jak jest ciężka.

Chłopak zacisnął palce na srebrnych ściankach. W dotyku okazały się okropnie zimne, sztabka mroziła bardziej od wszystkich, z jakimi miał dotąd do czynienia. I była przy tym niecodziennie ciężka. Tak, Robin był gotów uwierzyć, że ten kawałek srebra może zabić człowieka. Nawet i teraz wydawała się dygotać uwięzionym wewnątrz wściekłym potencjałem, przypominała granat z wyciągniętą zawleczką, czekający już tylko na wybuch.

– Skąd pewność, że to Griffin? – Wiedział, że nic w ten sposób nie wskóra, zapytał po prostu, bo musiał.

– Poza nim od dziesięciu lat nie było u nas innego studenta zajmującego się chińskim – odpowiedział profesor Lovell. – Chyba że podejrzewasz mnie? Albo profesora Chakravartiego?

Czyżby Lovell kłamał? Taka możliwość również istniała – opowiedziana przez niego historia brzmiała aż groteskowo. Robin nie bardzo w nią wierzył. Nie chciał przyjąć do wiadomości, że Griffin jest zdolny do zabicia człowieka.

Chociaż... Czy naprawdę nie był? Griffin o pracownikach Instytutu zawsze mówił jak o wrogich żołnierzach na polu bitwy. Griffin bez wahania naraził życie własnego brata. Griffin był tak pochłonięty manichejską ideą toczonej przez siebie słusznej i sprawiedliwej wojny, że właściwie nie liczyło się dla niego nic poza nią. Czy taki Griffin nie zamordowałby bezbronnej dziewczyny, gdyby jedynie w ten sposób mógł uratować istnienie Towarzystwa Hermes?

– Przykro mi – szepnął chłopak. – Nie wiedziałem.

– Z takim właśnie indywiduum związałeś swój los – podsumował profesor Lovell. – Z kłamcą i mordercą. Robin, czy sądziłeś, że wspierasz grupę szlachetnych ludzi walczących o wolność całego świata? Nie bądź naiwny. Pomagasz jedynie owładniętemu manią wielkości Griffinowi. I co za to dostałeś? Kulę, która nieomal posłała cię na tamten świat? – Skinął głową na ramię chłopaka.

– Skąd...

– Profesor Playfair twierdził, że to zapewne kontuzja, której nabawiłeś się, wiosłując. Mnie jednak tak łatwo zwieść się nie da. – Uczony splótł dłonie na blacie i oparł się wygodniej. – No cóż. Myślę, że stojący przed tobą wybór jest dość oczywisty. Babel lub Hermes.

– Profesorze? – Brwi Robina zbiegły się nad nosem.

– To bardzo proste. Babel czy Hermes. Możesz zdecydować.

– Profesorze. – Chłopak poczuł się jak uszkodzony instrument, zdolny wydawać tylko jeden dźwięk. – Ja nie...

– Spodziewałeś się wydalenia?

– Cóż... Tak, czyż nie byłoby...

– Obawiam się, że z Babel nie odchodzi się tak łatwo. Zszedłeś na złą drogę, lecz moim zdaniem uczyniłeś to pod wpływem zewnętrznych sił, sił na tyle okrutnych i przebiegłych, że nie zdołałeś się im oprzeć. Owszem, jesteś naiwny. I tak, sprawiłeś mi ogromny zawód. Ale nie zaprzepaściłeś jeszcze całej swej przyszłości. Ta sprawa nie musi się skończyć dla ciebie więzieniem. – Profesor Lovell zabębnił palcami o blat. – Wielce by jednak pomogło, gdybyś udzielił nam jakiejś przydatnej sugestii...

– Sugestii?

– Informacje, Robin. Pomóż nam ich znaleźć. Pomóż ich wytępić.

– Ale ja niczego na ich temat nie wiem – odparł chłopak. – Nie słyszałem nawet żadnych nazwisk, znam tylko Griffina.

– Czyżby.

– Mówię prawdę. Właśnie na tym polega ich metoda działania. Towarzystwo jest do tego stopnia zdecentralizowane, że nowym nie mówią o niczym. Zabezpieczają się na wypadek – Robin głośno przełknął ślinę – gdyby wydarzyło się coś takiego jak dzisiaj.

– Ogromna szkoda. Jesteś pewien?

– Tak, ja naprawdę nie...

– Robin, mów prosto z mostu, po co tak kluczyć?

Chłopak aż drgnął. Bardzo podobnymi słowami posłużył się kiedyś w rozmowie z nim Griffin. I powiedział to wtedy w identyczny sposób jak teraz profesor Lovell – zimnym, władczym tonem, jakby dyskusja była z góry rozstrzygnięta na jego korzyść, jakby dowolna udzielona przez Robina odpowiedź musiała z konieczności okazać się nonsensem.

Robin wyobraził sobie złośliwy uśmieszek brata; dokładnie wiedział, co by od niego usłyszał – oczywiście, że wybierzesz wygodę i luksus, ty rozpieszczony studenciku. Ale... co dawało Griffinowi prawo do oceny jego wyborów? Pozostanie w Babel, w Oksfordzie, nie było kwestią przyjemności bądź jej braku, tu szło o przetrwanie. Uniwersytet stanowił jedyną kotwicę utrzymującą Robina w tym kraju; jedyne, co chroniło go przed życiem ulicznika.

Chłopak poczuł w duchu nagły płomień nienawiści do brata. Robin o nic z tego nie prosił, a teraz cała jego przyszłość – a także przyszłość Ramiego i Victoire – zawisły na włosku. I gdzie jest Griffin? Gdzie był wtedy, kiedy Robin został postrzelony? Zniknął. Wykorzystał ich, a kiedy wszystko zaczęło się sypać, porzucił. Gdyby Griffin trafił do więzienia, to przynajmniej dlatego, że na to zasługiwał.

– Jeśli to lojalność zmusza cię do milczenia, to nic już nie da się zrobić – zauważył profesor Lovell. – Myślę jednak, że wciąż mamy szansę współpracować. Uważam, że nie jesteś gotów, aby opuścić Babel. Jak sądzisz?

Robin zaczerpnął głęboki wdech.

Z czego tak naprawdę rezygnował? Towarzystwo Hermes wystawiło go do wiatru, zignorowali każdą jego przestrogę i narazili dwoje jego najbliższych przyjaciół. Nie był im niczego winien.

W ciągu najbliższych dni i tygodni często starał się przekonać samego siebie, że nie dopuścił się zdrady, a jedynie poszedł na taktyczne ustępstwo – ostatecznie sam Griffin wspominał, że podobnych kryjówek mają wiele, prawda? – dzięki któremu Rami i Victoire pozostali bezpieczni, on nie stracił miejsca w Instytucie i nie uległy zerwaniu linie łączności, którymi w przyszłości mogli porozumieć się z Hermesem. Nigdy jednak nie udało się Robinowi zagłuszyć szkaradnej prawdy – w tej konkretnej chwili nie chodziło o Hermesa ani los przyjaciół, liczył się jedynie instynkt samozachowawczy.

– Saint Aldate's – powiedział. – W pobliżu kościoła. Jest tam taka piwnica, której zamek wygląda na przerdzewiały i zepsuty, ale Griffin ma klucz. Wykorzystują to miejsce w charakterze kryjówki.

– Jak często Griffin tam bywa? – Profesor Lovell zanotował wskazówki.

– Nie wiem.

– Co nas czeka za tymi drzwiami? Co tam znajdziemy?

– Nie wiem – powtórzył Robin. – Nie byłem tam ani razu. Naprawdę mówił mi bardzo niewiele. Przykro mi.

Profesor Lovell zmierzył go przeciągłym, chłodnym spojrzeniem, po czym nieco złagodniał.

– Wiem, że jesteś od nich lepszy. – Nachylił się lekko nad biurkiem. – Różnisz się od Griffina pod każdym możliwym względem. Jesteś pokorny, inteligentny i potrafisz ciężko pracować. Pochodzenie nie odcisnęło na tobie tak negatywnego piętna jak na nim. Gdybyśmy poznali się dzisiaj, trudno byłoby mi uwierzyć, że jesteś Chińczykiem. Posiadasz też wrodzony talent, a talent zasługuje na drugą szansę. Musisz jednak uważać, chłopcze. – Wskazał dłonią drzwi. – Trzeciej nie dostaniesz.

Robin wstał z krzesła i spojrzał w dół. Zauważył, że wciąż ściska w ręku sztabkę, która zabiła Evie. Trzymał ją przez cały czas. W tej chwili zdawała mu się zarazem bardzo gorąca i lodowato zimna. Obleciał go irracjonalny strach, że jeśli nie odłoży jej natychmiast, srebro wypali mu w dłoni dziurę.

– Proszę, profesorze... – Wyciągnął sztabkę ku Lovellowi.

– Zatrzymaj to.

– Słucham?

– Od pięciu lat oglądałem tę sztabkę dzień w dzień. Przyglądałem się jej i zadawałem sobie pytanie, gdzie popełniłem błąd, wychowując Griffina. Czy gdybym postępował inaczej, gdybym wcześniej zauważył, jakim jest człowiekiem, czy Evie nadal mogłaby... Cóż, nieważne. – Profesor Lovell urwał na moment, po czym podjął twardszym już tonem: – Niech teraz ta sztabka obciąża twoje sumienie. Zachowaj ją, Robinie Swift. Noś ją w kieszeni i wyciągaj za każdym razem, kiedy opadną cię wątpliwości. Niech ten kawałek srebra pozwoli ci pamiętać, która strona jest zła. – Umilkł i dał gestem znać, że spotkanie dobiegło końca.

Chłopak wyszedł z gabinetu i ściskając sztabkę w dłoni, zbiegł po schodach, oszołomiony i głęboko przekonany, że właśnie nadał całemu swojemu życiu nowy bieg. Nie miał niestety pojęcia, czy postąpił słusznie, nie wiedział, co jest dobre, a co złe, i za nic nie potrafił odgadnąć, co będzie dalej.

INTERLUDIUM

Rami

Ramiz Rafi Mirza od urodzenia był szalenie bystrym chłopcem. Dysponował fenomenalną pamięcią i znakomicie się wysławiał. Języki obce chłonął niczym gąbka i miał nieziemskie wręcz ucho do rytmu i dźwięków. Nowo poznawane zwroty nie tyle powtarzał, co wypowiadał, naśladując w tak doskonały sposób oryginał, wpajając w każde słowo wszystkie odpowiednie emocje, jakby sam na chwilę stawał się nauczycielem. W innym życiu jego przeznaczeniem byłaby zapewne scena. Rami szczycił się ową nieuchwytną zdolnością, która pozwalała najzwyklejszym wypowiadanym zdaniom nadawać wagę i urodę pieśni.

Rami był genialny i miał wiele okazji, żeby się ze swoim geniuszem obnosić. Mirzowie żeglowali po kapryśnych wodach epoki ze sporym powodzeniem. Mimo iż należeli do tych muzułmańskich rodów, które utraciły majątek po zawarciu firmowanej przez lorda Cornwallisa umowy między Kompanią Wschodnioindyjską a hinduskimi posiadaczami ziemi, znaleźli stabilne, choć niezbyt może lukratywne zatrudnienie w domu niejakiego Horace'a Haymana Wilsona, sekretarza działającego w Kalkucie Bengalskiego Towarzystwa Azjatyckiego. Sir Horace głęboko interesował się językami i literaturą Indii i z wielkim upodobaniem wdawał się w długie rozmowy z ojcem Ramiego, człowiekiem płynnie władającym arabskim, farsi i urdu.

Tak więc Rami dorastał wśród członków angielskiej elity zamieszkujących kalkucką dzielnicę białych, bawił się w cieniu kolumn budowanych w europejskim stylu rezydencji i oglądał sklepy obsługujące wyłącznie europejską klientelę. Wilson bardzo wcześnie zadbał o jego wykształcenie i podczas gdy rówieśnicy Ramiego nadal dokazywali na ulicach, on uczęszczał już na zajęcia do Mahometańskiego Kolegium Kalkuty, gdzie poznawał tajemnice teologii, filozofii i arytmetyki. Arabskiego, farsi i urdu uczył się od ojca. Łacinę i grekę poznał dzięki opłacanym przez Wilsona prywatnym nauczycielom. Angielski przyswoił z otoczenia.

Domownicy Wilsona nazywali chłopca małym profesorem. Rami błogosławiony, Rami olśniewający. Osobiście nie miał pojęcia, jakie zastosowanie może mieć zdobywana wiedza. Wiedział jedynie, że kiedy się nią popisuje, dorośli wpadają w zachwyt. Często zabawiał więc sztuczkami gości, których sir Horace zapraszał do salonu. Pokazywali chłopcu serię kart, a on odtwarzał z pamięci ich wartości i kolory w takim porządku, w jakim się pojawiły. Innymi razy ktoś odczytywał długi fragment hiszpańskiego bądź włoskiego wiersza, a Rami, nie rozumiejąc ani słowa, recytował ustęp z bezbłędną intonacją i akcentem.

Był wtedy bardzo z siebie dumny. Lubił słuchać zadziwionych okrzyków gości, podobało mu się, kiedy pieszczotliwie tarmosili mu czuprynę, a zanim odprawili do kuchni, wciskali w dłoń słodycze. Nie znał wówczas pojęć klasy ani rasy. Uważał to wszystko za rodzaj gry. Nie zauważał ojca, który obserwował go zza progu ze ściągniętymi zmartwieniem brwiami. Nie wiedział, że zadziwienie białego człowieka rozmiarem własnego talentu może być równie groźne jak otwarta prowokacja.

– Rami. – Mężczyzną, który przywołał go machnięciem, był pan Trevelyan, częsty bywalec domu Wilsona, właściciel dorodnych bokobrodów i suchego, wilczego uśmiechu. – Chodź no tu do nas.

– Och, dajże chłopakowi spokój – rzucił sir Horace.

– Usiłuję tylko czegoś dowieść. – Pan Trevelyan ponownie skinął ręką. – Rami, pozwól.

Sir Horace nie zabronił, więc chłopiec podbiegł do pana Trevelyana i stanął przed nim z dłońmi splecionymi na plecach niczym mały żołnierz. Już jakiś czas temu zauważył, że odwiedzający salon Anglicy uwielbiają tę postawę.

– Słucham pana?

– Policz po angielsku do dziesięciu – nakazał pan Trevelyan.

Rami wykonał polecenie. Pan Trevelyan doskonale wiedział, że chłopiec to potrafi; prawdziwymi adresatami przedstawienia byli pozostali obecni.

– A teraz po łacinie – rzucił pan Trevelyan, a kiedy Rami posłuchał, dodał: – I w grece.

W pokoju poniosły się przyjemne chichoty. Rami postanowił zaryzykować.

– Małe liczby są dla małych dzieci – oświadczył perfekcyjną angielszczyzną. – Gdyby panowie zechcieli podyskutować o algebrze, proszę tylko wybrać język.

Kolejna fala zauroczonego chichotu. Rami uśmiechnął się od ucha do ucha i kołysząc się na piętach, czekał na nieuniknioną nagrodę w postaci smakołyku bądź drobnej monety.

– Zastanówmy się nad tym chłopcem i jego ojcem. – Pan Trevelyan zwrócił się do towarzystwa. – Obaj w podobnym stopniu uzdolnieni, podobnie wykształceni i wychowani w zbliżony sposób. Ojciec był nawet, śmiem twierdzić, bardziej uprzywilejowany, gdyż jak słyszałem, wywodzi się z klasy zamożnych kupców. Jednak fortuny powstają i upadają. A mimo swych naturalnych talentów nasz pan Mirza nie jest w stanie osiągnąć pozycji wyższej niż rola domowego sługi. Czy dobrze mówię, panie Mirza?

Rami ujrzał na twarzy ojca przedziwną minę. Pan Mirza sprawiał wrażenie człowieka, który z wysiłkiem stara się coś w sobie utrzymać, jakby połknął przed chwilą bardzo gorzkie ziarno i bał się je wypluć. Zabawa nagle straciła znaczną część uroku. Chłopiec poczuł znienacka, że nie powinien był się popisywać, choć nie do końca rozumiał dlaczego.

– Bardzo pana proszę, panie Mirza – nacisnął pan Trevelyan. – Nie powie pan przecież, że chciał pan zostać lokajem?

– To wielki zaszczyt móc służyć sir Horace'owi Wilsonowi. – Pan Mirza zaśmiał się nerwowo.

– Och, dajmy temu spokój. Nie pora na uprzejmości, wszyscy wiemy, jak Horace pierdzi.

Rami wbił spojrzenie w ojca, człowieka, który wciąż wydawał mu się potężny jak góra, człowieka, który nauczył go wszystkich alfabetów, łacińskiego, arabskiego i nastaligh. Patrzył na człowieka, który nauczył go modlitwy *salah*. Który pokazał mu, czym jest szacunek. Patrzył na swojego hafiza.

– Tak. – Pan Mirza skinął z uśmiechem głową. – To prawda, panie Trevelyan. Oczywiście, że wolałbym znajdować się w pańskiej sytuacji.

– Otóż właśnie – podjął pan Trevelyan. – Sam widzisz, Horace, ci ludzie mają ambicje. Dysponują inteligencją i pragną sami decydować o własnym losie, jak zresztą powinni*. A uniemożliwia im to wasza obecna polityka edukacyjna. Indie po prostu nie wytworzyły języków umożliwiających skuteczne budowanie państwowości. Te twoje wiersze i eposy są naturalnie wielce ciekawe, lecz w kwestiach administracyjnych...

---

* Rami, o czym nie miał pojęcia, znalazł się w środku dyskusji trwającej pomiędzy orientalistami, do których zaliczał się sir Horace Wilson, uważającymi, iż młodych Hindusów należy uczyć sanskrytu i arabskiego, a takimi jak pan Trevelyan anglofilami, twierdzącymi, iż najzdolniejszych Hindusów powinno się uczyć angielskiego. Debata została rozstrzygnięta na korzyść anglofilów, czego dowodem jest niesławny tekst lorda Thomasa Macaulaya z lutego 1835 roku „Nota o edukacji": „W obecnej epoce musimy dołożyć wszelkich starań, by wytworzyć klasę ludzi mogących pełnić rolę tłumaczy pomiędzy nami a milionowymi rzeszami, nad którymi sprawujemy rządy – klasę osób będących z krwi i koloru Hindusami, lecz posiadających smak, opinie, moralność i intelekt Anglików".

W salonie ponownie rozgorzała zacięta dyskusja. O Ramim zapomniano na dobre. Chłopiec, nie tracąc nadziei na nagrodę, zerknął na Wilsona, lecz ojciec skarcił go ostrym spojrzeniem i pokręcił głową.

Rami był mądrym dzieckiem. Wiedział, kiedy powinien zniknąć.

Dwa lata później, w tysiąc osiemset trzydziestym trzecim roku, sir Horace Wilson opuścił Kalkutę, aby objąć stanowisko pierwszego dziekana wydziału sanskrytu na Uniwersytecie Oksfordzkim*. Pan i pani Mirza byli zbyt rozumni, by protestować, kiedy Wilson zaproponował, iż zabierze ze sobą do Anglii ich syna. Także Rami nie miał rodzicom za złe, że nie podjęli walki o utrzymanie go przy sobie. (Wówczas już wiedział, jak niebezpieczne może być przeciwstawianie się białym).

– Moi ludzie wychowają go w Yorkshire – tłumaczył Wilson. – Naturalnie będę go odwiedzać, za każdym razem kiedy będę mógł wziąć urlop. A potem, gdy już dorośnie, zapewnię mu miejsce w Oksfordzie. Charles Trevelyan może i ma rację, wskazując, że tubylcy powinni uczyć się angielskiego, ale języki Indii wciąż mają sporą wartość akademicką. Angielski jest dobry dla gryzipiórków z administracji państwowej, ale nasi prawdziwi geniusze powinni studiować farsi i arabski, czyż nie? Ktoś przecież musi podtrzymywać starożytne tradycje.

Rodzina pożegnała Ramiego w porcie. Nie zabrał wielu bagaży, było jasne, że za pół roku i tak wyrośnie ze wszystkich ubrań.

Matka ujęła policzki chłopca w dłonie i pocałowała go w czoło.

---

* Wybór Wilsona nie obył się bez kontrowersji. Stanowisko objął, zwyciężając po trudnej walce z wielebnym W.H. Millem, którego zwolennicy rozpuścili plotkę głoszącą, iż Wilson, jako ojciec ośmiorga nieślubnych dzieci, nie posiada dostatecznych kwalifikacji moralnych. Stronnicy Wilsona bronili go, twierdząc, iż w rzeczywistości nieślubnych dzieci ma jedynie dwójkę.

– Koniecznie pisz. Raz w miesiącu. Nie, raz na tydzień. I nie zapominaj o modlitwie.

– Tak, *amma*.

– Będziesz przysyłać podarki? – Siostry uczepiły się jego kurtki. – Spotkasz się z królem?

– Tak – odpowiedział. – I nie, nie zależy mi.

Ojciec trzymał się nieco z tyłu i obserwował żonę oraz dzieci, często mrugając, jakby po to, by zapamiętać jak najwięcej szczegółów. Wreszcie gdy rozległ się sygnał wzywający pasażerów na pokład, przytulił syna do piersi i szepnął:

– *Allah hafiz**. Pisz do matki.

– Tak, *abbu*.

– Nie zapomnij, kim jesteś, Ramiz.

– Tak, *abbu*.

Rami miał wówczas czternaście lat, czyli dostatecznie dużo, aby rozumieć, czym jest duma. Zamierzał zrobić coś więcej, niż tylko pamiętać. Wiedział już bowiem, dlaczego tamtego dnia w salonie ojciec się uśmiechnął – nie był to przejaw słabości czy uległości, nie zrobił tego też ze strachu przed konsekwencjami. Odgrywał pewną rolę. Uczył syna, jak należy postępować.

Kłam, Ramiz – brzmiała ta lekcja, najważniejsza, jaką usłyszał w całym swym życiu. Ukrywaj, Ramiz. Pokazuj światu to, co świat chce zobaczyć; spraw, żeby widzieli w tobie tego, kogo chcą zobaczyć, ponieważ przejęcie kontroli nad opowieścią o sobie pozwoli ci z kolei przejąć kontrolę nad nimi. Ukrywaj swą wiarę, ukrywaj modlitwy. Allah sam wie, co nosisz w sercu.

I Rami zaczął grać. Ach, jakże piękne dał przedstawienie! Z łatwością poruszał się w kręgach brytyjskiej socjety – w Kalkucie działało całkiem sporo angielskich barów, sal koncertowych i teatrów, a to, co zastał w Yorkshire, stanowiło zaledwie większą wersję elitarnego mikrokosmosu, w którym dorastał. W zależności od rozmówców dobierał intensywność obcego akcentu. Poznał wszystkie fantazyjne przekonania, jakie Angli-

* „żegnaj", „niech Bóg ma cię w opiece"

cy żywili na temat jego narodu, rozwijał je i upiększał z wprawą wytrawnego dramaturga. Ucieleśniał je niczym teatralny gwiazdor. Wiedział, kiedy grać robotnika, służącego, księcia. Nauczył się, kiedy należy uciec się do pochlebstw, a kiedy ukorzyć się i poniżyć. Umiał stać się przedmiotem fascynacji i potrafił pozować na istotę całkowicie niegroźną. Do mistrzostwa opracował też największą ze wszystkich sztuczek, polegającą na takim manipulowaniu Anglikami, że patrzyli na niego z szacunkiem.

Stał się w tym tak dobry, że niemal zatracił się w roli. A to poważna pułapka. Aktor nie powinien wierzyć we własne bajania, nie powinien pozwolić, by zaślepiły go oklaski. Zaczynał wyobrażać sobie siebie jako doktoranta obsypywanego nagrodami i wyróżnieniami. Jako sowicie wynagradzanego pracownika działu prawnego Babel. Cenionego tłumacza, podróżującego w tę i z powrotem między Londynem i Kalkutą, za każdym razem zwożącego rodzinie całe walizki kosztownych prezentów.

Łatwość, z jaką tańczył przez Oksford, jak prosto osiągalna wydawała mu się ta przyszłość, niekiedy go przerażała. Na zewnątrz olśniewał. Wewnątrz czuł się oszustem i zdrajcą. W pewnym momencie zaczął pogrążać się w rozpaczy i zastanawiać, czy jedynym osiągnięciem jego życia nie będzie przypadkiem fakt, że zgodnie z planem Wilsona stanie się chłopcem na posyłki wielkiego imperium, gdyż możliwości na podjęcie skutecznej walki z kolonializmem widział przed sobą bardzo niewiele.

I trwał w tym stanie ducha aż do trzeciego roku studiów, kiedy objawił mu się wskrzeszony z martwych Anthony Ribben i zapytał:

– Czy zechcesz się do nas przyłączyć?

Na co Rami bez wahania spojrzał mu prosto w oczy i powiedział:

– Tak.

ROZDZIAŁ SZESNASTY

Wydaje się niezbitym pewnikiem, iż Chińczycy, naród uwielbiający pieniądz i zarobek, są jak wszystkie nacje świata niewolnikami nałogu, jakim jest handel, i z równą jak pozostałe nacje niecierpliwością wyczekują nawiązania wzajemnych stosunków gospodarczych.

John Crawfurd, „Cesarstwo chińskie i handel"
(przeł. Grzegorz Komerski)

Nadszedł poranek. Robin wstał, umył się, ubrał i wyszedł na zajęcia. Przed domem spotkał Ramiego. Nie rozmawiali; bez słowa dotarli do wieży, której drzwi wbrew obawom, jakie nagle opadły Robina, posłusznie stanęły otworem. Przyszli spóźnieni; kiedy zajmowali miejsca, wykład profesor Craft trwał już w najlepsze. Letty zgromiła ich poirytowanym spojrzeniem. Victoire z nieodgadnioną miną pozdrowiła Robina skinieniem. Profesor Craft mówiła nieprzerwanie, jakby w ogóle obu chłopców nie zauważyła; wszystkich spóźnialskich traktowała w ten sposób. Rami i Robin wyciągnęli pióra i zaczęli notować uwagi o Tacycie i jego specyficznym ablatywie niezależnym.

Sala wyglądała najzupełniej zwyczajnie i wzruszająco wręcz pięknie. Światło poranka sączyło się przez okienne witraże, kładąc się barwnymi wzorami na gładkich blatach drewnianych stołów. Wyraźne drapanie kredy o tablicę i słodka, drzewna woń starych książek. Sen i marzenie; nieosiągalne marzenie, kruchy, uroczy światek, w którym za cenę przekonań pozwolono mu pozostać.

Tego popołudnia w przegródkach na korespondencję młodzi tłumacze znaleźli informacje zalecające im przygotowanie się do wyjazdu do Kantonu via Londyn, który miał nastąpić jedenastego października – za dwa dni. Mieli spędzić w Chinach trzy tygodnie – dwa w Kantonie i jeden w Makao – po czym, już w drodze powrotnej do Anglii, zatrzymać się na dziesięć dni na Mauritiusie.

„W miejscach docelowych panuje klimat umiarkowany, lecz dni na morzu mogą być mroźne" – uprzedzał autor informacji. „Warto pomyśleć o grubszej odzieży".

– Nie wydaje się wam, że trochę na to za wcześnie? – zastanowiła się Letty. – Byłam pewna, że wyjedziemy dopiero po egzaminach.

– Spójrz, tutaj wszystko wyjaśniają. – Rami postukał palcem dół kartki. – Wyjątkowe okoliczności w Kantonie. Brakuje im tłumaczy znających chiński i chcą załatać braki babolami. Dlatego przyspieszyli naszą podróż.

– Ach, jakież to ekscytujące! – rozpromieniła się Letty. – Nasza pierwsza szansa, żeby ruszyć w świat i naprawdę coś zdziałać!

Robin, Rami i Victoire wymienili spojrzenia. Całą trójkę dręczyło to samo przeczucie – że ta nagle zarządzona wyprawa jest w jakiś sposób powiązana z wydarzeniami poprzedniej nocy. Nie mieli jednak pojęcia, czy ma to coś wspólnego z rzekomą niewinnością Ramiego i Victoire ani co ich w rzeczywistości czeka.

Ostatni dzień przed wyjazdem był istną udręką. Jedyną osobą cieszącą się z podróży była Letty, która uparła się, by wieczorem odwiedzić wszystkich przyjaciół i dopilnować, czy stosownie się spakowali.

– Nie umiesz sobie nawet wyobrazić, jak zimny potrafi być świt na pełnym morzu – oświadczyła, składając koszule Ramiego w schludny stosik na łóżku. – Potrzebujesz czegoś więcej niż lniana koszulina. Na statku zawsze trzeba nosić co najmniej dwie warstwy.

– Letitia, proszę cię. – Rami odsunął dłoń dziewczyny, która niebezpiecznie zbliżała się ku jego skarpetom. – Naprawdę byłem już na statku. Wszyscy byliśmy.

– Cóż, możliwe, ale ja pływałam regularnie. – Puściła jego słowa mimo uszu. – Wiem, co mówię. Musimy też przygotować niewielką apteczkę, rozumiecie, imbir, jakiś środek na bezsenność. Nie jestem tylko pewna, czy zdążymy na czas do sklepu. Być może będziemy musieli zrobić zakupy w Londynie...

– Przecież nie szykujemy się krucjatę, tylko na długą podróż niewielkim stateczkiem – syknął Rami.

Letty sztywno odwróciła się do chłopaka plecami i zaczęła przeglądać zawartość jego kufra. Victoire rzuciła chłopcom bezradne spojrzenie. W obecności Letty nie mogli porozmawiać swobodnie, więc dręczyła ich niepewność. Wszyscy troje zadawali sobie te same pytania, na które nie mogli uzyskać odpowiedzi. Co się dzieje? Zostali ułaskawieni czy wciąż wisiał nad nimi katowski topór? Czy kiedy dopłyną do Kantonu, zostaną tam porzuceni?

I najważniejsze – jak to możliwe, że zostali zwerbowani przez Towarzystwo Hermes oddzielnie, że nie wiedzieli o sobie nawzajem? Rami i Victoire mieli przynajmniej wymówkę – byli świeżymi członkami; mogli za bardzo się bać, by powiedzieć Robinowi choć słowo. Robin jednak wiedział o tajnym sprzysiężeniu już od trzech lat i zachował wszystko dla siebie, nie zwierzył się nawet Ramiemu. Fantastycznie mu poszło ukrywanie swej działalności przed przyjaciółmi, przed którymi, jak sam często twierdził, nie miał żadnych tajemnic.

Robin podejrzewał, że właśnie to tak mocno poruszyło przyjaciela. Kiedy odprowadzili już dziewczęta do domu, spróbował poruszyć temat, lecz Rami pokręcił tylko głową.

– Nie teraz, Ptaszyno.

– Chcę tylko wytłumaczyć... – Robin miał wrażenie, że lada moment pęknie mu serce.

– Tym bardziej powinniśmy zaczekać na Victoire – odparł lakonicznie Rami. – Nie sądzisz?

Do Londynu wyprawili się następnego dnia po południu w towarzystwie profesora Lovella, który miał się nimi opiekować przez cały rejs. Podróż na szczęście okazała się znacznie krótsza od dziesięciogodzinnej mordęgi w dyliżansie, który przed trzema laty przywiózł Robina do Oksfordu. Latem ukończono nareszcie budowę linii kolejowej, łączącej Oksford z londyńskim dworcem Paddington, a jej otwarcie uświetniono instalacją srebrnych sztabek pod nawierzchnią peronu nowego dworca oksfordzkiego*. Do celu dotarli już po mniej więcej dziewięćdziesięciu minutach jazdy, w ciągu których Robinowi udało się ani razu nie spojrzeć profesorowi Lovellowi w oczy.

Ich statek wypływał dopiero następnego ranka; noc mieli spędzić w pubie przy New Bond Street. Letty uparła się, że muszą zwiedzić choć kawałek Londynu, więc skończyli na

* Od czasu wynalezienia wzmacnianego srebrem silnika parowego kolej żelazna w Wielkiej Brytanii rozwijała się w błyskawicznym tempie. Pierwszą linią oddaną do powszechnego użytku była długa na trzydzieści pięć mil linia pomiędzy Liverpoolem i Manchesterem, a od tamtej pory położono w całej Anglii niemal siedem tysięcy mil torów. Połączenie Oksfordu z Londynem powstałoby znacznie szybciej, lecz uniwersyteccy profesorowie opóźniali budowę kolei przez prawie cztery lata, twierdząc, że tak łatwy dostęp do stolicy doprowadzi podróżujących samopas młodych, naiwnych studentów do moralnego upadku. Oraz że pociągi nadmiernie hałasują.

pokazie kobiety występującej pod pseudonimem księżniczka Caraboo. Księżniczka Caraboo była szeroko znana studentom Babel. Dawniej skromna córka szewca, zdołała swego czasu przekonać pewną grupę osób, iż jest egzotyczną arystokratką z dalekiej wyspy Javasu. W tym momencie jednak minęło już bez mała dziesięć lat, odkąd księżniczka Caraboo została zdemaskowana jako Mary Willcocks z północnych rubieży Devonu, a jej pokaz – amalgamat dziwnego, pełnego podskoków tańca, wypowiadanych z wielką emfazą fraz w zmyślonym języku i modłów zanoszonych do bóstwa, które nazywała Allahem-Tallahem (Rami nieco się na to oburzał) – wypadł raczej żałośnie niż zabawnie. Zniesmaczeni opuścili salę jeszcze przed zakończeniem występu i wycieńczeni powrócili prawie bez słowa do pubu.

Rankiem młodzi tłumacze wsiedli na należący do Kompanii Wschodnioindyjskiej kliper o wdzięcznej nazwie „Merope", który miał dostarczyć ich prosto do Kantonu. Statki tego typu budowano z myślą o prędkości niezbędnej przy przewożeniu nietrwałych towarów, w związku z czym nad skróceniem rejsu czuwały najnowocześniejsze srebrne sztabki. Robin dość mgliście pamiętał swą podróż z Kantonu do Londynu – minęło już dziesięć lat – lecz był przekonany, iż trwała niemal cztery miesiące. Ten kliper miał identyczny dystans pokonać w krótkie sześć tygodni.

– Cieszysz się? – spytała Letty, kiedy „Merope" wypłynęła z portu na wody Tamizy i skierowała się ku pełnemu morzu.

Robin nie był pewien. Odkąd weszli na pokład, czuł się dziwnie, choć nie potrafił tego dyskomfortu nazwać. Wciąż trudno mu było uwierzyć, że wraca. Kiedy przed dekadą płynął do Londynu, nie posiadał się z emocji, a głowę miał wypełnioną marzeniami i wyobrażeniami o świecie za oceanem. Tym razem sądził, że wie, czego się spodziewać. I to go właśnie przerażało. Czekał na powrót do domu z lękiem; bał się jak człowiek niepewny, czy rozpozna w gęstym tłumie twarz własnej matki. Czy pozna Kanton? Czy w ogóle cokolwiek sobie przypomni?

Jednocześnie perspektywa ponownego ujrzenia tego miejsca zdawała się całkowicie niewiarygodna; w pewnym momencie nabrał przedziwnego przekonania, że zanim dotrą do celu, rodzinne miasto zniknie z powierzchni ziemi.

Jeszcze większą grozą napawała Robina myśl, że będzie musiał w Kantonie zostać; że Lovell go okłamał i jedynym celem rejsu jest pozbycie się go z Anglii; że zostanie na zawsze wydalony z Oksfordu i całego znanego sobie świata.

Tymczasem musieli ścierpieć sześciotygodniowy pobyt na morzu. Rejs od samego początku był torturą. Rami i Victoire przypominali czekających na stryczek skazańców, bladzi na twarzach, drażliwi, podskakiwali na najcichszy dźwięk i nie byli w stanie przeprowadzić najzwyklejszej rozmowy, nie strasząc wszystkich wokół przerażonymi spojrzeniami. Wciąż nie zostali przez władze Instytutu ukarani. Nie zostali nawet przesłuchani. Robin przypuszczał jednak, iż profesor Lovell co najmniej domyśla się ich udziału. Winę nosili wypisaną na twarzach. Jak wiele wiedziało kierownictwo Babel? Jak wiele wiedział Hermes? I co się stało z kryjówką Griffina?

Robin gorąco pragnął rozmówić się wreszcie z Ramim i Victoire, lecz okazja za nic nie chciała się nadarzyć. Zawsze w pobliżu była Letty.

Nawet nocami, kiedy rozchodzili się do kajut, nie było możliwości, aby Victoire wymknęła się do chłopców, nie budząc podejrzeń przyjaciółki. Nie pozostawało im więc nic innego, jak udawać, że wszystko jest w porządku, lecz szło im to fatalnie. Pocili się, wiercili i irytowali z byle powodu. Nie umieli wykrzesać z siebie nawet odrobiny entuzjazmu, mimo że czekał ich prawdopodobnie najbardziej emocjonujący rozdział kariery. Nie byli też w stanie rozmawiać o niczym innym; nawet gdy próbowali powtarzać stare dowcipy lub wszcząć jedną ze swoich absurdalnych dyskusji, towarzyszyła temu ciężka, wymuszona atmosfera. Letty – arogancka, gadatliwa, nieświadoma – działała na nerwy całej trójce i chociaż starali się ten fakt ukrywać, gdyż nie ona była tu winna, wbrew sobie powarkiwali na nią za każdym razem, kiedy pytała, co myślą o kantońskiej kuchni.

Wreszcie Letty zwąchała, że coś jest na rzeczy. Trzeciego wieczora na morzu, kiedy profesor Lovell wyszedł już z mesy, dziewczyna odłożyła hałaśliwie widelec na talerz.

– Słuchajcie, co się z wami dzieje? – spytała ostro.

– Nie wiem, o czym mówisz – odpowiedział z beznamiętnym spojrzeniem Rami.

– Nie udawaj – syknęła Letty. – Wszyscy zachowujecie się bardzo osobliwie. Mało jecie, nie przykładacie się do zajęć. Rami, ty nawet chyba nie tknąłeś swoich notatek, a to już bardzo dziwne, bo przecież od kilku miesięcy powtarzasz, że chcesz, żeby twoja chińska wymowa okazała się lepsza niż Robina...

– To choroba morska – wypaliła Victoire. – Chyba mamy prawo gorzej się poczuć, tak? Nie wszyscy dorastali, pływając sobie w tę i z powrotem po Morzu Śródziemnym.

– Aha, czyli mam rozumieć, że choroba morska dopadła was już w Londynie, tak? – spytała wyniośle Letty.

– Nie, tam mieliśmy po prostu dość słuchania twojego głosu – odparł kąśliwie Rami.

Letty aż się zachwiała.

– Muszę zaczerpnąć powietrza. – Robin cofnął się z krzesłem i wstał.

Victoire próbowała go wołać, lecz udał, że nie słyszy. Miał wyrzuty sumienia, że pozostawia Ramiego i ją na pastwę Letty, że ucieka przed grożącą im katastrofą, lecz wiedział, że nie wytrwałby przy tym stole ani minuty dłużej. Było mu gorąco, miał wrażenie, że po skórze maszerują mu tysiące mrówek. Był pewien, że gdyby nie wyszedł, nie zaczął chodzić, ruszać się, eksplodowałby jak dynamit.

Wieczór był zimny, a niebo błyskawicznie ciemniało. Na pokładzie przebywał jedynie profesor Lovell, który stał na dziobie i palił. Robin niemal zawrócił – od dnia wpadki nie rozmawiali ze sobą wcale, wymieniali jedynie zdawkowe uprzejmości – lecz opiekun zdążył go zauważyć. Opuścił fajkę i przywołał chłopaka skinieniem. Robin podszedł z duszą na ramieniu.

– Pamiętam naszą ostatnią podróż na tej trasie. – Profesor wskazał ruchem głowy czarne, przewalające się fale. – Byłeś wtedy taki mały.

Robin nie wiedział, jak odpowiedzieć, więc po prostu patrzył i czekał na ciąg dalszy. Ku jego wielkiemu zaskoczeniu profesor Lovell złożył mu dłoń na ramieniu. Dotyk był jednak niezręczny, wymuszony; nieodpowiedni kąt, zbyt silny nacisk. Stali zakłopotani niczym dwóch aktorów przed obiektywem dagerotypu, z wysiłkiem utrzymujących pozycję w oczekiwaniu na rozbłysk światła.

– Wierzę w nowe początki – podjął uczony. Zapewne przygotował sobie tę przemowę zawczasu, choć słowa brzmiały równie sztywno i nieporadnie, jak nieporadny był dotyk. – Chcę przez to powiedzieć, Robinie, że jesteś wielce utalentowanym człowiekiem. Przykro by nam było cię stracić.

– Dziękuję – odparł chłopak, aczkolwiek nadal nie miał pojęcia, dokąd ta rozmowa zmierza.

Lovell odchrząknął, zamachał fajką i w końcu znów się odezwał. Mówił z wysiłkiem, jakby przemocą wypychał z piersi kolejne słowa.

– Ale tak naprawdę staram się powiedzieć... być może powinienem był to powiedzieć już dawno... że potrafię zrozumieć, iż jesteś mną w pewien sposób... rozczarowany.

– Słucham? – Robin aż zamrugał.

– Powinienem był cię traktować z większą wyrozumiałością. – Uczony zapatrzył się w morze. Wydawało się, że nie jest w stanie jednocześnie spoglądać na chłopaka i mówić. – Dorastałeś w obcym kraju, gdzie wszystko było nieznane. Musiałeś się przystosować do nowego środowiska, w którym otrzymałeś... cóż, mniej troski i czułości, niż zapewne potrzebowałeś... Wszystko to miało wpływ również na Griffina i nie mogę niestety stwierdzić, że za drugim podejściem spisałem się lepiej. Za swoje błędne decyzje odpowiadasz sam jeden, lecz przyznaję, iż po części obwiniam też siebie. – Jeszcze jedno chrząknięcie. – Chciałbym, abyśmy zaczęli od nowa. Z czystą kartą dla ciebie i z moim zobowiązaniem, że stanę się lepszym opiekunem. Będziemy udawać, że kilka ostatnich dni nie miało miejsca. Zostawimy Towarzystwo Hermes i Griffina za sobą. Będziemy myśleć wyłącznie o przyszłości i wszystkich twoich cudownych, genialnych osiągnięciach w Babel. Czy to uczciwe?

Robił poczuł się oszołomiony. Prawdę powiedziawszy, Lovell nie zrobił wszystkiego, co mógł. Przeprosił jedynie za to, że bywał niekiedy zbyt niedostępny. Nie przeprosił jednak za to, że nie chciał przyznać, iż jest ojcem Robina. Nie przeprosił za to, że pozwolił umrzeć jego matce.

Z drugiej strony, nigdy przedtem nie przyznał tak otwarcie, że dostrzega i rozumie uczucia Robina, i chłopak po raz pierwszy od wejścia na pokład „Merope" zdołał odetchnąć swobodniej.

– Tak, profesorze – rzucił półgłosem, gdyż nie miał do powiedzenia nic innego.

– Znakomicie. – Lovell poklepał go po ramieniu. Gest był tak niezręczny i sztuczny, że Robin aż się skrzywił. – Dobranoc – dodał uczony, wyminął chłopaka i zniknął na schodkach.

Robin zapatrzył się w morze. Zaczerpnął głęboki oddech i przymknął oczy, starając się odgadnąć, co czułby w tej chwili, gdyby wydarzenia ostatniego tygodnia nie miały miejsca. Byłby zapewne wniebowzięty, czyż nie? Spoglądałby w odległy horyzont ze świadomością, że z każdą chwilą zbliża się ku przyszłości, do której przygotowywał się i uczył całe życie. Do przyszłości pełnej emocji i radości – udana wyprawa do Kantonu, wyczerpujący czwarty rok studiów, a następnie egzaminy i posada w Ministerstwie Spraw Zagranicznych bądź w jednym z działów wieży. I kolejne podróże, Kanton, Makao, Pekin. Długa, fantastyczna kariera tłumacza w służbie korony. W Anglii wykształconych sinologów można było policzyć na palcach jednej dłoni. Mógł zostać pionierem na tak wielu polach badawczych. Mógł wytyczać kierunki, odkrywać nowe terytoria.

Czy nie powinien tej przyszłości chcieć? Czy nie powinien jej wyglądać z wypiekami na twarzy?

Wciąż mógł to wszystko mieć. Właśnie to przecież tłumaczył mu profesor Lovell – że historia jest plastyczna, że ważne są jedynie decyzje, jakie podejmuje się w chwili bieżącej. Że mogą pogrzebać Griffina wraz z Towarzystwem Hermes w piaskach nieodwiedzanej przeszłości – Robin nie musiałby nawet nikogo zdradzać, wystarczyło ich wszystkich zignorować – podobnie jak pogrzebali tak wiele innych spraw, o których wygodniej było milczeć.

Otworzył oczy i zatonął spojrzeniem w falującym morzu. Po chwili przestał skupiać wzrok na czymkolwiek, patrzył po prostu w pustkę i starał się przekonać samego siebie, że choć nie jest może szczęśliwy, to jest przynajmniej zadowolony.

Pierwsza okazja, kiedy Robin, Rami i Victoire zostali we troje, przydarzyła się ostatecznie w tydzień od wypłynięcia z Londynu. W połowie porannej przechadzki Letty zaczęła się uskarżać na problemy gastryczne i zeszła pod pokład. Victoire zaproponowała – nie naciskając – że pójdzie z przyjaciółką, lecz ta machnęła jedynie ręką. Wciąż była na nich zła i ewidentnie chciała zostać sama.

– No dobrze. – Gdy tylko Letty zniknęła im z oczu, Victoire podeszła do chłopców i stworzyła wraz z nimi ciasny krąg, zaporę, której nie były w stanie pokonać nawet podmuchy morskiej bryzy. – Co, na Boga...

Naraz zaczęli mówić jedno przez drugie:

– Dlaczego żeście nie...

– Czy myślicie, że Lovell...

– Od kiedy wy...

Urwali. Jako pierwsza ponowiła próbę Victoire.

– Kto cię zwerbował? – Spojrzała na Robina. – Bo wiemy, że nie Anthony. Powiedziałby nam przecież.

– Ale czy Anthony nie...?

– Nie. Anthony żyje i ma się doskonale – uprzedził pytanie Rami. – Osobiście sfingował swoją śmierć. Ale, Ptaszyno, nie odpowiedziałeś na pytanie.

– Griffin – powiedział Robin, wciąż oszołomiony rewelacjami na temat rzekomo zmarłego doktoranta. – Mówiłem wam już, Griffin Lovell.

– Kto? – spytała Victoire w tej samej chwili, w której Rami rzucił:

– Lovell?

– Były student Babel. Przypuszczam też, że jest... Znaczy twierdzi, że jest moim przyrodnim bratem. Jesteśmy do siebie bardzo podobni i uważamy, że Lovell... Chcę powiedzieć: nasz ojciec. – Język plątał się Robinowi w ustach.

Chiński znak 布 oznacza zarówno „tkaninę", jak „relacjonować, opowiadać". Prawda jest niczym zdobiący płótno haft, wystarczyło ją opisać, lecz Robin, mogąc nareszcie wyjawić przyjaciołom wszystkie skrywane dotąd sekrety, nie miał pojęcia, od czego zacząć. W efekcie mimo usilnych starań odmalował przed nimi obraz niewyraźny, niespójny i zawiły.

– Griffin rzucił studia kilka lat temu i zaczął działać w podziemiu. Mniej więcej wtedy, kiedy Evie Brooke... Ach, widzicie, jest bardzo prawdopodobne, że to on zabił Evie.

– Wielkie nieba! – zachłysnęła się Victoire. – Naprawdę? Dlaczego?

– Dlatego że przyłapała go, kiedy wykonywał misję dla Hermesa – wyjaśnił Robin. – Dowiedziałem się tego całkiem niedawno od profesora Lovella.

– I wierzysz mu? – zapytał Rami.

– Tak – przyznał Robin. – Tak, uważam, że Griffin mógłby... Griffin bez dwóch zdań jest człowiekiem zdolnym do... – Pokręcił głową. – Słuchajcie, najważniejsze jest, iż Lovell myśli, że działałem w pojedynkę. Rozmawiał z którymś z was?

– Nie ze mną – odparła Victoire.

– Ze mną też nie – powiedział Rami. – W ogóle nikt z nami o tym nie rozmawiał.

– Świetnie! – ucieszył się Robin. – Prawda, że świetnie?

Zapanowało dziwnie skrępowane milczenie. Przyjaciele nie sprawiali wrażenia nawet w połowie tak uradowanych, jak spodziewał się Robin.

– Świetnie? – powtórzył po dłuższej chwili Rami. – Tylko tyle masz do powiedzenia?

– Jak to? – zdziwił się Robin. – Ale o co ci chodzi?

– A jak myślisz? O co może mi chodzić? – fuknął Rami. – Nie migaj się, tylko mów. Od jak dawna pracujesz dla Hermesa?

– Od początku studiów. – Szczerość wydała się Robinowi jedynym rozwiązaniem. – Zacząłem już w pierwszym tygodniu.

– Kpisz sobie, prawda?

– Rami, nie... – Victoire musnęła ramię przyjaciela.

– Nie powiesz mi chyba, że to cię nie oburza? – syknął na nią Rami. – Trzy lata! Przez trzy lata nie zdobył się na to, by nam powiedzieć.

– Chwileczkę – wtrącił Robin. – Ty się na mnie gniewasz?

– Brawo, Ptaszyno, fantastycznie, że zauważyłeś.

– Nie rozumiem... Rami, co ja takiego zrobiłem?

Victoire ciężko westchnęła i spojrzała w morze. Rami zgromił przyjaciela spojrzeniem i wybuchnął:

– Dlaczego nas nawet nie zagadnąłeś?

– Poważnie pytasz? – Robin czuł się, jakby dostał obuchem w głowę. Nie pojmował, skąd w tonie przyjaciela aż tyle agresji.

– Znałeś Griffina przez kilka lat – wycedził Rami. – Kilka lat. I nie przyszło ci do głowy, żeby nam o całej sprawie powiedzieć? Nie pomyślałeś, że może też chcielibyśmy się przyłączyć?

– Ale wy też nie powiedzieliście mnie... – Robin nie dowierzał własnym uszom. Słowa przyjaciela były okropnie niesprawiedliwe.

– Chciałem – rzucił Rami.

– Naprawdę mieliśmy z tobą pomówić – podjęła Victoire. – Błagaliśmy Anthony'ego, żeby nam pozwolił. Nawet nie wiesz, ile razy mało brakowało, byśmy się wygadali. On nam stanowczo odradzał, ale ostatecznie postanowiliśmy, że o wszystkim ci powiemy, i zaplanowaliśmy, że zrobimy to w tamten wieczór...

– Ale ty Griffina o nas nie nawet zapytałeś, prawda? – warknął Rami. – Trzy lata. Dobry Boże, Ptaszyno...

– Starałem się was chronić – mruknął Robin bezradnie.

– Przed czym? – obruszył się Rami. – Przed stowarzyszeniem ludzi, którym chcieliśmy pomóc?

– Nie chciałem was narażać...

– Dlaczego nie pozwoliłeś, żebym zdecydował sam za siebie?

– Dlatego że wiedziałem, że się zgodzisz – powiedział Robin. – Dlatego że bez chwili wahania przystąpiłbyś do Hermesa i porzucił Babel wraz ze wszystkim, na co pracowaliśmy...

– Ja właśnie po to pracowałem! – rzucił zapalczywie Rami. – Co? Wydaje ci się, że wstąpiłem na Babel, bo chcę zostać osobistym tłumaczem królowej? Ptaszyno, ja tego kraju nienawidzę całym sercem. Nie znoszę sposobu, w jaki tu na mnie patrzą, nie cierpię, kiedy na swoich bankietach pokazują mnie sobie palcami, jakbym był okazem jakiegoś niezwykłego zwierzęcia. Dławi mnie świadomość, że sama moja obecność w Oksfordzie stanowi zdradę mej rasy i religii, ponieważ staję się dokładnie takim człowiekiem, jakiego chciał stworzyć Macaulay. Na szansę, jaką zaoferował mi Hermes, czekałem, odkąd tu przybyłem...

– Widzisz? Ja właśnie o tym mówiłem – zauważył Robin. – Właśnie z tego powodu ta działalność jest dla ciebie zbyt niebezpieczna.

– A dla ciebie nie była?

– Nie. – Robin poczuł wzbierającą nagle falę gniewu. – Dla mnie nie była.

Nie musiał tłumaczyć dlaczego. Robin, którego ojciec wykładał na wydziale; Robin, który w odpowiednim świetle mógł z powodzeniem uchodzić za białego, był chroniony w sposób niedostępny dla Ramiego i Victoire. Gdyby to oni owej feralnej nocy wpadli w ręce policji, nie płynęliby teraz do Kantonu. Siedzieliby za kratkami bądź spotkałoby ich coś jeszcze gorszego.

– Robin, idźże ty do stu diabłów! – Na gardle Ramiego zapulsowała żyłka.

– Jestem pewna, że nie było to łatwe. – Victoire podjęła śmiały wysiłek na rzecz zaprowadzenia pokoju. – Rami, sam wiesz, jak drobiazgowo Anthony dba o zachowanie tajemnicy...

– Tak, ale my się przecież znamy. Tak w każdym razie myślałem. – Rami rzucił Robinowi niechętne spojrzenie.

– Towarzystwo Hermes działa chaotycznie – stwierdził z naciskiem Robin. – Nie wzięli pod uwagę moich ostrzeżeń, nie dbają o bezpieczeństwo swoich ludzi. Nie byłoby przecież dobrze, gdybyś został wydalony już na pierwszym roku...

– Działałbym ostrożnie – prychnął Rami. – Nie jestem taki jak ty, nie trzęsę się jak trusia na widok własnego cienia.

– Przecież ty w ogóle nie jesteś ostrożny. – Robin tracił cierpliwość. Rozpoczęła się wymiana ciosów. Zaczęli mówić szczerze. – Wpadłeś, jeśli dobrze pamiętam, prawda? Zawsze postępujesz impulsywnie, nad niczym nie potrafisz się zastanowić. Wystarczy, że usłyszysz jedno obraźliwe słowo, i natychmiast cię ponosi...

– Tak? A co powiesz o Victoire?

– Victoire jest... – Robin umilkł. Nie miał żadnego argumentu. Nie wtajemniczył jej w działalność Hermesa, gdyż zakładał, że dziewczyna ma zbyt wiele do stracenia. Niestety, nie znał słów, w jakie mógłby tę myśl stosownie ubrać, nie potrafił swojego rozumowania uzasadnić. Ona jednak dobrze wiedziała, co pomyślał. Uciekła wzrokiem przed jego błagalnym spojrzeniem.

– Dzięki Bogu za Anthony'ego. – Nic więcej nie powiedziała.

– Mam do ciebie jeszcze jedno pytanie – odezwał się niespodziewanie Rami. Robin uświadomił sobie, że przyjaciel jest naprawdę poważnie wściekły. Tym razem nie był to jeden ze zwykłych dla niego wybuchów emocji. Niebezpiecznie zbliżali się do punktu, z którego odwrót był już niemożliwy. – Co powiedziałeś, żeby puścili tę historię w niepamięć? Co im wygadałeś?

Robin nie był w stanie skłamać Ramiemu w żywe oczy. Oczywiście chciał; okropnie bał się prawdy i bał się spojrzenia, jakim przyjaciel go obrzuci, kiedy ją usłyszy, lecz tego zataić po prostu nie mógł. Pękłoby mu serce.

– Lovell chciał ode mnie informacji.

– No i?

– No i dostał.

– Wszystko? – Victoire nerwowo przesłoniła dłonią usta.

– Powiedziałem tyle, ile wiedziałem – przyznał Robin. – Nie było tego wiele, Griffin bardzo się pilnował. Nie dowiedziałem się nawet, do czego wykorzystywał książki, które mu znosiłem. Lovellowi wyjawiłem jedynie adres jakiejś kryjówki przy Saint Aldate's.

Szczerość nie pomogła. Dziewczyna wpatrywała się w niego takim wzrokiem, jakby kopnął przed chwilą małego szczeniaczka.

– Czyś ty zwariował? – rzucił Rami.

– To nic takiego. – Robin wzruszył ramionami. – Griffin tam nie zagląda. Sam mi o tym powiedział. Mogę się też założyć, że go nie złapali. Ten człowiek ma prawdziwą paranoję na punkcie bezpieczeństwa. Dam głowę, że w tej chwili jest już daleko za granicą.

– Tak czy siak, po prostu go zdradziłeś. – Rami z niedowierzaniem pokręcił głową.

Robin stwierdził w duchu, że został potraktowany rażąco niesprawiedliwie. Ocalił im skórę, zrobił jedyną rzecz, jaka przyszła mu do głowy, żeby zminimalizować straty. Zrobił coś, czego Hermes nie uczynił dla niego nigdy. Dlaczego to on znalazł się nagle pod ostrzałem?

– Próbowałem was ratować.

– Ratowałeś jedynie samego siebie. – Rami pozostawał niewzruszony.

– Słuchaj – wycedził Robin. – Nie mam rodziny. Mam tylko podpisaną umowę, prawnego opiekuna i dom w Kantonie, w którym być może do dziś gniją ciała moich krewnych. Właśnie do takiego miejsca teraz płynę. Ty masz Kalkutę. Ja bez Babel nie mam niczego.

Rami zaplótł ramiona na piersi i zacisnął zęby.

Victoire rzuciła Robinowi współczujące spojrzenie, lecz nie wystąpiła w jego obronie.

– Nie jestem zdrajcą – podjął Robin błagalnym tonem. – Próbuję po prostu przetrwać.

– O samo przetrwanie nie jest wcale tak trudno, Ptaszyno. – Spojrzenie Ramiego było ciężkie jak ołów. – Gorzej z zachowaniem przy tym godności.

Pozostała część podróży upłynęła w niedwuznacznie fatalnej atmosferze. Rami, jak się wydawało, powiedział już wszystko, co miał do powiedzenia. Długie godziny we wspólnej kabinie spędzali w rozpaczliwie niezręcznej ciszy. Nie lepiej było w porze posiłków. Victoire zachowywała się uprzejmie, lecz wyraźnie się zdystansowała; w obecności Letty nie mogła powiedzieć specjalnie dużo, a w pozostałych sytuacjach nie wykazywała na rozmowy z Robinem ochoty. A Letty wciąż była zła na nich wszystkich, co sprawiało, iż nawet zdawkowe wymiany zdań stały się niemal niemożliwe.

Sprawy zapewne przedstawiałyby się nieco lepiej, gdyby mieli choć jednego jeszcze towarzysza, lecz wraz z profesorem Lovellem byli na pokładzie jedynymi podróżnymi, a marynarze sprawiali ludzi zainteresowanych wszystkim, tylko nie zawieraniem przyjaźni z uczonymi z Oksfordu, których uważali za ładunek niechciany i kłopotliwy. Większość dnia spędzał więc Robin bądź sam na pokładzie, bądź samotnie w kajucie. W dowolnych innych okolicznościach rejs stanowiłby niesamowitą okazję na zbadanie naukowym okiem specyficznego żeglarskiego dialektu, w którym wymuszona zamorskim pochodzeniem załóg i zamorską naturą zawodu wielojęzyczność spotykała się z wysoce technicznym żargonem ludzi morza.

Co znaczy „dzień baniana”? Dlaczego linę kotwiczną mocuje się na pokładzie jej „gorzkim końcem”? Normalnie dowiadywałby się tego wszystkiego z wypiekami na twarzy. Zajęty był jednak nurzaniem się w poczuciu krzywdy i niezrozumienia. Nijak nie pojmował, dlaczego stracił przyjaciół właśnie wtedy, kiedy zrobił wszystko, by ich ocalić.

Najbardziej skonsternowana stanem ich wzajemnych stosunków była biedna Letty. Pozostali przyjaciele znali przynajmniej przyczynę wrogich nastrojów. Ona nie miała pojęcia, co się dzieje. Była wśród nich jedyną niewinną, pechowo pochwyconą w krzyżowy ogień obu stron. Zdawała sobie tylko sprawę, że coś się popsuło, i wychodziła z siebie, próbując poznać przyczynę. Inny człowiek mógłby się w podobnej sytuacji wycofać i obrazić na przyjaciół. Letty jednak, tradycyjnie uparta jak osioł, jak zwykle usiłowała rozwiązać problem za pomocą nagiej siły. A kiedy nie otrzymała satysfakcjonującej odpowiedzi na niezliczone pytania „co się stało?”, postanowiła spróbować podbić przyjaciół jedno po drugim i wyłuskać z nich wszystkie tajemnice nadmierną uprzejmością.

Osiągnęła efekt przeciwny do zamierzonego. Rami nabrał zwyczaju pospiesznego wychodzenia z pomieszczeń, w których zjawiała się Letty. Victoire, która dzieliła z nią kajutę, nie mogła uciec tak łatwo, więc przychodziła na śniadania wymięta i na skraju wytrzymałości. Kiedy Letty prosiła ją o sól, reagowała tak gwałtownym sykiem, że urażona przyjaciółka aż podskakiwała w krześle. Niemniej niezrażona Letty zaczęła wkrótce zadawać im na osobności pytania tak osobiste, jakby była dentystką poszukującą zęba najbardziej bolącego, a zatem najbardziej domagającego się kuracji.

– To z pewnością niełatwe – napadła pewnego dnia Robina. – Ty i on.

Robin, który w pierwszej chwili pomyślał, że Letty ma na myśli Ramiego, zesztywniał.

– Zupełnie nie... Co właściwie masz na myśli?

– Och, przecież to oczywiste – rzuciła. – Jesteś do niego tak łudząco podobny. Wszyscy to widzą.

Miała na myśli profesora Lovella. Nie Ramiego. Chłopakowi ulżyło do tego stopnia, że podjął temat.

– To bardzo dziwny układ – przyznał. – Natomiast przywykłem i od dawna już nie zastanawiam się nawet, dlaczego sprawy nie wyglądają inaczej.

– Dlaczego nie chce cię oficjalnie uznać? – spytała Letty. – Myślisz, że ze względu na rodzinę? Żonę?

– Być może. Ale szczerze mówiąc, nie cierpię z tego powodu. Właściwie nie wiedziałbym, co zrobić, gdyby nagle przyznał się do ojcostwa. Nie jestem pewien, czy chcę zostać Lovellem.

– Tylko czy to ci jednak doskwiera?

– Dlaczego miałoby mi doskwierać?

– Cóż, mój ojciec... – Dziewczyna zaczęła, urwała i odchrząknęła. – Rozumiesz. Wszyscy przecież wiecie. Mój ojciec w ogóle ze mną nie rozmawia. Nie spojrzał mi w oczy i nie odezwał się słowem od dnia, kiedy Lincoln... i... Chcę tylko powiedzieć, że potrafię sobie w pewnym sensie wyobrazić, jak się czujesz. To wszystko.

– Przykro mi, Letty. – Robin poklepał dłoń przyjaciółki i natychmiast tego pożałował. Gest wypadł bardzo nienaturalnie.

Dziewczyna jednak żadnej niezręczności nie dostrzegła. Jej również musiało brakować wcześniejszej bliskości, zapewne pragnęła potwierdzenia, że przyjaciele nadal ją lubią.

– Chcę też, żebyś wiedział, że gdybyś mnie potrzebował, to jestem przy tobie. – Letty ujęła dłonie Robina. – Mam nadzieję, że nie uznasz tego za zbytnią wścibskość, ale nie mogłam nie zauważyć, że od pewnego czasu profesor traktuje cię inaczej. Nie patrzy ci prosto w oczy, nie zwraca się do ciebie bezpośrednio. Nie wiem, co takiego między wami zaszło, ale tak po prostu nie wolno i uważam, że obchodzi się z tobą bardzo nieuczciwie. Chcę też, byś wiedział, Ptaszyno, że zawsze możesz ze mną porozmawiać.

Nigdy dotąd nie nazwała Robina Ptaszyną. „To słowo Ramiego!" – miał na końcu języka, lecz uświadomił sobie, iż nic gorszego nie mógłby w tej chwili powiedzieć. Napomniał się i postanowił zareagować uprzejmie. Letty przecież starała się go na swój sposób pokrzepić. Była zawzięta i apodyktyczna, lecz nie nieczuła.

– Dziękuję. – Uścisnął lekko palce dziewczyny z nadzieją, że jeżeli nie doda nic więcej, rozmowa dobiegnie końca. – Naprawdę bardzo dziękuję.

Na szczęście od myślenia o problemach wybawiała ich praca. Praktykowana w Babel tradycja wysyłania w tego rodzaju podróże dydaktyczne studentów jednego roku, lecz specjalizujących się w odmiennych językach, stanowiła potwierdzenie zasięgu i skali sieci stworzonych przez brytyjskie kompanie handlowe. Szpony angielskich kupców zaczepiły się w dziesiątkach krajów na całym świecie, a związani z nimi pracownicy, klienci i producenci mówili setkami języków. W trakcie rejsu Ramiego często proszono o pomoc w rozmowach z marynarzami posługującymi się urdu czy bengalskim, mimo że chłopak bengalskim władał w tej chwili w stopniu najwyżej podstawowym. Letty i Victoire zostały zapędzone do pracy przy manifestach ładunkowych towarów płynących na Mauritius i tłumaczeniu korespondencji wykradzionej działającym w Chinach francuskim misjonarzom i spółkom handlowym. Wojny napoleońskie dobiegły końca – konkurencja między zwaśnionymi krajami nie.

Każdego popołudnia, regularnie między czternastą a siedemnastą, profesor Lovell uczył Ramiego, Letty i Victoire języka mandaryńskiego. Nikt nie oczekiwał, by w momencie przybicia do Kantonu posługiwali się nim płynnie, chodziło jednak o to, żeby obyli się ze słownictwem na tyle, aby rozumieć najprostsze pozdrowienia, wskazówki pomagające dotrzeć do celu i podstawowe rzeczowniki. Profesor Lovell twierdził także, że przyswajanie zupełnie nowego języka w krótkim czasie pociąga za sobą niesamowite korzyści; trenowany w ten sposób umysł musiał błyskawicznie wytwarzać nowe skojarzenia, a także radzić sobie z kontrastem pomiędzy świeżo poznawanymi strukturami lingwistycznymi a dotychczasowymi.

– Chiński jest straszliwy – poskarżyła się pewnego wieczoru Victoire. – Żadnych koniugacji, nie ma czasów ani deklinacji. Skąd wy w ogóle wiecie, o co chodzi w zdaniu? O tonach wolę nawet nie wspominać. Po prostu ich nie słyszę. Może brak mi słuchu muzycznego, ale naprawdę nie wyławiam różnic. Zaczynam podejrzewać, że tony to jakiś żart z cudzoziemców.

– Ale wiesz? To i tak bez znaczenia – zapewnił Robin, zadowolony, że dziewczyna w ogóle raczyła się do niego odezwać. Po trzech tygodniach Rami zniżył się do tego zaledwie stopnia, iż zaczęli wymieniać codzienne uprzejmości, lecz Victoire, aczkolwiek nadal trzymająca Robina na dystans, przebaczyła mu na tyle, że rozmawiała z nim po przyjacielsku. – W Kantonie nikt właściwie po mandaryńsku nie mówi. Żeby cokolwiek w tym mieście zdziałać, trzeba znać kantoński.

– A Lovell nie zna?

– Nie – odparł Robin. – Dlatego potrzebuje mnie.

Wieczorami profesor Lovell wyjaśniał młodym tłumaczom założenia kantońskiej misji. Ich zadaniem było udzielenie wsparcia w negocjacjach prowadzonych przez przedstawicieli kilku spółek handlowych, spośród których wiodącą była Jardine, Matheson & Company. Wyzwanie było znacznie poważniejsze, niż mogło się z pozoru wydawać, gdyż stosunki handlowe z dworem Qingów już od końca ubiegłego stulecia naznaczone były licznymi nieporozumieniami i obustronną podejrzliwością. Chińczycy, nieufnie traktujący wszelkie wpływy zagraniczne, chcieli, aby Brytyjczycy, podobnie jak pozostali kupcy z dalekich krajów, nadal działali jedynie w Kantonie i Makao. Angielscy kupcy jednak marzyli o wolnym handlu – o otwartych portach, dostępie do rynku na kontynencie i zniesieniu ograniczeń na sprzedaż pewnych konkretnych towarów, takich jak na przykład opium.

Trzy wcześniejsze podjęte przez Brytyjczyków próby wynegocjowania poszerzenia praw handlowych skończyły się sromotną porażką. W tysiąc siedemset dziewięćdziesiątym trzecim roku przedmiotem żartów na całym świecie stało się poselstwo lorda George'a Macartneya, którego odprawiono z kwitkiem, kiedy odmówił ukorzenia się przed cesarzem Qianlongiem. Podobny koniec miała misja dyplomatyczna lorda Williama Amhersta z tysiąc osiemset szesnastego roku, który z kolei nie chciał się płaszczyć przed cesarzem Jiaqingiem i któremu w efekcie odmówiono wstępu do Pekinu. Była również słynna katastrofalna awantura z tysiąc osiemset trzydziestego czwartego roku, w której główną rolę odegrał lord William Napier, a której kulminacją okazała się bezsensowna wymiana artyleryjskiego ognia i mało chwalebna śmierć lorda – zmarł w Makao na febrę. Ich delegacja była czwartą.

– Tym razem będzie inaczej – zarzekał się profesor Lovell – a to dlatego, że nareszcie rozmowy poprowadzą tłumacze z Babel. Koniec z porażkami wynikającymi z międzykulturowych nieporozumień.

– Naprawdę wcześniej nikt nie konsultował się z Instytutem? – zainteresowała się Letty. – To, rzekłabym, zdumiewające.

– Zdziwiłabyś się, gdybyś wiedziała, jak często nasi kupcy ulegają złudzeniu, iż nasza pomoc nie jest potrzebna – odparł Lovell. – Zazwyczaj żyją w przeświadczeniu, że każdy powinien nauczyć się mówić i zachowywać jak Anglicy. Tego rodzaju nastawienie, jeśli wierzyć kantońskiej prasie, prowokuje jedynie niechęć miejscowych. Nie powinniśmy się spodziewać zbyt przychylnego przyjęcia.

Wszyscy mieli świadomość napięć, z jakimi przyjdzie im się mierzyć w Chinach. Ostatnio coraz częściej czytali relacje londyńskich dzienników, donoszących o upokorzeniach, jakie brytyjscy kupcy cierpieli w Kantonie z rąk brutalnych, barbarzyńskich tubylców. Według „Timesa" określone chińskie siły zastraszały handlowców, starały się ich przepędzić z ich własnych domów i fabryk, a chińskie gazety publikowały obraźliwe dla przybyszów z Zachodu artykuły.

Profesor Lovell z naciskiem powtarzał, że chociaż kupcy rzeczywiście mogli byli zachowywać się bardziej subtelnie, to za tak wysoki poziom napięcia odpowiadają przede wszystkim Chińczycy.

– Sęk w tym, że Chińczycy wmówili sobie, iż są najwspanialszą nacją na świecie – stwierdził. – W oficjalnych dokumentach z uporem stosują na określenie Europejczyków słowo *yi*, mimo że oznacza ono barbarzyńców i po wielokroć już prosiliśmy, żeby zmienili termin na bardziej stosowny. Z identycznym podejściem przystępują do wszystkich negocjacji. Nie uznają żadnych praw poza własnymi i nie postrzegają handlu z zagranicą jako szansy, lecz widzą w nim jedynie podstępną formę najazdu.

– Czy to znaczy, że jest profesor zwolennikiem rozwiązania siłowego? – spytała Letty.

– Niewykluczone, że w ich wypadku tak rzeczywiście byłoby najlepiej – ogłosił zadziwiająco gwałtownie Lovell. – Dobrze byłoby dać im nauczkę. Chiny to kraj na pół barbarzyńskiego narodu, żyjącego pod jarzmem zacofanych, mandżurskich władców. Gdyby ktoś przemocą wyważył drzwi ich świata, wpuszczając powiew postępu i przedsiębiorczości, jedynie by na tym skorzystali. Nie miałbym nic przeciwko drobnej awanturze. Histeryzujące dziecko trzeba niekiedy skarcić klapsem.

W tym momencie Rami spojrzał z ukosa na Robina, który odwrócił wzrok. Czy mógł powiedzieć coś więcej?

Sześć tygodni dobiegło wreszcie końca. Profesor Lovell poinformował ich pewnego wieczora przy kolacji, że następnego dnia około południa zawiną do portu w Kantonie. Victoire i Letty zostały poproszone, aby przed zejściem z pokładu obwiązały piersi i spięły włosy, które korzystając z przywilejów starszych studentek, zapuściły jeszcze na trzecim roku.

– Chińczycy mają bardzo surowe przepisy dotyczące wpuszczania do Kantonu kobiet cudzoziemskiego pochodzenia – wytłumaczył profesor. – Niechętnie patrzą na kupców, którzy sprowadzają ze sobą rodziny. Obawiają się, że to pierwszy krok do osiedlenia się obcych na stałe.

– Ale chyba nie egzekwują tych przepisów siłą, prawda? – oburzyła się Letty. – Ludzie mają przecież żony, pokojówki...?

– Przebywający w Kantonie cudzoziemcy korzystają z miejscowej służby, a ich żony mieszkają w Makao. Chińczycy traktują swoje prawa bardzo poważnie. Ostatnim razem kiedy pewien Brytyjczyk próbował sprowadzić żonę do Kantonu, nazywał się, jeśli mnie pamięć nie zwodzi, William Baynes, miejscowe władze zagroziły, że usuną ją przy pomocy wojska*. Tak czy inaczej, nie pożałujecie tej maskarady. Chińczycy traktują kobiety bardzo podle. Coś takiego jak galanteria po prostu tu nie istnieje. Nie szanują nawet własnych kobiet i bywa, że nie pozwalają im opuszczać domostw. Będzie wam lepiej, jeżeli uznają was za młodych chłopców. Jak się wkrótce przekonacie, chińskie społeczeństwo wciąż pozostaje zacofane i działa w oparciu o niesprawiedliwe zasady.

– W przeciwieństwie do wielu innych – mruknęła z przekąsem Victoire i sięgnęła po czapkę.

Następnego ranka o świcie wylegli na pokład i zaczęli przechadzać się po dziobie, od czasu do czasu wychylając się przez reling, jakby te kilka cali różnicy mogło im pomóc dostrzec cel, o którego rosnącej bliskości informowały wszystkie zdobycze nowoczesnej wiedzy nawigacyjnej. Wreszcie kiedy gęsta po-

* Baynes w odpowiedzi umieścił przed bramą angielskiej faktorii działo, mające uniemożliwić Chińczykom przejęcie żony. Sytuacja emocjonowała Kanton przez dwa tygodnie, a skończyło się tym, że pani Baynes opuściła miasto dobrowolnie i pokojowo.

ranna mgła zaczęła z wolna ustępować błękitowi nieba, na horyzoncie ukazało się cienkie, szarozielone pasmo. Pasmo stopniowo, niczym materializujący się sen, nabierało szczegółów; rozmyte barwy przeobraziły się w wybrzeże, w zarysy budynków stanowiących tło dla lasu masztów statków cumujących w maleńkim punkcie, w którym Państwo Środka spotykało się ze światem. Robin po raz pierwszy od dziesięciu lat zobaczył ojczysty brzeg.

– O czym myślisz? – spytał półgłosem Rami.

To była ich pierwsza bezpośrednia rozmowa od kilku tygodni. Nie było to zawieszenie broni – Rami wciąż nie patrzył Robinowi w oczy. Był to jednak początek, niechętne przyznanie, iż mimo wszystko Ramiemu nadal zależy, i Robin był za to przyjacielowi głęboko wdzięczny.

– O chińskim znaku oznaczającym świt – odpowiedział zgodnie z prawdą. Na głębsze rozważania sobie nie pozwalał. Bał się, że nie opanuje myśli, że ulecą ku miejscom, których nie powinny odwiedzać, i postanowił zająć je swojskimi kwestiami języka. – *Dan.* Wygląda tak. – Nakreślił w powietrzu symbol 旦. – Klucz na górze oznacza słońce, *ri.* – Jego palce narysowały niewidoczne 日. – A poniżej zwykła kreska. Myślałem o tym, że to przepiękny znak, piękny ze względu na swoją prostotę. Najprostsze z możliwych zastosowanie piktografii. Bo przecież świt to nic innego jak słońce wynurzające się ponad horyzont.

ROZDZIAŁ

SIEDEMNASTY

Quae caret ora cruore nostro?

Czy jest gdzieś wybrzeże,
co nie zna smaku naszej krwi?

Horacy, „Pieśni"
(przeł. Grzegorz Komerski)

Rok wcześniej, podsłuchawszy żywiołową dyskusję Colina i braci Sharpów, Robin wybrał się pewnej niedzieli samotnie do Londynu, by zobaczyć głośną Afong Moy. Nazywana Chińską Damą, Afong Moy została wywieziona z Chin przez dwóch amerykańskich handlarzy, którzy początkowo zamierzali wykorzystywać orientalnie wyglądającą kobietę do reklamowania zamorskich dóbr, lecz prędko zorientowali się, że znacznie większą fortunę mają szansę zbić, obwożąc ją po Wschodnim Wybrzeżu USA. To było jej pierwsze tournée w Anglii.

Robin przeczytał gdzieś, że kobieta, podobnie jak on, pochodzi z Kantonu. Nie był pewien, czy spodziewa się czegoś poza przelotnym spojrzeniem. Być może oczekiwał chwili poczucia bliskości z kimś, kto pochodził z tego samego miejsca co on. Wykupiony w kasie bilet pozwolił mu wejść do jarmarcznie urządzonego pomieszczenia ze sceną, pokoju hucznie obwołanego „chińskim salonem", udekorowanego byle jak rozmieszczonymi wazami, tandetnymi imitacjami chińskich malowideł oraz przytłaczającą ilością czerwono-złotego adamaszku, oświetlanego tanimi papierowymi lampionami. Sama Chińska Dama siedziała na krześle. Ubrana była w niebieską jedwabną bluzkę na guziki, a stopy, owinięte w widoczne dla wszystkich pasma lnu, opierała przed sobą na niewielkiej poduszce. Była niezwykle drobna. Wedle broszurki, którą wcisnęła Robinowi kasjerka, Afong Moy dobiegała trzydziestki, lecz z powodzeniem mogła uchodzić za dwunastolatkę.

W salonie panował zgiełk i ścisk, widzami byli w znakomitej mierze mężczyźni. Wszyscy umilkli, gdy kobieta – bardzo powoli – pochyliła się i zaczęła obnażać stopy.

Historię jej stóp również można było przeczytać w broszurce. Podobnie jak w wypadku wielu innych młodych Chinek, stopy Afong Moy zostały połamane i owinięte bandażami w bardzo młodym wieku, co miało upośledzić ich rozwój i skrzywić je w sposób gwarantujący, że kobieta będzie stawiać odpowiednio drobne, niepewne kroki. Kiedy przeszła w tę i z powrotem przez scenę, otaczający chłopaka widzowie zaczęli napierać, chcąc jak najwięcej zobaczyć. Robin zupełnie nie rozumiał, na czym polega atrakcja. Widok stóp kobiety nie był ani erotyczny, ani fascynujący. Widowisko stanowiło za to brutalne pogwałcenie jej intymności. Stojąc tam i patrząc na nią, poczuł się równie zawstydzony, jakby na jego oczach ściągnęła spodnie.

Afong Moy wróciła na swoje krzesło. I wtedy jej oczy niespodziewanie pochwyciły wzrok Robina; zupełnie jakby rozejrzała się po całej salce i dopiero w jego rysach dostrzegła coś pokrewnego. Zaczerwieniony po same uszy chłopak odwrócił spojrzenie. Gdy zaczęła śpiewać – melodia tchnęła żalem, słów nie znał i nie rozumiał – przecisnął się między ramionami gości i wyszedł.

Od tamtej pory, nie licząc Griffina, nie widział ani jednego Chińczyka.

Kiedy płynęli w górę rzeki, spostrzegł, że Letty raz po raz zerka to na niego, to na twarze pracujących na nabrzeżach robotników, jakby starała się ich porównać. Może chciała ustalić, jak bardzo chińskie są rysy Robina lub czy chłopak doświadcza właśnie jakiegoś potężnego, emocjonalnego katharsis. W jego piersi nie obudziło się jednak najsłabsze nawet drgnienie. Stojąc na pokładzie, gdy tylko minuty dzieliły go od powrotu na łono ojczyzny po tak niewyobrażalnie długim czasie, Robin czuł jedynie pustkę.

Zakotwiczyli i zeszli z pokładu w Whampoa, skąd mniejszymi łodziami popłynęli dalej wzdłuż kantońskiego nabrzeża. Tutaj miasto stało się nawałnicą hałasu, narastającym pomrukiem gongów, sztucznych ogni i pokrzykujących właścicieli łodzi, które przecinały rzekę we wszystkich możliwych kierunkach. Harmider był nieznośnie wręcz głośny. Robin nie pamiętał z dzieciństwa aż tak donośnego hurgotu; albo to Kanton ożył jeszcze bardziej, albo uszy chłopaka odwykły od odgłosów miasta.

Do brzegu przybili w miejscu zwanym Jackass Point, gdzie powitał ich niejaki pan Baylis, reprezentujący spółkę Jardine, Matheson & Company. Pan Baylis był niskim, porządnie ubranym mężczyzną o ciemnych, inteligentnych oczach, obdarzonym zdumiewająco żywiołowym sposobem mówienia.

– Nie mogliście przypłynąć w lepszym momencie – stwierdził, potrząsając z całych sił dłońmi profesora Lovella, a potem Robina i Ramiego. Dziewczęta zignorował. – Szykuje się tu prawdziwa katastrofa. Chińczycy rozzuchwalają się z dnia na dzień. Zniszczyli nam sieci dystrybucyjne. Jedną z naszych szybkich jednostek wysadzili całkiem niedawno w powietrze. Bogu dzięki, że nikogo nie było akurat na pokładzie. A kontrole i naloty już wkrótce uniemożliwią handel na dobre.

– A łodzie europejskich przemytników? – spytał profesor Lovell, kiedy ruszyli naprzód.

– Stosowaliśmy to rozwiązanie, ale działało jedynie na krótką metę. Wicekról zaczął posyłać swoich ludzi od drzwi do drzwi i przeszukiwali prywatne domy. Całe miasto żyje w strachu. Wystarczy sama nazwa narkotyku, żeby ludzie uciekali w popłochu. To wszystko wina Lin Zexu, nowo przysłanego komisarza cesarskiego. Niebawem go poznacie. To właśnie z nim będziemy musieli rozmawiać. – Pan Baylis mówił tak szybko, że Robin zaczął się zastanawiać, jak to możliwe, że nie brakuje mu tchu. Tym bardziej iż szli dość żywym krokiem. – Tuż po przybyciu zażądał natychmiastowego wydania całego sprowadzonego do Chin opium. Mowa tu o marcu. Naturalnie odmówiliśmy, na co on zawiesił z nami handel i poinformował, że nie wolno nam opuszczać terenu faktorii, dopóki nie zgodzimy się honorować jego zasad. Wyobrażacie sobie? Urządził nam prawdziwe oblężenie.

– Oblężenie? – powtórzył profesor Lovell, a na jego twarzy zamajaczył wyraz umiarkowanego niepokoju.

– Ach, cóż, może troszkę przesadzam. Wszyscy chińscy służący wrócili do domów i to była poważna niedogodność. Musiałem osobiście prać, co bardzo źle się skończyło, lecz poza tym nie daliśmy się złamać. Najbardziej doskwierało nam obżarstwo i brak ruchu. – Pan Baylis parsknął krótkim, szkaradnym śmiechem. – Na szczęście teraz mamy to już za sobą i możemy się przechadzać po mieście do woli. Ale, Richardzie, bez kary nie może się obyć. Oni muszą się wreszcie nauczyć, że coś takiego nigdy nie ujdzie płazem. Ach, panie i panowie, jesteśmy na miejscu. Oto wasz dom na obczyźnie.

Zostawili południowo-zachodnie przedmieścia za sobą i ujrzeli równy szereg trzynastu budynków wzniesionych w zachodnim stylu. Cieniste werandy, neoklasycystyczne zdobienia i europejskie flagi. Wszystko tak ostro kontrastowało z innymi dzielnicami Kantonu, iż można było odnieść wrażenie, że to jakiś olbrzym wyrwał ziemi kawałek Francji czy Anglii i bezceremonialnie przeniósł go tutaj, na skraj miasta. Jak wyjaśnił pan Baylis, były to faktorie, których nazwa nie miała nic wspólnego z produkcją, lecz z tym, iż były rezydencjami faktorów – agentów handlowych. W okresach ożywionej wymiany zamieszkiwali w nich kupcy, misjonarze, urzędnicy rządowi i wojskowi.

– Urocze, nieprawdaż? – rzucił pan Baylis. – Jak garść brylantów rzuconych na kupę starych rupieci.

Przybysze z Oksfordu mieli się zatrzymać w Nowej Faktorii Angielskiej. Pan Baylis przeprowadził ich energicznym krokiem przez urządzony na parterze magazyn, salon i jadalnię aż do apartamentów gościnnych na wyższych piętrach. Do ich dyspozycji pozostawały również, co wyraźnie podkreślił, znakomicie zaopatrzona biblioteka, taras na dachu, a nawet wychodzący na rzekę ogród.

– Zaznaczam, że oni naprawdę bardzo surowo pilnują, żeby cudzoziemcy nie opuszczali enklawy, więc odradzam samodzielne wycieczki – przestrzegł pan Baylis. – Trzymajcie się faktorii. W Faktorii Imperialnej, pod numerem trzecim, Markwick i Lane sprzedają wszelkie europejskie towary, jakich tylko można zapragnąć. Niestety, z literatury mają głównie mapy morskie. O pływających domach rozkoszy, nazywają je tu kwietnymi łodziami, możecie zapomnieć, słyszycie mnie, prawda? Jeżeli zamarzy się wam damskie towarzystwo, nasi przyjaciele z branży kupieckiej chętnie zorganizują wam spotkanie z odpowiednio dyskretnymi paniami.

– To nie będzie konieczne – zapewnił Rami, czerwony na twarzy jak burak.

– Wedle życzenia – zachichotał pan Baylis. – Wasze pokoje są w tym korytarzu.

Kwatera Robina i Ramiego okazała się miejscem dość ponurym. Ściany, pomalowane farbą zapewne niegdyś ciemnozieloną, obecnie były niemal czarne. Pokój dziewcząt był równie mroczny, a przy tym znacznie mniejszy; przestrzeni było akurat tyle, by człowiek mógł się przecisnąć między pojedynczym łóżkiem a ścianą. W dodatku pomieszczenie pozbawione było okien. Robin nie potrafił sobie wyobrazić, jak przyjaciółki miały w takich warunkach wytrzymać całe dwa tygodnie.

– Formalnie jest to magazynek, ale nie mogliśmy przecież ulokować was zbyt blisko panów. – Pan Baylis zdobył się na pewien wysiłek i naznaczył słowa przepraszającym tonem. – Rozumiecie chyba.

– Naturalnie – odparła Letty, wpychając do pokoiku swój kufer. – Dziękujemy za gościnę.

Zostawili bagaże w pokojach i spotkali się w jadalni, wyposażonej w olbrzymi stół, przy którym mogło swobodnie zasiąść przynajmniej dwadzieścia pięć osób. Nad stołem kołysał się gigantycznych rozmiarów wachlarz z żaglowego płótna rozpiętego na drewnianej ramie, utrzymywany w stałym ruchu przez kulisa, który niezmordowanie pracował przez całą kolację. Robina wytrącało to z równowagi – za każdym razem, kiedy spoglądał słudze w oczy, czuł ukłucie wyrzutów sumienia. Pozostali mieszkańcy faktorii zachowywali się jednak tak, jakby kulis był niewidzialny.

Posiłek tego wieczora okazał się jednym z najmniej przyjemnych i najbardziej krępujących wydarzeń towarzyskich, w jakich Robin brał kiedykolwiek udział. Przy stole zasiedli pracownicy spółki Jardine & Matheson, firm Magniac & Co. oraz J. Scott & Co. A także kilku innych, których nazwy błyskawicznie wyparowały chłopakowi z głowy. Wszyscy byli białymi mężczyznami, ulepionymi z tej samej gliny, co pan Baylis – z pozoru czarujący i rozmowni ludzie, mimo eleganckich i wypranych strojów sprawiający wrażenie pokrytych warstewką niewidzialnego brudu. Poza handlowcami w kolacji uczestniczył również wielebny Karl Gützlaff, urodzony w Niemczech misjonarz, który ewidentnie częściej niż nawracaniem chińskich owieczek zajmował się usługiwaniem zagranicznym kompaniom w charakterze tłumacza. Wielebny Gützlaff z dumą poinformował gości z Oksfordu, że jest członkiem Towarzystwa Upowszechniania Pożytecznej Wiedzy w Chinach* i zajmuje się obecnie pisaniem dla pewnego chińskojęzycznego czasopisma cyklu artykułów, mających w zamyśle objaśnić Chińczykom zawiłości trudnego zachodniego pojęcia wolnego handlu.

– To doprawdy wybornie, że z nami pracujesz – zwrócił się do Robina pan Baylis, kiedy na stół trafiło pierwsze danie, mdława zupa z posmakiem imbiru. – Tak trudno znaleźć dobrego chińskiego tłumacza, który potrafiłby sklecić pełne zdanie po angielsku. Ci wykształceni na Zachodzie są znacznie lepsi. W czwartek będziesz moim tłumaczem w czasie audiencji u komisarza.

– Czyżby? – Robin cały się spiął. – Dlaczego ja? – Pytanie nie było pozbawione sensu. Nigdy nie tłumaczył na żywo żadnych poważnych rozmów i wybór akurat jego na spotkanie z najważniejszą osobistością w Kantonie wydał mu się dość dziwny. – Dlaczego nie wielebny Gützlaff? Albo profesor Lovell?

– Dlatego że jesteśmy ludźmi białymi – rzucił oschle profesor Lovell. – A zatem barbarzyńcami.

– A oni, rzecz prosta, nie chcą rozmawiać z barbarzyńcami – dodał pan Baylis.

– Aczkolwiek Karl ma trochę chińskie rysy – zauważył Lovell. – Nie przekonałeś ich jeszcze, że jesteś po części człowiekiem Orientu?

* Towarzystwo to, Society for the Diffusion of Useful Knowledge in China, powstało w listopadzie 1834 roku z myślą o uczynieniu Chin bardziej otwartymi na zachodnich kupców i misjonarzy za pomocą „artylerii intelektualnej". Inspirowane było działalnością Towarzystwa Londyńskiego, instytucji zwalczającej poprzez edukację ubóstwo i polityczny radykalizm.

– Wierzą tylko, kiedy przedstawiam się jako Ai Han Zhe* – odparł duchowny. – Aczkolwiek wątpię, by komisarzowi Linowi ten tytuł przypadł do gustu.

Wszyscy handlowcy parsknęli śmiechem, lecz Robin nie wiedział, co ich tak rozbawiło. Cała rozmowa podszyta była specyficzną atmosferą samozadowolenia, braterstwa, dostępu do żartów, których nikt poza zainteresowanymi nie rozumiał. Chłopakowi przypomniały się spotkania urządzane przez profesora Lovella w Hampstead. Wówczas również nie rozumiał, z czego śmieją się goście i dlaczego na ich twarzach maluje się tak wielka satysfakcja.

Zupy nie dojadł do końca nikt. Służący uprzątnęli miski, po czym podali naraz danie główne i deser. Na danie główne składały się ziemniaki i szary, polany sosem kawałek mięsa. Robin nie miał pewności, czy to wołowina, czy wieprzowina. Deser stanowił jeszcze większą zagadkę. Wściekle pomarańczowy, gąbczasty obiekt.

– Co to jest? – Rami niepewnie trącił deser widelcem.

Victoire ukroiła plasterek i zbadała go uważnym spojrzeniem.

– Jakiś rodzaj puddingu z toffi.

– To pomarańcza – zdecydował Robin.

– Z pewnością jest to spalone. – Letty oblizała kciuk. – W dodatku zrobili to chyba z marchwi.

Pozostali goście znów zachichotali.

– W kuchni pracują sami Chinole – wyjaśnił pan Baylis. – Żaden nigdy nie był w Anglii. Zamawiamy u nich swoje ulubione potrawy. Naturalnie nie mają pojęcia, jak się je przyrządza

* Wielebny Gützlaff istotnie często posługiwał się nazwiskiem Ai Han Zhe, co oznacza „Kochającego Chińczyków". I nie było w tym cienia ironii. Gützlaff szczerze postrzegał się jako obrońcę narodu chińskiego, pisał w listach o Chińczykach jako o ludziach życzliwych, przyjaznych, otwartych i obdarzonych intelektualną ciekawością, którzy niestety popadli w „niewolę u Szatana". Fakt, iż godził tę postawę z poparciem dla handlu opium, stanowi intrygującą sprzeczność.

ani jak smakują, znają tylko nasze opisy, ale zabawnie jest obserwować, jak się starają. Lepiej wypadają podwieczorki. Akurat na słodyczach się tutaj znają, a mleko dostarczają krowy sprowadzone z Anglii.

– Nie rozumiem – przyznał Robin. – Dlaczego nie pozwolicie im po prostu gotować kantońskich potraw?

– Dlatego że angielska kuchnia pozwala nam poczuć się jak u siebie – odparł wielebny Gützlaff. – Kiedy człowiek odbywa tak dalekie podróże, zaczyna doceniać proste, domowe rozkosze.

– Ale przecież to wszystko jest niesmaczne – zauważył Rami.

– A zatem tym bardziej brytyjskie – skwitował duchowny, z wigorem krojąc szarą sztukę mięsa.

– Tak czy inaczej – pan Baylis zmienił temat – praca z komisarzem będzie diabelnie trudnym wyzwaniem. Plotka głosi, że jest to człowiek bardzo surowy i niezwykle sztywny. Jego zdaniem Kanton to gniazdo zepsucia, a wszyscy kupcy z Zachodu są złowrogimi typami, czyhającymi tylko, żeby oszukać jego rząd.

– Całkiem bystry jegomość – pochwalił wielebny Gützlaff i natychmiast zawtórowały mu kolejne rechoty.

– Wolę takich, którzy nas lekceważą – podjął pan Baylis. – Robinie Swift, kwestią kluczową jest przepis, w myśl którego załogi zagranicznych statków mają być sądzone wedle prawa chińskiego, jeżeli na ich pokładach odkryte zostanie przemycane opium. Dawniej funkcjonowało to wyłącznie na papierze. Nasze jednostki rzucały kotwicę na nieco oddalonych kotwicowiskach w rodzaju Lintin czy Camsingmoon i stamtąd rozprowadzaliśmy towar już za pośrednictwem tutejszych partnerów. Odkąd jednak nastał komisarz Lin, wszystko się zmieniło. Jego przybycie, jak już tłumaczyłem, wywołało swego rodzaju trzęsienie ziemi. Kapitan Elliot, człowiek niewątpliwie porządny, lecz w sprawach ważnych tchórzliwy, rozładował sytuację, pozwalając im skonfiskować całość posiadanego przez nas opium. – Przy tych słowach pan Baylis chwycił się za pierś, jakby zdjęty nagłym bólem. – Ponad dwadzieścia tysięcy skrzyń. Czy wiesz, ile to warte? Bez mała dwa i pół miliona funtów. I jest to, powiadam, bezprawne zagarnięcie brytyjskiej własności. Coś takiego musi stanowić casus belli. Kapitan Elliot uważa, że ocalił nas przed głodem i przemocą, ale osiągnął tyle jedynie, że Chińczycy ubrdali sobie, iż mogą z nami zrobić dosłownie wszystko. – Pan Baylis wycelował widelcem w Robina. – Dlatego potrzebujemy ciebie. Richard wyjaśnił ci już, co chcemy osiągnąć w tej rundzie negocjacji, tak?

– Przejrzałem projekty porozumienia – odpowiedział chłopak. – Nie mam jednak jasności co do priorytetów...

– Tak?

– Cóż, moim zdaniem stawianie ultimatum z powodu opium to krok dość skrajny – przyznał Robin. – Nie wiem, dlaczego nie spróbujecie rozbić sprawy na kilka pomniejszych umów. Z pewnością można zacząć od negocjacji w sprawie innych naszych towarów...

– Nie ma innych towarów – rzucił pan Baylis. – Żaden inny nie jest tak ważny.

– Wydaje mi się jednak, że Chińczycy mają tu rację – powiedział bezradnie Robin. – Ostatecznie to szkodliwy narkotyk.

– Nie bądź śmieszny. – Pan Baylis rozciągnął usta w szerokim, wyćwiczonym uśmiechu. – Palenie opium jest najbardziej bezpiecznym i godnym dżentelmena rodzajem rozrywki, o jakim słyszałem.

Kłamstwo było tak ewidentne, że Robin aż zamrugał ze zdumienia.

– Chińskie memoranda nazywają opium największym złem, jakie kiedykolwiek spadło na ich kraj.

– Och, opium wcale nie jest tak bardzo szkodliwe – odezwał się wielebny Gützlaff. – Nie zapominajmy, że w Anglii pod postacią laudanum lekarze przepisują je pacjentom. Staruszki regularnie popijają je przed snem. Nie jest to używka gorsza od tytoniu czy brandy. Sam często polecam laudanum swoim parafianom.

– Ale czy opium palone w fajkach nie działa znacznie silniej? – wtrącił Rami. – Naprawdę mam wrażenie, że nie jest to zwyczajny środek nasenny.

– Nie o to wszak chodzi – rzucił lekko zniecierpliwionym tonem pan Baylis. – Wartością nadrzędną jest swoboda handlu międzynarodowego. Jesteśmy tu wszyscy liberałami, czyż nie? Pomiędzy dysponentem towaru a tymi, którzy chcą ów towar nabyć, nie powinno stawiać się żadnych przeszkód. Na tym polega sprawiedliwość.

– Intrygująca linia obrony – skomentował Rami. – Usprawiedliwiać występek za pomocą cnoty.

– Ach – żachnął się pan Baylis. – Przecież cesarzowi nie przeszkadzają występki. Srebro go boli i tyle. Ale handel działa tylko wtedy, kiedy panuje w nim równowaga, a obecnie mamy deficyt. Wygląda na to, że Chińczycy nie chcą żadnego z naszych towarów eksportowych z wyjątkiem właśnie opium. Jego nigdy nie mają dosyć. Są gotowi zapłacić dowolną cenę. Gdyby to zależało ode mnie, opium paliliby w tym kraju wszyscy, także kobiety i dzieci. Paliliby je do nieprzytomności. – Ostatnie słowa podkreślił, bijąc pięścią w stół. Uderzenie zabrzmiało chyba donośniej, niż przewidywał. Victoire i Letty drgnęły. Rami był zbyt znudzony, by odpowiedzieć.

– Ale to przecież okrutne – skomentował Robin. – Straszliwie okrutne.

– Palą przecież z własnej woli, czyż nie? – odparł pan Baylis. – Człowiek interesu nie jest tu niczemu winien. Chińczycy są po prostu ludem brudnym, leniwym i podatnym na nałogi. Anglicy z pewnością nie mogą odpowiadać za przywary ras niższych. Nie wtedy, gdy można na tym zarobić.

– Panie Baylis. – W koniuszkach palców Robina pojawiło się dziwne mrowienie; nie był pewien, czy wolałby uciec, czy zdzielić rozmówcę w twarz. – Panie Baylis, ja jestem Chińczykiem.

Pan Baylis umilkł. Omiótł spojrzeniem twarz chłopaka, jakby starając się stwierdzić, czy to, co usłyszał, jest prawdą.

Wtem, ku wielkiemu zdziwieniu Robina, wybuchnął gromkim śmiechem.

– Nie, nie jesteś. – Odchylił się i chwycił dłońmi za serce, śmiał się bez przerwy. – Wielki Boże. To ci dopiero! Nie, nie jesteś.

Profesor Lovell nie odezwał się słowem.

Pracować zaczęli już następnego dnia. W Kantonie dobrych tłumaczy poszukiwano bez przerwy. Zachodni kupcy niechętnie korzystali z usług licencjonowanych przez chiński rząd miejscowych lingwistów ze względu na ich skromne często kompetencje językowe.

– O angielskim można zapomnieć – utyskiwał pan Baylis w rozmowie z profesorem Lovellem. – Połowa z nich ma problemy z mandaryńskim. Poza tym nie można mieć pewności, że będą dbać o nasze interesy. Na szczęście zawsze da się zauważyć, kiedy zaczynają kłamać. Jeden łgał mi kiedyś w żywe oczy na temat wysokości stawek celnych, mimo że miałem przed oczyma cyfry arabskie.

Spółki handlowe zatrudniały niekiedy płynnie posługujących się językiem chińskim tłumaczy z Zachodu, lecz tych zawsze było niewielu. Wedle panującego w cesarstwie prawa nauczanie cudzoziemców chińskiego stanowiło zbrodnię i karane było śmiercią. Obecnie gdy granice Państwa Środka zaczęły się z wolna rozszczelniać, przepisu owego nie dawało się już ściśle egzekwować, lecz wprawnymi tłumaczami najczęściej byli misjonarze pokroju wielebnego Gützlaffa, zatem ludzie niedysponujący nadmiarem wolnego czasu. Innym, bardziej pozytywnym skutkiem sytuacji był fakt, że osoby takie jak Robin i profesor Lovell okazywały się warte swej wagi w złocie. Biednych Ramiego, Letty i Victoire wożono całymi dniami od fabryki do fabryki, gdzie zajmowali się konserwacją srebrnych sztabek, za to kalendarze Robina i profesora

Lovella wypełniały codzienne, rozpoczynające się od ósmej rano spotkania.

Wkrótce po śniadaniu Robin udał się z panem Baylisem do portu, gdzie mieli wraz z chińskimi urzędnikami celnymi przejrzeć manifesty ładunkowe. Kierownictwo urzędu oddelegowało na tę okazję własnego tłumacza, patykowatego okularnika nazwiskiem Meng, który każde angielskie słowo wypowiadał powoli, z wielce ostrożnym namysłem, jakby paraliżowała go obawa przed popełnieniem błędu.

– Odczytamy teraz spis towarów – zwrócił się do Robina. Uniżony, specyficznie akcentowany sposób mówienia tłumacza sprawiał, że zdanie zabrzmiało jak pytanie. Chłopak nie był do końca pewien, czy Meng prosi go o pozwolenie, czy jednak nie.

– Hmm, tak – rzucił, odchrząknął, po czym podjął swym najlepszym mandaryńskim: – Proszę bardzo.

Meng zaczął czytać kolejne punkty listy, podnosząc przy każdym wzrok, by pan Baylis mógł mu wskazać skrzynie zawierające wymieniony towar.

– Sto dwadzieścia pięć funtów miedzi. Siedemdziesiąt osiem funtów surowego żeń-szenia. Dwadzieścia cztery skrzynie orzechów bi...bite...

– Betelowych – poprawił pan Baylis.

– Betelowych?

– No wiesz, betel... – wyjaśnił pan Baylis. – Niektórzy nazywają je też orzechami arekowymi. To do żucia. – Wskazał palcem na swoją szczękę i poruszył nią kilka razy. – Nic?

Meng z malującym się na twarzy zakłopotaniem zerknął w poszukiwaniu pomocy na Robina. Robin szybko przetłumaczył

– Orzechy bitelowe – powtórzył Meng, kiwając głową.

– Och, dość tego – zniecierpliwił się pan Baylis. – Niech Robin zrobi to sam. Dasz radę przetłumaczyć cały inwentarz, prawda? Oszczędzimy w ten sposób mnóstwo czasu. Tutejsi są do niczego, mówiłem ci przecież. Wszyscy co do jednego. Taki wielki kraj, a nie można znaleźć nikogo, kto mówi po angielsku jak człowiek.

Wyglądało na to, że akurat tę wypowiedź Meng zrozumiał doskonale. Posłał Robinowi jadowite spojrzenie, przed którym chłopak uciekł, pochylając się nad spisem towarów.

W podobny sposób przebiegła cała reszta poranka: pan Baylis odbywał spotkania z kolejnymi chińskimi urzędnikami, których bez wyjątku traktował niewiarygodnie wręcz grubiańsko, po czym spoglądał na Robina takim wzrokiem, jakby oczekiwał, że gość z Oksfordu przetłumaczy nie tylko jego wypowiedzi, lecz również bezkresną pogardę dla rozmówców.

W porze przerwy na południowy posiłek Robin cierpiał już na dotkliwą migrenę. Był pewien, że nie zniesie towarzystwa pana Baylisa ani chwili dłużej. Nawet kolacja w faktorii nie przyniosła wytchnienia; pan Baylis nieprzerwanie opowiadał o pomyłkach i niedorzecznych żądaniach urzędników celnych, a mówił to wszystko tonem, który sprawiał, iż każde słowo trzaskało w powietrzu niczym odgłos wymierzonego Chińczykom policzka. Rami, Victoire i Letty sprawiali wrażenie mocno skonsternowanych. Robin odzywał się jedynie z rzadka. Pochłonął swoją porcję – tym razem danie było bardziej znośne, słabo doprawiona wołowina z ryżem – po czym ogłosił, że wychodzi.

– A dokąd, jeśli wolno? – zainteresował się pan Baylis.

– Chcę zobaczyć miasto. – Irytacja dodała chłopakowi śmiałości. – Skończyliśmy już chyba na dzisiaj, prawda?

– Cudzoziemcom nie wolno wchodzić do miasta – przypomniał pan Baylis.

– Ja nie jestem cudzoziemcem. Urodziłem się tutaj.

Na ten argument pan Baylis nie znalazł stosownej riposty. Robin uznał milczenie za zgodę. Zerwał z wieszaka swój płaszcz i ruszył do drzwi.

– Może przejdziemy się razem? – dogonił go Rami.

„Bardzo chętnie" – wyrwało się niemal Robinowi, lecz się zawahał.

– Nie jestem pewien, czy możesz – powiedział i zauważył, że obie przyjaciółki zerkają w ich stronę. Letty zaczęła podnosić się z krzesła, lecz Victoire przytrzymała ją za ramię.

– Nic mi nie grozi – zauważył Rami, nakładając płaszcz. – Będę przecież z tobą.

Wyszli z budynku i ruszyli przez Trzynaście Faktorii. Kiedy opuścili cudzoziemską enklawę i znaleźli się na przedmieściach Kantonu, nikt nie próbował ich powstrzymać; nikt nie złapał ich za ręce i nie kazał wracać tam, gdzie ich miejsce. Nawet rysy Ramiego nie zwracały szczególnej uwagi – hinduscy robotnicy portowi stanowili w tym mieście widok powszechny i nie wywoływali takiej sensacji jak biali przybysze. Chłopcy znaleźli się w sytuacji będącej dziwną odwrotnością ich położenia w Anglii.

Prowadził Robin, losowo wybierając drogę przez śródmiejskie ulice. Nie miał pojęcia, czego szuka. Ulubionych miejsc z dzieciństwa? Znajomych widoków? Nie ustalił celu wędrówki; nie przychodził mu do głowy żaden zakątek, mogący przynieść katharsis. Czuł jedynie specyficzny naglący impuls, potrzebę pokonania przed zachodem słońca jak największego dystansu.

– I co? Czujesz się jak u siebie? – zapytał w pewnej chwili Rami tonem lekkim, neutralnym, jakby stąpał po bardzo kruchym podłożu.

– Ani trochę – przyznał Robin. Miał w głowie mętlik. – Czuję się jak... Nie jestem pewien, jak się czuję.

Kanton szalenie się zmienił. Dawny plac budowy w porcie, gdzie prace ciągnęły się, odkąd Robin sięgał pamięcią, przerodził się w kompleks nowych zabudowań – magazyny, biura firm handlowych, bary, restauracje, herbaciarnie. W sumie czego innego można się było spodziewać? Kanton od zawsze był miastem zmiennym, dynamicznym, chłonącym wszystko, co przynosi morze, i przetwarzającym owe bogactwa na tworzącą jego tkankę niepowtarzalną mieszankę. Robin nie mógł przecież oczekiwać, że nic się tutaj nie zmieni.

Niemniej przemiana Kantonu wydała mu się swoistą zdradą. Zupełnie jakby miasto zamknęło przed nim wszystkie ścieżki powrotu do domu.

– Gdzie mieszkałeś? – spytał ciekawie Rami, wciąż tym łagodnym, delikatnym tonem, jakby Robin był przeładowanym koszem emocji, którego nie wolno było zbyt mocno rozkołysać.

– W jednym ze slumsów. – Robin rozejrzał się po okolicy. – Całkiem niedaleko stąd.

– Chciałbyś tam pójść?

Robin pomyślał o tym suchym, dusznym domu; przypomniał sobie fetor rozwolnienia i rozkładających się ciał. Było to ostatnie miejsce na świecie, które chciałby odwiedzić. Gdyby jednak nie rzucił nawet okiem, poczułby się jeszcze gorzej.

– Nie ma gwarancji, że trafię. Ale możemy spróbować.

Koniec końców Robin odnalazł drogę – nie pomogły mu w tym ulice, całkowicie odmienne od tych, które zostawił, lecz szedł po prostu do punktu odpowiednio odległego naraz od portu, rzeki i zachodzącego słońca. Tak, właśnie tutaj powinien stać jego rodzinny dom – dobrze pamiętał to zakole rzeki i widniejący na przeciwległym brzegu postój ryksz.

– To tutaj? – zdziwił się Rami. – Same sklepy.

Ulica zmieniła się nie do poznania. Budynek, w którym Robin się wychował, zniknął z powierzchni ziemi. Nie sposób było nawet stwierdzić, gdzie znajdowały się jego fundamenty – być może kryły się pod tą herbaciarnią? Albo pod biurem po lewej? Albo pod tym obwieszonym kolorowymi dekoracjami lokalem przy końcu ulicy, którego wymalowany jaskrawą, czerwoną farbą szyld głosił: *Huā yān guǎn*. „Sklep z kwiecistym dymem". Palarnia opium.

Robin ruszył w tamtą stronę.

– Dokąd idziesz? – Rami potruchtał za nim. – Co tam jest?

– Opium. Ludzie przychodzą tu zapalić. – W sercu Robina wezbrała nagła, niepowstrzymana fala ciekawości. Przebiegł rozbieganymi oczyma cały front lokalu, próbując zapamiętać najdrobniejsze szczegóły. Wielkie papierowe lampiony, pokryte laką futryny i framugi. Odziane w długie spódnice dziewczyny z pomalowanymi twarzami, przymilnie machające z okien. Kiedy podszedł, uśmiechnęły się jeszcze szerzej i niczym tancerki wyciągnęły ramiona.

– Dobry wieczór panu – zaświergotały po kantońsku. – Zechce pan wejść i nieco się zabawić?

– Wielkie nieba – rzucił Rami. – Nie idź tam!

– Chwileczkę. – Robina ogarnął niejasny przymus, perwersyjne pragnienie, popęd identyczny z tym, który zmusza człowieka do rozdrapywania rany po to tylko, by sprawdzić, jak bardzo może zaboleć. – Rzucę tylko okiem.

Za progiem zderzył się z zapachem niczym ze ścianą. Woń przesłodzona, mdląca, lepka niczym karmel, jednocześnie kusząca i odpychająca.

– Witam pana. – U boku Robina wyrosła jedna z dziewczyn. Zauważyła wyraz jego twarzy i uśmiechnęła się od ucha do ucha. – Pierwszy raz tutaj?

– Ja nie... – Chłopak nagle zaniemówił. Rozumiał kantoński, lecz nie był w stanie się w tym języku odezwać.

– Skosztuje pan? – Dziewczyna podsunęła mu fajkę. Już rozpaloną; w główce żarzyła się łagodnie grudka opium, nad którą snuła się smużka dymu. – Pierwsza porcja na koszt lokalu, proszę pana.

– Co ona mówi? – zaniepokoił się Rami. – Ptaszyno, nawet tego nie dotykaj.

– Proszę zobaczyć, jak wszyscy goście świetnie się bawią – Dziewczyna wskazała szerokim gestem salę. – Na pewno nie zechce pan spróbować?

Palarnię wypełniali bywalcy. Wnętrze było tak ciemne, że Robin zauważył ich dopiero teraz. Przynajmniej tuzin palaczy opium w rozmaitych stadiach negliżu. Zalegali na niskich kanapach, pieścili leniwymi ruchami ciała siedzących im na kolanach dziewcząt, apatycznie zabawiali się grami hazardowymi, jeszcze inni leżeli samotnie – odrętwiali wpatrywali się w nicość z rozchylonymi ustami i półprzymkniętymi powiekami.

„Twojego wuja zawsze coś do tych lokali ciągnęło". Widok przywołał z głębin pamięci chłopaka słowa, których nie wspominał od dziesięciu lat, słowa, które słyszał w dzieciństwie wypowiadane matczynym głosem, wypływające z jej ust wraz z ciężkim westchnieniem. „Dawniej byliśmy bogaci, skarbie. I popatrz tylko, co się porobiło".

Z goryczą przypomniał sobie matkę i jej opowieści o ogrodach, które w przeszłości pielęgnowała, i o sukienkach, jakie nosiła, zanim wuj roztrwonił rodzinny majątek w takich jak ta palarniach opium. Wyobraził sobie mamę, młodą i zrozpaczoną, gotową zrobić wszystko dla cudzoziemca, który obiecał jej pieniądze, który ją użył, wykorzystał i porzucił, pozostawiając po sobie tylko angielską służącą i niezrozumiałe przykazanie, by wychowała ich wspólne dziecko – jej dziecko – w obcym dla niej języku. Robina stworzyły wybory zrodzone z nędzy, z nędzy, której korzeniem było to, co miał w tej chwili przed sobą.

– Może chociaż jeden dymek, proszę pana?

Zanim zdążył świadomie zarejestrować, co robi, fajka znalazła się w jego ustach – zaciągał się, a dziewczyna z coraz bardziej promiennym uśmiechem mówiła coś, czego nie rozumiał. Wszystko stało się nagle słodkie, zawrotne, cudne i straszne. Zakaszlał i pociągnął ponownie; musiał się przekonać, jak bardzo uzależniająca jest ta substancja, czy naprawdę mogła sprawić, że człowiek złoży na jej ołtarzu wszystko, co ma.

– No dobrze, Robin. – Rami mocno chwycił go za ramię. – Wystarczy już tego. Idziemy.

Ruszyli energicznym krokiem z powrotem, tym razem prowadził Rami. Robin nie odzywał się słowem. Nie potrafił stwierdzić, jak bardzo podziałało na niego tych kilka haustów opiumowego dymu, nie wiedział, za jak dużą część wrażeń odpowiada po prostu jego wyobraźnia. Kiedyś, wiedziony ciekawością, przekartkował „Wyznania angielskiego opiumisty" De Quinceya, który pisał, że opium przynosi człowiekowi „spokój i równowagę" zmysłów, „niebywale wzmaga" przytomność umysłu oraz „rozwija moc serca". W tej chwili nie czuł jednak nic podobnego. Jedyne słowa, jakimi mógłby określić swój stan, brzmiały: „Nie do końca normalnie". Pojawiły się lekkie mdłości, kręciło mu się w głowie, serce biło zbyt szybko, a całe ciało poruszało się zbyt leniwie.

– Wszystko w porządku? – upewnił się po chwili Rami.

– Ja tonę – wymamrotał Robin.

– Nie toniesz – odparł Rami – tylko histeryzujesz. Niedługo wrócimy do faktorii, napijesz się wody...

– Nazywają je *yánghuò** – podjął Robin. – Tak nazwała opium ta dziewczyna. *Yáng* znaczy „pochodzący z zagranicy", *huò* to towar. *Yánghuò* oznacza „zagraniczny towar". O wszystkim mówią tutaj w ten sposób. *Yáng* ludzie, *yáng* cechy rzemieślnicze. *Yánghuòre*, obsesja na punkcie zagranicznego towaru, na punkcie opium. I to ja, to wszystko ja. Ja też jestem *yáng*.

Przystanęli na moście, pod którym w tę i z powrotem kursowały rybackie sampany. Miejski gwar, kakofonia języka, z którym przez tak długi czas nie miał styczności i musiał się teraz skupiać, by go zrozumieć, sprawiły, że Robin chciał zasłonić uszy dłońmi, odgrodzić się od dźwiękowego pejzażu, który powinien kojarzyć mu się z domem, powinien, lecz nie kojarzył.

– Przepraszam, że ci nie powiedziałem – dodał. – O Hermesie.

– Ptaszyno – westchnął Rami. – Nie teraz.

– Powinienem był ci powiedzieć – rzucił Robin z uporem. – Powinienem był, ale tego nie zrobiłem, bo wszystko jakoś rozdzielałem w głowie, nie złożyłem tych dwóch światów w jedną całość, bo po prostu nie wiedziałem... Po prostu... Nie mam pojęcia, dlaczego nie rozumiałem.

Rami przez długą chwilę wpatrywał się w przyjaciela bez słowa, po czym podszedł bliżej i stanęli obaj ramię w ramię, zapatrzeni w rzekę.

---

* 洋貨

– Wiesz? – odezwał się półgłosem. – Sir Horace Wilson, mój opiekun, zaprowadził mnie kiedyś na pole opiumowe, w które zainwestował pieniądze. W Bengalu Zachodnim. Chyba nigdy ci o tym nie opowiadałem. Właśnie tam uprawia się większość maku. W Bengalu, Biharze i Patnie. Sir Horace posiadał udziały w jednej z plantacji. Był taki dumny; uważał, że opium to przyszłość handlu kolonialnego. Kazał mi ściskać dłonie pracującym tam ludziom. Tłumaczył im, że być może pewnego dnia zostanę ich nadzorcą. Tłumaczył, że opium wszystko zmieniło, że wyrównało deficyt handlowy. Nigdy już chyba nie zapomnę tego widoku. – Rami oparł się łokciami o balustradę i westchnął. – Nieskończone rzędy maków. Ocean kwiatów. Maki są tak jaskrawoczerwone, że ich pola budzą nieprzyjemne skojarzenia. Jakby sama ziemia krwawiła. Mak uprawia się na wsiach. Gotowe opium odwozi się do Kalkuty, gdzie trafia w ręce prywatnych kupców, a oni sprowadzają je tutaj. Dwie cieszące się największym wzięciem marki opium nazywają się Patna i Malwa. To nazwy dwóch indyjskich regionów. Opium płynie z mojego kraju do twojego, Ptaszyno. Nie sądzisz, że to zabawne? – Rami zerknął na przyjaciela. – Brytyjczycy przeobrażają mój kraj w narkotykowo-wojskowe państwo, którego zadaniem jest pompowanie opium do twojej ojczyzny. W taki właśnie sposób wielkie imperium nas łączy.

Robin ujrzał oczyma duszy olbrzymią pajęczynę. Bawełna z Indii do Anglii, opium z Indii do Chin, srebro stające się w Chinach herbatą i porcelaną, które płyną z powrotem do Anglii. Wszystko to brzmiało bardzo abstrakcyjnie – ot, handel wymienny, wartość, użyteczność – ale tylko do pewnego momentu, do chwili, w której człowiek uświadamiał sobie istnienie oplatającej jego życie sieci i wyzysku, jakim podszyty jest jego styl życia; dopóki nie ujrzał unoszącego się nad wszystkim widma trudu i cierpienia kolonii.

– To chore – wyszeptał. – Naprawdę chore, tak strasznie chore...

– Ale to przecież zwykły handel. – Rami wzruszył ramionami. – Każdy na nim korzysta, wszyscy czerpią zyski, nawet jeśli jeden kraj zyskuje znacznie więcej niż inne. Stały strumień zysków... Taka stoi za tym logika, czyż nie? Dlaczego więc mielibyśmy próbować się z tego wyrwać? Rzecz w tym, Ptaszyno, że chyba rozumiem, dlaczego nie potrafiłeś tego dostrzec. Mało kto widzi.

Wolny handel. Odwieczny, naczelny argument Brytyjczyków, swoboda handlu, wolna konkurencja i identyczne zasady dla wszystkich. Ale system nigdy nie działał w ten sposób, prawda? „Wolny handel" oznaczał w rzeczywistości imperialną dominację Wielkiej Brytanii. Cóż „wolnego" jest w handlu opartym na potędze floty wojennej, gwarantującej dostęp do wszystkich światowych szlaków morskich? O jakiej „wolności" można mówić w sytuacji, w której zwyczajne kompanie handlowe są w stanie prowadzić wojny, ustalać podatki i zastępować wymiar sprawiedliwości?

Griffin miał prawo do gniewu, stwierdził Robin, lecz mylił się, sądząc, że może obecny stan rzeczy zmienić. Sieci handlowe są nienaruszalne. Panujących stosunków nic nie może wykoleić; w grę wchodzi zbyt wiele prywatnych interesów i za dużo pieniędzy. Zwykły człowiek może wprawdzie przejrzeć na oczy, lecz jedynie ludzie posiadający realny wpływ na bieg świata zajmują stanowiska pozwalające im z obecnego stanu rzeczy korzystać, a ci, którzy cierpią najbardziej, nie mają nawet skrawka władzy.

– Tak łatwo zapomnieć, na czym się to wszystko opiera – powiedział. – Kiedy jestem w Oksfordzie, w wieży, wszystko to jedynie słowa, idee. A świat jest znacznie większy, niż mi się wydawało...

– Nie, bardzo dobrze wiedzieliśmy, jak jest wielki – wtrącił Rami. – Po prostu zapomnieliśmy, że jego reszta też jest ważna. Staliśmy się mistrzami w niedostrzeganiu tego, co przez cały czas mieliśmy tuż przed sobą.

– Ale teraz nareszcie zobaczyłem – powiedział Robin – a w każdym razie nieco lepiej zrozumiałem i rozsadza mnie to od środka, Rami. Naprawdę mnie rozsadza, mimo że nie pojmuję właściwie dlaczego. Przecież nie...

Przecież nie co? Nie zobaczył niczego naprawdę strasznego? Nie zwiedził niewolniczych plantacji w Indiach Zachodnich w ich najokrutniejszym okresie? Nie widział zwłok zagłodzonych Hindusów? Ofiar klęsk głodu, których można było bez trudu uniknąć? Nie stał nad trupami wymordowanych rdzennych mieszkańców Nowego Świata? Zobaczył jedną jedyną palarnię opium – ten widok jednak wystarczył, stał się synekdochą całej koszmarnej, niepodważalnie rzeczywistej reszty.

Robin wychylił się ponad balustradą i zaczął zastanawiać, co by się stało, gdyby spadł.

– Czyżbyś chciał skoczyć, Ptaszyno? – spytał Rami.

– Mam... – Robin zaczerpnął głęboki wdech. – Mam wrażenie, że nie mamy prawa żyć.

– Mówisz to poważnie? – upewnił się z niezwykłym spokojem Rami.

– Nie, nie. Ja po prostu... – Robin zacisnął powieki. Myśli plątały mu się w głowie; nie potrafił ująć w słowa własnych uczuć. Zrozumiał, że zdoła wyrazić emocje jedynie poprzez ulotne wspomnienia, odniesienia. – Czytałeś może „Podróże Guliwera"? Kiedy jeszcze tu mieszkałem, czytałem tę książkę bez przerwy. Tak często, że nauczyłem się jej prawie na pamięć. Jest taki rozdział, w którym Guliwer trafia do krainy rządzonej przez konie. Nazywają się Houyhnhnmami i panują nad przygłupimi, dzikimi ludźmi zwanymi Jahusami. Wyobraź sobie po prostu odwrócone role. No więc Guliwer tak bardzo przywyka do życia u swego końskiego pana, nabiera tak niezłomnego przeświadczenia o wyższości koni nad ludźmi, że kiedy wraca potem do domu, zwykli ludzie napawają go przerażeniem. Uważa ich za imbecyli. Nie może znieść ich towarzystwa. I tak właśnie to... to... – Robin kołysał się przy balustradzie w przód i w tył. Miał wrażenie, że bez względu na to, jak głęboko oddycha, nie jest w stanie zaczerpnąć dość powietrza. – Rozumiesz, co chcę powiedzieć?

– Rozumiem, Ptaszyno – potaknął Rami – ale urządzając tu przedstawienie, nie pomożesz nikomu. Daj tej barierce spokój i wracajmy. Napijesz się wody.

Następnego dnia rano Robin udał się z panem Baylisem do położonego w centrum miasta budynku rządowego, gdzie mieli dostąpić audiencji u wysokiego komisarza cesarskiego Lin Zexu.

– Ten Lin jest najbardziej cwany z nich wszystkich – ogłosił pan Baylis po drodze. – Prawie niepodatny na korupcję. Okazał się odporny na wszelkie próby przekupstwa do tego stopnia, że na południowym wschodzie nazwali go Lin Qingtian*, „Czystym jak niebo".

Robin nie skomentował. Postanowił odtąd wykonywać swoje obowiązki w Kantonie, robiąc wyłącznie to, co absolutnie niezbędne, a nikt przecież nie mógł wymagać od niego współuczestnictwa w rasistowskich diatrybach pana Baylisa.

Pan Baylis zmiany w nastawieniu chłopaka po prostu nie zauważył.

– Będziesz musiał mieć się na baczności. Chińczycy to diabelnie podstępne plemię, ludzie z natury obłudni i dwulicowi. Kiedy mówią jedno, zawsze myślą coś przeciwnego. Miej oczy otwarte i nie daj się podejść.

– Będę uważać – obiecał Robin lakonicznie.

Gdyby zawierzyć opowieściom pana Baylisa, należałoby uznać, że komisarz Lin mierzył sobie dziewięć stóp wzrostu, strzelał z oczu snopami ognia, a z głowy sterczały mu rogi. W rzeczywistości urzędnik okazał się łagodnie usposobionym mężczyzną o miękkich rysach oraz całkowicie przeciętnym wzroście i budowie ciała. Nie wyróżniał się zupełnie niczym, z wyjątkiem może spojrzenia, niezwykle przenikliwego i bystrego. Gości przyjął w towarzystwie własnego tłumacza, mło-

* 晴天; *qīng* znaczy tyle co „czysty", *tiān* oznacza „niebo, niebiosa".

dego Chińczyka, który przedstawił się nazwiskiem William Botelho i który, jak się ku zaskoczeniu Robina okazało, angielskiego nauczył się w Stanach Zjednoczonych.

– Witam, panie Baylis – przywitał się komisarz Lin, co William błyskawicznie przełożył. – Podobno chce się pan podzielić ze mną jakimiś istotnymi refleksjami?

– Jak ci wiadomo – rzucił pan Baylis – problemem kluczowym jest kwestia handlu opium. Zdaniem panów Jardine'a i Mathesona obie nasze nacje wielce by zyskały, gdyby agenci naszej kompanii mogli legalnie i bez przeszkód sprzedawać opium na całym kantońskim wybrzeżu. Panowie Jardine i Matheson domagają się również oficjalnych przeprosin za niegościnne traktowanie, jakiego ich pracownicy doświadczyli tu jakiś czas temu. Ponadto byłoby sprawiedliwie, gdyby wróciło do nas dwadzieścia tysięcy skrzyń opium, które przejęliście przed kilkoma miesiącami. Ewentualnie jesteśmy skłonni przyjąć ich rynkową równowartość w gotówce.

Przez kilka pierwszych chwil komisarz Lin po prostu słuchał Robina recytującego przedstawioną przez pana Baylisa listę żądań. Chłopak starał się nie przekazywać protekcjonalnego tonu wypowiedzi i mówił tak cicho i beznamiętnie, jak tylko potrafił. Niemniej uszy poczerwieniały mu ze wstydu; nie tłumaczył zachęty do podjęcia dialogu, a połajankę, wykład, jakiego dorosły mógłby udzielić niezbyt rozgarniętemu dziecku.

Brak reakcji ze strony komisarza Lina wcale nie zbił pana Baylisa z tropu; kiedy jedyną odpowiedzią okazała się cisza, niezrażony Anglik podjął w najlepsze:

– Panowie Jardine i Matheson informują również, że cesarz Qing powinien wreszcie zrozumieć, że prowadzona przez jego rząd polityka handlowa nie leży w interesie Chińczyków. Co więcej, to wasi poddani są najbardziej przeciwni barierom handlowym godzącym w ich pomyślność. Chińczycy byliby znacznie szczęśliwsi, mogąc swobodnie robić interesy z obcokrajowcami, gdyż umożliwiłoby im to pomnażanie majątku. Ostatecznie wolny handel jest tajemnicą pomyślności i bogactwa narodów. Proszę mi wierzyć, przydałaby się wam lektura dzieł Adama Smitha.

– Wszystko to już wiemy – odezwał się wreszcie komisarz Lin, a William Botelho skrzętnie jego słowa przetłumaczył. Rozmowa prowadzona przez czterech ludzi, z których żaden nie zwracał się do osoby, której słuchał, wydała się Robinowi dość osobliwa. – Argumenty te znane są nam dobrze z listów, jakie nadsyłali panowie Jardine i Matheson, prawda? Czy usłyszę dzisiaj cokolwiek nowego?

Robin spojrzał na pana Baylisa z wyczekiwaniem. W oczach Anglika pojawiło się przelotne wahanie.

– Cóż, nie... Natomiast jesteśmy przekonani, że w cztery oczy...

Komisarz Lin splótł dłonie za plecami i spytał:

– Panie Baylis, czyż nie jest prawdą, że w waszym kraju opium jest zakazane, a zakaz ten egzekwuje się z całą surowością prawa? – Umilkł, pozwalając Williamowi przełożyć.

– Cóż, owszem – przyznał pan Baylis – lecz dyskutujemy tutaj o handlu, a nie o wewnętrznych regulacjach brytyjskiego pra...

– Ponadto – komisarz Lin nie pozwolił Anglikowi dokończyć – czy zakaz, jakim obłożyliście własnych obywateli, nie dowodzi, że jesteście w pełni świadomi ogromnej szkodliwości opium? Muszę w tym miejscu zapytać, czy Chiny kiedykolwiek rozsyłały po świecie truciznę? Czy sprzedaliśmy wam cokolwiek, co nie było pożyteczne i na co w waszym kraju nie istniało wielkie zapotrzebowanie? Czy naprawdę musimy teraz słuchać, że handel opium jest dla nas korzystny?

– Dyskutujemy – powtórzył pan Baylis – na temat ekonomii. Pewien chiński admirał wszedł kiedyś na pokład mojego statku i kazał swym ludziom poszukać opium. Kiedy oświadczyłem, że nie przewożę opium, ponieważ jestem posłuszny prawom cesarza Qinga, admirał wyraził szczery zawód. Dlaczego? Miał otóż nadzieję, że kupi ode mnie cały ładunek i zajmie się dystrybucją osobiście. Historia ta jasno dowodzi, że Chińczycy również mogą się na tym handlu bogacić...

– Nadal pomija pan kwestię tego, która strona to opium pali – zauważył komisarz Lin.

– Robin – westchnął niecierpliwie pan Baylis – powiedz mu...

– Powtórzę teraz, co napisaliśmy do pańskiej królowej Wiktorii – komisarz Lin wszedł ponownie Anglikowi w słowo. – Ci, którzy chcą handlować z naszym niebiańskim cesarstwem, muszą działać w granicach prawa wytyczonego przez cesarza. A nowe prawo cesarza, które wejdzie w życie już wkrótce, głosi, że cudzoziemcy przyłapani na sprowadzaniu do Chin opium z zamiarem jego sprzedaży zostaną ukarani ścięciem, a wszystkie towary na pokładzie odpowiedzialnej jednostki przepadną na rzecz cesarstwa.

– Nie możecie tego zrobić! – wybuchnął gniewnie pan Baylis. – Mówimy tu o obywatelach Wielkiej Brytanii, o brytyjskiej własności...

– Wszystko to traci znaczenie w momencie, kiedy owi obywatele postanawiają wkroczyć na ścieżkę bezprawia. – Wypowiadając te słowa, William Botelho perfekcyjnie oddał chłodną pogardę komisarza Lina, w identyczny nawet, ledwie dostrzegalny sposób uniósł powiekę. Robin był pod wrażeniem talentu kolegi po fachu.

– Proszę uważnie posłuchać – podjął pan Baylis. – Brytyjczycy nie podpadają pod pańską jurysdykcję, komisarzu. Nie dysponuje pan żadną rzeczywistą władzą.

– Od dawna jestem świadom, iż według was brytyjskie interesy zawsze będą ważniejsze od naszych praw – rzucił komisarz Lin. – Niemniej znajdujemy się na terytorium Chin, w związku z czym przypominam panu i pańskim mocodawcom, że będziemy swoje prawo egzekwować tak, jak to uznamy za stosowne.

– W takim razie musicie być świadomi, że my będziemy bronić własnych obywateli tak, jak to uznamy za stosowne.

Robin nie dowierzał, że pan Baylis wypowiedział te słowa na głos. Do tego stopnia, że zapomniał przetłumaczyć. Zapadła krępująca cisza. Wreszcie to William Botelho wyszeptał chiński przekład.

– Czy to była groźba, panie Baylis? – spytał niewzruszonym tonem komisarz Lin.

Anglik otworzył usta, lecz zaraz się rozmyślił i zamknął je z powrotem. Mimo ewidentnej irytacji uświadomił sobie, że osobiste uwielbienie do słownego poniżania Chińczyków nie daje mu prawa do wypowiedzenia wojny bez poparcia własnego rządu.

Wszyscy czterej obserwowali się w zupełnym milczeniu.

Wtem, niespodziewanie, komisarz Lin wskazał ruchem głowy Robina.

– Chciałbym pomówić na osobności z pańskim współpracownikiem.

– Z nim? On nie posiada żadnych pełnomocnictw – odparł Baylis, a Robin mechanicznie te słowa przełożył. – Jest tylko tłumaczem.

– Chodzi mi o niezobowiązującą rozmowę – wyjaśnił komisarz.

– A... Ale on nie ma upoważnienia, by wypowiadać się w moim imieniu.

– Nie będzie mi to potrzebne. Zresztą, szczerze mówiąc, myślę, że my dwaj powiedzieliśmy sobie już wszystko – zauważył komisarz Lin. – Jest pan innego zdania?

Robin z niekłamaną przyjemnością obserwował, jak malujący się na twarzy pana Baylisa szok przeradza się w oburzenie. Korciło go, żeby przetłumaczyć rwane słowa protestu, lecz uznał, że powinien milczeć, gdyż Baylis nie wypowiedział ani jednego spójnego zdania. Wreszcie, nie mając lepszego wyjścia, Anglik pozwolił wyprowadzić się z sali.

– Ty również – komisarz Lin zwrócił się do Williama Botelho, który bez słowa wyszedł za Anglikiem.

Zostali sam na sam. Komisarz Lin przez dłuższą chwilę wpatrywał się w Robina. Milczał. Chłopak zamrugał, nie mogąc wytrzymać wzroku urzędnika; był pewien, że jest w tej chwili poddawany ocenie, przez co poczuł się zupełnie nie na miejscu i rozpaczliwie słaby.

– Jak się nazywasz? – zapytał komisarz Lin.

– Robin Swift – odparł chłopak i aż potrząsnął głową. Anglosaskie nazwisko w kontekście prowadzonej po chińsku rozmowy zabrzmiało dziwnie absurdalnie. Swoim pierwszym nazwiskiem nie posługiwał się od tak dawna, że nawet nie przyszło mu na myśl, by się nim przedstawić. – To znaczy... – podjął, lecz zawstydził się i urwał.

– Skąd pochodzisz? – Zaintrygowane, nieruchome spojrzenie komisarza wciąż świdrowało chłopaka.

– Tak się składa, że stąd – odparł Robin, wdzięczny za pytanie, na które mógł odpowiedzieć bez trudu. – Aczkolwiek opuściłem Kanton w bardzo młodym wieku. I od tamtej pory nie byłem tu ani razu.

– Wielce zajmujące. Dlaczego wyjechałeś?

– Matka zmarła na cholerę i zaopiekował się mną pewien oksfordzki profesor.

– Zatem należysz do tej ich szkoły? Pracujesz dla Instytutu Translatoryki?

– Zgadza się. Właśnie po to popłynąłem do Anglii. Całe życie studiowałem, żeby zostać tłumaczem.

– Zaszczytna profesja – pochwalił urzędnik. – Wielu moich krajan gardzi nauką barbarzyńskich języków. Odkąd jednak objąłem w tym mieście władzę, zleciłem rozpoczęcie pewnej liczby projektów translatorskich. Kto chce barbarzyńców kontrolować, musi ich poznać, nie sądzisz?

Coś w tym człowieku kazało Robinowi odpowiedzieć szczerze.

– Oni dokładnie w ten sam sposób myślą o was.

Ku wielkiej uldze chłopaka komisarz Lin parsknął śmiechem.

– Mogę o coś zapytać? – podjął Robin, ośmielony reakcją rozmówcy.

– Proszę bardzo.

– Dlaczego nazywacie ich *yi*? Musicie przecież wiedzieć, jak tego nie cierpią.

– Przecież to słowo oznacza po prostu „pochodzącego z zagranicy" – wyjaśnił komisarz Lin. – To oni uporczywie podkreślają inne konotacje. W pewnym sensie znieważają sami siebie.

– Czy jednak nie byłoby łatwiej nazywać ich *yáng*?

– Czy chciałbyś pozwolić, aby ktoś inny zaczął nagle decydować o znaczeniu słów twojej ojczystej mowy? Dysponujemy wieloma słowami, którymi moglibyśmy obrażać. Powinni się cieszyć, że nie używamy częściej słowa *guǐ**.

– Co prawda, to prawda – zachichotał Robin.

– Teraz chcę, żebyś odpowiedział zgodnie z prawdą – poprosił komisarz Lin. – Czy negocjacje w tej sprawie mają jakikolwiek sens? Czy gdybyśmy zapomnieli o dumie i ukorzyli się, czy to choć trochę złagodziłoby ich postawę?

Robin chciał powiedzieć „tak". Chciał powiedzieć, że tak, oczywiście, wciąż istnieje przestrzeń do pertraktacji, że przecież Wielka Brytania i Chiny, kraje kierowane przez ludzi racjonalnych i oświeconych, z pewnością są w stanie zawrzeć kompromis, nie uciekając się do jawnie wrogich kroków. Wiedział jednak, że prawda wygląda inaczej. Wiedział, że Baylis, Jardine i Matheson nie mają zamiaru zawierać z Chińczykami kompromisu. Zgoda na kompromis wymagałaby uznania, że druga strona jest pod względem moralnym równym partnerem. Z perspektywy Brytyjczyków tymczasem, o czym Robin wiedział od dawna, Chińczycy bliżsi byli zwierzętom.

– Nie – powiedział. – Chcą tego, czego chcą, i nie przystaną na nic innego. Nie szanują ani pana, komisarzu, ani chińskiego rządu. Stanowicie przeszkody, które należy usunąć, w ten sposób bądź inny.

---

* Słowo to może oznaczać „ducha" lub „demona". W kontekście, o jakim mowa, najbardziej rozpowszechniony jest przekład „cudzoziemski diabeł".

– Rozczarowujesz mnie. Usta zawsze mają pełne słów o prawach i godności.

– Przypuszczam, że stosują te pojęcia jedynie wobec tych, w których dostrzegają ludzi.

Komisarz Lin pokiwał głową. Sprawiał wrażenie człowieka, który podjął właśnie jakąś decyzję; na jego twarzy odcisnęła się determinacja.

– W takim razie nie ma potrzeby trwonić słów, prawda?

Robin zrozumiał, że rozmowa dobiegła końca, dopiero kiedy gospodarz odwrócił się do niego plecami.

Niepewny, co zrobić, zgiął się w niezgrabnym, krótkim ukłonie i wyszedł. Wyraźnie zdegustowany pan Baylis czekał w korytarzu.

– Coś się udało? – spytał, kiedy służący wyprowadzili ich na zewnątrz.

– Nic – odparł Robin.

Czuł lekkie zawroty głowy. Audiencja skończyła się tak raptownie, że nie wiedział, co o jej przebiegu myśleć. Mechanika tłumaczenia, konieczność dokładnego co do słowa przekazywania myśli pana Baylisa zaprzątnęła go do tego stopnia, że nie do końca wychwycił zmianę tonu rozmowy z komisarzem Linem. Czuł, że przed chwilą wydarzyło się coś doniosłego, lecz nie był do końca pewien, co takiego ani jaką odegrał w tym rolę. Odtwarzał rozmowę w pamięci raz po raz, zastanawiając się, czy nie popełnił jakiegoś katastrofalnego błędu. Negocjacje jednak przebiegły w bardzo cywilizowany sposób. Strony powtórzyły jedynie stanowiska, wyraźnie nakreślone wcześniej na papierze, czyż nie?

– Odniosłem wrażenie, że dla niego sprawa jest zamknięta.

Kiedy wrócili do faktorii, pan Baylis udał się pospiesznie do biura na piętrze, a Robin został sam jak palec w holu. Nie miał pojęcia, co ze sobą począć. Miał tłumaczyć przez całe popołudnie, lecz pan Baylis zbiegł, nie zostawiając żadnych dalszych wytycznych. Chłopak jeszcze przez kilka minut czekał w holu, po czym przeniósł się do salonu, uznawszy, że najlepiej będzie pozostać w pomieszczeniach ogólnodostępnych, na wypadek gdyby pan Baylis uznał, że jednak go potrzebuje. Rami, Letty i Victoire siedzieli przy stole i grali w karty.

Robin usiadł na wolnym krześle obok Ramiego.

– Nie powinniście przypadkiem polerować sreber? – rzucił z przekąsem.

– Wcześniej skończyliśmy. – Rami rozdał karty i jemu. – Szczerze mówiąc, kiedy nie zna się języka, ta robota prędko się nudzi. Planujemy, jeśli nam pozwolą, wybrać się łodzią do ogrodów wodnych na rzece Fa Ti. Jak poszło spotkanie z komisarzem?

– Dziwne to było – odpowiedział Robin. – Niczego nie osiągnęliśmy. Za to komisarz bardzo zainteresował się mną.

– Czyżby nie mieściło mu się w głowie, że Chińczyk pracuje dla wroga?

– Tak sądzę. – Robin skinął głową.

Nie był w stanie wyzbyć się nieprzyjemnego przeczucia. Był jak człowiek, który obserwuje nadciągające burzowe chmury i czeka tylko, aż niebo rozetnie pierwsza błyskawica. Atmosfera w salonie wydała mu się zbyt niefrasobliwa, zanadto spokojna.

– Jak się wszyscy trzymacie? Myślicie, że dostaniecie przed wyjazdem coś ciekawszego do roboty?

– Mało prawdopodobne – ziewnęła Victoire. – Jesteśmy jak trójka zaniedbanych dzieci. Mama i papcio są zbyt pochłonięci doprowadzaniem do upadku cudzej gospodarki, by się nami zajmować.

– Dobry Boże. – Letty poderwała się z miejsca. Szeroko otwartymi, przerażonymi oczyma zapatrzyła się za okno. – Patrzcie! – Wskazała palcem. – Co się, na Boga...

Na przeciwległym brzegu szalał potężny pożar. Ogień jednak, co zrozumieli od razu, kiedy podbiegli do szyby, wydawał się katastrofalny jedynie ze względu na wysokość płomieni i ilość dymu. Robin wytężył wzrok i zobaczył, że czerwone jęzory tańczą tylko na pokładach kołyszących się na płyciźnie łodzi, na których leżały wielkie sterty drewnianych skrzyń.

Kilka chwil później doleciał go zapach: mdląca, słodkawa woń, którą wiatr przygnał aż do faktorii.

Opium. Komisarz Lin podpalił skonfiskowane opium.

– Robin! – Do salonu wpadł jak burza profesor Lovell, prowadząc za sobą pana Baylisa. Obaj byli wyraźnie rozjuszeni. Na twarzy uczonego malowała się wściekłość, jakiej chłopak nie widział nigdy wcześniej. – Coś ty zrobił?

– Że ja... Co? – Zaskoczony Robin oderwał wzrok od twarzy profesora i ponownie spojrzał za okno. – Nie rozumiem...

– Coś mu powiedział? – Profesor Lovell chwycił chłopaka za kołnierz i gwałtownie potrząsnął. – Coś ty mu powiedział?!

Był to pierwszy raz od pamiętnego dnia w bibliotece, kiedy opiekun podniósł na niego rękę. Robin nie był pewien, czym się to skończy – w spojrzeniu Lovella gorzała zwierzęca furia, w jednej chwili zmienił się nie do poznania. Proszę, przemknęło chłopakowi przez myśl. Proszę, uderz mnie, skrzywdź. Wtedy będziemy mieć pewność. Wtedy znikną wszelkie wątpliwości. Szał jednak minął równie szybko, jak się rozpętał. Profesor Lovell uwolnił Robina i kilka razy zamrugał, jakby właśnie się ocknął. Cofnął się o krok i otrzepał marynarkę.

Rami i Victoire stali nieruchomo tuż obok, spięci i lekko przyczajeni, jakby gotowi, żeby ich rozdzielić.

– Przepraszam, to tylko... – Lovell urwał i odchrząknął. – Spakujcie się wszyscy. Spotkamy się przed budynkiem. „Hellas" czeka w zatoce.

– Ale mieliśmy chyba płynąć do Makao...? – rzuciła zdziwiona Letty. – Według planu...

– Sytuacja uległa zmianie – skwitował zwięźle profesor. – Wracamy do Anglii wcześniej, niż planowaliśmy. Pospieszcie się.

ROZDZIAŁ

OSIEMNASTY

Próżno było sądzić, że opamiętają się wskutek czegokolwiek bardziej łagodnego niż zakrojona na szerszą skalę demonstracja siły.

James Matheson, list do Johna Purvisa

Hellas” wypłynęła z Zatoki Perłowej w imponującym tempie. Po najdalej kwadransie, odkąd wsiedli na pokład, cumy zostały odcięte, podniesiono kotwice i postawiono żagle. Statek wystrzelił z portu, ścigany przez skłębioną chmurę dymu, która zdawała się spowijać całe miasto.

Załoga, do ostatniej chwili nieświadoma, że spadnie na nią ciężar zakwaterowania i utrzymania dodatkowej piątki pasażerów, przyjęła tłumaczy w milczeniu i irytacji. „Hellas” nie była jednostką pasażerską, a w kajutach i tak panował już ścisk. Rami i Robin usłyszeli, że mają nocować wraz z marynarzami, lecz dziewczętom wynaleziono osobną kabinę, w której nocowała jedyna inna pasażerka na pokładzie – kobieta nazwiskiem Jemima Smythe, misjonarka z Ameryki, która usiłowała przedostać się na kontynent, lecz została przyłapana, gdy usiłowała pokonać rzekę w bród i zaszyć się na przedmieściach Kantonu.

– Wiecie może, skąd to całe zamieszanie? – pytała raz po raz, gdy wszyscy razem usiedli w mesie. – To wypadek czy może Chińczycy zrobili to celowo? Jak sądzicie? Czy teraz wybuchnie wojna? – Ostatnie pytanie powtarzała rozemocjonowanym głosem najczęściej, jakby na przekór zniecierpliwionym zapewnieniom przyjaciół, że nie mają pojęcia. Ostatecznie zmieniła temat i zaczęła z kolei dociekać, co robili w Kantonie i na czym spędzali czas w faktorii. – Mieszka tam wielu duchownych, nieprawdaż? Jak wyglądały niedzielne msze? A ty też brałeś w nich udział? – spytała, skupiając zaintrygowane spojrzenie na Ramim.

– Oczywiście – odpowiedział chłopak bez zająknienia. – Chodzę na msze, ponieważ mnie do tego zmuszają. Ale potem, przy pierwszej możliwej okazji, upraszam Allaha o zmiłowanie.

– On tylko tak sobie dworuje – zapewniła pospiesznie Letty, nie chcąc, aby przerażona panna Smythe spróbowała Ramiego nawracać. – Nasz przyjaciel jest naturalnie chrześcijaninem. Rozpoczynając studia na Oksfordzie, wszyscy musieliśmy zaakceptować trzydzieści dziewięć artykułów religii*.

– Ogromnie mnie to raduje – stwierdziła panna Smythe z przejęciem. – Czy po powrocie do domu również będziesz głosił dobrą nowinę?

– Moim domem jest Oksford – odparł Rami z miną niewiniątka. Boże, miej nas w opiece, pomyślał Robin, pójdzie na

* To prawda, aczkolwiek Rami zrobił to jedynie dlatego, iż w przeciwnym wypadku nie mógłby podjąć nauki. Religia od początku stanowiła dla całej czwórki kwestię delikatną. Mimo że władze kolegium wymagały od wszystkich uczestnictwa w niedzielnych nabożeństwach, jedynie Letty i Victoire robiły to chętnie; Rami oczywiście cierpiał przez całe msze, a Robin został wychowany przez profesora Lovella na gorliwego ateistę. „Chrześcijaństwo to wiara barbarzyńska" – stwierdził pewnego razu uczony. „Całe to samobiczowanie, rzekome zapieranie się grzechów i przeklęte, pełne przesądów obrządki to jedynie maska, pozwalająca robić wyznawcom, co tylko zechcą. Jeśli ci każą, chodź do kościoła, ale potraktuj te wizyty jako okazję do powtórki materiału".

Trzydzieści dziewięć artykułów religii – doktrynalna definicja anglikanizmu (dop. tłum.).

ostro. – Czy myśli pani, że w Oksfordzie żyje aż tylu pogan? Wielkie nieba! Ktoś powinien to jak najprędzej ukrócić!

W końcu misjonarkę zmęczyło towarzystwo młodych tłumaczy i wyszła na pokład, by się pomodlić lub zająć innymi sprawami ducha. Robin, Letty, Rami i Victoire siedzieli ściśnięci przy niewielkim stole, wiercąc się niczym niesforne dzieciaki, czekające na karę. Profesor Lovell gdzieś zniknął; ledwie wsiedli na statek, poszedł rozmówić się z kapitanem. Nadal nikt nie poinformował ich, co się właściwie dzieje i co wydarzy się w następnej kolejności.

– No więc? Co powiedziałeś komisarzowi? – spytała półgłosem Victoire.

– Prawdę – przyznał Robin. – Nic innego jak szczerą prawdę.

– Coś jednak musiało go sprowokować...

Na progu mesy pojawił się profesor Lovell. Umilkli.

– Robin – rzucił uczony – porozmawiajmy. – Nie czekając na odpowiedź, odwrócił się i ruszył w głąb korytarza. Robin niechętnie wstał z miejsca.

– Wszystko dobrze? – Rami musnął ramię przyjaciela.

– Bardzo dobrze. – Robin miał nadzieję, że nie widać po nim, jak szybko łomoce mu serce i jak głośno krew pulsuje w jego uszach. Nie chciał iść za opiekunem; chciał się gdzieś zaszyć i odwlec rozmowę, chciał usiąść w kącie mesy i ukryć twarz w dłoniach. Na konfrontację zanosiło się jednak od dawna. Kruchy rozejm, jaki zawarli w dniu aresztowania, nie mógł trwać wiecznie. Zbyt długo okłamywali samych siebie, on i jego ojciec. Pewnych rzeczy nie mogli bez końca ignorować ani udawać, że nie istnieją. Wcześniej czy później musiało nadejść przesilenie.

– Ciekaw jestem – gdy Robin dotarł wreszcie do kajuty profesora Lovella, uczony siedział już za biurkiem, od niechcenia przerzucając stronice słownika – czy znasz wartość, jaką miały te spalone w porcie skrzynie?

Chłopak wszedł do środka i zamknął za sobą drzwi. Dygotały mu kolana. Czuł się, jakby znów miał jedenaście lat i został właśnie przyłapany na czytaniu tanich powieści, kiedy powinien się uczyć; jakby czekał na nieuchronny cios. Lecz nie był już dzieckiem.

– Profesorze – zaczął, z całych sił starając się zachować panowanie nad głosem – nie wiem, co się wydarzyło w czasie audiencji, ale to nie...

– Ponad dwa miliony funtów. – Uczony jakby go nie słyszał. – Słyszałeś pana Baylisa. Dwa miliony i za większość tej kwoty obecnie odpowiedzialni są osobiście William Jardine i James Matheson.

– Komisarz był zdecydowany już wcześniej – odparł Robin. – Podjął decyzję jeszcze przed spotkaniem. Nie mogłem powiedzieć nic, co...

– Nie zlecono ci przesadnie trudnego zadania. Miałeś być tubą Harolda Baylisa. Zaprezentować Chińczykom przyjazne oblicze. Załagodzić sytuację. Sądziłem, że porozumieliśmy się co do priorytetów, czyż nie? Co takiego usłyszał od ciebie komisarz Lin?

– Nie wiem, o co mnie podejrzewacie – fuknął z frustracją w głosie Robin. – Ale to, co wydarzyło się w porcie, nie stało się przeze mnie.

– Zasugerowałeś, że powinien zniszczyć opium?

– Oczywiście, że nie.

– Zdradziłeś mu jakąś inną tajemnicę Jardine'a i Mathesona? A może w jakiś sposób wszedłeś w buty Harolda? Jesteś absolutnie pewien, że nie zachowałeś się w żaden sposób niestosownie?

– Zrobiłem to, co mi kazano – stwierdził z naciskiem Robin. – Nie lubię pana Baylisa, to prawda, lecz co do sposobu, w jaki reprezentowałem firmę...

– Robinie, przynajmniej raz powiedz wprost, co masz na myśli. – Profesor Lovell znowu wszedł mu w słowo. – Bądź uczciwy. Bo twoje obecne zachowanie przynosi ci jedynie wstyd.

– Ale... Dobrze więc. – Chłopak zaplótł ręce na piersi. Nie miał za co przepraszać, nie miał też nic więcej do ukrycia ani do stracenia. Rami i Victoire byli bezpieczni. Dość ukłonów, koniec z milczeniem. – Dobrze. Pomówmy otwarcie. Nie zgadzam się z tym, co Jardine i Matheson robią w Kantonie. To złe i obrzydliwe...

– Na litość boską. – Uczony pokręcił głową. – To zwykły rynek zbytu. Nie bądź dziecinny.

– To suwerenne państwo.

– To państwo zacofane i nurzające się w przesądach. Państwo niepraworządne, beznadziejnie odstające od Zachodu pod każdym możliwym względem. To państwo półbarbarzyńskich, ciemnych durniów...

– To państwo, w którym mieszkają ludzie – syknął Robin. – Ludzie, których zatruwacie i którym niszczycie życie. Jeżeli pyta profesor, czy wciąż będę przy tym projekcie współpracować, odpowiedź brzmi „nie". Nie wrócę już do Kantonu. Nie będę wspomagać działalności spółek handlowych ani żadnych innych przedsięwzięć choćby tylko luźno związanych z opium. Będę pracować naukowo w Babel, zajmę się tłumaczeniami, ale tego nie zrobię. Nie zmusicie mnie.

Kiedy skończył, oddychał bardzo płytko. Wyraz twarzy Lovella nie zmienił się ani o jotę. Dłuższą chwilę przyglądał się Robinowi spod przymkniętych powiek i postukiwał palcami o biurko, jakby grał na pianinie.

– Wiesz, co zdumiewa mnie najbardziej? – odezwał się bardzo, bardzo cicho. – Zdumiewa mnie, jak bardzo niewdzięcznym może się okazać człowiek.

Znów ta sama logika. Robin miał ochotę coś kopnąć. Wciąż to samo, argument z niewoli, jakby o jego lojalności raz na zawsze rozstrzygnął fakt otrzymania przywileju, o który nie prosił. Czy naprawdę był winien Oksfordowi całe życie wyłącznie dlatego, że zdarzyło mu się raczyć w uniwersyteckich murach szampanem? Czy był winien lojalność Babel dlatego tylko, że wierzył kiedyś w ich kłamstwa?

– Nie zrobił pan tego dla mnie – rzucił. – Nie prosiłem o to, a pan zrobił to tylko dlatego, że potrzebował ucznia pochodzącego z Chin, studenta, który płynnie...

– Mam rozumieć, że mnie nienawidzisz? – spytał profesor Lovell. – Za to, że podarowałem ci życie? Że obdarzyłem cię możliwościami, o jakich nie mógłbyś nawet zamarzyć? Tak, Robinie. – Wyszczerzył się szyderczo. – Zabrałem cię z rodzinnego domu. Z domu, w którym panowały nędza, choroby i głód. I czego teraz chcesz? Przeprosin?

Robin wiedział, czego chce. Chciał, żeby profesor Lovell uczciwie przyznał, co zrobił. Żeby przyznał, że cały ten układ jest nienaturalny, że dzieci nie powinny być przedmiotem eksperymentów, że nie powinno się ich oceniać na podstawie pochodzenia, że nie powinno się ich porywać z ojczyzny w służbę obcej koronie i krajowi. Że Robin jest czymś więcej niż gadającym słownikiem, a jego rodzinny kraj czymś więcej niż tłustą złotą gęsią. Zdawał sobie jednak sprawę, że profesor Lovell nigdy żadnej z tych rzeczy nie powie. Pogrzebali prawdę nie dlatego, że była bolesna, lecz ponieważ była niewygodna, i opiekun najprościej w świecie nie miał zamiaru jej tematu podejmować. W tej chwili stało się jaskrawo wręcz oczywiste, że Robin nie jest w oczach ojca pełnoprawną osobą. Nie był i nie mógł nią być, gdyż status osoby wymagał od kandydata posiadania czystej europejskiej krwi. Aby stać się podmiotem równym profesorowi Lovellowi, musiałby należeć z nim do jednej rasy. Osobami były dzieci Lovella – Philippa i mały Dick. Robin Swift był częścią majątku, ruchomością i jako taki powinien być wdzięczny, że jest w ogólne znośnie traktowany. I była to sytuacja bez wyjścia, nie istniało żadne możliwe rozwiązanie. Robin mógł jednak usłyszeć odpowiedź na przynajmniej jedno pytanie.

– Kim była dla pana moja matka? – rzucił.

Te słowa nareszcie zdołały Lovellem wstrząsnąć, choć tylko na krótki moment.

– Ta rozmowa nie dotyczy twojej matki.

– Zabił ją pan i nie zatroszczył się nawet o pogrzeb.

– Nie bądź śmieszny. Zabiła ją azjatycka cholera...

– Zanim umarła, spędził pan dwa tygodnie w Makao. Wiem od pani Piper. Wiedział pan, że epidemia się rozpędza. Dobrze pan wie, że mógł ją uratować...

– Na Boga, Robin, przecież była zwyczajnym żółtkiem...

– Ale ja też jestem zwyczajnym żółtkiem, profesorze. I jestem też jej synem. – Chłopakowi zebrało się nagle na płacz. Z wysiłkiem przełknął łzy. Okazywanie słabości nigdy nie budziło w jego ojcu współczucia. Gniew natomiast mógł rozniecić strach. – Sądził pan, że udało się to ze mnie zmyć? Że mnie pan wybielił?

Już dawno musiał nauczyć się żyć w świecie sprzecznych prawd.

Był Anglikiem i nie był. Profesor Lovell był jego ojcem i nie był. Chińczycy byli nacją ludzi głupich i zacofanych, lecz on był przecież jednym z nich. Nienawidził Babel i zarazem chciał w jej murach spędzić resztę życia. Przez całe lata tańczył na cienkim ostrzu tych prawd, balansował niepewnie, gdyż od tego zależało przetrwanie. Na tym polegała jego metoda radzenia sobie ze światem, nie był zdolny opowiedzieć się w pełni po jednej ze stron tych dylematów, ponieważ obawiał się, że poznanie prawdy i stanięcie z nią twarzą w twarz zniszczy go ostatecznie.

Dłużej jednak nie mógł w ten sposób żyć. Nie mógł dłużej trwać w owym rozdwojeniu jaźni, nie potrafił bezustannie jednej prawdy wymazywać, zastępować jej inną i z powrotem. Czuł w duchu narastające ciśnienie. Miał wrażenie, że jeśli nie przestanie istnieć w dwóch postaciach, całkiem dosłownie wybuchnie. Musiał wreszcie dokonać wyboru.

– Czy naprawdę pan sądził – podjął Robin – że mieszkając w Anglii, stanę się taki jak pan?

– Wiesz? – Profesor Lovell pochylił głowę na bok. – Wydawało mi się kiedyś, że posiadanie potomstwa stanowi specyficzną odmianę przekładu. Szczególnie jeżeli rodzice wyrastają z diametralnie różnych korzeni. Człowiek z ciekawością obserwuje, co zaginie w tłumaczeniu, a co się przebije.

Na obliczu uczonego zaszła zadziwiająca przemiana. Oczy stopniowo otwierały się coraz szerzej, aż stały się przeraźliwie wyłupiaste; ociekający pogardą grymas stawał się z każdą chwilą bardziej wyraźny, a wargi uniosły się, ukazując zęby. Być może mina ta miała wyrażać teatralną odmianę odrazy, lecz chłopak widział przed sobą po prostu człowieka, z którego opadła maska kultury i manier. Tak szkaradnego wyrazu twarzy Robin jeszcze u ojca nie widział.

– Wychowując cię, miałem nadzieję, że nie podzielisz wad brata. Miałem nadzieję wpoić ci bardziej cywilizowane poczucie etyki. *Quo semel est imbuta recens, servabit odorem testa diu** i tak dalej. Miałem nadzieję, że nasiąkniesz wonią bardziej wyrafinowaną. Teraz jednak widzę, iż mimo starannego wykształcenia nie jesteś w stanie wyrosnąć ponad własne, prymitywne korzenie.

– Jest pan potworem – rzucił Robin z niedowierzaniem.

– Nie mam na to czasu. – Profesor Lovell gwałtownie zatrzasnął słownik. – Jest dla mnie jasne, iż sprowadzenie cię do Kantonu było błędem. Oczekiwałem, że dzięki tej wizycie zrozumiesz, jakie spotkało cię szczęście, lecz osiągnąłem tyle, że jeszcze bardziej pomieszało ci się w głowie...

– Nic mi się nie pomieszało...

– Po powrocie raz jeszcze przemyślimy kwestię twojego miejsca w Babel. – Uczony wskazał palcem drzwi. – A na razie myślę, że powinieneś poświęcić nieco czasu na przemyślenia. Wyobraź sobie na przykład resztę życia za kratami Newgate, Robinie. W więziennej celi mógłbyś bez ograniczeń pomstować na niegodziwości wolnego handlu. Może to rozwiązanie pasowałoby ci bardziej?

---

* Horacy o kształceniu młodzieży mającym zapobiec zepsuciu. Dosł.: „Czym świeży dzban nasiąknie, tego zapach zachowa".

– Chcę usłyszeć, jak wypowiadasz jej imię. – Dłonie chłopaka zmieniły się w pięści.

Brew profesora Lovella nieznacznie drgnęła. Ponownie skinął na drzwi.

– To wszystko.

– Powiedz, jak się nazywała, tchórzu.

– Robin.

To było ostrzeżenie. Ojciec postawił w tym miejscu granicę. Wszystkie dotychczasowe postępki chłopaka wciąż mogły pójść w zapomnienie pod jednym warunkiem: że się w tej chwili wycofa, że przeprosi, ugnie się przed autorytetem i powróci do naiwnego życia w ignorancji i luksusie.

Robin jednak zbyt długo już się uginał. A złota klatka nie przestaje być klatką.

– Ojcze, chcę usłyszeć z twoich ust jej imię.

Profesor Lovell odsunął się z krzesłem od biurka i wstał.

Początki słowa *anger** są blisko związane z fizycznym cierpieniem. U zarania *anger* oznaczał „chorobę", podobnie jak staroislandzkie *angr*, a następnie, jak w staroangielskim *enge*, coś „bolesnego, okrutnego, wąskiego", które z kolei wywodziło się z łacińskiego *angor* znaczącego tyle, co „duszenie, katusze, ból". Gniew dławi. Gniew nie dodaje sił. Gniew przygniata ludzką pierś i napiera na żebra, sprawiając, że człowiek czuje się pozbawiony wszelkiej możliwości wyboru, jak w dławiącej, ciasnej pułapce. Gniew powoli dochodzi do punktu wrzenia, a potem wreszcie wybucha. Gniew to ucisk, ograniczenie, duszność i wynikająca z niej wściekła, obłąkańcza próba zaczerpnięcia tchu.

A wściekłość, oczywiście, wywodzi się z szaleństwa**.

Potem Robin często się zastanawiał, czy profesor Lovell zauważył coś w jego oczach, czy zobaczył ogień, o którego posia-

* (ang.) gniew (przyp. tłum.)

** Angielskie słowo *rage* (wściekłość) ma źródłosłów w łacińskim *rabere*, „popaść w szał, obłęd".

danie dotąd syna nie podejrzewał, i czy właśnie to – przepełniona lękiem świadomość, że owoc lingwistycznego eksperymentu zyskał własną wolę – nie pchnęło z kolei do działania samego Robina. Chłopak rozpaczliwie starał się swój czyn usprawiedliwić, uczynić go gestem samoobrony, lecz wszelkie oceny opierały się jedynie na mgliście zapamiętanych szczegółach, detalach, które równie dobrze mógł wymyślić, żeby przekonać sam siebie, że mimo wszystko nie zamordował ojca z zimną krwią.

Raz po raz zadawał sobie pytanie, kto poruszył się jako pierwszy, i kwestia ta dręczyła go po kres życia, gdyż naprawdę nie wiedział.

Pewne było tyle:

Profesor Lovell gwałtownie podniósł się z krzesła. Jego dłoń zniknęła w kieszeni. A Robin, naśladując ojca lub go prowokując, uczynił to samo. Sięgnął do kieszeni skrywającej sztabkę, która zabiła Eveline Brooke. Nie wyobraził sobie skutków działania tego niewielkiego kawałka srebra – nie musiał, był ich pewien. Wypowiedział parę aktywną, ponieważ były to jedyne słowa, jakimi potrafił opisać tę chwilę, jej doniosłość i powagę. Myślał o profesorskim pogrzebaczu łamiącym mu żebra, gdy leżał skulony na podłodze biblioteki, zbyt przerażony i zaskoczony, by krzyczeć. Myślał o Griffinie, nieszczęsnym Griffinie, uprowadzonym do Anglii w jeszcze młodszym wieku niż on; o Griffinie przeżutym i wyplutym za to, że nie dość dobrze pamiętał ojczystą mowę. Myślał o pogrążonych w apatii klientach palarni opium. Pomyślał też o matce.

Nie myślał o tym, że sztabka rozerwie pierś jego ojca na strzępy. Naturalnie musiał w głębi ducha zdawać sobie z tego sprawę, ponieważ słowa mogły aktywować sztabkę, tylko kiedy wypowiadane były z pełnym zrozumieniem. Powtarzane bezrefleksyjnie, sylaba po sylabie, nie posiadały żadnej mocy. Więc kiedy Robin ujrzał w wyobraźni odpowiedni symbol, gdy zobaczył wyryte w lśniącym srebrze linie i wypowiedział na głos oryginał oraz jego przekład, musiał mieć świadomość tego, co się stanie.

Bào: eksplodować, wyrzucać na zewnątrz to, co nie mogło dłużej pozostawać w zamknięciu.

Dopiero jednak kiedy Lovell padł na podłogę, gdy w powietrzu rozszedł się uderzający do głowy słonawy zapach krwi, chłopak zrozumiał, co zrobił.

– Profesorze? – Osunął się na kolana.

Uczony nawet nie drgnął.

– Ojcze?

Robin chwycił profesora Lovella za ramiona. Gorąca, wilgotna krew zalała mu palce. Płynęła nieprzerwaną strugą; była wszędzie, niekończąca się, tryskająca z rozerwanej piersi fontanna.

– *Diē*? – Nie miał pojęcia, co sprawiło, że posłużył się tym chińskim słowem oznaczającym „ojca". Może przemknęło mu przez myśl, że zaskoczy w ten sposób uczonego, że sam szok wystarczy, aby go wskrzesić, że mówiąc wprost o tym, o czym nie rozmawiali nigdy, nakłoni duszę, żeby powróciła do ciała.

Profesor Lovell był jednak zwiotczały, martwy i choć Robin trząsł nim bardzo, bardzo zawzięcie, krew nie przestawała płynąć.

– *Diē* – powtórzył. A zaraz potem mimowolnie zakrztusił się śmiechem; histerycznym, bezradnym. Takie to zabawne i stosowne, że chiński „ojciec" zapisany alfabetem łacińskim zawiera te same litery, co angielskie „umieranie"*. A profesor Lovell był martwy w sposób niedwuznaczny i bardzo wyraźny. Nie było już odwrotu. Koniec z udawaniem.

– Robin?

Ktoś załomotał do drzwi. Oszołomiony chłopak, niewiele myśląc, wstał i otworzył. Do kajuty wpadli Rami, Letty i Victoire. Popłynęły nakładające się głosy:

– Och, Robin, czy nic ci...

– Co się stało?

– Usłyszeliśmy krzyki i pomyśleliśmy...

* *die* (ang.) – umrzeć, zginąć, umierać (przyp. tłum.)

Moment później zobaczyli zwłoki i krew. Letty wyrwał się stłumiony pisk. Dłonie Victoire podfrunęły do ust. Rami kilka razy zamrugał, po czym szepnął bardzo cicho:

– Och...

– Czy on...? – spytała niemal bezgłośnie Letty.

– Tak – odpowiedział równie cicho Robin.

W kajucie zapadło milczenie. Robinowi zaczęło nieprzyjemnie dzwonić w uszach; podniósł ręce do głowy, lecz czym prędzej je opuścił, ociekały mokrym szkarłatem.

– Co się stało...? – spytała nieśmiało Victoire.

– Pokłóciliśmy się. – Robin wypowiadał kolejne słowa z najwyższym trudem. Niemało wysiłku kosztowało go samo oddychanie. Na skraju pola widzenia zatańczyły ciemne plamy. Poczuł, że słabnie. Ugięły się pod nim kolana i bardzo chciał usiąść, ale podłogę zajmowała wciąż rosnąca kałuża krwi. – Pokłóciliśmy się i...

– Nie patrzcie – polecił Rami.

Nikt go nie posłuchał. Wszyscy stali jak wryci, ze wzrokiem utkwionym w nieruchome ciało profesora Lovella. Rami uklęknął i przytknął do szyi uczonego dwa złożone palce. Minęła długa chwila. Wreszcie Rami wyszeptał słowa modlitwy – *Inna Lillahi wa inna ilayhi raji'un'* – po czym sięgnął do martwych powiek i je opuścił. Bardzo powoli uwolnił z płuc powietrze, na krótki moment złożył dłonie na kolanach i wstał.

– Co teraz?

TRUST
23

KSIĘGA
IV

ROZDZIAŁ

DZIEWIĘTNASTY

Przede wszystkim największa nieprawda i dotycząca istot największych. Nieładnie nakłamał ten, co ją opowiedział – jak to sobie Uranos poczynał, jak o nim powiada Hezjod, i jak się znowu Kronos na nim pomścił. A znowu czyny Kronosa i to, co syn mu zrobił – nawet gdyby to była prawda, to nie uważałbym, żeby to należało tak sobie opowiadać ludziom głupim i młodym.

Platon, „Państwo"
(przeł. Władysław Witwicki)

Musimy zostawić go tutaj, w kajucie – stwierdziła z niebywałym opanowaniem Victoire, choć słowa zabrzmiały iście szaleńczo. – Trzeba tylko... zawinąć go w pościel i przechować w tajemnicy, dopóki nie wrócimy do Anglii...

– Przecież nie możemy ukrywać zwłok przez sześć tygodni – zauważyła piskliwie Letty.

– A to czemu?

– Zgniją!

– Letty dobrze mówi – wtrącił Rami. – Nawet żeglarze nie cuchną tak strasznie jak trupy.

Robin nie dowierzał własnym uszom. W pierwszym odruchu jego przyjaciele uznali za stosowne ni mniej, ni więcej, tylko przedyskutować metodę ukrycia zwłok. Nie zmieniało to faktu, że przed kilkoma chwilami zamordował ojca ani że prawdopodobnie wplątał pozostałą trójkę we współudział. Nie usuwało to również szkarłatnych smug ze ścian, podłogi, jego szyi i dłoni. Niemniej rozprawiali o tym, jak o zwyczajnym problemie do rozwiązania – o niełatwym do przetłumaczenia ustępie, który wymagał po prostu wymyślenia kilku zgrabnych fraz.

– No dobrze, posłuchajcie, zrobimy tak. – Victoire mocno rozmasowała palcami skronie i zaczerpnęła głęboki wdech. – Pozbędziemy się ciała. Nie wiem jeszcze jak, ale coś wymyślimy. A potem, kiedy dopłyniemy...

– Co powiemy załodze, żeby zostawili profesora w spokoju na sześć tygodni? – spytała Letty.

– Dziewięć – sprostowała Victoire.

– Co?

– Ten statek nie płynie tak szybko jak nasz kliper – wyjaśniła Victoire. – W Anglii będziemy dopiero za dziewięć tygodni.

– Na litość boską. – Letty ukryła twarz w dłoniach.

– A co powiecie na taki wybieg? – podjęła Victoire. – Powiemy wszystkim, że profesor zapadł na jakąś chorobę. Nie mam pojęcia jaką. Trzeba ich porządnie przestraszyć, więc wybierzemy coś okropnego. Robin, wymyśl coś egzotycznego i obrzydliwego. Damy do zrozumienia, że podłapał zarazę w slumsach, i założę się, że nie znajdzie się nikt na tyle odważny, żeby tu wejść.

Na moment zapadło milczenie. Za pomysłem dziewczyny, co musieli przyznać wszyscy, przemawiało wiele logicznych argumentów. A jeśli nawet nie, to przynajmniej na pierwszy rzut oka nie wydawał się niedorzeczny.

– Dobrze. – Rami przechadzał się w tę i z powrotem po niewielkim wolnym od krwi skrawku podłogi. – Och, niebiosa... Przebacz nam, Allahu. – Przetarł zmęczone oczy. – Dobrze, tak. To może wypalić. Ale załóżmy, że zdołamy utrzymać śmierć Lovella w sekrecie aż do Londynu. Co potem?

– Bułka z masłem – stwierdziła Victoire. – Powiemy, że zmarł w czasie rejsu. Na przykład we śnie. Że niestety nie mogliśmy dopuścić do ciała lekarza okrętowego, gdyż ryzyko zakażenia było zbyt wielkie. Poprosimy o dostarczenie trumny, do której upchamy... nie wiem... książki owinięte w jakieś ubrania, a potem ją wyniesiemy.

– To szaleństwo – jęknęła Letty. – Czysty obłęd.

– Masz może lepszy pomysł? – zainteresowała się Victoire.

Letty przez chwilę milczała. Robin był pewien, że przyjaciółka zacznie wszystkich zachęcać do oddania się w ręce sprawiedliwości, lecz niespodziewanie machnęła tylko rękoma i powiedziała:

– Moglibyśmy po prostu wypchnąć go za burtę i powiedzieć, że wypadł przypadkiem. Jeżeli zrobimy to za dnia, będziemy mieć świadków i nikt nie nabierze podejrzeń...

– Doprawdy? – rzucił Rami. – Chcesz niepostrzeżenie wytaszczyć zakrwawionego trupa na pokład, zrobić to tak, by marynarze uznali, że idzie o własnych siłach, a potem jeszcze cisnąć go do oceanu, żeby wszyscy zobaczyli, że Lovell zamiast piersi ma wielką dziurę? Tak zamierzasz dowieść naszej niewinności? Letty, upraszam o odrobinę więcej inwencji. Musimy to rozegrać bez pudła.

– Nie. – Robin nareszcie odzyskał mowę. – Nie, to przecież obłęd. Nie mogę pozwolić... Nie możecie... – Co chwila go zatykało. Odetchnął głęboko, uspokoił język. – Ja to zrobiłem. Powiem kapitanowi, przyznam się i koniec.

– Cóż, to akurat wykluczone – żachnął się Rami.

– Nie bądź głupi – rzucił Robin. – Oskarżą was o współudział, jeśli...

– W razie czego oskarżą nas tak czy inaczej – zauważyła Victoire. – Wszyscy jesteśmy cudzoziemcami wracającymi z zagranicy w towarzystwie martwego białego. – Nie wzięła pod uwagę Letty, lecz nikt nie sprostował. – Nie ma takiej wersji wypadków, w której ty trafisz do więzienia, a my zostaniemy na wolności. Musisz to chyba rozumieć, prawda? Albo cię ochronimy, albo zgubimy też siebie samych.

– Zgadza się – powiedział Rami z naciskiem. – Żadne z nas nie pozwoli, abyś trafił za kraty, Ptaszyno. Będziemy trzymać gęby na kłódkę, jasne?

Nie potaknęła jedynie Letty.

– Letty? – Victoire trąciła przyjaciółkę łokciem.

– Ja... tak. Jasne. – Letty pobladła tak bardzo, że odcieniem cery przypominała spoczywające na podłodze wykrwawione zwłoki.

– Letty, możesz iść – powiedział Robin. – Nie musisz słuchać...

– Nie, nie. Chcę zostać – odparła dziewczyna. – Chcę wiedzieć, co będzie dalej. Nie mogę pozwolić, żebyście... Nie. – Z całych sił zacisnęła powieki, potrząsnęła głową, po czym otworzyła oczy, jakby właśnie podjęła decyzję. – Zgadzam się – ogłosiła, bardzo powoli cedząc słowa. – Jestem w tym z wami. Z wami wszystkimi.

– No i świetnie – skwitował raźno Rami. Wytarł dłonie w nogawki i znów zaczął krążyć po kajucie. – Skupcie się. Oto, co myślę. W normalnej sytuacji by nas na tej łajbie nie było, tak? Mieliśmy przecież wracać dopiero czwartego, pamiętacie? Nikt nie spodziewa się nas wcześniej, a to oznacza, że kiedy zejdziemy z pokładu, nikt nie będzie go szukać.

– Otóż to. – Victoire potaknęła skinieniem, po czym sama podjęła myśl Ramiego. Obserwując tę dwójkę, można było poczuć dreszcze. Z każdym wypowiadanym słowem nabierali pewności siebie. Wrażenie było takie, jakby współpracowali przy jakimś tłumaczeniu i karmili się wzajemnie swoją inteligencją. – Jasne jest, że największym zagrożeniem jest możliwość, że ktoś zauważy ciało. Pierwszym naszym zadaniem więc, jak już mówiłam, powinno być pozbycie się go tak szybko, jak to możliwe. Najlepiej tuż po zmroku. Potem przez resztę podróży podtrzymamy bajeczkę, że profesor choruje. Nie ma chyba ludzi bardziej przerażonych widmem egzotycznych chorób niż żeglarze, prawda? Zapewniam was, że gdy tylko rozpuścimy plotkę, że Lovell zapadł na coś zakaźnego, przez kilka tygodni nikt się nawet do tych drzwi nie zbliży. Czyli, podsumowując, przede wszystkim musimy wrzucić ciało do morza.

– Cóż, trzeba też oczyścić kajutę z krwi – przypomniał Rami.

Szaleństwo, stwierdził w duchu Robin. Plan był szaleńczy i chłopak zupełnie nie rozumiał, dlaczego nikt się nie śmieje, dlaczego wszyscy z całą powagą rozważają pomysł wytaszczenia zwłok profesora po schodach na znajdujący się dwa poziomy wyżej pokład i wyrzucenia ich do oceanu. Przyjaciele przekroczyli granicę absurdu. Wstępny szok ustąpił i to, co niewyobrażalne i surrealistyczne, stało się czymś w pełni praktycznym. Nie prowadzili dysputy etycznej, lecz czysto logistyczną, przez co Robin miał wrażenie, że przenieśli się do postawionego do góry nogami świata, gdzie nic nie ma sensu. I czuł się, jakby był jedyną osobą w towarzystwie, której ta zmiana nie do końca pasuje.

– Robin? – rzucił Rami.

Robin zamrugał. Wszyscy przyglądali mu się z troską na twarzach. Domyślił się, że Rami próbuje zwrócić jego uwagę już któryś raz.

– Przepraszam... Już słucham...

– Co sądzisz? – spytała łagodnie Victoire. – Zamierzamy wyrzucić go za burtę, zgadzasz się?

– No... cóż. Pomysł jest chyba dobry, tylko... – Pokręcił głową. Wciąż bardzo głośno dzwoniło mu w uszach, przez co miał kłopot z uporządkowaniem myśli. – Przepraszam, ale... Czy naprawdę nikt mnie nawet nie zapyta dlaczego?

Odpowiedziały mu jedynie puste spojrzenia.

– Bo przecież... wszyscy pomagacie mi ukryć morderstwo? – Robin mimowolnie akcentował każde stwierdzenie, jakby zadawał pytania. W tej chwili cały świat stał się w jego oczach jednym wielkim pytaniem, na które nie było odpowiedzi. – I nie ciekawi was nawet powód?

Rami i Victoire wymienili spojrzenia. Jako pierwsza odezwała się jednak Letty:

– Przypuszczam, że wszyscy rozumiemy dlaczego. – Na szyi dziewczyny zapulsowała żyłka. Robin nie potrafił odczytać wyrazu jej twarzy, takiej miny nie widział u Letty nigdy wcześniej, dziwny koktajl współczucia i determinacji. – Poza tym, szczerze powiedziawszy, Robin, myślę, że im mniej będziemy na ten temat rozmawiać, tym lepiej.

Wbrew obawom Robina ze sprzątaniem kabiny uporali się dość szybko. Letty, twierdząc, że nabawiła się choroby morskiej, wydębiła od marynarzy cebrzyk i szczotkę do podłogi, a pozostali przyjaciele poświęcili część ubrań, które posłużyły do zbierania krwawej wody.

Następnie zajęli się zwłokami. Stwierdzili, że największą szansę na potajemne przetransportowanie zwłok na pokład będą mieli, jeżeli wcisną profesora Lovella do skrzyni. Wędrówkę na górę wyznaczały przyspieszone oddechy i mierzone w calach postępy. Victoire co kilka chwil wbiegała wyżej, sprawdzała, czy droga jest wolna, po czym naglącymi machnięciami dawała znać Robinowi i Ramiemu, by podciągnęli ciężki ładunek o kilka kolejnych stopni. Letty pod pretekstem nocnej przechadzki trzymała straż na pokładzie.

Ostatecznie skrzynia spoczęła przy relingu. Wciąż nikt ich nie zauważył.

– No dobrze. – Robin zdjął wieko.

Pierwotnie zamierzali wrzucić do wody całość, lecz Victoire przenikliwie zauważyła, że drewniane pudło może się utrzymać na wodzie. Chłopak bał się zajrzeć do środka; chciał w miarę możliwości doprowadzić przedsięwzięcie do końca, nie patrząc ojcu w twarz.

– Prędko, zanim ktoś przyjdzie...

– Zaczekaj – powstrzymał go Rami. – Ciało trzeba obciążyć. Inaczej uniosą je fale.

Robin doznał nagłej wizji zwłok profesora Lovella sunących po morzu w ślad za statkiem, wabiących zarówno wygłodniałe mewy, jak spojrzenia żeglarzy. Zdusił w sobie przypływ nudności.

– Dlaczego nie mówiłeś o tym wcześniej?

– Trochę spanikowałem, nie czepiaj się.

– Wydawałeś się taki opanowany...

– Ptaszyno, może i nieźle radzę sobie w kryzysowych sytuacjach, ale Bogiem przecież nie jestem.

Robin nerwowo rozejrzał się po pokładzie, wypatrując czegokolwiek, co mogło posłużyć za balast – wiosła, drewniane wiadra, jakieś stare deski – jasna cholera, dlaczego wszystkie sprzęty na statkach projektuje się tak, żeby utrzymywały się na falach?

Ostatecznie znalazł zwój liny, do której w równomiernych odstępach przymocowane były jakieś ciężarki. Modląc się, żeby nie było to zbyt istotne narzędzie, zabrał sznur i wrócił do Ramiego. Obwiązanie liną profesora Lovella okazało się prawdziwym koszmarem. Bezwładne, z każdą chwilą coraz bardziej sztywne kończyny niełatwo poddawały się manipulacjom; momentami mieli wrażenie, że zwłoki aktywnie stawiają im opór. Sznur raz po raz makabrycznie zaczepiał się o sterczące z rozerwanej piersi żebra. Spocone ze strachu dłonie Robina nie pozwalały solidnie chwytać. Okręcenie liną rąk i nóg uczonego zajęło kilka długich, paskudnych minut. Robin chciał zadzierzgnąć prosty węzeł i tyle, lecz Rami uparł się, że powinni się przyłożyć. Nie chciał, by sznur odczepił się od ciała w momencie zderzenia z wodą.

– No, już – szepnął wreszcie Rami, pociągając dla pewności za koniec liny. – Powinno wytrzymać.

Przyjaciele złapali ciało – Robin chwycił pod pachami, Rami za stopy – i wydźwignęli je z pudła.

– Raz – mruknął Rami. – Dwa...

Przy trzecim zamachu wynieśli uczonego ponad reling i puścili. Plusk rozległ się po chwili, która wydała się chłopcom wiecznością.

Rami wychylił się i uważnie przyjrzał ciemnym falom.

– Zniknął – oświadczył wreszcie. – Nie wypływa.

Robin nie był w stanie mówić. Zatoczył się i zwymiotował prosto na pokład.

Następnie, wedle wytycznych Ramiego, mieli po prostu rozejść się do kajut i przez resztę podróży zachowywać zupełnie normalnie. W teorii było to proste. Sęk w tym, że ze wszystkich miejsc na popełnienie morderstwa pokład sunącego środkiem oceanu statku jest jednym z najgorszych. Uliczny nożownik może po prostu porzucić broń i zbiec z miasta. Młodzi tłumacze jednak musieli na miejscu zbrodni pozostać przez dwa kolejne miesiące, dwa miesiące wypełnione udawaniem, że nie są zamieszani w rozszarpanie piersi profesora i ciśnięcie jego zwłok do morza.

Starali się więc zachowywać pozory. Regularnie spacerowali po pokładzie, zabawiali pannę Smythe, odpowiadając na wszystkie jej męczące pytania, i karnie trzy razy dziennie stawiali się w porze posiłków w mesie, próbując w miarę możliwości rozbudzić w sobie apetyty.

– Nie czuje się najlepiej – odpowiedział Rami, kiedy okrętowy kucharz zainteresował się trwającą już kilka dni nieobecnością profesora Lovella. – Twierdzi, że nie jest głodny. Jakaś dolegliwość żołądkowa. Później sami mu zaniesiemy coś do przegryzienia.

– A powiedział, co konkretnie mu doskwiera? – Kuk był człowiekiem towarzyskim i wiecznie uśmiechniętym. Robin nie potrafił ocenić, czy pytania wynikają z czystej życzliwości, czy może zaczął coś podejrzewać.

– Och, całe mnóstwo rozmaitych objawów – skłamał jak z nut Rami. – Głównie jednak uskarża się na bóle migrenowe, lekką niedrożność zatok, a przede wszystkim mdłości. Jeśli zbyt długo utrzymuje się w pionie, doznaje również zawrotów głowy, więc większość czasu spędza w koi. I długo śpi. Nie wykluczamy choroby morskiej, aczkolwiek kiedy płynęliśmy do Kantonu, nic podobnego mu nie dolegało.

– Ciekawe. – Kucharz przez chwilę gładził z namysłem brodę, po czym odwrócił się na pięcie. – Zaczekajcie tu – dodał i wystrzelił z mesy jak z procy.

Chłopcy zapatrzyli się w puste drzwi. Opadł ich strach. Czyżby kuk nabrał podejrzeń? Pobiegł zaalarmować kapitana? A może postanowił odwiedzić profesora Lovella i potwierdzić ich opowieść?

– No to jak? – mruknął Rami pod nosem. – Uciekamy od razu czy...?

– Dokąd chcesz uciekać? – syknęła Victoire. – Jesteśmy na środku morza!

– Może moglibyśmy zdążyć przed nim do kajuty Lovella...

– Przecież nikogo tam nie ma. Nie możemy nic zrobić...

– Cii! – rzuciła Letty przez ramię.

Kucharz wmaszerował z powrotem do mesy. W dłoni ściskał niedużą brązową torebkę.

– Kandyzowany imbir. – Kuk podał woreczek Robinowi. – Dobrze robi na kłopoty z żołądkiem. Wy, uczone głowy, nigdy nie pamiętacie, że trzeba to ze sobą wozić.

– Dziękuję. – Chłopak z rozkołatanym sercem sięgnął po torebkę. – Jestem pewien, że profesor będzie bardzo zobowiązany – dodał, próbując nie zdradzić drżeniem głosu emocji.

Szczęśliwym trafem żaden inny członek załogi nie zainteresował się losem profesora Lovella. Niespecjalnie ich ciekawiło życie codzienne pasażerów, za opiekę nad którymi otrzymali bardzo skromną opłatę; z wyraźną satysfakcją traktowali oksfordczyków jak powietrze. Inaczej miała się rzecz z panną Smythe. Kobieta, prawdopodobnie z nudów, desperacko narzucała się z ofertami pomocy. Stale wypytywała o wysokość gorączki profesora Lovella, o brzmienie jego kaszlu, a także barwę i konsystencję stolca.

– Oj, naoglądałam się w życiu tropikalnych choróbsk – powiedziała misjonarka. – Cokolwiek złapał, na pewno widziałam to u miejscowych. Pozwólcie mi rzucić okiem. Zobaczycie, z miejsca postawię go na nogi.

Jakimś cudem zdołali ją przekonać, że chory jest naraz wysoce zaraźliwy i notorycznie nieśmiały. („Nie zechce przebywać sam na sam z niezamężną kobietą" – zarzekała się Letty ze śmiertelną powagą na twarzy. „Gotów się na nas wściec, że panią wpuściliśmy").

Panna Smythe wymogła jednak na nich obietnicę, że wspólnie z nią będą zanosić dzień w dzień modły o zdrowie profesora. Uczestniczący w rytuale Robin z trudem panował nad poczuciem winy i mdłościami.

Dni dłużyły się straszliwie. Czas, którego każda sekunda naznaczona była niepewnością i pytaniem „czy nam się upiecze", rozciągał się w nieskończoność. Robina dręczyły nieustanne nudności, zupełnie inne od tych wywoływanych przez chorobę morską. Wyrzuty sumienia zalegały chłopakowi w żołądku niczym głaz, zatykały gardło, niczym trucizna uniemożliwiały swobodne zaczerpnięcie tchu. Próby odprężenia i zajęcia umysłu czymś innym nie przynosiły upragnionych skutków. Właśnie w takich chwilach, kiedy przestawał się mieć na baczności, mdłości powracały ze zdwojoną siłą, dzwonienie w uszach narastało, a pole widzenia zajmowała czarna mgła, redukująca świat do niewielkiej, niewyraźnej plamki.

Utrzymywanie pozorów człowieczeństwa wymagało niesłychanego skupienia. Bywało, że Robin mógł jedynie oddychać. I nic więcej. W takich wypadkach ratował się, wykrzykując w duchu swoją nową mantrę: „Wszystko dobrze, wszystko dobrze, nic ci nie grozi, nikt o niczym nie wie, wszyscy myślą, że jesteś zwyczajnym studentem, a on leży chory" – lecz nawet i ona niekiedy wymykała się spod kontroli. Jeżeli choć na mgnienie poddawał się rozkojarzeniu, mantra zaczynała rozbrzmiewać prawdą: „Zabiłeś go, wyrwałeś mu dziurę w piersi, a jego krew zbroczyła książki i twoje dłonie, krew śliska, mokra, ciepła...".

Robin lękał się własnej podświadomości; bał się pozwolić jej na swobodne błądzenie. Nie był w stanie nad niczym głębiej się zastanowić. Każda pojawiająca się w jego umyśle myśl staczała się w chaos winy i grozy, z którego ostatecznie wyłaniał się jeden i ten sam posępny refren:

Zabiłem własnego ojca.

Zabiłem własnego ojca.

Zabiłem własnego ojca.

Zadręczał się wyobrażeniami tego, co mogło ich spotkać, gdyby zostali złapani. Przedstawiał sobie te sceny tak wyraziście, iż wydawały się wspomnieniami – krótki proces, pełne odrazy spojrzenia ławników; kajdany na ich przegubach i jeśli nawet nie szubienica, to długi, koszmarny rejs zatłoczonym statkiem do jednej z kolonii karnych w Australii.

Najbardziej zadziwiający był dla Robina fakt, jak przelotny i nieuchwytny zdawał się sam akt zabójstwa – ułamek sekundy impulsywnej nienawiści, jedno zdanie, jeden rzut. W „Analektach" Konfucjusza znaleźć można stwierdzenie *sìbùjíshé**, mówiące, że wypowiedzianego słowa nie doścignie nawet rydwan zaprzężony w czwórkę koni, że tego, co raz powiedziane, nie da się cofnąć. Niemniej miał wrażenie, że czas spłatał mu okrutnego figla. Nie wydawało się uczciwe, by tak przyziemna i krótkotrwała czynność pociągała za sobą konsekwencje tak olbrzymie i długofalowe. Wydarzenie, które zniszczyło nie tylko jego świat, lecz także światy Ramiego, Letty i Victoire, powinno było chyba potrwać przynajmniej minutę? I powinno

* 駟不及舌

wymagać znacznie większego wysiłku. Prawda o morderstwie wydawałaby się znacznie bardziej sensowna, gdyby stanął nad ciałem ojca z toporem w ręku i uderzał nim raz po raz w czaszkę i pierś ofiary, dopóki krew nie zbryzgałaby ich obu. Zabójstwo powinno być postępkiem brutalnym, rzeczywistą manifestacją potwornego postanowienia.

Tymczasem wydarzyło się coś zupełnie innego. Nie zrobił tego wiedziony agresją. Nie włożył w to wysiłku. Wszystko przebiegło tak szybko, że nie zdążył się nawet zastanowić. I zupełnie nie pamiętał samego uczynku. Czy może zabić z premedytacją człowiek, który nie pamiętał nawet, by tego chciał?

Ale... co to za pytanie? Jaki, cholera, sens rozważać, czy pragnął śmierci ojca, czy nie, skoro zniszczone ciało profesora spoczęło już na dnie oceanu?

Dalece gorsze od dni były noce. Dnie przynajmniej podsuwały tymczasowe wytchnienia w postaci szumiących fal i morskiej mgiełki. Nocą, w ciasnym hamaku, miał przy sobie jedynie bezlitosną ciemność. Noce oznaczały przesiąkniętą potem pościel i dreszcze, a także brak prywatności, niepozwalający krzyczeć czy choć zakwilić. Robin leżał z podciągniętymi pod brodę kolanami, tłumiąc dłońmi szmer panicznych oddechów. Kiedy udawało mu się zapaść w krótki sen, nachodziły go rwane, lecz przeraźliwie wyraziste majaki. Ponownie przeżywał każdą sekundę ostatniej rozmowy z ojcem aż po jej druzgocący finał. Niemniej detale pozostawały płynne. Jak brzmiały ostatnie słowa profesora Lovella? W jaki sposób patrzył na Robina? Czy naprawdę do niego podszedł? Kto zaczął, kto wykonał pierwszy gest? Czy była to samoobrona, czy atak wyprzedzający? I czy istnieje między nimi różnica? Nadwerężał sobie pamięć. Na jawie i we śnie badał ten jeden moment i oglądał go z tysiąca rozmaitych perspektyw, aż wreszcie zupełnie już nie wiedział, co właściwie zaszło.

Chciał, żeby ustały wszelkie myśli. Chciał zniknąć. Nocami bezkres czarnych fal wabił go niczym utopia i niczego nie pragnął bardziej, niż skoczyć za burtę, pozwolić, by pochłonęło go morze i wessało wraz z poczuciem winy w miażdżące odmęty. W ten sposób skazałby jednak przyjaciół. Jak by to wyglądało? Student topielec, a profesor zamordowany? Z takiej afery nie wyłgaliby się za pomocą żadnego, najbardziej nawet przebiegłego wytłumaczenia.

Skoro jednak śmierć nie stanowiła wyjścia, pozostawała być może kara?

– Muszę się przyznać – szepnął pewnej bezsennej nocy do Ramiego. – To jedyny sposób, trzeba to skończyć...

– Nie bądź głupi – odparł przyjaciel.

– Mówię poważnie. – Robin wściekłym ruchem wygramolił się z hamaka. – Idę do kapitana...

Rami zerwał się i dogonił go w korytarzu.

– Ptaszyno, wracaj natychmiast.

Robin spróbował się przepchnąć i wbiec na schody. Rami bez zastanowienia wymierzył mu siarczysty policzek. Uderzenie z jakiegoś powodu pozwoliło się Robinowi uspokoić, oślepiająco biały ból wymazał z jego umysłu wszystko inne. Zaledwie na kilka krótkich sekund, lecz wystarczyło, aby oszalałe serce zwolniło biegu.

– Wszyscy jesteśmy umoczeni – syknął Rami. – Wysprzątaliśmy kajutę. Pozbyliśmy się dla ciebie ciała. Żeby cię ochronić. Każde z nas skłamało już dziesiątki razy. Jesteśmy współwinni tej zbrodni i jeśli oddasz się katu, zgubisz nas wszystkich. Rozumiesz, co mówię?

Skarcony Robin spuścił wzrok i skinął głową.

– To dobrze – rzucił Rami. – A teraz wracaj do łóżka.

Jedyną pociechą płynącą z całej tej makabrycznej awantury był fakt, że Robin nareszcie pogodził się z Ramim. Zabójstwo pozwoliło zasypać dzielącą ich przepaść, jednoznacznie unieważniło wysuwane przez Ramiego oskarżenia o współudział i tchórzostwo. Nieważne, że Robin zabił przypadkiem i że gdyby tylko mógł, w jednej chwili cofnąłby czas. Rami nie miał już żadnych ideologicznych podstaw, by czuć do Robina niechęć, gdyż to nie on zabił kolonizatora. Teraz byli współspiskowcami i fakt ten zbliżył ich do siebie bardziej niż kiedykolwiek. Rami wziął na siebie rolę pocieszyciela i doradcy, a także powiernika. Robin nie wiedział, dlaczego Rami uznał, że wypowiadanie myśli na głos może w czymkolwiek pomóc. Opowiadając mu o tym wszystkim, czuł się jedynie bardziej zagubiony, choć był też nieskończenie wdzięczny przyjacielowi, że jest gotów wysłuchać.

– Myślisz, że jestem złym człowiekiem? – spytał.

– Nie bądź śmieszny.

– Często to powtarzasz.

– Bo często bywasz śmieszny. Ale zły nie jesteś.

– Przecież jestem mordercą – powiedział Robin i zaraz te słowa powtórzył, gdyż zabrzmiały tak absurdalnie, że niedorzeczna wydała się mu już sama czynność wypowiadania samogłosek. – Jestem mordercą. Odebrałem życie innemu człowiekowi. Rozmyślnie, z premedytacją. Wiedziałem, jak ta sztabka zadziała, i rzuciłem ją. Widziałem, jak niszczy jego ciało, i tuż zanim zacząłem tego żałować, poczułem zadowolenie. To nie był wypadek. Nieważne, jak bardzo teraz chciałbym wszystko odwrócić. Chciałem, żeby umarł, i zabiłem go. – Zaczerpnął rozedrgany oddech. – Czy jestem... Kim trzeba być, żeby dopuścić się czegoś takiego? Nikczemnikiem? Łotrem o czarnym sercu? Jak inaczej mogło do tego dojść, Rami? Nie ma trzeciej możliwości. Czegoś takiego nie można wybaczyć, prawda?

– Ten, kto zabił człowieka, czyni tak, jakby zabił wszystkich ludzi – stwierdził Rami z westchnieniem. – Tak powiada Koran.

– Dzięki – burknął Robin. – Naprawdę potrafisz pocieszyć jak nikt.

– Ale Koran mówi również o nieskończonym miłosierdziu Allaha – dodał Rami i na chwilę umilkł. – Poza tym myślę sobie... Cóż, profesor Lovell był bardzo złym człowiekiem, prawda? Działałeś w samoobronie, czyż nie? A wszystko, co zrobił tobie, twojemu bratu, waszym matkom... Być może rzeczywiście zasługiwał na śmierć. Może zabijając go, zapobiegłeś przyszłym krzywdom, jakie wyrządziłby innym? Niemniej ta decyzja nie należała do ciebie. Należy wyłącznie do Boga.

– Więc co mam teraz zrobić? – spytał zbolałym głosem Robin. – Co ja mam zrobić?

– Nic nie możesz zrobić – odparł Rami. – Lovell nie żyje, zabiłeś go i nijak nie jesteś w stanie tego odmienić. Możesz jedynie modlić się do Boga o przebaczenie. – Urwał i postukał się palcami w kolano. – Pytanie brzmi raczej, w jaki sposób możesz ochronić Victoire i Letty. Z pewnością nie oddając się w ręce kata, Ptaszyno. Ani też zadręczając się kwestią własnej wartości jako człowieka. Lovell nie żyje, a ty owszem, i może tego właśnie chciał Bóg. W inny sposób pokrzepić cię nie potrafię.

Wszyscy czworo odchodzili od zmysłów na zmianę. Gra ta miała jedną milczącą zasadę: załamać się mogła w danym momencie tylko jedna osoba, pod żadnym pozorem wszyscy naraz. A obowiązkiem tych z chłodniejszymi głowami było uspokoić przerażonego.

Ulubionym sposobem Ramiego na wyrażanie paniki było opowiadanie o swoim strachu z ekstrawagancką, niewiarygodnie drobiazgową szczegółowością.

– Ktoś wejdzie do jego kajuty – prorokował. – Będą chcieli o coś zapytać. O jakiś mało istotny detal związany z datą powrotu czy płatnością za rejs. Ale profesora w kajucie nie będzie, więc zaczną wypytywać nas. Ostatecznie ktoś nabierze podejrzeń, przeszukają cały statek, a my będziemy udawać, że nie wiemy, co się z nim stało. Naturalnie w to również nie uwierzą i wreszcie znajdą ślady krwi...

– Proszę. – Victoire weszła mu w słowo. – Na litość boską, błagam, przestań.

– Osadzą nas w Newgate – ciągnął Rami z kwiecistą intonacją, jakby recytował jakiś poetycki epos. – Dzwon kościoła Świętego Grobu uderzy tuzin razy, przed więzieniem zgromadzi się wielki tłum, a następnego ranka zawiśniemy, jedno po drugim...

Jedynym sposobem, by do Ramiego dotrzeć, było pozwolić mu dokończyć straszliwą opowieść, która zawsze dopełniała się stopniowo coraz bardziej barwnym i niedorzecznym opisem chwili stracenia. Fantazje te jednak w pewien specyficzny sposób pomagały Robinowi – wyobrażanie sobie najgorszego przynosiło ulgę, gdyż niwelowało strach przed nieznanym. Niemniej Victoire nie potrafiła Ramiego słuchać. Zawsze po takiej tyradzie miała problemy z zaśnięciem, a wówczas to ona traciła głowę, budziła chłopców o czwartej nad ranem, szepcząc, że miałaby wyrzuty sumienia, gdyby obudziła Letty, w związku z czym to oni dwaj musieli wychodzić z Victoire na pokład i aż po kojący świt rozmawiać ściszonymi głosami o wszystkim i niczym – ptasich głosach, Beethovenie, plotkach z wydziału.

Najtrudniej było radzić sobie z gorszymi dniami Letty. Ona jako jedyna nie rozumiała powodu, dla którego Rami i Victoire tak ochoczo wzięli Robina w obronę. Zakładała, iż uczynili to ze względu na przyjaźń. Motywem, który do niej przemawiał, było wspomnienie chwili w Kantonie, gdy profesor Lovell wytargał Robina za kołnierz. Ona również wiedziała, co znaczy mieć skłonnego do przemocy ojca.

Ponieważ jednak postrzegała śmierć uczonego jako izolowany incydent, a nie wierzchołek góry lodowej, bezustannie starała się zwiększyć ich szanse.

– Musi istnieć jakiś sposób, byśmy mogli się przyznać – powtarzała. – Może powiemy, że profesor krzywdził Robina, że to była samoobrona? Że wskutek stresu stracił nad sobą panowanie i od tego się zaczęło, a Robin po prostu usiłował uciec? To moglibyśmy powiedzieć wszyscy, przecież to sama prawda. Wtedy musieliby go uniewinnić. Robin? Co sądzisz?

– Tylko że wcale tak nie było – zauważył chłopak.

– Zawsze możesz powiedzieć, że tak było.

– Nie uda się – stwierdził Rami. – Po pierwsze, to niebezpieczne, a po drugie, jest to ryzyko, którego wcale nie musimy podejmować.

Jak mogli wytłumaczyć Letty, że żyje w świecie iluzji? Że szaleństwem było sądzić, iż brytyjski wymiar sprawiedliwości jest naprawdę obiektywny, że proces będzie sprawiedliwy, że ludzie o wyglądzie Robina, Ramiego i Victoire mogą zabić oksfordzkiego profesora, wyrzucić jego ciało za burtę, całymi tygodniami kłamać, a potem odejść wolno? Jak mieli jej wytłumaczyć, że fakt, iż wierzy w to wszystko, dowodzi jedynie, iż żyją w zupełnie różnych światach?

A ponieważ nie mogli pokazać jej prawdy, Letty nie ustawała.

– Mam nowy pomysł – oznajmiła, kiedy utrącili jej pomysł z samoobroną. – Jak zapewne wiecie, mój ojciec jest dość ważną osobistością...

– Nie – uciął Rami.

– Pozwól, że skończę. Ojciec był swego czasu wpływowym człowiekiem...

– Twój ojciec jest admirałem w stanie spoczynku, wysłali go na zieloną trawkę...

– Wciąż jednak ma wielu znajomych – tłumaczyła uparcie Letty. – Mógłby wykorzystać jakieś długi wdzięczności...

– Jakie znowu długi? Jak to sobie wyobrażasz? – prychnął Rami. – Dzień dobry, sędzio Blathers. Mam kłopot, moja córka i jej brudni cudzoziemscy przyjaciele zabili swojego wykładowcę. Człowieka istotnego dla finansów i dyplomacji naszego kraju. Więc kiedy dojdzie do procesu, prosiłbym, by ich sędzia uniewinnił?

– Nie musi być tak – warknęła Letty. – Możemy mu przecież opowiedzieć, co zaszło. Wyjaśnić, że doszło do wypadku...

– Wypadku? – powtórzył Rami. – Jak często zacierałaś ślady po wypadkach? Czy kiedy bogate białe dziewczęta zabijają ludzi, sądy po prostu je uniewinniają czy co? Tak to działa, Letty? Poza tym miałem wrażenie, że twoje stosunki z panem admirałem są dosyć napięte?

– Staram się po prostu pomóc. – Nozdrza dziewczyny zafalowały.

– Wiemy o tym – zapewnił Robin czym prędzej, rozpaczliwie chcąc załagodzić spór. – I jestem ci szczerze wdzięczny. Ale Rami ma rację. Moim zdaniem najlepiej będzie, jeśli nie będziemy się wychylać.

Letty bez słowa wbiła wściekłe spojrzenie w ścianę.

Ostatecznie, wbrew wszystkiemu, w jakiś tajemniczy sposób zdołali dotrzeć do Anglii. Minęły dwa miesiące i pewnego poranka po przebudzeniu ujrzeli na horyzoncie sylwetkę Londynu spowitą w znajomą, ponurą szarówkę.

Markowanie choroby profesora Lovella okazało się wybiegiem nadspodziewanie łatwym. Zaskoczona była nawet Victoire; przekonanie całej załogi statku, że oksfordzki profesor jest człowiekiem słabego zdrowia, nie stanowiło najmniejszego problemu. Jemima Smythe, choć próbowała wytrwale, koniec końców znużyła się towarzystwem milczących studentów i pożegnała się z nimi bez zbędnych ceremonii. Marynarze do opuszczających pokład pasażerów nie odezwali się nawet słowem. Kiedy czwórka przyjaciół ruszyła przez nabrzeże, również nikt nie poświęcił im większej uwagi – statki czekały na rozładunek, opłaty czekały na pobranie.

– Profesora puściliśmy przodem, dobrze, żeby jak najszybciej pokazał się lekarzowi – wyjaśniła Letty kapitanowi, którego minęli po drodze. – Ach, byłabym zapomniała, profesor prosił, żebym przekazała podziękowania za przyjemną i wygodną podróż.

Słowa dziewczyny lekko kapitana zastanowiły, lecz wzruszył tylko ramionami i machnął ręką, pozwalając im odejść.

– Przyjemną i wygodną podróż? – powtórzył Rami pod nosem. – Przyjemną i wygodną?

– Nic innego nie przyszło mi do głowy.

– Ucichnijcie wreszcie i chodźmy stąd – syknęła Victoire.

Robin był pewien, że kiedy ściągali kufry po trapie, wina biła z każdego ich ruchu i najmniejszego grymasu. To się stanie już za momencik, myślał rozgorączkowany. Podejrzliwe spojrzenie, przyspieszone kroki za plecami, okrzyk: „Ej, wy tam! Stać!". Przecież to niemożliwe, by tak gładko umknęli z pokładu „Hellas".

Na brzegu, marne dwanaście stóp dalej, zaczynała się Anglia. Nabrzeże oznaczało bezpieczne schronienie. Kiedy tam staną, kiedy znikną w tłumie, będą już wolni. To jednak musiało być przecież niemożliwe – wykluczone, aby tak łatwo mogli się odciąć od tego, co zaszło w tej krwawej kajucie. Chyba?

Deski trapu ustąpiły stałemu lądowi. Robin obejrzał się przez ramię. Nikt za nimi nie szedł. Nikt nawet nie patrzył w ich stronę.

Wsiedli do omnibusu, który zawiózł ich do północnego Londynu, skąd wynajętą dorożką pojechali do Hampstead. Już przedtem bez zbędnych dyskusji ustalili, że pierwszą noc po powrocie spędzą w rezydencji profesora Lovella – statek przypłynął zbyt późno, żeby mieli szansę złapać pociąg do Oksfordu, a Robin wiedział, że po pierwsze, pani Piper będzie jeszcze w Jericho, a po drugie, zapasowy klucz spoczywa w ukryciu pod zdobiącą ogród donicą z epoki Ming. Planowali następnego dnia wsiąść do pociągu do Paddington, potem do Oksfordu i stawić się z powrotem na uczelni w z góry ustalonym terminie.

W czasie rejsu wszystkim młodym tłumaczom przemknęła przez myśl inna narzucająca się ewentualność – mogli uciec. Mogli rzucić wszystko i zbiec na kontynent; mogli wsiąść na statek pocztowy kierujący się do Ameryki lub Australii bądź powrócić do krajów, z których ściągnięto ich do Anglii.

– Moglibyśmy czmychnąć do Nowego Świata – zasugerował Rami. – Popłynąć do Kanady.

– Przecież ty słowa nie znasz po francusku – przypomniała Letty.

– Och, to tylko francuski, Letty. – Rami wzniósł oczy do nieba. – Najmniej udane dziecię łaciny. Daj mi chwilę, a nauczę się bez problemu.

– Musielibyśmy znaleźć jakieś zajęcie – zauważyła trzeźwo Victoire. – A nie mielibyśmy już stypendiów. Z czego byśmy żyli?

Kwestia utrzymania była niebagatelna i aż dziwne, że dotąd o niej nie pomyśleli. Lata regularnie wypłacanego stypendium sprawiły, że zapomnieli, iż gotówka, jaką dysponują, pozwoliłaby im przeżyć najwyżej kilka miesięcy. A poza Oksfordem, w miejscu, gdzie nie cieszyliby się darmowym dachem nad głową i wyżywieniem, byliby po prostu biedakami.

– Cóż, a jak szukają pracy inni ludzie? – rzucił Rami. – Chyba po prostu znajduje się ogłoszenie i idzie do jakiegoś zakładu?

– Najpierw trzeba terminować – powiedziała Letty. – A to chwilę trwa, i jak myślę, kosztuje.

– Więc jak w takim razie szuka się mistrza gotowego przyuczyć do fachu?

– Nie mam pojęcia – burknęła poirytowana Letty. – Skąd mam wiedzieć?

Nie, na rozstanie z uniwersytetem nie mieli żadnych widoków. Mimo wszystko, wbrew bardzo realnej groźbie, iż po powrocie do Oksfordu zostaną oskarżeni, osądzeni i wtrąceni do więzienia bądź powieszeni, nie byli w stanie wyobrazić sobie życia w oderwaniu od uczelni. Poza Babel nie mieli niczego. Nie posiadali żadnych praktycznych umiejętności, nie byli dość silni ani odpowiednio usposobieni, by podjąć pracę fizyczną. Nie dysponowali znajomościami pozwalającymi znaleźć zatrudnienie innego rodzaju. Nikt z całej czwórki nie miał bladego pojęcia, ile mogłoby kosztować wynajęcie mieszkania, ile trzeba zapłacić za cotygodniowe zakupy, jak drogie może być urządzenie się w zwyczajnym mieście, w pozauniwersyteckim życiu. Jak dotąd wszystkie tego typu sprawy załatwiał za nich ktoś inny. W Hampstead była pani Piper, a w Oksfordzie urzędnicy i służba. Robin miałby poważne kłopoty z odpowiedzią, gdyby ktoś go zapytał, jak się robi pranie.

Koniec końców nie byli w stanie myśleć o sobie inaczej niż jako o studentach, nie umieli wyobrazić sobie świata, w którym nie stanowili części Babel. Poza Babel nie znali nic. Babel była ich domem. I choć Robin rozumiał, że to głupie, podejrzewał, że nie jest jedynym, który w głębi ducha, na przekór wszystkiemu, wierzył, że istnieje możliwość, iż kiedy całe zamieszanie ucichnie, kiedy wszystko zostanie załatwione i zamiecione pod dywan, będzie mógł wrócić do swego mieszkania przy Magpie Lane, będzie się budzić, słuchając ptasiego świergotu i czując rozkoszną pieszczotę wpływających przez okno ciepłych promieni słońca, a cały swój czas będzie mógł poświęcać wyłącznie martwym językom.

ROZDZIAŁ

DWUDZIESTY

To w znacznej mierze dzięki wsparciu i informacjom udzielonym nam hojnie przez pana i pana Jardine'a zdołaliśmy wydać naszym działającym w Chinach czynnikom wojskowym, morskim i dyplomatycznym polecenia na tyle szczegółowe, aby osiągnąć tak zadowalające wyniki.

Minister spraw zagranicznych Palmerston,
list do Johna Abla Smitha

W Hampstead wysiedli z powozu prosto w strugi ulewnego deszczu. Dom profesora Lovella odnaleźli wyłącznie dzięki pomyślnemu zbiegowi okoliczności. Robin sądził, że przypomni sobie trasę bez trudu, lecz trzy lata nieobecności zmąciły wspomnienia chłopaka bardziej, niż zdawał sobie sprawę, a wszystkie zalewane strumieniami wody rezydencje wyglądały identycznie: mokre, klocowate, otoczone wilgotną, ociekającą roślinnością. Kiedy stanęli wreszcie przed ceglanym budynkiem z białą sztukaterią, byli przemoknięci do suchej nitki i niemiłosiernie się trzęśli.

– Zaczekaj. – Victoire przytrzymała Ramiego, który ruszył prosto do drzwi. – Nie powinniśmy wejść od ogrodu? Tutaj ktoś nas może zauważyć.

– Jak zauważy, to zauważy. Pobyt w Hampstead nie jest jeszcze karalny...

– Jest, jeśli w oczywisty sposób przebywasz w cudzym domu...

– Dzień dobry!

Odwrócili się jednocześnie niczym czwórka wystraszonych kociąt. Z progu rezydencji po drugiej stronie ulicy machała ku nim jakaś kobiecina.

– Dzień dobry! – powtórzyła. – Szukacie może profesora?

Zdjęci paniką wymienili spojrzenia. Nie uzgodnili wersji na takie sytuacje. Wiedzieli jedynie, że powinni w jak najmniejszym stopniu kojarzyć się z człowiekiem, którego zniknięcie musiało w najbliższym czasie wzbudzić niemałe zainteresowanie. Jak jednak inaczej mogli uzasadnić swoją wizytę w Hampstead?

– Tak – rzucił Robin, nie chcąc, by przedłużające się milczenie wydało się podejrzane. – Jesteśmy jego studentami. Wracamy właśnie z zagranicznej podróży. Prosił, abyśmy go odwiedzili zaraz po powrocie, ale robi się późno, a niestety, nikogo nie ma w domu.

– Zapewne jest na uniwersytecie – odpowiedziała z sympatycznym uśmiechem nieznajoma; w pierwszej chwili wydała im się nieprzyjazna wyłącznie dlatego, że podniosła głos, by przekrzyczeć szum deszczu. – Tutaj bawi tylko kilka tygodni w roku. Zaczekajcie. – Odwróciła się i weszła do domu. Trzasnęły zamykające się za nią drzwi.

– Niech cię licho! – mruknął Rami. – Co ty wyczyniasz?

– Uznałem, że dobrze będzie trzymać się jak najbliżej prawdy...

– Nie sądzisz, że trzymasz się trochę zbyt blisko? Co będzie, jeśli ktoś ją przepyta?

– No to co chcecie zrobić? Uciekamy?

Lecz sąsiadka profesora Lovella zdążyła już wrócić. Wybiegła ku nim przez ulicę, osłaniając się przed ulewą uniesionym ramieniem.

– Proszę bardzo – powiedziała, wyciągając rękę ku Robinowi. Na otwartej dłoni spoczywał klucz. – Mam zapasowy. Wasz profesor jest okropnie roztargniony i umówiliśmy się, że będę przechowywać klucz na wypadek, gdyby zostawił swój w Oksfordzie. Moje biedactwa.

– Bardzo dziękuję. – Robin nie dowierzał własnemu szczęściu. Nagle coś mu się przypomniało i postanowił zaryzykować: – Pani musi być panią Clemens, prawda?

– W rzeczy samej! – rozpromieniła się pani Clemens.

– Tak, no właśnie. Profesor sugerował, żeby w razie problemów poprosić o klucz panią, ale zapomnieliśmy, gdzie dokładnie pani mieszka.

– Dobrze się zatem złożyło, że wyglądałam akurat na deszcz – stwierdziła kobiecina z szerokim, przyjaznym uśmiechem; wszelkie ślady podejrzliwości, o ile w ogóle były, zniknęły z jej twarzy na dobre. – Kiedy gram na fortepianie, lubię patrzeć sobie przez okno. Świat zewnętrzny ma wielki wpływ na moją muzykę.

– Tak, cóż – rzucił Robin, zbyt głęboko zdjęty ulgą, by skomentować słowa pani Clemens choć trochę szerzej. – Bardzo dziękujemy.

– Och, drobiazg. Gdybyście czegoś potrzebowali, pukajcie bez wahania. – Pozdrowiła skinieniem kolejno Robina i Letty, po czym wróciła do domu. Ramiego i Victoire jakby w ogóle nie widziała, lecz Robin uznał, że to właściwie dobrze.

– Rany, skąd wiedziałeś? – szepnęła z podziwem Victoire.

– Z listów pani Piper – odparł Robin, ciągnąc kufer przez frontowy ogród. – Pisała, że w sąsiedztwie pojawiło się jakieś nowe małżeństwo i że żona jest dość ekscentryczna, a przy tym czuje się samotna. Jeśli dobrze kojarzę, kiedy profesor zjeżdża do Hampstead, pani Clemens codziennie zagląda do niego na herbatę.

– Cóż, nic, tylko dziękować Bogu, że korespondujesz z gosposią – zauważyła Letty.

– Nic, tylko – powtórzył Robin i przekręcił klucz w zamku.

Odkąd wyjechał na studia, nie odwiedził tej rezydencji ani razu. Dom pod jego nieobecność mocno się zmienił. Okazał się znacznie mniejszy, niż chłopak pamiętał – a może to on sam urósł? Schody nie ciągnęły się wcale bezkresną spiralą, a sufity nie wisiały tak wysoko, by serce stojącego pod nimi człowieka rozrywało dojmujące poczucie samotności. We wnętrzu panował gęsty mrok; wszystkie zasłony były starannie zaciągnięte, a meble zabezpieczone przed kurzem ochronnymi narzutami. Przez chwilę kręcili się po omacku – lampy i świece zawsze zapalała pani Piper i Robin nie miał bladego pojęcia, gdzie szukać zapałek. Ostatecznie Victoire znalazła w salonie krzemień i kilka świeczek i zdołali rozniecić ogień w kominku.

– Powiedz, Ptaszyno, cóż to za... rupieciarnia? – spytał Rami.

Miał na myśli chińszczyznę. Robin potoczył spojrzeniem dokoła. Salon wypełniały malowane wachlarze, zawieszone na ścianach pergaminy, porcelanowe wazy, rzeźby i imbryczki do parzenia herbaty. Wszystko razem tworzyło tandetną imitację kantońskiej herbaciarni, do której ktoś wstawił zestaw niezbędnych angielskich mebli. Czy ten pokój zawsze tak wyglądał? Robin nie miał pojęcia, dlaczego w dzieciństwie tego nie dostrzegał. Być może, mając w pamięci świeże wspomnienia z Kantonu, nie postrzegał obu światów jako tak bardzo odrębnych; możliwe, iż dopiero teraz, gdy nasiąknął atmosferą najbardziej angielskiego z uniwersytetów, rozwinął w sobie wrażliwość na to, co obce i egzotyczne.

– Profesor był kolekcjonerem – wyjaśnił Robin. – Och, teraz sobie przypominam. Uwielbiał opowiadać gościom o nowych nabytkach. Skąd pochodzą i jaka wiąże się z nimi historia. Był z tych zbiorów bardzo dumny.

– Jakie to dziwne – zauważył Rami. – Kochać te bibeloty, kochać język, a zarazem nienawidzić kraju, z którego pochodzą.

– Nie tak dziwne, jak ci się wydaje – stwierdziła Victoire. – Ostatecznie ludzie i rzeczy to nie to samo.

Ekspedycja do kuchni nie przyniosła żadnych jadalnych zdobyczy. Wyjeżdżając do domu w Oksfordzie, pani Piper nie zostawiała w Hampstead żadnych zapasów. Nie znosiła zostawiać żywności na pastwę gryzoni, a tutaj – jak przypomniał sobie Robin – od dawna toczono daremną wojnę przeciwko szczurom, w której trudno było o sukces, jako że profesor Lovell nie cierpiał kotów. Rami wyszperał puszkę mielonej kawy i słoik soli, lecz cukru nie mieli nawet łyżeczki. Kawę zaparzyli i wypili tak czy inaczej. Gorzki napój dodatkowo zaostrzył głód, lecz przepędził zmęczenie. Ledwie zdążyli umyć i wytrzeć puste kubki – Robin nie do końca rozumiał, po co sprzątają, skoro właściciel domu miał już nigdy nie wrócić – kiedy ktoś ostro zapukał do drzwi. Wszyscy aż podskoczyli. Kołatka umilkła, po czym odezwała się ponownie – trzy zdecydowane stuknięcia.

Rami podbiegł do kominka i chwycił do ręki pogrzebacz.

– Po co ci to? – syknęła Letty.

– Załóżmy, że tu wejdą, a wtedy...

– Po prostu nie otwieraj. Udajmy, że nikogo nie ma w domu...

– Przecież światła widać, głupia...

– No to przynajmniej wyjrzyj najpierw przez okno...

– Nie, zobaczą nas...

– Halo? – dobiegło przez drzwi. – Słyszycie mnie?

Głęboko odetchnęli z ulgą. Pani Clemens.

– Ja się nią zajmę. – Robin podniósł się z miejsca i zgromił Ramiego spojrzeniem. – Odłóż to wreszcie.

Życzliwa sąsiadka stała przemoczona na progu. W jednej ręce ściskała leciutką, zupełnie nieskuteczną parasolkę, w drugiej trzymała nakryty koszyk.

– Zauważyłam, że nie przywieźliście ze sobą prowiantu. A profesor, wyjeżdżając, starannie zawsze opróżnia spiżarkę. Szczury, rozumiecie.

– Ach... Tak, rozumiem.

Pani Clemens sprawiała wrażenie osóbki wielce gadatliwej i Robin poczuł w sercu gorącą nadzieję, że nie zechce wejść.

Widząc, że chłopak milczy, kobieta przekazała mu koszyk.

– Poprosiłam Fanny, swoją służącą, żeby co nieco spakowała. Macie tu kropelkę wina, ser miękki i twardy, chleb z dzisiejszego poranka... Obawiam się, że trochę już suchawy... Są także oliwki i sardynki. Jeśli zależy wam na świeżym pieczywie, będziecie musieli spróbować z rana, ale gdybyście mieli ochotę zajrzeć, dajcie mi znać. Poślę Fanny po więcej masła, bo już prawie wyszło.

– Bardzo pani dziękuję – rzucił Robin, zadziwiony szczodrością sąsiadki. – Ogromnie jest pani łaskawa.

– To nic takiego – odparła natychmiast pani Clemens. – Czy możesz mi zdradzić, kiedy wróci profesor? Muszę z nim pomówić o jego żywopłocie.

– Ja... Nie wiem. – Robin gwałtownie pobladł.

– Nie mówiliście, że wie o waszej wizycie i będziecie na niego czekać?

Robin nie miał pojęcia, co zrobić. Miał niejasne poczucie, że im mniej wyraźny ślad zostawią, tym lepiej – powiedzieli już kapitanowi, że profesor zszedł na brzeg przed nimi, a w Babel planowali przedstawić bajeczkę, że Lovell został w Hampstead. Gdyby pani Clemens poznała i zeznała zupełnie odmienną wersję wydarzeń, sytuacja mogła stać się niebezpieczna. Tylko kto mógł przepytać wszystkie trzy strony? Gdyby policja dotarła aż tutaj, i tak trafiliby całą czwórką niechybnie za kraty...

– Niewykluczone, że już w poniedziałek. – W sukurs przyjacielowi przyszła Letty, która podeszła do drzwi i odsunęła Robina na bok. – W porcie doszły nas jednak słuchy, że jego statek może się spóźnić. Wie pani, sztormy na Atlantyku. Obawiamy się, iż zwłoka może pójść w tygodnie...

– Co za pech – westchnęła pani Clemens. – I zostaniecie tu aż tak długo?

– Och nie. Jutro wracamy na uczelnię. Przed odjazdem zostawimy na stole w jadalni liścik.

– Szalenie roztropnie. Cóż, dobrej nocy – pożegnała się wesoło pani Clemens i wyszła z powrotem na zalaną deszczem ulicę.

Ser i oliwki pożarli w kilka sekund. Chleb rzeczywiście okazał się twardy i trzeba go było przeżuwać, lecz i on zniknął w ciągu paru minut. Następnie tęskne spojrzenia przyjaciół zwróciły się ku butelce wina. Czuli się rozdarci między świadomością, iż powinni zachować czujność, a rozpaczliwą potrzebą upicia się. Dylemat rozstrzygnął Rami, który odpowiedzialnie ukrył flaszkę w spiżarni.

I nagle wybiła dwudziesta trzecia trzydzieści. W Oksfordzie wszyscy nie kładliby się spać jeszcze długo i kilka najbliższych godzin spędziliby, ślepnąc nad książkami lub zaśmiewając się wspólnie w jednym z mieszkań. Dziś jednak byli wyczerpani i zbyt wystraszeni, by rozejść się do oddzielnych sypialni. Przetrząsnęli więc dom i znieśli wszystkie znalezione koce i poduszki do salonu, gdzie zrzucili je na stos.

Postanowili sypiać na zmianę – ustalili, że jedna osoba zawsze musi czuwać na straży. Wprawdzie żadne z nich nie podejrzewało, że policja naprawdę może lada moment wpaść do rezydencji – zresztą gdyby do tego doszło, wartownik na niewiele by się zdał – lecz przyjemnie było zachować chociaż pozory zapobiegliwości.

Pierwszą wachtę objął na ochotnika Robin. Z początku młodzi tłumacze nie mogli zmrużyć oka, kawa i stres dały się we znaki im wszystkim, wkrótce jednak zmęczenie wzięło górę i niespokojne szepty ucichły, zastąpione głębokimi, miarowymi oddechami. Letty i Victoire padły na kanapie, Victoire zasnęła z głową na ramieniu przyjaciółki. Rami spał na podłodze obok Robina, chroniąc kanapę swym wygiętym w nawias ciałem. Na widok tej sceny Robin poczuł w sercu bolesne ukłucie wzruszenia.

Odczekał pół godziny, obserwując unoszące się i opadające piersi przyjaciół, po czym ostrożnie wstał. Doszedł do wniosku, że może bezpiecznie opuścić posterunek. Gdyby cokolwiek się stało, usłyszy i tak – oberwanie chmury przeszło w lekką mżawkę, a w całym domu panowała grobowa cisza. Wstrzymując powietrze, wykradł się na palcach z salonu i wszedł po schodach do gabinetu profesora Lovella.

W pokoju panowała dokładnie taka sama ciasnota i rozgardiasz, jak zapamiętał z dawnych czasów. W swoim oksfordzkim biurze Lovell utrzymywał niejakie pozory porządku, lecz w domu pozwalał przedmiotom popadać w stan kontrolowanego chaosu. Podłoga usłana była porozrzucanymi papierami; książki na półkach zalegały jedna na drugiej, w niektórych konkretne miejsca zaznaczone były wciśniętymi między strony wiecznymi piórami.

Robin przedarł się przez bałagan i podszedł do biurka. Nigdy w życiu nie stał za nim; zawsze siadał z przodu, z nerwowo splecionymi na kolanach rękoma. Od drugiej strony biurko wyglądało zupełnie inaczej. Prawy narożnik zajmowało niewielkie malowidło w ramce – nie, nie malowidło, dagerotyp. Robin starał się nie przyglądać, lecz chcąc nie chcąc, zauważył kątem oka sylwetkę ciemnowłosej kobiety i dwójki dzieci. Położył podobiznę awersem na blacie.

W następnej kolejności przejrzał czekające na biurku papiery. Nic ciekawego – notatki dotyczące pewnych poematów z epoki dynastii Tang i inskrypcji pokrywających wróżbiarskie kości. Oba te projekty badawcze profesor Lovell prowadził na Oksfordzie już od pewnego czasu. Chłopak pociągnął za uchwyt szuflady po prawej. Spodziewał się, że będzie zamknięta, lecz wysunęła się, nie stawiając oporu. Wewnątrz spoczywały niezliczone pliki listów. Robin zaczął je kolejno wyciągać i unosić do lampy. Sam nie był do końca pewien, czego szuka. Zależało mu jedynie na obrazie tego człowieka. Chciał wiedzieć, kim był jego ojciec.

Korespondencję profesor Lovell prowadził przede wszystkim z pracownikami Babel oraz przedstawicielami rozmaitych spółek handlowych – garść listów z Kompanii Wschodnioindyjskiej, trochę więcej od agentów Magniac & Co. Lwia część jednak podpisana była przez przedstawicieli firmy Jardine & Matheson. I te okazały się dość frapujące. Robin czytał szybciej i szybciej, aż przebrnął przez cały plik. Pomijał wstępne uprzejmości i poszukiwał zdań najtreściwszych, ukrytych w środkowych akapitach...

„...sugerowana przez Gützlaffa blokada może się powieść... wymagałaby jedynie trzynastu okrętów wojennych, aczkolwiek problematyczne pozostają czas i wydatki... Prosta demonstracja siły... Lindsay chce ich zawstydzić w drodze dyplomatycznego odwrotu, lecz z pewnością jest to rozwiązanie groźne dla pozostawionych tam agentów celnych... postawić sprawę na ostrzu noża, a wówczas się cofną... nie może stanowić problemu zdziesiątkowanie floty obsadzonej żeglarzami, którzy nawet nie wiedzą, czym jest parowiec..."

Robin wypuścił powoli wstrzymywane powietrze i opadł na krzesło.

Dwie sprawy nie ulegały wątpliwości. Po pierwsze, było jasne, czego owe dokumenty dotyczą. Pochodzący sprzed czterech miesięcy list od wielebnego Gützlaffa zawierał szczegółowy schemat kantońskiego portu. Na odwrocie znajdował się wykaz wszystkich znanych jednostek chińskiej floty. Nie były to hipotetyczne rozważania dotyczące przyszłej polityki Wielkiej Brytanii wobec Chin. Miał w ręku bardzo konkretne plany wojenne. W listach znajdowały się drobiazgowe opisy systemów obrony chińskiego wybrzeża, raporty wskazujące liczbę dżonek chroniących określone bazy morskie, liczbę fortów strzegących okolicznych wysp, a nawet liczebność ich garnizonów. Po drugie, głos profesora Lovella wybijał się ponad pozostałe ostrością i jastrzębimi nawoływaniami do zbrojnej interwencji. Z początku Robin żywił jeszcze niemądrą, bezpodstawną nadzieję, iż cała ta wojna nie jest pomysłem Lovella i że może on namawiać pozostałych decydentów do przemyślenia planów. Jego ojciec głośno i jednoznacznie wypowiadał się jednak nie tylko na temat rozlicznych korzyści, jakie konflikt ten może przynieść (nie omieszkał wspomnieć o dodatkowych zasobach lingwistycznych, które trafiłyby w efekcie do jego dyspozycji), lecz także o łatwości, z jaką „przyjdzie zwycięstwo nad Chińczykami, ludem leniwym i ospałym, dysponującym armią nieznającą pojęć męstwa i dyscypliny". Profesor nie był po prostu zaplątanym w konflikt handlowy uczonym. Lovell osobiście działał na rzecz zaognienia sytuacji. Jeden z niewysłanych listów, spisany schludnym, drobnym charakterem uczonego i zaadresowany do lorda Palmerstona, zawierał fragment następujący:

„Flota chińska złożona jest z przestarzałych dżonek, wyposażonych w działa zbyt małe, aby mogły prowadzić przeciwko nam skuteczny ostrzał. Chińczycy dysponują jedną tylko jednostką mogącą stawić czoła naszej flocie, zakupionym od Amerykanów statkiem handlowym »Cambridge«, lecz nie posiadają załogi zdolnej go obsadzić. Nasi agencji donoszą, iż »Cambridge« stoi bezczynnie na kotwicy. Dzięki »Nemesis« rozprawa z tą jednostką przebiegnie jak z płatka".

Serce Robina biło jak oszalałe. Pochłonęła go nagła potrzeba odkrycia wszystkiego, co tylko możliwe, ustalenia pełnego zasięgu tego spisku. Niczym w gorączce czytał kolejne listy, a kiedy uporał się z pierwszą partią, wyciągnął korespondencję z lewej szuflady. Jeszcze więcej pism i notatek w podobnym tonie. W żadnym nie dyskutowano sensowności wojny i płynących z niej pożytków, kwestiami spornymi były jedynie dobór odpowiedniego momentu i metody przekonania parlamentu do poparcia planu. Chłopaka zastanowiło natomiast, że niektóre listy pochodzą jeszcze z tysiąc osiemset trzydziestego siódmego roku. Skąd ponad dwa lata temu Jardine, Matheson i Lovell wiedzieli, że negocjacje w Kantonie doprowadzą do zaostrzenia stosunków?

Odpowiedź była oczywista. Wiedzieli, ponieważ od początku zależało im na rozbudzeniu wrogości między oboma państwami. Zależało im na konflikcie, gdyż zależało im na srebrze, a o ile w umyśle cesarza Qinga nie zaszłaby jakaś cudowna zmiana, jedynym sposobem na zdobycie srebra było skierowanie na Chiny armat. Wojna została zaplanowana, zanim jeszcze Lovell ze studentami weszli w Londynie na pokład statku. Nikt nawet nie próbował pertraktować z komisarzem Linem w dobrej wierze. Rozmowy stanowiły jedynie pretekst do rozpętania wojny.

Ci ludzie ufundowali kantońską wyprawę Lovella jako ostatnią ekspedycję przed przedstawieniem uchwały parlamentowi. Ci ludzie ufali, że profesor pomoże im osiągnąć sukces dzięki szybkiej, brutalnej i skutecznej wojnie. Co się stanie teraz, kiedy dowiedzą się, że uczony z rejsu nie wróci?

– Co tam masz?

Robin podniósł wzrok. W drzwiach stał Rami i ziewał.

– Twoja kolej wypada dopiero za godzinę – zauważył Robin.

– Nie mogę spać. Poza tym całe to nasze stróżowanie jest bez sensu. Nikt tu dzisiaj nie przyjdzie. – Rami dołączył do przyjaciela za biurkiem. – Myszkujemy troszkę, co?

– Spójrz. – Robin postukał palcem w stos korespondencji. – Przeczytaj to.

Rami sięgnął po pierwszy list z wierzchu, przebiegł treść spojrzeniem, po czym zajął miejsce naprzeciwko Robina i zapoznał się uważniej z pozostałymi.

– Wielkie nieba!

– To plany wojenne – podsumował Robin. – Wiedzą o nich wszyscy, których poznaliśmy w Kantonie. Patrz, tu są listy od wielebnych Morrisona i Gützlaffa. Obaj wykorzystywali rolę misjonarza, żeby szpiegować cesarskie wojsko. Gützlaff posuwał się nawet do przekupywania informatorów, którzy donosili mu o rozmieszczeniu oddziałów, nazwiskach wpływowych a niechętnych Brytyjczykom chińskich kupców, a nawet o tym, które lombardy warto byłoby złupić.

– Gützlaff? – prychnął Rami. – Naprawdę? Nie podejrzewałem tego Niemiaszka o tyle zimnej krwi.

– Są tu również teksty broszur i artykułów, za pomocą których chcą zdobyć dla wojny poparcie opinii publicznej. O, spójrz. Tutaj Matheson nazywa Chińczyków „nacją cechującą się niesamowitym wręcz stopniem imbecylizmu, chciwości, zarozumialstwa i uporu". A tu znowu niejaki Goddard pisze, że wysłanie okrętów wojennych byłoby „wizytą przeprowadzoną w duchu spokoju i rozsądku". Wyobrażasz sobie? W duchu spokoju i rozsądku! On tak opisuje militarną inwazję!

– Niewiarygodne. – Spojrzenie Ramiego coraz szybciej przemykało po kolejnych dokumentach. – Ciekawe w takim razie, po co wysłali tam nas?

– Mimo wszystko potrzebowali pretekstu – wyjaśnił Robin. Obraz sytuacji z każdą chwilą stawał się jaśniejszy. Wszystko było tak oczywiste, tak niedorzecznie proste, że miał ochotę palnąć się w głowę. Powinien był przejrzeć na oczy znacznie wcześniej. – Potrzebowali argumentu, który mogliby przedstawić parlamentowi, czegoś, co dowiodłoby, że jedyną metodą realizacji brytyjskiej racji stanu jest przemoc. Zadaniem Baylisa nie było zawarcie z Linem kompromisu, tylko upokorzenie go. Chcieli podstępem nakłonić komisarza, by jako pierwszy ogłosił rozpoczęcie działań wojennych.

– Tyle że nie przewidzieli, że Lin spali całe zmagazynowane w porcie opium – zauważył Rami.

– Nie przewidzieli – potaknął Robin. – Aczkolwiek i tak zyskali swój upragniony casus belli.

– A, tu się schowaliście! – W gabinecie pojawiła się Victoire.

Obaj chłopcy aż podskoczyli.

– Kto pilnuje drzwi? – zaniepokoił się Robin.

– Spokojnie, o trzeciej nad ranem nikt się tu nie włamie. A Letty śpi jak kamień. – Victoire podeszła do biurka i spojrzała na sterty listów. – Co robicie?

– Sama zobacz. – Rami gestem wskazał dziewczynie krzesło.

Victoire, podobnie jak przed momentem Rami, gdy tylko zrozumiała, z czym ma do czynienia, zaczęła czytać coraz szybciej i bardziej zachłannie.

– Mój Boże... – Przytknęła palce do warg. – Czyli myślicie, że... Oni od początku nie...

– Zgadza się. – Robin skinął głową. – Wszystko było jedynie na pokaz. Nikt nie oczekiwał, że wynegocjujemy pokój.

– No i co mamy z tym zrobić? – Dziewczyna bezradnie zamachała papierami w powietrzu.

– Ale o czym ty mówisz? – zdziwił się Robin.

– Przecież to plany wojenne. – Odpowiedziała mu równie zaskoczonym spojrzeniem.

– A my jesteśmy studentami – przypomniał chłopak. – Co możemy zrobić?

Na dłuższą chwilę zapadło milczenie.

– Och, Ptaszyno – westchnął wreszcie Rami. – Co my w ogóle robimy? Do czego właściwie chcemy wrócić?

Odpowiedź brzmiała: do Oksfordu. Do Oksfordu, na co przystali wszyscy, ponieważ kiedy utknęli w pułapce na pokładzie „Hellas", a za rufą tonęło w odmętach ciało ich wykładowcy, obietnica powrotu do wszystkiego, co swojskie i normalne, zapewniała znękanym duszom spokój, wspólną ułudę stabilności, która chroniła ich przed obłędem. Wszystkie plany, jakie snuli, kończyły się na bezpiecznym powrocie do Anglii. Teraz jednak nie mogli dłużej przymykać oczu, nie mogli podsycać w sobie ślepej, absurdalnej wiary, że jeśli tylko wrócą do Oksfordu, wszystko będzie dobrze. Powrotu nie było. Zrozumieli to wszyscy. Nie mogli już udawać ani chować się w swym rzekomo bezpiecznym zakątku świata, podczas gdy gdzie indziej szalało niewyobrażalne okrucieństwo i wyzysk. W tej chwili istniała już tylko olbrzymia, przerażająca pajęczyna kolonialnego imperium i sprawiedliwa potrzeba stawienia jej oporu.

– No to co? – rzucił Robin. – Dokąd mamy z tym pójść?

– Cóż – stwierdziła Victoire – do Towarzystwa Hermes.

Kiedy to powiedziała, rozwiązanie wydało się oczywiste. Jedynie ludzie Hermesa mogli wiedzieć, w jaki sposób wykorzystać odkrycie młodych tłumaczy. Ludzie sprzysiężenia, które Robin zdradził i którzy mogli nie być skłonni przyjąć go z powrotem. Tylko oni, spośród wszystkich osób, jakie Robin poznał w życiu, otwarcie przyznawali, że dostrzegają w kolonializmie problem. Oto otwierała się przed nim nowa droga; rzadka i niezasłużona druga szansa na naprawienie złych wyborów – wystarczyło, że znajdą Hermesa wcześniej, niż policja znajdzie ich.

– Czyli wszyscy jesteśmy zgodni? – Victoire patrzyła to na jednego chłopca, to na drugiego. – Najpierw Oksford, potem

Hermes, a wtedy wszędzie tam, gdzie będziemy potrzebni Hermesowi, tak?

– Tak – potwierdził z przekonaniem Rami.

– Nie – rzucił Robin. – Nie, przecież to szaleństwo. Muszę się przyznać. Muszę jak najszybciej zgłosić się na policję...

– Rozmawialiśmy już o tym – fuknął Rami. – Nie raz i nie dwa. Przyznasz się i co? Zapomnisz, że Jardine i Matheson próbują rozpętać wojnę? Ptaszyno, ta sprawa jest ważniejsza niż my. Ważniejsza od ciebie. Człowiek ma pewne obowiązki.

– Ale właśnie o to mi chodzi – podjął z uporem Robin. – Jeżeli się przyznam, wy będziecie bezpieczni. Dzięki temu sprawa wojny opiumowej nie będzie związana z morderstwem. Zyskacie swobodę ruchów i...

– Przestań – ucięła Victoire. – Nie pozwolimy ci.

– Otóż to – podjął Rami. – Poza tym to egoizm. Nie powinieneś wybierać łatwiejszego wyjścia.

– Ty to nazywasz łatwiejszym?

– Chcesz postąpić słusznie – stwierdził Rami. – Jak zresztą zawsze. Ale twoim zdaniem słusznie będzie uczynić się męczennikiem. Myślisz, że jeżeli odpowiednio wiele wycierpisz, doczekasz się rozgrzeszenia.

– Ja wcale nie...

– Właśnie dlatego postanowiłeś nas kryć tamtej nocy. Za każdym razem gdy napotykasz na trudność, chcesz ją po prostu usunąć i dochodzisz do wniosku, że najlepszą metodą jest samobiczowanie. Masz obsesję na punkcie kary. Ale życie nie na tym polega, Ptaszyno. Trafiając za kraty, nie naprawiłbyś niczego. Nie naprawisz też niczego, dyndając na szubienicy. Świat wciąż będzie zepsuty. Widmo wojny nie zniknie. Naprawdę coś naprawić możesz, powstrzymując ją, ale tego nie chcesz. I powiem ci dlaczego. Bo się boisz.

Robin uznał słowa przyjaciela za wysoce niesprawiedliwe.

– Tamtej nocy chciałem was po prostu ocalić.

– Chciałeś uratować samego siebie – powiedział spokojnie Rami. – Ale poświęcenie też pomoże jedynie tobie jednemu.

Nam nie i dlatego taki gest byłby w ostatecznym rozrachunku pusty i bez znaczenia. A teraz skończ, bardzo proszę, rozważania o męczeństwie i przedyskutujmy lepiej... – Urwał.

Victoire i Robin powiedli oczyma za jego spojrzeniem ku drzwiom, w których stała z przyciśniętymi do piersi rękoma Letty. Nie mieli pojęcia, kiedy się tam pojawiła. Twarz dziewczyny, jeśli nie liczyć dwóch czerwonych plam na policzkach, była bardzo blada.

– Och... – odezwał się Rami. – Byliśmy przekonani, że śpisz.

Na szyi Letty zagrała żyłka. Wyglądała, jakby miała zalać się łzami.

– Hermes? – spytała roztrzęsionym szeptem. – Co to za Towarzystwo?

– Ale ja nie rozumiem.

Letty powtarzała tę frazę w regularnych odstępach już od dziesięciu minut. Nieważne, jak starali się jej wszystko wytłumaczyć – konieczność istnienia Towarzystwa Hermes, milion powodów, dla których tego rodzaju organizacja musi działać w sferze cienia – dziewczyna kręciła tylko głową z pustym, nierozumiejącym spojrzeniem.

Nie sprawiała wrażenie oburzonej czy zdenerwowanej, a raczej szczerze i głęboko skonfundowanej i zagubionej, jakby przyjaciele usiłowali jej wmówić, że niebo jest zielone.

– Nie rozumiem. Nie byliście w Babel szczęśliwi?

– Szczęśliwi? – powtórzył Rami. – Widzę, że ciebie nikt nigdy nie pytał, czy farbujesz skórę sokiem z kasztanów.

– Och, Rami, czy oni naprawdę tak...? – Letty otworzyła szeroko oczy. – W życiu nie słyszałam... Przecież masz taką cudną skórę.

– I nikt z niejasnych powodów nie odmówił ci wstępu do sklepu – ciągnął chłopak. – Ani nikt nie obchodził cię na ulicy z daleka, jakbyś miała wszy.

– Przecież to tylko durni, prowincjonalni oksfordczycy – rzuciła Letty. – Z tego wcale nie wynika...

– Wiem, że ty tego nie widzisz – uciął Rami – i wcale tego nie oczekuję. Twoje życie wygląda inaczej. Ale w tej sprawie wcale nie chodzi o to, czy byliśmy w Babel szczęśliwi, czy nie. Chodzi o to, czego domaga się nasze sumienie.

– Przecież Babel dała wam tak wiele. – Letty nie była w stanie zostawić tego wątku. – Mieliście wszystko, czego zapragnęliście. Cieszyliście się tyloma przywilejami...

– Nie wystarczyło, byśmy zapomnieli, skąd pochodzimy.

– No ale stypendia... Ostatecznie bez tych pieniędzy wszyscy bylibyście... Ja naprawdę nie rozumiem...

– To już ustaliliśmy – syknął Rami. – Nasza mała księżniczka. Wielka posiadłość w Brighton, letnie wakacje w Tuluzie, chińska porcelana na półkach i herbata Assam w filiżance? Jak mogłabyś zrozumieć? Twoi ludzie korzystają z owoców istnienia imperium. Nasi nie. Więc zamknij się, Letty, i posłuchaj tego, co próbujemy ci powiedzieć. To, co tamci robią naszym krajom, nie jest w porządku. – Rami z każdą chwilą mówił głośniej, ostrzej. – Nie jest w porządku, kiedy szkolą mnie, żebym wykorzystywał własny język dla ich korzyści, żebym tłumaczył książki i prawa utwierdzające ich władzę, kiedy tymczasem w Indiach, Chinach, na Haiti i w całej reszcie imperium ludzie głodują tylko dlatego, że Brytyjczycy wolą wykorzystywać srebro w swoich kapeluszach i klawesynach niż tam, gdzie mogłoby posłużyć czemuś naprawdę dobremu.

Robin stwierdził w duchu, że Letty zniosła wybuch lepiej, niż można się było spodziewać. Przez chwilę siedziała bez słowa. Wreszcie ściągnęła brwi nad swymi wielkimi oczyma i spytała:

– Ale... skoro problemem jest nierówność, czy nie mogliście załatwić tego przez Instytut? Istnieją wszelkiego rodzaju programy pomocowe, organizacje misjonarzy. Wiecie, działają też filantropi. Dlaczego nie zgłosimy się po prostu do władz kolonialnych i...

– Trochę trudno byłoby to zrobić, ponieważ sednem istnienia Instytutu jest podtrzymywanie imperium – zauważyła Victoire. – Babel nie robi nic, na czym sama nie korzysta.

– To przecież nieprawda – odparła Letty. – Wiem, jak wiele wpłacają na cele dobroczynne. Profesor Leblanc prowadził badania w londyńskich wodociągach po to, żeby mieszkańcy biednych dzielnic nie zapadali tak często na choroby... Na całym świecie powstają stowarzyszenia humanitarne...*

– A wiedziałaś, że Babel sprzedaje sztabki handlarzom niewolników? – Victoire weszła przyjaciółce w słowo.

– Co? – Letty potrząsnęła głową.

– *Capitale* – podjęła Victoire. – Łacińskie *capitale*, wywodzące się z *caput*, stało się starofrancuskim *chatel*, a potem angielskim *chattel***. Bydło i majątek stały się kapitałem. Umieszczają te dwa słowa na sztabkach, łącząc je za pośrednictwem słowa *cattle****, po czym mocują sztabki na łańcuchach, które nie pozwalają niewolnikom uciec. A wiesz dlaczego? Bo stają się potulni. Jak zwierzęta.

– Ależ to... – Letty trzepotała powiekami, zupełnie jakby próbowała pozbyć się z oka drażniącego pyłku. – Victoire, naj-

* Letty odnosi się do organizacji humanitarnych mających na celu ochronę rdzennej ludności terytoriów brytyjskich, jak ta założona przez ewangelickich autorów opublikowanego w 1837 roku „Raportu Komisji Parlamentarnej ds. plemion aborygeńskich", który, aczkolwiek dostrzegając w obecności Brytyjczyków „źródło licznych nieszczęść spadających na ludy niecywilizowane", zalecał dalszy rozwój osadnictwa białych i wzmożoną pracę brytyjskich misjonarzy w Australii i Nowej Zelandii, w imię świętej „misji cywilizacyjnej". Aborygeni, stwierdzał raport, nie będą cierpieć tak bardzo, jeżeli nauczą się ubierać, mówić i zachowywać jak porządni chrześcijanie. Sprzeczność wynika naturalnie z faktu, iż nie istnieje coś takiego jak humanitarna kolonizacja. Wkładem Babel w realizację tego celu było dostarczanie pomocy dydaktycznych prowadzonym przez misjonarzy szkołom i tłumaczenie angielskiego prawa własności ludziom wysiedlanym przez kolonizatorów.

** ruchomość, majątek ruchomy (przyp. tłum.)

*** bydło (przyp. tłum.)

droższa, przecież handel niewolnikami został zakazany w tysiąc osiemset siódmym roku*.

– I sądzisz, że tak po prostu się wtedy skończył? – Victoire wydała z siebie dźwięk z pogranicza śmiechu i płaczu. – Wydaje ci się, że nie sprzedajemy sztabek Amerykanom? Myślisz, że brytyjscy producenci nie czerpią zysków z handlu kajdanami i łańcuchami? Naprawdę uważasz, że w Anglii nie ma ludzi, którzy nadal korzystają z pracy niewolników, tylko świetnie to ukrywają?

– Ale uczeni z Babel z pewnością nie...

– Uczeni z Babel zajmują się dokładnie tymi sprawami – rzuciła kąśliwie Victoire. – Ja coś o tym wiem. Dokładnie nad tym pracował Leblanc. Przy każdym spotkaniu zmieniał temat na swoje drogocenne sztabki niewolnicze. Twierdził, że mogę mieć wyjątkowe podejście do tematu. Pewnego razu poprosił nawet, żebym pozwoliła się skuć wzmocnionymi kajdanami. Chciał się upewnić, że działają na Negrów.

– Dlaczego o niczym mi nie powiedziałaś?

– Letty, próbowałam – przyznała łamiącym się głosem Victoire. Jej oczy pełne były bólu.

* To jedno wielkie kłamstwo, w które Brytyjczycy wierzą bardzo ochoczo. Pomijając argument Victoire, który padnie za moment, niewolnictwo przez długi czas utrzymywało się w Indiach pod patronatem Kompanii Wschodnioindyjskiej. Co więcej, niewolnictwo w Indiach zostało utrzymane na mocy specjalnego wyjątku zapisanego w ustawie abolicyjnej z 1833 roku. Mimo wiary wczesnych abolicjonistów, że Indie rządzone przez Kompanię są krajem wolnym, Kompania była współwinna, czerpała zyski i w wielu wypadkach aktywnie podtrzymywała rozmaite formy zniewolenia, takie jak przymusową pracę na plantacjach, pracę służby domowej czy niewolę kontraktową. Odmowa nazywania tego rodzaju praktyk mianem niewolnictwa wyłącznie dlatego, że nie odpowiadały w szczegółach modelowi niewolnictwa panującemu na plantacjach amerykańskich stanowi rażący akt semantycznej ślepoty. Przyznać trzeba, że Brytyjczycy byli wprawieni w życiu w cieniu sprzeczności. Sir William Jones, zaciekły abolicjonista, tak mówił o własnym domu: „Mam niewolników, których ocaliłem przed śmiercią i nieszczęściem, lecz uważam ich za służących”.

Robin poczuł nagle głęboki wstyd. Dopiero teraz zauważył okrutny schemat przyjaźni dziewcząt. On zawsze miał Ramiego. Victoire natomiast miała jedynie Letty, która niezmiennie opowiadała, jak przyjaciółkę ubóstwia i kocha, lecz słyszała jej słowa tylko wówczas, gdy nie zaburzały jej wizji świata.

A co na to on i Rami? Uciekali spojrzeniami, nie zauważali, oddawali się nadziei, że dziewczyny po prostu przestaną się spierać i wszystko się ułoży. Rami od czasu do czasu rzucał pod adresem Letty uszczypliwości, lecz robił to wyłącznie dla własnej przyjemności. Żaden z nich nigdy nie zastanowił się, jak koszmarnie samotna musiała przez cały ten czas czuć się Victoire.

– Nie obchodziło cię to – mówiła dalej Victoire. – Letty, ciebie nie obchodzi nawet, że nasza gospodyni nie pozwala mi korzystać z wewnętrznej toalety...

– Co? To śmieszne! Zauważyłabym...

– Nie – ucięła Victoire. – Nie widziałaś. Niczego nie widzisz, Letty, i w tym problem. A teraz prosimy cię, abyś nareszcie posłuchała, co chcemy ci powiedzieć. Uwierz nam, proszę.

Robin zauważył, że Letty jest bliska załamania. Kończyły się jej argumenty. Wyglądała niczym zapędzony do narożnika psiak. Wciąż jednak strzelała na wszystkie strony oczyma, rozpaczliwie szukając ucieczki. Gotowa była uciec się do najsłabszej wymówki, przystać na najmniej logiczne z wnioskowań, byle tylko nie rezygnować z własnych złudzeń.

Rozumiał to, ponieważ jeszcze nie tak dawno temu zachowywał się identycznie jak ona.

– A więc szykuje się wojna – odezwała się po chwili milczenia Letty. – Jesteście absolutnie pewni, że wybuchnie wojna.

– Tak, Letty – westchnął Robin.

– I z całą pewnością stoi za nią Babel?

– Sama możesz przeczytać te listy.

– A co... co w tej sprawie może zdziałać Towarzystwo Hermes?

– Tego nie wiemy – przyznał Robin. – Ale poza nimi nie ma nikogo, kto mógłby zaradzić cokolwiek. Dostarczymy im te dokumenty, opowiemy o wszystkim, co wiemy...

– Ale po co? – spytała Letty. – Dlaczego chcecie ich w to mieszać? Powinniśmy to zrobić sami. Możemy pisać ulotki, udać się do parlamentu. Mamy tysiąc innych możliwości, niż uciekać się do pomocy jakiegoś... sekretnego gangu złodziei. Tak potężna zmowa, tak jaskrawa korupcja. Jestem pewna, że jeśli opinia publiczna pozna szczegóły, nigdy takiej wojny nie poprze. Za to działalność podziemna, okradanie uniwersytetu...W ten sposób jedynie szkodzicie własnej sprawie, czyż nie? Dlaczego nie chcecie tej afery po prostu ujawnić?

Przez chwilę wszyscy milczeli, zastanawiali się, kto powie Letty jako pierwszy.

Zadanie wzięła na swoje barki Victoire.

– Ciekawe – zaczęła bardzo powoli – czy kiedykolwiek czytałaś literaturę abolicyjną, jaka ukazywała się, zanim parlament ostatecznie zniósł niewolnictwo?

– Nie rozumiem, co to ma... – Na czoło Letty wystąpiła zmarszczka.

– Pierwszą abolicyjną petycję wystosowali do parlamentu kwakrzy w tysiąc siedemset osiemdziesiątym trzecim roku – ciągnęła Victoire. – Equiano ogłosił swój pamiętnik jeszcze w tysiąc siedemset osiemdziesiątym. Poza tym abolicjoniści przedstawiali brytyjskiej opinii publicznej niezliczone opowieści o niewolnictwie. Historie pełne opisów najbardziej okrutnych, najstraszliwszych tortur, jakie można zadać bliźniemu. Ponieważ sam fakt, że czarnoskórzy pozbawiani byli wolności, okazał się za słaby. Należało ukazać makabrę. A i tak na zniesienie niewolnictwa trzeba było czekać dziesiątki lat. I mówimy tu o niewolnictwie. W porównaniu z tym wojna w odległym Kantonie, konflikt handlowy, będzie po prostu niczym. Nie ma tu romantyzmu. Nie ma powieściopisarzy opisujących los chińskich rodzin, w których szerzy się opiumowy nałóg. Jeżeli parlament przegłosuje, że należy otworzyć kantoński port za pomocą siły, wszyscy uznają, że wolny handel działa po prostu jak należy. Więc nie mów mi, że brytyjska opinia publiczna kiwnęłaby w tej sprawie palcem.

– Ale to jednak wojna – odparła Letty. – Wojna to coś innego, z pewnością zapanuje oburzenie...

– Wciąż nie pojmujesz – odezwał się Rami – jak wiele gotowi są wybaczyć ludzie twojego pokroju, byle tylko mogli nadal raczyć się przy śniadaniu kawą i herbatą. Ich to nie obchodzi, Letty. Po prostu nie obchodzi.

Letty na długi moment umilkła. Wyglądała żałośnie, krucha i przygnębiona, jakby otrzymała właśnie wiadomość o śmierci członka rodziny. Ostatecznie wypuściła z ust przeciągły, niepewny oddech i popatrzyła w oczy kolejno każdemu z przyjaciół.

– Rozumiem, dlaczego mi nie powiedzieliście – powiedziała.

– Och, Letty. – Victoire po chwili wahania złożyła dłoń na ramieniu przyjaciółki. – To nie tak.

Nie dodała jednak ani słowa. Jasne było, że nie jest w stanie powiedzieć nic bardziej krzepiącego. Do powiedzenia nie pozostało nic z wyjątkiem prawdy, a prawda wyglądała tak, że po prostu Letty nie ufali. Że mimo całej wspólnej przeszłości, mimo licznych deklaracji wiecznotrwałej przyjaźni, nie mieli pewności, po której stronie opowiada się dziewczyna.

– My już zdecydowaliśmy – stwierdziła łagodnie, lecz stanowczo Victoire. – Zaraz po powrocie do Oksfordu udamy się z tą sprawą do Hermesa. Nie musisz iść z nami. Nie możemy cię zmusić, żebyś tak ryzykowała. Wiemy, że dość się już wycierpiałaś. Ale jeśli nie jesteś z nami, to prosimy przynajmniej, żebyś dochowała tajemnicy.

– O czym ty mówisz?! – zawołała Letty. – Oczywiście, że jestem z wami. Jesteście przecież moimi przyjaciółmi. Zostanę z wami do końca. – Rzuciła się Victoire na szyję i zalała rzęsistymi łzami.

Victoire stężała, a w jej oczach pojawiła się konsternacja. Po chwili jednak uniosła ręce i pogładziła Letty po plecach.

– Przepraszam – dukała wstrząsana szlochem Letty. – Przepraszam, tak bardzo przepraszam...

Robin i Rami przyglądali się przyjaciółkom, niepewni, co sądzić. Gdyby mieli do czynienia z kimkolwiek innym, wybuch żalu wydałby się im obrzydliwie sztuczny, lecz Letty była w tej chwili szczera, mieli tego pewność. Ta dziewczyna nie potrafiła beczeć na zawołanie; nie potrafiła udawać najprostszych nawet emocji. Była zbyt sztywna i przejrzysta; wiedzieli, że jest całkowicie niezdolna zachowywać się inaczej, niż każe jej serce. Dlatego też jej załamanie okazało się specyficznym katharsis. Zdali sobie sprawę, że przyjaciółka w końcu zrozumiała, co czują oni. I z ulgą przyjęli wiadomość, że wciąż mają w niej sojuszniczkę.

Niemniej coś nie dawało Robinowi spokoju. Patrząc na twarze Victoire i Ramiego, uświadomił sobie, że i ich to niepokoi. Zrozumiał dopiero po chwili i od tamtej pory dręczyło go to już zawsze. Byli świadkami wielkiego paradoksu. Mimo wszystkiego, co usłyszała od nich Letty, mimo cierpień, jakich zaznawali wszyscy troje, to ona domagała się pociechy.

ROZDZIAŁ

DWUDZIESTY PIERWSZY

Och, wy oksfordzkie iglice! Wieże i kopuły!
Zagajniki i ogrody! Bliskość wasza upaja
Najtrzeźwiejsze rozumy.

William Wordsworth,
Oksford, 30 maja 1820
(przeł. Grzegorz Komerski)

Powrót młodych tłumaczy do Oksfordu szybko przeistoczył się w komedię pomyłek, czego naturalnie dałoby się uniknąć, gdyby nie byli zbyt wyczerpani, głodni i poirytowani własnym towarzystwem, żeby ze sobą rozmawiać. Ponieważ portfele całej czwórki ważyły coraz mniej, okrągłą godzinę spędzili, dyskutując, czy roztropniej będzie wybrać się na dworzec Paddington powozem pożyczonym od pani Clemens, czy jednak wynająć dwukółkę. O dwukółkę jednak było w Hampstead niełatwo, zwłaszcza w niedzielny poranek, przez co na stacji pojawili się dopiero w dziesięć minut po odjeździe pociągu do Oksfordu. Bilety na następny kurs były już w pełni wyprzedane, a jeszcze późniejszy skład doznał poważnego opóźnienia z powodu krowy, która wylazła na tory, co oznaczało, że do celu mieli dotrzeć dopiero po północy.

Słowem, zmarnowali cały dzień.

Dla zachowania pozorów normalności godziny oczekiwania wypełnili, krążąc od jednej londyńskiej kawiarni do drugiej, a spożywanie absurdalnych ilości kawy i słodyczy zamawianych, by uzasadnić wizyty w kolejnych lokalach, przypłacili rosnącą, graniczącą momentami z paranoją nerwowością. Od czasu do czasu ktoś wspominał o profesorze Lovellu bądź o Hermesie, co spotykało się z natychmiastowymi zjadliwymi napomnieniami pozostałych. Nie sposób było stwierdzić, kto siedzi przy sąsiednim stoliku, a Londyn sprawiał wrażenie miasta pełnego wrogo nastawionych podsłuchiwaczy. Nikt nie lubi być uciszany, a przyjaciele nie mieli serca do lżejszych tematów, więc kiedy wtarabanili wreszcie swoje kufry na pokład spóźnionego pociągu, nie rozmawiali ze sobą już od dłuższego czasu.

Podróż spędzili w nieprzyjemnym, pełnym wzajemnej urazy milczeniu. Na dziesięć minut przed planowanym przyjazdem na dworzec w Oksfordzie Letty nagle wyprostowała się na siedzeniu i zaczęła gwałtownie i płytko oddychać.

– O Boże! – szeptała. – O Boże, o Boże, o Boże...

Kiedy zaczęła zwracać uwagę innych pasażerów, w poszukiwaniu pokrzepienia uchwyciła się ramienia Ramiego, lecz chłopak uwolnił się zniecierpliwionym szarpnięciem.

– Letty, zamknij się!

Słowa zabrzmiały okrutnie, lecz Robin świetnie przyjaciela rozumiał. On sam miał już dosyć Letty; histeryzowała przez większą część dnia i działała mu na nerwy. Wszyscy jesteśmy u skraju wytrzymałości, pomyślał, i w tej sytuacji powinna po prostu zacisnąć zęby i wziąć się w garść jak cała reszta.

Oszołomiona wybuchem przyjaciela Letty ucichła.

Wreszcie pociąg wtoczył się ze zgrzytem na oksfordzki dworzec. Przyjaciele, trzęsąc się z zimna i ziewając, ruszyli przed siebie, ciągnąc ciężkie bagaże po ulicznym bruku, i po dwudziestu minutach mordęgi dotarli na uniwersytet – postanowili wcześniej, że dziewczęta zamówią powóz z budki nocnego stróża. Było już stanowczo zbyt ciemno, aby mogły wybrać się same w długi spacer na północ. Kiedy z mroku przed nimi wyłoniło się surowe, kamienne oblicze kolegium University, Robin poczuł ostre ukłucie nostalgii – to magiczne, zbrukane miejsce wciąż wydawało mu się domem.

– Ej, wy tam! – Billings, główny portier, zamachał lampą. Zmierzył studentów uważnym spojrzeniem od stóp do głów, a kiedy ich rozpoznał, powitał gorącym uśmiechem. – Ach, wracacie wreszcie z Orientu, ma się rozumieć.

Robin zastanowił się, jaki widok mogli stanowić w chybotliwym świetle – wylęknione twarze, przepocona wczorajsza odzież w nieładzie. Ich wyczerpanie musiało być ewidentne, gdyż w spojrzeniu Billingsa odmalowało się współczucie.

– Och, niebożęta. – Odwrócił się i przywołał ich za sobą skinieniem. – Chodźcie.

Kwadrans potem kulili się przy jadalnianym stole nad filiżankami mocnej, czarnej herbaty, a Billings krzątał się w kuchni. Protestowali, nie chcąc nadużywać uprzejmości, lecz portier uparł się, że usmaży im coś solidnego. Niebawem powrócił, niosąc talerze pełne parujących jajek sadzonych, gorącej kiełbasy, ziemniaków i grzanek z pszennego pieczywa.

– A to coś ku pokrzepieniu serc – oświadczył Billings, stawiając przed studentami cztery kubki. – Brandy z wodą. Nie jesteście pierwszymi babolami, których podejmuję tuż po powrocie z dalekich krajów. Dobrze wiem, czego w takich razach człowiekowi trzeba.

Woń jedzenia przypomniała przyjaciołom o dotkliwym głodzie. Rzucili się na poczęstunek niczym wilcza wataha i jedli w milczeniu pod czujnym, rozbawionym spojrzeniem Billingsa.

– No dobrze – zagaił w pewnym momencie portier – opowiedzcie co nieco o tej swojej ekscytującej podróży, co? Kanton i Mauritius, ma się rozumieć? Karmili was może jakimiś paskudztwami? Podziwialiście lokalne obrzędy?

Niepewni, co odpowiedzieć, popatrzyli jedno na drugie. Letty wybuchnęła płaczem.

– Oj, nic to, nic to. – Billings podsunął dziewczynie kubek brandy pod nos. – Tak źle chyba nie było?

Letty pokręciła głową. Przygryzła dolną wargę, lecz nie powstrzymało to kolejnego, żałosnego odgłosu, jaki dobył się z jej ust. Moment później już nie kwiliła, a ryczała niepowstrzymanie, całą sobą. Skryła twarz w dłoniach i szlochała głęboko, trzęsąc ramionami. Spomiędzy jej palców wraz ze łzami płynęły niezrozumiałe słowa.

– To z tęsknoty za domem – rzuciła bezradnie Victoire. – Oj, jakże się wytęskniła.

– Już dobrze, moje dziecko. – Billings pogładził Letty po ramieniu. – Jesteś już w domu, ma się rozumieć. Jesteś bezpieczna.

Portier wyszedł obudzić woźnicę. Po dziesięciu minutach pod jadalnią stanęła dorożka i dziewczęta odjechały do swojej kwatery. Robin i Rami dobrnęli wraz z kuframi na Magpie Lane i pożegnali się, życząc sobie dobrej nocy. Kiedy Rami zniknął za drzwiami swego pokoju, Robin poczuł przelotne ukłucie niepokoju – długie noce na morzu przyzwyczaiły go do towarzystwa przyjaciela i przestraszył się pierwszej od wielu tygodni przeciągłej samotności w mroku, której nie mógł złagodzić głos innego człowieka.

Kiedy jednak zamknął drzwi swojego mieszkania, z zaskoczeniem stwierdził, że wszystko wydaje się najzupełniej zwyczajne. Biurko, łóżko i regał z książkami prezentowały się dokładnie tak, jak je zostawił. Pod jego nieobecność nie zmieniło się nic. Na biurku wciąż leżał opracowywany wspólnie z profesorem Chakravartim, urwany w pół zdania przekład „Shan Hai Jing", chińskiej „Księgi gór i mórz". Także służba musiała całkiem niedawno zaglądać, gdyż na meblach trudno było dojrzeć choćby drobinkę kurzu. Robin usiadł na nierównym materacu i odetchnął swojskim, podnoszącym na duchu zapachem stęchlizny i starych książek. Poczuł, że jeśli tylko położy się i zamknie oczy, będzie mógł rano wstać i pójść na zajęcia jakby nigdy nic.

Tuż po obudzeniu ujrzał nad sobą Ramiego.

– Dobry Boże! – Robin poderwał się z posłania. – Nie strasz mnie – rzucił zdyszany.

– Powinieneś wreszcie pomyśleć o zamykaniu drzwi na klucz. – Przyjaciel podał mu filiżankę. – Zwłaszcza teraz, kiedy... No wiesz. Herbaty?

– Dziękuję. – Robin ujął naczynko oburącz i upił łyk. Ich ulubiona mieszanka herbat ze stanu Assam, ciemna, uderzająca do głowy, mocna. Przez jedną cudowną chwilę we wpadających przez okno promieniach słońca, z cichą ptasią piosenką w tle, wszystko, co zaszło w Kantonie, wydawało się jedynie koszmarnym snem. Po chwili jednak wróciły oślizłe, wijące się wspomnienia.

– Co tam? – spytał z westchnieniem Robin.

– Dziewczyny tu są – odparł Rami. – Pora wstawać.

– Tutaj?

– U mnie w salonie. Rusz się.

Robin obmył twarz i ubrał się. Victoire i Letty zastał na sofie Ramiego, który zaserwował herbatę, przyniesione w jutowym woreczku bułeczki i sosjerkę pełną gęstej śmietany.

– Uznałem, że na wycieczkę do jadalni nikt nie będzie miał ochoty, więc przyszykowałem śniadanie.

– Bardzo dobre pieczywo – rzuciła zaskoczona Victoire. – Skąd...

– Vaults & Garden, kupiłem tuż przed otwarciem. Od dawna sprzedają wczorajsze za ułamek ceny. – Rami nie miał noża, więc śmietanę nabrał bezpośrednio bułeczką. – Smaczne, prawda?

– Jak się wam spało? – Robin usiadł naprzeciwko dziewcząt.

– Całkiem nieźle, biorąc pod uwagę okoliczności – przyznała Letty. – Trochę dziwnie się teraz tu czuję.

– Ja też. Jakby było mi zbyt wygodnie – poparła przyjaciółkę Victoire. – Wydawałoby się, że świat powinien się teraz zmienić, a tu... nic.

Robin miał bardzo podobne odczucia. Źle się czuł w przytulnym mieszkaniu, siedząc na kanapie Ramiego i racząc się ulubioną herbatą oraz bułeczkami z ulubionej kawiarni. Ich położenie wydawało się niewspółmierne do stawki, o jaką toczyła się gra. Sytuacja domagała się czegoś w rodzaju pożaru całego świata.

– Dobrze, posłuchajcie. – Rami zajął miejsce obok Robina. – Nie możemy zadowolić się czekaniem. Każda mijająca sekunda to sekunda, kiedy pozostajemy jeszcze na wolności i musimy ten czas wykorzystać. Musimy odszukać Hermesa. Ptaszyno, w jaki sposób kontaktujesz się z Griffinem?

– W żaden – stwierdził Robin. – Griffin od początku bardzo na to naciskał. On wiedział, jak dotrzeć do mnie, ale w drugą stronę było to niemożliwe.

– Z Anthonym było podobnie – zauważyła Victoire. – Chociaż... pokazał nam kilka skrzynek kontaktowych, miejsca, gdzie znosiliśmy fanty. Może jeśli zostawimy tam wiadomość...

– Ciekawe tylko, jak często do nich zagląda? – wtrąciła Letty. – Jeżeli na nic akurat nie czeka, może tych skrytek nie sprawdzać w ogóle.

– Nie wiem – przyznała z frustracją w głosie Victoire. – Ale to nasza jedyna szansa.

– Myślę, że sami nas znajdą – stwierdził Robin. – Po naszej niedawnej wpadce... Rozumiecie, wszyscy wiedzieliśmy co nieco o działalności Hermesa i przypuszczam, że ktoś się do nas odezwie. Będą się chcieli upewnić, że są bezpieczni.

Miny przyjaciół wskazywały, że ten wniosek nie poprawił im humorów. Towarzystwo Hermes działało w sposób kapryśny i nieprzewidywalny. Ktoś mógł zapukać do ich drzwi w ciągu najbliższej godziny, lecz mogli też czekać na sygnał miesiącami.

– Właściwie to ile mamy czasu? – odezwał się po chwili milczenia Rami. – Jak myślicie, kiedy się połapią, że poczciwy Richard nie wrócił?

W tej sprawie również trudno było o pewność. Do rozpoczęcia trymestru pozostał jeszcze tydzień, a niestawiennictwo profesora Lovella na zaplanowanych zajęciach musiało wzbudzić podejrzenia. Z drugiej strony nie mieli jednak pojęcia, czy inni wykładowcy nie spodziewają się go wcześniej.

– Zastanówmy się, kto z nim utrzymywał regularne kontakty – zasugerowała Letty. – Na wydziale trzeba będzie przedstawić jakąś wiarygodną bajeczkę...

– Pozostaje jeszcze kwestia jego gosposi, pani Piper – przypomniał Robin. – Ona czeka w domu w Jericho i na pewno zacznie się niepokoić. Muszę ją odwiedzić.

– Mam pomysł – powiedziała Victoire. – Myślę, że dobrze byłoby wybrać się do jego gabinetu w Instytucie i przejrzeć papiery. Dowiemy się, czy nie miał jakichś umówionych spotkań. Kto wie, może warto nawet napisać w jego imieniu parę listów. Moglibyśmy w ten sposób zyskać trochę więcej czasu.

– Chwileczkę, pozwól, że sprecyzuję – rzuciła Letty. – Uważasz, że powinniśmy dokonać włamania do biura człowieka, którego zabójstwo staramy się ukryć, i przetrząsnąć jego osobiste rzeczy z nadzieją, że nikt nas nie przyłapie?

– Co więcej, myślę, że powinniśmy się tym zająć od razu – dodała Victoire. – Póki nikt nie ma pojęcia, co zrobiliśmy.

– A skąd pewność, że nie wiedzą? – spytała cienkim głosem Letty. – Skąd wiesz, że nie zakują nas w kajdany, ledwie przekroczymy próg wieży?

– Święty Panie – mruknął Robin. Cała ta konwersacja wydała mu się nagle absurdalna, podobnie jak fakt, że prowadzą ją w Oksfordzie. – Po co myśmy w ogóle wrócili?

– Najlepiej będzie popłynąć do Kalkuty – obwieścił znienacka Rami. – Słuchajcie, ucieknijmy do Liverpoolu, a tam kupimy bilety...

– Dlaczego akurat do Kalkuty? – Letty zmarszczyła nos.

– Tam jest bezpiecznie. Moi rodzice zapewnią nam schronienie, na poddaszu jest miejsce...

– Nie będę przez resztę życia chować się na strychu twoich rodziców!

– Chodzi o tymczasowe rozwiązanie...

– Ochłońcie wszyscy! – Victoire podnosiła głos na tyle rzadko, że ucichli w jednej chwili. – Potraktujcie to jak... pracę domową, jak esej. Potrzeba nam jedynie planu. Musimy rozłożyć problem na części składowe, a potem po kolei się z nimi uporać i wszystko będzie dobrze. Skupcie się. – Uniosła dwa palce. – Wygląda na to, że przede wszystkim czekają nas dwa zadania. Pierwsze, skontaktować się z Towarzystwem Hermes. Drugie, zebrać taką ilość informacji, aby Hermes, kiedy już ich znajdziemy, mógł je jakoś wykorzystać.

– Zapomniałaś o trzecim zadaniu – stwierdziła Letty. – Nie dać się złapać.

– To chyba jasne.

– Właściwie to jak wygląda nasza sytuacja? – Rami myślał na głos. – Widzicie, jeśli się zastanowić poważniej, to tutaj jesteśmy bardziej bezpieczni niż na statku. Trupy nie mówią, a on nie wypłynie na żaden brzeg. Moim zdaniem, o ile tylko będziemy siedzieć cicho, nic nam nie grozi, prawda?

– W końcu jednak ktoś zacznie wypytywać – zauważyła Letty. – Przecież zorientują się, że profesor Lovell nie odpisuje na listy.

– Dlatego będziemy powtarzać to, co już ustaliliśmy – zasugerowała Victoire. – Że zaszył się w domu. Jest poważnie chory i dlatego nie odpowiada na korespondencję ani nie przyjmuje gości, a nas poprosił, żebyśmy wrócili do Babel sami. I kropka. Nie wolno przesadnie komplikować sprawy, żadnych zbędnych szczegółów. Jeżeli nasze wersje pozostaną spójne, nikt nie zacznie nic podejrzewać. Nawet nasza nerwowość nie powinna dziwić. Ostatecznie martwimy się zdrowiem naszego drogiego profesora. Tak?

Przyjaciele nie próbowali z nią dyskutować. Wszyscy jak jeden mąż uczepili się kurczowo jej słów i czekali na kolejne. Świat nagle przestał się rozpadać. Wszystko zawisło od tego, co Victoire powie za chwilę.

– Uważam natomiast – podjęła dziewczyna – że im dłużej pozostaniemy bezczynni, im bardziej, by tak rzec, ostrożnie będziemy się zachowywać, tym bardziej się narazimy. Nie wolno nam zniknąć ani unikać kontaktów. Jesteśmy studentami Babel. Jesteśmy ludźmi bardzo zajętymi. Jesteśmy studentami czwartego roku i odchodzimy od zmysłów z powodu nawału pracy. Nie musimy udawać, że nie wariujemy, bo przecież na naszym wydziale wariują wszyscy. Musimy jedynie udawać, że wariujemy z właściwych powodów.

I te słowa z jakiegoś powodu zabrzmiały bardzo rozsądnie i niepodważalnie.

– Ty zajmij się gosposią – Victoire spojrzała na Robina – a potem zdobądź korespondencję i wszelkie możliwe dokumenty Lovella. Rami i ja zostawimy w skrzynkach kontaktowych Anthony'ego tak wiele zaszyfrowanych wiadomości, ile tylko zdołamy. Letty, ty żyj sobie jak zawsze i udawaj, że wszystko jest w jak najlepszym porządku. Jeżeli pojawią się pytania o Kanton, zacznij rozpowiadać o niedomaganiu profesora. Spotkajmy się tu dzisiaj wieczorem i módlmy się, by do tego czasu nie wydarzyło się nic złego. – Victoire głęboko odetchnęła i powiodła spojrzeniem po twarzach przyjaciół, jakby próbując w ten sposób utwierdzić w przekonaniu samą siebie. – Uda się nam, zrozumiano? Wystarczy, że nie stracimy zimnej krwi.

Szkoda tylko, przemknęło Robinowi przez myśl, że to ostatnie jest prawie niewykonalne.

Jedno po drugim opuścili mieszkanie przy Magpie Lane i rozeszli się do wyznaczonych zadań. Robin miał wielką nadzieję, że pani Piper nie będzie w domu, że wykpi się pozostawionym w skrzynce pocztowej liścikiem. Ledwie jednak zapukał, drzwi stanęły otworem.

– Robin, mój drogi! – ucieszyła się gosposia.

Uśmiechnięta od ucha do ucha mocno przytuliła go do piersi. Pachniała ciepłym chlebem. Robin poczuł w zatokach pieczenie, niebezpieczny zwiastun łez. Odsunął się od kobiety i potarł sobie nos, ukrywając wzruszenie pod pozorem kichnięcia.

– Coś chudy jesteś. – Poklepała go po policzkach. – Nie karmili was w Kantonie? A może chińska kuchnia ci się odwidziała?

– W Katonie z jedzeniem problemu nie miałem – odpowiedział słabym głosem. – Gorzej było na morzu.

– Diabli by wzięli tych okrętowych kucharzy. Przecież wciąż jesteście dziećmi. – Pani Piper cofnęła się i rozejrzała. – Czyli profesor też już wrócił?

– Prawdę mówiąc, on nie wróci jeszcze przez jakiś czas – rzucił chłopak łamiącym się głosem. Odchrząknął. Nigdy w życiu tej kobiety nie okłamał i czuł się z tym gorzej nawet, niż przypuszczał. – Profesor, nie ma co owijać w bawełnę, poczuł się w czasie rejsu trochę gorzej.

– Wielkie nieba, zaniemógł?

– Nie czuje się jeszcze na siłach wracać do Oksfordu, a poza tym martwi się, że może kogoś zarazić. Urządził sobie kwarantannę w Hampstead i na razie zostanie tam.

– Ale jakże to? Sam jak palec? – Pani Piper zaniepokoiła się nie na żarty. – Co za dureń! Powinien skrobnąć słówko. Muszę tam jechać, i to jeszcze dzisiaj. Bóg świadkiem, że ten człowiek nawet herbaty nie umie sobie zaparzyć...

– Nie, proszę – wypalił Robin. – Znaczy... Kłopot w tym, że ta choroba jest okrutnie zaraźliwa. Roznosi się w powietrzu poprzez drobniutkie kropelki, które profesor rozsiewa przy każdym słowie i kaszlnięciu. Na statku nie odwiedzaliśmy go nawet w kajucie. Profesor stara się ograniczyć kontakty do absolutnego minimum. Ale jest pod dobrą opieką. Sprowadziliśmy mu lekarza i...

– Kogo? Smitha? Hastingsa?

– Hmm.... – Robin spróbował sobie przypomnieć nazwisko medyka, który w dzieciństwie wyleczył go z grypy. – Hastingsa?

– A, to dobrze. – Pani Piper odetchnęła z ulgą. – Bo Smith to jednak szarlatan. Kilka lat temu dostałam okropnie wysokiej gorączki, a on mi wmawiał, że to zwykła histeria. Histeria, uważasz! Nie byłam w stanie przełknąć łyżki bulionu, a ten mi tłumaczy, że sobie coś ubrdałam!

– Jestem przekonany, że doktor Hastings zajmie się profesorem jak należy – zapewnił Robin i uspokoił się głębszym oddechem.

– Och, z pewnością. Spodziewam się, że profesor wparaduje tu już w niedzielę i zażąda ode mnie bułeczek z rodzynkami. – Pani Piper uśmiechnęła się szeroko. Radość była jednak udawana, uśmiech nie rozświetlił jej oczu. Chciała po prostu rozweselić gościa. – Cóż, tyle dobrego, że mogę na razie zająć się tobą. Zjesz coś?

– Och, niestety – rzucił pospiesznie. – Nie mogę zostać. Mam... Muszę poinformować pozostałych wykładowców. W Instytucie nikt jeszcze nie wie.

– To nie wypijesz nawet herbaty?

Chciał. Marzył, by usiąść z panią Piper przy stole, posłuchać jej trajkotania i przynajmniej przez krótką chwilę nacieszyć się ciepłem, wygodą i bezpieczeństwem dzieciństwa. Zdawał sobie jednak sprawę, że nie wytrwa nawet pięciu minut, że gosposia nie zdąży nawet zaparzyć mu filiżanki herbaty Darjeeling. Wiedział, że jeżeli zostanie, jeśli tylko przekroczy próg tego domu, załamie się na dobre.

– Robin, skarbeńku? – Pani Piper obrzuciła twarz chłopaka troskliwym spojrzeniem. – Czy coś cię dręczy?

– Po prostu... – Łzy zmąciły mu wzrok; nie mógł ich powstrzymać. – Po prostu bardzo się boję – dokończył żałosnym tonem.

– Oj, kochanie. – Gosposia otoczyła go ramionami. Wstrząsany tłumionym szlochem Robin przywarł mocno do jej piersi. Po raz pierwszy uświadomił sobie, że może już nigdy tej kobiety nie zobaczyć. Dotarło też do niego, że nawet przez sekundę nie zastanowił się, jaki czeka ją los, kiedy wyjdzie na jaw, że profesor Lovell nie żyje.

– Pani Piper, tak sobie ostatnio myślałem... – Wyplątał się z jej objęć i cofnął o krok. Wyrzuty sumienia dawały mu się mocno we znaki. – Czy ma... czy ma pani krewnych albo kogoś bliskiego? Gdyby musiała się pani przeprowadzić?

– O czym ty mówisz? – W oczach gosposi zagościła konsternacja.

– Cóż, gdyby profesor Lovell z tego mimo wszystko nie wyszedł... Zastanawiam się, ponieważ jeżeli coś mu się stanie, nie będzie pani mieć...

– Och, dziecko drogie. – Oczy pani Piper zawilgły. – Mną się nie przejmuj. Mam w Edynburgu brata i bratanicę. Nie przepadamy za sobą, ale w razie potrzeby wezmą mnie pod dach. Lecz nic podobnego się nie wydarzy. Richard już nieraz zapadał na zamorskie choróbska. Zobaczysz, zanim się obejrzysz, znów będziesz do nas zachodzić na comiesięczne kolacje. A gdy tylko wróci, upiekę wam tłuściutką gęś. – Uścisnęła ramiona chłopaka. – Na razie skup się na studiach i niczym się nie kłopocz, dobrze?

To już ich ostatnie spotkanie. Bez względu na to, w jakim kierunku potoczą się sprawy, to jedno wydawało się pewne. Robin skoncentrował spojrzenie na dobrotliwym uśmiechu Szkotki i spróbował jak najlepiej zapamiętać tę chwilę.

– Będę się starać, pani Piper. Do widzenia.

Przed wejściem do wieży na chwilę przystanął, musiał poszukać w sercu odwagi.

Gabinety wykładowców znajdowały się na szóstym piętrze. Robin odczekał moment na schodach, a kiedy nabrał pewności, że korytarz jest pusty, podbiegł do drzwi i wsunął klucz profesora do zamka. Korespondencja pozostawiona tutaj niewiele odbiegała treścią od listów z Hampstead: pisma do Jardine'a, Mathesona, Gützlaffa i innych, niezmiennie dotyczące planów nadchodzącej inwazji.

Robin złożył wybrane papiery w plik, który wsunął do kieszeni marynarki. Nie miał bladego pojęcia, do czego te dokumenty mogą się przydać Hermesowi, lecz uznał, iż lepiej mieć taki materiał dowodowy niż żaden. Ledwie zdążył zamknąć za sobą drzwi, dotarły do niego głosy z gabinetu profesora Playfaira. Pierwszy należał do jakiejś kobiety.

– Przegapił trzy terminy płatności – mówiła ostro, donośnie. – Nie kontaktował się ze mną od kilku miesięcy...

– Richard jest wielce zajęty – odparł profesor Playfair. – A obecnie wciąż przebywa za granicą. Doroczna wyprawa ze studentami czwartego roku. Jestem pewien, że pani wspominał...

– Otóż nie! – rzuciła nieznajoma. – Wie pan, on jest straszny w takich sprawach. Nigdy nie mamy pojęcia, gdzie go szukać. Nie pisze, nie telegrafuje, nawet dzieciom nic nie przyśle. Wie pan, one zaczynają powoli zapominać, że mają w ogóle ojca.

Robin z rozkołatanym sercem ukrył się za rogiem korytarza, pozostając w zasięgu głosu od gabinetu Playfaira. Od schodów dzieliło go w tej chwili tylko kilka kroków. Gdyby ktoś otworzył drzwi, mógł niepostrzeżenie zbiec na piąte piętro.

– Rozumiem, że to musi być... hmm... trudne – rzucił profesor Playfair, wyraźnie skrępowany. – Aczkolwiek muszę przyznać, iż nieczęsto poruszamy z Richardem ten akurat temat. Najlepiej będzie, jeżeli omówi pani wszystko z nim osobiście...

– A kiedy spodziewacie się jego powrotu?

– W przyszłym tygodniu, chociaż słyszałem, że w Kantonie sytuacja się pogarsza, więc możliwe, że wróci kilka dni wcześniej. Tymczasem, pani Lovell, naprawdę nie umiem powiedzieć nic więcej. Jeżeli otrzymam nowe informacje, nie omieszkam dać znać, lecz w tej chwili wiem równie niewiele jak pani.

Drzwi stanęły otworem. Robin przygotował się do ucieczki, lecz niezdrowa ciekawość kazała mu zostać. Wyjrzał ostrożnie zza rogu. Chciał zobaczyć, mieć pewność.

Na korytarzu pojawiła się wysoka, smukła kobieta, w której włosach srebrzyły się pierwsze pasma siwizny. Była z nią dwójka małych dzieci. Starsza dziewczynka wyglądała na jakieś dziesięć lat i miała oczy pełne łez, lecz szloch tłumiła wciśniętą do ust piąstką. Drugą ręką mocno ściskała dłoń matki. Chłopiec był znacznie młodszy. Mógł mieć najwyżej pięć, sześć lat. Chwiejnym krokiem wyszedł na korytarz, gdy pani Lovell żegnała się z profesorem Playfairem.

Nagle coś chwyciło Robina za gardło. Mimowolnie, niezdolny oderwać spojrzenia, wychylił się nieco bardziej zza ściany. Chłopiec do złudzenia przypominał jego, jego i Griffina. Identycznie brązowe oczy i podobnie ciemne włosy, aczkolwiek czupryna malca była znacznie bardziej kędzierzawa.

Wtem chłopczyk spojrzał mu w oczy. A zaraz potem, ku przerażeniu Robina, otworzył usta i powiedział wysokim, czystym głosem:

– Tatuś.

Robin odwrócił się i uciekł.

– Słucham? – w korytarzu rozległ się głos pani Lovell. – Dick, co powiedziałeś?

Syn profesora Lovella coś odpowiedział, lecz Robin zbiegał po schodach zbyt szybko, by go usłyszeć.

– Jasna cholera – rzucił Rami. – Nie wiedziałem, że profesor Lovell miał rodzinę.

– Przecież opowiadałem ci o tej posiadłości w Yorkshire!

– Myślałem, że zmyślasz – odparł Rami. – Nie pamiętam, żeby kiedykolwiek brał urlop. Po prostu nie wydawał się... rodzinnym typem. Jak w ogóle zdołał te dzieci spłodzić? Bywał w domu tak rzadko.

– W tej chwili istotne jest, że ta rodzina istnieje i się martwi – zwrócił uwagę Robin. – Z tego, co usłyszałem, wynika, że Lovell zalegał z alimentami. A przez to Playfair wie już, że coś jest nie tak.

– Może więc po prostu ich spłaćmy? – podsunęła Victoire. – Podrobimy podpis i sami wyślemy pieniądze. Ile trzeba, żeby utrzymać taką posiadłość przez miesiąc?

– Mówimy tylko o tej trójce? – spytała Letty i zastanowiła się. – Myślę, że jakieś dziesięć funtów, nie więcej.

Victoire pobladła. Rami westchnął i rozmasował skronie. Robin nalał sobie szklaneczkę brandy.

Najlepszym słowem na określenie nastroju było „posępny". Poza plikiem listów wykradzionych z gabinetu profesora Lovella dzień nie przyniósł nic. Towarzystwo Hermes milczało jak zaklęte. Pod oknem Robina nie pojawiła się najkrótsza nawet wiadomość. Victoire i Rami sprawdzili wszystkie skrzynki kontaktowe Anthony'ego – poluzowaną cegłę za katedrą Christ Church, zarośniętą ławkę w Ogrodzie Botanicznym, zapomnianą, porzuconą do góry dnem na brzegu Cherwell łódź – lecz żadna nie sprawiała wrażenia niedawno odwiedzanej. Posunęli się nawet do tego, iż bez mała godzinę przechadzali się przed Koślawym Korzeniem z nadzieją, że zauważy ich tam Griffin, lecz zwabili jedynie spojrzenia stałych bywalców.

Niewątpliwym plusem był fakt, że nie nastąpiła żadna poważna katastrofa – nikt nie doznał nerwowego załamania, nie doszło do nieprzyjemnego spotkania z oksfordzką policją. Co prawda przy obiedzie w stołówce Letty znów dostała ataku duszności, lecz Victoire natychmiast klepnęła ją z rozmachem w plecy, co dało wszystkim wokół do zrozumienia, że dziewczyna po prostu zakrztusiła się winogronem. (Letty, stwierdził niezbyt przyjaźnie Robin, niespecjalnie pomagała swym zachowaniem feministkom, walczącym ze stereotypem kobiet jako istot nerwowych i skłonnych do histerii).

Jak na razie młodzi tłumacze byli więc, być może, bezpieczni. Niemniej wciąż czuli się, jakby nosili na plecach strzelnicze tarcze. Mieli wrażenie, że kończy się dany im czas: zbyt wielu ludzi nabierało podejrzeń, a szczęście nie mogło przecież sprzyjać im bez końca. Co innego jednak mogli zrobić? Uciekając, pozbawiliby się szans na nawiązanie kontaktu z Towarzystwem Hermes. Poczucie obowiązku stało się dla czwórki przyjaciół pułapką.

– Och, do diabła! – rzucił Rami. Przeglądał właśnie listy przyniesione z ich uczelnianych przegródek i odsiewał bezwartościowe broszury i ulotki od korespondencji ważniejszej. – Zapomniałem.

– O czym? – spytała Letty.

– Bankiet wydziałowy. – Rami zamachał zaproszeniem wydrukowanym na grubym, śmietankowej barwy papierze. – Wyleciało mi z głowy, że w ten piątek jest bankiet.

– Cóż, naturalnie nie pójdziemy – stwierdził Robin.

– Nie możemy nie pójść – odparł Rami. – To zbyt ważna okazja.

Królewski Instytut Translatoryki co roku na rozpoczęcie trymestru zimowego urządzał w ogrodzie kolegium University uroczyste przyjęcie dla wszystkich wykładowców, studentów i absolwentów Babel. Jak dotąd przyjaciele wzięli udział w trzech takich wydarzeniach. Były to, podobnie jak inne oksfordzkie przyjęcia, spotkania długie i nudnawe. Serwowano ledwie znośne jedzenie, a mowom nie było końca. Robin nie potrafił zrozumieć, dlaczego Rami tak bardzo się przejmuje.

– I co z tego? – spytała Victoire.

– To, że wszyscy tam będą – wyjaśnił Rami. – Obecność jest obowiązkowa. O naszym powrocie wie już chyba każdy. Wpadliśmy dzisiaj rano na profesor Craft, a Letty zwróciła w stołówce uwagę mnóstwa innych osób. Musimy dbać o pozory.

Robin nie potrafił wyobrazić sobie nic bardziej przerażającego od spożywania przystawek w towarzystwie ciała pedagogicznego Babel.

– Czyś ty zmysły postradał? – prychnęła Victoire. – Te bankiety ciągną się godzinami; nie wytrwamy do końca.

– Przecież to tylko przyjęcie – zauważył trzeźwo Rami.

– Trzy dania? Wino? Przemówienia? Letty już i tak ledwie się trzyma, a ty chcesz posadzić ją między Craft i Playfairem, żeby przez trzy godziny opowiadała, jak cudownie bawiła się w Kantonie?

– Poradzę sobie – zapewniła omdlewającym tonem Letty, czym nie przekonała nikogo.

– Jeśli się nie pojawimy, zaczną wypytywać...

– A jeżeli Letty zwymiotuje do zupy, nie zaczną?

– Zawsze mogłaby się wytłumaczyć zatruciem – odparł Rami. – W sumie możemy powiedzieć, że kłopoty z żołądkiem ma już od dzisiaj. To wyjaśni jej bladość i spocone czoło, a także ten atak przy obiedzie. Naprawdę uważam, że nasza nieobecność będzie znacznie bardziej podejrzana.

Robin zerknął na Victoire z nadzieją, że dziewczyna znajdzie kolejny kontrargument. Ona jednak spoglądała już na niego z podobnym oczekiwaniem.

– Idąc na bankiet, zyskamy na czasie – podjął z determinacją Rami. – Wystarczy, że nie zachowamy się jak obłąkańcy, a ugramy dodatkowy dzień. Albo i dwa. Otóż to. Więcej czasu. Nic innego się w tej chwili nie liczy.

Piątek okazał się dniem zadziwiająco jak na tę porę roku gorącym. Rozpoczął się typowym dla styczniowych poranków przymrozkiem, lecz do godzin popołudniowych słońce zdążyło przegnać ciężką pokrywę chmur i świeciło pełną mocą. Ubierając się, przyjaciele przeszacowali ziąb, a kiedy znaleźli się już na dziedzińcu, nie mieli jak pozbyć się wełnianych podkoszulków, przez co zaczęli się niemiłosiernie pocić.

Tegoroczny bankiet był najbardziej ekstrawaganckim przyjęciem w dziejach Babel. Od wizyty rosyjskiego arcyksięcia Aleksandra, który pojawił się w Oksfordzie jeszcze w maju, Instytut opływał w gotówkę. Dowcip i talent tłumaczy, których arystokrata poznał na wyprawionej na jego cześć kolacji, wywarły na nim tak olbrzymie wrażenie, że podarował wydziałowi tysiąc funtów do wydania na dowolne cele. Wykładowcy wykorzystali je więc w sposób hojny, choć nieprzemyślany. Na środku dziedzińca przygrywał kwartet smyczkowy, mimo iż większość gości trzymała się od muzyków na dystans, jako że donośne dźwięki skutecznie zagłuszały wszelkie rozmowy. Po ogrodzie przechadzała się szóstka pawi sprowadzonych podobno prosto z londyńskiego ZOO, nękających co bardziej krzykliwie odzianych gości. Główną część dziedzińca zajmowały trzy osłonięte baldachimami długie stoły z jedzeniem i napojami. W skład poczęstunku wchodziły między innymi maciupeńkie kanapeczki, paszteciki, czekoladki w groteskowej wielości odmian oraz lody w siedmiu smakach.

Uczeni snuli się wokół, trzymając w dłoniach kieliszki błyskawicznie rozgrzewającego wina, i wdawali w błahe pogawędki. Podobnie jak inne wydziały Uniwersytetu Oksfordzkiego, Instytut Translatoryki był areną wewnętrznej rywalizacji i zawistnych walk o fundusze, zaostrzanych żywionym przez każdego naukowca z osobna przekonaniem, że to jego ukochany język jest bogatszy, bardziej poetycki, literacki i przynosi większe zyski od pozostałych. Wydziałowe uprzedzenia w Babel były przy tym wielce zagmatwane. Romaniści cieszyli się tradycyjnie prestiżem najwybitniejszych specjalistów od literatury*, aczkolwiek ceniono również arabski i chiński, jako języki dziwne i egzotyczne. Z kolei języki bardziej swojskie, na przykład szkocki czy walijski, nie były szanowane w ogóle. W efekcie nawet podjęcie swobodnej rozmowy wiązało się zawsze ze sporym ryzykiem. Bardzo łatwo było interlokutora urazić, okazując za mało bądź zbyt wiele entuzjazmu wobec określonego pola badawczego. A wśród tłumu obecnych przechadzał się wielebny doktor Frederick Charles Plumptre, dziekan kolegium

* Nieszczęśni germaniści niezmiennie przegrywali werbalne pojedynki z romanistami, gdyż stosowano przeciw nim słowa pruskiego króla Fryderyka II, który był tak onieśmielony literacką dominacją Francuzów, że w 1780 roku napisał we francuskojęzycznym eseju krytykę własnego języka ojczystego. Niemczyzna była według władcy narzeczem na poły barbarzyńskim, nieeleganckim i nieprzyjemnym dla ucha. Fryderyk zaproponował upiększenie języka niemieckiego poprzez dodanie na końcu znakomitej większości czasowników sylaby *-a*, co miało upodobnić niemiecki do włoskiego.

University, i było zrozumiałe samo przez się, iż w pewnym momencie przyjaciele będą musieli uścisnąć jego dłoń, udać, że wbrew wszelkim znakom na niebie i ziemi wierzą, iż Plumptre pamięta ich nazwiska, i ścierpieć boleśnie banalną konwersację o tym, skąd pochodzą i co właściwie studiują.

Tak miały wyglądać trzy nieznośne godziny, gdyż przed końcem bankietu wyjść nie uchodziło. Miejsca przy stole opatrzone były wizytówkami, więc nieobecność przyjaciół zostałaby odnotowana. Musieli zostać aż do zachodu słońca, aż do ostatniego toastu, aż do momentu, kiedy uczeni znudzą się udawaniem, że towarzystwo innych ludzi sprawia im przyjemność.

To klęska, stwierdził Robin, rozglądając się po dziedzińcu. Lepiej byłoby nie przyjść w ogóle. Młodzi tłumacze, mówiąc oględnie, nie byli w formie. Na jego oczach jakiś doktorant musiał trzykrotnie powtórzyć zadane Victoire pytanie, zanim dziewczyna w ogóle go zauważyła. Letty stała w rogu i zlana potem osuszała jedną szklankę zimnej wody za drugą. Najlepiej trzymał się Rami, królujący stadku pierwszoroczniaków zarzucających go pytaniami o niedawną podróż. Gdy Robin przechodził obok, doleciał go jednak tak histeryczny i piskliwy wybuch śmiechu przyjaciela, iż niemal się skulił.

Obserwującemu zatłoczony trawnik Robinowi zakręciło się w głowie. To obłęd, pomyślał, po prostu obłęd, że stoję sobie z kieliszkiem wina między wykładowcami, przed którymi ukrywam prawdę o śmierci ich kolegi. Chłopak podszedł do stołu z poczęstunkiem i wypełnił swój talerzyk przystawkami, po to tylko, żeby móc się czymś zająć, lecz sama myśl o umieszczeniu choć jednej z błyskawicznie psujących się tartaletek w ustach przyprawiała go o mdłości.

– Dobrze się czujesz?

Robin drgnął i odwrócił się. Profesorowie Playfair i De Vreese. Zaszli go z dwóch stron niczym więzienni strażnicy. Chłopak gwałtownie zamrugał i spróbował przywołać na twarz grymas zbliżony do niezobowiązującego uśmiechu.

– Dzień dobry profesorom.

– Pot leje się z ciebie strumieniami, Swift. – Profesor Playfair z troską w spojrzeniu bacznie przyjrzał się jego twarzy. – I oczy masz podkrążone jak rzadko. Wysypiasz się aby?

– Kwestia różnicy czasu – wypalił Robin. – Nie zdążyliśmy... Nie zdążyliśmy w czasie rejsu przestawić się na europejskie godziny snu. Poza tym wyczerpują nas... lektury.

Ku jego najwyższemu zdumieniu Playfair pokiwał ze zrozumieniem głową.

– No cóż. Wiesz, jak to mówią. *Student* wywodzi się od łacińskiego *studere*, oznaczającego „bolesne, pełne oddania poświęcenie". Jeżeli ktoś nie czuje się jak nieustannie tłuczony młotkiem gwóźdź, coś musi być nie tak.

– Zgadza się – potaknął Robin. Postanowił stosować strategię polegającą na prowadzeniu rozmowy w sposób tak nudny, by partnerzy umknęli z własnej woli.

– Wyprawa udana? – zainteresował się profesor De Vreese.

– Była... – Robin urwał i odchrząknął. – Myślę, że dowiedzieliśmy się w jej trakcie więcej, niż mogliśmy oczekiwać. Ale bardzo cieszymy się z powrotu.

– Wiem coś o tym. Zamorskie awantury bywają wielce wyczerpujące – stwierdził profesor Playfair i wskazał ruchem głowy talerzyk Robina. – Ach, widzę, że odkryłeś mój wynalazek. Proszę, skosztuj.

Chcąc nie chcąc, chłopak ugryzł tartaletkę.

– Smaczne, czyż nie? – Wykładowca nie spuszczał go z oka. – Owszem, wzmacniane srebrem. To taka fantazyjna para aktywna, którą wymyśliłem, bawiąc na wakacjach w Rzymie. *Pomodoro* to dość górnolotne miano pomidora. Dosłownie oznacza „złote jabłko" Dodajmy do tego francuskiego pośrednika, słowo *pomme d'amour*, a otrzymujemy bogactwo, którego angielszczyzna nie...

Robin przeżuwał, starając się wyrażać miną stosowny zachwyt. W ustach czuł jedynie coś przypominającego śluz; lekko słonawy sok kojarzył mu się wyłącznie z krwią i trupami.

– Masz *pretoogjes* – zauważył profesor De Vreese.

– Słucham?

– *Pretoogjes.* – Naukowiec wskazał na twarz chłopaka. – Zabawne oczy. To niderlandzkie określenie. Oczy błyszczące, rozbiegane. Mówimy tak o dzieciach, które w oczywisty sposób chcą coś spsocić.

– Ja... Bardzo to ciekawe. – Robin nie miał cienia pomysłu na odpowiedź.

– Chyba powinienem przywitać się z dziekanem – rzucił profesor De Vreese, jakby chłopak nie odezwał się słowem. – Witaj z powrotem, Swift. Dobrej zabawy.

– Cóż... – Profesor Playfair wręczył Robinowi kieliszek bordo. – Wiesz może, kiedy profesor Lovell zamierza ściągnąć z Londynu?

– Niestety. – Chłopak upił łyk wina i spróbował zebrać się w sobie. – Słyszał pan zapewne, że zamknął się w domu, odkąd podłapał w Kantonie jakąś chorobę. Kiedy widzieliśmy go ostatnim razem, nie wyglądał zbyt dobrze. Nie jestem pewien, czy zdoła dotrzeć na początek trymestru.

– Ciekawe – powiedział profesor Playfair. – To doprawdy wielkie szczęście, że nie zaraził żadnego z was.

– Och, cóż, kiedy poczuł się gorzej, od razu zaczęliśmy na siebie uważać. Kwarantanna, zasłanianie ust, tego typu zabiegi.

– Panie Swift, dajmy temu spokój. – W głosie uczonego pojawiła się surowa nuta. – Wiem, że profesor Lovell nie jest chory. Od waszego powrotu posłałem do Londynu trzech umyślnych i wszyscy zgodnie donieśli, że rezydencja w Hampstead stoi pusta.

– Naprawdę? – Robin usłyszał w uszach dziwny szum. Co miał teraz zrobić? Czy był sens brnąć dalej w kłamstwo? A może powinien po prostu wziąć nogi za pas? – To bardzo dziwne... Nie wiem, dlaczego profesor miałby...

Playfair zbliżył się o krok i ruchem spiskowca przysunął usta do ucha chłopaka.

– Wiesz – szepnął – nasi przyjaciele z Hermesa bardzo chcieliby poznać miejsce jego pobytu.

Robin niemal opluł się winem. Zdążył wprawdzie przełknąć, lecz trunek trafił w niewłaściwą dziurkę. Profesor Playfair ze spokojem przyglądał się prychającemu, krztuszącemu się studentowi, który stracił przy tym zawartość kieliszka i talerzyka.

– Czy wszystko dobrze, Swift?

– Co pan... – Robinowi w oczach stanęły łzy.

– Jestem członkiem Hermesa – mruknął sympatycznym tonem uczony, wpatrując się w muzyków z kwartetu smyczkowego. – Cokolwiek ukrywasz, twoja tajemnica będzie u mnie bezpieczna.

Robin nie wiedział, co myśleć. Z pewnością nie poczuł ulgi. Nie ufaj nikomu – tę lekcję Griffin wpoił mu na dobre. Profesor Playfair mógł przecież kłamać. Byłby to najprostszy z podstępów, spróbować nakłonić Robina do wyjawienia wszystkiego. Z drugiej strony, naukowiec rzeczywiście mógł być sprzymierzeńcem, wyczekiwanym przez nich zbawcą. Chłopak poczuł falę zadawnionego gniewu i frustracji. Gdyby tylko Griffin wyjawił mu choć trochę więcej, gdyby z takim upodobaniem nie trzymał go w niewiedzy, bezradnego, z dala od innych.

Nie miał żadnych informacji, w oparciu o które mógłby podjąć decyzję. Dysponował jedynie przeczuciem, które podpowiadało, że coś jest bardzo nie tak.

– Dzięki Bogu – powiedział równie cicho jak Playfair. – Czyli wie pan o kantońskim planie Griffina?

– Naturalnie! – potwierdził nieco zbyt ochoczo profesor. – Powiodło się?

Robin nie zareagował od razu. Ten etap musiał rozegrać bardzo ostrożnie. Musiał skracać żyłkę powoli, by Playfair nie wypuścił przynęty; żeby pozostał ciekawy i nie spróbował zatrzasnąć pułapki od razu. A Robin potrzebował czasu, tyle przynajmniej, żeby zebrać pozostałych i uciec.

Profesor Playfair otoczył chłopaka ramieniem i przyciągnął go do siebie.

– Chyba powinniśmy ze sobą pomówić, nie sądzisz?

– Nie tutaj – odparł Robin, gorączkowo rozglądając się po dziedzińcu. Letty i Victoire przyglądały mu się przez ramię. Chłopak kilka razy zamrugał, wymownie zerknął ku bramie i z powrotem na dziewczęta. – Nigdy nie wiadomo, kto może podsłuchać.

– Rzecz jasna – zgodził się Playfair.

– W tunelach – rzucił Robin, nie dając uczonemu szansy zaproponować, by opuścili bankiet natychmiast. – Mam umówione spotkanie z Griffinem i resztą o północy w tunelach biblioteki Taylora, może pan przyjdzie? Dysponuję... Zgromadziłem wszystkie dokumenty, które chcieli dostać.

Wybieg się udał. Profesor Playfair uwolnił ramiona chłopaka i cofnął się.

– Znakomicie. – W oczach uczonego zajaśniała dzika radość. Niewiele brakowało, a gestem teatralnego złoczyńcy zatarłby dłonie z uciechy. – Dobra robota, Swift.

Robin skinął głową i jakimś cudem zdołał zachować kamienną twarz aż do chwili, gdy Playfair poszedł pomówić ze stojącym po drugiej stronie trawnika profesorem Chakravartim.

Niemal nadludzkim wysiłkiem woli zachował spokój i nie zerwał się do biegu od razu. Rozejrzał się za Ramim, którego znalazł w pułapce konwersacji z wielebnym doktorem Plumptre'em. Robin dał przyjacielowi znać desperackim mruganiem. Rami bez wahania oblał się winem i głośno wykrzyknął. Przeprosił rozmówcę i przeszedł przez trawnik prosto do Robina, który wypalił:

– Playfair wie.

– Co? – Rami potoczył spojrzeniem dokoła. – Jesteś pewien, że...

– Musimy iść. – Ku wielkiej uldze chłopaka Victoire i Letty zmierzały już ku bramie. Chciał iść za nimi, lecz stało między nimi zbyt wielu pracowników wydziału. Uznał, że obaj z Ramim muszą wyjść przez kuchnię. – Chodź.

– Jak...

– Potem.

Tuż przed opuszczeniem ogrodu Robin zaryzykował rzut oka za siebie. Poczuł silny skurcz żołądka. Playfair mówił coś De Vreese'owi, obaj stali bardzo blisko siebie. De Vreese podniósł wzrok i spojrzał Robinowi prosto w oczy. Chłopak odwrócił głowę.

– Teraz po prostu stąd chodźmy.

Gdy tylko znaleźli się na ulicy, podbiegły do nich dziewczęta.

– Co się stało? – spytała szeptem Letty. – Dlaczego...

– Nie tutaj – przerwał jej Robin. – Idziemy.

Ruszyli energicznym krokiem przez Kybald Street, po czym skręcili w prawo w Magpie Lane.

– Playfair nas przejrzał – wyjaśnił Robin. – Jesteśmy skończeni.

– Skąd wiesz? – zapytała Letty. – Co mówił? Powiedziałeś mu?

– Oczywiście, że nie – odparł. – Ale udawał przy mnie, że należy do Hermesa, próbował namówić, żebym mu wszystko zdradził...

– Skąd pewność, że nie należy?

– Stąd, że skłamałem. I wziął moją bajkę za dobrą monetę. Nie ma pojęcia, czym zajmuje się Hermes. Węszy po prostu za informacjami.

– No to co robimy? – odezwała się Victoire. – Dobry Boże, dokąd my właściwie idziemy?

Robin zdał sobie sprawę, że krążą po mieście bez celu. W tej chwili zbliżali się do High Street, tylko po co? Jeżeli profesor Playfair wezwie policję, funkcjonariusze odkryją ich błyskawicznie. Pod numer czwarty wracać nie mogli; weszliby prosto w potrzask. Z drugiej strony nie mieli przy sobie pieniędzy i nie mieli jak opłacić podróży.

– Tu jesteście.

Wszyscy czworo podskoczyli w miejscu.

Z alejki wyszedł Anthony Ribben i odliczył ich palcami jak małe kaczuszki.

– Wszyscy obecni? Doskonale. Za mną, proszę.

ROZDZIAŁ
DWUDZIESTY DRUGI

Była to nieprzeciętna gromadka. Pochłonęła
ją niewidzialna otchłań, która jest poza nami.

Victor Hugo, „Nędznicy"
(przeł. Krystyna Byczewska)

Zwolna wyszli z szoku. Anthony puścił się biegiem i młodzi tłumacze, niewiele myśląc, pognali za nim. Zamiast jednak wracać przez Magpie Lane ku Merton Street, skąd mogliby uciec ku łące Christ Church, poprowadził ich z powrotem na Kybald, w stronę budynków kolegium.

– Co robisz? – wysapał Rami. – Tam właśnie wszyscy...

– Pospieszcie się – syknął Anthony.

Posłuchali. Cudownie było wreszcie mieć kogoś, kto wskazywał drogę. Anthony powiódł ich przez kuchnię i starą bibliotekę prosto do jadalni. Za ścianą trwał w najlepsze bankiet; głosy i dźwięki instrumentów smyczkowych słychać było nawet przez kamień.

– Tutaj. – Anthony wskazał im gestem kaplicę.

Wbiegli do środka i zamknęli za sobą ciężkie drewniane drzwi.

W pustej kaplicy panowała dziwna atmosfera: nieziemska cisza. Powietrze wisiało nieruchomo, było duszno. Poruszały się tylko drobinki kurzu mieniące się we wpadających przez okna snopach światła.

Anthony stanął przed płaskorzeźbą upamiętniającą sir Williama Jonesa.

– Co ty... – zaczęła Letty.

– Cii! – Anthony wyciągnął dłoń ku napisowi „Stworzył kompendium prawa hinduistycznego i muzułmańskiego". Zaczął dotykać kolejnych liter, które okazały się zmyślnie wprawionymi, lekko ustępującymi po naduszeniu przyciskami. G, O, R...

Rami parsknął śmiechem. Anthony uniósł rękę ku znacznie dłuższemu tekstowi, wyrytemu ponad płaskorzeźbą, rozwlekłemu peanowi opiewającemu życie i osiągnięcia Williama Jonesa. Wcisnął literę ostatnią. B. *Gorasahib**.

Coś zgrzytnęło, omiótł ich powiew zimnego powietrza. Cała płaskorzeźba wysunęła się raptownie na kilka cali ze ściany. Anthony wsunął palce w szczelinę u spodu i szarpnął. Kamienna płyta podjechała ku górze, odsłaniając ziejący w murze ciemny otwór.

– Do środka.

Jedno po drugim, pomagając sobie wzajemnie, weszli na czworakach do tunelu, który okazał się znacznie bardziej przestronny, niż wydawało się w pierwszej chwili. Już po krótkiej chwili mogli się wyprostować i stanęli swobodnie. Robin poczuł na czubku głowy muśnięcie wilgotnej ziemi. Rami uderzył się mocniej i krzyknął.

– Cicho! – burknął Anthony, zajęty zamykaniem za nimi kamiennych drzwi. – Ściany tu cienkie.

---

* *Gora* – „biały, blady" w odniesieniu do koloru skóry. *Sahib* – grzecznościowa forma zwracania się do mężczyzn, „pan". Złożone razem i wypowiedziane odpowiednio sarkastycznym tonem słowa te nabierają zupełnie innego znaczenia. Nie zapominajmy, że choć Jones przez całą karierę deklarował wielki podziw i uwielbienie dla języków Indii, zainteresował się naukowymi badaniami sanskrytu dlatego, że podejrzewał miejscowych tłumaczy o nieuczciwość.

Płaskorzeźba opadła i głucho stuknęła o podłoże. W przejściu zapadła ciemność. Ruszyli po omacku naprzód, co chwila wpadając na siebie i przeklinając stłumionymi głosami.

– Ach, przepraszam. – Anthony wyciągnął zapałki i po chwili w jego dłoni zmaterializował się płomyk. – Proszę bardzo, teraz będzie wygodniej. Nie marudźcie, czeka nas długi spacer.

– Dokąd... – zaczęła Letty, lecz przewodnik pokręcił głową, przyłożył sobie palec do ust i skinął na ściany.

Poszli więc wciąż stopniowo poszerzającym się tunelem. Odnoga wiodąca do kaplicy kolegium University musiała powstać stosunkowo niedawno, ponieważ przejście, w którym znajdowali się teraz, sprawiało wrażenie starszego. Ściany z wyschniętej ziemi ustąpiły ceglanym murom, a przy niektórych rozwidleniach Robin zauważył wiszące na ścianach kinkiety. Co ciekawe, ciemność, zamiast budzić w przyjaciołach klaustrofobiczny lęk, przyniosła ukojenie. Zamknięci w trzewiach ziemi, całkiem dosłownie ukryci przed niepowołanymi spojrzeniami, po raz pierwszy od powrotu do Anglii poczuli się w miarę bezpieczni.

– Jak stare jest to wszystko? – zapytał Rami po kilku minutach milczenia.

– Kilkadziesiąt lat, nie więcej – odpowiedział Anthony. – Tunele były tu od początku, nie są dziełem Hermesa. My tylko znaleźliśmy dla nich zastosowanie. Nowe jest jedynie wejście. Kiedy, nie tak dawno temu, lady Jones zamówiła płaskorzeźbę, zainteresowaliśmy się nią jeszcze przed ukończeniem prac. Nie martwcie się, nikt inny tej drogi nie zna. Wszyscy jesteście cali i zdrowi?

– Tak, w porządku – odpowiedział Robin. – Ale, Anthony, jest coś, o czym musisz...

– Wyobrażam sobie, że macie mi niemało do powiedzenia. – Przewodnik nie pozwolił chłopakowi dokończyć. – Może zacznijmy od tego, co zrobiliście z profesorem Lovellem? Nie żyje? Wykładowcy są o tym przekonani.

– Robin go zabił – rzucił radośnie Rami.

– Ach tak? – Anthony zerknął na Robina przez ramię.

– Niechcący – wyjaśnił Robin z naciskiem. – Kłóciliśmy się i on... Sam nie wiem, a ja wtedy... To znaczy użyłem sztabki, ale dopiero po wszystkim dotarło do mnie, co zrobiłem...

– Znacznie ważniejsza jest sprawa wojny. – Victoire weszła przyjacielowi w słowo. – Szukamy cię już od pewnego czasu, chcieliśmy ci powiedzieć. Planują inwazję na Chiny...

– Wiemy o tym – rzucił Anthony.

– Wiecie?

– Griffin już od dłuższego czasu obawiał się, że w końcu ten krok podejmą. Obserwowaliśmy Jardine'a i Mathesona, śledziliśmy rozwój sytuacji w faktoriach. Przyznaję jednak, że tak źle jak w tej chwili chyba jeszcze nie było. Dotąd wszystko sprowadzało się do gadaniny. Myślicie, że rzeczywiście są gotowi tę wojnę rozpętać?

– Mam dokumenty... – Robin sięgnął do wewnętrznej kieszeni marynarki. – Cholera, wszystko zostało w moim pokoju.

– Co w nich znaleźliście?

– To listy, korespondencja Lovella z Jardine'em, Mathesonem, Palmerstonem, Gützlaffem... Z każdym. Tylko że... zostawiłem wszystko na Magpie Lane.

– Pytałem, co w tych papierach znaleźliście?

– Plany wojenne. – Robin się zarumienił. – Plany tworzone od wielu miesięcy, a może i od lat...

– Czy te dokumenty stanowią bezpośredni dowód istnienia zmowy? – dopytał Anthony.

– Tak. Jasno z nich wynika, że negocjacji nigdy nie prowadzono w dobrej wierze, a ostatnia runda stanowiła jedynie pretekst...

– Dobrze – ucieszył się Anthony. – Bardzo dobrze. Z czymś takim można pracować. Poślemy kogoś po te papiery. Mieszkasz w dawnym mieszkaniu Griffina, dobrze pamiętam? Pod siódemką?

– Ja... Tak.

– Świetnie. Zajmę się tym. Tymczasem sugeruję, byście się wszyscy uspokoili. – Anthony przystanął i odwrócił się do nich z ciepłym uśmiechem na twarzy. Po przeżyciach ostatniego tygodnia widok przyjaznej twarzy oblanej miękkim blaskiem świec sprawił, że Robinowi zebrało się z ulgi na płacz. – Jesteście teraz bezpieczni. Zgadzam się, sytuacja nie napawa optymizmem, ale w tym tunelu niczego nie rozwiążemy. Spisaliście się fantastycznie i domyślam się, że jesteście mocno wystraszeni, ale zapewniam was, dzieciaki, że możecie się odprężyć. Dorośli przyszli z odsieczą.

Sieć podziemnych korytarzy okazała się rzeczywiście rozległa. Robin nie miał pojęcia, jak bardzo oddalili się od kaplicy; bez wątpienia przeszli około mili. Zastanawiał się, jak daleko tunele sięgają – od czasu do czasu mijali skrzyżowania lub otwierające się w murze drzwi, co sugerowało istnienie sekretnych przejść również w innych pomieszczeniach uniwersytetu. Anthony jednak prowadził młodych tłumaczy bez słowa i niczego nie wyjaśniał. Robin uznał, że korytarze stanowią kolejną z rozlicznych tajemnic Hermesa.

Przejście ponownie zaczęło się zwężać, zmuszając ich w końcu, by szli gęsiego. Anthony kroczył na czele, oświetlając drogę trzymaną wysoko nad głową świecą. Tuż za nim szła Letty.

– Dlaczego akurat ty? – spytała półgłosem. Robin nie był pewien, czy dziewczyna rzeczywiście stara się zachować dyskrecję, lecz korytarz i tak był na tyle ciasny, że słowa niosły się aż na koniec pochodu.

– O co właściwie pytasz? – szepnął Anthony.

– Przecież uwielbiałeś Babel – powiedziała Letty. – Pamiętam dzień, kiedy nas oprowadzałeś po wieży, sam początek pierwszego roku. Byłeś Instytutem zachwycony, a wszyscy wykładowcy byli zachwyceni tobą.

– To prawda – przytaknął Anthony. – Nigdzie nie traktowano mnie tak dobrze jak w Babel.

– Dlaczego więc...

– Ona jest przekonana, że nam chodzi o własne, jednostkowe szczęście – wtrącił Rami. – Ale, Letty, tłumaczyliśmy ci już. Nie jest ważne, jak bardzo szczęśliwi byliśmy osobiście. Tu idzie o niesprawiedliwość rozgrywającą się w szerszej skali...

– Rami, ja nie o tym, ja tylko...

– Pozwólcie, że ja spróbuję wyjaśnić – podjął Anthony łagodnie. – W przededniu zniesienia niewolnictwa w koloniach mój pan postanowił spakować się i wrócić do Ameryki. Tam, rozumiecie, nie byłbym człowiekiem wolnym. Tam mógł mnie zatrzymać i nadal traktować jak własność. A był to człowiek, który mienił się abolicjonistą. Handel ludźmi potępiał od lat. Wbił sobie jednak do głowy, że to, co łączy go ze mną, jest w jakiś sposób szczególne. I kiedy zasady, które publicznie popierał i głosił, stały się prawem, doszedł do wniosku, że nie stać go na poświęcenie, jakim byłaby utrata mnie. Dlatego właśnie uciekłem i znalazłem schronienie na Oksfordzie. Władze kolegium mnie przygarnęły i ukrywały, dopóki nie zostałem oficjalnie, w majestacie prawa, uznany za człowieka wolnego. Profesorowie nie zrobili tego oczywiście z powodu szczególnej sympatii do abolicjonistycznych haseł, lecz ponieważ dostrzegli moją wartość dla Babel. Poza tym wiedzieli, że jeżeli zostanę odesłany z powrotem do Ameryki, przejmie mnie Harvard bądź Princeton.

Robin nie widział w mroku twarzy Letty, wyraźnie słyszał jednak coraz płytszy, przyspieszający oddech przyjaciółki. Ciekawe, pomyślał, czy znowu się rozpłacze?

– Nie ma dobrych panów, Letty – mówił dalej Anthony. – Nieważne, jak bardzo są pobłażliwi, łaskawi i jak bardzo dbają o edukację swych niewolników. Pan zawsze pozostaje panem.

– Ale nie myślisz chyba w ten sposób o Babel, prawda? – szepnęła dziewczyna. – Przecież to coś innego, tutaj nie byłeś niewolnikiem. Na rany Chrystusa, miałeś przecież posadę...

– Wiesz, co usłyszał od swego pana Equiano tuż po wyzwoleniu? – spytał łagodnie Anthony. – Że zanim się obejrzy, będzie mieć własnych niewolników.

Tunel doprowadził ich do schodów kończących się drewnianą klapą. Przez szpary w deskach sączyły się promienie słońca. Anthony przez chwilę nasłuchiwał, odczekał, po czym przekręcił klucz w zamku i pchnął.

– Na górę.

Z podziemia wyszli w słonecznym ogrodzie, sąsiadującym z parterowym budynkiem z czerwonej cegły, niemal w całości przesłoniętym przez bujnie rozrośnięte krzewy. Nie mogli zanadto oddalić się od centrum miasta – w sumie przeszli najwyżej dwie mile – lecz Robin nigdy wcześniej tego miejsca nie widział. Zamek w drzwiach sprawiał wrażenie przerdzewiałego, a ściany niknęły za gęstymi pędami bluszczu. Wszystko wyglądało tak, jakby budynek został porzucony kilkadziesiąt lat temu.

– Witajcie w Starej Bibliotece – powiedział Anthony, pomagając przyjaciołom wygramolić się z tunelu. – Kolegium Durham zbudowało ją jeszcze w czternastym stuleciu, jako zapasową przechowalnię dla nadmiaru starych książek. A kiedy wzbogacili się na tyle, że zdołali sfinansować budowę nowej biblioteki, bliżej centrum, po prostu o tym miejscu zapomnieli.

– Stara Biblioteka? Tak po prostu? – zainteresowała się Victoire. – Nie nosi żadnej innej nazwy? Czyjegoś imienia?

– My w każdym razie żadnej nie używamy. Nazwa sugerowałaby, że budynek jest ważny, a my chcemy, żeby pozostał niepozorny i zapomniany, żeby nadal był pozycją inwentarza, na której nie zatrzymuje się wzrok, miejscem, które bez trudu można pomylić z wieloma innymi. – Anthony przytknął rozcapierzoną dłoń do zardzewiałego zamka, wymamrotał coś pod nosem i pchnął. Drzwi skrzypnęły i ustąpiły. – Zapraszam.

Stara Biblioteka, podobnie jak Babel, wewnątrz była znacznie bardziej przestronna, niż sugerował to skromny wygląd. Z zewnątrz wydawało się, iż budynek jest w stanie pomieścić w najlepszym wypadku pojedynczą salę wykładową. Tymczasem po wejściu wkraczało się w przestrzeń dorównującą rozmiarami całemu parterowi Biblioteki Radcliffe'a. Rzędy drewnianych regałów rozchodziły się promieniście od środka, a inne stały pod ścianami, które, magicznie i sprzecznie z wyglądem gmachu, wyglądały na okrągłe. Wszystkie półki były pieczołowicie oznaczone tabliczkami, a na jednej ze ścian wisiał długi, pożółkły pergamin, objaśniający zawiłości systemu katalogowania. Bliżej drzwi znajdował się regał z najnowszymi nabytkami. Na półkach Robin wypatrzył kilka pozycji, które w ciągu ostatnich lat wykradł na polecenie Griffina. Numery katalogowe Babel zostały starannie usunięte z okładek.

– Nie jesteśmy zwolennikami ich systemu – wyjaśnił Anthony. – Jest sensowny, kiedy człowiek używa łacińskiego alfabetu, lecz przecież nie każdy język da się do niego łatwo przystosować. Wytrzyjcie buty. – Wskazał leżącą przy wejściu wycieraczkę. – Nie jesteśmy też zwolennikami błota na podłodze. A płaszcze możecie odwiesić tam. – Skinął palcem.

Z najwyższego ramienia wieszaka zwisał tajemniczy żelazny czajnik. Zaintrygowany Robin wyciągnął rękę, lecz powstrzymał go ostry głos Anthony'ego:

– Nie ruszaj.

– Przepraszam. A do czego służy?

– Jak widać, nie do parzenia herbatki. – Anthony uniósł czajnik tak, by zobaczyli dno. Ujrzeli znajomy błysk srebra. – Nasz system zabezpieczeń. Kiedy ktoś obcy zbliża się do biblioteki, zaczyna gwizdać.

– Ciekawe. Jaką parę aktywną zastosowaliście?

– Chciałbyś wiedzieć, co? – Anthony porozumiewawczo mrugnął. – Chronimy się w podobny sposób jak Babel. Pułapki opracowujemy indywidualnie i nikomu nie zdradzamy zasad ich działania. Najlepszy jest tak zwany urok. Utrzymuje wszelkie dźwięki wewnątrz budynku. Żaden przypadkowy przechodzień nie usłyszy czegoś, czego nie powinien.

– Ale przecież to nie jest mały budynek – zauważył Rami. – Nie jesteście niewidzialni. Jak, u diabła, udaje się wam ukrywać?

– Ach, to najstarsza sztuczka świata. Pod latarnią najciemniej. – Anthony poprowadził młodych tłumaczy w głąb biblioteki. – Kiedy w połowie szesnastego wieku zlikwidowano kolegium Durham, a majątek przejęło Trinity, ktoś przeoczył tę zapasową bibliotekę w dokumentacji. W trakcie remanentu z tutejszego księgozbioru uwzględniono jedynie pozycje, z których nikt nie korzystał od dziesięcioleci i których inne egzemplarze znajdowały się już w znacznie wygodniej położonej Bodlejance. Tak więc istniejemy teraz w szarej strefie biurokracji. Każdy, kto w tę okolicę zabłądzi, wie, że jest to biblioteka archiwalna, lecz z miejsca zakłada, że należy do jakiegoś innego, uboższego kolegium. Oksfordzkie kolegia są po prostu zbyt bogate. W pewnym momencie tracą orientację we własnym majątku.

– Ach, znalazłeś czwartoroczniaków!

Z mroku między regałami wyłoniło się kilka postaci. Robin znał ich wszystkich – absolwenci Instytutu bądź doktoranci, których widywał w wieży. Stwierdził w duchu, że właściwie nie powinien się dziwić. Vimal Srinivasan, Cathy O'Nell oraz Ilse Dejima, która podchodząc, przyjaźnie pomachała im ręką.

– Podobno macie za sobą trudny tydzień? – W wieży dziewczyna nigdy nie zachowywała się tak sympatycznie. – Witajcie w Chez Hermes. Zdążyliście akurat na kolację.

– Nie sądziłem, że będzie was aż tylu – zdziwił się Rami. – Kto jeszcze upozorował swoją śmierć?

– Nikt. W Oksfordzie jestem jedynym etatowym duchem – zachichotał Anthony. – Mamy za to kilka innych za granicą. Vaibhav i Frederique, mogliście o nich słyszeć, sfingowali własne utonięcie w czasie rejsu powrotnego z Bombaju i od tamtej pory działają w Indiach. Lisette zgłosiła po prostu, że odchodzi z uczelni, bo wraca do domu i wychodzi za mąż. Wykładowcy byli tak jej decyzją rozczarowani, że nikt nawet tej historyjki nie sprawdził. Vimal, Cathy i Ilse, jak sam wiesz, wciąż pozostają w Babel. Dzięki temu łatwiej nam zdobywać materiały.

– Skoro tak, to dlaczego właściwie ty odszedłeś? – zaciekawił się Robin.

– Ktoś przecież musi na stałe pracować w Starej Bibliotece. Poza tym znużyło mnie studenckie życie, więc kiedy na Barbadosie nadarzyła się okazja, upozorowałem swoją śmierć, kupiłem bilet na następny statek pocztowy do Anglii i wróciłem. Od tamtej pory żyję w ukryciu – powiedział Anthony. – Tamtego dnia w księgarni byłem przekonany że wpadłem. – Puścił oko do Robina. – Potem przez tydzień nie wychodziłem ze Starej Biblioteki. Chodźcie, pokażę wam resztę.

Zwiedzając ukrytą za regałami część biurową, poznali kilka prezentowanych przez Anthony'ego z niemałą dumą projektów naukowych. Członkowie Hermesa zajmowali się między innymi kompilowaniem słowników dwujęzycznych kojarzących ze sobą języki regionalne („Ogromnie wiele tracimy, zakładając, że wszystkie tłumaczenia muszą odbywać się za pośrednictwem angielskiego"), tworzeniem wolnych od angielszczyzny par aktywnych („Tutaj zasada jest identyczna. Babel nie finansuje prac nad parami, które nie uwzględniają angielskiego, ponieważ ich sztabki przeznaczone są wyłącznie dla Brytyjczyków. Tego rodzaju polityka przypomina malowanie obrazów jedną tylko farbą lub granie koncertu fortepianowego na jednym tylko klawiszu"), a także krytyczne opracowania istniejących już angielskich przekładów tekstów religijnych i literatury klasycznej („Cóż, pamiętacie zapewne, jakie mam zdanie na temat literatury pięknej, ale i Vimal musi mieć coś do roboty"). Towarzystwo Hermes okazało się nie tylko, jak sugerował w rozmowach z Robinem Griffin, zbiorowiskiem Robin Hoodów; jego członkowie stworzyli instytut naukowy z prawdziwego zdarzenia, aczkolwiek z konieczności działający w sekrecie i dysponujący stosunkowo niewielką ilością skradzionych materiałów*.

– I co wy z tym wszystkim zrobicie? – spytała Victoire. – Przecież nikt tego nie opublikuje.

– Mamy partnerów w kilku innych ośrodkach translatorskich – odpowiedział Vimal. – Od czasu do czasu przesyłamy im swoje prace do zrecenzowania.

– Chcecie powiedzieć, że istnieją inne ośrodki? – W głosie Robina pojawiło się zdziwienie.

– Naturalnie – potaknął Anthony. – Wysoką pozycję w dziedzinie lingwistyki i filologii Babel osiągnęła względnie niedawno. Przez większą część osiemnastego wieku prym w tej dziedzinie wiedli Francuzi, a po nich swój krótki okres chwały mieli niemieccy romantycy. Różnica sprowadza się do tego, że teraz to my dysponujemy srebrem, a oni nie**.

---

* Oto kilka innych przykładowych projektów, prowadzonych przez badaczy z Hermesa:

1. Analiza porównawcza liczby przypisów dodawanych do przekładów z języków europejskich i tłumaczeń tekstów z języków nieeuropejskich. Griffin odkrył, że przekłady języków nieeuropejskich uzupełniane są olbrzymią ilością dodatkowych objaśnień, przez które czytelnicy nigdy nie traktowali tych tekstów jako utworów samodzielnych, lecz jako dzieła, które należy poznawać oczyma tłumacza (białego Europejczyka).
2. Badanie mające na celu ustalenie możliwości tworzenia par aktywnych uwzględniających słowa wywodzące się z grypsery i żargonów.
3. Plany wykradzenia i zwrotu Egiptowi kamienia z Rosetty.

** Towarzystwo Hermes miało również powiązania z wydziałami translatoryki uniwersytetów amerykańskich, lecz tamte były jeszcze bardziej opresyjne i niebezpieczne niż Oksford. Po pierwsze, uczelnie Nowego Świata zakładane były przez właścicieli niewolników, wznosili je niewolnicy, a środki na ich utrzymanie pochodziły z handlu żywym towarem. Po drugie, akademie amerykańskie od zarania oddane były misji ewangelizacji, a także wytrzebienia rdzennych Amerykanów. Otwarte w 1655 roku na Uniwersytecie Harvarda Kolegium Indiańskie obiecywało darmową edukację i zakwaterowanie indiańskim studentom, od których wymagano w zamian, by w rozmowach posługiwali się wyłącznie greką i łaciną, a także by przyjęli chrzest i bądź to zasymilowali się ze społecznością białych, bądź

– Niestety, to wszystko niepewni sprzymierzeńcy – przyznał Vimal. – Bywają pomocni, gdyż łączy ich z nami nienawiść do Brytyjczyków, lecz nie są zainteresowani ideą wyzwolenia całego świata. Prawdę powiedziawszy, cała nasza praca naukowa to rodzaj hazardu, niepewnej inwestycji w przyszłość. Na razie nie możemy tych badań sensownie wykorzystać. Działamy w zbyt okrojonym zakresie i notorycznie brakuje nam środków. Możemy więc jedynie tworzyć wiedzę i gromadzić ją z nadzieją, że pewnego dnia zapanują na świecie stosunki pozwalające wykorzystać te odkrycia w prawdziwie altruistycznych celach.

Najdalsza ściana biblioteki wyglądała na ofiarę artyleryjskiego ostrzału. Cała jej środkowa część była osmalona i pokryta nierównymi dziurami. Tuż pod nią stały podobnie nadpalone stoły, wsparte ryzykownie na poczerniałych, wątłych nogach.

– Proszę bardzo – podjął Anthony. – To nasz warsztat. Pracujemy tu nad sztabkami i... bronią.

– Ta ściana... to efekt wielu lat eksperymentów czy może jednorazowy wypadek? – spytała oschle Victoire.

– O, za to odpowiada wyłącznie Griffin – odparł Vimal. – Nie sposób go przekonać, że zabawy z prochem powinno się uskuteczniać jedynie na zewnątrz.

Nietknięty fragment ściany przesłaniała wielka mapa świata, na której wisiały przyszpilone kolorowymi pinezkami, zapisane drobnym maczkiem karteczki. Zaciekawiony Robin podszedł bliżej.

– A to nasz projekt zbiorowy. – Do chłopaka dołączyła Cathy. – Uzupełniamy tę mapę po każdym powrocie z zagranicy.

---

po powrocie do rodzinnych wiosek propagowali angielską kulturę i religię. Podobny program, prowadzony w Kolegium Williama i Mary, opisany został przez szefa instytucji, Lyona G. Tylera jako więzienie, w którym dzieci rdzennych Amerykanów „służyły w charakterze zakładników, gwarantujących stosowne zachowanie całej reszty ich pobratymców”.

– Te wszystkie pinezki odpowiadają poszczególnym językom?

– Zgadza się. Staramy się ustalić, jak wieloma językami posługuje się obecnie ludzkość. Chcemy także zbadać przyczyny wymierania języków. Bo musisz wiedzieć, że zanika ich bardzo wiele. Wielkie wymieranie rozpoczęło się w dniu, w którym Krzysztof Kolumb zszedł na ląd w Nowym Świecie. Hiszpański, portugalski, francuski, angielski, wszystkie one niczym kukułcze pisklęta wypierają z mateczników języki i dialekty lokalne. Moim zdaniem ewentualność, że pewnego dnia większość świata będzie się posługiwać wyłącznie angielskim, nie jest już czystym fantazmatem. – Dziewczyna z westchnieniem spojrzała na mapę. – Przyszłam na świat o pokolenie za późno. Jeszcze nie tak dawno temu moim pierwszym językiem mógł być galijski.

– Tylko że wtedy upadłby cały przemysł produkcji sztabek, prawda? – zauważył Robin. – Zniknęłaby językowa różnorodność i tłumaczenie przestałoby mieć sens. A bez tłumaczenia nie byłoby i tego, co w przekładzie ginie.

– Na tym właśnie polega wewnętrzna sprzeczność kolonializmu – powiedziała Cathy takim tonem, jakby stwierdzała najbardziej oczywisty fakt. – Ten system niszczy to, co sam najbardziej ceni.

– Zostawcie już tę mapę. Zjedzmy coś wreszcie. – Anthony przywołał oboje skinieniem i poprowadził do niewielkiej czytelni, w której urządzona była jadalnia.

Poczęstunek składał się z dań kuchni całego świata – jarzynowe curry, patera gotowanych ziemniaków, smażone ryby, podobne w smaku do tych, jakie Robin jadł kiedyś w Kantonie, i płaskie, lekko gliniaste w konsystencji chleby, świetnie uzupełniające wszystkie pozostałe potrawy. Tłumacze zasiedli całą ósemką przy pięknie zdobionym stole, dziwnie kontrastującym z prostym, wyłożonym drewnianą boazerią wnętrzem.

Ponieważ w jadalni było za mało krzeseł, Anthony i Ilse przyciągnęli z biblioteki parę stołków i ławę. Sztućce i zastawa stołowa pochodziły z przynajmniej kilkunastu rozmaitych serwisów. Ogień trzaskający wesoło w narożnym kominku ogrzewał pomieszczenie tak nierówno, że lewa połowa ciała Robina spływała potem, podczas gdy z prawej lekko marzł. Scenka stanowiła ucieleśnienie studenckiego ducha.

– Poza wami nie ma nikogo? – zainteresował się w pewnej chwili Robin.

– To znaczy? – dopytał Vimal.

– Cóż, jesteście... – Robin wskazał kolejno współbiesiadników. – Wszyscy jesteście bardzo młodzi.

– To konieczne – odparł Anthony. – Nasza działalność jest niebezpieczna.

– Tak, ale czy nie ma z wami... Sam nie wiem...

– Prawdziwych dorosłych? Czy nikt nas nie wspiera? – Anthony pokiwał głową. – Owszem, są i tacy. Rozrzuceni po całym świecie. Nie znam ich wszystkich. Żadne z nas nie zna wszystkich innych członków i tak zostało to pomyślane od samego początku. Prawdopodobnie w samym Instytucie pracują ludzie Hermesa, o których nie mam pojęcia, aczkolwiek chciałbym, żeby zaczęli się wreszcie bardziej przykładać do pracy.

– Problemem są też straty osobowe – wtrąciła Ilse. – Weźmy taką Birmę.

– A co się stało w Birmie? – spytał Robin.

– Sterling Jones się stał – rzucił Anthony zdawkowo i nie rozwinął. Temat był w oczywisty sposób drażliwy. Przez chwilę wszyscy wpatrywali się bez słowa w talerze.

Robinowi przypomniała się dwójka złodziei, których spotkał pierwszej nocy w Oksfordzie. Młoda dziewczyna i jasnowłosy mężczyzna, których nie widział nigdy potem. Nie odważył się zapytać. Znał zresztą odpowiedź: straty osobowe.

– Tylko jak w takich warunkach udaje się wam cokolwiek osiągnąć? – odezwał się Rami. – Bo skoro nie znacie nawet własnych sprzymierzeńców...

– Cóż, jeśli się zastanowić, oksfordzka biurokracja działa w bardzo podobny sposób – zauważył Anthony. – Władze całego uniwersytetu, poszczególnych kolegiów i wydziałów bez przerwy spierają się co do zakresu kompetencji, a jednak całość jakoś działa, prawda?

– *Langue de boeuf sauce Madère* – zaanonsowała Cathy, stawiając pośrodku stołu ciężki garnek. – Wołowe języory w sosie maderowym.

– Cathy uwielbia serwować jęzory – skomentował Anthony. – Gotowane, marynowane, suszone, wędzone...

– Cicho. – Dziewczyna wśliznęła się między nich na ławkę. – Po prostu bardzo je lubię.

– Lubisz jęzory, bo to najtańszy możliwy kawałek mięsa – zwróciła uwagę Ilse.

– Paskudztwo – mruknął Anthony.

– To napchaj się tym. – Cathy rzuciła w przyjaciela ziemniakiem.

– Ach, *pommes de terre à l'anglaise.* – Anthony nadział parujące warzywo na widelec. – Wiecie, dlaczego Francuzi nazywają gotowane kartofle ziemniakami *à l'anglaise*? Dlatego że gotowanie jest najnudniejszą formą przyrządzania potraw. A według nich cała angielska kuchnia jest po prostu śmiertelnie nudna.

– Nikt ci nie każe ich jeść, Anthony.

– Ziemniaki można też piec, Cathy. – Chłopak nie rezygnował. – Dusić na maśle, podsmażyć z serem. Wszystko, byle nie były tak piekielnie angielskie.

Obserwując tych dwoje, Robin poczuł ostre swędzenie u podstawy nosa. Identycznie czuł się w noc balu pamięci, kiedy tańczyli na stołach w blasku kolorowych światełek. Jakże to magiczne, pomyślał, jak niewiarygodne, że takie miejsce w ogóle istnieje; destylat wszystkich obietnic, jakie składała Babel. Miał wrażenie, że właśnie takiego miejsca szukał przez całe życie. Szukał, a potem je zdradził.

Ku własnemu przerażeniu nagle się rozpłakał.

– Oj, no już, już. – Cathy poklepała go po ramieniu. – Nic ci nie grozi, Robin. Jesteś wśród przyjaciół.

– Przepraszam – załkał słabym głosem.

– Nic nie szkodzi. – Nie zapytała, za co właściwie przeprosił. – Jesteś już bezpieczny. I tylko to się liczy.

Ktoś załomotał do drzwi. Trzy ostre, gwałtowne uderzenia. Robin drgnął i wypuścił z dłoni widelec. Starsi koledzy jednak nawet nie mrugnęli.

– O, Griffin wrócił – rzucił wesoło Anthony. – Hasła wylatują mu z głowy po każdej zmianie, więc zamiast nich posługuje się specjalnym rytmem.

– Spóźnił się na kolację – rzuciła z irytacją Cathy.

– No to mu nałóż.

– Proszę.

– Nałóż mu, proszę, Cathy. – Anthony wstał z krzesła. – Pozostałych zapraszam do czytelni.

Kiedy Robin opuszczał w ślad za przyjaciółmi jadalnię, serce kołatało mu jak młotem. Znienacka opadły go nerwy. Nie chciał z bratem rozmawiać. Od ich ostatniego spotkania świat stanął na głowie i Robin był przerażony tym, co może usłyszeć.

Griffin był równie chudy, zabiedzony i zdrożony jak zawsze. Wszedł i tuż za progiem zrzucił z ramion swój czarny, złachany płaszcz. Teraz kiedy Robin wiedział już o jego postępku, brat wydał mu się zupełnie obcym człowiekiem. Wszystko w nim opowiadało całkiem nową historię; smukłe, zwinne dłonie; bystre, przenikliwe oczy – czy były to cechy mordercy? Co czuł, kiedy cisnął srebrną sztabką w Evie Brooke, w pełni świadom, że jej moc rozedrze dziewczynie pierś? Czy kiedy umarła, śmiał się tak samo jak teraz, patrząc na Robina?

– Dobry wieczór, braciszku. – Griffin obdarzył go wilczym uśmiechem i wyciągnął rękę do powitania. – Doszły mnie słuchy, że wykończyłeś naszego drogiego tatuśka.

„To był wypadek" – chciał odpowiedzieć Robin, lecz słowa utknęły mu w gardle. Nigdy dotąd nie zabrzmiały prawdziwie i nie był w stanie przywołać ich teraz.

– Dobra robota – podjął Griffin. – Nie podejrzewałem, że się na to zdobędziesz.

Robin nie potrafił odpowiedzieć. Z trudem walczył o każdy oddech. Ogarnęła go przedziwna ochota, by trzasnąć brata w gębę.

– To co? – Griffin obojętnym gestem wskazał drzwi czytelni. – Bierzemy się do pracy?

– Zadanie, tak jak je postrzegamy, polega na przekonaniu parlamentu i opinii publicznej, że zbrojne uderzenie na Chiny byłoby krokiem sprzecznym z interesem Wielkiej Brytanii – zaczął Anthony.

– Incydent ze spaleniem opium doprowadził sytuację do punktu krytycznego – dodał Griffin. – Komisarz Lin obłożył Anglików całkowitym zakazem handlu w Kantonie. Tymczasem Jardine i Matheson uznali te wydarzenia za uzasadnienie dla wojny. Twierdzą, że Anglia musi podjąć kroki w obronie własnego honoru lub już zawsze mierzyć się na Wschodzie z piętnem upokorzenia. Takie hasła tradycyjnie poruszają bardziej nacjonalistycznie nastawione kręgi. Izba Lordów jeszcze w zeszłym tygodniu rozpoczęła debatę nad potrzebą ekspedycji militarnej. Wciąż jednak nie zarządzono głosowania. Zasiadający w parlamencie lordowie wciąż się wahali, niepewni, czy warto przeznaczyć cenne zasoby kraju na tak bezprecedensową awanturę pół świata dalej. Niemniej kwestią kluczową pozostaje srebro. Pokonanie Chin zapewniłoby imperium brytyjskiemu dostęp do największej światowej rezerwy kruszcu, dzięki któremu angielskie okręty wojenne żeglowałyby szybciej, a ich działa strzelały dalej i celniej. Gdyby parlament przychylił się ku wojnie, przyszłość coraz bardziej skolonizowanego świata wymknęłaby się najśmielszym przewidywaniom. Dysponując bogactwami Chin, Wielka Brytania mogłaby zrealizować w Afryce, Azji i Ameryce Południowej plany, które pozostawały dotąd marzeniem ściętej głowy. Na te zapędy jednak nie mamy obecnie wpływu – mówił Griffin. – Nie możemy też myśleć w kategoriach ogólnoświatowej rewolucji, ponieważ jest niemożliwa. Jest nas zbyt mało. Zanim zajmiemy się czymkolwiek innym, musimy się skupić na powstrzymaniu napaści na Kanton. Jeżeli Anglia zwycięży, a zwycięży z pewnością, będzie w możliwej do przewidzenia przyszłości dysponować niemal nieograniczoną ilością srebra. Jeżeli przegra, krajowe zasoby kruszcu skurczą się, a wraz z nimi wydatnie zmaleją możliwości działania imperium w skali globalnej. Kwestia tej wojny jest więc kluczowa. Wszystko inne jest bez znaczenia. – Urwał i postukał palcem w tablicę, na której widniały wypisane w kolumnach nazwiska. – Izba Gmin jeszcze nie głosowała. Dyskusja wciąż trwa. Sir James Graham, wicehrabia Mahon i William Gladstone przewodzą silnej frakcji antywojennej. Dobrze, że mamy po swojej stronie Gladstone'a. Nie ma na świecie rzeczy, której nienawidziłby bardziej niż opium. Jeśli się nie mylę, jego siostra jest uzależniona od laudanum.

– W grę wchodzą jednak też wewnętrzne rozgrywki – podjęła Cathy. – Melbourne mierzy się z kryzysem politycznym u siebie. Wigowie z trudem przetrwali głosowanie wotum nieufności i obecnie stąpają po cienkim lodzie, pomiędzy konserwatystami a radykałami, a ich sytuację dodatkowo pogarsza fatalny bilans wymiany handlowej z Meksykiem, Argentyną i Arabią...

– Że co, przepraszam? – Rami potrząsnął głową.

Cathy niecierpliwie machnęła ręką.

– W skrócie idzie o to, że radykałowie i ich wyborcy z północnych okręgów liczą na większe zyski z handlu zagranicznego, a wigowie muszą utrzymać ich poparcie, gdyż inaczej ulegną torysom. Demonstracja siły w czasie kryzysu opiumowego bardzo by im w tym pomogła. Niemniej trudno przewidzieć, jakim wynikiem skończy się to głosowanie.

– W takim razie naszym celem powinno być zdobycie jak największej liczby głosów przeciwko wojnie. – Anthony wskazał ruchem głowy tablicę.

– Przepraszam, chcę się tylko upewnić – wtrącił powoli Rami. – Zamierzacie się przekwalifikować na lobbystów?

– Nie inaczej – stwierdził Anthony. – Będziemy musieli tych ludzi przekonać, że wojna nie leży w interesie ich wyborców. Niełatwo to uzasadnić, ponieważ tego rodzaju konflikt odmiennie wpływa na różne klasy społeczne. Zamożni na wyprowadzeniu srebra z Chin w oczywisty sposób skorzystają. Istnieje jednak ruch społeczny, którego członkowie twierdzą, że zwiększone wykorzystanie srebra jest najgorszym, co może spotkać ludzi pracy. Każde wzmocnione krosno pozbawia zajęcia około tuzina tkaczy; od dawna wybuchają z tego powodu strajki. Argumentując w ten sposób, możemy przekonać radykałów.

– Czyli planujecie skupić wysiłki na Izbie Lordów? – zaciekawił się Robin. – Nie na szeroko pojętej opinii publicznej?

– Dobre pytanie – przyznał Anthony. – Ponieważ, owszem, lordowie podejmują decyzje, lecz pewien nacisk ze strony prasy i szerokich kół publiczności może wpłynąć na niezdecydowanych. Kłopot w tym, jak przekonać przeciętnych londyńczyków, by przejęli się wojną, o której zapewne nawet nie słyszeli.

– Trzeba się odwołać do ludzkich odruchów i współczucia dla uciskanych – rzuciła Letty.

– Ha – parsknął sarkastycznie Rami. – Ha. Ha. Ha.

– Mnie się po prostu wydaje, że wszystkie bardziej agresywne kroki byłyby nieco przedwczesne – podjęła Letty z uporem. – Zastanówcie się, nie spróbowaliście jeszcze nawet przedstawić sprawy masom. Naprawdę nie sądzicie, że więcej osób przekonacie, jeśli będziecie po prostu mili?

– „Miły" pochodzi od łacińskiego słowa oznaczającego „głupi"* – odparł Griffin. – Nie chcemy być mili.

– Niemniej w kwestii Chin opinia społeczna rzeczywiście jest podatna na wpływ – zainterweniował Anthony. – Zauważ-

* To szczera prawda. Wyraz *nice* („miły") trafił do angielskiego poprzez starofrancuskie *nice* („słaby, nieporadny, głupawy"), które wywodzi się z łacińskiego *nescius* („ignorant, niewiedzący, nieświadomy").

my na przykład, że większość londyńczyków jest przeciwna handlowi opium, a w gazetach ukazuje się sporo artykułów traktujących działania komisarza Lina ze zrozumieniem. Dzięki moralizatorom i konserwatystom religijnym można w tym kraju osiągnąć całkiem sporo. Pytanie brzmi, w jaki sposób poruszyć sumienia ludzi na tyle, by zaczęli naciskać parlament. Niepopularne wojny wybuchały z bardziej błahych przyczyn.

– Co do wzbudzania publicznego oburzenia, mamy pewien pomysł – powiedział Griffin. – Para aktywna słowa „polemika" i jego greckiego źródłosłowu *polemikos,* oznaczającego rzecz jasna tyle co...

– Wojowniczy – rzucił Rami.

– Zgadza się.

– Czyli mamy wojnę idei. – Rami ściągnął brwi. – W jaki sposób ta para działa konkretnie?

– Badania trwają. Jeszcze przy tym dłubiemy. Jeżeli zdołamy połączyć zniekształcenie semantyczne z odpowiednim medium, możemy osiągnąć ciekawe rezultaty. Sęk w tym, że nie zdziałamy zupełnie nic, dopóki naszej postawy nie zrozumieją szersze gremia. Większość Brytyjczyków nie ma w ogóle pojęcia, że opór jest konieczny. Dla nich ta wojna jest czymś abstrakcyjnym, czymś, co może jedynie przysporzyć im korzyści, czymś, czym nie muszą się zajmować ani niepokoić. Nie wiedzą, jakie okrucieństwo się za nią kryje ani ile wyniknie z niej przyszłej przemocy. Nie mają świadomości, co opium robi z ludźmi.

– Z tym argumentem daleko nie zajdziesz – zauważył Robin.

– Dlaczego nie?

– Dlatego że nikogo to nie obchodzi. Ta wojna ma się rozegrać w niewyobrażalnie odległej krainie. Zbyt dalekiej, by ktokolwiek tutaj się o nią zatroszczył.

– Skąd ta pewność? – zapytała Cathy.

– Stąd, że mnie takie sprawy również nie obchodziły – odpowiedział Robin. – Nie obchodziły mnie, mimo że raz po raz tłumaczono mi, jakim złem jest wszystko podszyte. Dopiero kiedy zobaczyłem tę podłość na własne oczy, dotarło do mnie, iż wszystkie abstrakcyjne hasła dotyczą rzeczy całkiem rzeczywistych. Choć nawet i wtedy robiłem, co mogłem, by o tym nie myśleć. Niełatwo przyjąć do wiadomości to, czego przyjąć się nie chce.

Na krótki moment zapanowała przy stole cisza.

– Cóż – podjął z wymuszoną wesołością Anthony – wobec tego będziemy musieli argumentować bardziej pomysłowo.

Taki więc był cel tej nocy: skierować lokomotywę historii na inne tory. Zadanie nie było aż tak beznadziejne, jak się wydawało. Towarzystwo Hermes uruchomiło już kilka planów, w większości opartych na rozmaitych formach przekupstwa bądź szantażu. Jeden z najbardziej spektakularnych zakładał zniszczenie stoczni w Glasgow.

– Wynik głosowania w sprawie wojny zależy od tego, czy parlamentarzyści uwierzą, że zwycięstwo przyjdzie bez trudu – wyjaśnił Griffin. – I w teorii, owszem, nasze okręty są w stanie zdmuchnąć kantońską flotę z powierzchni morza. Ale do działania potrzebują srebra. Tymczasem przed kilkoma miesiącami Thomas Peacock...

– Ach – skrzywił się Rami. – On*.

– Ten sam. Jest zagorzałym entuzjastą technologii parowej i złożył w stoczni Lairdów zamówienie na sześć opancerzonych parowców. Zakłady stoczniowe Williama Lairda i syna znajdują się w Glasgow. A tego typu okręty są najbardziej przerażającymi jednostkami, jakie kiedykolwiek pływały po azjatyckich morzach. Wyposażone są w wyrzutnie rac kongrewskich,

* Thomas Love Peacock, poeta i eseista, przyjaciel Percy'ego Bysshe Shelleya przez długi czas z powodzeniem rozwijał swoją karierę w Indiach jako urzędnik Kompanii Wschodnioindyjskiej. W roku, w którym rozgrywają się wydarzenia, był szefem Działu Korespondencji Indyjskiej.

a dzięki płytkiemu zanurzeniu i parowym silnikom są bardziej zwrotne niż jakiekolwiek statki chińskie. Jeśli parlament zagłosuje na tak, przynajmniej jeden z tych parowców popłynie prosto do Kantonu.

– Domyślam się więc, że wybierasz się do Glasgow? – powiedział Robin.

– Jutro z samego rana – potwierdził Griffin. – Czeka mnie dziesięć godzin w pociągu. Ale jestem przekonany, że kiedy dotrę już na miejsce, parlament dowie się o tym w ciągu następnej doby.

Nie wyjaśnił, co mianowicie zamierza uczynić, aczkolwiek Robin nie miał cienia wątpliwości, iż jego brat zdolny jest zniszczyć nawet całą stocznię.

– O, wreszcie jakaś sensowna propozycja – ucieszył się Rami. – Dlaczego nie zajmiemy się wyłącznie sabotażem?

– Dlatego że jesteśmy naukowcami, nie żołnierzami – odparł Anthony. – Stocznia to jedno, ale nie zniszczymy przecież całej floty królewskiej. Musimy oddziaływać wszędzie, gdzie tylko zdołamy. A najbardziej agresywne wygłupy zostawmy Griffinowi.

– To nie są wygłupy – nastroszył się Griffin.

– Agresywne eskapady – sprostował Anthony, choć Griffin zjeżył się i na to określenie. – Skupmy się na metodach wywierania wpływu na wynik londyńskiego głosowania.

Wrócili więc do punktu wyjścia. Wojny, której stawką jest los całego świata, nie sposób wygrać w jedną noc – teoretycznie młodzi tłumacze zdawali sobie z tego sprawę – nie potrafili jednak tak po prostu przestać i pójść spać. Kolejne godziny rodziły wciąż nowe pomysły i strategie, chociaż kiedy minęła północ, myśli spiskowców straciły nieco na spójności. A gdyby tak zamieszać lorda Palmerstona w skandal? Na przykład podsunąć mu Letty i Cathy, które uwiodłyby go, podszywając się pod prostytutki? A gdyby udało się wmówić brytyjskiej opinii publicznej, że taki kraj jak Chiny wcale nie istnieje, a przekonanie o tym jest jedynie wynikiem skomplikowanej mistyfikacji niejakiego Marco Polo? W pewnym momencie wszystkich ogarnął niepowstrzymany śmiech, kiedy Griffin przedstawił całkiem szczegółowy plan porwania królowej Wiktorii, którą zamierzał uprowadzić przy pomocy grupy towarzyszy przebranych za przedstawicieli chińskiego półświatka i przetrzymywać w charakterze zakładniczki na Trafalgar Square.

Tak, stojący przed nimi cel bez wątpienia onieśmielał skalą i wydawał się praktycznie niemożliwy do osiągnięcia, lecz Robin odnalazł w tej pracy specyficznie odurzającą przyjemność. Twórcze rozwiązywanie kolejnych problemów, rozkładanie potężnego wyzwania na dziesiątki etapów, których realizacja, przy założeniu niebywałego szczęścia, a prawdopodobnie i boskiej interwencji, mogła doprowadzić konspiratorów do ostatecznego zwycięstwa – wszystko to przypominało mu chwile, kiedy o czwartej nad ranem pracowali z przyjaciółmi w bibliotece nad wyjątkowo trudnym przekładem, co chwila wybuchając ze zmęczenia histerycznym śmiechem, lecz jednocześnie tryskając wewnętrzną energią, której dodawało ostateczne odnalezienie trafnych sformułowań w chaosie tysiąca nagryzmolonych notatek i długich, zawziętych dyskusji.

Jednym słowem, walka przeciwko imperium okazała się pyszną zabawą.

Z jakiegoś powodu co rusz wracali do słowa *polemikos* i jego pary. Być może dlatego, że istotnie mieli wrażenie uczestnictwa w wojnie idei, w konfrontacji, której stawką był rząd dusz Wielkiej Brytanii. Jak zauważyła Letty, związane z dyskusjami metafory często wiążą się z wojną i przemocą.

– Pomyślcie tylko – powiedziała. – „Ich stanowisko jest nie do obrony". „Musimy zbić ich argumenty". „Trzeba przełamać ich argumentację".

– We francuskim jest podobnie – zauważyła Victoire. – *Cheval de bataille**.

– Dosłownie „rumak bojowy" – uśmiechnęła się Letty.

* Wyrażenie oznaczające czyjś ulubiony sposób argumentacji.

– Cóż – wtrącił Griffin – skoro już rozmawiamy o rozwiązaniach militarnych, to wciąż obstaję przy zdaniu, że należy przeprowadzić Operację Boski Gniew.

– A co to miałoby być? – zainteresował się Rami.

– Szkoda czasu – skwitował Anthony. – Głupia nazwa, a pomysł jeszcze głupszy.

– „Widząc te rzeczy, Bóg nie pozwolił im dalej działać, lecz dotknął ich ślepotą i pomieszaniem języków, i uczynił ich takimi, jakimi ich widziałeś”* – zadeklamował Griffin z patosem. – Słuchajcie, myśl jest naprawdę dobra. Wystarczy, że zajmiemy wieżę...

– Niby w jaki sposób, Griffin? – westchnął niecierpliwie Anthony. – Na czele jakiej armii?

– Do tego wcale nie potrzeba armii – odparł Griffin. – To uczeni, nie wojownicy. Wystarczy wejść tam z bronią w ręku, machnąć nią raz czy dwa, trochę powrzeszczeć i cała wieża nasza. A biorąc na zakładnika wieżę, weźmiemy na zakładnika cały ten kraj. Babel jest kluczem do wszystkiego, Anthony. Tam znajduje się źródło potęgi imperium. Musimy je po prostu przejąć.

Robin przyjrzał się bratu ze szczerym niepokojem. W języku chińskim zwrot *huǒyàowèi*** oznacza dosłownie „smak prochu strzelniczego” i stosuje się go na określenie „wojowniczości, gotowości do walki”. Griffin roztaczał wokół siebie woń prochu. Wręcz cuchnął przemocą.

– Chwileczkę – odezwała się Letty. – Chcesz zaatakować wieżę?

– Chcę ją zdobyć. Co nie byłoby wcale takie trudne. – Griffin wzruszył ramionami. – Co więcej, to proste rozwiązanie

---

* Nie jest to cytat z biblijnej Księgi Rodzaju, gdzie znajdujemy znacznie łagodniejszy opis rozmnożenia języków. Fragment ten pochodzi z „Apokalipsy Barucha greckiej”, tekstu fałszywie przypisywanego skrybie Baruchowi ben Neriahowi. Griffin, rozczarowany uczelnią, przez pewien czas pracował nad kompilacją literackich opisów upadku wieży Babel.

** 火藥味

naszych problemów, czyż nie? Nieraz próbowałem już przekonać tych tutaj, ale są zbyt tchórzliwi, żeby się na taki krok zdobyć.

– A czego byś potrzebował, żeby taka akcja mogła się powieść? – spytała zaintrygowana Victoire.

– Nareszcie pytanie do rzeczy – rozpromienił się Griffin. – Wystarczy mi lina, dwa pistolety... Może nawet nie pistolety, ale kilka noży na pewno...

– Pistolety? – powtórzyła Letty z rosnącym niedowierzaniem. – Noże?

– Moja droga, to jedynie rekwizyty niezbędne do zastraszenia zakładników. Nikomu nie spadłby włos z głowy.

– Czy ty poważnie... – Letty aż się cofnęła.

– Nie masz się czym martwić – zapewniła Cathy i zgromiła Griffina spojrzeniem. – Wyraziliśmy się w tej kwestii dostatecznie jasno.

– Ale zastanówcie się tylko nad skutkami. – Griffin nie rezygnował. – Co ten kraj pocznie bez swojego zaklętego srebra? Bez ludzi potrafiących odnawiać moc sztabek? Silniki parowe trafi szlag. Wieczne lampy trafi szlag. Wzmocnienia budynków trafi szlag. Drogi popadną w ruinę, powozy zaczną się sypać... Furda Oksford, cała Anglia rozpadnie się w kilka miesięcy. Rzucilibyśmy ich na kolana. Byliby jak sparaliżowani.

– Kosztem życia dziesiątków niewinnych ludzi – zauważył Anthony. – Tego planu nie będziemy nawet brać pod uwagę.

– Jak sobie chcecie. – Urażony Griffin odchylił się w krześle i zaplótł ramiona na piersi. – Zostańmy wszyscy lobbystami.

W końcu, o trzeciej nad ranem, zarządzili przerwę w obradach. Anthony pokazał gościom zamontowany na zapleczu biblioteki zlew, w którym mogli się obmyć – „Przepraszam, ale wanny tu nie ma. Będziecie musieli namydlić pachy na stojąco" – po czym wyciągnął z kredensu naręcze poduch i kołder.

– Dysponujemy tylko trzema łóżkami – rzucił przepraszającym tonem. – Nieczęsto tutaj nocujemy. Panie mogą udać się z Ilse do czytelni, a wy, panowie, rozłóżcie się między regałami. Zawsze to odrobina prywatności.

Robin był tak wyczerpany, że myśl o spędzeniu nocy na kawałku drewnianego parkietu wydała mu się cudownym objawieniem. Miał wrażenie, że odkąd przybyli do Oksfordu, nie zmrużył nawet oka; że przeżył tyle, ile inni przeżywają w ciągu całego życia. Przyjął kołdrę od Anthony'ego i ruszył między półki, lecz zanim zdążył się umościć, u jego boku pojawił się Griffin.

– Znajdziesz chwilę?

– A ty się nie kładziesz? – zdziwił się Robin. Jego brat był w pełni ubrany, guziki czarnego płaszcza zapiął pod samą szyję.

– Nie, muszę wcześnie wyjść – odparł Griffin. – Oksford nie ma bezpośredniego połączenia kolejowego z Glasgow. Najpierw jadę do Londynu, a potem wsiądę do pierwszego porannego pociągu. Chodź, wyjdźmy na zewnątrz.

– Po co?

– Pokażę ci, jak się z tego strzela. – Griffin poklepał wetknięty za pas pistolet.

– Wykluczone. – Robin odruchowo przytulił kołdrę do piersi.

– W takim razie popatrzysz tylko, jak ja strzelam – stwierdził Griffin. – Myślę, że już dawno powinniśmy byli ze sobą pomówić. Chyba się zgodzisz?

Robin westchnął, odłożył kołdrę i wyszedł za bratem.

Dziedziniec Starej Biblioteki zalany był jasną księżycową poświatą. Griffin zapewne często wprawiał się tu w strzelaniu, gdyż w pniach drzew po drugiej stronie ciemniały otwory po kulach.

– Nie boisz się, że ktoś usłyszy?

– Urok chroni cały teren – wyjaśnił Griffin. – Bardzo łebskie rozwiązanie. Ktoś, kto nie wie, że tu jesteśmy, usłyszy i zobaczy bardzo niewiele. Co wiesz o broni palnej?

– Absolutnie nic.

– Cóż, na naukę nigdy za późno. – Griffin wcisnął bratu pistolet do ręki.

Podobnie jak srebrne sztabki, przedmiot okazał się cięższy, niż mogło się wydawać, i był bardzo zimny w dotyku. Krzywiznę drewnianej kolby cechowała niepodważalna elegancja, całość leżała w dłoni jak ulał. Niemniej Robin poczuł falę odrazy. Pistolet wydał mu się zły, jakby sam metal próbował go ukąsić. Miał wielką ochotę cisnąć broń na ziemię, lecz bał się przypadkowego wystrzału.

– To tak zwany rewolwer wiązkowy, potocznie pieprzniczka – wyjaśnił Griffin. – Narzędzie bardzo popularne wśród cywilów. Działa w oparciu o zamek kapiszonowy, dzięki czemu można z niego strzelać nawet po zamoknięciu. Nie zaglądaj do lufy, idioto! Nigdy, pod żadnym pozorem, nie patrz do lufy. Spróbuj wycelować.

– Nie rozumiem, po co – stwierdził Robin. – Nie zamierzam się tym posługiwać.

– Nieważne, co zamierzasz. Ważne, żeby ktoś inny pomyślał, że strzelisz. Widzisz, moi szacowni koledzy wciąż trzymają się kurczowo absurdalnego przekonania, że ludzie są z natury dobrzy. – Griffin odciągnął kurek i wymierzył w rosnącą po drugiej stronie dziedzińca brzozę. – Ja jestem w tej kwestii sceptykiem. Moim zdaniem dekolonizacja musi się odbyć przemocą. – Pociągnął za spust. Huknęło bardzo głośno. Robin aż odskoczył, lecz jego brat nawet nie mrugnął. – Po każdym strzale trzeba odciągnąć kurek – powiedział, nastawiając lufy rewolweru.

Okazał się niezłym strzelcem. Robin wytężył wzrok i zobaczył pośrodku pnia świeży otwór.

– Zrozum, broń zmienia wszystko. Rzecz nie w samych skutkach jej użycia, a w tym, co sygnalizuje jej obecność. – Griffin pogładził lufę, po czym zawirował na pięcie i wycelował prosto w brata.

– Jezu... – Robin zatoczył się w tył.

– Można się przestraszyć, co? Zastanów się, dlaczego pistoletu boisz się bardziej niż noża? – Ręka Griffina nawet nie drgnęła. – Dlatego że pistolet mówi jasno: jestem gotów cię zabić, wystarczy, że pociągnę za spust. Potrafię siać śmierć na odległość i bez wysiłku. Broń palna sprawia, że mordowanie przestaje być ciężką pracą i staje się czynem wytwornym, eleganckim. Zmniejsza też dystans pomiędzy zamiarem a działaniem. Rozumiesz?

– Strzeliłeś kiedykolwiek do człowieka? – zapytał Robin.

– Oczywiście.

– Trafiłeś?

Griffin nie odpowiedział wprost.

– Musisz pamiętać, gdzie byłem. Świat to nie tylko biblioteki i kluby dyskusyjne, braciszku. Na polu bitwy sprawy wyglądają inaczej.

– Babel jest polem bitwy? – rzucił Robin. – Czy Evie Brooke była wrogim żołnierzem?

– Więc tu cię boli? – Griffin opuścił rewolwer.

– Zabiłeś niewinną dziewczynę.

– Niewinną? Usłyszałeś to od ojca? Powiedział ci, że zabiłem Evie z zimną krwią?

– Widziałem tę sztabkę na własne oczy – powiedział Robin. – Mam ją przy sobie, w kieszeni.

– Evie nie była Bogu ducha winnym świadkiem – rzucił z pogardą w głosie Griffin. – Usiłowaliśmy ją zwerbować przez kilka miesięcy. Nie szło to łatwo, rozumiesz, ponieważ była bardzo blisko ze Sterlingiem Jonesem. Jeśli jednak któreś z tej pary miało resztki sumienia, to właśnie ona. Tak nam się w każdym razie wydawało. Miesiącami prowadziłem z nią rozmowy Pod Koślawym Korzeniem, aż wreszcie pewnej nocy doszła do wniosku, że jest gotowa, że chce się przyłączyć. Niestety, był to jedynie podstęp. Przez cały czas pozostawała w kontakcie z profesorami i policją i wspólnie obmyślili plan, którego miałem paść ofiarą. Evie była wyborną aktorką. Potrafiła tak na człowieka spojrzeć tymi wielkimi oczyma, kiwała głową w taki sposób, że czułeś, jakby rozumiała każde twoje słowo. Oczywiście nie miałem pojęcia, iż to jedynie teatr. Byłem pewien, że znalazłem w niej sojusznika. Ogromnie się cieszyłem, że udało mi się ją przekonać. A odkąd straciliśmy w Birmie tak wielu naszych, czułem się okropnie samotny. Evie od początku wykazywała się nielichym sprytem. Zadawała mnóstwo pytań, znacznie więcej niż ty. Wydawało się, że bardzo chce zacząć działać wreszcie dla sprawy, że chce poznać wszystkie sposoby, w jakie może się okazać pomocna.

– Więc jak dowiedziałeś się prawdy?

– Cóż, najsprytniejsza na świecie jednak nie była. Gdyby była, nie zrzuciłaby maski, dopóki sama nie byłaby bezpieczna.

– Sama ci powiedziała – zrozumiał Robin i poczuł nieprzyjemny skręt kiszek. – Chciała się nacieszyć zwycięstwem.

– Uśmiechnęła się – powiedział Griffin. – Kiedy zawyła syrena, uśmiechnęła się od ucha do ucha i powiedziała, że to koniec. I wtedy ją zabiłem. Nie chciałem tego. Nie uwierzysz, ale taka jest prawda. Chciałem jej tylko napędzić strachu. Ale byłem wściekły i sam się bałem. A Evie była bojową osobą. Wiesz, myślę, że gdybym jej tylko pozwolił, zaatakowałaby pierwsza.

– To wszystko prawda? – spytał szeptem Robin. – Czy może zwykłe kłamstwo, które sobie wmawiasz, żeby móc sypiać nocami?

– Ze snem nie mam najmniejszego kłopotu – zapewnił z cynicznym uśmieszkiem Griffin. – Za to ty musisz się okłamywać, prawda? Niech zgadnę, tłumaczysz sobie, że zrobiłeś to przypadkiem? Że wcale nie chciałeś?

– Nie chciałem – powiedział Robin z naciskiem. – To się po prostu... stało. Nieumyślnie. Ani przez chwilę nie miałem za...

– Przestań. – Griffin nie pozwolił bratu dokończyć. – Przestań się chować, przestań udawać. Tak robią tylko tchórze. Powiedz, co czujesz. Sprawiło ci to przyjemność, prawda? Przyznajże. Posiadanie tak wielkiej mocy sprawiło ci rozkosz...

– Gdybym tylko mógł, wszystko bym cofnął. – Robin nie do końca rozumiał, dlaczego nagle okazało się tak ważne, żeby Griffin mu uwierzył, lecz miał wrażenie, że broni bastionu, którego nie może oddać, że to ostatnia prawda dotycząca jego tożsamości, z której nie może zrezygnować. W przeciwnym wypadku sam dla siebie stałby się kimś obcym. – Chciałbym, żeby nadal żył.

– To nieprawda i dobrze o tym wiesz. Dostał to, na co zasłużył.

– Nie zasługiwał na śmierć.

– Nasz ojciec – powiedział mocnym głosem Griffin – był okrutnym egoistą; był człowiekiem uważającym wszystkich z wyjątkiem białych Anglików za ludzi niepełnowartościowych. Ojciec zniszczył życie mojej matce, a twoją porzucił na pastwę śmiertelnej choroby. Ojciec był jednym z ważniejszych planistów wojny, którą Anglia zamierza wytoczyć naszej ojczyźnie. Gdyby wrócił z Kantonu cały i zdrowy, parlament nie toczyłby w tej chwili żywych debat. Głosowanie odbyłoby się dawno temu. Dzięki tobie zyskaliśmy wiele dni, może nawet całe tygodnie. Co więc z tego, że stałeś się zabójcą, braciszku? Świat bez profesora jest znacznie lepszy. Przestań truchleć i dygotać pod ciężarem sumienia i, do cholery, poczuj się wreszcie dumny. Masz powód. – Odwrócił pistolet w dłoni i kolbą naprzód podał go Robinowi. – Weź to.

– Powiedziałem już, że nie.

– Wciąż nie rozumiesz. – Zniecierpliwiony Griffin sam zacisnął palce brata na broni. – Wykroczyliśmy poza granice świata idei. Teraz jesteśmy na wojnie.

– Jeśli to jest wojna, to już przegraliście. – Robin wciąż nie chciał przyjąć pistoletu. – W boju nie macie szans. Ilu was jest? W porywach dwadzieścia kilka osób? I chcecie się mierzyć z całą brytyjską armią?

– Ach, i tutaj się właśnie mylisz, braciszku – rzucił Griffin. – W przemocy liczy się to, że imperium ma do stracenia znacznie więcej niż my. Przemoc zaburza działanie gospodarki opartej na eksploatacji surowców. Wystarczy wywołać chaos na jednym ze szlaków transportowych, a daleko po drugiej stronie Atlantyku gwałtownie zmieniają się ceny. Cały ich system ekonomiczny jest bardzo delikatny i podatny na wstrząsy, ponieważ takim go stworzyli, ponieważ pazerność kapitalizmu obraca się przeciwko niemu samemu. Dlatego właśnie niewolnicze bunty kończą się powodzeniem. Tamci nie mogą strzelać do własnej siły roboczej. Zabiliby w ten sposób gęś znoszącą złote jaja. A skoro system rzeczywiście jest tak kruchy – mówił dalej – dlaczego tak łatwo godzimy się na kolonializm? Dlaczego sądzimy, że jest nieunikniony? Dlaczego Piętaszek nie chwyta za strzelbę, dlaczego nie poderżnie Robinsonowi Crusoe gardła we śnie? Problem w tym, że przez całe życie żyjemy tak, jakbyśmy już przegrali. Wszyscy żyjemy jak ty. Widzimy ich działa, ich sztabki i okręty i myślimy, że już po nas. Nawet nie próbujemy zrozumieć, że w rzeczywistości siły są wyrównane. I nigdy nie myślimy o tym, co mogłoby się wydarzyć, gdybyśmy wzięli do ręki broń. – Griffin ponownie wcisnął Robinowi pistolet. – Ostrożnie, przód jest ciężki.

Tym razem Robin przyjął rewolwer. Na próbę wycelował w kierunku drzewa. Lufa rzeczywiście pochyliła się w dół. Robin naprężył nadgarstek i wyrównał.

– Przemoc jest sposobem, w jaki możemy pokazać, jak wiele jesteśmy gotowi położyć na szali – podjął Griffin. – Przemoc jest jedynym językiem, który są w stanie zrozumieć, ponieważ ich rabunkowy system sam opiera się na przemocy. Przemoc może tym systemem wstrząsnąć. Tak mocno, że system tego nie przetrwa. Uwierz mi, sam nie wiesz, do czego jesteś zdolny. Dopóki nie pociągniesz za spust, nie zdołasz sobie wyobrazić, jak głęboko można zmienić świat. – Griffin umilkł na moment i wskazał palcem środkową brzozę. – Pociągnij za spust, dzieciaku.

Robin posłuchał. Huk rozdarł mu uszy. Niemal wypuścił pistolet. Był pewien, że nie trafił. Nie był przygotowany na tak silny odrzut. Wstrząs przebiegł wzdłuż całego jego ramienia, od przegubu po bark. Brzoza stała nietknięta. Kula, nie wyrządzając drzewu najmniejszej szkody, zniknęła w ciemności.

Musiał jednak przyznać, że Griffin miał rację – towarzysząca tej chwili ekscytacja, eksplozja mocy, którą dzierżył we własnej dłoni, potęga, jaką był w stanie wyzwolić drobnym ruchem palca – to rzeczywiście było przyjemne.

ROZDZIAŁ

DWUDZIESTY TRZECI

Ach, biali ludzie mają serca tak małe, że mieszczą się w nich tylko ich własne uczucia.

Mary Prince, „Historia Mary Prince"

Kiedy Griffin wyruszył ostatecznie do Glasgow, Robin nie mógł zasnąć. Siedział w ciemności, przepełniony pulsującą, nerwową energią. Brakowało mu tchu, czuł zawroty głowy, zupełnie jak człowiek stojący na moment przed skokiem na szczycie wysokiego urwiska. Cały świat zbliżał się do jakiegoś niosącego przemianę kataklizmu, a on, pędząc ku katastrofie, mógł jedynie trzymać się kurczowo tego, co miał najbliżej siebie.

Godzinę później Stara Biblioteka zaczęła się budzić. Dokładnie z wybiciem siódmej między regałami poniosła się symfonia ptasich treli. Można było pomyśleć, że gdzieś wśród książek gniazduje całe skrzydlate stado.

– Co to? – spytał Rami, przecierając oczy. – Zwierzyniec tu macie czy co?

– Te odgłosy słyszycie stąd. – Anthony pokazał na wielki zegar stojący, zdobiony przedstawiającymi ptaki rzeźbieniami. – Prezent od naszej koleżanki ze Szwecji. Przełożyła *gokatta* jako „wstawać o świcie", z tym że po szwedzku *gokatta* oznacza konkretnie „budzić się po to, by posłuchać ptaków". Wewnątrz jest też mechanizm podobny do tych w pozytywkach, ale to srebro naśladuje śpiew. Urocze, prawda?

– Aha, szkoda tylko, że tak koszmarnie hałasuje – mruknął Rami.

– Cóż, to prototyp. W dodatku nie najnowszy. Ale takie zegary kupuje się teraz w najmodniejszych londyńskich sklepach, wiesz? Cieszą się wielkim uznaniem. Bogaci za nimi przepadają.

Jeden po drugim umyli się zimną wodą przy zlewie. Następnie przeszli do czytelni, gdzie dziewczęta czekały już nad notatkami z wczorajszej narady.

Letty wyglądała, jakby przez całą noc nie zmrużyła oka. Pod oczyma ciemniały jej wielkie półksiężyce i co chwila ziewała, obejmując się ciasno ramionami.

– Dobrze się czujesz? – zaniepokoił się Robin.

– Trochę jak we śnie. – Potoczyła dokoła mętnym wzrokiem. – Wszystko stoi na głowie. Wszystko jest na opak.

Słuszne spostrzeżenie, stwierdził w duchu Robin. Niemniej, biorąc pod uwagę okoliczności, Letty trzymała się niezgorzej. Nie miał pojęcia, jak delikatnie zadać dręczące go pytanie, więc spytał nie wprost:

– I co myślisz?

– O czym, Robin? – spytała udręczonym głosem. – O morderstwie, które ukrywamy, o upadku imperium brytyjskiego czy może o tym, że do końca życia będziemy zbiegami?

– Cóż, chyba o wszystkim naraz.

– Sprawiedliwość jest okropnie męcząca. – Dziewczyna rozmasowała sobie skronie. – Oto, co myślę.

Cathy przyniosła parujący czajniczek czarnej herbaty i wszyscy z wdzięcznością podsunęli jej kubki. Niewyspany Vimal przeczłapał z łazienki w kierunku kuchni. Po kilku minutach w czytelni rozszedł się cudowny aromat smażonego jedzenia.

– Jajka masala – obwieścił chłopak, nakładając im na talerze jajecznicę pływającą w pomidorowej mazi. – Zaraz będą też tosty.

– Vimal – westchnęła Cathy – mogłabym za ciebie wyjść.

Śniadanie pochłonęli szybko i mechanicznie, w milczeniu. Wkrótce uprzątnięto ze stołu, a brudne naczynia trafiły z powrotem do kuchni. Nagle skrzypnęły frontowe drzwi. To Ilse wróciła z miasta, przynosząc poranną prasę.

– Piszą cokolwiek o debatach?

– Lordowie wciąż się spierają – odpowiedziała dziewczyna. – Mamy jeszcze trochę czasu. Wigowie nie mają pewności, iloma głosami dysponują, więc nie zarządzą głosowania, dopóki się dokładnie nie policzą. Tak czy inaczej jednak trzeba, żeby nasze broszury pojawiły się w Londynie dzisiaj, najpóźniej jutro. Trzeba kogoś wsadzić do południowego pociągu, a potem wydrukować je na Fleet Street.

– Mamy jeszcze ludzi na Fleet Street? – spytał Vimal.

– Tak, Theresa wciąż pracuje w „Standardzie". Drukują się w piątki. Jeśli dostanę materiały do wieczora, myślę, że dam radę skorzystać z maszyn. – Ilse wyciągnęła z torby wymiętoszoną gazetę i rzuciła ją na stół. – Tak przy okazji, to najnowsze rewelacje z Londynu. Pomyślałam, że was zainteresują.

Robin wyciągnął szyję, by przeczytać odwrócony tekst.

OKSFORDZKI PROFESOR ZAMORDOWANY W KANTONIE – głosił nagłówek. SPRAWCY W ZMOWIE Z CHIŃSKIMI LOBBYSTAMI.

– Cóż – mruknął, kręcąc głową. – Szczegóły się w zasadzie zgadzają.

– O, patrzcie. – Rami otworzył gazetę. – Są nawet nasze podobizny.

– To wcale nie jest do ciebie podobne – zauważyła Victoire.

– Prawda, nos mam zupełnie inny – zgodził się Rami. – A oczy Robina są stanowczo za małe.

– W Oksfordzie też się to ukazało? – Anthony zwrócił się do Ilse.

– O dziwo, nie. Niczego na razie nie rozgłaszają.

– Ciekawe. Cóż, tak czy siak do Londynu już nie pojedziecie – stwierdził Anthony.

Młodzi tłumacze zaczęli protestować, lecz uciszył ich gestem.

– Nie gniewajcie się, ale to zbyt niebezpieczne. Nie warto ryzykować. Dopóki sprawa nie przycichnie, zostaniecie tutaj, w Starej Bibliotece. Nie możemy pozwolić, by ktoś was rozpoznał.

– Ani nas, ani ciebie – odparł Rami.

– Mnie uważają za martwego. Ciebie za mordercę. To całkiem inna para kaloszy. Mojego rysopisu nie drukują w dziennikach.

– Ale ja nie chcę tu siedzieć. – Rami zmarkotniał. – Chcę coś robić, pomagać...

– Pomożesz, nie pozwalając zamknąć się w więzieniu. Griffin może sobie wygadywać, co mu się żywnie podoba, ale nie toczymy otwartej wojny. Nasza działalność wymaga mimo wszystko pewnej finezji. – Anthony wskazał na tablicę. – Skupmy się na planowaniu. Na czym wczoraj skończyliśmy? Chyba na sprawie lorda Arsenaulta, tak? Letty?

Letty upiła spory łyk herbaty, przymknęła oczy i zebrała się w sobie.

– Tak, jestem prawie pewna, że lord Arsenault pozostaje w dobrych stosunkach z moim ojcem. Mogę do niego napisać, spróbować umówić spotkanie...

– Nie sądzisz, że twój ojciec może być w tej chwili nieco zbyt przejęty wieścią, że jesteś podejrzana o morderstwo? – wtrącił Robin.

– W artykule nikt Letty nie oskarża. – Victoire przebiegła tekst spojrzeniem. – Wymieniają jedynie nas troje. O niej nie ma słowa.

Na chwilę zapadło niezręczne milczenie.

– I w to nam graj – rzucił gładko Anthony. – Dzięki temu zachowujemy pewną swobodę ruchów. Letty, zabierz się do pisania listu do ojca. A wy, do swoich zadań.

Jedno po drugim wyszli z czytelni. Ilse udała się do Babel, gdzie miała zebrać dodatkowe informacje o rozwoju sytuacji w Londynie. Cathy z Vimalem przenieśli się do pracowni, by prowadzić eksperymenty nad praktycznym zastosowaniem słowa *polemikos*. Ramiemu i Victoire przypadło pisanie listów do prominentnych postaci z frakcji radykałów, które układali, podszywając się pod ich wyborców, czyli białych mężczyzn w średnim wieku. Robin z Anthonym zasiedli w czytelni i zajęli się wyszukiwaniem co bardziej obciążających cytatów z korespondencji profesora Lovella, które umieszczali następnie w krótkich, zaciekle krytykujących plany wojny broszurkach. Mieli przy tym nadzieję, że tego rodzaju materiał dowodowy okaże się na tyle skandaliczny, by temat podchwyciła oficjalna londyńska prasa.

– Zwracaj uwagę na język – podpowiedział Robinowi Anthony. – Jak ognia wystrzegaj się antykolonialnej retoryki i haseł o konieczności poszanowania praw suwerennych nacji. Korzystaj za to obficie z wyrazów typu „skandal", „zmowa", „korupcja", „niejasne interesy" i tak dalej. Chodzi o zwroty, które podburzą przeciętnych mieszkańców Londynu, a nie dotkną bezpośrednio kwestii rasowych.

– Jednym słowem, chcesz, żebym przełożył nasze hasła na język białych – podsumował Robin.

– Lepiej bym tego nie ujął.

Pracowali w kojącej ciszy przez jakąś godzinę, aż wreszcie Robina rozbolała dłoń i musiał zrobić sobie przerwę. Usiadł wygodnie na krześle i sięgnął po kubek z herbatą. Bez słowa zaczekał, aż Anthony skończy kolejny akapit.

– Anthony? – zagadnął. – Mogę ci zadać pytanie?

– Jasne. Co cię gryzie? – Anthony odłożył pióro.

– Naprawdę wierzysz, że to się uda? – Robin skinął głową na stos przygotowanych z myślą o broszurach tekstów. – Że zdołamy przekonać opinię publiczną do swoich racji?

– Widzę, że brat zasiał w tobie ziarno zwątpienia. – Anthony odchylił się i rozprostował palce.

– Wczoraj w nocy Griffin uczył mnie strzelać – przyznał Robin. – Jego zdaniem rewolucji nie da się skutecznie przeprowadzić, nie wzniecając zbrojnego powstania. I szczerze mówiąc, tłumaczy to bardzo przekonująco.

Anthony przez chwilę siedział w zadumie, postukując piórem o kałamarz.

– Twój brat często oskarża mnie o naiwność.

– Ja wcale nie to...

– Wiem, wiem – uciął Anthony. – Chcę tylko, byś wiedział, że nie jestem tak miękki, jak myśli Griffin. Pozwolisz, że przypomnę, iż przybyłem do Anglii, jeszcze zanim uznali, że nie można mnie dłużej w majestacie prawa nazywać niewolnikiem. Większość życia spędziłem w kraju, w którym nikt nie miał jasności, czy jestem w ogóle w pełni człowiekiem. Możesz mi wierzyć, nie jestem radosnym optymistą, ufającym w moralność i skrupuły białych Brytyjczyków.

– Trzeba jednak przyznać, że w kwestii abolicji zmienili zdanie – zauważył Robin. – Ostatecznie.

– Naprawdę myślisz, że niewolnictwo zniesiono ze względu na kwestie etyczne? – zaśmiał się cicho Anthony. – Nie, idea abolicji zyskała popularność, ponieważ Brytyjczycy po utracie Ameryki uznali, że ich nową gęsią znoszącą złote jaja staną się Indie. Rzecz w tym, że sprowadzane z Indii bawełna, indygo i cukier nie miały szans zdominować rynku bez uprzedniego wypchnięcia z niego Francuzów, a Francji nie można było wypchnąć, dopóki brytyjski handel niewolnikami sprawiał, że Indie Zachodnie były dla nich tak bardzo zyskowne.

– Ale...

– Żadne ale. Ruch abolicjonistyczny w znanej ci postaci to jedynie dęta maskarada. Pusta retoryka. Pitt postawił wniosek dlatego, że zrozumiał konieczność odcięcia Francji od dostępu do niewolników. A parlament podchwycił hasła abolicjonistów, bo panicznie bali się powstańczych wystąpień czarnoskórych w Indiach Zachodnich.

– Czyli twoim zdaniem za wyzwoleniem stały jedynie ostrożność i kwestie gospodarcze.

– Cóż, niekoniecznie. Twój brat chętnie powtarza, że do zniesienia niewolnictwa popchnął Brytyjczyków nieudany bunt niewolników z Jamajki. I ma rację, lecz jedynie w połowie. Otóż ten bunt zyskał sobie wśród Anglików sympatię, gdyż jego przywódcy byli baptystami, a po jego stłumieniu biali zwolennicy niewolnictwa zaczęli niszczyć na wyspie kaplice i grozić misjonarzom. I to ci baptyści po powrocie do kraju zdobyli społeczne poparcie, lecz nie dzięki hasłom o prawach człowieka, lecz dzięki religii. Chodzi mi o to, że abolicja nastąpiła wtedy, gdy biali ludzie znaleźli powód, aby się tą kwestią wreszcie zająć, wszystko jedno, ekonomiczny czy religijny. Dlatego uważam, iż zawsze należy nimi tak kierować, by myśleli, że sami wpadają na dane rozwiązanie. Nie da się apelować do ich wrodzonego dobra. Jeszcze nie spotkałem Anglika, który postąpiłby przyzwoicie wyłącznie na gruncie empatii.

– No wiesz – wtrącił Robin. – Jest przecież Letty.

– Tak – przyznał Anthony po chwili namysłu. – Rzeczywiście jest Letty. Z tym że to rzadki przypadek, czyż nie?

– Ale skoro tak, to jaka rysuje się przed nami droga? – spytał Robin. – Jaki w tym wszystkim sens?

– Sensem jest budowanie koalicji – stwierdził Anthony. – I to takiej, w skład której wejdą niespodziewani sympatycy. Możemy podkradać z Babel, co i ile chcemy, ale to samo w sobie nigdy nie wystarczy do osłabienia obecnej pozycji takich graczy jak Jardine i Matheson. Chcąc odwrócić bieg dziejów, musimy znaleźć sprzymierzeńców w przynajmniej części tych ludzi, którzy nie widzą nic niewłaściwego w handlowaniu takimi jak ja na aukcjach. Musimy ich przekonać, że globalna ekspansja Wielkiej Brytanii, ufundowana na piramidach srebra, nie leży w ich własnym interesie. Dlatego że własny interes jest jedynym językiem, jakiego mogą posłuchać. Nie sprawiedliwość, nie przyrodzona godność człowieka, nie wartości liberalne, którymi tak często szermują w rozmowach. Zysk.

– Równie dobrze mógłbyś ich namawiać, żeby zaczęli nagle spacerować po ulicach nago.

– Ha! Otóż nie! Zalążki takiej koalicji już istnieją. Jak wiesz, w Anglii coraz gorętsze są nastroje rewolucyjne. Cała Europa od dziesięcioleci zaciekle domaga się reform; przykład dali Francuzi. My musimy jedynie uczynić z walki rasowej walkę klasową. A nasz obecny kłopot jest przecież w swej istocie problemem klasowym. Z pozoru dyskusja dotyczy opium i Chin, lecz przecież nie tylko Chińczycy straciliby na tej wojnie, prawda? Wszystko to naczynia połączone. Srebrna rewolucja przemysłowa jest jednym z najsilniejszych motorów powodujących w tym kraju wzrost nierówności i bezrobocia, a także zatrucie wód i powietrza. Dola ubogiej rodziny z Kantonu jest w rzeczywistości silnie powiązana z losem bezrobotnych tkaczy z Yorkshire. Ani jedni, ani drudzy na ekspansji imperium nie zyskują niczego, za to biednieją coraz bardziej w miarę bogacenia się wielkich kompanii. Zatem gdyby tylko zwarli szeregi, gdyby zdołali się ze sobą porozumieć... – Anthony splótł palce. – Tutaj jednak natykamy się na pewien problem. Nikt nie koncentruje się na tym, że wszyscy jesteśmy ze sobą powiązani. Myślimy jedynie o własnym, indywidualnym cierpieniu. Angielska biedota i klasa średnia nie mają świadomości, że więcej ich łączy z nami niż z Westminsterem.

– Wiesz? Jest taki chiński idiom, który świetnie oddaje to, o czym właśnie mówisz – zauważył Robin. – *Tùsǐhúbēi**. Kiedy królik umiera, lis po nim płacze, gdyż i jeden, i drugi są zwierzętami.

– Właśnie. – Anthony skinął głową. – Musimy ich po prostu przekonać, że nie warto na nas polować. Że w lesie grasuje znacznie potężniejszy myśliwy, który zagraża nam wszystkim.

---

* 兔死狐悲

Robin rzucił okiem na projekty broszurek. Wydały mu się nagle narzędziem strasznie nieadekwatnym; zwykłe słowa, atramentowe szlaczki na cienkim, białym papierze.

– Naprawdę myślisz, że zdołacie ich do tego przekonać?

– Musimy. – Anthony rozprostował palce, po czym sięgnął po pióro i wrócił do przeglądania listów profesora Lovella. – Innego wyjścia nie widzę.

Robin zaczął się zastanawiać, jak dużą część życia poświęcił Anthony na przekładanie samego siebie na język białych, jak wiele jego cech – genialnej, sympatycznej osobowości – stanowi w rzeczywistości przemyślną konstrukcję, mającą na celu dopasowanie się do konkretnego wyobrażenia o czarnoskórym chłopaku w białej Anglii, co z kolei umożliwiało mu dostęp do instytucji takich jak Babel. Zadał też sobie pytanie, czy kiedykolwiek nastanie dzień, kiedy podobna maskarada nie będzie potrzebna; kiedy biali będą po prostu jego i Anthony'ego słuchać; kiedy ich słowa zyskają wartość dlatego tylko, że padły; kiedy nie będą musieli ukrywać, kim są naprawdę, i zniekształcać w przekładzie samych siebie po to jedynie, by zostać zrozumianymi.

W porze południowego posiłku wszyscy zebrali się w czytelni. Cathy i Vimal byli mocno podekscytowani swymi dzisiejszymi postępami w pracach nad słowem *polemikos*. Okazało się – zgodnie zresztą z przewidywaniami Griffina – że bazująca na nich para powoduje, iż ulotki i broszury zrywają się do lotu, łopocąc kartkami. Vimal dorzucił do tego parę opartą o łaciński źródłosłów słowa „dyskutować". *Discutere* mogło oznaczać „rozproszyć" bądź „rozrzucić".

– Załóżmy, że przymocowalibyśmy obie sztabki do sterty gotowych broszur – powiedział. – Zaczęłyby fruwać po całym Londynie, nawet w bezwietrzny dzień. Coś takiego zwróci chyba uwagę?

Pomysły, które jeszcze ubiegłej nocy wydawały się skrajnie absurdalne, owe chaotyczne idee pozbawionych snu umysłów, zaczęły się stopniowo łączyć w całkiem przekonujący plan działania. Anthony podsumował wszystko na tablicy. W ciągu najbliższych dni, a w razie potrzeby tygodni, członkowie Towarzystwa Hermes mieli przedsięwziąć liczne i różnorodne próby wpłynięcia na dotyczącą wojny debatę. Pracująca na Fleet Street znajoma Ilse miała niebawem opublikować artykuł traktujący o tym, że William Jardine, człowiek odpowiedzialny za rozpętanie chińskiej awantury, bawi się właśnie w najlepsze w uzdrowisku w Cheltenham. Vimal i Cathy, poprzez kilku bardziej szanowanych białych pośredników, mieli podjąć próbę przekonania wahających się parlamentarzystów z partii wigów, że przywrócenie dobrych stosunków z Chinami pozwoli nadal legalnie handlować towarami takimi jak herbata czy rabarbar. Pozostawała też szkocka misja Griffina, a także broszurki, które miały rozlecieć się po całym Londynie. Za pomocą szantażu, lobbowania i nacisku opinii publicznej, podsumował Anthony, spiskowcy mogli zdobyć dość głosów, by projekt wojny został odrzucony.

– Naprawdę może się nam udać – powiedziała z niejakim zaskoczeniem wpatrzona w tablicę Ilse.

– Rzeczywiście może – potaknął Vimal. – Niech to cholera.

– Jesteś pewien, że nie możemy jechać? – zapytał Rami.

– Wy swoje już zrobiliście. – Anthony ze współczuciem poklepał chłopaka po ramieniu. – I wykazaliście się wszyscy nielichą odwagą. Teraz jednak czas, by do pracy zabrali się zawodowcy.

– Jesteś od nas starszy tylko o pięć lat – żachnął się Robin. – Jakim cudem czyni cię to zawodowcem?

– Nie wiem – odparł Anthony. – Po prostu.

– Naprawdę mamy tak tu czekać? Nie wiedząc, co się z wami dzieje? – wtrąciła Letty. – Przecież nie będziemy mieć nawet dostępu do gazet.

– Wrócimy wszyscy tuż po głosowaniu – zapewnił Anthony. – Ale żebyście się nie denerwowali za bardzo, będziemy też od czasu do czasu do was zaglądać. Powiedzmy: co drugi dzień.

– A jeśli coś się stanie? – nacisnęła Letty. – Na przykład jeżeli będzie wam potrzebna nasza pomoc? Albo nam wasza?

Doktoranci wymienili spojrzenia. Wyglądało to tak, jakby odbyli jakąś rozmowę – Robin domyślił się, że dyskusję tę przeprowadzili już między sobą po wielokroć i wszyscy znali zdanie pozostałych. Anthony uniósł pytająco brwi. Cathy i Vimal pokiwali głowami. Ilse ściągnęła usta, jakby z niechęcią, lecz ostatecznie westchnęła i wzruszyła ramionami.

– Proszę bardzo – powiedziała.

– Griffin byłby przeciwny – zauważył Anthony.

– Cóż – rzuciła Cathy. – Griffina tu nie ma.

Anthony podniósł się z krzesła, zniknął na moment pośród regałów, a kiedy wrócił, trzymał w dłoniach zapieczętowaną kopertę.

– Tutaj – powiedział, kładąc ją na stole – znajdziecie informacje, jak się skontaktować z tuzinem rozsianych po całym świecie współpracowników Hermesa.

– Jesteś pewien, że powinniście nam to pokazywać? – W głosie Robina dało się słyszeć zdumienie.

– Nie – odparł Anthony. – Nie powinniśmy. Widzę, że Griffin zaraził cię swoją paranoją, i to dobrze. Załóżmy jednak, że zostaniecie tylko wy. W tej kopercie nie ma żadnych nazwisk ani adresów. Tylko lokalizacja skrzynek kontaktowych i instrukcje korzystania z nich. Gdybyście zostali sami, będziecie mieli przynajmniej szansę podtrzymania działalności Hermesa.

– Mówisz tak, jakbyś się obawiał, że nie wrócicie – zaniepokoiła się Victoire.

– Cóż, istnieje przecież niezerowe prawdopodobieństwo, że tak się stanie, prawda?

W bibliotece zapadła głucha cisza.

Robin nagle poczuł się bardzo młody, poczuł się zupełnie jak dziecko. Nocne knucie spisków z członkami Towarzystwa Hermes wydawało się fantastyczną zabawą, przyjemnie było dokazywać z pistoletem starszego brata. Sytuacja, w jakiej się wszyscy znaleźli, była tak wyjątkowa i dziwaczna, a warunki sukcesu tak wyśrubowane, iż wszystko to sprawiało raczej wrażenie jakiejś wprawki niż elementu prawdziwego życia. A teraz dotarło do niego, że siły, z którymi chcieli zadrzeć, są naprawdę bardzo groźne, że kompanie handlowe i polityczne grupy nacisku, na które usiłowali wpłynąć, nie są straszydłami z opowieści dla niegrzecznych chłopców, a niewiarygodnie potężnymi instytucjami, posiadającymi głęboko zakorzenione interesy w handlu z koloniami, interesy, za których utrzymanie byłyby gotowe nawet zabić.

– Ale nic wam nie będzie – odezwał się Rami. – Prawda? Przecież ludzie Babel nigdy was nie złapali...

– Łapali nas po wielokroć – odparł łagodnym tonem Anthony. – Stąd paranoja.

– Paranoja i straty osobowe. – Vimal wsunął pistolet za pas. – Znamy ryzyko.

– Ale wy będziecie tutaj bezpieczni, nawet w razie naszej wpadki – zapewniła Cathy. – Nie wydamy was.

– Prędzej odgryziemy sobie języki i się podusimy. – Ilse skinęła głową.

– Wybaczcie. – Letty poderwała się z miejsca. Była bardzo blada; przytknęła palce do ust, jakby miała lada moment zwymiotować. – Muszę... Potrzebuję świeżego powietrza.

– Może chcesz wody? – spytała z troską Victoire.

– Nie, nic mi nie będzie. – Letty ruszyła do drzwi. – Wystarczy chwila oddechu, jeśli pozwolicie.

– Wyjście na dziedziniec jest tam. – Anthony wskazał gestem.

– Chcę się przespacerować po ulicy – odparła Letty. – Na dziedzińcu czuję się taka... zamknięta.

– Byleś nie odeszła za daleko – przestrzegł Anthony. – Nie pozwól, żeby ktoś cię zobaczył.

– Tak... Tak, naturalnie. – Letty sprawiała wrażenie mocno poruszonej; oddychała tak szybko i płytko, że Robin zaczął się bać, czy przyjaciółka zaraz nie zemdleje.

Rami usunął się z krzesłem, aby mogła szybciej dotrzeć do drzwi. Letty przystanęła jeszcze na progu i obejrzała się przez ramię. Jej wzrok spoczął na Robinie, który odniósł wrażenie, że dziewczyna chce coś powiedzieć. Zaraz potem jednak zacisnęła wargi i wybiegła na zewnątrz.

W ostatnich minutach przed wyjściem Anthony omówił z młodszymi kolegami kwestie gospodarskie. W kuchni czekały zapasy wystarczające na tydzień bądź nawet dłużej, o ile młodzi tłumacze byliby gotowi zadowolić się owsianką i solonymi rybami. Nieco bardziej problematyczna okazała się kwestia wody pitnej – Stara Biblioteka podłączona była wprawdzie do miejskiego wodociągu, lecz nie mogli odkręcać kranów na zbyt długo, a późną nocą w ogóle, gdyż mogłoby to zwrócić czyjąś uwagę. Poza tym zgromadzony w budynku księgozbiór był na tyle liczny, że nie powinni się nudzić, za to pod żadnym pozorem nie było im wolno ruszać niedokończonych projektów w warsztacie.

– I starajcie się w miarę możliwości nie wychodzić – dodał Anthony, kończąc pakować torbę. – Jeśli chcecie, możecie pojedynczo spacerować po dziedzińcu, ale żadnych głośnych rozmów. Urok bywa narowisty. Najlepiej będzie, jeżeli spacery ograniczycie do nocy. Jeżeli coś was przestraszy, w schowku jest strzelba. Mam nadzieję, że nie zajdzie taka potrzeba, ale w razie czego, czy któreś z was potrafi...

– Poradzę sobie – rzucił Robin. – Jestem prawie pewien. Strzela się tak samo, jak z pistoletu, prawda?

– Wystarczająco podobnie. – Anthony zasznurował buty. – Pobaw się nią w wolnej chwili. Jest trochę inaczej wyważona. Jeśli chodzi o mydło i inne przybory toaletowe, wszystko znajdziecie w szafce w łazience. I czyśćcie co rano kominek, bo szybko się zatyka. Aha, mieliśmy kiedyś balię do prania, ale Griffin zniszczył ją, eksperymentując z samodziałowymi bombami. Przeżyjecie kilka dni bez zmiany ubrania, prawda?

– Ciekawe, co na to Letty? – prychnął pod nosem Rami.

Na moment zrobiło się cicho.

– Właśnie, gdzie ona jest? – zapytał Anthony.

Robin rzucił okiem na zegarek. Czas mijał bardzo szybko; dziewczyna poszła się przewietrzyć prawie pół godziny wcześniej.

– Może powinnam... – Victoire podniosła się z krzesła.

W pobliżu frontowych drzwi rozległ się donośny wrzask. Dźwięk tak ostry i przeraźliwy, tak bardzo podobny do ludzkiego krzyku, że Robin dopiero po chwili połapał się, że to odgłos czajnika.

– Jasna cholera! – Anthony sięgnął po strzelbę. – Prędko na dziedziniec, wszyscy...

Było już jednak za późno. Czajnik wył coraz głośniej i głośniej, wydawało się, że od hałasu drżą ściany. Po kilku sekundach wyważone drzwi wpadły do środka, a za nimi wlali się oksfordzcy policjanci.

– Ręce do góry! – zawołał ktoś.

Doktoranci zareagowali, jakby ćwiczyli to po wielokroć. Cathy i Vimal nadbiegli z warsztatu ze srebrnymi sztabkami w rękach. Ilse rzuciła się całym ciężarem na wysoki regał, który runął, pociągając za sobą lawinę mebli blokujących funkcjonariuszom drogę. Rami ruszył naprzód, by pomóc, lecz powstrzymał go okrzyk Anthony'ego:

– Nie, kryć się... Czytelnia...

Wycofali się w popłochu. Anthony zamknął za nimi drzwi kopnięciem. Po chwili dobiegły ich huki i trzaski. Anthony krzyknął coś, co brzmiało jak „latarnia", na co Cathy odpowiedziała przenikliwym wołaniem. Doktoranci walczyli, stanęli w obronie młodszych kolegów. Tylko po co? Czytelnia stanowiła ślepy zaułek. Nie było tu drugich drzwi, brakowało okien. Młodzi tłumacze mogli jedynie skulić się za stołem, gdzie podrygiwali przy każdym dolatującym zza drzwi wystrzale. Rami zasugerował, że powinni się zabarykadować, lecz ledwie pchnęli stół, drzwi stanęły otworem.

Na progu pojawiła się Letty. W dłoni ściskała rewolwer.

– Letty? – rzuciła z niedowierzaniem Victoire. – Letty, co robisz?

Robin poczuł bardzo przelotny i bardzo naiwny przypływ ulgi, lecz błyskawicznie stało się jasne, że dziewczyna nie zamierza ich ratować. Uniosła broń i skierowała lufę kolejno na każdego z obecnych. Uczyniła to z wyraźną wprawą. Obciążona rewolwerem ręka nawet nie drgnęła. Widok zaiste niedorzeczny – ich Letty, ich sztywna, delikatna przyjaciółka obchodziła się z bronią z takim spokojem i zabójczą precyzją, że Robin przez mgnienie podejrzewał się o halucynacje. Zaraz potem jednak coś sobie przypomniał: Letty była córką admirała. Oczywiście, że potrafiła strzelać.

– Ręce do góry – poleciła głosem wysokim i czystym niczym kryształ. Głosem, który zdawał się należeć do zupełnie obcej kobiety. – Jeśli zachowacie spokój i nie będziecie stawiać oporu, nikomu nie stanie się krzywda. Reszta nie żyje, ale wy zostaniecie pojmani żywcem. Bez jednego draśnięcia.

Victoire rzuciła okiem kolejno na leżącą wciąż na stole kopertę i trzaskający w kominku ogień.

– Odradzam – syknęła Letty.

Zmierzyły się spojrzeniami, przez chwilę hardo spoglądały sobie w oczy.

Kilka zdarzeń rozegrało się jednocześnie. Victoire rzuciła się ku kopercie. Letty odwróciła się w jej stronę i wymierzyła. Robin odruchowo skoczył naprzód – nie miał pojęcia, co chce zrobić, wiedział jedynie, że Letty jest w pełni gotowa skrzywdzić Victoire. Zanim jednak zdążył jej dopaść, odepchnął go na bok Rami. Robin potknął się o nogę od stołu i runął na twarz...

I wtedy Letty roztrzaskała świat.

Szczęk; huk.

Rami padł. Victoire wrzasnęła na całe gardło.

– Nie... – Robin podźwignął się, klęknął i z wysiłkiem odwrócił przyjaciela na plecy. Rami leżał bezwładnie, nieruchomo. – Nie, Rami, proszę... – Przez chwilę wydawało mu się, że Rami udaje, bo jakże mogło być inaczej? Zaledwie przed sekundą stał przecież, ruszał się i żył. Świat nie może się skończyć tak raptownie; śmierć nie może nadejść tak momentalnie. Robin poklepał policzek przyjaciela, poklepał szyję, wszystko, byle tylko wywołać jakąś reakcję, lecz zabiegi nie dawały nic, oczy Ramiego pozostawały zamknięte... Dlaczego ich nie otwiera? To musi być jakiś żart; Robin nie widział krwi... Do chwili, kiedy ją spostrzegł – maleńką czerwoną plamkę tuż nad sercem leżącego, punkcik, który gwałtownie rozkwitł, aż wreszcie zajął wilgocią całą koszulę, płaszcz, wszystko.

Victoire cofnęła się spod kominka. Koperta płonęła żywym ogniem, błyskawicznie obracając się w czarny popiół. Letty nawet nie spróbowała jej wydostać. Stała oszołomiona, z szeroko otwartymi oczyma i rewolwerem bezwładnie wiszącym w opuszczonej dłoni.

Zamarli wszyscy. Wszyscy zapatrzyli się w Ramiego, który zastygł bezsprzecznie, nieodwracalnie.

– Ja nie... – Letty podniosła dłoń do ust. Dotychczasowe opanowanie prysło bez śladu. Teraz mówiła głosem wysokim i piskliwym, tonem małej dziewczynki. – O mój Boże...

– Och, Letty – jęknęła cicho Victoire. – Coś ty narobiła?

Robin ułożył Ramiego na podłodze i wyprostował się.

Pewnego dnia miał zadać sobie pytanie, jak to możliwe, że szok tak gładko przerodził się w gniew; i dlaczego jego pierwszą reakcją wobec zdrady nie było niedowierzanie, a czarna, wszechogarniająca nienawiść. A odpowiedź miała się okazać nieuchwytna i niepokojąca zarazem, gdyż dotykała skomplikowanej sieci miłości i zazdrości, w którą zaplątali się wszyscy, której nie potrafili nazwać ani wytłumaczyć, była prawdą, do której dopiero zaczęli się budzić i której teraz, po tym, nigdy mieli już nie poznać.

W tamtej chwili jednak czuł jedynie wściekłość, mącącą wzrok furię, przesłaniającą wszystko z wyjątkiem Letty. Teraz zrozumiał, jak to jest – naprawdę pragnąć śmierci innego człowieka, chcieć rozszarpać kogoś na strzępy, kończyna po kończynie, słuchać krzyków, zadawać ból. Zrozumiał, czym jest mord, czym jest gniew, gdyż w tym momencie poczuł to, co powinien był czuć, kiedy zabijał swojego ojca.

Rzucił się na Letty.

– Nie! – krzyknęła Victoire. – Ona...

Letty odwróciła się i zaczęła uciekać. Robin pognał za nią prosto w tłum policjantów. Wpadł na nich; nie dbał o niebezpieczeństwo, nie dbał o pałki i pistolety; chciał się po prostu przebić do ukrytej za ich plecami Letty, chciał chwycić ją za szyję i wydusić z niej życie, zrobić z tej białej dziwki krwawą miazgę.

Powstrzymały go silne ramiona. Poczuł tępe uderzenie na wysokości krzyża. Zachwiał się. Docierały do niego wrzaski Victoire, lecz przesłonili mu ją funkcjonariusze. Ktoś zarzucił Robinowi na głowę płócienny worek. Zamachał rękoma; trafił w coś twardego i nacisk na krzyż nieco zelżał, lecz tuż potem cios spadł na jego policzek i eksplozja oślepiającego bólu sprawiła, iż cały zwiotczał. Ktoś skuł mu dłonie na plecach. Dwie pary rąk pochwyciły go za ramiona, podciągnęły i wyciągnęły z czytelni.

Walka dobiegła końca. W Starej Bibliotece zaległa cisza. Robin panicznie majtał głową, próbując strząsnąć worek, lecz zdołał zauważyć jedynie przebłyski. Przewrócone regały, poczerniały dywan. Zaraz potem ktoś zaciągnął worek ciaśniej. Chłopak nie widział ani śladu Vimala, Anthony'ego, Ilse czy Cathy. Nie słyszał już okrzyków Victoire.

– Victoire? – wydyszał przerażony. – Victoire?

– Cisza – warknął głęboki głos.

– Victoire! – wydarł się Robin. – Gdzie...

– Cisza, powiedziałem. – Ktoś podciągnął kaptur, lecz tylko po to, żeby wcisnąć chłopakowi do ust kawałek szmaty. Moment później na powrót ogarnęła go czerń. Niczego nie widział, niczego nie słyszał; została jedynie ponura, okrutna cisza, w której wyprowadzili go z ruin Starej Biblioteki prosto do czekającego powozu.

ROZDZIAŁ

DWUDZIESTY CZWARTY

Nieśmiertelny mój Ptaku – wieczność jest twym losem!
W marszu głodnych pokoleń niczyja cię stopa nie zdepcze.

John Keats, „Oda do słowika"
(przeł. Stanisław Barańczak)

Nierówny bruk, bolesne podskoki. „Wysiadaj!" „Marsz!" Wykonywał polecenia odruchowo, jak maszyna. Wyciągnęli go z powozu, wtrącili do celi i zostawili. Za towarzystwo miał tylko własne myśli.

Minęły godziny bądź całe dnie. Nie potrafił ocenić – stracił poczucie czasu. Nie przebywał w swym ciele, nie było go w tej celi; skulił się nieszczęsny na kamiennej posadzce i zostawił bolesną, posiniaczoną teraźniejszość za sobą. Znowu znalazł się w Starej Bibliotece i bezradnie patrzył. Raz po raz widział, jak Rami wstrząsa się i pada naprzód, jakby czyjś kopniak trafił go między łopatki. A potem już tylko tulił bezwładnego Ramiego do siebie, Ramiego, który mimo wszelkich zabiegów nie chciał nawet drgnąć.

Rami nie żył.

Letty zdradziła, Towarzystwo Hermes przestało istnieć, a Rami nie żył.

Rami nie żył.

Żałoba dławiła. Paraliżowała. Żałoba stała się okrutnym, ciężkim buciorem, depcącym pierś Robina tak mocno, iż nie był w stanie złapać tchu. Żałoba wyrwała go z ciała, sprawiła, że obrażenia stały się bytami jedynie teoretycznymi. Krwawił, lecz nie miał pojęcia skąd. Bolały ściśnięte kajdankami przeguby, bolały kończyny leżące na twardym kamiennym podłożu, bolało ciało, które policjanci wrzucili do celi tak brutalnie, jakby chcieli pogruchotać mu wszystkie kości. Wiedział, że wszystkie te obrażenia są rzeczywiste, lecz wcale ich nie czuł; nie czuł niczego poza oślepiającym, nieporównywalnym bólem po stracie Ramiego. I nie chciał nic innego poczuć. Robin nie chciał powrócić do ciała na spotkanie fizycznego bólu, gdyż ten oznaczałby, że żyje i że musi żyć dalej. A on nie mógł już dłużej trwać. Nie po tym.

Utknął w przeszłości. Odwiedzał to jedno wspomnienie po tysiąckroć, tak samo jak wcześniej tysiące razy oglądał śmierć ojca. Lecz tym razem nie przekonywał się, że nie zamierzał zabijać, teraz próbował sobie wmówić, że Rami może nadal żyć. Czy naprawdę widział jego śmierć? A może słyszał jedynie wystrzał, zobaczył bryzgającą krew i upadek? Może w płucach Ramiego pozostał oddech, a w spojrzeniu życie? Takie to nieuczciwe. Nie, niemożliwe, by Rami tak niespodziewanie odszedł z tego świata, aby w jednej chwili tętnił życiem, a tuż potem zastygł tak strasznie. Fakt, że Ramiz Rafi Mirza mógł zostać uciszony przez przedmiot tak drobny jak rewolwerowa kula, zdawał się przeczyć podstawowym prawom fizyki.

Poza tym Letty nie mogła przecież mierzyć mu w serce. To również było wykluczone. Kochała Ramiego, kochała niemal tak mocno, jak kochał go Robin. Sama to powiedziała, pamiętał przecież wyraźnie, a skoro Ramiego kochała, to jak mogła spojrzeć mu w oczy i pociągnąć za spust?

Z tego wszystkiego wynikało, że Rami mógł wciąż żyć, mógł mimo wszystko przetrwać, mógł wyczołgać się ze zniszczonej biblioteki i znaleźć jakąś kryjówkę. Być może wydobrzeje, o ile ktoś znajdzie go w porę i zdąży opatrzyć ranę. Mało to prawdopodobne, ale może, może, może...

Może kiedy Robin ucieknie z tego więzienia, kiedy znów się spotkają, będą się z całej tej awantury śmiać tak mocno, że rozbolą ich boki. Trzymał się nadziei. Trzymał się tak mocno, że w końcu nadzieja stała się samoistną formą udręki. Pierwotnym znaczeniem czasownika *to hope** było „pożądać" i Robin każdym atomem swego jestestwa pragnął świata, którego już nie było. Trwał w nadziei, aż wreszcie zaczął się podejrzewać o obłęd, aż zaczął słyszeć skrawki własnych myśli, które brzmiały, jakby wypowiadał je ktoś z zewnątrz, niskim, szorstkim głosem, odbijającym się echem od zimnego kamienia.

Chciałbym...

Żałuję...

I nagle fala wyznań, które wcale nie należały do niego:

Żałuję, że nie kochałem jej mocniej.

Żałuję, że wziąłem do ręki ten nóż.

Nie, to nie był wytwór jego wyobraźni. Robin uniósł pulsującą bólem głowę, poczuł na policzku lepką warstwę krwi i łez. Rozejrzał się w zdumieniu. To kamienie mówiły, przemawiały tysiącem szeptanych świadectw, zagłuszających jedno drugie tak, iż wyławiał jedynie ulotne fragmenty.

– Gdyby tylko – mówiły.

– To nieuczciwe – mówiły.

– Zasłużyłem na to – mówiły.

A jednak, wśród całej tej rozpaczy:

– Mam nadzieję...

– Mam nadzieję...

– Na przekór wszystkiemu mam nadzieję...

Robin wstał, skrzywił się z bólu, przyłożył twarz do kamienia i cal za calem ruszył wzdłuż ściany, aż wreszcie wypatrzył znajomy błysk srebra. Na sztabce wygrawerowano łańcuszek

---

* (ang.) mieć nadzieję (przyp. tłum.)

słów prowadzący z greki przez łacinę do angielszczyzny. Greckie *epitaphion* oznaczało „mowę pogrzebową" – słowa wypowiedziane, wypowiedziane z myślą, iż ktoś ich wysłucha; łacińskie *epitaphium* podobnie, odnosiło się do wygłaszanego przy pochówku wspomnienia zmarłego. Dopiero współczesne „epitafium" zaczęło się odnosić do słów zapisanych i niemych. Translatorskie zniekształcenie obdarzało głosem to, co zostało spisane. Otaczały go wyznania umarłych. Osunął się i chwycił dłońmi za skronie.

Cóż za wyjątkowo okrutna tortura. Jaki geniusz wymyślił tak straszną udrękę? Jej celem było niewątpliwie natchnąć Robina rozpaczą wszystkich innych nieszczęśników, którzy siedzieli w tej celi przed nim, przepełnić go smutkiem tak niewyobrażalnym, by w trakcie przesłuchania wydał wszystkich i wszystko, byle tylko męki ustały.

Płynące ze ścian szepty jednak nie wnosiły nic nowego. Nie kładły na jego myśli dodatkowego cienia; jedynie im wtórowały. Rami nie żył; Hermes przestał istnieć. Świat nie mógł trwać. Przyszłość stała się czarną czeluścią, a jedynym, co pozwalało zachować odrobinę nadziei, była obietnica, iż pewnego dnia to wszystko się skończy.

Ktoś otworzył drzwi. Robin drgnął i ocknął się, wyrwany ze snu skrzypieniem zawiasów. Do celi wszedł przystojny młody mężczyzna. Jasne włosy splótł w niewielki koczek, kołyszący się tuż nad karkiem.

– Witaj, Robinie Swift – przywitał się łagodnym, melodyjnym głosem. – Pamiętasz mnie?

„Oczywiście, że nie" – chciał powiedzieć Robin, lecz kiedy mężczyzna podszedł bliżej, słowa zamarły niewypowiedziane. Rysy identyczne jak na płaskorzeźbie w kaplicy kolegium University; ten sam prosty, arystokratyczny nos i inteligentne, głęboko osadzone oczy. Robin widział już tę twarz, raz w życiu, ponad trzy lata temu, w jadalni profesora Lovella. Nigdy jej nie zapomniał.

– Sterling – powiedział na głos. Genialny, słynny Sterling Jones, bratanek sir Williama Jonesa, największego tłumacza epoki. Jego obecność była tak zaskakująca, że przez chwilę Robin po prostu patrzył bez słowa. – Co...?

– Co ja tu robię? – Sterling parsknął śmiechem. Nawet jego śmiech był pełen wdzięku. – Czegoś takiego nie mogłem przecież przegapić. Nie, kiedy usłyszałem, że schwytano młodszego brata Griffina Lovella.

Sterling wciągnął do celi dwa krzesła i usiadł naprzeciwko Robina, krzyżując nogi w kolanach. Poprawił poły marynarki i obrzucił więźnia zaintrygowanym spojrzeniem.

– Wielkie nieba. Naprawdę jesteś podobny. Chociaż trochę bardziej przyjemny dla oka. Griffin bez przerwy stroszył się i szczerzył. Kojarzył mi się z przemokniętym kundlem. – Sterling oparł dłonie o kolana i nachylił się. – A więc zabiłeś ojca, prawda? Nie wyglądasz na mordercę.

– A ty nie wyglądasz na okręgowego szeryfa – odparł Robin.

Ledwie to jednak powiedział, rozpadło się ostatnie fałszywe przeciwstawienie, w jakie jeszcze wierzył – rozróżnienie na ludzi nauki i tych, którzy byli nożownikami imperium. Przypomniał sobie słowa Griffina. Przypomniał sobie listy ojca. Handlarze niewolników i żołnierze. Wszyscy skorzy do zabijania.

– Tak bardzo jesteś podobny do brata. – Sterling pokręcił głową. – Jak brzmi to chińskie wyrażenie? Borsuki z tego samego leża? Szakale z jednej watahy? Aroganccy, zuchwali i nieznośnie przekonani o własnej racji. – Splótł dłonie na piersi, odchylił się i omiótł Robina badawczym spojrzeniem. – Pomóż mi zrozumieć. Z Griffinem mi się to nie udało. A chciałbym poznać odpowiedź na bardzo proste pytanie. Dlaczego? Masz wszystko, czego możesz zapragnąć. Nie musiałbyś przepracować ani jednego dnia w życiu, mam na myśli prawdziwą pracę. Opływasz w bogactwa.

– W przeciwieństwie do moich rodaków – zauważył Robin.

– Ależ oni nie są twoimi rodakami! – zawołał Sterling. – Stanowisz wyjątek. Jesteś szczęściarzem, wyrosłeś ponad. Chyba że naprawdę myślisz, iż masz więcej wspólnego z tymi biednymi durniami z Kantonu niż oksfordzką bracią?

– Tak myślę – powiedział Robin. – A twój kraj codziennie mi o tym przypomina.

– Czyli tu leży pies pogrzebany, tak? Nieuprzejmie cię potraktowało kilku białych Brytoli?

Robin nie widział sensu w ciągnięciu tej dyskusji. Głupio postąpił, w ogóle się odzywając. Sterling Jones był taki sam jak Letty, jedyną różnicę stanowił brak płytkiego współczucia i rzekomej przyjaźni. Oboje uważali, iż kwestia sprowadza się do indywidualnych losów, nie dostrzegali systemowego ucisku. I oboje nie potrafili wznieść się ponad punkt widzenia ludzi, którzy wyglądali i mówili tak samo jak oni.

– Och, proszę, tylko nie to – podjął Sterling z westchnieniem. – Wbiłeś sobie do głowy ten poroniony pomysł, że imperium jest z jakiegoś powodu złe, czy tak?

– Wiesz, że to, co oni robią, jest złe – odparł zmęczonym głosem Robin.

Dość eufemizmów. Nie mógł i nie chciał uwierzyć, że inteligentne osoby pokroju Sterlinga Jonesa, profesora Lovella i pana Baylisa naprawdę wierzą w swoje marnej jakości wymówki. Tylko tacy ludzie jak oni mogli usprawiedliwiać wyzysk innych ludów i całych krajów za pomocą cwanej retoryki, barwnych ripost i pokrętnych, filozoficznych uzasadnień. Jedynie tacy ludzie uważali, że ta dyskusja wciąż jest otwarta.

– Wiesz o tym.

– Załóżmy, że postawiłbyś na swoim. – Sterling do niczego się nie przyznał. – Załóżmy, że wojna nie wybuchnie, a Kanton zachowa swoje srebro. Jak myślisz, co oni z tym bogactwem zrobią?

– Być może wydadzą – odparł chłopak.

Sterling prychnął pod nosem.

– Ten świat należy do tych, którzy potrafią brać. Wiesz o tym równie dobrze jak ja. Dzięki temu obaj znaleźliśmy się w Babel. Twoja ojczyzna tymczasem rządzona jest przez nieudolnych, leniwych arystokratów, trzęsących się ze strachu na samą wzmiankę o kolei żelaznej.

– To jedna z naszych wspólnych cech.

– Bardzo zabawne, Robinie Swift. Czy zatem uważasz, że Anglię należy ukarać za to, że miała odwagę wykorzystać naturalne talenty, którymi obdarzył ją Bóg? Czy winniśmy zostawić Wschód w rękach skorumpowanych degeneratów, skłonnych roztrwonić wszystko, co mają, na konkubiny i jedwabie? – Sterling pochylił się w krześle. W błękitnych oczach pojawił się błysk. – Czy może powinniśmy przewodzić? Wielka Brytania pędzi z impetem ku świetlanej przyszłości. A ty mógłbyś stać się tej przyszłości częścią. Dlaczego to odrzucasz?

Robin milczał. Nie widział sensu; nie był to dialog prowadzony w dobrej wierze. Rozmówca chciał go jedynie nawrócić.

– Co w tym tak trudno pojąć, Swift? – Sterling rozłożył ręce. – Po co płynąć pod prąd? Skąd ten niedorzeczny impuls, każący kąsać rękę, która cię karmi?

– Nie jestem własnością uniwersytetu.

– Ba! Uniwersytet dał ci wszystko.

– Uniwersytet wyrwał nas z domów i kazał wierzyć, iż jedyną możliwą przyszłością jest służba koronie – wycedził Robin. – Uniwersytet wmawia nam, że jesteśmy wyjątkowi, szczególni, wybrani, podczas gdy w rzeczywistości odcina nas od korzeni i wychowuje wśród ludzi, do których klasy nigdy nie będziemy należeć. Uniwersytet nastawił nas przeciwko naszym pobratymcom i kazał żyć w przekonaniu, iż jedyną alternatywą jest posłuszeństwo bądź ulica. To nie była przysługa, Sterling. To zwykłe okrucieństwo. Nie proś, żebym pokochał swojego pana.

Sterling zmierzył go nieprzyjemnym wzrokiem. Oddychał coraz głośniej. To bardzo dziwne, stwierdził w duchu chłopak, że ten człowiek aż tak się unosi. Miał zarumienione policzki, a czoło pokryła lśniąca warstewka potu. Dlaczego, zastanowił się Robin, biali tak bardzo się wściekają, kiedy ktoś się z nimi nie zgadza?

– Twoja przyjaciółka, panna Price, uprzedzała mnie, że stałeś się fanatykiem.

W jawny sposób była to nadziana na haczyk przynęta. Robin ugryzł się w język.

– No proszę. – Sterling uśmiechnął się złośliwie. – Nie chcesz o nią zapytać? Nie chcesz się dowiedzieć dlaczego?

– Wiem dlaczego. Wszyscy jesteście przewidywalni.

Oblicze Sterlinga wykrzywił gniewny grymas. Wstał i przysunął swoje krzesło bliżej, tak że niemal zetknęli się kolanami.

– Mamy sposoby na wydobywanie prawdy. Słowo *soothe*, uśmierzać, uspokajać, wywodzi się z pragermańskiego rdzenia oznaczającego „prawdę". Łączymy je w łańcuszku ze szwedzkim *sand*. Dzięki temu przepytywany traci czujność, staje się nieostrożny i zadowolony, aż wreszcie zaczyna śpiewać. – Sterling znów się nachylił. – Ja jednak zawsze uważałem, że to dość nudne. Znasz może etymologię słowa „agonia"? – Sięgnął do kieszeni płaszcza i wyłowił z niej srebrne kajdanki, które ułożył sobie na kolanach. – Dotarło do nas z greki poprzez łacinę i starofrancuski. Grecka *agōnia* oznacza „rywalizację", początkowo słowo to dotyczyło zawodów sportowych. Znaczenie związane z cierpieniem pojawia się znacznie później. Ja jednak tłumaczę z angielskiego na grekę, więc sztabka cierpienie wzmaga, nie usuwa. Sprytna sztuczka, czyż nie? – Sterling z pełnym zadowolenia uśmiechem przyjrzał się kajdankom. W jego uśmiechu nie było złośliwości, jedynie radosne poczucie triumfu, niosąca satysfakcję świadomość, że nawet starożytne języki można wykorzystać do własnych celów. – Zanim osiągnęliśmy pożądany efekt, trzeba było przeprowadzić sporo eksperymentów, ale teraz wszystko działa jak należy. Będzie bolało, Robinie Swift. Będzie boleć jak diabli. Sprawdziłem na sobie, ot tak, z ciekawości. Nie jest to, musisz wiedzieć, ból powierzchowny. Nie przypomina tego, który towarzyszy skaleczeniu czy oparzeniu. Koncentruje się we wnętrzu. Będziesz przekonany, że pękają ci kości przegubu, raz za razem, a co gorsza, ten rodzaj cierpienia nie ma górnej granicy, ponieważ pod względem fizycznym nic złego się z ciałem nie dzieje. Wszystko rozgrywa się w głowie. Naprawdę okropne. Naturalnie zaczniesz się bronić, szamotać. Nie powstrzymasz się, nie w obliczu takiego bólu. Ale przy każdym ruchu cierpienie się zwielokrotni. Chcesz się przekonać, jakie to wrażenie?

Jestem zmęczony, pomyślał Robin. Bardzo zmęczony. Wolałbym, żebyś wpakował mi kulę w łeb.

– Pozwól, że cię obsłużę. – Sterling wstał i kucnął za chłopakiem. – Spróbujmy.

Zabrzęczały zatrzaskujące się kajdanki. Robin wrzasnął wniebogłosy. Nie zdołał się pohamować. Chciał milczeć, chciał odmówić katowi satysfakcji, lecz ból okazał się na tyle przemożny, że przejął kontrolę. Więzień stracił poczucie własnego ciała, istniała jedynie męka, katusze po wielokroć bardziej okrutne, niż wynikało z opisu Sterlinga. Chłopak nie miał wcale wrażenia, iż pękają mu kości nadgarstków. Czuł się raczej, jakby ktoś przebijał mu każdą z nich żelaznym, sięgającym szpiku kolcem. A przy każdym szarpnięciu, przy każdej nadaremnej próbie uwolnienia się, ból jedynie się wzmagał.

„Opanuj się" – Robin usłyszał w głowie głos, głos bardzo przypominający Griffina. „Opanuj się i przestań się szamotać, a nie będziesz cierpieć tak strasznie..."

Udręka jednak zdobywała coraz to nowe wyżyny. Sterling nie kłamał; nie istniała granica. Za każdym razem, kiedy chłopak myślał, że to już, że jeżeli tortura potrwa jeszcze choćby chwilę, nadejdzie wreszcie nieuchronna śmierć, ból podnosił się o kolejny stopień. Nie spodziewał się, że ludzkie ciało jest w stanie cierpieć tak obłąkańczo.

„Opanuj się" – powtórzył Griffin.

A zaraz po nim odezwał się inny głos, także przerażająco znajomy: „Cóż, za jedno należy cię pochwalić. Kiedy dostajesz w skórę, nie płaczesz".

Powściągliwość, wyparcie. Czyż nie wprawiał się w nich przez całe życie? „Pozwól, by ból spływał po tobie niczym strugi deszczu. Nie reaguj, nie uznawaj jego istnienia, przetrwasz tylko, jeśli zaczniesz udawać, że to wszystko wcale się nie dzieje".

Z czoła Robina kapały ciężkie krople potu. Z najwyższym wysiłkiem próbował odepchnąć oślepiający ból, starał się siłą woli odzyskać czucie w rękach i przykazać im, aby znieruchomiały. Nigdy jeszcze nie stanął przed równie trudnym zadaniem; przez chwilę wydawało mu się, że z własnej woli wystawia przeguby na ciosy kowalskiego młota.

Ból jednak osłabł. Robin zgiął się wpół i zawisł w krześle, ciężko dysząc.

– Podziwiam – pochwalił Sterling. – Cóż, zobaczymy, jak długo zdołasz tak wytrwać. Tymczasem pozwól, że pokażę ci coś innego. – Dobył z kieszeni srebrną sztabkę i podsunął więźniowi do oczu. Na lewym boku widniało wyryte: φρήν. – Zakładam, że nie znasz greki? Griffinowi szła bardzo marnie, ale o tobie mówią, że jesteś bardziej pojętny. Z pewnością wiesz, co oznacza słowo *fren*, to siedziba intelektu i afektów. Z tym że Grecy nie upatrywali jej w umyśle. Taki, dajmy na to, Homer, pisał, że *fren* znajduje się w ludzkiej piersi – wyjaśnił, wsuwając sztabkę do przedniej kieszeni Robina. – Wyobraź sobie, jak to działa.

Oprawca zamachnął się i uderzył chłopaka pięścią prosto w mostek. Pod względem fizycznym nie było najgorzej – silny nacisk raczej niż ostry ból. Jednak dokładnie w chwili, w której palce Sterlinga zetknęły się z piersią Robina, w umyśle Robina nastąpiła eksplozja: na powierzchnię świadomości wytrysnęły gwałtownie uczucia i wspomnienia, wszystko, co trzymał w ukryciu, wszystko, co przepełniało go zgrozą, każda z prawd, których nie chciał przyjąć do wiadomości. Stał się bełkocącym bez ładu i składu idiotą, nie miał pojęcia, co mówi. Chińskie i angielskie słowa płynęły z ust Robina chaotyczną strugą. Rami, pomyślał lub powiedział, nie było to jasne. Rami, Rami, moja wina, ojciec, mój ojciec. Mój ojciec, moja matka, troje ludzi, których śmierć oglądałem i żadnemu z nich nie mogłem pomóc...

Niejasno wyczuwał obecność Sterlinga. Kat zachęcał do mówienia, próbował nadać nieuporządkowanemu strumieniowi słów określony kierunek.

– Hermes – powtarzał. – Opowiedz mi o Hermesie.

– Zabij mnie – wydyszał Robin. Prośba była szczera; niczego nie łaknął bardziej. Ludzki umysł nie powinien czuć naraz tak wiele. Jedynie śmierć mogła uciszyć ten okrutny chór. – Święty Boże, zabij mnie...

– O nie, Robinie Swift. Tak łatwo się nie wymkniesz. Nie chcemy twojej śmierci, byłaby przeciwskuteczna. – Sterling wyciągnął z kieszeni zegarek, sprawdził godzinę, po czym nastawił ucha ku drzwiom, jakby spodziewał się coś usłyszeć. Po kilku sekundach Robina dobiegł wrzask Victoire. – Niestety, w jej przypadku jest zgoła inaczej.

Robin cofnął złączone nogi pod siebie i wybił się z krzesła, mierząc całym ciałem w oprawcę. Sterling usunął się zwinnie na bok. Chłopak padł ciężko na ziemię, mocno uderzając policzkiem o kamień. Przeguby otarły z impetem obrączki kajdanek i ramiona ponownie przeszył ból, który nie ustał, dopóki zdyszany więzień nie skulił się i nie skoncentrował całym sobą na potrzebie pozostania w bezruchu.

– Pozwól, że przedstawię ci zasady. – Sterling podsunął Robinowi przed twarz kołyszący się na dewizce zegarek. – Opowiedz mi, co wiesz na temat Towarzystwa Hermes, a przestanie boleć. Zdejmę ci kajdanki i wypuszczę twoją przyjaciółkę. Wszystko będzie dobrze.

Robin, wciąż chwytając powietrze płytkimi oddechami, podniósł na kata wściekłe spojrzenie.

– Powiedz, co wiesz, a nie będziesz już cierpieć – obiecał Sterling.

Stara Biblioteka była stracona. Rami zginął. Anthony, Cathy, Vimal i Ilse prawdopodobnie również. „Reszta nie żyje" – powiedziała przecież Letty. Co innego mógł zdradzić?

„Jest Griffin" – odezwał się głos. „Są ci, których wskazywały informacje z koperty, niezliczeni inni, o których nie masz pojęcia". I na tym polegał problem – Robin nie wiedział, kto jeszcze działa w sprzysiężeniu ani co konkretnie robi. Nie mógł wymyślić żadnego kłamstwa, nie ryzykując przy tym, że kogoś narazi. Już raz ten błąd popełnił; nie mógł zawieść Hermesa ponownie.

– Mów albo zastrzelimy dziewczynę. – Sterling zakołysał zegarkiem. – Za minutę, punktualnie wpół do, wpakują jej kulę w łeb. I tylko ja mogę ich powstrzymać.

– Kłamiesz – jęknął Robin.

– Nie kłamię. Pięćdziesiąt sekund.

– Nie odważycie się.

– Wystarczy nam tylko jedno z was, a z nią pracuje się niełatwo. Jest zbyt uparta. Czterdzieści sekund. – Sterling potrząsnął zegarkiem.

Blefował. To musiał być blef; nie mogli przecież wyreżyserować tej sceny z dokładnością co do sekundy. I musiało im zależeć na życiu obojga więźniów – zawsze lepiej mieć dwa źródła informacji niż jedno, prawda?

– Dwadzieścia sekund.

Robin rozpaczliwie starał się wymyślić wiarygodne kłamstwo, cokolwiek, byle tylko zatrzymać odliczanie.

– Są inne szkoły – wydyszał. – Mamy kontakty na innych uczelniach, zatrzymaj...

– Ach. – Sterling schował zegarek. – Koniec czasu.

Gdzieś za drzwiami głośno krzyknęła Victoire. Zaraz potem Robin usłyszał pistoletowy wystrzał. Wrzask natychmiast się urwał.

– I dzięki Bogu – odetchnął Sterling. – Okropnie się wydzierała.

Robin rzucił się na nogi oprawcy. Tym razem z powodzeniem; udało mu się Sterlinga zaskoczyć. Runęli obaj na posadzkę, Robin upadł na przeciwnika, tak że skute ręce znalazły się nad jego głową. Uderzył złączonymi pięściami w czoło powalonego, bił w ramiona, wszędzie, gdzie tylko miał szanse dosięgnąć.

– Agonia – stęknął Sterling. – *Agōnia.*

Ból w nadgarstkach Robina dwukrotnie przybrał na sile. Chłopakowi pociemniało w oczach. Zaparło mu dech w piersiach. Sterling zwinnie się spod niego wysupłał i Robin, krztusząc się, dławiąc, opadł bezwładnie na bok. Kat stał nad nim przez chwilę, wyrównując oddech. Zaraz potem cofnął nogę i wściekle kopnął więźnia w mostek.

Ból; rozjarzona do białości, gorąca błyskawica, oślepiające cierpienie. Wszelkie inne doznania zniknęły. Nie miał w płucach dość powietrza, by krzyknąć. Nie panował nad ciałem, nie posiadał ani krztyny godności; pusty wzrok, rozchylone bezwiednie usta, spływająca na posadzkę strużka śliny.

– Dobry Boże. – Sterling stanął prosto i poprawił zawiązany pod szyją fular. – Richard miał rację. Wszyscy jesteście zwierzętami.

Robin znów został sam. Sterling nie zapowiedział, kiedy wróci ani co stanie się z więźniem. Istniał tylko bezmiar czasu i wypełniająca go czerń żałoby. Chłopak płakał, dopóki nie wyschł bez reszty. Krzyczał, dopóki każdego oddechu nie musiał przypłacać bólem.

Fale cierpienia niekiedy nieznacznie słabły i wydawało mu się wówczas, że jest w stanie pozbierać myśli, oszacować sytuację, rozważyć następny ruch. Co dalej? Czy zwycięstwo było jeszcze w ogóle możliwe, czy pozostało mu tylko walczyć o przetrwanie? Wszystko jednak przesiąknięte było Ramim i Victoire. Za każdym razem, kiedy Robin dostrzegał w oddali mikroskopijny przebłysk przyszłości, przypominał sobie, że tych dwojga już w niej nie spotka, i łzy spływały ponownie, a miażdżący bucior żałoby znów przydeptywał mu pierś.

Myślał o śmierci. To wcale nie takie trudne; wystarczyło odpowiednio mocno uderzyć głową o ścianę. Mógł też wymyślić coś innego, w jakiś zmyślny sposób zacisnąć sobie na szyi kajdanki. Nie przerażał go towarzyszący umieraniu ból. Ciało miał odrętwiałe, nieczułe; wydawało się niemożliwością poczuć kiedykolwiek coś innego niż wszechogarniające wrażenie tonięcia – i być może, myślał, tylko śmierć pozwoli wypłynąć na powierzchnię.

Być może też wcale nie musiał robić tego własnymi rękoma. Przecież kiedy wycisną już z jego umysłu wszystko, co tylko zdołają, zapewne urządzą mu proces, a potem powieszą, prawda? W młodości oglądał pewnego razu egzekucję w Newgate. W trakcie jednego ze swych wypadów do miasta zauważył z oddali gromadzący się wokół szubienicy tłum i, nieświadomy natury widowiska, poszedł za ludźmi. Na podwyższeniu stało szeregiem trzech mężczyzn. Robin pamiętał stukot otwierającej się zapadni, raptowny trzask pękających kręgów. Pamiętał, że ktoś stojący obok szepnął z żalem, że dzisiaj skazańcy coś słabo się szamocą.

Powieszenie mogło przynieść szybką śmierć – niewykluczone nawet, że łagodną, bezbolesną. Ale kiedy zaczął o nim myśleć, ogarnęły go wyrzuty sumienia. „To egoizm" – usłyszał kiedyś od Ramiego. „Nie powinieneś wybierać łatwiejszego wyjścia".

Tylko po cóż, na Boga, miałby dalej żyć? Robin nie wiedział, jakie znaczenie może mieć cokolwiek, co od tej pory zrobi. Czuł tylko rozpacz. Przegrali, ponieśli druzgocącą, bezwzględną porażkę. Zrozumiał, że jeśli wytrwa przy życiu przez te kilka dni czy tygodni, jakie mu pozostały, uczyni to wyłącznie ze względu na Ramiego; dlatego że nie zasługiwał na skorzystanie z łatwiejszego wyjścia.

Czas wlókł się naprzód. Robin dryfował pomiędzy jawą a snem. Ból i żałoba uniemożliwiały wypoczynek. Chłopak był zmęczony, potwornie zmęczony i jego myśli kreśliły zawiłe spirale, stawały się wyrazistymi, koszmarnymi wspomnieniami. Ponownie był na pokładzie „Hellas" i wypowiadał słowa, które uruchomiły cały ten ciąg wydarzeń; patrzył na leżącego na podłodze ojca, spoglądał na krew bulgocącą w rozdartej klatce piersiowej. Taka wspaniała, idealna tragedia, czyż nie? Opowieść stara jak świat, ojcobójstwo. Grecy uwielbiali takie historie, co z przyjemnością podkreślał na lekcjach pan Chester; starożytni doceniali zawarty w nich nieskończony potencjał narracyjny, wszystkie odniesienia do ludzkiego dziedzictwa, dumy, honoru i dominacji. Doceniali fakt, że opowieści o ojcobójstwie rozbudzają w sercach odbiorców wszystkie możliwe uczucia, ponieważ występnie odwracają najbardziej podstawową zasadę człowieczej egzystencji. Jedna żywa istota tworzy inną, kształtuje ją, urabiając na własny obraz i podobieństwo. Syn staje się ojcem, a potem go zastępuje. Kronos niszczy Uranosa, Zeus morduje Kronosa i ostatecznie sam się nim staje. Robin jednak nigdy niczego ojcu nie zazdrościł, nigdy nie pragnął niczego poza uznaniem i kiedy spojrzał w to zimne, martwe oblicze, z odrazą dostrzegł w nim własne odbicie. Choć wcale nie, ta twarz nie była martwa – powróciła. Nawiedziła go niczym duch z zaświatów; profesor Lovell wpatrywał się w chłopaka z furią w oku, a gdzieś za jego plecami, na kantońskim brzegu, płonęło opium – gorzało ogniem huczącym, gorącym i słodkim.

– Wstawaj – rzucił profesor Lovell. – Wstawaj!

Robin drgnął i obudził się. Rysy ojca stały się rysami brata. Majaczył nad nim ubrudzony sadzą Griffin. A za jego plecami widniały resztki potrzaskanych drzwi.

– Jak... – Robin otworzył szeroko oczy.

– *Wúxíng.* – Griffin zamachał w powietrzu sztabką. – Stare sztuczki są najlepsze.

– Wydawało mi się, że nie potrafisz jej aktywować.

– Wiesz? To w sumie dosyć zabawne. – Griffin przyklęknął za bratem i zaczął manipulować przy jego kajdankach. – Kiedy już usłyszałem, jak ty to wypowiadasz, nareszcie się nauczyłem. Zupełnie jakbym całe życie czekał, by ktoś to słowo przy mnie powiedział. Chryste, dzieciaku, kto ci to zrobił?

– Sterling Jones.

– No oczywiście, bydlę. – Griffin wciąż mocował się z zamkiem. Metal wpił się w przeguby Robina. Chłopak skrzywił się i spiął, całym sobą próbując utrzymać ramiona w bezruchu. – Ach, do cholery. – Griffin pogrzebał w torbie i wyciągnął sporych rozmiarów nożyce. – Muszę to rozciąć, nie wierć się. – Robin poczuł nieprzyjemny nacisk, a potem... nic. Ręce miał już wolne. Wciąż w metalowych obrączkach, lecz całkiem swobodne.

Ból zniknął. Chłopak odetchnął z ulgą.

– Myślałem, że jesteś w Szkocji.

– Kiedy się dowiedziałem, byłem pięćdziesiąt mil od Glasgow. Wyskoczyłem z pociągu, zaczekałem, i złapałem pierwszy możliwy z powrotem.

– Dowiedziałeś się...?

– Mamy sposoby. – Robin dopiero teraz zauważył, iż prawa dłoń brata lśni i pokryta jest wściekle czerwonymi plamami. Wyglądało to jak ślad po oparzeniu. – Nie wiem za dużo. Anthony nadał jedynie sygnał alarmowy, ale domyśliłem się, że jest niewesoło. Już w Oksfordzie dotarły do mnie plotki z wieży, według których przywieźli was tutaj, więc dałem sobie spokój ze Starą Biblioteką. Tam i tak byłoby niebezpiecznie, więc przybyłem tutaj. Opłaciło się, jak widzę. Gdzie Anthony?

– Nie żyje – rzucił Robin.

– Rozumiem. – Przez twarz Griffina przemknął cień jakiejś emocji, lecz zaraz potem zamrugał i odzyskał swój zwykły spokój. – A reszta?

– Myślę, że zginęli wszyscy. – Robin czuł się paskudnie; nie umiał spojrzeć bratu w oczy. – Cathy, Vimal, Ilse... Wszyscy, którzy byli w bibliotece. Niczego nie widziałem, ale słyszałem strzały, a potem ich już nie było.

– Czyli nikt nie przeżył?

– Victoire. Razem ze mną przywieźli tutaj Victoire, ale...

– Więc gdzie ona jest?

– Nie wiem – przyznał bezradnie Robin. Dziewczyna mogła wciąż leżeć martwa w celi. Mogli też wyciągnąć już jej zwłoki na zewnątrz i rzucić do płytkiej mogiły. Nie był w stanie tego wszystkiego bratu wytłumaczyć, nie potrafił wypowiedzieć odpowiednich słów. Rozpadłby się na kawałki.

– No dobrze, zaraz się przekonamy. – Griffin chwycił go za ramiona i mocno potrząsnął. – Nogi masz zdrowe, prawda? No dalej, wstawaj!

Korytarz jakimś cudem był pusty. Zdumiony Robin patrzył to w prawo, to w lewo.

– Gdzie strażnicy?

– Pozbyłem się ich. – Griffin poklepał tkwiącą mu za pasem sztabkę. – Łańcuszkowanie oparte na czasowniku „eksplodować". Łacińskie *explōdere* jest terminem teatralnym, oznacza odsyłanie aktora ze sceny za pomocą klaskania w dłonie. Stąd wzięło się staroangielskie znaczenie „odtrącać bądź przepędzać za pomocą głośnego hałasu". „Wybuch" pojawia się dopiero we współczesnej angielszczyźnie. Widzisz? Z łaciną radzę sobie lepiej niż z chińskim – dodał z ewidentną dumą w spojrzeniu.

– Czyli to nie ta sztabka otworzyła moją celę?

– A skąd. Ona jedynie wytwarza dźwięk tak paskudny, że wszyscy, którzy go słyszą, uciekają gdzie pieprz rośnie. Przepędziłem ich na pierwsze piętro, a potem przemknąłem się tutaj i zamknąłem za sobą drzwi na klucz.

– Więc w jaki sposób wysadziłeś drzwi?

– Prochem strzelniczym. – Griffin pociągnął brata za sobą. – Nie zawsze trzeba polegać na srebrze. Wy, uczeni, wciąż o tym zapominacie.

Poszukując przyjaciółki, zajrzeli do wszystkich cel w korytarzu. Większość była pusta i przechodząc od jednej do drugiej, Robin czuł w sercu narastającą grozę. Nie chciał patrzeć; nie chciał zobaczyć zbryzganej krwią podłogi lub widoku znacznie gorszego – bezwładnego, porzuconego ciała, zwłok z przestrzeloną na wylot głową.

– Tutaj! – zawołał Griffin z drugiego końca korytarza. – Kochana, pobudka! – dodał, tłukąc pięścią o drzwi.

– Kto tam? – rozległ się w odpowiedzi stłumiony głos Victoire i Robin niemal zemdlał z ulgi.

– Dasz radę iść? – spytał Griffin.

– Tak. – Tym razem odpowiedź zabrzmiała wyraźniej. Dziewczyna zapewne podeszła do drzwi.

– Jesteś ranna?

– Nie, nic mi nie jest. – Victoire była lekko zmieszana. – Robin, czy to...?

– Nie, to ja, Griffin. Ale Robin też tu jest. Nie martw się, zaraz cię wyciągniemy. – Griffin sięgnął do kieszeni i wyłowił przedmiot przypominający chałupniczej konstrukcji granat, opatrzoną wystającym lontem ceramiczną kulkę mniej więcej czterokrotnie mniejszą od piłki do krykieta.

– Takie maleństwo sprosta żelazu? – spytał Robin, któremu granat wydał się śmiesznie mały.

– Nie będzie musiało. Te drzwi są z drewna – odparł Griffin i dodał już głośniej: – Victoire, skul się w najdalszym kącie i osłoń głowę ramionami. Gotowa?

Dziewczyna potwierdziła okrzykiem. Griffin złożył granat przy drzwiach, podpalił lont zapałką i pospiesznie odprowadził Robina w głąb korytarza. Po kilku sekundach huknęło.

Robin zakaszlał i gwałtownym machaniem odpędził dym sprzed twarzy. Drzwi nie rozleciały się na kawałki, tak silna eksplozja musiałaby zabić uwięzioną. W ich dolnej części pojawił się jednak otwór na tyle duży, że mogłoby się nim przecisnąć dziecko. Griffin kilka razy kopnął zwęglone deski i odłamał parę większych fragmentów.

– Victoire, czy mogłabyś....

Dziewczyna, krztusząc się i plując, wynurzyła się z celi. Chłopcy chwycili ją za ramiona i wyciągnęli. Kiedy wreszcie znalazła się w korytarzu, podźwignęła się i zarzuciła Robinowi ramiona na szyję.

– Myślałam...

– Ja też – odparł półgłosem, mocno tuląc przyjaciółkę do siebie. Dzięki Bogu okazało się, że praktycznie włos nie spadł jej z głowy. Miała otarte nadgarstki, lecz nie krwawiła z ani jednej rany i nie ziały w niej dziury po kulach. Nawet jej nie skuli. A zatem Sterling blefował.

– Powiedzieli mi, że cię zastrzelili. – Victoire złożyła policzek na piersi Robina, drżała na całym ciele. – Och, wiesz? Słyszałam nawet strzał...

– Czy coś im... – Nie dokończył pytania. Z miejsca pożałował, że je zadał; wcale nie chciał wiedzieć.

– Nie – szepnęła. – Przepraszam cię. Pomyślałam, że skoro i tak nas pojmali... Uznałam... – Głos odmówił jej posłuszeństwa, uciekła spojrzeniem.

Wiedział, co chciała powiedzieć. Wybrała jego śmierć. Fakt ten wcale nie zabolał tak, jak powinien. Raczej pomógł pewne rzeczy rozjaśnić, ostatecznie ustalił stawkę, o jaką toczyła się gra, dowiódł, że ich życie w obliczu sprawy jest pozbawione znaczenia. Dziewczyna znów zaczęła przepraszać, lecz zamknęła usta. I dobrze, stwierdził w duchu Robin. Nie miała za co przepraszać, ponieważ z ich dwojga tylko jedno nie dało się złamać.

– Gdzie jest wyjście? – spytała Victoire.

– Cztery piętra niżej – odparł Griffin. – Strażnicy są uwięzieni na schodach, ale wkrótce się przebiją.

Robin wyjrzał przez otwierające się w końcu korytarza okno. Znajdowali się dosyć wysoko. Do tej pory sądził, że osadzono ich w miejskim areszcie przy Gloucester Green, lecz tamten budynek był jedynie piętrowy. Stąd do ziemi mieli znacznie dalej.

– Gdzie my jesteśmy?

– Na zamku oksfordzkim – odparł Griffin, wyciągając z torby linę. – W północnej wieży.

– Innych schodów tu nie ma?

– Nie ma. – Griffin skinął głową na okno. – Wybij szybę łokciem. Zjedziemy na linie.

Jako pierwszy wyszedł przez okno Griffin. Za nim ruszyli kolejno Victoire i Robin. Droga w dół okazała się znacznie trudniejsza, niż sugerował przykład Griffina. Dziesięć stóp nad ziemią mięśnie rąk Robina dały za wygraną i chłopak zsunął się zbyt szybko, raniąc sobie przy tym dłonie. Kiedy tylko wyszli z wieży, zauważyli, że Griffin odwrócił uwagę stróżów prawa z niezwykłym rozmachem. Cała północna ściana zamku stała w płomieniach. Języki ognia i kłęby dymu błyskawicznie zajmowały kolejne części budynku. Czy Griffin naprawdę dokonał tego w pojedynkę? Robin zerknął ukradkiem na brata i poczuł się, jakby obserwował nieznajomego. Przy każdym spotkaniu Griffin stawał się w jego wyobraźni zupełnie innym człowiekiem, a obecna odmiana była najbardziej jak dotąd przerażająca. W tej chwili miał do czynienia z twardym, zdecydowanym mężczyzną, który strzelał, zabijał i podpalał bez mrugnięcia okiem. Robin po raz pierwszy mógł połączyć wyrażane przez Griffina abstrakcyjne uznanie dla przemocy z jej namacalnymi przejawami. A były one niesamowite. Chłopak nie miał pojęcia, czy bardziej się brata boi, czy raczej podziwia jego talent.

Griffin rozdał im dwa wyjęte z torby proste, czarne płaszcze – z oddali można je było uznać za policyjne peleryny – po czym powiódł oboje wzdłuż zamkowego muru prosto ku głównej ulicy.

– Idźcie szybkim krokiem i nie oglądajcie się – mruknął. – Tamci są zajęci czym innym. Zachowajcie spokój, nie marudźcie, a wydostaniemy się stąd bez większego kłopotu.

I przez chwilę rzeczywiście wszystko wskazywało, że ucieczka może się powieść. Na placu zamkowym nie było żywej duszy; strażnicy zaprzątnięci byli walką z płomieniami, a wysokie, kamienne mury zapewniały mnóstwo dającego schronienie cienia.

Drogę do bramy grodził im tylko jeden człowiek.

– *Explōdere.* – Sterling Jones pobiegł prosto ku przyjaciołom. Czuprynę miał nadpaloną, arystokratycznej urody twarz podrapaną i zakrwawioną. – Zmyślnie. Nie wiedziałem, że tak dobrze znasz łacinę.

– Dobry wieczór, Sterling. – Griffin powstrzymał Robina i Victoire wyciągniętą ręką, jakby chciał ich osłonić przed atakiem rozjuszonej bestii.

– Widzę, że postanowiłeś siać zniszczenie na jeszcze większą skalę. – Sterling wskazał trawiony pożarem zamek. W słabym świetle latarni, z uwalanymi krwią jasnymi włosami i w oprószonym szarym popiołem płaszczu wyglądał jak niespełna rozumu. – Zabójstwo Evie ci nie wystarczyło?

– Evie sama zdecydowała o swym losie – warknął Griffin.

– Odważne słowa w ustach mordercy.

– Mnie nazywasz mordercą? Po tym, co się stało w Birmie?

– Nie była nawet uzbrojona...

– Dobrze wiedziała, co ma na sumieniu. Podobnie jak ty.

Robin przeczuł, że tych dwóch młodych mężczyzn łączy wspólna przeszłość. Coś znacznie bardziej istotnego niż studia na jednym roku. Griffin i Sterling rozmawiali ze sobą niczym starzy przyjaciele, zaplątani w skomplikowaną sieć miłości i nienawiści; przeżyli kiedyś coś, co od wielu lat nie dawało spokoju ich sercom. Nie znał tej historii, lecz zdał sobie sprawę, że obaj długo wyczekiwali dzisiejszej konfrontacji.

– Poproszę teraz, byście podnieśli ręce. – Sterling poderwał pistolet.

– Trzy cele – zauważył Griffin. – Jeden pistolet. Do kogo mierzysz, Sterling?

– Och, jestem pewien, że wiesz. – Sterling musiał rozumieć, że uciekinierzy mają nad nim przewagę liczebną. Po prostu zupełnie się tym nie przejął.

Wszystko rozstrzygnęło się tak błyskawicznie, że Robin ledwie zarejestrował kolejność wypadków. Griffin dobył broni. Sterling wycelował mu prosto w pierś. Za spust pociągnęli zapewne w tym samym momencie, gdyż rozdzierający noc hałas zabrzmiał jak pojedynczy wystrzał. I obaj w tej samej chwili padli.

Victoire krzyknęła. Robin rzucił się na kolana, rozchylił poły płaszcza brata i zaczął gorączkowo obmacywać jego pierś, aż wreszcie znalazł mokrą, rozlewającą się na lewym ramieniu plamę krwi. Postrzał w ramię nie kończy się śmiercią, prawda? Robin sięgnął pamięcią do wiedzy z powieści przygodowych – ranny mógł się wprawdzie wykrwawić, lecz to nigdy nie następowało od razu. Mogli znaleźć w porę pomoc, mogli ranę zaszyć albo zastosować jakąś inną metodę, taką, do której w wypadku postrzałów w ramię uciekają się prawdziwi lekarze...

– Kieszeń... – jęknął Griffin. – Z przodu.

Robin poszukał we wskazanym miejscu i wyciągnął wąską sztabkę.

– Wypróbuj... Sam napisałem... Nie wiem, czy...

Robin rzucił okiem na wygrawerowane słowa, po czym przycisnął srebro do krwawiącego ramienia.

– *Xiū* – odczytał szeptem. – Leczyć.

修. Naprawiać. Nie po prostu leczyć, ale „reperować", „likwidować uszkodzenia". Usunąć ranę w drodze bezceremonialnej mechanicznej interwencji. Utrata znaczenia była subtelna, lecz niewątpliwa, sztabka mogła zadziałać. I rzeczywiście, coś się działo. Robin czuł pod dłonią scalające się tkanki, słyszał chrobot zrastających się kości. Lecz krwotok nie ustawał; szkarłat nadal przelewał mu się przez dłonie, pokrywał sztabkę, moczył srebrne ścianki. Coś było nie tak – mięśnie się poruszały, lecz nie spajały; przeszkadzała w tym kula, pocisk tkwiący zbyt głęboko, by mógł go wyciągnąć.

– Nie... – rzucił błagalnie Robin. – Nie, proszę... – Nie znowu, nie po raz trzeci. Ileż razy miał jeszcze cierpieć, pochylony nad umierającym ciałem, ile razy miał patrzeć na ulatujące życie, niezdolny go powstrzymać?

– Przestań. – Griffin poruszył się pod naciskiem brata, grymas bólu wykrzywił mu twarz. – Dosyć już – syknął. – Pozwól mi...

– Ktoś idzie! – rzuciła ostrzegawczo Victoire.

– Griffin... – Robin miał wrażenie, że dotknął go paraliż.

– Uciekajcie. – Cera rannego stała się biała jak papier, niemal zielonkawa.

Χλωρός, pomyślał niemądrze Robin. Była to jedyna rzecz, jaką mógł w tej chwili zająć się jego umysł. Wspomnienie żartobliwej dyskusji o przekładzie nazw kolorów. Ze szczegółami przypomniał sobie moment, gdy profesor Craft zapytała młodych tłumaczy, dlaczego tak uparcie oddają słowo *χλωρός* jako „zielony", skoro Homer używa go jednocześnie w odniesieniu do świeżych gałązek, miodu i pobladłych z przerażenia twarzy? Czyżby wynikało to po prostu ze ślepoty barda? Nie – zasugerowała profesor Craft, być może jest to barwa świeżej przyrody, zieleni życia. Lecz przecież nie mogła mieć racji, gdyż niezdrowa zieleń skóry Griffina zwiastowała jedynie nadchodzącą śmierć.

– Próbuję...

– Nie, Robin, posłuchaj... – Griffinem targnął spazm bólu. Robin, nie mogąc zrobić nic więcej, przytrzymał brata mocniej. – Jest więcej, niż myślicie. Hermes... Kryjówka... Victoire wie, gdzie, i wie, co zrobić... A w mojej torbie, *wúxíng*, jest...

– Zbliżają się! – ponagliła dziewczyna. – Robin, policja! Zaraz nas zauważą...

– Idź, uciekaj! – Griffin odepchnął brata.

– Nie. – Robin wsunął ręce pod plecy rannego, który jednak okazał się okropnie ciężki. A on sam okazał się zbyt słaby. Krew zalała mu dłonie. Poczuł jej słonawy zapach; zmąciło mu się w oczach. Mimo wszystko spróbował brata podciągnąć. Przewrócili się na bok.

– Przestań wreszcie – wyjęczał Griffin.

– Robin. – Victoire chwyciła go za ramię. – Proszę, musimy się ukryć...

Chłopak sięgnął do torby, pogrzebał i po chwili wyczuł lodowaty, parzący dotyk srebra.

– *Wúxíng* – szepnął – Niewidzialni.

Postacie Robina i Victoire zamrugały niczym gasnące płomyki i zniknęły dokładnie w chwili, gdy na plac wbiegli trzej policjanci.

– Chryste! – rzucił któryś. – Toż to Sterling Jones!

– Trup?

– Ani drgnie.

– Ten za to jeszcze dycha. – Funkcjonariusz pochylił się nad Griffinem. Szelest tkaniny, szmer dobywanego z kabury pistoletu. Krótki, pobrzmiewający zaskoczeniem śmiech; niepewna przestroga:

– Nie... On...

Szczęk spustu.

Nie! – niemal wyrwało się Robinowi, lecz Victoire zacisnęła mu usta dłonią.

Wystrzał zagrzmiał jak armatnia salwa. Griffin drgnął i znieruchomiał. Robin zgiął się wpół i krzyknął, lecz jego bólowi nie odpowiedział żaden dźwięk, jego cierpienie nie miało kształtu; był w tej chwili bezcielesny, pozbawiony głosu i choć jego druzgocąca krzywda domagała się wrzasku i bicia, żądała, by rozszarpał cały świat na strzępy – a jeżeli nie świat, to siebie samego – nie mógł się ruszyć. Dopóki plac nie opustoszał, mógł jedynie czekać i patrzeć.

Kiedy policjanci wreszcie odeszli, twarz Griffina pokrywała już upiorna bladość. Oczy miał otwarte, zaszklone. Robin przyłożył do szyi brata dwa palce. Szukał pulsu, wiedząc, że go nie znajdzie. Strzał padł za blisko, zbyt bezpośrednio.

– Czy on... – Stanęła nad nim Victoire.

– Tak.

– W takim razie musimy iść. – Zamknęła dłoń na jego przegubie. – Robin, nie mamy pojęcia, kiedy tu wrócą.

Wstał. Jakże koszmarny obrazek, przemknęło mu przez myśl. Ciała Griffina i Sterlinga leżące jedno przy drugim, rozpływające się pod nimi, spłukiwane przez deszcz kałuże krwi. Na tym placu znalazła swój koniec jakaś miłosna historia – błędny trójkąt żądzy, urazy, zazdrości i nienawiści, rozpoczynający się śmiercią Evie, a kończący odejściem Griffina. Robin miał nigdy nie poznać tej opowieści w całej pełni*. Bez cienia wątpliwości wiedział tylko, że nie był to pierwszy raz, kiedy Griffin i Sterling próbowali się wzajemnie pozabijać, dzisiaj po prostu jeden z nich dopiął wreszcie swego. Tak czy inaczej główni bohaterowie już nie żyli, koło się domknęło.

– Chodźmy – rzuciła raz jeszcze Victoire. – Robin, trzeba się spieszyć.

Robin nie chciał ich tak porzucać. Chciał przynajmniej odciągnąć gdzieś ciało brata, złożyć je w jakimś cichym, odosobnionym zakątku, zamknąć mu oczy i skrzyżować dłonie na piersi. Czas jednak pozwalał już tylko na ucieczkę, odwrócił się więc i zostawił tę makabryczną scenę za sobą.

---

* Nie dowiedział się nigdy, że w pewnym okresie Griffin, Sterling, Anthony i Evie – podobnie jak Robin i jego przyjaciele – uważali, że łączy ich przyjaźń wieczysta i niewzruszona. Nie dowiedział się, że Griffin poróżnił się kiedyś ze Sterlingiem o Evie, o inteligentną, pełną życia, błyskotliwą i piękną Evie. Nie dowiedział się też o tym, że Griffin tak naprawdę nie chciał dziewczyny zabić. Relacjonując wypadki tamtej nocy, Griffin przedstawiał siebie w roli działającego z zimną krwią, pewnego siebie mordercy. Prawda jednak wyglądała tak, iż podobnie jak Robin, zareagował odruchowo, wiedziony gniewem i strachem, lecz nie złymi zamiarami. Nie spodziewał się nawet, że sztabka zadziała, gdyż srebro jedynie sporadycznie słuchało jego rozkazów. Nie miał pojęcia, co zrobił, dopóki Evie nie wykrwawiła się na podłodze. Robin nie dowiedział się też, że w przeciwieństwie do niego Griffin nie miał grupy przyjaciół, w której mógłby po wszystkim znaleźć oparcie, nie miał nikogo, kto mógł złagodzić szok przemocy. Tak więc zdusił wszystkie te emocje w sobie, oplótł je całą swą duszą, uczynił częścią siebie samego i choć inni mogli uznać to za pierwszy krok na drodze do obłędu, Griffin Lovell uczynił ze swojej zdolności zabijania broń ostrą i niezbędną.

ROZDZIAŁ

DWUDZIESTY PIĄTY

I ja tylko zostałem ze wszystkich, co żyli
spętani ideą tą ciasną, straszliwą.

Thomas Lovell Beddoes, „Death's Jest-Book"
(przeł. Grzegorz Komerski)

Robin nie zapamiętał, w jaki sposób zdołali się wydostać z oksfordzkiego zamku. Jego umysł zbiegł dokądś w momencie śmierci Griffina. Chłopak nie był w stanie podejmować decyzji, ledwie rozumiał, gdzie jest. Potrafił tylko stawiać kolejne kroki, ślepo idąc tam, dokąd prowadziła Victoire: do lasu, przez krzewy i ciernie, na brzeg rzeki, gdzie zapadli w oczekiwaniu, wtuleni w siebie na błocie, by ścigające ich, ujadające zaciekle ogary przemknęły mimo. A potem dalej – na krętą, rzadko uczęszczaną drogę i z powrotem do centrum. Dopiero kiedy znaleźli się w znajomym otoczeniu, niemal w cieniu Babel i Biblioteki Radcliffe'a, wrócił do siebie na tyle, żeby zauważyć, dokąd zmierzają.

– Nie jest aby za blisko? – zapytał. – Nie lepiej spróbować kanałem...?

– Z pewnością nie kanałem – odparła szeptem Victoire. – Trafilibyśmy prosto na posterunek policji.

– Ale dlaczego nie idziemy na wzgórza? – Umysł Robina z sobie jedynie znanych powodów uczepił się wizji położonych na północny zachód od Oksfordu wzgórz Cotswold, miejscami pokrytych polami, gdzieniegdzie zalesionych. Wydawały się naturalnym schronieniem wszelkiej maści uciekinierów. Kto wie? Być może czytał o nich kiedyś w jakiejś groszowej powieści.

– Tam właśnie będą nas szukać – odparła dziewczyna. – Założą, że uciekliśmy z miasta, zaczną przeczesywać lasy z psami. Ale tutaj, niedaleko centrum, jest kryjówka...

– Nie, nie możemy... Powiedziałem o niej Lovellowi, Playfair na pewno też wie...

– Jest jeszcze jedna. Anthony mi pokazał. W pobliżu Biblioteki Radcliffe'a, za Vaults & Garden jest wejście do tunelu. Chodź, pokażę ci.

Kiedy zbliżali się do dziedzińca, Robin usłyszał docierające z oddali poszczekiwanie. Policja zapewne zarządziła poszukiwania w całym mieście, wypatrujący ich ludzie i zwierzęta niewątpliwie przeczesywali już dosłownie każdą ulicę. A jednak, co dość niedorzeczne, nie czuł potrzeby zrywania się do panicznej ucieczki. Mieli ze sobą sztabkę Griffina. *Wúxíng.* W dowolnym momencie mogli po prostu zniknąć.

A Oksford nocą tchnął takim spokojem, nadal wydawał się miejscem bezpiecznym, w którym o czymś takim jak aresztowanie mowy być nie może. Miasto sprawiało wrażenie wyciętego z kart przeszłości, pełnego wiekowych wież, iglic i baszt; miękkiej poświaty księżyca gładzącej stare kamienie i wytarty uliczny bruk. Budynki wciąż były krzepiąco ciężkie, solidne, stare, wieczyste. Wypływające z łukowato sklepionych okien światło ciągle tchnęło obietnicą ciepła, starych ksiąg i gorącej herbaty; nadal jeszcze sugerowało, że możliwe jest idylliczne życie uczonego, w ramach którego idee są abstrakcjami pozwalającymi się sobą bawić bez konsekwencji.

Ten jednak sen legł w gruzach. To marzenie od początku ufundowane było na kłamstwie. Żadne z nich nie miało szansy naprawdę znaleźć tu miejsca dla siebie. Oksfordowi zależało wyłącznie na uczonych jednego specyficznego gatunku, na ludziach urodzonych i wychowanych dla podtrzymania z dawna utrwalonego cyklu. Wszystkich innych uniwersytet przeżuwał i wypluwał. Te strzeliste gmachy wzniesiono za pieniądze zarobione na handlu niewolnikami, a utrzymujące je srebro przypływało splamione krwią górników z Potosi. Przetapiano je w piecach, przy których dusili się marnie wynagradzani robotnicy, a potem pokonywało Atlantyk w ładowniach statków i trafiało tutaj, gdzie kształt nadawali mu tłumacze wyrwani z ojczystych krain, wykradzeni za morze, niemogący nigdy powrócić do domów.

Głupi był, myśląc, że naprawdę zdoła zbudować tu dla siebie życie. Nie mógł trwać w rozkroku; teraz już to rozumiał. Nie mógł raz po raz przechodzić pomiędzy oboma światami, nie mógł jednocześnie widzieć i nie widzieć, nie mógł zamykać oczu na przemian, jak w dziecinnej zabawie. Mógł albo stać się częścią tej instytucji, jedną z tworzących jej mury cegieł, albo nie należeć do niej wcale.

Victoire wplotła palce w dłoń Robina.

– Teraz już naprawdę nie ma powrotu, prawda? – zapytał.

– Nie. – Uścisnęła go mocniej.

Błąd młodych tłumaczy był oczywisty. Zakładali, że Oksford ich nie zdradzi. Nie mieli nawet świadomości, kiedy wpojono im przekonanie o zależności od Babel. Na pewnym poziomie nadal do niedawna wierzyli, że uczelnia, status naukowców będą ich w stanie ochronić. Zakładali, wbrew wszelkim świadectwom, że ludzie, którzy na ekspansji imperium mogli zyskać najwięcej, postąpią mimo wszystko słusznie.

Broszurki. Wydawało im się, że mogą zwyciężyć za pomocą broszurek.

Co za absurd. Robin niemal parsknął śmiechem. Władza nie kryje się w stalówce pióra. Władza nie działa wbrew własnym interesom. Władzę można obalić jedynie poprzez czyny, których nie będzie mogła zignorować. Za pomocą czystej, niezachwianej siły. Przemocą.

– Myślę, że Griffin miał rację – szepnął. – Od początku trzeba się było zająć wieżą. Musimy zdobyć wieżę.

– Hmm. – Wargi Victoire lekko zadrżały. Palce dziewczyny mocniej objęły dłoń przyjaciela. – Jak chciałbyś to zrobić?

– Griffin mówił, że to nic trudnego. Że tam są tylko naukowcy, nie żołnierze. Że wystarczy pistolet. Może nawet nóż.

– Ja w to wierzę – zaśmiała się gorzko.

Był to dopiero pomysł, życzenie raczej niż cokolwiek innego, lecz był to zarazem początek. Myśl zakorzeniła się w nich i wzrosła. Rozkwitała, aż przestała być komicznie niedorzeczną fantazją, a stała się logistycznym problemem, kwestią tego, jak i kiedy.

Wszędzie dokoła, w całym mieście, mocno spali studenci. A na ich biurkach drzemały dzieła Platona, Locke'a i Monteskiusza. Książki czekały, żeby ktoś je przeczytał i przedyskutował, zamaszyście gestykulując. O teoretycznych prawach w rodzaju wolności państw i jednostek rozprawiali ci, którzy od dawna się nimi cieszyli, zasady stały się zatęchłymi pojęciami, o których zapominano zaraz po odebraniu dyplomów.

Tamto życie i wszystko, co z nim związane, wydawało się teraz Robinowi obłędem. Nie był w stanie uwierzyć, że kiedykolwiek przejmował się problemami w rodzaju tego, jakiego koloru fular zamówić u Randalla czy jakimi obelgami obrzucić osadę konkurencyjnej łodzi w trakcie wioślarskiego treningu. To wszystko błahostki, drobny puch, trywialne przyjemnostki wzniesione na fundamencie niewyobrażalnego okrucieństwa.

Robin spojrzał na odcinającą się od rozgwieżdżonego nieba Babel, na jej mury rzucające nikłą srebrzystą poświatę. I nagle doznał bardzo wyraźnej wizji tej wieży w ruinie. Chciał, by upadła. Chciał, by nareszcie poczuła ból, który umożliwiał jej oderwane od życia istnienie.

– Chcę ją zniszczyć.

Na szyi Victoire zagrała żyłka i Robin zrozumiał, że przyjaciółka myśli o Anthonym, o huku rewolwerowych wystrzałów i o zgliszczach Starej Biblioteki.

– Chcę, żeby spłonęła – powiedziała.

KSIĘGA
V
TRUST 23

INTERLUDIUM

Letty

Letitia Price nie była złym człowiekiem.

Była być może surowa. Chłodna, kategoryczna, poważna: pasowały do niej wszystkie słowa, jakimi można określić dziewczynę domagającą się od świata tego samego, czego oczekiwałby mężczyzna. Ale była taka tylko dlatego, że to surowość okazała się jedynym sposobem nakłonienia innych, by traktowali ją poważnie, ponieważ lepiej było być nielubianą i budzącą strach, niż wejść w rolę słodkiego, uroczego, głupiutkiego stworzonka; i ponieważ uniwersytet szanował stal, był w stanie tolerować okrucieństwo, lecz nigdy, przenigdy nie akceptował słabości.

Wszystko, co miała, Letty musiała wywalczyć, wydrzeć pazurami. Och, nie można było się tego domyślić, obserwując ją z zewnątrz – tę delikatną angielską piękność, tę admiralską córunię, wychowaną w zamożnej rezydencji w Brighton, w otoczeniu szóstki służących, z obietnicą dwustu funtów rocznie dla kawalera, który zdecyduje się ją poślubić.

„Letitia Price ma wszystko" – szeptały brzydkie, zawistne dziewczęta na londyńskich balach. Letty jednak przyszła na świat jako drugie dziecko, po braciszku Lincolnie, który stał się oczkiem w głowie tatusia. Na nią ojciec admirał ledwie mógł patrzeć, gdyż kiedy na córkę spoglądał, widział jedynie cień świętej pamięci pani Amelii Price, kobiety niezwykle kruchej, zmarłej w połogu w wilgotnym od krwi i cuchnącym jak ocean pokoju.

– O nic cię nie obwiniam, wierz mi – powiedział admirał pewnego późnego wieczora, kiedy wypił nieco za dużo wina. – Ale jedno musisz zrozumieć, Letitio, chciałbym, żebyś jak najrzadziej pokazywała mi się na oczy.

Lincolnowi przeznaczony był Oksford. Letty przeznaczone było wczesne zamążpójście. Lincolna odwiedzali prywatni nauczyciele, wyłącznie niedawni absolwenci Oksfordu, którzy nie zdobyli katedry; Lincoln miał najdroższe pióra wieczne, kremowy papier, a na Boże Narodzenie i urodziny dostawał w prezencie grube, lśniące książki. Co do Letty – cóż, w opinii jej ojca kobiety powinny umieć pisać i czytać na tyle, aby samodzielnie złożyć podpis pod aktem małżeństwa.

Lecz to Letty posiadała talent do języków, to ona chłonęła grekę i łacinę równie łatwo jak angielski. Uczyła się poprzez samodzielne lektury i siadając z uchem przyklejonym do drzwi, za którymi trwały lekcje Lincolna. Jej onieśmielająco bystry umysł chwytał kolejne informacje z siłą zastawionych w lesie wnyków. Miłość do gramatycznych reguł pielęgnowała w sobie tak, jak inne kobiety pielęgnowały w sobie urazy. Do nauki języków podchodziła z determinacją i matematycznym rygorem. Najbardziej zdradliwe łacińskie konstrukcje rozkładała na czynniki pierwsze samą tylko siłą woli. To Letty musztrowała nocami brata, kiedy nie był w stanie przypomnieć sobie zadanych słówek, to ona kończyła jego przekłady i poprawiała eseje, kiedy znudzony Lincoln zażywał konnej jazdy, polował i korzystał z innych chłopięcych rozrywek.

Gdyby role się odwróciły, okrzyknięto by ją geniuszem. Byłaby następnym sir Williamem Jonesem.

Gwiazdy jednak przewidziały dla Letty inny los. Próbowała cieszyć się powodzeniem Lincolna, chciała przerzucić na brata własne nadzieje i marzenia, jak czyniło w owej epoce wiele innych kobiet. Gdyby Lincoln został oksfordzkim wykładowcą, ona być może zostałaby jego sekretarką. Lecz umysł jej brata przypominał ceglany mur. Nienawidził lekcji; nauczycieli miał w głębokiej pogardzie. Lektury niezmiernie go nużyły. Chciał jedynie przebywać i bawić się poza domem; kiedy siadał z książką w ręku, najwyżej po minucie zaczynał się wiercić. A Letty po prostu nie potrafiła go zrozumieć. Dlaczego ktoś, przed kim otwierają się takie możliwości, nie próbuje z nich nawet skorzystać.

– Gdybym to ja studiowała na Oksfordzie, czytałabym, dopóki nie zaczęłyby mi krwawić oczy – powiedziała mu kiedyś.

– Gdybyś studiowała na Oksfordzie – odparł Lincoln – świat zadrżałby w posadach.

Letty kochała brata, kochała go szczerze. Nie znosiła jednak jego niewdzięczności, faktu, że lekceważy wszystkie dary, jakimi obsypywał go świat. A kiedy wyszło na jaw, że Oksford nie jest dla Lincolna miejscem odpowiednim, wydało się jej to niemal przejawem sprawiedliwości losu. Wykładowcy z Balliol zaczęli pisać do admirała Price'a skargi, w których pojawiały się słowa takie jak alkohol, hazard, nieprzestrzeganie ciszy nocnej. Lincoln z kolei nadsyłał prośby o pieniądze. Jego listy do siostry były krótkie, hipnotyzujące przebłyskami świata, którego on sam wyraźnie nie doceniał: „Zajęcia są nudne, nie chce mi się chodzić. Zwłaszcza że mamy sezon wioślarski. Powinnaś wiosną przyjechać i nam kibicować".

Początkowo admirał Price uznał wszystko za naturalne objawy burzliwego wieku dojrzewania. Młody mężczyzna, po raz pierwszy z dala od domu, musi mieć czas się dostosować. Więc cóż, Lincoln przysiądzie fałdów i zabierze się za książki. Kiedyś. W swoim czasie.

Sprawy jednak miały się coraz gorzej. Oceny Lincolna wciąż były niezadowalające i nic nie zapowiadało poprawy. Z kolei listy od wykładowców nie były już tak cierpliwe i wyrozumiałe w wymowie jak początkowo, pojawiały się w nich coraz słabiej zawoalowane przestrogi. Kiedy na trzecim roku studiów

Lincoln zjechał w przerwie świątecznej do domu, był już inny. Letty dostrzegła toczącą go zgniliznę. Coś mrocznego i nieusuwalnego. Twarz jej brata obrzmiała, mówił wolniej, a jego słowa tchnęły goryczą i jadem. O ile mówił w ogóle, gdyż przez całe ferie praktycznie się do nich nie odzywał. Popołudnia spędzał samotnie w swoim pokoju, gdzie systematycznie rozprawiał się z kolejnymi butelkami szkockiej. Wieczorami albo wychodził i nie wracał do białego rana, albo sprzeczał się z ojcem i chociaż zamykali się w takich razach w gabinecie, podniesione głosy słychać było w całym domu. „Przynosisz mi wstyd" – grzmiał admirał Price. „Nie cierpię uniwersytetu" – odpowiadał Lincoln. „Nie jestem szczęśliwy. To było twoje marzenie, nie moje".

Ostatecznie Letty postanowiła porozmawiać z bratem bez owijania w bawełnę. Kiedy Lincoln wyszedł jednego z takich wieczorów z gabinetu, czekała na niego w korytarzu.

– Co się tak gapisz? – warknął. – Przyszłaś się nasycić moją porażką?

– Łamiesz mu serce – powiedziała.

– Ciebie wcale nie obchodzi jego serce. Jesteś po prostu zazdrosna.

– Oczywiście, że ci zazdroszczę. Masz wszystko, Lincoln. Wszystko. I nie potrafię pojąć, co ci kazało cały ten potencjał roztrwonić. Jeśli problemem jest towarzystwo, odetnij się od nich. Jeżeli to nauka sprawia ci kłopot, chętnie pomogę. Pojadę z tobą, będę sprawdzać wszystkie twoje eseje...

Chłopak jednak słaniał się lekko na nogach, wzrok miał mętny, rozkojarzony, prawie siostry nie słuchał.

– Skocz no i przynieś mi brandy.

– Lincoln, co się z tobą dzieje?

– Och, nie próbuj nawet mnie oceniać. – Wykrzywił usta. – Zawsze dobra, wspaniała Letty. Genialna Letty, która powinna studiować na Oksfordzie, ale niestety ma szparę między nogami...

– Jesteś odrażający.

Lincoln po prostu zaśmiał się i odwrócił.

– Nie wracaj do domu! – zawołała za nim. – Lepiej, żebyś zniknął. Lepiej, żebyś umarł.

Następnego dnia do drzwi rezydencji zapukała policja. Uprzejmy funkcjonariusz zapytał, czy mieszka tu admirał Price, a jeśli tak, to czy mógłby, z łaski swojej, udać się z nim w celu identyfikacji zwłok. Według zeznań woźnica nawet Lincolna nie widział. Z tego, że ma pod kołami człowieka, zdał sobie sprawę dopiero rano, kiedy spłoszyły się konie. Było ciemno, lało jak z cebra, a chłopak był pijany i wyszedł na środek ulicy. Admirał oczywiście mógł skierować sprawę do sądu, miał do tego pełne prawo, lecz stróże prawa szczerze wątpili, czy taki proces da się wygrać. Doszło przecież do zwykłego wypadku.

Od tego momentu Letty przez całe życie była pełna trwożnego podziwu wobec mocy pojedynczego słowa. Nie potrzebowała nawet srebrnych sztabek, by dowieść, że samo wypowiedzenie życzenia może doprowadzić do jego spełnienia.

W czasie gdy ojciec zajmował się organizacją pogrzebu, Letty pisała listy do wykładowców Lincolna. Do kopert włożyła też część swoich wypracowań.

Kiedy została przyjęta w poczet studentów Oksfordu, wciąż musiała znosić tysięczne upokorzenia. Profesorowie traktowali ją z góry i zwracali się jak do przygłupiej gąski. Pracownicy administracyjni bezustannie próbowali przeniknąć wzrokiem jej bluzkę. Przed każdymi zajęciami musiała odbyć potwornie długi spacer, ponieważ wydział zmuszał kobiety do kwaterowania w budynku położonym niemal dwie mile na północ, którego właścicielka wydawała się nie odróżniać lokatorek od służących i wydzierała się na nie, kiedy odmawiały zamiatania podłóg. Na bankietach podchodzący do nich uczeni ściskali wyłącznie dłonie Robina lub Ramiego, niezmiennie ją pomijając; a kiedy się odzywała, traktowali ją jak powietrze. Gdy Rami poprawiał myśl któregoś z profesorów, okazywał się studentem śmiałym i błyskotliwym, kiedy w identyczny sposób zachowywała się Letty, słyszała, że jest nieznośna. Chcąc wynieść książkę z Bodlejanki, musiała czynić to w towarzystwie

Ramiego lub Robina. Jeśli zamierzała przejść się po mieście po zmroku, sama i bez strachu, musiała zakładać męski stój i po męsku stawiać kroki.

Żadna z tych rzeczy nie stanowiła zaskoczenia. Letty była, koniec końców, próbującą naukowej kariery kobietą w kraju, w którego języku słowo określające jedną z form szaleństwa wywodzi się ze słowa określającego macicę*. Mimo wszystko doprowadzało ją to do szału. Jej przyjaciele bez przerwy utyskiwali na dyskryminację, z którą stykali się jako cudzoziemcy. Dlaczego jednak nikogo nie wzruszał fakt, że w równie okrutny sposób Oksford traktuje kobiety?

Niemniej, na przekór wszystkiemu, patrzcie państwo – dostali się tutaj i rozkwitali. Wdarli się do zamku. Znaleźli dla siebie miejsce, pozwalające wykroczyć ponad ograniczenia wynikające z przypadku urodzin. Stanęli przed wielką szansą, by stać się szeroko komentowanymi wyjątkami. Dlaczego więc mieli czuć cokolwiek innego niż rozpaczliwą, nieustanną wdzięczność?

Tymczasem zupełnie z nagła, po Kantonie, przyjaciele zaczęli rozmawiać językiem, którego Letty nie rozumiała. Niespodziewanie znalazła się na zewnątrz kręgu i nie mogła tego ścierpieć. Choć próbowała usilnie, nie potrafiła złamać ich szyfru, ponieważ na każde zadane pytanie słyszała w odpowiedzi: „Czy to nie oczywiste, Letty? Naprawdę nie rozumiesz?". Nie, nie rozumiała. Zasady, o jakich mówili, wydawały się jej niedorzeczne, miała je wręcz za szczyt głupoty. Istnienie imperium było jej zdaniem nieuchronne. Przyszłość nieodwołalna. A opór bezcelowy.

Wyznawane przez przyjaciół przekonania były dla niej zaskoczeniem – jak to możliwe, zastanawiała się, że ktoś z premedytacją próbuje przebić głową mur?

---

* Dotyczy to nie tylko angielskiego. Polski wyraz „histeria", podobnie jak angielska *hysteria*, ma przodka w greckim *hystera*, oznaczającym „macicę". Histerię przez długi czas uznawano za przypadłość wyłącznie kobiecą, a jej źródła upatrywano w posiadaniu macicy (przyp. tłum.).

Niemniej pomagała im, chroniła ich i strzegła ich tajemnic. Kochała ich. Byłaby gotowa dla nich zabić. I próbowała nie wierzyć w najgorsze; w to, w co kazało jej wierzyć całe wychowanie. Nie wierzyła więc, że są dzikusami. Że są gorsi, że są niewdzięcznikami o słabych umysłach. Wierzyła jedynie, że – co smutne i okropne – bardzo się mylą.

Lecz, ach, jakże ją bolało, kiedy widziała, że zaczynają popełniać te same błędy, jakie stały się udziałem Lincolna.

Dlaczego nie pojmowali, jak szeroko uśmiechnęła się do nich fortuna? Zostać dopuszczonym za te uświęcone wrota, zostać wyrwanym z otchłani nędznego dzieciństwa i przeniesionym na olśniewające wyżyny Królewskiego Instytutu Translatoryki! Wszyscy przecież tak zawzięcie walczyli, by zdobyć miejsce w oksfordzkich salach wykładowych. Ona była oszołomiona własnym szczęściem za każdym razem, kiedy zasiadała w Bodlejance i wertowała księgi, których, gdyby nie fakt, że jest tłumaczką, nie mogłaby zamówić nawet do czytelni. By się tu dostać, Letty pokonała samo przeznaczenie. Wszyscy je pokonali.

Dlaczego więc to im nie wystarczało? Przecież rzucili już system na kolana. Dlaczego, w imię boskie, tak usilnie pragnęli ten system zniszczyć na dobre? Po co kąsać dłoń, która cię karmi? W imię czego wszystko to odrzucać?

„Tu chodzi o sprawy wyższej wagi" – powtarzali (protekcjonalnie, z lekceważeniem, jakby była małym dzieckiem i o niczym nie miała pojęcia). „To kwestia niesprawiedliwości o zasięgu globalnym, Letty. Rzecz w grabieży, jaka dotyka całą resztę świata".

Ponownie więc próbowała odsunąć własne uprzedzenia, rozważyć temat z otwartą głową, dowiedzieć się, co tak naprawdę im doskwiera. I raz po raz stykała się z podważeniem własnej moralności, na co reagowała, do znudzenia wyjaśniając swój punkt widzenia, jakby po to, aby dowieść, że nie jest złym człowiekiem. Oczywiście, że nie popierała tej wojny. Naturalnie, że sprzeciwiała się wszelkim formom wyzysku. To przecież jasne, że stoi po stronie abolicjonistów.

Oczywiście, że mogła wesprzeć działania zmierzające ku zmianie, o ile będą to działania pokojowe, przyzwoite, cywilizowane.

Oni jednak zaczęli wspominać o szantażach. Mówili o porwaniach, wzniecaniu rozruchów, wysadzeniu stoczni. O czynach mściwych, brutalnych, strasznych. I nie umiała tego znieść – nie mogła patrzeć na tego okropnego Griffina Lovella, perorującego z iskrą zachwytu w oczach i na zasłuchanego w jego tyrady Ramiego, jej Ramiego. Nie potrafiła uwierzyć w to, co się z tym chłopcem stało. W to, co stało się z nimi wszystkimi.

Czy naprawdę nie było wystarczającym koszmarem, że wspólnie ukryli morderstwo? Czy rzeczywiście musiała stać się współwinna kolejnych?

Zupełnie jakby nagle wyrwała się z głębokiego snu, jakby ktoś chlusnął jej w twarz zimną wodą. Co właściwie jeszcze tu robię? Nad czym się w ogóle zastanawiam? To nie jest walka o szczytne cele, a jedynie wspólnie przeżywane urojenia.

Idąc dalej tą drogą, nie miała przed sobą przyszłości. Nareszcie to zrozumiała. Dała się nabrać, naiwna. Została wmanipulowana w obrzydliwą farsę, która mogła się skończyć jedynie na dwa sposoby: więzieniem lub spotkaniem z katem. Była jedyną osobą, która nie popadła w obłęd zbyt głęboki, aby to dostrzec. I chociaż była to decyzja tragiczna, Letty musiała działać zdecydowanie – gdyż skoro nie mogła już ocalić przyjaciół, musiała przynajmniej uratować siebie.

ROZDZIAŁ

DWUDZIESTY SZÓSTY

Kolonializm nie jest mechanizmem myślącym, nie jest ciałem obdarzonym rozumem. Jest przemocą w stanie czystym i może ustąpić jedynie przed jeszcze większą przemocą.

Frantz Fanon, „Wyklęty lud ziemi"
(przeł. Hanna Tygielska)

Ukryte drzwiczki za piwniczką Vaults & Garden odsłoniły ciasny, wykopany w ziemi tunel, szeroki akurat na tyle, by pełznąc na czworakach, mogli wcisnąć się do środka. Wędrówka wydawała się nie mieć końca. Posuwali się naprzód powoli, po omacku znajdując drogę. Robin marzył o świetle, lecz nie mieli świeczki ani nawet krzesiwa. Mogli jedynie zaufać słowom Anthony'ego i brnąć cal za calem wśród szmeru własnych oddechów. W końcu strop tunelu stopniowo się podniósł, a spocone ciała przyjaciół omiótł chłodny powiew. Zbadali ziemną ścianę palcami, aż wreszcie znaleźli drzwi i klamkę. Moment później znaleźli się w niedużym, niskim pomieszczeniu, do którego przez niewielkie, zakratowane okno sączyło się światło księżyca.

Rozejrzeli się i stwierdzili, że całkiem niedawno ktoś tutaj był. Na biurku czekał wciąż miękko ustępujący pod dotykiem bochenek chleba, a obok stała wypalona do połowy świeczka.

Victoire poszperała w szufladach i znalazła pudełko zapałek. Po chwili uniosła rozpaloną świecę w dłoni.

– Czyli to tutaj mieszkał Griffin.

Kryjówka wydała się Robinowi dziwnie znajoma, lecz nie od razu zrozumiał dlaczego. Rozkład pokoiku – maleńkie biurko pod oknem, wciśnięte w kąt łóżko, regał pod przeciwną ścianą – odzwierciedlał mieszkanie na Magpie Lane. Tutaj, w podziemiach Oksfordu, Griffin – świadomie bądź nie – próbował odtworzyć swój studencki świat.

– Myślisz, że będziemy tu bezpieczni? – spytał Robin. – To znaczy, czy według ciebie...

– Wszystko leży mniej więcej na swoim miejscu. – Victoire nieśmiało przycupnęła na skraju łóżka. – Moim zdaniem gdyby wiedzieli, zrobiliby tu niemały kipisz.

– Chyba faktycznie. – Robin usiadł obok przyjaciółki. Dopiero teraz poczuł, jak bardzo jest wycieńczony, zmęczenie wspięło się mu po nogach i otuliło pierś. Adrenalina, która krążyła w żyłach chłopaka przez całą ucieczkę, zdążyła się wypalić i teraz gdy znaleźli schronienie w trzewiach ziemi, miał ochotę walnąć się na posłanie i już nigdy nie wstawać.

Victoire pochyliła się i sięgnęła do stojącej przy łóżku beczułki ze świeżą, jak się wydawało, wodą. Zwilżyła zmiętą koszulę i podała ją Robinowi.

– Obmyj się.

– Co?

– Krew – wyjaśniła półgłosem. – Jesteś cały we krwi.

Robin podniósł wzrok i po raz pierwszy od ucieczki z zamku obrzucił dziewczynę uważnym spojrzeniem.

– Ty też jesteś cała we krwi.

Siedząc ramię w ramię, zaczęli się bez słowa czyścić. Zmyli z siebie zdumiewające ilości brudu; każde z nich zużyło po dwie koszule. Krew Griffina w jakiś niesamowity sposób trafiła nie tylko na dłonie i ramiona Robina, lecz znalazła się również na jego policzkach, za uszami i na karku. Zaschnięte płatki, oblepione kurzem i drobinkami ziemi.

Potem na zmianę umyli sobie nawzajem twarze. Prosta, konkretna czynność przyniosła im ulgę; mieli się na czym skupić i nie musieli myśleć o wszystkich trudnych słowach, które wciąż wisiały niewypowiedziane w powietrzu. Przyjemnie było nie dopuszczać ich do głosu. Zresztą i tak nie potrafiliby ich wyartykułować. Bo nie były to konkretne, sprecyzowane refleksje, lecz czarne, duszące chmury. Oboje myśleli o Ramim, Griffinie, Anthonym i wszystkich innych towarzyszach, tak gwałtownie i brutalnie wydartych z kart tego świata. Nie mogli jednak poruszyć otchłannego tematu żałoby w rozmowie. Było zbyt wcześnie, żeby mogli nadać swemu cierpieniu nazwę, kształt i ujarzmić je za pomocą słów. Gdyby pokusili się o to teraz, zginęliby pod jego ciężarem. Mogli jedynie zmywać ze swych ciał krew i starać się pamiętać o oddychaniu.

Ostatecznie cisnęli zakrwawione szmaty na podłogę i wsparli się plecami o ścianę. Powietrze było zimne i wilgotne, a w kryjówce brakowało kominka. Przysunęli się blisko do siebie i otulili ramiona cienkim kocem.

– Jak myślisz, co powinniśmy zrobić? – spytała po długiej chwili Victoire.

Tak doniosłe pytanie wypowiedziane tak słabym głosem. Cóż bowiem mogli zrobić? Rozmawiali wcześniej o spaleniu Babel, lecz na Boga, czy taki wyczyn był w ogóle w ich zasięgu? Stara Biblioteka uległa zniszczeniu. Ich przyjaciele zginęli. Nie żyli wszyscy odważniejsi i lepsi od nich. Lecz oni dwoje pozostali i to ich obowiązkiem było przypilnować, aby śmierć całej reszty nie okazała się daremna.

– Griffin powiedział, że będziesz wiedzieć, co robić – przypomniał Robin. – O co mu chodziło?

– O to tylko, że znajdziemy sprzymierzeńców – odpowiedziała szeptem. – Że mamy więcej przyjaciół, niż myślimy, i że wystarczy, żebyśmy dotarli do tej kryjówki.

– No więc jesteśmy. – Chłopak bezradnie wskazał gestem pusty pokoik. – Nic tu nie ma.

– Och, nie bądź taki. – Victoire podniosła się z łóżka.

Zaczęli przeszukiwać kryjówkę. Dziewczyna zajęła się szafką, Robin biurkiem. W szufladach znalazł nieprzebrane ilości notatek i listów Griffina. Podnosił kolejne kartki do chybotliwego płomienia świecy i odczytywał, mrużąc oczy. Patrząc na odręczne pismo brata, poczuł w piersi bolesny ucisk – zbite ze sobą, delikatne łacińskie litery tak bardzo przypominały jego własne pismo, a także charakter pisma ich ojca. Znaki te, całe kolumny ściśniętych, śmiało kreślonych linijek, zdradzające rozgorączkowanie autora, lecz także jego dbałość o szczegóły, przedstawiły Robinowi Griffina, jakiego nie zdążył poznać.

Griffina, który stworzył sieć znacznie bardziej rozległą, niż podejrzewał Robin. Chłopak przeglądał kopie listów wysłanych do adresatów rezydujących w Bostonie, Nowym Jorku, Kairze, Singapurze. Nazwiska jednak były bez wyjątku zakodowane, ukryte pod maską oczywistych aluzji literackich w rodzaju „pana Pickwicka" czy „króla Achaba" lub nazwisk tak typowo angielskich – „pan Brown", „pan Pink" – że żadną miarą nie mogły być prawdziwe.

– Hmm... – Victoire podniosła coś do oczu i ściągnęła czoło.

– Co tam masz?

– List. Do ciebie.

– Mogę zobaczyć?

Dziewczyna zawahała się, lecz po chwili podała Robinowi cienką, zapieczętowaną kopertę. Na odwrocie widniało nakreślone zdecydowaną ręką Griffina „Robin Swift". Kiedy znalazł czas, by to napisać? Na pewno nie po tym, jak Anthony przyprowadził ich do Hermesa. Griffin nie wiedział wtedy, co się z nimi dzieje. Mógł to zrobić jedynie wcześniej, wówczas gdy Robin postanowił odciąć się od Towarzystwa na dobre, kiedy powiedział bratu, że nie chce mieć z nim nic wspólnego.

– Przeczytasz? – spytała zaintrygowana Victoire.

– Chyba... Chyba nie mogę. – Robin oddał kopertę przyjaciółce. Przeraźliwie bał się jej zawartości; już trzymając zamknięty list w dłoni, zaczął oddychać szybciej. Nie potrafił zmierzyć się z osądem nieżyjącego brata. Nie w tej chwili. – Przechowasz go dla mnie?

– A jeśli jest w tym liście coś, co mogłoby nam pomóc?

– Wątpię – przyznał. – Moim zdaniem... to musi być coś innego. Proszę cię, Victoire, jeśli chcesz, sama możesz potem przeczytać, ale ja nie mogę na to teraz patrzeć.

– Oczywiście. – Zastanowiła się, po czym schowała list do wewnętrznej kieszeni.

Ponownie zajęli się przeglądaniem dobytku Griffina. Poza listami w pokoju znajdował się imponujący asortyment broni – sztylety, garoty, spora liczba srebrnych sztabek i przynajmniej trzy różne pistolety. Robin nie chciał ich nawet tknąć, więc kolekcję zbadała Victoire, gładząc lekko lufy palcami. Ostatecznie wybrała jeden i wcisnęła sobie za pasek.

– Umiesz się tym posługiwać? – zapytał Robin.

– Owszem – potaknęła. – Anthony mnie nauczył.

– Niezwykła z ciebie dziewczyna. Nadal potrafisz zaskoczyć.

– Cóż – prychnęła – po prostu nie zwracałeś uwagi.

Nie natknęli się jednak na żadną listę kontaktów czy wskazówki dotyczące położenia innych kryjówek tudzież ewentualnych sprzymierzeńców. Griffin spowił wszystko zasłoną szyfru, stworzył siatkę tak niewidzialną, że po jego śmierci okazała się niemożliwa do odtworzenia.

– A to co? – Victoire wskazała palcem.

Na samym szczycie regału, podsunięta tak blisko ściany, że niemal z dołu niewidoczna, stała lampa.

Robin z obłąkańczą nadzieją zdjął ją z półki. Tak! Na spodzie znajomo zaskrzyło się srebro. „Latarnia" – słowo, które wykrzyknął w bibliotece Anthony. Robin pomyślał o oparzonej ręce Griffina, o tym, że Griffin, mimo iż przebywał wiele mil dalej, dowiedział się, że stało się coś bardzo złego.

Obrócił lampę w ręku i obejrzał dokładnie. 燎. *Liáo*.

Samodzielna praca Griffina. *Liáo* po mandaryńsku oznacza „płonąć" lub „oświecać". Co bardziej istotne, niekiedy odnosi się też do latarni sygnałowych. A ponad pierwszą sztabką znajdowała się druga. Napis na niej głosił *bēacen*. Słowo wyglądało na łacińskie, lecz Robin nie odnajdował go w pamięci. Może coś germańskiego?* Tak czy inaczej, odgadł, jaką rolę pełniła lampa. Właśnie za jej pomocą porozumiewali się członkowie Hermesa. Przesyłali sygnały ogniowe.

– Masz pomysł, jak to działa? – zainteresowała się Victoire.

– Być może wszystkie są ze sobą połączone. – Robin podał lampę przyjaciółce. – W ten sposób Griffin dowiedział się, że wpadliśmy w tarapaty. Pewnie miał taką samą przy sobie.

– Tylko kto jeszcze może coś takiego mieć? – Dziewczyna obróciła lampę w dłoniach, musnęła króciutki knot. – Kto może być po drugiej stronie?

– Przyjaciele, mam nadzieję. Co powinniśmy im powiedzieć?

– Powinniśmy... wezwać ich do boju – stwierdziła po chwili zastanowienia.

Robin podniósł na Victoire uważne spojrzenie.

– Naprawdę to zrobimy?

– Nie wydaje mi się, żeby pozostał nam inny wybór.

– Wiesz, jest takie chińskie przysłowie, *sǐ zhū bú pà kāi shuǐ tàng***. „Martwe świnie wrzątku się nie boją".

– Jak się powiedziało A, trzeba powiedzieć B – rzuciła ze słabym uśmiechem Victoire.

---

* Ta druga sztabka korzystała z jednej z rzadkich par kojarzących słowo staroangielskie z angielskim, *bēacen* z *beacon*. Stworzył ją należący do Towarzystwa Hermes John Fugues, uczestniczący w latach 80. XVIII wieku w projekcie, w którego ramach grupa uczonych zamknęła się w zamku i przez trzy miesiące porozumiewali się wyłącznie staroangielskim. (W późniejszych czasach podobnych eksperymentów nie powtarzano, aczkolwiek nie z braku funduszy. Władze Babel nie były w stanie znaleźć ochotników gotowych poddać się tak skrajnej izolacji, połączonej z niemożnością swobodnego porozumiewania się z towarzyszami). Staroangielskie *bēacen* odnosi się do sygnałów dźwiękowych, znaków i omenów, w odróżnieniu od raczej skromnego znaczenia we współczesnej angielszczyźnie, gdzie *beacon* oznacza po prostu wyraźny, rzucający się w oczy sygnał świetlny.

** 死豬不怕開水燙

– Słowem, jesteśmy właściwie żywymi trupami.

– I właśnie dlatego jesteśmy tak bardzo niebezpieczni. – Dziewczyna postawiła lampę między nimi. – Nie mamy nic do stracenia.

Odszukali w szufladach pióro i czysty papier, po czym zasiedli do układania wiadomości. Poziom nafty w lampie był niepokojąco niski; z knota został króciutki kikut. Przesłanie musiało więc być tak jednoznaczne i zwięzłe, jak to tylko możliwe. Odbiorca nie mógł mieć wątpliwości, co chcą przekazać. Kiedy uzgodnili już treść, Victoire przysunęła do knota świecę. Pojawił się nieśmiały ognik, zaraz potem zaszumiało i moment później przed ich oczyma zatańczyły płomienie wysokie na stopę. Nie byli pewni, jak ta latarnia działa. Robin wypowiedział na głos mandaryńską parę, lecz mogli jedynie mieć nadzieję, że ta druga, bardziej tajemnicza sztabka została pomyślana tak, by efekt jej działania utrzymywał się długo. Opracowali też wyczerpującą listę wszystkich metod przekazania informacji. Recytowali wiadomość wpatrzeni w ogień. Wyklaskiwali ją alfabetem Morse'a. Następnie powtórzyli to samo, lecz zamiast klaskać, przesuwali w odpowiednich odstępach metalowy pręt przez płomień, którego falowanie reprezentowało kropki i kreski. Ostatecznie, kiedy lampa zaczęła kopcić, podpalili kartkę z przesłaniem.

Skutek był natychmiastowy. Płomień urósł trzykrotnie; długie języki ognia wystrzeliły naprzód i zagarnęły papier. Wyglądało to tak, jakby ich słowami karmiła się jakaś demoniczna istota. Kartka nie spłonęła, nie skurczyła się, nie spopieliła; po prostu zniknęła. Chwilę później skończyła się nafta i lampa zgasła. W podziemnej kryjówce zapadł mrok.

– Myślisz, że się udało? – spytała Victoire.

– Nie wiem. Nie jestem nawet pewien, czy ktokolwiek nasłuchiwał. – Robin odstawił lampę.

Ogarnęło go nieznośne zmęczenie; czuł, jakby jego kończyny były odlane z ołowiu. Nie miał pojęcia, co przed chwilą zrobili, jaki uruchomili łańcuch wydarzeń. Nie był też przekonany, czy chce się tego dowiadywać. Chciał jedynie zwinąć się w kłębek w tym ciemnym, chłodnym pokoju i odpłynąć. Wiedział, że spoczywa na nim obowiązek, że musi doprowadzić dzieło do końca, i wiedział, że jutro, kiedy nadejdzie pora, znajdzie w sobie dość siły, by to uczynić. Teraz jednak pragnął tylko zasnąć jak kamień.

– Ale myślę, że w końcu się przekonamy.

O świcie przemknęli się przez miasto do Starej Biblioteki. Budynek otaczały dziesiątki policjantów – być może przysłano ich tu na wypadek, gdyby jakiś ocalały spiskowiec okazał się na tyle głupi, żeby wrócić. Robin i Victoire podkradli się do biblioteki ostrożnie od strony rosnącego za ogrodem lasu. Owszem, nie było to mądre, lecz nie oparli się pokusie i chcieli oszacować szkody na własne oczy. Początkowo mieli nadzieję, że zyskają szansę wśliznąć się do środka i zabrać coś przydatnego, lecz w pobliżu kręciło się po prostu zbyt wielu stróżów prawa.

Zamiast tego stali się więc jedynie świadkami, gdyż mimo ryzyka ktoś po prostu musiał ujrzeć i zapamiętać skutki zdrady. Ktoś musiał poznać skalę poniesionych strat.

Stara Biblioteka uległa całkowitemu zniszczeniu. Wybuch zdmuchnął całą tylną ścianę, przez co wnętrzności budynku zostały w okrutny i upokarzający sposób obnażone. Regały zostały w połowie opróżnione. Książki, które nie spłonęły w eksplozji, czekały na wywiezienie w stojących przy zgliszczach taczkach. Robin domyślał się, że przejmą je uczeni z Babel. Szczerze wątpił, by rezultaty pracy naukowej członków Hermesa kiedykolwiek ujrzały światło dzienne.

Wszystkie te cudowne, oryginalne badania miały zgnić w imperialnych archiwach ze względu na strach przed tym, co mogły zainspirować.

Kiedy podkradł się bliżej, spostrzegł, że wśród gruzów nadal walają się zwłoki. Ujrzał blade ramię, na poły zasypane pokruszonymi cegłami. Zobaczył trzymającą się zwęglonej kostki klamrę bucika. Pod ścianą wypatrzył gęstą czupryną, czarną, przysypaną pyłem. Odwrócił się, żeby nie spojrzeć w twarz.

– Nie zabrali nawet ciał – powiedział i zakręciło mu się w głowie.

– Och, dobry Boże... – Victoire przytknęła dłoń do ust.

– Nie zabrali ciał.

Robin się podniósł. Nie wiedział, co chce zrobić – zaciągnąć te zwłoki do lasu? Wykopać dla nich mogiły tuż obok ruin biblioteki? A może przynajmniej przesłonić czymś te otwarte, niewidzące oczy? Nie miał pojęcia, po prostu czuł, że nie powinien ich tak zostawić, bezbronnych i odsłoniętych.

Lecz Victoire pociągnęła go z powrotem między drzewa.

– Nie możemy. Wiesz, że nie możemy...

– Oni wszyscy ciągle tam leżą... Anthony, Vimal, Rami...

Nie zostali odwiezieni do kostnicy. Ich ciała nie zostały nawet nakryte. Tamci po prostu porzucili umarłych tam, gdzie padli, gdzie ich krew zalała papier i mury, a teraz, wynosząc z biblioteki wszystko, co się dało, po prostu ich omijali. Czy była to niskich lotów zemsta? Odpłata za poświęcone sprzeciwowi życie? A może po prostu umarli nikogo nie obchodzili?

Ten świat musi upaść, pomyślał Robin. Ktoś musi za to odpowiedzieć. Ktoś musi zapłacić krwią.

Victoire jednak prowadziła go zdecydowanie z powrotem. Tylko jej mocny uścisk powstrzymał chłopaka przed wbiegnięciem na środek ruin.

– Nic tam na nas nie czeka, Robin – zapewniła go szeptem. – A teraz już czas. Musimy iść.

Młodzi tłumacze wybrali na rewolucję bardzo dobry dzień.

Rozpoczęcie nowego trymestru, jeden z rzadkich w Oksfordzie dni, kiedy pogoda była zwodniczo cudowna; gdy ciepłe powietrze obiecywało więcej słońca i radości niż bezlitosnych, nieuchronnych deszczów i śniegu. Dziś niepodzielnie panował błękit nieba i cytrusowy aromat wiosennego wiatru. Dzisiaj wszyscy musieli stawić się w wieży – wykładowcy, doktoranci, studenci – za to hol miał być wolny od prywatnych klientów, gdyż w tym roku Babel była w pierwszym tygodniu trymestru zamknięta dla petentów z uwagi na remanent i prace remontowe. Nie istniało więc niebezpieczeństwo, że zagrożą postronnym.

Pytanie brzmiało więc, w jaki sposób dostać się do środka. Nie mogli po prostu podejść spacerkiem do drzwi i wkroczyć. Ich podobizny ukazały się we wszystkich londyńskich gazetach, więc nawet jeżeli w Oksfordzie sprawa została wyciszona, niektórzy wykładowcy musieli już wiedzieć. A głównego wejścia wieży nadal strzegła szóstka policjantów. Co więcej, profesor Playfair zapewne zniszczył już fiolki z ich krwią, przez co zabezpieczenia musiały ich potraktować jak intruzów.

Wciąż za to dysponowali trzema atutami: sporządzoną przez Griffina sztabką z napisem *explōdere*, sztabką drugą, zapewniającą niewidzialność, i faktem, że zabezpieczenia Babel zostały pomyślane, aby zatrzymywać cenne materiały wewnątrz, nie powstrzymywać przed ich wnoszeniem. Powinny więc ożywać jedynie przy próbie opuszczenia wieży, nie wejścia do niej. O ile ktoś otworzył drzwi, złodzieje z Hermesa dostawali się do środka bez większych kłopotów, problem zawsze pojawiał się dopiero przy wyjściu*.

A oni wiedzieli, że jeżeli dokonają tego, czego chcą, nie opuszczą wieży przez bardzo długi czas.

---

* Ta furtka w zabezpieczeniach została pozostawiona z premedytacją. We wczesnych dniach istnienia systemu wieża zaciekle atakowała zarówno uciekających, jak wchodzących, lecz pary aktywne nigdy nie rozpoznawały swoich zbyt dokładnie i liczba niesłusznie okaleczonych ofiar rosła do momentu, gdy władze miejskie podjęły interwencję, twierdząc, że nikogo nie można karać bez przyczyny. W odpowiedzi profesor Playfair postanowił chwytać jedynie uciekających złodziei, posiadających przy sobie jednoznaczne dowody niecnych zamiarów.

– Gotów? – Victoire zaczerpnęła głęboki wdech.

Innego sposobu nie było. Przez całą noc łamali sobie głowy i nie wymyślili niczego. Został już tylko czyn.

Robin potwierdził skinieniem.

– *Explōdere* – szepnęła dziewczyna i rzuciła sztabkę Griffina na środek dziedzińca.

Powietrze eksplodowało. Robin wiedział, że – przynajmniej w teorii – sztabka nie wyrządza ofiarom fizycznej krzywdy, lecz dźwięk był koszmarny. Hałas upadających miast, rumor kruszących się piramid. Ogarnęło go instynktowne pragnienie ucieczki, znalezienia bezpiecznego miejsca i chociaż wiedział, że to jedynie skutek oddziaływania srebra na umysł, całym sobą musiał się powstrzymać, aby nie zbiec gdzie pieprz rośnie.

– Idziemy. – Victoire pociągnęła go za rękę.

Policjanci zgodnie z przewidywaniami wybiegli na dziedziniec; drzwi wieży zamykały się właśnie za grupką uczonych. Robin i Victoire przebiegli przez chodnik, ominęli herb i wcisnęli się za nimi. Przekraczając próg, chłopak wstrzymał oddech, lecz syreny milczały; nie uruchomiła się żadna podstępna pułapka. Weszli do środka; byli bezpieczni.

W holu było bardziej tłoczno niż zazwyczaj. Czyżby ktoś odebrał ich wiadomość? Może część z tych ludzi naprawdę przybyła w odpowiedzi na wezwanie? Robin nie miał jak sprawdzić, kto z obecnych należy do Hermesa, a kto nie; wszyscy reagowali na jego spojrzenia identycznymi, obojętnymi skinieniami, po czym odchodzili do własnych zajęć. W Babel panowała absurdalnie zwyczajna atmosfera. Czy naprawdę nikt nie wiedział, że świat uległ zepsuciu?

Na pierwszym piętrze stał oparty o balustradę profesor Playfair i gawędził swobodnie z profesorem Chakravartim. Ten drugi zapewne opowiedział jakiś zabawny dowcip, gdyż Playfair parsknął śmiechem, pokręcił głową i zerknął w dół. Spotkali się z Robinem spojrzeniami. Oczy naukowca wyszły niemal z orbit. Ledwie Playfair puścił się biegiem ku schodom, chłopak wskoczył na stojący pośrodku holu stół.

– Posłuchajcie mnie! – krzyknął.

Codzienny gwar nie ustał, nikt nie zwrócił na niego uwagi. Moment później również Victoire wdrapała się na blat. W ręku ściskała ceremonialny dzwonek, którym posługiwał się profesor Playfair, ogłaszając wyniki egzaminów. Uniosła go wysoko nad głowę i trzykrotnie zadzwoniła. W wieży zrobiło się cicho.

– Dziękuję – powiedział Robin. – Ach. Cóż. Mam wam coś do powiedzenia. – Na widok tak wielu wpatrzonych w niego twarzy poczuł w głowie całkowitą pustkę. Przez kilka sekund stał jak oniemiały i mrugał, aż wreszcie słowa na powrót znalazły drogę do ust. Odetchnął głęboko. – Zamykamy wieżę.

– Panie Swift. – Przez tłumek przecisnęła się profesor Craft. – Co pan, na Boga, wyczynia?

– Zaraz, zaraz – wtrącił profesor Harding. – Nie powinno cię tu być. Jerome wspominał...

– Zanosi się na wojnę – wypalił Robin i natychmiast się skrzywił. Słowa zabrzmiały bardzo niezręcznie, nieprzekonująco. Naturalnie przygotował sobie tę mowę zawczasu, lecz okazało się, że pamięta jedynie główne punkty, a te, wypowiedziane na głos, wypadały absurdalnie i śmiesznie. Na twarzach ludzi obserwujących go z holu i z galerii wyższych pięter malowały się różnorodne odczucia. Chłopak widział sceptycyzm, rozbawienie, irytację. Nawet profesor Playfair, który dotarł już na dół i stał zdyszany u podnóża schodów, sprawiał wrażenie raczej zadziwionego niż wściekłego. Robinowi zebrało się na wymioty. Doznał zawrotów głowy.

Griffin wiedziałby, jak nimi wstrząsnąć. Griffin był naturalnym oratorem, rewolucjonistą z prawdziwego zdarzenia, potrafiłby odmalować niezbędny obraz imperialnej ekspansji, współudziału, winy i odpowiedzialności, a wszystko za pomocą garstki celnych sformułowań. Lecz Griffina tu nie było, a Robin mógł jedynie próbować udzielić głosu jego duchowi.

– Parlament rozważa rozpoczęcie interwencji zbrojnej w Kantonie. – Zmusił swe słowa, by się rozrosły, by zajęły w sali więcej miejsca niż ich autor. – Interwencji, która nie ma sprawiedliwej przyczyny, za którą stoi wyłącznie chciwość kompanii handlowych. Planowane jest użycie broni, która ma zmusić Chińczyków do przyjęcia opium, a dyplomatyczne fiasko, jakie ponieśliśmy w czasie rozmów, zostało sprowokowane jako wybieg mający uzasadnić wybuch konfliktu. – Tak, nareszcie powiedział coś, co zabrzmiało w miarę sensownie. Panujące dotąd w wieży zniecierpliwienie przeszło w ciekawość i zmieszanie.

– Co ma z tym wspólnego Babel? – spytał jeden z pracowników działu prawnego. Coalbrook, Conway, jakoś tak.

– Imperium brytyjskie nie robi niczego bez naszej pomocy – odpowiedział Robin. – To my tworzymy sztabki, które zasilają ich działa i okręty. My polerujemy sztylety dominacji. My układamy treść zawieranych przez nich traktatów. Jeżeli wycofamy swoje poparcie, parlament nie podejmie decyzji o ataku na Chiny...

– Nadal nie rozumiem, dlaczego miałby to być nasz problem – rzucił Coalbrook czy Conway.

– Jest nasz, ponieważ za planem wojny stoją nasi wykładowcy – przejęła pałeczkę Victoire. Głos dziewczyny mocno się trząsł, lecz i tak brzmiał pewniej i bardziej donośnie niż słowa Robina. – Kończy się im srebro, na jego deficyt cierpi cały kraj i część naszych profesorów uznała, że można temu zaradzić, zalewając zagraniczny rynek opium. Są gotowi uczynić wszystko, byle postawić na swoim. Mordują ludzi, którzy starają się spisek nagłośnić. Zabili Anthony'ego Ribbena.

– Anthony Ribben zginął w podróży – wtrąciła profesor Craft.

– Nieprawda – rzuciła Victoire. – Od zaginięcia działał w ukryciu, próbując powstrzymać zakusy imperium. Zastrzelili go dopiero w zeszłym tygodniu. Tak jak Vimala Srinivasana, Ilse Dejimę, Cathy O'Nell... Wybierzcie się do Jericho, do starego budynku za mostem, w pobliżu lasu. Zobaczycie zgliszcza, ciała...

Te słowa sprowokowały pomruk. Vimal, Ilse i Cathy byli w Instytucie powszechnie lubiani. Szepty narastały; stało się jasne, że wymienieni nie stawili się dzisiaj w wieży i nikt nie potrafił ich nieobecności wytłumaczyć.

– To szaleńcy. – Profesor Playfair odzyskał pewność siebie niczym aktor, który odszukał w pamięci zapomnianą linijkę tekstu. Teatralnie oskarżycielskim gestem wymierzył palcem w stojącą na stole dwójkę. – Oboje postradali rozum, współpracują z bandą nakłaniających do zamieszek złodziei, ich miejsce jest w więzieniu...

Te słowa jednak wydały się zebranym jeszcze mniej wiarygodne niż opowieść Robina. Tubalny głos profesora Playfaira, zazwyczaj tak magnetyczny, sprawił, że wszystko zaczęło sprawiać wrażenie komedii. Nikt poza ich trojgiem nie miał pojęcia, o co chodzi. Obserwatorom sytuacja musiała kojarzyć się z tanim widowiskiem.

– Dlaczego nie opowiecie nam wszystkim, co spotkało Richarda Lovella? – podjął profesor Playfair. – Gdzie on jest? Coście z nim zrobili?

– Richard Lovell był jednym z architektów tej wojny! – zawołał Robin. – Udał się do Kantonu, żeby zebrać informacje od brytyjskich szpiegów. Pozostawał w bezpośrednim kontakcie z Palmerstonem...

– Przecież to śmieszne – żachnęła się profesor Craft. – To nie może być prawda, to...

– Dysponujemy dowodami na piśmie – rzucił Robin. Niemal natychmiast przyszło mu do głowy, że wszystkie te dokumenty zostały już zniszczone bądź skonfiskowane, lecz jako figura retoryczna wciąż mogły się sprawdzić. – Są tam cytaty, dowody... Wszystko, czego potrzeba. Lovell planował to od lat. Playfair również uczestniczy w tej zmowie. Spytajcie go sami...

– Kłamie! – stwierdził profesor Playfair. – Brednie i tyle. Margaret, ten chłopak zwariował...

– Bajania wariatów są niespójne. – Profesor Craft zmarszczyła brwi. Patrzyła to na uczonego, to na Robina. – A łgarze kłamią we własnym interesie. Opowiastka tych dwojga... nie służy nikomu, a z pewnością nie im samym. I jest spójna.

– Margaret, zapewniam cię...

– Pani profesor. – Robin zwrócił się bezpośrednio do Craft. – Pani profesor, proszę... Jemu zależy na wojnie, układali jej plany od dawna. Proszę poszukać w jego gabinecie, w gabinecie profesora Lovella. Przejrzeć papiery. Wszystko tam jest, czarno na białym.

– Nie. – Profesor Craft ściągnęła brwi. Omiotła spojrzeniem Robina i Victoire i jakby coś w nich dostrzegła. Być może wyczerpanie, zapadnięte ramiona, sączący się z nich ból, poczucie straty. – Nie trzeba. Wierzę wam. Jerome? – Przeniosła wzrok na kolegę. – Wiedziałeś?

Profesor Playfair nie odpowiedział od razu, być może zastanawiał się, czy warto kontynuować grę.

– Nie udawaj święcie oburzonej – zahuczał wreszcie. – Wiesz, co pozwala tej wieży istnieć. Wiedziałaś, że równowaga sił musi ulec zmianie, wiedziałaś, że musimy w jakiś sposób uporać się z deficytem...

– Ale wypowiadać wojnę niewinnej nacji...

– Nie powiesz mi, że akurat to cię porusza – prychnął. – Niczemu innemu się nie sprzeciwiałaś. Pomyśl tylko, Chiny nie mają światu do zaoferowania nic poza konsumentami. Dlaczego nie mielibyśmy... – Urwał. Musiał zdać sobie sprawę, że popełnił błąd, że właśnie potwierdził prawdziwość słów Robina i Victoire.

Za późno. Nastrój w wieży wyraźnie się zmienił. Sceptycyzm wyparował. Irytacja przeszła w coraz jaśniejszą świadomość, że nie jest to farsa ani chwilowy wybuch histerii, lecz coś, co dzieje się naprawdę.

Prawdziwy świat tak rzadko wpływał na życie Instytutu. Nikt nie wiedział, co z tym począć.

– Za pomocą języków innych krajów działamy na rzecz wzbogacenia Anglii. – Robin napomniał się w duchu, że nie musi do niczego przekonać profesora Playfaira, tylko pozostałych obecnych. Powiódł spojrzeniem dokoła. – Korzystamy z wiedzy, która nie należy do nas. Możemy więc przynajmniej powstrzymać tę wojnę. To jedyne słuszne etycznie rozwiązanie.

– Co więc planujesz? – zapytał Matthew Houndslow. W jego tonie nie było wrogości, a raczej pełna rezerwy ostrożność. – Rzecz jest w tej chwili w rękach parlamentu, sam to powiedziałeś. Jak zatem...

– Zastrajkujemy. – Robin poczuł nagle, że stoi na twardym gruncie; na to pytanie potrafił odpowiedzieć. Zadarł głowę i spróbował natchnąć głos połączoną charyzmą Griffina i Anthony'ego. – Zamkniemy Babel do odwołania. Od dzisiaj klienci nie będą mieli tu wstępu. Nikt nie będzie tworzyć, sprzedawać ani odnawiać srebrnych sztabek. Odmówimy rządowi Wielkiej Brytanii wszelkich usług translatorskich, dopóki nie skapitulują. A skapitulują, ponieważ jesteśmy im potrzebni. Nas potrzebują bardziej niż czegokolwiek innego. Właśnie dlatego zwycięstwo będzie nasze – powiedział i zawiesił głos. W holu zrobiło się cicho. Nie miał pojęcia, czy ich przekonał, nie wiedział, czy malująca się na twarzach zebranych emocja to rosnące poparcie, czy jednak niedowierzanie. – Posłuchajcie, gdybyśmy tylko wszyscy...

– Do tego musiałbyś zdobyć wieżę. – Z ust profesora Playfaira popłynął krótki, złośliwy śmiech. – Musiałbyś poskromić nas wszystkich.

– Przecież to właśnie robimy, w tej chwili – odparła Victoire.

W tym miejscu nastąpiła wielce zabawna pauza, w czasie której oksfordzcy uczeni z wolna uświadamiali sobie, że lada moment dojdzie do użycia siły.

– Ty! – Playfair skinął na stojącego najbliżej drzwi studenta. – Sprowadź policję, wpuść ich...

Chłopak ani drgnął. Drugoroczniak. Na imię, jak przypomniał sobie Robin, miał Ibrahim. Pochodzący z Egiptu specjalista od języka arabskiego. Wydawał się niesłychanie młody, twarz miał jak mały chłopiec. Czy na drugim roku wszyscy są tacy młodzi? Ibrahim popatrzył na Robina, Victoire i znów na Playfaira. Jego czoło przecięła zmarszczka.

– Ale, profesorze...

– Nie – rzuciła w jego stronę profesor Craft w tej samej chwili, w której dwóch trzecioroczniaków puściło się biegiem do wyjścia. Jeden z nich odepchnął Ibrahima na regał.

Robin rzucił w drzwi srebrną sztabkę.

– *Explōdere,* eksplodować!

Hol wypełnił potężny, koszmarny dźwięk. Tym razem przypominał potępieńczy skowyt. Niedoszli uciekinierzy czmychnęli spod drzwi niczym wystraszone króliki.

Robin wyciągnął z kieszeni kolejną sztabkę i podniósł ją nad głowę.

– Za pomocą tej sztabki zabiłem Richarda Lovella! – Sam nie dowierzał, że te słowa padły z jego ust. To nie on mówił; teraz przemawiał duch Griffina, odważniejszego z braci, odważniejszego i bardziej szalonego. Dyrygował sytuacją, sterując Robinem z zaświatów. – Jeżeli ktokolwiek spróbuje się do mnie zbliżyć, jeśli ktoś spróbuje wezwać pomoc, zginie tak samo jak on.

Na twarzach odcisnęło się przerażenie. Uwierzyli mu.

Poczuł przypływ niepokoju. Szło stanowczo za łatwo. Przedtem był przekonany, iż napotkają silniejszy opór, a tymczasem wydawało się, że podporządkował sobie wszystkich bez reszty. Nawet wykładowcy znieruchomieli; ba, profesorowie Leblanc i De Vreese wcisnęli się pod stół, jakby w obawie przed artyleryjskim ostrzałem. Robin zrozumiał, że mógłby im kazać odtańczyć kankana lub zacząć wyrywać kartki z ulubionych książek i posłuchaliby bez wahania.

Zrobiliby wszystko, ponieważ zagroził użyciem przemocy.

Nie umiał sobie przypomnieć powodu, dla którego jeszcze niedawno tak bardzo obawiał się samej myśli o przejściu od słów do czynów. Griffin miał rację – głównym wyzwaniem nie była sama walka, lecz niezdolność do uznania jej za realną możliwość, przymus tkwienia w sferze tego, co bezpieczne, w zapewniającym przetrwanie status quo. Lecz teraz świat wypadł ze zwykłych torów. Wszystkie drzwi stanęły znienacka otworem. Z dziedziny idei przeszli do królestwa działania, a w tym oksfordzcy studenci nie mieli absolutnie żadnego doświadczenia.

– Na litość boską – syknął profesor Playfair. – Niechże ktoś ich wreszcie obezwładni.

Naprzód wystąpiła grupka pracowników Instytutu. Na ich twarzach malowała się niepewność. Wyłącznie specjaliści od języków europejskich, wyłącznie biali.

– No? – Robin pochylił głowę na bok. – Zapraszam.

To, co wydarzyło się za moment, żadną miarą nie było wydarzeniem chwalebnym, relacją, która mogła trafić na półki obok eposów opiewających męstwo i honor. Oksfordzcy uczeni byli ludźmi rozpieszczonymi, chowanymi w cieplarnianych warunkach; byli generałami w najlepszym razie kanapowymi, opisującymi skrwawione batalistyczne pejzaże za pomocą dłoni gładkich i wymuskanych. Przejęcie Babel okazało się pokracznym, głupawym starciem materii z abstrakcją. Rywale podeszli do stołu i z wahaniem wyciągnęli ręce przed siebie. Robin przepędził ich kopniakami. I miał przy tym wrażenie, że kopie małe dzieci, gdyż byli zbyt wystraszeni, żeby wykrzesać z siebie agresję, i nie byli nawet w przybliżeniu tak zdeterminowani czy wściekli, aby rzeczywiście chcieć go skrzywdzić. Sprawiali wrażenie niepewnych, co właściwie zamierzają osiągnąć – ściągnąć Robina ze stołu, unieruchomić mu nogi czy tylko podrapać po kostkach – i z tego powodu jego odwetowe ciosy były podobnie symboliczne i zdawkowe. Wszyscy jedynie odgrywali walkę, stali się aktorami amatorami, których ktoś zagnał na scenę z jedną tylko wskazówką: bijcie się.

– Victoire! – krzyknął Robin.

Jeden z uczonych wgramolił się na stół za dziewczyną. Zawirowała w miejscu. Przeciwnik zawahał się, zmierzył ją spojrzeniem od stóp do głów i uderzył pięścią. Uczynił to jednak tak, jakby bokserskie ciosy znał jedynie w teorii, jakby słyszał tylko kiedyś o ich poszczególnych etapach – zaprzeć się mocno nogami, cofnąć rękę, zacisnąć palce i machnąć dłonią do przedu. Źle obliczył odległość i w efekcie mało szkodliwie pacnął Victoire w ramię. Odpowiedziała lewą stopą. Napastnik zgiął się wpół, chwycił za piszczel i zakwilił.

– Dość!

Awantura z miejsca dobiegła końca. Jakimś cudem w dłoni profesora Playfaira pojawił się pistolet.

– Dość tych głupot. – Wycelował prosto w Robina. – Natychmiast się uspokój.

– Proszę, strzelaj – szepnął chłopak.

Nie miał pojęcia, skąd wzięła się w nim tak absurdalna odwaga, lecz nie bał się w tej chwili ani trochę. Broń z jakiegoś niejasnego powodu wydawała się bardziej abstrakcyjna niż rzeczywista. Miał wrażenie, że ewentualnie wystrzelona z niej kula nie może go nawet drasnąć.

– Strzelaj, czekam.

Postawił na tchórzostwo profesora Playfaira, na fakt, że choć uczony był w stanie sięgnąć po broń, nie ważyłby się pociągnąć za spust. Profesor Playfair, podobnie jak wszyscy pracownicy naukowi Babel, bardzo niechętnie brudził sobie ręce. Projektował zabójcze pułapki, lecz sam nigdy nie trzymał ostrza w dłoni. I nie miał pojęcia, jak wiele siły woli bądź strachu wymaga zabicie innego człowieka.

Robin nie odwrócił się, nie spojrzał, by sprawdzić, co robi Victoire. Wiedział. Rozpostarł ramiona, nie odrywając wzroku od twarzy profesora Playfaira.

– Więc? Co zrobisz?

Uczony ściągnął usta. Jego palce drgnęły i Robin nagle się spiął. W tej samej chwili gruchnął strzał.

Profesor Playfair zatoczył się w tył. Na wysokości jego pasa nastąpiła eksplozja szkarłatu. W całej wieży rozległy się krzyki. Robin zerknął przez ramię. A Victoire opuściła rewolwer Griffina. Wokół jej twarzy podnosiły się smużki dymu. Spoglądała przed siebie wielkimi oczyma.

– Tak – wyszeptała z falującą piersią. – Teraz wszyscy już wiemy, jakie to uczucie.

Profesor De Vreese puścił się biegiem przez hol. Pędził po broń Playfaira. Robin zeskoczył ze stołu, lecz był za daleko. Wtem jednak na De Vrees'ea skoczył z boku profesor Chakravarti. Z głuchym łomotem padli obaj na podłogę i zaczęli się zmagać niczym zapaśnicy – komiczny, mało dostojny widok. Dwóch podtatusiałych naukowców z wydatnymi brzuszkami, tarzających się po posadzce, wycierających kurz rozwianymi połami tóg. Na oczach oszołomionego Robina profesor Chakravarti wyrwał przeciwnikowi pistolet i przygwoździł go niezdarnie do ziemi.

– Panie profesorze? – spytał niepewnie chłopak.

– Odebrałem waszą wiadomość – wydyszał Chakravarti. – Świetna robota.

Łokieć profesora De Vreese'a trafił go tuż pod nos. Profesor Chakravarti odgiął się do tyłu. De Vreese wyrwał się i szamotanina rozgorzała na nowo.

Robin poderwał pistolet z podłogi i wycelował w profesora De Vreese'a.

– Wstawaj – rozkazał. – Ręce do góry.

– Przecież ty nawet nie umiesz z tego strzelać – rzucił drwiąco uczony.

Chłopak wymierzył w żyrandol i pociągnął za spust. Żyrandol rozpadł się w drobny mak, okruchy szkła zasypały cały hol. Efekt był taki, jakby wypalił w tłum; wszyscy zaczęli krzyczeć. Profesor De Vreese odwrócił się i zerwał do ucieczki, lecz zahaczył kostką o nogę jednego ze stołów, zawirował jak bąk i upadł na tyłek. Robin przeładował dokładnie tak, jak uczył go Griffin. Moment później znów mierzył w siedzącego na podłodze wykładowcę.

– Nie prowadzimy tu dyskusji – obwieścił. Drżał na całym ciele, przepełniła go ta sama bezwzględna energia, jaką poczuł, kiedy uczył się strzelać. – Przejmujemy wieżę. Czy ktoś jeszcze chciałby spróbować oporu?

Nie poruszył się nikt. Nikt się nie odezwał. Wszyscy się cofnęli, przepełnieni strachem. Niektórzy płakali; inni stali z dłońmi na ustach, jakby tylko w ten sposób mogli powstrzymać się przed krzykiem. I wszyscy wpatrywali się w Robina, czekali, żeby podyktował, co dalej.

Przez chwilę jedynym dźwiękiem w wieży były jęki rannego profesora Playfaira.

Robin obejrzał się przez ramię na Victoire. Dziewczyna wyglądała na równie zdumioną jak on; pistolet trzymała w bezwładnie opuszczonej dłoni. W głębi ducha żadne z nich nie spodziewało się, że sprawy zajdą tak daleko. Wyobrażając sobie wypadki tego dnia, przewidywali chaos: brutalną i druzgocącą obronę ostatniego bastionu; farsę, która wedle wszelkiego prawdopodobieństwa miała skończyć się ich śmiercią. Do tego stopnia byli gotowi złożyć w ofierze siebie, że nie przygotowali się na zwycięstwo.

Tymczasem przejęcie wieży okazało się banalnie proste. Dokładnie tak, jak zapowiadał Griffin. I teraz musieli zachować się, jak na zwycięzców przystało.

– Nic nie może opuścić Babel – zadekretował Robin. – Narzędzia potrzebne do produkcji sztabek trafią pod klucz. Zaprzestajemy konserwacji wszelkich działających w mieście sztabek. Czekamy, żeby machina przestała działać, z nadzieją, że tamci skapitulują wcześniej niż my. – Nie miał pojęcia, skąd te słowa pochodzą, lecz brzmiały całkiem przyzwoicie. – Bez nas ten kraj nie przetrwa miesiąca. Działamy, dopóki się nie ugną.

– Wyślą przeciwko wam wojsko – stwierdziła profesor Craft.

– Nie mogą – odparła Victoire. – Nic nie mogą nam zrobić. Nikt nie może nam nic zrobić. Jesteśmy za bardzo potrzebni.

To właśnie spostrzeżenie, klucz do teorii przemocy autorstwa Griffina, mogło pozwolić im odnieść zwycięstwo. Nareszcie to zrozumieli. Właśnie z tego powodu Griffin i Anthony prowadzili walkę z tak niezłomnym przekonaniem, dlatego byli przeświadczeni, że kolonie są w stanie sprzeciwić się imperium. Imperium musi czerpać z zewnątrz. Przemoc stanowi dla systemu szok, ponieważ system nie może strawić sam siebie i przetrwać. Imperium ma związane ręce, bo nie jest w stanie unicestwić tego, z czego czerpie zyski. A podobnie jak plantacje trzciny cukrowej, jak zamorskie rynki, jak ludzie poddani przymusowi pracy, Babel stanowiła jedno z bogactw Wielkiej Brytanii. Anglia, aby funkcjonować, potrzebowała języka chińskiego, potrzebowała arabskiego, sanskrytu i wszystkich innych języków skolonizowanych części świata. Wielka Brytania nie mogła zaszkodzić wieży, nie szkodząc jednocześnie sobie. Tak więc samotna Babel, usunięta z bilansu kluczowa część aktywów imperium, mogła zatrzymać całą jego machinę.

– Co zatem zamierzacie? – spytał ostrym tonem profesor De Vreese. – Uczynić z nas zakładników i przetrzymywać tu bez końca?

– Mam nadzieję, że się przyłączycie – odpowiedział Robin. – A jeśli nie, możecie opuścić wieżę. Najpierw odwołajcie policję, a potem możecie wyjść jedno po drugim. Pod warunkiem że nie wyniesiecie niczego z wieży. Wyjdziecie z tym tylko, co macie przy sobie*. – Zawiesił głos na moment. – Jestem pewien, że rozumiecie, iż fiolki z krwią osób, które zdecydują się odejść, będą musiały zostać zniszczone.

Ledwie umilkł, tłumek ruszył do drzwi. Robin z gasnącą nadzieją liczył wychodzących. Były ich dziesiątki. Wszyscy specjaliści od języków klasycznych, wszyscy od języków europejskich. Niemal cały wydział. Jęczącego wciąż profesora Play-

* Sprawa ta stała się w pewnym momencie przedmiotem zaciętej dyskusji pomiędzy Robinem i Victoire. Robin chciał zatrzymać jako zakładników wszystkich uczonych. Dziewczyna natomiast przytoczyła wielce przekonujący argument, iż kilkudziesięciu wykładowców i pracowników naukowych z większym prawdopodobieństwem pogodzi się potulnie z tym, że uzbrojeni napastnicy zmuszą ich do opuszczenia budynku niż z perspektywą długotrwałego pobytu w zamkniętej piwnicy bez możliwości prania ubrań i mycia się, o załatwianiu potrzeb fizjologicznych nie wspominając.

faira wynieśli wspólnym wysiłkiem profesorowie De Vreese i Harding.

Pozostała jedynie szóstka: profesor Chakravarti, profesor Craft, dwójka studentów – Ibrahim i drobniutka dziewczyna imieniem Juliana, oraz dwoje pracowników naukowych. Jusuf z działu prawnego i Meghana z działu literackiego. Z wyjątkiem profesor Craft wszystko twarze kolorowe, oblicza mieszkańców kolonii.

Niemniej plan wciąż miał szanse powodzenia. Mogli pozbyć się talentów, ponieważ w zamian zachowali panowanie nad wieżą. W murach Babel przechowywano największą w skali kraju ilość materiałów niezbędnych do pracy ze srebrem; tu były kompendia gramatyczne, przybory grawerskie, rejestry par aktywnych i mnóstwo literatury pomocniczej. A co jeszcze ważniejsze, tu było srebro. Profesor Playfair z kolegami mogli założyć konkurencyjny ośrodek translatorski, lecz nawet gdyby zdołali odtworzyć z pamięci wszystko, czego kraj potrzebował, żeby srebrne sztabki nie przestały działać, musiałoby to zająć długie tygodnie, może nawet miesiące. A wówczas będzie już po głosowaniu. Wówczas, jeżeli wszystko potoczy się pomyślnie, Anglia będzie już na kolanach.

– Co teraz? – spytała półgłosem Victoire.

Robin zeskoczył ze stołu.

– Teraz poinformujemy świat, co go czeka – powiedział, czując uderzającą do głowy krew.

W południe Robin i Victoire wspięli się na północny balkon siódmego piętra. Galeryjka ta pełniła przede wszystkim funkcję dekoracyjną, jako że zaprojektowano ją dla uczonych, ludzi, którzy jako gatunek nie legitymowali się zinternalizowaną potrzebą zażywania świeżego powietrza. Ponieważ na balkon nie wychodził praktycznie nikt, zamek w drzwiach przerdzewiał niemal na dobre. Robin chwycił za klamkę i naparł z całej siły. Drzwi ustąpiły nader gwałtownie, chłopak wypadł na zewnątrz i zanim odzyskał równowagę, przez jedną przerażającą chwilę patrzył prosto w przepaść.

Rozciągający się pod nim Oksford był maleńki. Domek dla lalek, przesłodzony model prawdziwego świata, pomyślany na użytek chłopców, którzy nigdy nie musieli borykać się z wadami oryginału. Robinowi przemknęło przez myśl, iż być może tak właśnie postrzegają rzeczywistość osoby pokroju Jardine'a i Mathesona – z ich perspektywy świat musiał być znacznie mniejszy i bardziej podatny na manipulacje. Bo przecież losy ludzi i miejsc toczyły się torami, które oni wytyczali. Bo przecież wystarczyło, że tupną, a całe miasta popadały w ruinę.

Poniżej, na kamiennych schodach przed wieżą tańczyły płomienie. Fiolki z krwią wszystkich z wyjątkiem szóstki pracowników Instytutu zostały rozbite, polane naftą z nieużywanych lamp i podpalone. Ściśle rzecz biorąc, nie było to konieczne; liczył się sam fakt usunięcia próbek z terenu wieży. Robinowi i Victoire zależało jednak na uroczystym sztafażu wydarzenia. Dzięki profesorowi Playfairowi wiedzieli, jak ważna jest oprawa artystyczna, a to makabryczne widowisko stanowiło manifest, przestrogę. Wieża została zdobyta, a zamieszkujący ją czarnoksiężnik przegnany na bruk.

– Gotów? – Victoire położyła na balustradzie gruby plik papierów. Babel nie dysponowała własną drukarnią, więc przyjaciele cały poranek spędzili, mozolnie spisując odręcznie sto kopii broszurki. Deklaracja wykorzystywała zarówno elementy nastawionej na budowanie koalicji retoryki Anthony'ego, jak akcenty zaczerpnięte z Griffinowej filozofii przemocy. Robin i Victoire połączyli głosy ich obu – elokwentne hasła braterstwa broni i wspólnej walki o sprawiedliwość oraz bezkompromisowe groźby wymierzone przeciwko wszystkim przeciwnikom – formułując w efekcie jasny, konkretny komunikat o własnych zamiarach.

My, studenci Królewskiego Instytutu Translatoryki, domagamy się, by Wielka Brytania zaniechała planów rozpętania bezprawnej wojny z Chinami. Z uwagi na wykazywaną przez obecny rząd determinację do wywołania konfliktu oraz brutalną walkę wytoczoną przeciwko ludziom usiłującym ujawnić prawdziwe stojące za nim przyczyny, nie pozostaje nam nic innego, jak nagłośnić kwestię poprzez zaprzestanie świadczenia przez Instytut wszelkich usług translatorskich oraz konserwacji pozostających w użyciu sztabek. Do obowiązków powrócimy dopiero w momencie spełnienia naszych żądań. Niniejszym ogłaszamy strajk.

Strajk, powtórzył Robin w myślach. Interesujące słówko*. Wywoływało w jego umyśle obrazy młotów bijących w gwoździe, ciał zmagających się z niewzruszonymi siłami**. Zawierało w sobie paradoks owego pojęcia; fakt, iż poprzez zaniechanie działania, także powstrzymanie się od przemocy, można sprowadzić niszczycielskie konsekwencje na tych, którzy od tego działania zależą.

Tam w dole zajęci własnymi sprawami mieszkańcy Oksfordu wiedli swoje wesołe żywoty. Żaden nie spoglądał ku górze, nikt nie widział dwójki studentów stojących w najwyższym punkcie miasta. Po wygnanych tłumaczach nie został nawet ślad; jeżeli Playfair poszukał pomocy policji, ta nie podjęła jeszcze żadnych działań. Wciąż panował sielski spokój, nikt nie miał pojęcia, co szykuje przyszłość.

---

* Słowo „strajk" (ang. *strike*) początkowo posiadało konotacje z podległością. Statki opuszczały (*strike*) żagle, poddając się siłom wroga bądź pozdrawiając jednostki starszych rangą. Kiedy jednak w 1768 roku marynarze opuścili żagle w ramach protestu przeciwko zbyt niskim zarobkom, „strajk" przestał wyrażać uległość, a stał się strategiczną formą przemocy; odmawiając świadczenia pracy, żeglarze dowiedli, iż są w istocie niezastąpieni.

** Angielskie *strike* oznacza również tyle co „uderzyć", „wymierzyć cios" (przyp. tłum.).

Oksfordzie, prosimy, byście stanęli ramię w ramię z nami. Strajk w ciągu najbliższych dni wydatnie zakłóci życie tego miasta. Prosimy, byście skierowali swój gniew przeciwko rządzącym, przez których nieprzejednaną postawę ta forma protestu stała się dla nas jedyną możliwą formą działania. Prosimy, byście opowiedzieli się po stronie dobra i uczciwości.

W następnych akapitach manifest wyliczał i objaśniał rozliczne zagrożenia, jakie niepowstrzymany napływ srebra do brytyjskiej gospodarki tworzył nie tylko dla Chin i innych kolonii, lecz także dla angielskiej klasy pracującej. Robin nie spodziewał się jednak, że ktokolwiek zabrnie w tekst aż tak daleko. Nie spodziewał się, że miasto poprze strajk; przeciwnie, był przekonany, że gdy tylko sztabki zaczną szwankować, oksfordzcy mieszczanie ich znienawidzą.

Wieża była jednak niezdobyta i nienawiść oksfordczyków nie miała znaczenia. Liczyło się tylko, żeby ludzie mieli szansę zrozumieć przyczynę odczuwanych niedogodności.

– Jak myślisz, kiedy wiadomość dotrze do Londynu? – spytała Victoire.

– W ciągu najbliższych godzin. Podejrzewam, że już najbliższym pociągiem.

Młodzi tłumacze wzniecili swą rewolucję w najmniej prawdopodobnym miejscu. Oksford nigdy nie znajdował się w centrum wydarzeń, zawsze stanowił azyl, miejsce pod każdym – z wyjątkiem akademickiego – względem odstające od reszty kraju o całe dekady. Uniwersytet powstał jako bastion dawnych czasów, schronienie, w którym uczeni mogli wyobrażać sobie, iż żyją w dowolnym z pięciu poprzednich stuleci; gdzie skandale i wszelkie inne przejawy poruszenia były zjawiskami tak rzadkimi, że do uczelnianej gazetki trafiały informacje o tym, że pod koniec wyjątkowo długiego kazania w kolegium Christ Church rozległ się śpiew rudzika.

Choć jednak ośrodek władzy nie znajdował się w Oksfordzie, tutaj kreowano ludzi, którzy ten ośrodek tworzyli. Absolwenci uniwersytetu sterowali imperium. Być może już w tej chwili ktoś pędził na dworzec kolejowy z wieścią o zajęciu wieży. Ktoś wkrótce zrozumie wagę tego wydarzenia, uświadomi sobie, iż nie jest to błaha igraszka żaków, lecz kryzys o znaczeniu krajowym. Ktoś przedstawi sprawę rządowi i Izbie Lordów. A potem parlament zdecyduje, jak wypadki potoczą się dalej.

– Proszę bardzo, czyń honory. – Robin zachęcił przyjaciółkę skinieniem. Victoire znacznie lepiej od niego radziła sobie z wymową języków antyku. – Niech wreszcie pofruną.

– *Polemikós* – powiedziała dziewczyna, trzymając nad broszurkami srebrną sztabkę. – Polemika. *Discutere.* Dyskutować.

Strąciła papiery w dół. Gazetki poszybowały na wietrze, który rozniósł je po całym mieście; ponad iglicami kościołów, ponad wieżyczkami i basztami, prosto na ulice, podwórza i do ogrodów; wlatywały do domów przez kominy, przez otwarte okna. Nagabywały napotkanych przechodniów, czepiały się płaszczy, lądowały na twarzach, kleiły się do toreb i teczek. Większość odtrącała je z irytacją na bok. Kilka osób jednak zaraz weźmie je do ręki, przeczyta deklarację strajkujących i z wolna uświadomi sobie jej znaczenie dla Oksfordu, dla Londynu i dla całego imperium. Od tego momentu nikt nie mógł już protestu zignorować. Cały świat musiał skupić na nich spojrzenia.

– Dobrze się czujesz? – spytał Robin.

Victoire zastygła jak posąg, wpatrywała się w lecące w oddali broszurki, jakby sama chciała stać się ptakiem i pofrunąć wraz z nimi.

– A czy mam powód czuć się źle?

– Pytam, bo... Wiesz przecież.

– To zabawne – podjęła, nie spoglądając przyjacielowi w oczy. – Czekam, żeby mnie to w końcu uderzyło, ale... nic takiego się nie dzieje. Z tobą było zupełnie inaczej.

– To nie to samo. – Robin próbował znaleźć słowa, które mogły podnieść Victoire na duchu, które mogły sprawić, by wyciągnęła inny wniosek. – W twoim przypadku była to samoobrona. A poza tym on może przeżyć. I to wcale nie musi być... Znaczy nie będzie...

– Zrobiłam to dla Anthony'ego – oświadczyła bardzo twardym głosem. – I nigdy więcej nie chcę o tym rozmawiać.

ROZDZIAŁ DWUDZIESTY SIÓDMY

Ziarno siejecie, kto inny plon zbiera;
Grosz znajdujecie, kto inny zabiera;
Szatę utkacie, kto inny zakłada;
Broń wykujecie, kto inny nią włada.

Percy Bysshe Shelley,
„Pieśń do Anglików"
(przeł. Grzegorz Komerski)

Tego popołudnia wśród strajkujących zapanował nastrój lękliwej nerwowości. Niczym dzieci, które kopniakami roztrąciły mrówczy kopiec, wszyscy z obawą wyczekiwali konsekwencji. Mijały kolejne godziny. Wykładowcy musieli już dawno porozumieć się z miejskimi władzami. Londyn z pewnością zapoznał się z treścią manifestu. Jaką formę przybierze odwet? Długie lata żyli w przekonaniu o niewzruszoności zabezpieczeń wieży; jak dotąd uchroniły ją przed wszystkim. A mimo to mieli wrażenie, że trwa odliczanie do brutalnego rewanżu.

– Muszą przysłać policję – stwierdziła profesor Craft. – Nawet jeżeli nie zdołają wejść, muszą przynajmniej podjąć próbę aresztowania. Jeśli nie za sam strajk, to za... – Urwała, rzuciła okiem na Victoire i nie dodała ani słowa więcej.

Przez chwilę wszyscy milczeli.

– Sam protest też jest nielegalny – zauważył profesor Chakravarti. – Ustawa o zrzeszaniu się robotników z tysiąc osiemset dwudziestego piątego roku odebrała cechom i związkom zawodowym prawo do organizacji strajków.

– Tylko że my nie należymy do cechu – przypomniał Robin.

– Otóż wprost przeciwnie – wtrącił Jusuf, pracownik działu prawnego. – Należymy. Na mocy aktu założycielskiego wydziału. Studenci i absolwenci Babel tworzą cech tłumaczy mocą przynależności instytucjonalnej. Zatem ogłaszając strajk, łamiemy prawo. Tak w każdym razie stanowią przepisy.

Obecni wymienili spojrzenia, po czym jednocześnie wybuchnęli głośnym śmiechem.

Wesołość jednak bardzo szybko zgasła. Skojarzenie podjętego przez nich strajku z działalnością związków zawodowych pozostawiło po sobie niesmak, ponieważ niepokoje robotnicze z lat trzydziestych XIX stulecia – wywołane skutkami srebrnej rewolucji przemysłowej – skończyły się sromotną klęską. Luddyci zginęli bądź zostali zesłani do Australii. Tkacze z Lancashire wrócili do pracy przed upływem roku protestów, kiedy w oczy zajrzało im widmo śmierci głodowej. Bunty robotników rolnych polegające na niszczeniu maszyn i podpalaniu stodół dały tyle, iż na pewien czas podniesiono im płace i poprawiono warunki pracy, lecz wszystkie te ustępstwa zostały wkrótce odwołane, ponad tuzin protestujących skończyło na stryczku, a setki kolejnych trafiło do australijskich kolonii karnych.

Strajki w tym kraju nigdy nie cieszyły się sympatią opinii publicznej. Ludziom zależało po prostu na korzystaniu z wygód nowoczesnego życia. Nie chcieli poczucia winy, jakie mogłoby wyniknąć z uświadomienia sobie warunków, w jakich wygody te powstają. Pojawiło się więc sensowne pytanie: dlaczego tłumaczom miałoby się powieść to, co innym strajkującym – w dodatku białym – przyniosło porażkę?

Istniał co najmniej jeden powód. Nadzieję swą opierali na efekcie kuli śnieżnej. Siły społeczne, które pchnęły luddytów do niszczenia maszyn przemysłowych, nie zniknęły. Co więcej, stale rosły. Zasilane srebrem krosna i przędzalnie stawały się coraz tańsze i bardziej powszechne, na czym bogacili się wyłącznie fabrykanci i ludzie z kręgów finansjery. Rok w rok powiększały się rzesze bezrobotnych, kolejne rodziny popadały w nędzę, a działające w nieludzkim tempie, wzmocnione srebrem machiny okaleczały i zabijały coraz więcej dzieci. Szerokie wykorzystanie srebra prowadziło do pogłębiania się nierówności, a i jedno, i drugie rosło w Anglii w ciągu ostatniej dekady wykładniczo. Kraj rozchodził się w szwach. Taki stan rzeczy nie mógł utrzymywać się wiecznie.

A ich strajk, Robin nie miał w tej kwestii cienia wątpliwości, był inny. Jego skutki miały większy zasięg i trudniej je było ukryć. Babel nie dało się zastąpić, na tę ranę nie było plastra. Tego, co robili tłumacze, nie robił nikt inny. Bez nich Wielka Brytania nie mogła funkcjonować. Jeżeli parlament wciąż jeszcze w to nie wierzył, wystarczyło jedynie poczekać.

Nadszedł wieczór, a policja wciąż się nie pojawiła. Tak całkowity brak reakcji mocno strajkujących zaskoczył. Wkrótce jednak bardziej naglące okazały się problemy logistyczne – sprawy zaopatrzenia i noclegu. Stało się jasne, że spędzą w wieży dłuższy czas, a data zakończenia protestu wciąż pozostawała nieokreślona. I w którymś momencie musiało im skończyć się jedzenie.

W piwnicy znajdowała się ciasna, rzadko używana kuchnia, z której korzystali służący w czasach, gdy Instytut zapewniał jeszcze pracownikom niższego szczebla darmowe kwatery. Potem już tylko pracujący do późna uczeni schodzili do kuchni, by co nieco przekąsić. Po przetrząśnięciu szafek młodzi tłumacze zdobyli całkiem przyzwoity zapas trwałych produktów – orzechów, konserw, niezniszczalnych herbatników i płatków owsianych. Nie było tego przesadnie wiele, lecz w najbliższym czasie głód nie mógł im zagrozić. Znaleźli też prawdziwe zatrzęsienie wina pozostałego po urządzanych od lat wydziałowych bankietach i spotkaniach towarzyskich.

– Wykluczone – rzuciła profesor Craft, gdy Juliana z Meghaną zasugerowały, aby kilka butelek przynieść na górę. – Musimy zachować trzeźwe głowy.

– Ale potrzebujemy jakiegoś sposobu na zabicie czasu – zauważyła Meghana. – A skoro ostatecznie i tak padniemy wszyscy z głodu, to równie dobrze możemy umierać pijani.

– Nie zagłodzą nas – zapewnił Robin. – Nie mogą nam pozwolić umrzeć. W ogóle nic nie mogą nam zrobić. Właśnie o to w tym strajku chodzi.

– Może i racja? – odparł Jusuf. – Ale dopiero co obwieściliśmy, że zamierzamy zakłócić funkcjonowanie całego miasta. Nie sądzę, żebyśmy mogli tak po prostu wyjść z wieży i wybrać się na ciepłe śniadanko, prawda?

Nie mogli też wyjrzeć przez okno i zamówić wołaniem dostawy ze sklepu. Nie mieli w mieście przyjaciół, nie mieli nikogo, kto mógłby pełnić rolę łącznika ze światem zewnętrznym. Co prawda profesor Craft miała brata w Reading, lecz nie mogła mu w żaden sposób przesłać wiadomości, a nawet gdyby, to brat nie zdołałby w bezpieczny sposób dostarczyć prowiantu do wieży. Co gorsza, wyszło na jaw, że kontakty profesora Chakravartiego z Hermesem były bardzo luźne – związki z władzami wydziału sprawiały, iż bliższe zaangażowanie go w sprawy Towarzystwa wiązałoby się ze zbyt dużym ryzykiem. Z innymi członkami porozumiewał się jedynie za pośrednictwem pozostawianych w skrzynkach kontaktowych anonimowych liścików.

Na nadaną za pomocą lampy wiadomość nie zareagował nikt inny. Wszystko wskazywało na to, że z całej organizacji pozostali już tylko oni.

– Jak widzę, zanim wpadliście do wieży i zaczęliście wymachiwać pukawkami, myśleliście niezbyt długo – skomentował profesor Chakravarti.

– Przyznaję, że byliśmy nieco rozkojarzeni – powiedział Robin ze wstydem.

– Poza tym... w znacznej mierze improwizowaliśmy – dodała Victoire. – I nie mieliśmy wiele czasu.

– Cóż, planowanie rewolucji wyraźnie nie należy do waszych najmocniejszych stron. – Profesor Craft pociągnęła nosem. – Zobaczę, co się da zrobić z tymi płatkami.

Bardzo szybko pojawiły się także inne kłopoty. Babel korzystała z dobrodziejstw bieżącej wody i wewnętrznych toalet, lecz nie przewidziano tu miejsca do mycia. Strajkujący nie mieli ze sobą odzieży na zmianę i oczywiście nie było gdzie brudnych ubrań prać – jak dotąd wszystkich obsługiwali niewidzialni służący. Poza pojedynczym łóżkiem na siódmym piętrze, nieoficjalnym miejscem drzemek doktorantów, w wieży nie było łóżek, poduszek, pościeli, słowem niczego, w czym mogliby wygodnie spędzić noc. Mieli jedynie płaszcze.

– Pomyślcie o tej sytuacji inaczej. – Profesor Chakravarti przystąpił do śmiałej próby poprawy nastrojów. – Czy jest wśród nas ktoś, kto nie marzył o zamieszkaniu w bibliotece? Naprawdę nie dostrzegacie w naszym położeniu swoistego romantyzmu? Komu tutaj nie uśmiecha się życie w świątyni ducha?

Okazało się, że fantazji wykładowcy nie podzielał nikt.

– A co powiecie, gdybyśmy po prostu wymykali się nocami? – podsunęła Juliana. – Moglibyśmy wyjść po północy i wrócić przed świtem. Nikt nie zauważy...

– Absurd – skwitował Robin. – Strajk to nie jest jakaś... rozrywka na parę godzin...

– Niedługo zaczniemy cuchnąć – zauważył Jusuf. – Nie wytrzymamy...

– Tak czy inaczej, nie możemy wyskakiwać do miasta ot tak...

– Więc tylko ten jeden raz – wtrącił Ibrahim. – Żeby zdobyć zapasy...

– Przestańcie – warknęła Victoire. – Przestańcie w tej chwili! Wszyscy zgodnie postanowiliśmy zdradzić koronę. Możemy ścierpieć trochę niewygody.

Z wybiciem dwudziestej drugiej trzydzieści nadbiegła z holu zdyszana Meghana i ogłosiła, że Londyn przysłał telegram. Stłoczyli się więc wokół aparatu, obserwując nerwowo spisującego i rozkodowującego przekaz profesora Chakravartiego. Uczony przez chwilę wpatrywał się w kartkę, po czym pokręcił głową i powiedział:

– Kazali nam się wypchać, ni mniej, ni więcej.

– Co? – Robin sięgnął po telegram. – Nic poza tym nie ma?

– UPRASZA SIĘ O PONOWNE PRZYWRÓCENIE NORMALNEGO FUNKCJONOWANIA WIEŻY STOP – odczytał Chakravarti. – I tyle.

– Nawet bez podpisu?

– Mogę jedynie założyć, że nadawcą jest Ministerstwo Spraw Zagranicznych – powiedział uczony. – Prywatnych telegramów o tak późnej porze nikt nie obsługuje.

– I słowem nie wspomnieli o Playfairze? – wtrąciła Victoire.

– Odebrałem tylko tę linijkę. Nic więcej.

Zatem parlament odtrącił żądania strajkujących – mówiąc bez ogródek, nie potraktowano ich poważnie. Być może byli niemądrzy, oczekując, że owoce protestu zbiorą tak szybko, zanim niedobór srebra stanie się odczuwalny, lecz mieli nadzieję, że parlamentarzyści przynajmniej dadzą do zrozumienia, iż pojmują powagę groźby. Czyżby więc sądzili, że sprawa rozwiąże się samoistnie? Może starali się zapobiec ogólnokrajowej panice? Czy to dlatego nawet jeden policjant nie zapukał do wieży? I dlatego dziedziniec Babel był tak pusty i wyludniony jak zawsze?

– Co teraz? – spytała Juliana.

Nikt nie umiał jej odpowiedzieć. Protestujący poczuli w duchu irytację małego dziecka, na którego atak histerii rodzice nie raczyli pospieszyć z łakociem. Tyle trudu i tak skromna reakcja – żałosne.

Trwali przy telegrafie jeszcze kilka chwil z nadzieją, że maszyna ożyje i przyniesie lepsze wieści – że parlament wyraża poważne zaniepokojenie, że zwołano nocne posiedzenie izb, że tłumy demonstrantów zalewają Trafalgar Square, domagając się natychmiastowego odwołania wojny. Ramię urządzenia jednak nawet nie drgnęło. Jedno po drugim wrócili na górę, przygnębieni, rozgoryczeni.

Przez resztę wieczora Robin co pewien czas wychodził na dach i obserwował miasto, wypatrując jakichkolwiek oznak niepokoju. Oksford jednak trwał w spokoju i obojętności. Rozrzucone przez nich broszury leżały zdeptane na bruku, miękły w studzienkach kanalizacyjnych, trzepotały bezradnie poruszane łagodnym, nocnym wietrzykiem. Nikt nie przejął się nimi na tyle, by je chociaż pozbierać.

Tej nocy mieli sobie bardzo niewiele do powiedzenia. Niemal bez słowa umościli sobie posłania między regałami, kuląc się pod płaszczami i zapasowymi togami. Przyjemna atmosfera popołudnia zniknęła na dobre. Wszystkich dręczył ten sam niewypowiedziany, intymny strach, pełzająca zgroza podszeptująca, iż jedynym efektem strajku będzie osobista klęska, a ich wołanie popłynie niewysłuchane w bezlitosną, czarną otchłań.

Następnego dnia rano zawaliła się wieża kolegium Magdalen.

Czegoś takiego tłumacze nie przewidzieli. Dopiero po fakcie domyślili się, co zaszło, kiedy sprawdzili rejestry zleceń i uświadomili sobie, w jaki sposób mogli katastrofie zapobiec. Wieża kolegium magdaleńskiego, drugi pod względem wysokości budynek Oksfordu, już od osiemnastego stulecia polegała na wzmacnianych srebrem rozwiązaniach inżynieryjnych, które stały się konieczne do jej podtrzymania, kiedy stulecia erozji gleby zniszczyły fundamenty gmachu. Pracownicy Babel rutynowo konserwowali tamtejsze sztabki raz na pół roku, w styczniu i w czerwcu.

W ciągu kilku godzin po wypadku protestujący dowiedzieli się również, że od piętnastu lat wieżą zajmował się osobiście profesor Playfair, a notatki uczonego dotyczące odpowiednich procedur znajdowały się w jego gabinecie, niedostępne dla kolegów, którzy nie pamiętali nawet o zbliżającym się terminie renowacji sztabek. Strajkujący znaleźli też w skrzynce na listy gruby plik wiadomości od ogarniętych paniką radnych miejskich, którzy spodziewali się wizyty profesora Playfaira poprzedniego wieczora i dopiero następnego dnia dotarła do nich informacja, iż uczony leży w szpitalu nieprzytomny, naszpikowany potężną dawką laudanum. Dowiedzieli się, że jeden z radnych spędził poranne godziny, rozpaczliwie dobijając się do drzwi wieży, lecz nikt go nie usłyszał ani nie zobaczył, ponieważ odpowiednie zabezpieczenia skutecznie chroniły Babel przed wtargnięciem z dala niepożądanego elementu, mogącego zakłócić spokój pracujących uczonych.

Tymczasem przeznaczony wieży magdaleńskiej czas dobiegł końca. Punktualnie o dziewiątej rano fundamenty gmachu przebiegł wstrząs, który rozlał się falą po całym Oksfordzie. W Babel zadzwoniły filiżanki spożywających akurat śniadanie strajkujących. Pewni, że miasto nawiedziło trzęsienie ziemi, popędzili do okien i zobaczyli, że trzęsie się tylko jeden budynek, odległy i bardzo wysoki.

Natychmiast wybiegli na dach i stłoczyli się wokół profesor Craft, która stała przy teleskopie i relacjonowała wszystko, co widziała:

– Po prostu się... rozpada.

Na tym etapie zmiany były już na tyle wyraźne, że zauważyli je gołym okiem. Dachówki sypały się na ziemię niczym krople deszczu. Całe fragmenty wieżyczek biły z rumorem o bruk.

– Myślicie, że ktoś jest w środku? – Victoire jako jedyna odważyła się zadać to pytanie.

Jeżeli ktoś w wieży był, miał na szczęście sporo czasu na ucieczkę. Budynek drżał w posadach już od dobrego kwadransa. Do tego sprowadzała się linia etycznej obrony, jaką odruchowo przygotowali w sercach: o alternatywie woleli nie myśleć.

O godzinie dziewiątej dwadzieścia odezwały się naraz wszystkie dzwony słabnącej wieży, biły nieharmonijnie, w niezgodnym rytmie. Zdawało się, że ich uderzenia przybierają na sile, metaliczne brzęki narastały, osiągając przeraźliwy poziom. Hałas był tak straszny, że Robin miał ochotę krzyczeć.

A kiedy crescendo osiągnęło szczyt, wieża runęła, bezpretensjonalnie i po prostu jak kopnięty zamek z piasku. Upadek gmachu trwał niecałe dziesięć sekund, lecz zanim osiadł kurz, upłynęła niemal minuta. Tam gdzie jeszcze niedawno stała wieża magdaleńska, teraz wznosiła się potężna sterta kamieni, cegieł i pyłu. I było to widok w pewien specyficzny sposób uroczy, niepokojąco uroczy, ponieważ był jednocześnie tak straszny i ponieważ rzucał wyzwanie zasadom, według jakich toczył się dotąd świat. Fakt, że pejzaż miasta mógł w okamgnieniu zmienić się aż tak drastycznie, napawał grozą i podziwem, zapierał dech w piersiach.

Robin i Victoire obserwowali katastrofę, trzymając się mocno za ręce.

– Udało się – szepnął chłopak.

– A na tym wcale się nie skończy – dodała Victoire i Robin nie był pewien, czy w głosie przyjaciółki słyszy zachwyt, czy strach. – To dopiero początek.

Zatem Griffin miał rację. Tego właśnie było potrzeba: demonstracji siły. Skoro nie mogli zdobyć posłuchu słowami, mogli przekonywać za pomocą zniszczenia.

Parlament – twierdzili strajkujący studenci – skapituluje już za kilka godzin. Czyż katastrofa w kolegium Magdalen nie stanowiła wystarczającego dowodu, jak dotkliwy może być ich strajk? Czy nie potwierdziła, że bez Babel miasto nie przetrwa?

Profesorowie nie podzielali optymizmu młodzieży.

– Upadek wieży niczego nie przyspieszy – przepowiedział profesor Chakravarti. – Jeśli zmieni w ogóle cokolwiek, opóźni dalsze zniszczenia. Od teraz będą już wiedzieć, na co powinni uważać.

– Ale przecież to dopiero pierwsza taka katastrofa, prawda? – wtrącił Ibrahim. – Co rozpadnie się w następnej kolejności? Biblioteka Radcliffe'a? Teatr Sheldona?

– Wieża magdaleńska była wypadkiem przy pracy – stwierdziła profesor Craft. – Chakravarti ma rację. Wszędzie indziej będą się mieć na baczności i sprawdzą wszystko, co powinni. Teraz to już wyścig z czasem. Tamci z pewnością się przegrupowali i spróbują zorganizować nowy ośrodek przekładu...

– Tylko czy będą w stanie? – odezwała się Victoire. – Zajęliśmy przecież wieżę. Mamy wszystkie archiwa i rejestry, narzędzia...

– I srebro – przypomniał Robin. – Mamy tu całą rezerwę srebra.

– To ich może zaboleć w przyszłości, ale najpoważniejsze braki zdołają na krótką metę załatać – odparła profesor Craft. – Wezmą nas na przeczekanie, Swift. Płatków na owsiankę wystarczy nam w najlepszym razie na tydzień. Co potem? Będziemy głodować?

– W takim razie należy przyspieszyć bieg wypadków – powiedział Robin.

– Co proponujesz? – zainteresowała się Victoire.

– Rezonans.

Chakravarti i Craft wymienili spojrzenia.

– Skąd on o tym wie? – rzuciła zdumiona profesor Craft.

– Cóż, niewykluczone, że mu kiedyś pokazałem... – Profesor Chakravarti rzucił koleżance skruszone spojrzenie.

– Anand!

– Oj, daj spokój! Co się niby stało?

– Jak to co? To! Widzisz przecież...

– Jaki znowu rezonans? – Victoire zażądała wyjaśnień.

– Na siódmym piętrze – odpowiedział Robin. – Chodź, sama zobaczysz. Dzięki rezonansowi Instytut utrzymuje w działaniu zainstalowane daleko od miasta, nietrwałe sztabki. Centrum wspiera peryferie. Jeżeli zlikwidujemy centrum, srebro przestanie działać, czyż nie?

– W tym momencie dotykamy już kwestii moralnej – zauważyła profesor Craft. – Zaniechanie świadczenia usług to jedno. Ale dokonany z premedytacją sabotaż...

– Będziemy teraz dzielić włos na czworo? – prychnął Robin.

– Przestałoby funkcjonować całe miasto – powiedział profesor Chakravarti. – Cały kraj. Doszłoby do istnego armagedonu.

– Przecież właśnie o to nam chodzi...

– Chodzi nam o zniszczenia na tyle tylko poważne, byśmy stali się wiarygodni – odparł Chakravarti. – Nie większe.

– W takim razie będziemy wyłączać po kolei. – Robin podniósł się z miejsca. Decyzja już zapadła. Nie chciał dłużej dyskutować i widział, że pozostali też nie mają na to ochoty; byli zbyt przejęci i wylęknieni. Czekali jedynie, by ktoś im powiedział, co mają zrobić. – Stopniowo, dopóki nie zrozumieją naszego przesłania. Chcecie wybrać, co wyłączymy najpierw?

Profesorowie odmówili. Robin domyślał się, że nie chcą demontować prętów rezonansowych osobiście, ponieważ zbyt dobrze rozumieli konsekwencje. Zależało im na zachowaniu złudzenia własnej niewinności, a przynajmniej pozorów ignorancji. Tak czy inaczej, przestali protestować, więc Robin i Victoire weszli na siódme piętro wieży.

– Jak sądzisz? Zaczniemy od mniej więcej tuzina? – zasugerowała dziewczyna. – Po dwanaście dziennie, a potem zobaczymy, co dalej.

– Na początek lepsze będą dwa tuziny – stwierdził Robin. W sali znajdowały się setki prętów. Korciło go, żeby zniszczyć je wszystkie, powalić kopniakami, chwycić jeden i przewracać jego ciosami pozostałe. – Nie uważasz, że trzeba wywrzeć na nich silne wrażenie?

– Wywieranie wrażenia to nie to samo co lekkomyślność. – Victoire obrzuciła go dziwnym spojrzeniem.

– Cała ta awantura jest lekkomyślna.

– Ale nie wiemy przecież, co konkretnie wyłączymy, niszcząc te pręty.

– Ja twierdzę tylko, że musimy wreszcie zwrócić ich uwagę. – Robin uderzył się pięścią w otwartą dłoń. – Potrzebuję prawdziwego widowiska. Właśnie tak, potrzebuję armagedonu. Chcę, żeby nabrali przekonania, że jeśli nas nie wysłuchają, codziennie upadnie tuzin takich wież jak dzisiaj.

Dziewczyna zaplotła ramiona na piersi. Robinowi nie spodobał się jej uważny wzrok. Patrzyła, jakby dostrzegła w nim jakąś prawdę, której on sam nie chciał wypowiedzieć na głos.

– Jedno musimy ustalić jasno. – Victoire uniosła brwi. – Nie dokonujemy tu zemsty.

– Wiem o tym. – Rozmyślnie nie wspomniał o profesorze Playfairze.

– Więc dobrze. – Skinęła głową. – Dwa tuziny.

– Dwa tuziny na początek. – Robin sięgnął do najbliższego pręta i wyciągnął go z gniazda. Metalowy drążek wysunął się z zadziwiającą łatwością. Chłopak spodziewał się oporu, a przynajmniej hałasu lub innej zauważalnej zmiany symbolizującej zerwanie więzi. – To naprawdę tak proste?

Jakże kruche i delikatne okazały się fundamenty imperium. Wystarczy zlikwidować centrum i co zostaje? Ledwie zipiące peryferie, bezgłowe, bezwolne, odcięte od korzeni.

– Cóż, wkrótce się przekonamy. – Victoire wybrała losowy pręt i wyciągnęła go. Zaraz potem podeszła do następnego.

Oksford sypał się niczym domek z kart.

Miasto rozpadało się w zdumiewającym tempie. Następnego dnia stanęły zegary na wszystkich wieżach, wskazówki znieruchomiały punktualnie o godzinie szóstej trzydzieści siedem rano. Po południu wśród budynków rozszedł się potężny fetor. Okazało się, że sztabki usprawniały odpływ ścieków, które zmieniły się teraz w zatykające kanały, zastygłe bagno. Wieczorem Oksford ogarnęła ciemność. Najpierw zamrugała jedna latarnia, zaraz potem dołączyła do niej następna i kolejne, aż zgasły wszystkie światła na High Street. Po raz pierwszy od dwudziestu lat, odkąd zainstalowano w tym mieście oświetlenie gazowe, oksfordczycy zasmakowali nocy spowitej w czerń.

– Co wyście tam zrobili? – Ibrahim nie mógł się nadziwić.

– Wyjęliśmy dwa tuziny prętów – zawtórowała mu zaskoczona Victoire. – Tylko dwa tuziny. Jak więc...

– Tak właśnie została zaprojektowana i tak działała Babel – stwierdził profesor Chakravarti. – Miasto zostało uzależnione od Instytutu tak bardzo, jak tylko się dało. Tworzyliśmy sztabki, które zamiast funkcjonować miesiącami, traciły moc już po kilku tygodniach. Ich renowacja oznacza pieniądze. Taka jest cena inflacji i sztucznego tworzenia popytu. Wszystko działa przepięknie, aż w pewnym momencie przestaje.

Rankiem trzeciego dnia awarie dotknęły komunikację i transport.

Większość powozów w Anglii wykorzystywała jedną z par aktywnych, opartych na pojęciu prędkości. Jej współczesne angielskie określenie *speed* odnosi się konkretnie do znacznego tempa czy częstotliwości przebiegu procesów. Jak jednak dowodzą liczne zwroty – na przykład *Godspeed*, czyli „z Bogiem" – źródłosłów tego słowa, łacińskie *spēs* oznaczające „nadzieję" niesie skojarzenia z pomyślnością i powodzeniem, także ze szczęśliwym dotarciem do celu podróży. Oparte o *speed* pary aktywne, wykorzystujące jako drugi człon słowa łacińskie czy rzadziej starocerkiewnosłowiańskie, pozwalały pojazdom poruszać się szybciej przy zdecydowanie mniejszym ryzyku wypadków.

Stangreci jednak zanadto przywykli do sztabek i nie reagowali odpowiednio, kiedy ich działanie ustawało. Mnożyły się wypadki. Przewrócone wozy i dorożki blokowały oksfordzkie ulice i drogi dojazdowe. W okolicy wzgórz Cotswold powóz wiozący ośmioosobową rodzinę spadł do wąwozu, ponieważ wozak od dawna siadywał z tyłu i pozwalał koniom decydować o prędkości na najtrudniejszych nawet zakrętach.

Ucierpiała również poczta. Przez lata całe kurierzy Royal Mail obciążeni wyjątkowo ciężkimi ładunkami ułatwiali sobie życie za pomocą sztabek, na których widniała francusko-angielska para aktywna *parcelle–parcel*. Oba języki korzystały w przeszłości ze słowa *parcel* na określenie „działki", „wydzielonego kawałka większego terenu", lecz kiedy znaczenie wyewoluowało tak, że zaczęło oznaczać „przedmiot zainteresowania", we francuskim zachowało odniesienie do „bycia niewielką częścią", a w angielskim zaczęło oznaczać po prostu „paczkę". Instalując taką sztabkę w wozie pocztowym, sprawiano, że ładunek ważył jedynie ułamek rzeczywistej wagi. Obecnie konie, ciągnące ciężar trzykrotnie większy niż zwykle, padały bez sił w połowie trasy.

– Jak myślicie? Zrozumieli wreszcie, że mają problem? – spytał czwartego dnia Robin. – Ile czasu trzeba, żeby do tych ludzi dotarło, że tak łatwo się to nie skończy?

Z wnętrza wieży jednak nie sposób było na to pytanie odpowiedzieć. Młodzi tłumacze nie mogli ocenić nastrojów panujących w Oksfordzie i Londynie. Dysponowali jedynie gazetami, które – co dość komiczne – wciąż co rano lądowały na progu Instytutu. To właśnie z prasy dowiedzieli się o rodzinnej tragedii wśród wzgórz, o wypadkach i ogólnokrajowym spowolnieniu usług pocztowych. Londyńskie dzienniki jednak praktycznie nie wspominały o wojnie w Chinach i strajku, pojawiła się tylko krótka notatka dotycząca „wewnętrznych niepokojów", do jakich doszło w „prestiżowym Królewskim Instytucie Translatoryki".

– Wyciszają sprawę – zauważyła z ponurą miną Victoire. – To celowy zabieg.

Jak długo parlament mógł utrzymać problem pod dywanem? Piątego poranka strajkujących obudził okrutnie fałszywy dźwięk. Dopiero uważne przejrzenie ksiąg pozwoliło rozwikłać zagadkę. Najgłośniejszy z oksfordzkich dzwonów, tak zwany Wielki Tom bijący na wieży kolegium Christ Church, od początku istnienia nieco niedoskonale wygrywał dźwięk B. Wspomagająca go sztabka przestała działać i Wielki Tom wydawał teraz z siebie iście upiorną skargę. Po kilku godzinach podobny los spotkał dzwony kościołów St. Martin's, St. Mary's i opactwa Osney, co doprowadziło do powstania niesłychanie bolesnego dla uszu chóru.

Zabezpieczenia Babel w pewnej mierze hałas redukowały, lecz do wieczora wszyscy już musieli nauczyć się żyć z sączącym się przez mury nieziemskim jazgotem. Układając się do snu, zatykali uszy watą. Oksfordzkie kościoły wybijały podzwonne mirażowi. Miasto śniących iglic przestało istnieć. Jego degradacja była niezaprzeczalna; niszczało niczym psujący się domek z piernika. Jak na dłoni widać było w tej chwili, w jakim stopniu Oksford uzależniony był od srebra, że bez stałej pracy tłumaczy, bez sprowadzanych zza mórz talentów, miasto czekał nieuchronny rozpad. Na jaw wyszło coś więcej niż tylko zawarta w akcie przekładu moc i władza. Skutki strajku uwypukliły głęboką niesamodzielność Brytyjczyków, którzy bez wsparcia słów wykradzionych innym krajom nie radzili już sobie z najprostszymi czynnościami w rodzaju wypieku chleba czy bezpiecznego przemieszczania się z miejsca na miejsce.

A to wciąż był zaledwie początek. Rejestry czekających na renowację sztabek zawierały nieprzebraną wielość pozycji, a do wyjęcia z gniazd pozostały jeszcze setki prętów rezonansowych.

„Na co jeszcze pozwolą?" stało się najczęściej powtarzanym w wieży pytaniem. Wszystkich zdumiewało, a nawet napawało niejakim przerażeniem, że miasto wciąż nie chce przyznać, co stanowi prawdziwą przyczynę przedłużania się strajku: fakt, że parlament nadal nie podjął żadnej decyzji.

Robin wcale nie chciał, by protest dobiegł końca. Za nic nie przyznałby się do tego towarzyszom, lecz w głębi serca, tam gdzie żyły duchy Griffina i Ramiego, czuł, że wcale nie zależy mu na rychłym rozwiązaniu, na symbolicznej ugodzie, która jedynie przesłoniłaby dziesięciolecia wyzysku.

Chciał sprawdzić, jak daleko może się posunąć. Chciał ujrzeć Oksford zrównany z ziemią, chciał, żeby całe to opasłe, złote miasto obróciło się w trzęsawisko; żeby wszystkie jego eleganckie cegły rozsypały się w pył, wieżyczki roztrzaskały się na bruku, a wypełnione książkami regały przewróciły się niczym kostki domina. Chciał, aby to miasto zniknęło doszczętnie, by nic nie wskazywało, że kiedykolwiek istniało. Chciał, żeby wszystkie te budynki, wzniesione przez niewolników, opłacone przez niewolników i po dachy wypchane bogactwami skradzionymi z podbitych krain, budynki, które nie miały prawa istnieć, których egzystencja domagała się nieustannej grabieży i przemocy – żeby zostały zniszczone bez reszty, unicestwione.

Szóstego dnia miasto nareszcie zwróciło na protest uwagę. Przed południem u podnóża wieży zebrał się tłum ludzi, głośnymi okrzykami domagających się, by tłumacze wyszli na zewnątrz.

– O, patrzcie – rzuciła z przekąsem Victoire. – Prawdziwe pospolite ruszenie.

Zebrali się przy oknie na trzecim piętrze i wyjrzeli. W ciżbie zauważyli wielu studentów – odzianych na czarno młodzieńców, maszerujących w obronie swego miasta; wykrzywione twarze, wypięte piersi. Robin rozpoznał czerwoną czupryny Vincy'ego Woolcombe'a. Po chwili wypatrzył też Eltona Pendennisa, który, wywijając pochodnią nad głową, pokrzykiwał na idących za nim kolegów niczym oficer prowadzący oddział do boju. Lecz były z nimi również kobiety i dzieci. Byli właściciele pubów, sklepikarze i rolnicy: nieczęste w Oksfordzie przymierze mieszczan i ludzi nauki.

– Chyba trzeba z nimi pomówić – zauważył Robin. – Inaczej gotowi tu stać do wieczora.

– Nie boisz się? – spytała Meghana.

– A ty się boisz? – prychnął chłopak.

– Nie jest ich mało. Nie wiadomo, co im przyjdzie do głowy.

– Przecież to studenci – odparł Robin. – Sami nie wiedzą, czego chcą.

I rzeczywiście, okazało się, że agitatorzy nie przemyśleli, w jaki sposób zamierzają przypuścić atak na wieżę. Nawet nie krzyczeli zgodnym chórem. Większość po prostu snuła się po dziedzińcu i rozglądała, jakby czekając, by ktoś wydał jakiś rozkaz. Nie był to rozwścieczony tłum bezrobotnych robotników, jakie w zeszłym roku niekiedy zagrażały Babel; to byli żacy i przeciętni mieszkańcy miasta, dla których przemoc stanowiła z gruntu obcy sposób stawiania na swoim.

– Naprawdę chcesz tam zejść? – zapytał Ibrahim.

– Czemu nie? – odparł Robin. – Też potrafię pokrzykiwać.

– Dobry Boże – rozległ się nagle spięty głos profesora Chakravartiego. – Chcą nas podpalić.

Wszyscy ponownie spojrzeli za okno. Tłum zbliżał się do wieży. Robin zauważył wśród ludzi wozy wypełnione chrustem. Mieli pochodnie. Mieli naftę.

Czy naprawdę spalą ich tu żywcem? To byłoby głupie, tak strasznie głupie. Musieli przecież rozumieć, że Babel nie może upaść, że wieża wraz z zawartą w niej wiedzą jest właśnie tym, co strajkujący chcą odzyskać. Niewykluczone jednak, że racjonalność straciła prawo głosu. Może mieli już do czynienia z bezmyślną ciżbą, napędzaną furią ludzi okradzionych z czegoś, co od dawna uważali za swoje.

Studenci zaczęli układać gałęzie pod wieżą. Robin poczuł pierwsze ukłucie niepokoju. To już nie były czcze groźby; oni naprawdę chcieli podłożyć ogień.

Otworzył okno i wychylił się.

– Co wy robicie? – zawołał. – Jeżeli spłoniemy, miasto już nigdy nie stanie na nogi.

Ktoś rzucił butelką, mierząc prosto w twarz Robina. Chłopak znajdował się za wysoko i pocisk spadł, zanim komukolwiek zagroził, lecz profesor Chakravarti błyskawicznie wciągnął go do środka i zatrzasnął okno.

– No dobrze – mruknął Robin. – Z wariatami trudno rozmawiać.

– No to co zrobimy? – rzucił Ibrahim. – Zaraz nas spalą!

– Wieża jest z kamienia – zauważył z lekceważeniem Jusuf. – Nic nam nie będzie.

– Ale dym...

– Mamy coś! – wypalił profesor Chakravarti tak, jakby dopiero sobie przypomniał. – Na górze, w archiwum dotyczącym Birmy...

– Anand! – zawołała profesor Craft. – To cywile...

– Działamy w samoobronie – zauważył Chakravarti. – A to nas, moim skromnym zdaniem, usprawiedliwia.

Profesor Craft wyjrzała na tłum.

– No cóż, dobrze. – Ściągnęła usta w cienką linię.

Oboje wykładowcy bez słowa wyjaśnienia ruszyli na schody. Pozostali przez chwilę patrzyli jedno na drugie, niepewni, co robić.

Robin sięgnął jedną ręką do okiennej klamki, drugą wsunął do wewnętrznej kieszeni.

– Co robisz? – Victoire chwyciła go za przegub.

– Sztabka Griffina – mruknął. – Wiesz która...

– Czyś ty oszalał?

– Ci ludzie próbują nas spalić. To raczej nie czas na dyskusje o moralności...

– Ale w ten sposób możesz przypadkiem podpalić tę ich naftę. – Uścisnęła go mocniej, tak mocno, że zabolało. – Jeszcze kogoś zabijesz. Uspokój się, dobrze?

Robin wcisnął sztabkę z powrotem do kieszeni, głęboko odetchnął i zastanowił się, dlaczego czuje w żyłach tak mocne pulsowanie. Chciał walczyć. Miał ochotę zeskoczyć tam na dół i skrwawić uderzeniami pięści ich twarze. Chciał, by dowiedzieli się wreszcie, kim jest, a był ich najgorszym koszmarem – niecywilizowanym, brutalnym, skorym do przemocy.

Awantura jednak skończyła się, zanim zdążyła się na dobre rozpocząć. Podobnie jak profesor Playfair, Pendennis i jego kamraci nie byli żołnierzami. Lubili grozić i chełpić się. Uwielbiali udawać, że świat ugnie się przed każdym ich kaprysem.

Koniec końców jednak nie byli przeznaczeni do fizycznej walki. Nie mieli pojęcia, ile wysiłku wymaga obalenie wieży, a Babel była najlepiej chronioną wieżą na Ziemi.

Pendennis opuścił pochodnię i podpalił chrust. Kiedy pierwsze płomienie polizały mur, tłum radośnie zawył. Wieża się jednak nie zajęła. Głodne języki ognia strzelały ku górze, badały teren pomarańczowymi mackami, szukały punktu oparcia, lecz zaraz potem bezsilnie opadały. Kilku studentów podbiegło do ścian w rozpaczliwej i nieprzemyślanej próbie wdrapania się na górę, lecz ledwie dotknęli cegieł, jakaś niewidzialna siła odrzuciła ich na dziedziniec.

Ze schodów zbiegł zdyszany profesor Chakravarti. W dłoni trzymał sztabkę z napisem: भिन्त्ते*.

– Sanskryt – wyjaśnił. – Zaraz ich rozproszę.

Wychylił się przez okno, przez chwilę wpatrywał w ciżbę, po czym cisnął sztabkę w sam jej środek. Po kilku chwilach ludzie zaczęli się rozchodzić. Robin nie do końca wiedział, co się dzieje, lecz na dziedzińcu doszło do jakiejś kłótni, a na twarzach prowodyrów pojawiła się niepewna irytacja. Wreszcie, jeden po drugim, wszyscy odeszli skonsternowani spod wieży. Rozeszli się do domów, na obiad, do czekających żon i dzieci.

Nieliczna grupka studentów została pod Instytutem nieco dłużej. Przewodził im niezmordowany Elton Pendennis, wymachujący pochodnią w powietrzu, przeklinający tak głośno, że mimo zabezpieczeń słychać go było aż w wieży. Babel jednak nie miała zamiaru ulec płomieniom. Chrust przez jakiś czas bezsilnie płonął pod kamiennymi ścianami i wreszcie zgasł. Demonstranci ochrypli od krzyków; powoli ucichli, a w końcu umilkli na dobre. O zachodzie słońca ostatni oburzeni zniknęli z dziedzińca.

* Czasownik भिन्त्ते (*bhintte*) wykorzystuje sanskrycki rdzeń भिद् (*bhid*), znaczący tyle co „niszczyć, przebijać, uderzać". भिन्त्ते posiada liczne znaczenia, w tym „łamać się, odwracać uwagę, rozpuszczać, rozłączać".

Tłumacze zasiedli do kolacji dopiero około północy; niedoprawiona owsianka, brzoskwinie z puszki i po dwa herbatniki na głowę. Po długich i usilnych namowach profesor Craft skapitulowała i pozwoliła przynieść z piwniczki kilka flaszek czerwonego wina.

– Cóż – powiedziała, nalewając drżącą ręką szczodre porcje. – Emocjonujący mieliśmy dzień, prawda?

Następnego ranka tłumacze rozpoczęli prace nad ufortyfikowaniem Babel.

Poprzedniego dnia ani przez chwilę nie groziło im rzeczywiste niebezpieczeństwo; nawet Juliana, która zasypiając, cicho pochlipywała, w tej chwili śmiała się na wspomnienie wczorajszego strachu. Niemniej owa prenatalna demonstracja niezadowolenia stanowiła zaledwie preludium. Rozpad Oksfordu postępował, a wraz z nim rosła niechęć mieszkańców miasta do okupantów wieży. Strajkujący musieli więc przygotować się na przyszłość.

Do pracy przystąpili z wielkim zapałem. Atmosfera w Instytucie niespodziewanie zaczęła przypominać tę, jaka zwykle panowała w czasie sesji. Siedzieli na siódmym piętrze z nosami w książkach, a jedynym dźwiękiem był szelest przewracanych kartek i okrzyki rozlegające się od czasu do czasu, gdy ktoś natrafił na szczególnie obiecujący etymologiczny samorodek. Czegoś takiego potrzebowali. Nareszcie mogli się czymś zająć, oderwać myśli od nerwowego wyczekiwania na wiadomości z zewnątrz.

Robin przeglądał znalezione w gabinecie profesora Lovella notatki, w których natknął się na wiele potencjalnych par aktywnych, przygotowanych z myślą o kampanii w Chinach. Jedna zafrapowała go wyjątkowo: chiński znak 利 (*li*) mógł oznaczać „ostrzenie broni", lecz zawierał w sobie również konotacje z „zyskiem" i „korzyściami", a sam logogram przedstawiał rozcinane nożem ziarno. Noże ostrzone ze wsparciem pary 利-„ostry" charakteryzowały się niebezpiecznie cienkimi ostrzami i nieomylnie sięgały celu.

– I to się nam przyda? Do czego? – spytała z powątpiewaniem Victoire, kiedy pokazał jej efekt poszukiwań.

– Do walki – odparł Robin. – Chyba o to nam chodzi?

– Naprawdę przypuszczasz, że będziemy się bić na noże?

– Przecież to niewykluczone. – Zirytowany i lekko zawstydzony chłopak wzruszył ramionami.

– Ty tego chcesz, prawda? – Zmrużyła oczy.

– Oczywiście, że nie. Ja nawet nie... Oczywiście, że nie. Ale gdyby się tu wdarli, jeżeli zaszłaby absolutna konieczność...

– Próbujemy utrzymać wieżę – przypomniała łagodnym tonem dziewczyna. – Staramy się zadbać o własne bezpieczeństwo. Nie snujemy planów krwawego zwycięstwa na polu bitwy.

Stali się obrońcami oblężonej twierdzy. Przetrząsali klasyczne teksty – dzieła traktujące o historii wojskowości, podręczniki ze szkół oficerskich, rozprawy wielkich strategów – poszukując w nich pomysłów na organizację życia w wieży. Wprowadzili racjonowanie żywności, a posiłki spożywali w ściśle określonych porach. Nocne podskubywanie herbatników, na czym przyłapano Ibrahima i Julianę, zostało surowo wzbronione. Wszystkie dostępne teleskopy przenieśli z niższych pięter na dach, aby obserwować dzięki nim upadające miasto. Umieścili też w oknach pięter siódmego i szóstego zmieniających się co dwie godziny wartowników, których zadaniem było uprzedzić towarzyszy w wypadku kolejnego wybuchu niezadowolenia mieszczan.

Tak minął jeden dzień, a po nim następny. Ostatecznie dotarło do wszystkich, że zabrnęli tak daleko, iż odwrót był wykluczony, że nie jest to jakaś tymczasowa aberracja w ich życiu, że normalność nie wróci nigdy. Mogli tę awanturę zakończyć w roli zwycięzców, pionierów nowej, odmienionej nie do poznania Anglii bądź opuścić wieżę martwi.

– Londyn strajkuje! – Victoire potrząsnęła Robina za ramię. – Wstawaj!

– Co? Kto? – Poderwał się jak oparzony. Zegar wskazywał dziesięć minut po północy, a chłopak dopiero co położył się spać, chcąc odpocząć przed zbliżającą się wartą.

– Wszyscy. – W głosie dziewczyny pobrzmiewało zdumienie, jakby nie dowierzała własnym słowom. – Broszury Anthony'ego musiały w końcu do nich dotrzeć, wiesz, te adresowane do radykałów, do świata pracy... Sam zobacz. – Zamachała trzymanym w ręku telegramem. – Nawet urząd telegraficzny. Piszą, że pod parlamentem dzień w dzień gromadzą się tłumy, ludzie domagają się zaniechania planów wojny...

– Ale kim są ci wszyscy?

– Wszyscy, którzy strajkowali kilka lat temu. Krawcy, szewcy, tkacze. Ogłosili kolejny strajk. Ale nie tylko oni. Są też dokerzy, robotnicy z fabryk, palacze z gazowni, no naprawdę wszyscy. Patrz! – Ponownie zamachała kartką. – Czytaj. Jutro doniosą o tym wszystkie gazety.

Robin sięgnął po telegram i zmrużył oczy, by zobaczyć tekst wyraźniej. Jednocześnie starał się odgadnąć, co te wydarzenia mogą zmienić.

Sto mil od Oksfordu biali pracownicy brytyjskich fabryk gromadzili się tłumnie pod Westminster Hall, aby wspólnie zaprotestować przeciwko wojnie w kraju, w którym nigdy nie postała noga żadnego z nich.

Czyżby Anthony miał rację? Czyżby zawarli właśnie najmniej prawdopodobny sojusz świata? Strajk tłumaczy nie był pierwszą w tej dekadzie rewoltą przeciwko srebru, był tylko najbardziej dramatyczną. Walijskie zamieszki Rebeki, rozruchy w dzielnicy Bull Ring w Birmingham, powstania czartystów, jakie miały w tym roku miejsce w Sheffield i Bradford. Wszędzie tam bezskutecznie próbowano zatrzymać rozpędzoną srebrną rewolucję przemysłową. Prasa określała owe wydarzenia mianem izolowanych wybuchów niezadowolenia. Dzisiaj jednak stało się jasne, iż wszyscy są ze sobą powiązani, że wszyscy są więźniami tej samej pajęczyny przymusu i wyzysku. To, co teraz działo się z tkaczami z Lancashire, wcześniej spotkało tkaczy w Indiach. Spoconych, wycieńczonych robotników harujących w posrebrzanych brytyjskich fabrykach, gdzie tkali bawełnę zbieraną przez niewolników w Ameryce. Srebrna rewolucja przemysłowa na całym świecie siała ziarno ubóstwa, nierówności i cierpienia, a zyskiwali na niej wyłącznie ci, którzy dzierżyli władzę w sercu Europy. Największym osiągnięciem imperialnego projektu był fakt, iż zabierano po trochu z wielu miejsc jednocześnie; planowo dzielono i dystrybuowano cierpienie w taki sposób, żeby lokalne wspólnoty mogły je znosić, żeby nie przekroczyć punktu wrzenia. I to się sprawdzało. Do czasu.

A gdyby uciskani połączyli siły, gdyby zebrali się wokół wspólnej sprawy – tutaj, teraz mógł nastąpić jeden z owych niewiarygodnych punktów zwrotnych, o jakich tak często mówił Griffin. Tutaj, teraz mieli szansę skierować bieg historii na inne tory.

Pierwsza propozycja zawieszenia broni nadeszła z Londynu po godzinie:

WZNOWIĆ PRACĘ I ŚWIADCZENIE USŁUG STOP PEŁNA AMNESTIA TAKŻE DLA SWIFTA I DESGRAVES STOP W PRZECIWNYM RAZIE WIĘZIENIE STOP

– Marne te warunki – skwitował Jusuf.

– Absurdalne – dodał profesor Chakravarti. – Jak powinniśmy odpowiedzieć?

– Moim zdaniem wcale – zaproponowała Victoire. – Niech się trochę pomęczą, przyciśnijmy ich bardziej.

– To dosyć niebezpieczne – wtrąciła profesor Craft. – Ostatecznie stworzyli właśnie przestrzeń dialogu, czyż nie? Nie mamy pewności, jak długo będą chcieli rozmawiać. Jeżeli ich zignorujemy, to...

– Chwila, idzie coś jeszcze – uciął ostro Robin.

Wszyscy umilkli i z niepewnymi minami zapatrzyli się w drgające ramię telegrafu. Wiadomość odczytała Victoire:

WOJSKO W DRODZE STOP PODDAJCIE SIĘ STOP

– Jezu Chryste! – jęknęła Juliana.

– Co im z tego przyjdzie? – zapytał Robin. – Do wieży i tak się nie dostaną. Powstrzymają ich zabezpieczenia.

– Mimo wszystko warto założyć, że jednak są w stanie tu wejść – powiedział z ponurym spojrzeniem profesor Chakravarti. – Być może Jerome im pomaga.

Te słowa wywołały eksplozję przerażonej paplaniny.

– Musimy podjąć rozmowy – mówiła profesor Craft. – Nie będą czekać wiecznie, trzeba negocjować...

– Pewnie wsadzą nas do więzienia, chociaż... – mówił Ibrahim.

– Nie możemy się poddać. Wtedy nie zyskamy zupełnie niczego – mówiła Victoire. Z przekonaniem, buńczucznie.

– Cisza! – Robin podniósł głos, by przekrzyczeć gwar. – Nie... Te groźby, wojsko... To oznacza jedynie, że nasz strajk odnosi skutek, nie rozumiecie? Oni się po prostu boją. Pierwszego dnia sądzili, że nadal mogą rozstawiać nas po kątach i wydawać polecenia jak dawniej. Teraz jednak poczuli konsekwencje na własnej skórze. Są przerażeni. A z tego wynika, że jeśli wytrwamy jeszcze tylko chwilę, jeśli nie skapitulujemy, czeka nas zwycięstwo.

ROZDZIAŁ

DWUDZIESTY ÓSMY

Cóż zatem powiesz
Na czasy takie, gdy pół miasta powstaje
Wspólnym żarem pomsty, gniewu, strachu zjednoczone?

William Wordsworth, „The Prelude"
(przeł. Grzegorz Komerski)

Następnego ranka po przebudzeniu strajkujący tłumacze stwierdzili, że w ciągu nocy wokół wieży wyrosły barykady. Wielkie, chybotliwe zwaliska blokowały wszystkie ważniejsze ulice, które prowadziły do Babel – High Street, Broad Street, Cornmarket. Czy postawili je wojskowi? Nie byli pewni. Konstrukcje sprawiały wrażenie skleconych zbyt niedbale, by mogli za nimi stać żołnierze. Co więcej, wzniesiono je z najbardziej powszednich materiałów – przewrócone wózki, wypełnione piachem baryłki, latarnie uliczne, żelazne kraty, które jeszcze niedawno służyły za ogrodzenia oksfordzkich parków, oraz kamienny gruz, którego zwały gromadziły się na każdym rogu, potwierdzając powolny rozkład miasta. Poza tym co dałoby wojsku blokowanie własnych ulic?

Pytali Ibrahima, który trzymał nocną wartę. Okazało się jednak, że chłopak przysnął.

– Obudziłem się trochę przed świtem – próbował się wytłumaczyć – ale wtedy te barykady już stały.

Z holu nadbiegł profesor Chakravarti.

– Pod wieżą czeka człowiek, który chce z wami pomówić. – Uczony skinął na Robina i Victoire.

– Kto to? – rzuciła dziewczyna. – Dlaczego z nami?

– Trudno powiedzieć – przyznał profesor Chakravarti. – Ale dał jasno do zrozumienia, że chce rozmawiać z przywódcami. A to przecież wy tym całym cyrkiem kierujecie, prawda?

Do holu zeszli razem. Przez okno zobaczyli stojącego na schodach Instytutu wysokiego, barczystego brodacza. Nie miał przy sobie widocznej broni, nie sprawiał wrażenia wrogo nastawionego, lecz jego wizyta tak czy inaczej stanowiła zagadkę.

Nagle do Robina dotarło, że już tego mężczyznę widział. Dzisiaj nie miał przy sobie transparentu, lecz stał w dokładnie tej samej pozycji, w jakiej trwał w czasie protestów pracowników przędzalni: zaciśnięte pięści, zadarta broda, harde spojrzenie, którym mierzył wieżę tak, jakby mógł ją obalić samą tylko siłą woli.

– Na litość boską. – Profesor Craft spojrzała przez szybę. – To jeden z tych szaleńców. Nie wychodźcie, gotów się na was rzucić.

– Nie rzuci się – odparł Robin, który już zakładał płaszcz. Zaczynał się domyślać, co się dzieje, i chociaż bał się rozbudzać nadzieje, serce zabiło mu żywiej. – Moim zdaniem przychodzi nas wesprzeć.

Kiedy otworzyli drzwi*, nieznajomy cofnął się z szacunkiem i podniósł wysoko ręce, dając do zrozumienia, że jest nieuzbrojony.

– Jak się nazywasz? – spytał Robin. – Widywałem cię już tutaj.

– Abel – odpowiedział przybysz niezwykle głębokim głosem, głosem konkretnym jak cegła. – Abel Goodfellow.

---

* Profesor Craft ponownie pobrała próbki krwi Robina i Victoire, dzięki czemu odzyskali wcześniejszą swobodę wchodzenia i opuszczania wieży.

– To ty rzuciłeś we mnie jajkiem – syknęła oskarżycielsko Victoire. – Pamiętam jak dziś, w lutym...

– Tak, ale to było tylko jajo – odparł Abel. – Osobiście nic do was nie mam.

– Twoja robota? – Robin wskazał barykady. Najbliższa przesłaniała niemal całą szerokość High Street, strzegąc dostępu do głównych drzwi Babel.

Abel rozciągnął usta w uśmiechu. Widok był raczej osobliwy, mimo zarostu przez moment wyglądał jak rozdokazywany łobuziak.

– A co? Spodobały się?

– Nie do końca rozumiem, co komu po nich – rzuciła Victoire.

– Wojsko jest w drodze, nie słyszeliście?

– Nadal nie wiem, w czym miałyby nam pomóc barykady – odparła dziewczyna. – Chyba że przywiodłeś też armię, która je obsadzi?

– Pomogą, pomogą. Bardziej, niż się spodziewacie – stwierdził Abel. – Nie chodzi o same szańce, chociaż, uważacie, są bardzo solidne. Rzecz w psychice. Obecność barykad stanowi dla wojskowych sygnał, że muszą się liczyć ze zdecydowanym oporem. Jak na razie są przekonani, że wezmą wieżę z marszu. Poza tym zapory budują też ducha nam, protestującym. Mamy za nimi schronienie, miejsce, do którego możemy się bezpiecznie wycofać.

– A przeciwko czemu protestujecie? – spytała ostrożnie Victoire.

– Przeciwko srebrnej rewolucji przemysłowej, ma się rozumieć. – Abel uniósł w dłoni rozmiękłe kartki. Jedną z ich broszur. – Wychodzi na to, że stoimy po tej samej stronie.

– Czyżby? – Dziewczyna pochyliła głowę na bok.

– W kwestii przemysłu na pewno. Od dawna próbowaliśmy wam te rzeczy wbić do łbów.

Młodzi tłumacze wymienili spojrzenia. Ogarnął ich niejaki wstyd, jeszcze całkiem niedawno czuli przecież do strajkujących robotników jedynie niechęć. Zawierzyli twierdzeniom profesora Lovella, który powtarzał, że demonstranci są leniwi, żałośni i najprościej w świecie nie zasługują na to, by brać ich pod uwagę w rachunku ekonomicznym. Czym jednak w istocie różniła się walka tych ludzi od tej, którą podjęli tłumacze?

– Nam nigdy nie chodziło o srebro – podjął Abel. – Pojęliście to już, prawda? Protestowaliśmy przeciwko obniżkom płac. Przeciw podłej pracy. Przeciwko temu, że kobiety i dzieci muszą spędzać całe dnie w gorących, dusznych pomieszczeniach, pracując przy niebezpiecznych, niesprawdzonych maszynach, które działają tak szybko, że nawet oko za nimi nie nadąża. Cierpieliśmy. I chcieliśmy jedynie, żebyście to zauważyli.

– Wiem – przyznał Robin. – Teraz wiemy o tym już wszyscy.

– I wcale nie chcieliśmy krzywdy żadnego z was. A już na pewno nie na poważnie.

– Cóż... – Victoire zawahała się, po czym skinęła głową. – Powiedzmy, że spróbuję uwierzyć.

– Tak czy owak... – Abel wskazał dłonią na wznoszącą się za nim barykadę. Gest wypadł cudownie niezręcznie, brodacz wyglądał przez mgnienie jak zalotnik wyciągający zza pleców bukiet róż. – Kiedy poznaliśmy wasze zamiary, uznaliśmy, że można wam pomóc. W najgorszym razie nie pozwolimy, żeby te bufony puściły wieżę z dymem.

– No cóż, dziękuję. – Robin nie był pewien, co o propozycji Abla sądzić; wciąż nie do końca wierzył, że rozmowa z tkaczem ma miejsce naprawdę. – Czy... chcesz może wejść? Omówić sprawy?

– No tak – rzucił Abel. – Właśnie po to przychodzę.

Tłumacze cofnęli się do wieży i zaprosili gościa do środka.

Tak oto nakreślono plan batalii. Tego popołudnia narodziła się najbardziej przedziwna współpraca, jakiej Robin był świadkiem. Ludzie, którzy jeszcze kilka tygodni temu obrzucali studentów Instytutu sprośnymi wyzwiskami, siedzieli teraz wraz z nimi w holu, omawiając metody walki ulicznej i trwałość barykad. Profesor Craft i protestujący robotnik nazwiskiem Maurice Long stali zgarbieni nad planem Oksfordu i dyskutowali o tym, gdzie najlepiej wznieść dodatkowe szańce, aby utrudnić wojsku dostęp do Babel.

– Barykady to jedyna dobra rzecz, jaką sprowadziliśmy z Francji – tłumaczył Maurice*. – Szerokie ulice trzeba blokować niskimi przedmiotami. Brukowcami, pniami drzew i tak dalej. Usuwanie tak skonstruowanych przeszkód zajmuje czas i uniemożliwia wprowadzenie do gry konnicy i ciężkiej artylerii. A tutaj, jeżeli odetniemy węższe dojścia na dziedziniec, zostanie im do dyspozycji jedynie High Street...**

Victoire i Ibrahim zasiedli przy stole z kilkoma innymi demonstrantami, pilnie notując sugestie robotników wskazujących, jakiego rodzaju sztabki najskuteczniej wzmocniłyby obronę. W rozmowach często powracało słowo „beczki"; pod-

---

* Taktyka rewolt społecznych rozprzestrzeniała się błyskawicznie. Brytyjscy tkacze nauczyli się stawiać barykady od swoich francuskich kolegów, pracowników zakładów jedwabniczych, którzy w latach 1831 i 1834 urządzali zbrojne powstania w Lyonie. Rewolty owe zostały brutalnie stłumione – lecz, pamiętajmy, ich przywódcy nie trzymali w szachu całego kraju.

** Ci, których tego rodzaju fachowość dziwi, powinni sobie przypomnieć, że zarówno władze Babel, jak i rząd brytyjski popełnili koszmarny błąd, zakładając, że skierowane przeciwko srebru protesty były wyłącznie spontanicznymi zamieszkami, w których prym wiedli niewykształceni przedstawiciele niezadowolonych dołów społecznych. Luddyści, na przykład, mylnie uznawani za przerażonych wizją rozwoju niszczycieli maszyn, byli wyrafinowanym ruchem powstańczym, złożonym z niewielkich, zdyscyplinowanych grup. Posługiwali się przebraniami i hasłami, zbierali fundusze i uzbrojenie, terroryzowali przeciwników i dokonywali świetnie zaplanowanych ataków punktowych. (I chociaż prawdą jest, że ruch luddystów ostatecznie upadł, doszło do tego dopiero, kiedy parlament skierował przeciwko nim dwanaście tysięcy żołnierzy, czyli więcej, niż wzięło udział w toczonej na początku XIX wieku wojnie na Półwyspie Iberyjskim). Właśnie tego poziomu wyszkolenie i profesjonalizm wnieśli do strajku w Babel Abel i jego ludzie.

słuchujący ich Robin wywnioskował, że zamierzają zdobyć potrzebny sprzęt w piwniczkach z winem*.

– Jak długo planujecie tu koczować? – Abel wskazał szerokim gestem hol wieży.

– Do skutku – odparł Robin. – To w naszym strajku kluczowe. Tamci mogą sobie robić, co chcą, ale dopóki wieżę kontrolujemy my, będą jak kulawe konie.

– Macie tu jakieś łóżka?

– Niezupełnie. Jest jedno, z którego korzystamy na zmianę, ale zazwyczaj po prostu biwakujemy między regałami.

– To nie może być wygodne.

– I nie jest – przyznał z cierpkim uśmiechem Robin. – Kiedy chodzimy nocami za potrzebą, ciągle się nawzajem depczemy.

Abel mruknął pod nosem. Jego oczy omiotły przestronny hol, lśniące mahoniowe meble i nieskazitelnie czyste posadzki z marmuru.

– Widzę, że jesteście gotowi na najwyższe poświęcenia.

Wojsko wkroczyło do Oksfordu jeszcze wieczorem.

Zebrani na dachu Instytutu tłumacze obserwowali przelewającą się przez High Street kolumnę piechurów w czerwonych kurtkach. Obecność uzbrojonego plutonu powinna wywołać niemałe poruszenie, lecz trudno było poczuć wobec nich poważniejszy strach. Maszerujący pomiędzy domami i sklepikami żołnierze wydawali się zupełnie nie na miejscu, a mieszczanie, którzy wyszli fetować ich przybycie, sprawili, że wy-

* Słowo „barykada" pochodzi od hiszpańskiego *barrica* oznaczającego „beczkę", podstawowy budulec pierwszych barykad. Poza znaczeniem historycznym beczki są świetnym materiałem na barykady z kilku innych powodów; ich transport nie przysparza kłopotów, łatwo je wypełnić piaskiem lub kamieniami i można je bez trudu ustawić tak, by pozostały pomiędzy nimi otwory, umożliwiające ukrytym strzelcom prowadzenie ognia.

darzenie przypominało raczej radosną paradę niż początek ekspedycji karnej. Wojsko posuwało się naprzód powoli, ustępując przechodzącym na drugą stronę ulicy cywilom. Widowisko było wielce kulturalne i w pewien ujmujący sposób urocze.

Pochód zatrzymał się pod barykadą. Dowódca, obdarzony sumiastym wąsem, obwieszony orderami jegomość, zsiadł z konia i podszedł do pierwszego przewróconego wozu. Wyglądało na to, że widok przeszkody przyprawił oficera o niemałą konfuzję. Powiódł po stojących w pobliżu mieszczanach takim spojrzeniem, jakby spodziewał się natychmiastowych wyjaśnień.

– Myślicie, że to lord Hill? – zastanowiła się na głos Juliana.

– Hill jest głównodowodzącym całej armii – odparł profesor Chakravarti. – Naczelnego wodza nikt do nas nie przyśle.

– A powinni – zauważył Robin. – Zagrażamy przecież bezpieczeństwu całego państwa.

– Skończcie z tą pretensjonalnością – uciszyła ich Victoire. – Spójrzcie, rozmawiają.

Zza barykady wyszedł samotny Abel Goodfellow.

Oficer spotkał się z brodatym robotnikiem pośrodku ulicy. Zamienili kilka słów. Robin nie słyszał rozmowy, lecz wymiana zdań nie należała do najbardziej spokojnych. Rozpoczęła się kulturalnie, ale już po chwili obaj mężczyźni zaczęli wściekle gestykulować; chłopak kilka razy odniósł wrażenie, że dowódca żołnierzy lada moment zakuje Abla w kajdany. Ostatecznie jednak zawarto jakąś formę porozumienia. Robotnik wycofał się za barykadę. Szedł tyłem, jakby chciał mieć pewność, że nikt nie strzeli mu w plecy. Wąsaty oficer wrócił do swojego oddziału. I wtem, na oczach nieposiadającego się ze zdumienia Robina, wojsko rozpoczęło odwrót.

– Dał nam czterdzieści osiem godzin na opuszczenie wieży – obwieścił Abel, gdy już pojawił się w holu. – Potem usuną barykadę siłą.

– Czyli zostały nam tylko dwa dni – mruknął Robin. – Za krótko.

– Przeciwnie – odparł Abel. – Ta rozgrywka będzie przebiegać etapami. Dostaniemy następne ostrzeżenie. Potem kolejne. I jeszcze trzecie, ostrzej sformułowane. Będą zwlekać tak długo, jak tylko zdołają. Gdyby rzeczywiście planowali wziąć wieżę szturmem, zrobiliby to z marszu.

– W Hampshire w tysiąc osiemset trzydziestym i w Manchesterze w czasie Marszu Koców nikt się nie wahał. Strzelali od razu – przypomniała Victoire.

– Tam nie chodziło o zdobycie terenu – odparł Abel. – Tamte protesty dotyczyły zasad. Demonstranci nie bronili za wszelką cenę wydzielonego kawałka ziemi. Kiedy wojsko otworzyło ogień, spanikowany tłum się rozproszył. My natomiast zabarykadowaliśmy się w samym sercu miasta. Sprawujemy kontrolę nad wieżą i nad całym Oksfordem. Gdyby któryś z tych żołnierzy przypadkowo trafił postronnego cywila, sprawy wymknęłyby się im spod kontroli. Nie mogą zniszczyć naszych barykad, nie niszcząc zarazem miasta. A na to, jak myślę, parlament nie może sobie pozwolić. – Brodacz wstał i skierował się do wyjścia. – Zatrzymamy ich. Wy skupcie się na ulotkach.

I w ten właśnie sposób nowym status quo stał się panujący pomiędzy wojskiem a strajkującymi impas.

W ostatecznym rozrachunku wieża zapewniała znacznie lepszą ochronę niż naprędce sklecone szańce Abla Goodfellowa. Wartość barykad nie ograniczała się jednak do sfery symbolicznej. Za ich pomocą protestujący zamknęli obszar na tyle rozległy, by mogły powstać kluczowe dla przetrwania strajku linie zaopatrzeniowe. Dzięki nim tłumacze otrzymali świeże jedzenie i wodę pitną (kolacja tej nocy była wystawną imprezą, na której podano puszyste, bielutkie bułeczki i pieczonego kurczaka), a ponadto zyskali godne zaufania źródło informacji o wypadkach toczących się na zewnątrz.

Na przekór wszelkim przewidywaniom liczba zwolenników Abla rosła z dnia na dzień. Strajkujący robotnicy rozpowszechniali wieść o proteście znacznie bardziej skutecznie niż broszury Robina. Ostatecznie mówili tym samym językiem, co adresaci. Brytyjczycy identyfikowali się z brodaczem w sposób, w jaki nie mogli z pochodzącymi z zamorskich krajów tłumaczami. Zjeżdżali się popierający sprawę robotnicy z całej Anglii. Młodzi chłopcy z Oksfordu, znużeni bezczynnym wysiadywaniem w domu, stawiali się na barykadach wyłącznie dlatego, że wyczuwali w proteście ekscytującą przygodę. Przyłączały się również kobiety, bezrobotne szwaczki i młode robotnice.

Cóż to był za widok, napływ obrońców wieży. Jednym z bardziej zaskakujących skutków wzniesienia barykad było powstanie wspólnoty. Za tymi prowizorycznymi umocnieniami wszyscy, bez względu na korzenie, stali się towarzyszami broni, a do prowiantu, regularnie dostarczanego teraz do Babel, dołączano ręcznie spisywane liściki ze słowami zachęty. Wcześniej Robin spodziewał się jedynie przemocy, nie solidarności, i nie był pewien, jak na te wszystkie wyrazy poparcia reagować. Stały one w sprzeczności ze wszystkim, czego nauczył się o świecie. Bał się poczuć za ich sprawą nadzieję.

Pewnego ranka odkrył podrzucony tłumaczom przez Abla podarek – stojący pod drzwiami Instytutu wóz, na którym piętrzyły się materace, poduszki i chałupniczo tkane koce. Do sterty pościeli przypięta była karteczka. „To tylko pożyczka" – głosił napis. „Po wszystkim prosimy o zwrot".

Tymczasem w wieży trwały gorączkowe prace nad przekonaniem Londynu o wysokich kosztach przedłużania strajku.

Srebro zapewniało stolicy wszystkie nowoczesne udogodnienia i luksusy. Srebro zasilało instalowane w kuchniach londyńskich bogaczy maszyny do lodu. Srebro usprawniało produkcję browarów zaopatrujących londyńskie puby i młynów, w których wytwarzano wysyłaną do Londynu mąkę. Bez srebra zatrzymywały się lokomotywy. Zaprzestano budowy nowych linii kolejowych. Woda robiła się zatęchła, a powietrze gęstniało od zanieczyszczeń. Stawały kolejno maszyny działające w fabrykach tekstylnych, doprowadzając do upadku tę gałąź przemysłu. Całej Anglii zagroził głód, ponieważ srebro znajdowało się w wykorzystywanych na wsiach pługach, siewnikach, młockarniach i wodociągach melioracyjnych*.

Skutki tego wszystkiego miały stać się w pełni odczuwalne dopiero za kilka miesięcy. W Londynie, Liverpoolu, Edynburgu i Birmingham wciąż działały lokalne ośrodki, gdzie absolwenci Instytutu, którzy nie wykazali się dostateczną błyskotliwością, by zdobyć posadę w samej Babel, wiedli skromne życie, dłubiąc przy sztabkach opracowywanych przez bardziej utalentowanych kolegów. Ośrodki te pozwalały tymczasowo załagodzić kryzys. Nie mogły mu jednak zapobiec na dobre – tym bardziej, że ich pracownicy nie mieli dostępu do spisów, zawierających informacje o zainstalowanych sztabkach.

– Może wszystko pamiętają? – zastanowił się Robin. – Przynajmniej ci, którzy wyszli z profesorem Playfairem?

---

* Co istotne, zagrożone były również wszystkie urządzenia wykorzystujące energię pary. Okazało się bowiem, że profesor Lovell lwią część fortuny zbił, przekształcając silnik parowy z wynalazku skomplikowanego i kłopotliwego w użytkowaniu w źródło energii zasilające niemal całą brytyjską flotę. Jego genialna innowacja była w rzeczy samej niezwykle prosta: w języku chińskim znakiem na określenie pary jest 气 (*qi*), posiadający również konotacje z duchem i energią. Sztabki takie, instalowane na silnikach zaprojektowanych kilkadziesiąt lat wcześniej przez Richarda Trevithicka, pozwalały wytwarzać szokujące ilości energii kosztem ułamka wcześniejszych ilości węgla. (W latach 30. XIX wieku badano możliwości zastosowania tej pary aktywnej do transportu powietrznego, lecz wyniki nie były zachęcające, gdyż wzmocnione balony albo wybuchały, albo wzbijały się ku stratosferze). Niektórzy utrzymywali, że właśnie ten wynalazek stał za odniesionym przez Wielką Brytanię zwycięstwem w bitwie pod Trafalgarem. Obecnie cały kraj działał dzięki parze wodnej. Lokomotywy parowe zastępowały powozy, parowce wypierały statki żaglowe. W Anglii jednak działało bardzo niewielu tłumaczy języka chińskiego. Z wyjątkiem Robina i profesora Chakravartiego wszyscy pozostali nie żyli bądź przebywali za granicą. Bez regularnej renowacji sztabek silniki parowe mogły co prawda działać dalej, lecz nie tak efektywnie jak dotąd, bez owej niewiarygodnej wydajności, która sprawiała, że z okrętami brytyjskimi nie mogły konkurować floty amerykańska i hiszpańska.

– To naukowcy – odparła profesor Craft. – Nasze życie rozgrywa się w dziedzinie ducha. Nie pamiętamy niczego, czego nie zapiszemy w notesie i nie podkreślimy na czerwono. Jerome, o ile doszedł już do siebie po operacji, bez wątpienia robi, co może, ale wszystkiego sobie nie przypomni. Za kilka miesięcy ten kraj rozleci się na kawałki.

– A jeszcze szybciej wyzionie ducha gospodarka – wtrącił Jusuf, który jako jedyny wśród tłumaczy wiedział cokolwiek na temat rynków i bankowości. – Wszystko, rozumiecie, zależy od spekulacji. W ciągu ostatnich dziesięciu lat ludzie jak wariaci nabywali udziały w liniach kolejowych i innych zasilanych srebrem gałęziach przemysłu, ponieważ byli przekonani, że to gwarantuje bogactwo. A co się stanie, kiedy dotrze do nich, że wartość tych akcji spadnie wkrótce do zera? Kolejnictwo padnie za kilka miesięcy. Ale same rynki? Tu wystarczą tygodnie.

Kryzys rynku finansowego. Myśl o tym zdawała się absurdalna, lecz działała z hipnotyzującą wręcz siłą. Czy mogli zwyciężyć dzięki groźbie krachu na giełdzie i nieuchronnego upadku systemu bankowego?

Bo to właśnie była sprawa kluczowa, czyż nie? Aby ich protest się powiódł, tłumacze musieli przerazić ludzi bogatych i wpływowych. Wiedzieli, że strajk w nieproporcjonalny sposób dotknie pracującą biedotę; mieszkańców najbrudniejszych i najbardziej tłocznych dzielnic Londynu, którzy nie mogli po prostu spakować walizek i uciec na wieś przed czerniejącym powietrzem i cuchnącą wodą. W innym jednak, równie doniosłym sensie niedobór srebra miał najostrzej uderzyć w tych, którzy zyskiwali na nim najwięcej. Jako pierwsze runą budowle najnowsze – siedziby prywatnych klubów, sale taneczne, świeżo odnowione teatry. Stołeczne masy gnieździły się w podniszczonych budynkach zbudowanych ze zwykłego drewna, których nie wspierały wzmacniane srebrem fundamenty, pozwalające wznosić nienaturalnie ciężkie konstrukcje. Architekt Augustus Pugin bardzo często współpracował z Babel i w najnowszych projektach chętnie korzystał ze srebrnych sztabek – Scarisbrick Hall w Lancashire, renowacja parku rozrywki Alton Towers oraz najsłynniejsza z jego prac, odbudowa Pałacu Westminsterskiego po pożarze, jaki uszkodził budynek w tysiąc osiemset trzydziestym czwartym roku. Według spisu zleceń wszystkie te konstrukcje miały się zawalić jeszcze przed końcem roku. Lub nawet wcześniej, gdyby tłumacze usunęli odpowiednie pręty rezonansowe.

Jak zareagują londyńscy krezusi, kiedy ziemia usunie im się spod nóg?

Strajkujący uprzedzali uczciwie. Rozpowszechniali te informacje tak szeroko, jak mogli. Bez końca pisali odezwy, które Abel przekazywał współpracownikom z Londynu. „Rozpadną się drogi" – pisali. „W kranach zabraknie wody. Zgasną światła, zepsuje się jedzenie, okręty pójdą na dno. Wszystko to stanie się niechybnie, jeżeli nie wybierzecie drogi pokoju".

– Zupełnie jak plagi egipskie – skomentowała Victoire.

– Przypomnisz? – Robin od lat nie zaglądał do Biblii.

– Mojżesz poprosił faraona, żeby uwolnił jego lud. Serce władcy pozostało jednak niewzruszone i odmówił. Tak więc Pan zesłał na jego ziemię dziesięć plag. W Nilu popłynęła krew. Egipt nawiedziły szarańcza, żaby i zaraza. Cały kraj ogarnęły ciemności. W ten sposób faraon zrozumiał, jak wielka jest potęga Boga.

– A czy w końcu uwolnił tych ludzi? – zainteresował się Robin.

– Owszem – potaknęła dziewczyna – ale dopiero po dziesiątej pladze. Dopiero kiedy przeżył śmierć pierworodnego syna.

Bywało, że skutki strajku się cofały. Czasami na jedną noc ożywały światła bądź gdzieś znikały zatory drogowe. Niekiedy rozchodziła się wiadomość, że na rynku pojawiły się sztabki oczyszczające wodę i można je nabyć za astronomiczne kwoty. Zdarzało się także, że przepowiadane przez spisy zamówień i renowacji sztabek klęski nie następowały w ogóle.

Nie było w tym nic zaskakującego. Wypędzeni z wieży uczeni – profesorowie De Vreese, Harding i wszyscy pozostali – zwarli szeregi w Londynie i powołali stowarzyszenie walczące z efektami protestu. Kraj stał się areną niewidzialnej wojny na słowa i znaczenia; konfliktu, w którym uniwersytecki ośrodek starł się ze zrozpaczonymi peryferiami.

Okupujący Babel tłumacze zupełnie się tym nie przejmowali. Wygnańcy nie mogli zwyciężyć; najprościej rzecz ujmując, nie mieli ku temu zasobów. Nie mogli zawrócić kijem rzeki. Ani powstrzymać katastrofy zapory.

– To jednak żenujące, jak bardzo wszystko zależało od Oksfordu – zauważyła Victoire pewnego popołudnia przy herbacie. – Byłam pewna, że każdy wie, iż nie wolno wkładać wszystkich jaj do jednego koszyka.

– Cóż, to faktycznie zabawne – odparł profesor Chakravarti. – Teoretycznie właśnie po to, by nie dopuścić do tego rodzaju kryzysu, tworzono lokalne ośrodki translatorskie. Cambridge, na przykład, od lat próbowało uruchomić konkurencyjny projekt. Tyle że Oksford nie udostępnił im środków.

– Ze względu na niedobór? – zapytał Robin.

– Ze względu na zazdrość i pazerność – odpowiedziała mu profesor Craft. – Ilość zasobów nigdy nie stanowiła problemu*. Po prostu bardzo kolegów z Cambridge nie lubimy. Paskudni nuworysze, myślą, że ze wszystkim poradzą sobie sami.

– Tak, to smutne – rzucił profesor Chakravarti. – Do Cambridge nie trafia nikt, kto może znaleźć posadę tutaj.

* Dla przykładu, alfabet Barescha wykorzystywany na prętach rezonansowych nie jest i nie był niezbędny do ich działania. Uczeni z Babel stworzyli go wyłącznie po to, by stworzona przez nich technologia pozostała dla osób z zewnątrz zagadką. Prawdę powiedziawszy, to zdumiewające, w jak znacznej mierze rzekomy niedostatek zasobów był jedynie stworzoną i podtrzymywaną przez akademików fikcją.

– Chcecie przez to powiedzieć – w oczach Robina zagościło niedowierzanie – że Anglia upadnie z powodu waśni dwóch uniwersytetów?

– Cóż, w zasadzie tak. – Profesor Craft uniosła filiżankę do ust. – Czego się spodziewałeś? Jesteś przecież w Oksfordzie.

Tymczasem parlament uparcie odmawiał współpracy. Ministerstwo Spraw Zagranicznych noc w noc przysyłało jeden i ten sam telegram, zawsze identycznie sformułowany, jakby notoryczne powtarzanie wiadomości mogło nakłonić tłumaczy do posłuszeństwa:

NATYCHMIAST ZAPRZESTAĆ STRAJKU STOP

Oferta amnestii zniknęła po tygodniu. Niedługo potem pojawiła się za to raczej zbędna groźba:

NATYCHMIAST ZAPRZESTAĆ STRAJKU STOP ARMIA GOTOWA ODBIĆ WIEŻĘ STOP

Wkrótce strajk pociągnął za sobą pierwsze ofiary śmiertelne*. Jednym z najbardziej palących problemów okazały się drogi. W Oksfordzie, a jeszcze w większym stopniu w Londynie, władze miejskie walczyły o opanowanie ruchu ulicznego – próbowano utrzymać kontrolę nad strumieniami dorożek, koni, pieszych, dyliżansów, dwukółek i wozów, nie powodując zatorów ani wypadków. Srebro pozwalało dotąd wzmacniać nawierzchnie ulic i mostów, regulować ruch na skrzyżowaniach, pracę budek poboru opłat, gładko wchodzić powozom w zakręty, uzupełniać wodę w pompach utrzymujących w ryzach

* Abel donosił protestującym coraz bardziej ponure wiadomości. Na rzece Cherwell pływający dom wskutek awarii systemów nawigacyjnych zderzył się z barką transportową, przez co doszło do nawodnego karambolu. Utonęły trzy uwięzione w kajutach osoby. W Jericho czteroletnie dziecko zginęło pod kołami rozpędzonego powozu. W Kensington siedemnastoletnia dziewczyna wraz ze swoim kochankiem zostali pogrzebani w czasie nocnej schadzki pod gruzami wieży kościelnej.

kurz i uspokajać konie. Bez pomocy uczonych z Babel wszystkie te pozornie błahe udogodnienia zawodziły jedno po drugim, a w rezultacie dziesiątki ludzi straciły życie.

Kryzys transportu, niczym przewrócona kostka domina, uruchomił kaskadę innych nieszczęść. Sklepikarze nie mieli czym handlować. Piekarze nie byli w stanie zdobyć mąki. Lekarze nie mogli odwiedzać pacjentów. Adwokaci nie docierali do sądów. W zamożniejszej części Londynu wiele dorożek wykorzystywało parę aktywną, w której profesor Lovell wykorzystał chiński znak 輔 (*fŭ*), oznaczający „pomagać" bądź „asystować". Znak ten początkowo odnosił się do barierek zabezpieczających pasażerów powozów. Profesor Lovell powinien je odświeżyć w połowie stycznia. Nie zrobił tego, a powozy stały się niebezpieczne*.

Wszystko, co w niedalekiej przyszłości miało wydarzyć się w Londynie, dotykało już teraz Oksford, ze względu na bliskość Babel najbardziej uzależnione od srebra miasto na świecie. Oksford toczyła zgnilizna. Mieszkańcy tracili majątki, cierpieli głód, nie mogli wykonywać swej pracy; lokalne targowiska zamykały podwoje, okoliczne rzeki stały się niespławne. Żywność i pozostałe niezbędne do życia towary próbowano sprowadzać z Londynu, lecz drogi były niebezpieczne, a linia kolei żelaznej Oksford–Paddington zawiesiła funkcjonowanie.

Ataki na wieżę przybrały na sile przynajmniej dwukrotnie. Mieszczanie i żołnierze wspólnie tłoczyli się na ulicach, wykrzykiwali wulgaryzmy pod oknami, ścierali się z załogami barykad. Nic z tego jednak nie miało znaczenia. Nie mogli skrzywdzić tłumaczy, jedynych ludzi mogących położyć kres niedoli miasta. Nie mogli przedrzeć się przez chroniące Babel

* W środę doszło do zderzenia dwóch wozów. Jeden przewoził ładunek przedniej brandy. Kiedy beczki rozbiły się na bruku, po całej ulicy rozszedł się kuszący aromat, a niewielka grupka przechodniów rzuciła się, żeby zbierać alkohol gołymi rękoma. I wszystko byłoby dobrze, gdyby nie dżentelmen, który wszedł między nich z zapaloną fajką, przez co okolica zamieniła się w piekło płonących ludzi, koni i eksplodujących beczek.

zabezpieczenia, nie mogli wieży spalić ani podłożyć pod nią ładunków wybuchowych. Mogli jedynie błagać o przerwanie strajku.

„Mamy tylko dwa żądania" – pisał Robin w odezwach, w których odpowiadał oburzonym mieszczanom. „Parlament zna je doskonale. Domagamy się utrącenia planów wojny i amnestii. Wasz los leży w ich rękach".

Domagał się również, by Londyn skapitulował, zanim zrealizują się najczarniejsze scenariusze. Miał przy tym nadzieję, że stolica nie ustąpi. Ba, wiedział o tym. Na tym etapie był już oddanym wyznawcą Griffinowej teorii przemocy, głoszącej, że ciemiężyciel nie zasiądzie przy stole negocjacyjnym, dopóki jest przekonany, iż nie ma nic do stracenia. Nie; najpierw musiała popłynąć krew. Aż do tej pory wszystkie groźby były jedynie hipotetyczne. Aby zmądrzeć, Londyn musiał cierpieć.

Victoire bardzo się to nie podobało. Za każdym razem, kiedy wchodzili na siódme piętro, spierali się, które pręty rezonansowe usunąć i jak wiele. On chciał wyłączać dwa tuziny, ona tylko dwa. Zazwyczaj kończyło się na pięciu lub sześciu.

– Zbyt szybko eskalujesz – zauważyła. – Nie dałeś im nawet czasu na odpowiedź.

– Przecież mogą odpowiedzieć, kiedy tylko zechcą – odparł Robin. – Kto im zabrania? Pamiętaj, że wojsko zdążyli przysłać...

– Zrobili to, ponieważ ty ich ku temu popchnąłeś.

Chłopak prychnął pod nosem.

– Przepraszam, że nie traktuję ich z należytą delikatnością...

– Tu nie chodzi o delikatność! Mówię jedynie o zdrowym rozsądku. – Victoire zaplotła ramiona na piersi. – Sprawy posuwają się zbyt szybko. Chcesz osiągnąć zbyt wiele jednocześnie. Musisz pozwolić, żeby dyskusje w parlamencie dobiegły końca. Musisz dać opinii publicznej czas na zwrócenie się przeciwko wojnie...

– To za mało – stwierdził z uporem Robin. – Dyskusje nie pomogą nikomu dostrzec, gdzie leży sprawiedliwość. Nie stało się tak w przeszłości, nie stanie się i teraz. Jedynym skutecznym środkiem jest strach. To po prostu strategia...

– Nie, ty nie mówisz słowami stratega. – W głosie dziewczyny zabrzmiała ostrzejsza nuta. – Mówisz słowami człowieka w żałobie.

Nie mógł spojrzeć jej prosto w oczy. Nie chciał, by zobaczyła wyraz jego twarzy.

– Przecież sama powiedziałaś, że chciałabyś zobaczyć Babel w płomieniach.

– Tak, ale jeszcze bardziej – Victoire złożyła Robinowi dłoń na ramieniu – chciałabym, żebyśmy uszli z tej awantury z życiem.

W ostatecznym rozrachunku nikt nie potrafił określić, jak duży wpływ na wydarzenia miało tempo, w jakim tłumacze szerzyli zniszczenie. Wyboru tak czy inaczej musiał dokonać parlament. Dyskusje toczyły się w Londynie.

Protestujący nie mieli pojęcia, co się dzieje w Izbie Lordów; wiadomo było jedynie, że ani wigowie, ani radykałowie nie byli na tyle pewni przewagi, by doprowadzić do głosowania. Gazety relacjonowały przede wszystkim nastroje opinii publicznej. Najbardziej poczytne brukowce wyrażały dokładnie taką opinię, jakiej spodziewał się Robin – wojna w Chinach stanowi jedyny sposób na obronę dumy narodowej, inwazja nie byłaby niczym więcej jak karą wymierzoną za wielokrotne upokorzenia i zniewagi, jakich brytyjska flaga doznawała z rąk Chińczyków, że barykady w Oksfordzie i wybuchające w Londynie strajki są dziełem zgrai prymitywnych malkontentów, że prowadzona przez obcego pochodzenia studentów okupacja Babel stanowi zdradę stanu, oraz że rządowi nie wolno się ugiąć i spełnić ani jednego z ich żądań. W prowojennych wstępniakach podkreślano łatwość, z jaką Chiny zostałyby pokonane. To nie byłaby wielka wojna, w zasadzie w ogóle nie byłaby to wojna z prawdziwego zdarzenia; Anglicy wystrzeliliby kilka razy z dział, a Chińczycy przed upływem dnia ogłosiliby kapitulację.

W kwestii tłumaczy prasa nie była w stanie zająć jednoznacznego stanowiska.

Prowojenne publikacje przedstawiały rozliczne teorie. Strajkujący spiskowali w porozumieniu z buntownikami z Indii. Byli złośliwymi niewdzięcznikami, a jedynym ich rzeczywistym pragnieniem jest uderzyć w Anglię, ukąsić dłoń, która ich wykarmiła – tezy te nie wymagały dodatkowego uzasadnienia, gdyż w motywację tego rodzaju brytyjscy czytelnicy wierzyli bardzo ochoczo. „Nie zamierzamy negocjować z Babel" – obiecywali parlamentarzyści obu frakcji. „Anglia nie będzie się kłaniać cudzoziemcom"*.

Niemniej nie wszystkie gazety były przeciwne Babel i nie wszystkie opowiadały się za wojną. Każdemu tytułowi zachę-

* Gazety niezmiennie określały strajkujących mianem obcokrajowców; byli Chińczykami, Hindusami, Arabami, Afrykanami. (Pal licho profesor Craft). Nigdy nie byli oksfordczykami, nigdy Anglikami, byli przybyszami zza morza, którzy wykorzystali dobrotliwość uniwersytetu, a teraz uczynili swymi zakładnikami wszystkich mieszkańców kraju. Słowo „Babel" stało się synonimem „obcości", co było zjawiskiem przedziwnym, gdyż wcześniej Królewski Instytut Translatoryki uznawano powszechnie za jeden ze skarbów narodowych, instytucję ucieleśniającą brytyjskiego ducha.

Anglia jednak oraz język angielski zawsze zadłużały się bardziej u ubogich, nisko urodzonych i obcych, niż ktokolwiek chciał przyznać. Słowo *vernacular* („język narodowy, dialekt miejscowy") wywodzi się z łacińskiego *verna* oznaczającego „niewolnika domowego"; podkreślało to swojskość miejscowego języka. Człon *verna* wskazuje również na niskie pochodzenie języka, jakim posługiwali się najwyżej postawieni; słowa i zwroty rodzące się wśród niewolników, ludzi pracy, żebraków i przestępców wkradały się do angielszczyzny powszechnej i stawały się słowami i zwrotami przyzwoitymi. A sam język angielski od początku nie był językiem w pełni „miejscowym", gdyż etymologia angielska sięga korzeniami do wszystkich zakątków świata. „Almanach" i „algebra" przybyły z arabskiego, „piżama" z sanskrytu, a „keczup" z chińskiego. Dopiero kiedy zagrożony został sposób życia angielskiej elity, prawdziwi Anglicy, kimkolwiek byli, podjęli próbę odcięcia się od własnych źródeł.

cającemu do podjęcia jak najszybszych działań w Kantonie odpowiadał inny (choć, przyznajmy, pojawiający się zwykle w wydawnictwie mniejszym, bardziej niszowym i radykalnym), nazywający planowany konflikt grzechem i występkiem przeciwko moralności. „Spectator" oskarżał zwolenników wojny o chciwość i spekulanctwo; „Examiner" nazwał wojnę przedsięwzięciem w nieusprawiedliwiony sposób zbrodniczym. Opiumowa wojna Jardine'a to potwarz – krzyczał nagłówek w „Championie". Inni nie byli do tego stopnia taktowni: Naczelne ćpuny kraju wyciągają łapska po Chiny – konkludował „Political Register".

Swoje zdanie miało każde środowisko społeczno-polityczne w Anglii. Abolicjoniści wydawali oświadczenia popierające strajkujących. Podobnie czyniły sufrażystki, choć nie aż tak donośnie. Organizacje chrześcijańskie drukowały broszury krytykujące rozpowszechnianie nielegalnej używki wśród przedstawicieli niewinnej nacji, na co jednak prowojenni ewangelicy odpowiadali rzekomo chrześcijańskim argumentem, że umożliwienie Chińczykom uczestnictwa w systemie wolnorynkowym byłoby w istocie zbożnym dziełem.

Publikacje radykałów tymczasem wskazywały, iż ekonomiczne otwarcie Chin stoi w sprzeczności z interesami robotników z północnej Anglii. Najbardziej wyraziście popierali strajk czartyści, ruch rozczarowanych ludzi pracy i rzemieślników. Czartystowski organ „The Red Republican" w jednym z tekstów nazwał tłumaczy wprost „bohaterami klasy robotniczej".

To napawało Robina nadzieją. To właśnie radykałowie przecież byli stronnictwem, które musieli zadowolić wigowie, a jeśli podobne teksty mogły przekonać radykalnych polityków, że wojna nie sprzyja ich długofalowym interesom, sprawa mogła znaleźć ostateczne rozwiązanie.

I rzeczywiście, debata na temat zagrożeń wiążących się z powszechnym stosowaniem srebra zajmowała opinię publiczną bardziej niż kwestia chińska. Te problemy były ludziom znacznie bliższe, dotykały bowiem życia przeciętnych Brytyjczyków w zrozumiały dla nich sposób. Srebrna rewolucja przemysłowa dosłownie zdziesiątkowała rolnictwo i przemysł tekstylny. Gazety w niekończących się artykułach opisywały przerażające warunki pracy panujące w zasilanych srebrem fabrykach (aczkolwiek odzywały się także głosy przeciwne, w tym tekst niejakiego Andrew Ure, który twierdził, że robotnikom wiodłoby się znacznie lepiej, gdyby tylko konsumowali mniejsze ilości ginu i tytoniu). W tysiąc osiemset trzydziestym trzecim roku pewien lekarz nazwiskiem Peter Gaskell opublikował poparty drobiazgowymi badaniami rękopis zatytułowany „Ludność Anglii przemysłowej", w którym skoncentrował się na moralnych, społecznych i zdrowotnych kosztach ponoszonych przez brytyjskich robotników pracujących przy wzmocnionych srebrem maszynach. W momencie publikacji tekst przeszedł właściwie bez echa i powoływali się nań jedynie znani ze skłonności do przesady radykałowie.

Obecnie antywojenna prasa dzień w dzień przedrukowywała fragmenty pracy Gaskella, z makabrycznymi szczegółami donosząc o dawkach pyłu węglowego, wdychanych regularnie przez dzieci zmuszone do przeciskania się przez zbyt wąskie dla dorosłych kopalniane chodniki; pisano o palcach rąk i nóg oderwanych przez pracujące z nieludzką prędkością zasilane srebrem urządzenia; o dziewczętach uduszonych przez własne włosy, dostające się w tryby krosien.

Na łamach „Spectatora" zamieszczono satyryczny rysunek, przedstawiający wychudzone dzieci, miażdżone kołami potężnej, diabolicznej machiny, opatrzony podpisem: „Biali niewolnicy srebrnej rewolucji".

W wieży zaśmiewano się z tego porównania do rozpuku, lecz szeroka publiczność była szczerze przerażona. Ktoś zadał członkowi Izby Lordów pytanie, dlaczego popiera wykorzystywanie dzieci w fabrykach; parlamentarzysta dość nonszalancko odparł, że zatrudnianie osób poniżej dziewiątego roku życia zostało zakazane ustawą z tysiąc osiemset trzydziestego trzeciego roku, co wzmogło jedynie powszechne oburzenie i współczucie wobec cierpiących w Anglii dziesięcio- i jedenastolatków.

– Naprawdę jest aż tak źle? – Robin zwrócił się do Abla. – Pytam o fabryki.

– Gorzej – odparł brodacz. – W gazetach piszą jedynie o krwawych wypadkach. Nie mówią jednak o tym, jak to jest pracować w ciasnocie dzień w dzień. Wstawać przed świtem i harować do późnego wieczora z kilkoma tylko przerwami. A to i tak są warunki, na jakie sami się godzimy! Tak wygląda praca, do której moglibyśmy wrócić. Domyślam się, że na uniwersytecie nie każą wam tyrać nawet w połowie tak ciężko, co?

– Nie – przyznał ze wstydem Robin. – Nie każą.

Artykuł „Spectatora" szczególnie głęboko poruszył profesor Craft.

Robin natknął się na uczoną, gdy długo po tym, kiedy wszyscy wstali już od śniadania, siedziała z zaczerwienionymi oczami przy stole. Na widok zbliżającego się chłopaka pospiesznie osuszyła łzy chusteczką.

– Pani profesor, czy dobrze się pani czuje? – Usiadł obok niej.

– Och tak. – Urwała, odchrząknęła, po czym popchnęła ku niemu gazetę. – Rzecz w tym... Nieczęsto myślimy o tym aspekcie całej tej historii, prawda?

– Myślę, że nauczyliśmy się sprawnie unikać myślenia o pewnych sprawach.

Profesor Craft jakby w ogóle nie słuchała odpowiedzi. Wyglądała przez okno na dziedziniec wieży, na którym protestujący urządzili coś w rodzaju obozu wojskowego.

– Pierwsza para aktywna, jaką udało mi się opatentować, zwiększała wydajność sprzętu górniczego w kopalni w Tyneshire – powiedziała. – Dzięki niej wyładowane węglem wózki nigdy nie wyskakiwały z szyn. Właściciele kopalni byli tak zachwyceni, że zaprosili mnie do siebie, i oczywiście skorzystałam. Byłam wniebowzięta, mogąc przyczynić się do rozwoju kraju. Pamiętam, że kiedy zobaczyłam te wszystkie maluchy, doznałam niemałego szoku. Kiedy o nie zapytałam, górnicy powiedzieli, że to całkowicie bezpieczne, a praca w kopalni sprawia, że pod nieobecność rodziców dzieciaki nie zadają się z niepożądanym towarzystwem. – Zawiesiła głos i zaczerpnęła powietrza. – Potem usłyszałam, że moje sztabki sprawiły, iż wózków nie można było usuwać z torów, nawet kiedy zagrażało to ludziom. Doszło do wypadku. Mały chłopczyk stracił obie nogi. Nie mogli tej sytuacji zaradzić, więc przestali z mojego wynalazku korzystać, ale ja już o tym nie myślałam. Miałam już pracę w wieży, szykowałam się do profesury i zajęłam innymi, poważniejszymi projektami. Po prostu przestałam o tamtej sprawie myśleć. Zapomniałam o niej na długie lata. – Spojrzała z powrotem na Robina. Znów miała wilgotne oczy. – Ale to w człowieku narasta, prawda? Nie znika samo z siebie. I kiedy pewnego dnia spojrzy się na wszystko, co stłumione, okazuje się, że to masa czarnej zgnilizny, bezkresna i przerażająca. I nie można już o niej zapomnieć.

– Jezu Chryste – rzucił Robin.

– Co się dzieje? – Victoire podniosła wzrok.

Siedzieli w jednym z gabinetów na piątym piętrze i przedzierali się przez spisy zamówień, próbując ustalić, jakie katastrofy grożą Anglii w najbliższej przyszłości. Zlecenia z Oksfordu sprawdzili już wszystkie do końca przyszłego roku. Dokumentacja dotycząca sztabek instalowanych w Londynie była trudniej dostępna – księgowość Instytutu działała zaskakująco fatalnie, a stosowany przez urzędników system nie uwzględniał dat kolejnych wizyt – co byłoby logiczne, ani zastosowanych w parach języków – co byłoby może mniej sensowne, ale zawsze. Zlecenia uporządkowano według londyńskich kodów pocztowych.

– Mam wrażenie, że zbliża się przełom.

– A skąd to wrażenie?

– W przyszłym tygodniu wypada termin renowacji sztabek zainstalowanych na moście Westminsterskim. Zamówili je w tysiąc osiemset dwudziestym piątym roku, w tym samym czasie, kiedy zbudowano nowy most Londyński, a okres trwałości sztabek został przewidziany na piętnaście lat. I właśnie dobiega końca.

– Czym to grozi? – zainteresowała się dziewczyna. – Kołowroty się zablokują?

– Raczej nie, chodziło o coś większego kalibru... F oznacza fundamenty, prawda? – Robin umilkł. Raz po raz spoglądał do księgi, jakby starał się upewnić, że wzrok go nie zwodzi. Zlecenie było pokaźne, lista srebrnych sztabek i par aktywnych ze słowami w najrozmaitszych językach rozciągała się niemal na pół strony. Liczne pozycje opatrzone były umieszczonymi w oddzielnej kolumnie liczbami, co wskazywało, że sztabki korzystały z wiązań rezonansowych. Przewrócił kartkę i aż potrząsnął głową. Lista wymagających odświeżenia sztabek zajmowała następne dwie stronice. – Myślę, że ten most po prostu się zawali.

Victoire oparła się wygodniej na krześle i z wolna wypuściła powietrze.

Katastrofa mostu Westminsterskiego musiała pociągnąć za sobą kolosalne skutki. Nie była to co prawda jedyna przeprawa przez Tamizę, lecz z pewnością najczęściej wykorzystywana. A gdyby most runął do rzeki, jego szczątków nie zdołałyby ominąć żadne parowce, łodzie mieszkalne, krypy ani kajaki. Gdyby zawalił się most Westminsterski, zatrzymałby się ruch w całym mieście. A w ciągu kilku najbliższych tygodni, kiedy przestaną działać sztabki oczyszczające Tamizę ze ścieków i zanieczyszczeń zlewanych z gazowni i fabryk chemicznych, woda w rzece uległaby skażeniu. Ryby wypłynęłyby brzuchami do góry na powierzchnię, martwe i cuchnące. Ludzkie odchody, już teraz z trudem przedzierające się przez kanały, stężałyby na dobre.

Na Egipt spadłoby wszystkie dziesięć plag jednocześnie.

Kiedy jednak Robin zarysował ten obraz przed dziewczyną, wyraz jej twarzy nie odzwierciedlił jego radości. Wpatrywała się w przyjaciela niecodziennym spojrzeniem, siedziała ze zmarszczonym czołem i ściągniętymi ustami. Robin poczuł się bardzo nieswojo.

– To najprawdziwszy armagedon – podjął, podkreślając słowa zamaszystym gestem. Jak mógł ją przekonać? – Najgorsze, co może się temu miastu przydarzyć.

– Wiem – odparła. – Lecz jeśli zagramy tą kartą, zostaniemy z pustymi rękoma.

– Nic więcej nie będzie nam potrzebne – zauważył chłopak. – Wystarczy, że dokręcimy śrubę raz a dobrze, że wreszcie ich przyciśniemy...

– Ze świadomością, że oni to i tak zignorują? Robin, proszę cię...

– Więc co proponujesz w zamian? Mamy spiłować sobie kły?

– Powinniśmy dać im więcej czasu, pozwolić, żeby przemyśleli konsekwencje...

– O czym jeszcze muszą według ciebie myśleć?! – Robin nie chciał podnosić głosu. Zaczerpnął głęboki haust powietrza. – Victoire, proszę. Naprawdę uważam, że czas na bardziej zdecydowane działania. W przeciwnym razie...

– Moim zdaniem ty chcesz, żeby ten most runął – ucięła oskarżycielskim tonem. – Myślę, że dla ciebie to po prostu zemsta i chcesz tej katastrofy.

– A dlaczego miałbym nie chcieć?

Nie pierwszy raz toczyli ten spór. Duchy Anthony'ego i Griffina wciąż nie dawały im spokoju: jednym kierowało przekonanie, że przeciwnik posłucha jeśli nie altruistycznego odruchu, to racjonalnie pojętego rachunku własnych zysków i strat; drugim natomiast nie tyle przeświadczenie, nie jakiś majaczący na horyzoncie *telos*, co czysty, nieskrępowany gniew.

– Ja rozumiem, że boli. – Na szyi dziewczyny zagrała żyłka. – Wiem, naprawdę wiem, że trudno sobie wyobrazić dalsze życie. Ale nie możesz się kierować jedynie chęcią dołączenia do Ramiego.

Cisza. Robin rozważał w duchu, czy powinien się tego wyprzeć. Okłamywanie Victoire oraz siebie samego nie miało jednak sensu.

– Ty mogłabyś z tym żyć? – spytał łamiącym się głosem. – Żyć dalej z pełną świadomością tego, co zrobili? Oglądając codziennie ich twarze? Nie wyobrażam sobie świata, w którym moglibyśmy z nimi współistnieć. Tobie przez to serce nie pęka?

– Oczywiście, że pęka – zawołała. – Ale to nie powód, żeby szukać śmierci.

– Ja nie chcę umierać.

– A jak sądzisz, co osiągniesz, jeśli pozwolisz temu mostowi runąć? Jak myślisz, co wtedy z nami zrobią?

– A ty co chciałabyś zrobić? – zapytał. – Zakończyć strajk? Otworzyć wieżę?

– Gdybym spróbowała, byłbyś mnie w stanie powstrzymać?

Oboje zapatrzyli się w spis. Przez długą chwilę milczeli. Nie chcieli pozwolić, aby rozmowa zaprowadziła ich tam, dokąd mogła. Ani on, ani ona nie byli gotowi przeżyć kolejnej tragedii.

– Głosowanie – zaproponował ostatecznie Robin, nie mogąc dłużej wytrzymać ciszy. – Nie wolno... Nie wolno nam tak po prostu skończyć strajku. To nie zależy tylko od nas. Nie decydujmy sami, Victoire.

Dziewczynie opadły ramiona. Robin widział malujący się na jej twarzy głęboki smutek. Zadarła brodę i przez chwilę spodziewał się dalszych protestów, lecz ona jedynie skinęła głową.

Głosowanie przyniosło nieznaczne zwycięstwo Robina. Victoire i profesorowie byli przeciw; wszyscy studenci głosowali za. Zgodzili się z Robinem, że należy posunąć protest do ostatecznych granic, postawić parlament pod ścianą, aczkolwiek wcale nie byli tą perspektywą zachwyceni. Ibrahim i Juliana unieśli dłonie, siedząc z kolanami podciągniętymi pod brodę, jakby wzdrygali się na samą myśl o skutkach własnej decyzji. Nawet Jusuf, zwykle z wielką ochotą wspomagający Robina przy pisaniu kolejnych wysyłanych do Londynu gróźb, świdrował spojrzeniem czubki własnych butów.

– Zatem postanowione – stwierdził Robin. Wygrał, lecz wcale nie poczuł się zwycięzcą. Nie był w stanie spojrzeć Victoire w oczy.

– Kiedy do tego dojdzie? – zapytał profesor Chakravarti.

– W najbliższą sobotę – powiedział chłopak. – Wspaniały zbieg okoliczności.

– Przecież parlament nie skapituluje do soboty.

– Cóż, w takim razie most się zawali.

– Naprawdę się na to godzicie? – Profesor Chakravarti powiódł spojrzeniem po twarzach obecnych, jakby starał się ocenić moralny nastrój sali. – Zginą dziesiątki ludzi. Tamtędy pływają całe roje łodzi i statków; co będzie, jeśli...

– Nie my to sprawimy, to nie nasz wybór. – Robin wszedł uczonemu w słowo. – To oni postawili na bierność. Zabijają, pozwalając ludziom ginąć. My nawet nie tkniemy prętów, most runie sam z siebie...

– Wiesz doskonale, że to nie ma znaczenia – odparł Chakravarti. – Nie stosuj pokrętnej etyki. Most Westminsterski upadnie dlatego, że ty tak postanowiłeś. Niewinni ludzie nie mają wpływu na kaprysy parlamentu.

– Ale to do rządu należy dbanie o ich dobro – rzucił Robin. – Do tego sprowadza się przecież sens istnienia parlamentu, czyż nie? My natomiast nie mamy możliwości grać łagodnie i kulturalnie. Nie możemy okazać łaski. Przyznaję, że ogień protestu trawi wszystkich, po każdej ze stron. Tak, ale tego wymaga walka. Nie możesz obarczać mnie moralną odpowiedzialnością. – Robin głośno przełknął ślinę. – Nie możesz.

– Ty będziesz odpowiedzialny – powiedział z naciskiem uczony – ponieważ ty możesz tej katastrofie zapobiec.

– Diabelskie sztuczki – odciął się Robin. – W ten właśnie sposób działa kolonializm. Przekonują nas, że wina za skutki oporu spada wyłącznie na nas, że samo podjęcie oporu jest niemoralne, a nie okoliczności, które do niego prowadzą.

– Mów, co chcesz. Pewnych granic przekraczać nie wolno.

– Granic? Jeśli będziemy grać zgodnie z zasadami, możemy się poddać od razu.

– Chcesz zwyciężyć, wymierzając karę miastu – podjął profesor Chakravarti. – Całemu miastu i wszystkim jego mieszkańcom. Mężczyznom, kobietom, dzieciom. W Londynie żyją chore maluchy, które nie mogą się doczekać lekarstwa. Są tam całe rodziny pozbawione pracy i jedzenia. Dla tych ludzi to nie zwykła niedogodność, dla nich to realna groźba śmierci.

– Wiem – mruknął zdjęty frustracją Robin. – W tym cały sens...

Przez chwilę mierzyli się spojrzeniami i Robin stwierdził w duchu, że teraz już rozumie sposób, w jaki kiedyś patrzył na niego Griffin. Miał do czynienia z przejawem słabości ducha. Z odmową doprowadzenia sytuacji do ostateczności. A przecież wyłącznie przemocą można zmusić kolonizatora, by zasiadł do stołu; przemoc jest jedynym sposobem. Broń mieli na wyciągnięcie ręki, leżała na stole i czekała tylko, aby po nią sięgnąć. Dlaczego tak bardzo się bali choćby na nią spojrzeć?

– Na tę drogę nie mogę za tobą wkroczyć. – Profesor Chakravarti podniósł się z krzesła.

– W takim razie powinieneś opuścić wieżę – odparł błyskawicznie Robin. – Dzięki temu nie ubrudzisz sobie sumienia.

– Panie Swift, błagam, proszę posłuchać głosu rozsądku...

– Opróżnij kieszenie. – Robin podniósł głos, żeby zagłuszyć dzwonienie w uszach. – Niczego ze sobą nie zabieraj. Nie wolno ci wynieść srebra, ksiąg, nawet własnych notatek. – Czekał, aby mu ktoś przerwał; żeby zainterweniowała Victoire, mówiąc, że postępuje niesłusznie, lecz nie odezwał się nikt. A on uznał milczenie towarzyszy za wyraz poparcia. – Jestem też pewien, że rozumiesz, iż jeśli stąd wyjdziesz, już do nas nie wrócisz.

– Tymi metodami nie zwyciężycie – przestrzegł profesor Chakravarti. – Sprawicie jedynie, że was znienawidzą.

– Bardziej nas znienawidzić nie mogą – żachnął się Robin.

Lecz nie, prawda wyglądała inaczej; wiedzieli o tym obaj. Brytyjczycy nie żywili do nich nienawiści, ponieważ nienawiść nierozerwalnie wiąże się ze strachem i niechęcią, a oba te uczucia wymagają postrzegania przeciwnika jako autonomicznego podmiotu moralnego, istoty wartej szacunku, godnego rywala. Chińczyków tymczasem Brytyjczycy traktowali z góry, lekceważąco. Nie była to jednak nienawiść. Jeszcze nie.

Katastrofa mostu mogła ten stan rzeczy zmienić.

Z drugiej strony, przemknęło Robinowi przez myśl, wywołanie nienawiści może się opłacić. Nienawiść może wymusić szacunek. Może nakłonić Anglików, by zaczęli patrzeć im w oczy i widzieć w nich ludzi, nie przedmioty. Przemoc może tym systemem wstrząsnąć – usłyszał kiedyś od Griffina – tak mocno, że system tego nie przetrwa.

– *Oderint dum metuant** – zacytował chłopak. – W ten właśnie sposób zwyciężymy.

– To Kaligula – zauważył profesor Chakravarti. – Naprawdę obrałeś sobie za wzór Kaligulę?

– Kaligula dopiął swego.

– Kaligula został zamordowany.

Robin wzruszył ramionami, nie przejął się.

– Wiesz... – podjął uczony. – Wiesz, jednym z najczęściej błędnie rozumianych pojęć sanskrytu jest *ahimsa*. Zakaz uciekania się do przemocy.

– Profesorze, nie trzeba mi wykładów – zaprotestował Robin, lecz Chakravarti nawet się nie zająknął.

– Wielu sądzi, że *ahimsa* równa się całkowitemu pacyfizmowi i że w związku z tym Hindusi są ludźmi potulnymi jak owce, gotowymi ukorzyć się przed każdym. „Bhagawadgita” jednak czyni wyjątek dla *dharma yuddha*. Słusznej wojny.

---

* Niech nienawidzą, byleby się bali.

Wojny, w której przemoc wykorzystywana jest jako ostateczność, wojny prowadzonej nie dla własnego zysku, nie z powodu osobistych ambicji, lecz w imię sprawy, większego dobra. – Urwał i pokręcił głową. – Tak właśnie usprawiedliwiałem ten strajk, panie Swift. To jednak, co zamierzasz zrobić, nie jest już samoobroną. Działasz ze złymi zamiarami. Przemoc jest dla ciebie narzędziem osobistym, orężem zemsty, a tego popierać nie mogę.

– Profesorze, wychodząc, proszę też zabrać swoją próbkę krwi – rzucił Robin, czując w gardle pulsowanie.

Uczony przez chwilę mierzył chłopaka badawczym spojrzeniem, po czym skinął głową i zaczął wykładać na stół zawartość kieszeni.

Ołówek. Notatnik. Dwie czyste sztabki srebra.

Wszyscy pozostali obserwowali wypadki bez słowa.

Robin poczuł ukłucie irytacji.

– Czy ktoś jeszcze chciałby się na coś poskarżyć? – syknął.

Cisza. Profesor Craft wstała i weszła na schody. Moment później poszedł jej śladem Ibrahim, za nim Juliana i cała reszta, aż w holu zostali jedynie Robin i Victoire, odprowadzający spojrzeniem schodzącego ku barykadom profesora Chakravartiego.

ROZDZIAŁ

DWUDZIESTY DZIEWIĄTY

Krzyk zaś małego kominiarza
Prosto w świątynie Boże godzi
Westchnienie z ust żołnierza ciche
Brocząc krwią, wokół murów chodzi

William Blake, „Londyn"
(przeł. Krzysztof Puławski)

Po odejściu profesora Chakravartiego w wieży zapanował posępny nastrój. We wczesnej fazie strajku byli zanadto zaprzątnięci wymogami nowej sytuacji – pisaniem ulotek, przetrząsaniem spisów zamówień, budową umocnień – by poświęcać myśli niebezpieczeństwu, jakie zawisło nad ich głowami. Wszystko, co robili, było bez wyjątku monumentalne, wszystko ich jednoczyło. Rozkoszowali się swoim towarzystwem. Prowadzili długie nocne rozmowy, poznawali się nawzajem, ze zdumieniem odkrywając, że ich historie są w istocie bardzo do siebie podobne. W bardzo młodym wieku wyrwano ich z ojczyzn i ciśnięto w sam środek Anglii, gdzie usłyszeli, że albo rozkwitną, albo zostaną deportowani. Wielu tłumaczy było sierotami, żadnego nie łączyło z krajem pochodzenia nic z wyjątkiem języka*.

---

* Na tym między innymi polegał geniusz projektu Babel. Utrzymując ich w izolacji, zaprzęgając do nauki tak ciężkiej, iż nie mieli szansy zwią-

Gorączkowe przygotowania pierwszych dni protestu dobiegły jednak końca i ustąpiły ponurym, dusznym godzinom. Na szachownicę trafiły już wszystkie figury, wszystkie karty weszły do gry. Nie mogli zagrozić niczym, o czym nie krzyczeliby wcześniej z dachu. Przed sobą mieli jedynie czas, czas upływający do nieuchronnej katastrofy.

Broszury zostały rozesłane, ultimatum postawione. Za siedem dni most Westminsterski runie do Tamizy, chyba że... Chyba że.

Decyzja ta pozostawiła im niesmak. Powiedzieli wszystko, co było do powiedzenia, i nikomu nie uśmiechało się roztrząsanie konsekwencji. Introspekcja wiązała się z ryzykiem; chcieli jedynie doczekać końca dnia. Coraz częściej rozchodzili się do oddzielnych zakątków wieży, gdzie czytali, pracowali bądź zabijali czas w inny sposób. Ibrahim z Julianą całe godziny poświęcali wspólnym spacerom. Pozostali spekulowali niekiedy, że być może mają do czynienia z rodzącym się uczuciem, lecz i te rozmowy szybko gasły; zaczynali przez nie myśleć o przyszłości, o tym, jak to wszystko może się skończyć, przez co popadali w przygnębienie. Jusuf najczęściej wybierał własne towarzystwo. Meghana od czasu do czasu wypijała herbatę z Robinem i Victoire i przy takich okazjach wymieniali opowieści o wspólnych znajomych – dziewczyna dopiero niedawno skończyła studia i blisko znała Vimala i Anthony'ego – lecz po kilku dniach także ona coraz więcej czasu zaczęła spędzać samotnie. Robin zastanawiał się niekiedy, czy ona i Jusuf nie żałują teraz decyzji o przystąpieniu do protestu.

Życie w wieży, życie w czasie strajku – wcześniej tak świeże i fascynująco emocjonujące – nasiąkło rutyną i monotonią. Początki były trudne. Ze wstydem i śmiechem stwierdzali, jak niewiele wiedzą o praktycznej stronie życia. Nikt nie miał po-

---

zać się z kimkolwiek poza kolegami z roku, wieża odcinała wszelkie szanse na powstanie prawdziwej solidarności, kazała im wierzyć, że są jedynymi ofiarami tej sieci.

jęcia, gdzie znaleźć miotły, więc na podłogach wszystkich pięter zbierał się kurz i okruchy. Nikt nie potrafił prać – próbowali więc opracować parę aktywną składającą się ze słowa „wybielacz" i słów wywodzących się z praindoeuropejskiego rdzenia *bhel* („lśniąca biel, błysk, płonąć"), lecz osiągnęli jedynie taki efekt, że odzież na pewien czas stawała się biała i nieprzyjemnie parzyła w dotyku.

Nadal spotykali się regularnie w trzech ustalonych porach posiłków – między innymi dlatego, że tak łatwiej było dzielić prowiant. Bardziej luksusowe dobra wyczerpały się błyskawicznie. Po pierwszym tygodniu skończyła się kawa; pod koniec drugiego na wyczerpaniu była także herbata. Problem rozwiązywali, coraz bardziej rozcieńczając herbaciany napar, aż wreszcie pili leciutko zabarwioną wodę. Mleka i cukru mieli tyle, co kot napłakał. Meghana zasugerowała, że ostatnimi łyżeczkami powinni się nacieszyć, parząc herbatę z prawdziwego zdarzenia, lecz profesor Craft dała pomysłowi zdecydowany odpór.

– Mogę zrezygnować z mleka – stwierdziła – z herbaty nigdy.

Przez ten tydzień opoką Robina stała się Victoire.

Wiedział, że przyjaciółka jest na niego wściekła. Pierwsze dwa dni spędzili w nabrzmiałym urazą milczeniu – lecz mimo wszystko wspólnie, ponieważ wzajemnie podtrzymywali się na duchu. Wiele godzin spędzili przy oknie na piątym piętrze, siedząc ramię w ramię na podłodze. On nie próbował swojej decyzji tłumaczyć. Ona niczego nie wypominała. Nie mieli już nic do powiedzenia. Kurs został obrany i ustalony.

Trzeciego dnia cisza stała się nieznośna, więc zaczęli się do siebie odzywać. Początkowo wymieniali się błahymi uwagami, a potem rozmawiali już o wszystkim, co przychodziło do głowy. Niekiedy wspominali Babel, Instytut ze złotych lat, z czasów, zanim świat stanął na głowie. Czasami zawieszali rzeczywistość, zapominali o wszystkim, co się wydarzyło, i plotkowali o studenckich czasach, jakby znów najważniejsze było, czy Colin Thornhill i bracia Sharpowie pobiją się na pięści, konkurując o względy bawiącej w Oksfordzie przejazdem prześlicznej siostry Billa Jamesona.

Dopiero po czterech dniach zdobyli się na poruszenie tematu Letty.

Zaczął Robin. Letty tkwiła w myślach obojga niczym jątrząca się rana, której nie mieli odwagi dotykać, i w pewnym momencie chłopak nie mógł już tego wytrzymać. Miał ochotę sięgnąć po rozgrzany do czerwoności nóż i wypalić nim zgniliznę.

– Jak uważasz, od początku chciała nas wydać? – zapytał. – I czy myślisz, że przyszło jej to z trudem?

Victoire nie musiała dopytywać, kogo przyjaciel ma na myśli.

– Dla mnie to było jak ćwiczenie z nadziei – odpowiedziała po chwili zastanowienia. – Kochanie jej, rozumiesz. Czasami wydawało mi się, że w końcu zrozumie. Bywało, iż spoglądałam w jej oczy i wydawało mi się, że widzę prawdziwą przyjaźń. Ale potem mówiła coś takiego, rzucała jakąś zdawkową uwagę i cykl zaczynał się od nowa. Jakbym sypała piasek do sita o szerokich okach. Nic w niej nie zostawało.

– A jak sądzisz, mogłaś powiedzieć cokolwiek, co pozwoliłoby jej się zmienić naprawdę?

– Nie wiem – przyznała dziewczyna. – A ty?

Umysł Robina zareagował we właściwy sobie sposób, to znaczy zamiast budzącej lęk myśli przywołał chiński znak.

– Gdy zastanawiam się nad Letty, zawsze widzę w myślach znak *xì*. – Nakreślił palcami w powietrzu: 隙 – Najczęściej oznacza „pęknięcie" lub „szczelinę". W klasycznych chińskich tekstach oznacza jednak także „urazę" bądź „konflikt". Krążą plotki, że cesarz Qing korzysta ze sztabki z wygrawerowaną parą aktywną *xì-konflikt*, którą zainstalował pod płaskorzeźbą przedstawiającą przodków. Kiedy na kamieniu pojawia się rysa, Qing wie, że ktoś przeciw niemu spiskuje. – Chłopak przełknął ślinę. – Wydaje mi się, że takie pęknięcia były od samego początku. Nie sądzę, że mieliśmy szansę temu zaradzić. I ostatecznie wystarczył lekki nacisk, żeby całość rozpadła się w drobny mak.

– Sugerujesz, że aż tak bardzo nas nie cierpiała?

Robin przez chwilę myślał, zastanawiał się nad wagą i skutkiem swych następnych słów:

– Moim zdaniem zabiła go z premedytacją.

Victoire przez długą chwilę przypatrywała mu się bez słowa.

– Dlaczego? – spytała wreszcie.

– Bo chciała, żeby zginął – podjął ochrypłym głosem. – Miała to wypisane na twarzy. Nie bała się, wiedziała, co robi. Mogła wymierzyć w każde z nas, ale zależało jej właśnie na Ramim...

– Robin...

– Wiesz, ona go kochała – mówił dalej. Słowa wylewały się z niego wzburzoną rzeką; zapora puściła i nic już nie mogło zatrzymać powodzi. Bez względu na niszczycielską, tragiczną naturę podejrzenia musiał opowiedzieć o nim na głos, musiał obciążyć tą straszliwą, okropną myślą kogoś innego. – Sama mi o tym powiedziała, na balu. Prawie godzinę wypłakiwała się w moje ramię, ponieważ chciała z nim zatańczyć, a on nawet na nią nie spojrzał. Nigdy na nią nie patrzył, bo nie... – Musiał zamilknąć; dławiły go łzy.

– Och, Robin... – Victoire ujęła go za przegub.

– Wyobraź sobie tylko – podjął. – Brązowoskóry chłopak odmawia angielskiej piękności. Letty nie mogła tego ścierpieć. Jakież to upokarzające... – Otarł oczy rękawem. – Dlatego go zabiła.

Victoire przez dłuższą chwilę siedziała bez słowa. Patrzyła na rozpadające się miasto, myślała. Ostatecznie wyciągnęła z kieszeni wymiętą kartkę i wcisnęła ją Robinowi do ręki.

– Powinieneś to mieć.

Chłopak rozprostował i wygładził papier. Dagerotyp, zdjęcie całej ich czwórki, składane i rozkładane tyle razy, że pokryła je sieć cienkich, białych kresek. Twarze jednak wciąż były wyraźne. Letty ze swoim dumnym spojrzeniem, nieco zmęczona długim trwaniem w bezruchu. Dłonie Ramiego czule spoczywające na ramionach Robina i Victoire. Nieznaczny uśmieszek Victoire; lekko opuszczony podbródek, lśniący wzrok skierowany ku górze. Skrępowany, nieśmiały Robin. Szeroko uśmiechnięty Rami.

Robin gwałtownie zaczerpnął powietrza. Poczuł w piersi ucisk, jakby żebra pochwyciły serce niczym imadło. Nie zdawał sobie sprawy, że wciąż jest zdolny tak bardzo cierpieć.

Korciło go, by podrzeć dagerotyp na strzępy. Lecz poza nim nie miał żadnej innej podobizny Ramiego.

– Nie miałem pojęcia, że to zachowałaś.

– Nie ja, Letty – sprostowała Victoire. – Oprawiła to zdjęcie w ramkę, stało w naszym pokoju. Wyjęłam wieczorem przed bankietem. Chyba nie zauważyła.

– Tacy jesteśmy młodzi. – Nie mógł się nadziwić uwiecznionym twarzom. Miał wrażenie, że od dnia kiedy pozowali do tego dagerotypu, minęło całe życie. – Wyglądamy jak dzieci.

– Byliśmy wtedy szczęśliwi. – Victoire powiodła palcami po bladnących obliczach. – Wiesz? W pewnym momencie chciałam to zdjęcie spalić. Wydawało mi się, że sprawi mi to satysfakcję. W zamku oksfordzkim bardzo długo je oglądałam, wpatrywałam się w jej twarz i chciałam dostrzec... zobaczyć w niej osobę, która była w stanie nam to zrobić. Im dłużej jednak na nią patrzę, tym... tym bardziej mi jej żal. Pokrętne to, lecz z jej punktu widzenia cała ta historia musi wyglądać tak, jakby to ona straciła wszystko. Była okropnie samotna, wiesz? Chciała jedynie przyjaźni, grupy ludzi, którzy rozumieliby, przez co przeszła. I wydawało się jej, że znalazła to wszystko w nas. – Zaczerpnęła drżący oddech. – A kiedy wszystko się rozpadło... myślę, że poczuła się zdradzona, dokładnie tak samo jak my.

Zauważyli, że Ibrahim wiele czasu spędza, pisząc w oprawionym w skórę zeszycie.

– To kronika – odpowiedział zagadnięty. – Notuję wszystko, co wydarzyło się w wieży. Spisuję wszystkie nasze rozmowy. Każdą podjętą decyzję. Piszę o tym, o co walczyliśmy. Może zechcecie dołożyć swoją cegiełkę?

– Jako współautorzy? – upewnił się Robin.

– Jako bohaterowie rozmów. Powiedziałbyś mi, co myślisz, a ja to zapiszę.

– Może jutro? – Robin był bardzo zmęczony, a z jakiegoś niejasnego powodu widok zapisanych maczkiem stron przepełnił go lękiem.

– Zależy mi, żeby to była wyczerpująca relacja, nie chciałbym pominąć niczego i nikogo – stwierdził Ibrahim. – Zdobyłem już wypowiedzi profesor Craft i innych. Pomyślałem po prostu, że... cóż, jeżeli coś się stanie...

– Uważasz, że przegramy – wtrąciła Victoire.

– W tej chwili nikt chyba nie wie, czym się ta afera skończy – odparł Ibrahim. – Wiem za to, co o nas powiedzą, jeżeli skończy się źle. Kiedy na barykadach ginęli studenci z Paryża, wszyscy nazywali ich bohaterami. Jeśli jednak zginiemy my, nikt nie uzna nas za męczenników. Chcę mieć pewność, że pozostanie po nas jakieś świadectwo, dowód na to, że nie byliśmy czarnymi charakterami. Ale widzę, że tobie się ten pomysł nie podoba, prawda? – Ibrahim spojrzał Robinowi w oczy.

– Tego nie powiedziałem. – Chłopak pospiesznie przywołał na twarz bardziej pogodną minę.

– Tak dziwnie patrzyłeś.

– Nie, przepraszam. Rzecz w tym... – Robin nie rozumiał, z jakiego powodu tak trudno dobrać mu słowa. – Chyba nie lubię myśleć o nas jak o czymś dokonanym, kiedy nie zdołaliśmy jeszcze odcisnąć piętna na teraźniejszości.

– Ależ odcisnęliśmy – zaprotestował Ibrahim. – Miejsce w podręcznikach historii mamy zagwarantowane, lepsze lub gorsze. A ta kronika pozwoli nam wpłynąć na opinię ich autorów.

– Co właściwie chcesz w niej zamieścić? – zapytała Victoire. – Tylko ogólny obraz naszej sytuacji i zarys poglądów? Czy może też bardziej osobiste relacje?

– Możecie mówić, o czym zechcecie – odpowiedział Ibrahim. – Jeśli chcesz, zanotuję nawet, co jadłaś w wieży na śniadanie i jak spędzasz wolny czas. Najbardziej jednak, rzecz jasna, ciekawi mnie, skąd się tu wszyscy wzięliśmy.

– Czyli chciałbyś posłuchać o Hermesie – zauważył Robin.

– Wysłucham wszystkiego, co uznasz za stosowne opowiedzieć.

Robin poczuł, że na piersi osiada mu wielki ciężar. Chciał zacząć mówić od razu, wyrzucić z siebie wszystko, co wie, i pozwolić, by kolega to utrwalił, lecz słowa zamarły mu na ustach. Nie umiał też odpowiednio jasno wyrazić, że problemem nie jest dla niego sam pomysł stworzenia kroniki, lecz fakt, iż wydawała mu się ona niewystarczająca, że nie widzi szans, aby rzeczywiście mogła wywrzeć wpływ na opinię przyszłych pokoleń.

A do powiedzenia miał wiele. Nie miał pojęcia, od czego mógłby zacząć. Nigdy dotąd nie przyszło mu do głowy, że egzystują w luce w pisanej historii, nie myślał o dławiącej, oczerniającej sile narracji, przeciwko której wystąpili. A teraz kiedy wreszcie się nad tym zastanowił, potęga wrogich sił wydała mu się niezmierna. Nie zostawili po sobie praktycznie niczego. Z wyjątkiem kroniki Ibrahima nie istniało żadne pisemne świadectwo działalności Towarzystwa Hermes. Hermes rzeczywiście funkcjonował niczym najlepsze tajne sprzysiężenia, zmieniał Wielką Brytanię, wymazując z jej dziejów własne istnienie. Nikt nie doceni tego, co osiągnęli. Nikt się nawet nie dowie, kim byli.

Wrócił myślą do Starej Biblioteki, zniszczonej i wypatroszonej, do istnych gór badań naukowych zamkniętych pod kluczem i na zawsze ukrytych. Pomyślał o spalonej na popiół kopercie; o dziesiątkach współpracowników Hermesa, z którymi nie nawiązali kontaktu i którzy mogli nigdy się nie dowiedzieć, co się naprawdę stało. Pomyślał o wszystkich latach, które Griffin spędził za granicą – walcząc, buntując się, występując przeciwko systemowi znacznie bardziej potężnemu niż on sam. Robin zrozumiał, że nigdy już nie dowie się, co jego brat osiągnął, co takiego wycierpiał. Tak wielka połać historii, wymazana bez śladu.

– Po prostu bardzo się boję – przyznał. – Nie chcę, żeby pozostała po nas tylko ta kronika.

– Tym bardziej warto zapisać, co tylko się da. – Ibrahim skinął na swój zeszyt.

– To dobry pomysł. – Victoire usiadła. – Zgadzam się. Pytaj, o co zechcesz. Zobaczymy, może rzeczywiście uda nam się przekonać jakiegoś przyszłego historyka.

– Może zapamiętają nas, jak my pamiętamy oksfordzkich męczenników – zauważył Ibrahim. – Może wystawią nam pomnik.

– Oksfordzcy męczennicy zostali oskarżeni o herezję i spłonęli na stosie – przypomniał Robin.

– Ach, cóż. – W oku Ibrahima zapłonęła wesoła iskra. – Ale teraz to anglikański uniwersytet, czyż nie?

W ciągu następnych dni Robin często zadawał sobie pytanie, czy to, co poczuli tamtego wieczora, było wspólnym doznaniem śmiertelności, podobnym temu, jakie łączy piechurów siedzących na froncie w okopach? Bo to, co działo się na ulicach, było najprawdziwszą wojną. Most Westminsterski nie runął, jeszcze nie, lecz niebezpieczne wypadki miały miejsce codziennie, a niedobory wciąż się pogłębiały. Cierpliwość Londynu zaczynała się kończyć.

Opinia publiczna domagała się odpłaty, podjęcia działań w takiej czy innej formie. A ponieważ parlament nadal nie zagłosował w sprawie inwazji, wzmagał się nacisk na wojsko.

Wyglądało na to, że chociaż żołnierze otrzymali polecenie pozostawienia samej wieży w spokoju, to mieli już zgodę na strzelanie do tłumaczy przy każdej nadarzającej się okazji. Robin przestał opuszczać Babel od dnia, w którym rozmowę z Ablem Goodfellowem zakłócił karabinowy ogień. Innym razem tuż przy głowie stojącej w oknie Victoire eksplodowała szyba. Wszyscy padli na podłogę i na czworakach przedostali się do piwnicy, gdzie ze wszystkich stron chroniły ich mury. Później odszukali kulę, utkwiła w regale, o który opierała się dziewczyna.

– Jak to możliwe? – pytała profesor Craft. – Okien Instytutu nic nie powinno nawet zarysować. Podobnie jak nic nie powinno zburzyć tych ścian.

Zaintrygowany Robin zbadał pocisk: kula była gruba, spłaszczona i nienaturalnie zimna w dotyku. Uniósł ją do światła i zobaczył cieniutki pasek srebra.

– Profesor Playfair nie próżnuje – mruknął.

Stawka nagle urosła. Babel przestała być niezdobytą twierdzą. Nie prowadzili już strajku, lecz znaleźli się w oblężeniu. Gdyby żołnierze pokonali barykady, gdyby z wynalazkiem profesora Playfaira dotarli pod drzwi Instytutu, protest upadłby natychmiast. Profesor Craft z profesorem Chakravartim jeszcze pierwszej nocy w wieży zastąpili zabezpieczenia Playfaira własnymi, lecz nawet oni przyznawali, że te nowe są znacznie słabsze. Nie mieli pewności, jak sprawdzą się w praktyce.

– Od teraz powinniśmy trzymać się z dala od okien – zasugerowała Victoire.

Barykady wciąż stały, choć wybuchające od czasu do czasu potyczki były coraz bardziej zacięte. W początkowym okresie kamraci Abla Goodfellowa toczyli wojnę typowo obronną. Wzmacniali szańce, obsługiwali linie zaopatrzeniowe, lecz nie prowokowali żołnierzy.

Teraz ulice spływały krwią. Wojsko raz po raz otwierało ogień do robotników, którzy odpowiadali pięknym za nadobne. Z butelek, szmat i nafty konstruowali granaty zapalające, którymi obrzucali żołnierskie obozy i posterunki. Wspinali się na dachy Bodlejanki i Biblioteki Radcliffe'a, skąd ciskali płyty chodnikowe i wylewali na piechurów wrzątek.

Przebieg walk nie powinien być tak wyrównany, w końcu cywile zmagali się z zawodowcami. Teoretycznie obrońcy powinni ulec najdalej w tydzień. Wśród ludzi Goodfellowa jednak znalazło się wielu weteranów, żołnierzy zwolnionych z rozwiązanych po rozprawie z Napoleonem oddziałów. I oni wiedzieli, jak zdobyć broń palną. Potrafili się nią też posługiwać.

Tłumacze pomagali. Victoire, która od dawna pasjami pochłaniała pisma francuskich dysydentów, ułożyła parę aktywną *élan–energia*. Pierwszy człon niósł ze sobą konotacje z typowo francuskim żarem rewolucyjnym, a jego źródła sięgały łacińskiego *lancea* oznaczającego „lancę". W tłumaczeniu na „energię" ginęło odniesienie do rzucania i pędu, co pozwalało miotanym przez załogi barykad cegłom i kamieniom frunąć dalej, celniej i powodować większe zniszczenia.

W głowach obrońców wieży powstało również kilka bardziej szalonych pomysłów, które nie zaowocowały niczym. Słowo *seduce** wywodzi się z łacińskiego *seducere* – znaczącego tyle co „zwodzić na manowce" – z którego powstało w końcu piętnastego stulecia w sensie „przekonać kogoś do zmiany sojuszy". Kierunek zdawał się obiecujący, lecz nie zdołali opracować sposobu zastosowania słowa, który nie zakładałby posyłania na front dziewcząt bądź przebierania robotników w damskie fatałaszki. I jedno, i drugie nie rokowało najlepiej. Wpadli także na niemieckie słowo *Nachmahr*, rzadko obecnie stosowane określenie „nocnej mary", odnoszące się również do „zmory", złośliwego upiora siadającego na piersiach śpiących ludzi. Eksperymenty wykazały, iż oparta o te słowa para aktywna sprawia, że sny poddanego jej działaniu człowieka istotnie stają się bardziej przerażające, lecz nie daje żadnej gwarancji ich wystąpienia.

* (ang.) uwodzić (przyp. tłum.)

Pewnego ranka Abel pojawił się w holu, dźwigając pod pachami kilka owiniętych w płótno podłużnych, cienkich przedmiotów.

– Macie tu kogoś, kto potrafi strzelać? – spytał.

– Ja potrafię, ale niezbyt dobrze. – Robin wyobraził sobie, że podnosi karabin, celuje w żywego człowieka i pociąga za spust. Nie był pewien, czy byłby w stanie to zrobić.

– Nie z czegoś takiego – dodała Victoire.

– Skoro tak, to wpuśćcie do środka moich ludzi – zasugerował Abel. – Macie w tej wieży najlepsze stanowiska strzeleckie w mieście. Żal nie wykorzystać.

Dzień mijał za dniem, a barykady trwały. Robinowi wydawało się niebywałe, iż ich prowizoryczne fortyfikacje nie ugięły się pod ciężarem niemal nieustannego ostrzału artyleryjskiego, lecz Abel z przekonaniem powtarzał, że o ile nic nie zakłóci dostępu do budulca, którym łatali naruszone fragmenty, szańce są praktycznie niezniszczalne.

– To zasługa kształtu poszczególnych segmentów. Budowaliśmy je na podobieństwo litery V, dzięki czemu pociski trafiające w węższą, skierowaną do przodu część sprawiają, że całość staje się coraz bardziej zwarta – wyjaśnił brodacz.

– Rozumiem, ale wieczne te barykady przecież chyba nie są? – zauważył Robin z powątpiewaniem.

– Nie, chyba nie.

– Co się stanie, kiedy żołnierze wreszcie się przebiją? – zapytał chłopak bez ogródek. – Uciekniecie czy zostaniecie?

Abel nie odpowiedział od razu.

– We Francji broniący barykad rewolucjoniści rozpinali koszule i szli na żołnierzy z gołymi piersiami, nawołując, by strzelali, jeśli mają odwagę.

– I co? Strzelali?

– Zależy. Czasami strzelali od razu i bez wahania. Ale bywało też inaczej... Pomyśl tylko. Patrzysz człowiekowi prosto w oczy. Swojemu rówieśnikowi lub komuś młodszemu. Chłopakowi z tego samego miasta. Może nawet z jednej dzielnicy. Niewykluczone, że to jakiś twój znajomek, a może znacie się po prostu z widzenia. Ty byś w takiej sytuacji strzelił?

– Raczej nie – przyznał Robin, choć natychmiast w jego głowie odezwał się głosik, który przypomniał: Letty strzeliła.

– Sumienie każdego żołnierza wytycza pewne granice – zauważył brodacz. – Podejrzewam, że spróbują nas aresztować. Ale strzelać z zimną krwią do mieszczan? Dokonać masakry? Wątpię. No cóż, zobaczymy, jak będzie.

Niedługo będzie po wszystkim, pocieszali się, wyglądając nocą na miasto, w którym tańczyły jasne światła pochodni i rozbłyskiwały armatnie wystrzały. Musieli wytrwać jedynie do soboty. Parlament ma dokładnie tyle samo czasu, co strajkujący. Władza nie może pozwolić, by most Westminsterski runął.

A potem te dziwne, nieśmiałe wyobrażenia. Jak właściwie ma wyglądać zawieszenie broni? Czy powinni podpisać umowę, w której zawarte zostaną warunki amnestii? Sprawą zajął się Jusuf, który przygotował szkic paktu ratującego tłumaczy przed stryczkiem. Czy kiedy Instytut zacznie działać jak dawniej, pozostaną jego częścią? Jaka będzie sytuacja tłumaczy w epoce po upadku imperium, w czasach, gdy brytyjskie rezerwy srebra skurczą się niemal do zera? Nigdy przedtem sobie tych pytań nie zadawali, lecz teraz, kiedy wynik strajku był mniej pewny niż kiedykolwiek, jedyną otuchę stanowiło snucie prognoz przyszłości tak szczegółowych, że zaczynały się wydawać realne.

Robin jednak nie przewidywał. Nie znosił tych rozmów; kiedy tylko ktoś wspominał o tym, co będzie potem, chłopak znajdował jakąś wymówkę i odchodził.

Bez Ramiego i Griffina nie było przyszłości, nie było jej bez Anthony'ego, Cathy, Ilse i Vimala. Dla Robina czas zatrzymał się w chwili, gdy wystrzelony z rewolweru Letty pocisk opuścił komorę. Wszystko, co działo się potem, stanowiło jedynie skutki uboczne tamtego momentu. Z tym, co stanie się później, będą musieli radzić sobie inni. Robin chciał jedynie, aby wszystko dobiegło wreszcie końca.

Victoire zastała go na dachu. Siedział z kolanami podciągniętymi do piersi i kołysał się w przód i w tył do rytmu wystrzałów. Przycupnęła obok.

– Zanudzili cię prawniczym żargonem?

– Te wszystkie rozmowy są zupełnie jak dziecięca zabawa – powiedział. – Mam wrażenie, że to jedna wielka groteska. Tak, wiem, że ten strajk od początku był groteskowy, ale to, jak zachowują się teraz... Gadanina o tym, co potem... Jałowe fantazje.

– Musisz wierzyć, że będzie jakieś potem – wyszeptała dziewczyna. – Oni wierzyli.

– Oni byli od nas lepsi.

– Owszem, byli. – Otoczyła go ramieniem. – Ale koniec końców to nam przypadło dokończenie tej roboty, prawda?

ROZDZIAŁ
TRZYDZIESTY

Most Westminsterski runął*.

*

W chwili zawalenia się mostu Londyn pogrążony był we śnie. Londyn był milczący i nieświadomy; był, cytując Wordswortha „blaskiem i lśnieniem w bezdymnym powietrzu”, niczym w drogą szatę odziany w „piękno poranka, milczące, nagie”.

Później mieszkańcy Oksfordu utrzymywali, że i oni wiedzieli, kiedy most upadł – że wiedzieli mimo dzielącego oba miasta dystansu ponad stu mil. Dziesiątki świadków zgodnie twierdziło, niewykluczone, iż wskutek zbiorowej halucynacji bądź efektów ubocznych działania prętów rezonansowych, że tuż przed katastrofą usłyszeli zwiastujące ją odgłosy.

– Ogarnęło mnie takie straszliwe przeczucie, utkwiło głęboko w trzewiach – mówi wykładowca filozofii naturalnej z kolegium Merton, profesor Harrison Lewis. – Najgłębszy znany mi rodzaj trwogi. Wiedziałem, że lada moment nastąpi coś potwornego, i dopiero później okazało się, co dokładnie.

Londyńscy świadkowie naoczni wspominali potężny hałas.

– Normalnie jakby kamienie wrzeszczały – opowiada praczka, pani Sarah Harris. – Jakby chciały dać wszystkim znać, że trzeba brać nogi za pas i Bóg świadkiem, że ich posłuchałam.

Nie zapominajmy, że mówimy o mieście nawykłym do problemów z przeprawami przez rzekę. Most Londyński doświadczył w swej historii przynajmniej trzech przerw w działaniu – jedną spowodował lód, za inne odpowiadały pożary. Lecz wbrew popularnym piosenkom most Londyński zawsze zawalał się jedynie częściowo. Nigdy nie runął do rzeki w całości.

A most Westminsterski tak.

– Szast-prast i po moście – mówi kominiarz, pan Monks Creedy. – W jednej chwili wisiał jak zwykle, zaraz potem już go nie było.

Katastrofę poprzedziły sygnały ostrzegawcze.

Świadkowie donoszą, że kamienne elementy zaczęły dygotać okrągłe dwadzieścia minut przed upadkiem, co większości pieszych zapewniło możliwość ucieczki na brzeg. Kiedy rozszedł się rumor, pod mostem przepływały dwa parowce i obie jednostki próbowały się ratować. Jedna zaczęła cofać, druga nagle przyspieszyła. W efekcie powstał zator, w którym utknęły oba te statki i wiele innych.

– Zupełnie jak w biblijnym Jerycho – ocenia prawnik, pan Martin Green. – Poszło błyskawicznie. Jakby most zawalił się na dźwięk niewidzialnych trąb.

Szacowanie liczby ofiar śmiertelnych trwa, gdyż wciąż nie ustalono, ilu przechodniów znajdowało się na moście w chwili katastrofy (z pewnością były tam przynajmniej sześćdziesiąt trzy osoby, w tym jeden parlamentarzysta, co interesujące, członek frakcji antywojennej). Do tego należy doliczyć pechowców, którzy ponieśli śmierć na statkach, w rzece i jej pobliżu.

– Widziałam pewną paniusię, stała przy brzegu – relacjonuje gosposia, pani Sue Sweet. – Wydzierała się do ludzi z pływającego domu, żeby ją zabrali, ale tamci mieli za daleko i zanim dotarło do niej, że trzeba uciekać, zasypał ją gruz.

W odpowiedzi na pytanie, czy jej zdaniem katastrofa mostu Westminsterskiego może się przysłużyć sprawie tłumaczy, pani Sweet stwierdziła:

– Nie. Moim zdaniem to nie oni zrobili. Czegoś takiego nie zrobiłby przecież żaden człowiek. Takie rzeczy dzieją się tylko z woli Najwyższego.

ROZDZIAŁ

TRZYDZIESTY PIERWSZY

Most Westminsterski runął, a w Oksfordzie wybuchła prawdziwa wojna.

Strajkujący tłoczyli się wokół telegrafu w niecierpliwym oczekiwaniu na najnowsze doniesienia. W pewnej chwili jeden z uzbrojonych robotników zbiegł po schodach, złapał oddech i ogłosił:

– Zabili dziewczynę.

Tłumacze pobiegli za nim na dach. Robin nawet gołym okiem zobaczył jakiś tumult na północy, w okolicach Jericho: rozgorączkowany tłum. Dopiero jednak kiedy wyregulował obiektyw teleskopu, ujrzał to, na co wskazywali strzelcy.

Robotnik relacjonował, że zaczęło się od kilku strzałów, jakie wymienili żołnierze i obrońcy barykady w Jericho. Tego rodzaju zajścia zazwyczaj nie miały ciągu dalszego – strzały ostrzegawcze mąciły miejską ciszę właściwie bez przerwy, a wyglądało to tak, że każda ze stron otwierała ogień na zmianę, pozwalając przeciwnikom wycofać się w bezpieczne miejsce. Strzelaniny były więc symboliczne, jak symboliczny miał być cały ten konflikt. Lecz tym razem ktoś padł naprawdę.

Przybliżające soczewki ukazały oszałamiającą mnogość szczegółów. Ofiara była młoda i biała, była jasnowłosa i śliczna, a wypływająca z jej brzucha krew kładła się na ulicy wyrazistym, niemożliwym do pomylenia z niczym innym szkarłatnym kwiatem. Na tle szarego bruku plama wyglądała jak sztandar.

Dziewczyna nie miała na sobie spodni. Dołączające do obrońców barykad kobiety zazwyczaj nosiły spodnie. Ona miała szal i zwiewną spódnicę, a jej lewego przedramienia nadal trzymał się odwrócony do góry dnem koszyk. Być może szła załatwić codzienne sprawunki. Być może wracała do domu, do męża, rodziców, dzieci.

Robin oderwał się od teleskopu i wyprostował.

– Czy to...?

– Nie. To nie my – uprzedził pytanie inny strzelec. – Spójrz na kąt. Dziewczyna jest zwrócona tyłem do barykady. To żaden z nas, powiadam.

W dole rozległy się krzyki. Ponad głowami obrońców wieży zaświstały kule. Wylęknieni czmychnęli z powrotem na schody, pod osłonę murów.

Zebrali się w piwnicy. Nerwowo skuleni, z rozbieganym wzrokiem, przypominali zgraję przestraszonych dzieciaków, które przed momentem zrobiły coś bardzo niedobrego. Zginęła pierwsza cywilna ofiara barykad, wydarzenie bardzo doniosłe. Została przekroczona pewna granica.

– To koniec – stwierdziła profesor Craft. – Otwarta wojna na angielskiej ziemi. To się musi skończyć.

Natychmiast rozpętała się dyskusja.

– Przecież nie zginęła z naszej winy – zauważył Ibrahim.

– Dla nich nieważne, z czyjej – odparł Jusuf. – Liczy się, że my zaczęliśmy...

– Czyli mamy się poddać? – oburzyła się Meghana. – Po tym wszystkim? Mamy tak po prostu ustąpić?

– Strajk się nie skończy. – Bijąca ze słów Robina siła zaskoczyła jego samego. Głos dobywał się z jakiegoś miejsca poza nim. Należał do kogoś starszego, brzmieniem przypominał głos Griffina. I musiał wywrzeć spore wrażenie, gdyż rozmowy ucichły, a wszystkie twarze zwróciły się ku chłopakowi.

Oblicza pełne lęku, wyczekiwania, nadziei. – Teraz karta nareszcie się odwróci. To najgłupsze, co mogli zrobić. – Krew huczała mu w uszach. – Dotąd całe miasto było przeciw nam, nie rozumiecie? Ale dzisiaj wojsko popełniło błąd. Zastrzelili mieszczankę. Z tego się nie wygrzebią. Myślicie, że Oksford wesprze teraz żołnierzy?

– Jeżeli masz rację – powiedziała z wolna profesor Craft – to w mieście zrobi się jeszcze goręcej.

– I dobrze – odparł Robin. – Byle barykady trzymały.

Victoire przypatrywała się mu spod przymrużonych powiek. Wiedział, o czym przyjaciółka myśli – że śmierć tej nieznajomej dziewczyny nie zaciążyła mu na sumieniu, że nie przejął się nią nawet w połowie tak bardzo, jak towarzysze.

Cóż, czy naprawdę powinien się tego wstydzić? Miał przecież rację. Ta nieznajoma ofiara, kimkolwiek była, stała się symbolem; dowiodła, że imperium nie zna umiaru, że władza uczyni dla własnego ocalenia dosłownie wszystko. Proszę bardzo, myślał. Zróbcie to jeszcze raz. Zabijcie kolejnych. Zalejcie ulice czerwienią własnych rodaków. Pokażcie wreszcie, kim jesteście naprawdę. Pokażcie Anglikom, że biała skóra ich nie ocali. Dzisiaj w końcu doszło do niezaprzeczalnej zbrodni, zbrodni, której sprawstwo było niepodważalne. To wojsko zabiło tę dziewczynę. I jeżeli Oksford chciał ją pomścić, mógł to uczynić na jeden tylko sposób.

Tej nocy na oksfordzkich ulicach rozlała się niepohamowana przemoc. Pierwsze walki rozgorzały na dalekich rubieżach miasta, w Jericho – tam gdzie przelano pierwszą kroplę krwi – i stopniowo ogarniały kolejne dzielnice. Kanonada nie cichła nawet na chwilę. Cały Oksford rozbrzmiewał krzykami i odgłosami zamieszek. Na placach i w zaułkach pojawiły się tłumy, Robin nie podejrzewał nawet, że w tej niewielkiej mieścinie mieszka aż tylu ludzi.

Korzystając z chwili przerwy w ostrzale, tłumacze podbiegli do okien i wyjrzeli na zewnątrz.

– To obłęd – szeptała raz po raz profesor Craft. – Skrajny obłęd.

Robin stwierdził w duchu, że słowo „obłęd" nawet w połowie nie oddaje tego, co rozgrywało się na ich oczach. Język angielski był stanowczo zbyt ubogi, aby opisać te sceny. Umysł chłopaka wrócił do starych chińskich tekstów, do idiomów określających upadek cesarskich dynastii i następującą potem zmianę. 天翻地覆; *tiānfāndìfù*. Niebo runęło, a ziemia zapadła się w sobie. Świat stanął na głowie. Wielka Brytania przelewała własną krew. Anglia wycinała kawałki własnego ciała i od tego momentu nic nie mogło już być takie jak przedtem.

O północy Abel wezwał Robina do holu.

– Już po wszystkim – stwierdził brodacz. – Zbliżamy się do końca drogi.

– O czym ty mówisz? – zdziwił się chłopak. – Przecież dla nas to dobrze. Sprowokowali całe miasto.

– To nie potrwa długo – odparł Abel. – W tej chwili ludzi niesie gniew, ale nie są żołnierzami. Nie wytrwają. Widywałem już takie rzeczy. W ciągu kilku godzin zaczną się rozchodzić do domów. A wojsko dało mi właśnie znać, że z nastaniem świtu zaczną strzelać do każdego, kogo zobaczą na ulicy.

– No a barykady? – rzucił z narastającą w głosie rozpaczą Robin. – Przecież nadal stoją...

– Bronimy w tej chwili ostatniej linii umocnień. Poza High Street nie mamy niczego. Tamci już nie bawią się w dżentelmenerię. Przebiją się. Pytanie nie brzmi czy, tylko kiedy. Fakty są takie, że my jesteśmy bandą uzbrojonych cywilów, a oni wyszkolonym, dysponującym odwodami wojskiem. Historia uczy, że jeśli dojdzie do walnej bitwy, rozbiją nas w puch. A nie chcemy tu powtórki z Peterloo* – stwierdził brodacz z ciężkim westchnieniem. – Złudzenie ich powściągliwości nie mogło trwać wiecznie. Mam tylko nadzieję, że zyskaliście dzięki nam dość czasu.

– Od początku miałem wrażenie, że świerzbią ich palce, by do was postrzelać – zauważył Robin.

– Tym razem chyba nie cieszysz się, że miałeś rację? – Robotnik rzucił mu smutne spojrzenie.

– Cóż. – Chłopak poczuł wzbierającą w sercu falę frustracji, lecz szybko zdusił ją w zarodku; nieuczciwie byłoby winić Abla za taki rozwój wypadków, nie byłoby też uczciwie prosić go, by został, czekając na nieuchronne aresztowanie bądź śmierć. – Chyba muszę ci po prostu podziękować. Dziękuję za wszystko.

– Zaraz, zaraz – rzucił brodacz. – Nie przychodzę tu tylko po to, żeby powiedzieć, że was porzucamy.

Robin wzruszył ramionami.

– Kiedy padną barykady, wypadki potoczą się bardzo szybko. – Starał się nie zawrzeć w tonie wyrzutu.

– Przyszedłem dać znać, że jest dla was szansa. Możecie się wydostać. Zaczniemy wyprowadzać ludzi, zanim strzelanina rozgorzeje na dobre. Na barykadach zostawimy niewielką obsadę, która odwróci uwagę wojska na tyle, żeby pozostali zdążyli dotrzeć na wzgórza Cotswold. Albo i dalej.

– Nie – rzucił Robin. – Dziękuję, ale nie możemy skorzystać. Zostaniemy w wieży.

– Wszyscy? – Abel uniósł brew.

Wyraz twarzy brodacza mówił: czy naprawdę możesz sam podjąć taką decyzję? Chcesz mi powiedzieć, że wszyscy w Babel chcą umrzeć? I były to słuszne pytania, ponieważ nie, Robin nie mógł się wypowiadać w imieniu pozostałej szóstki. Prawdę

* Mowa o masakrze Peterloo z 1819 roku, której najbardziej bezpośrednim skutkiem była ostra akcja władz przeciwko radykalnym organizacjom. W trakcie odbywającej się w Manchesterze demonstracji na rzecz poszerzenia praw wyborczych kawaleria przypuściła atak na zebrany tłum, tratując mężczyzn, kobiety i dzieci. Szarża pochłonęła życie jedenastu osób.

powiedziawszy, chłopak uświadomił sobie właśnie, że nie ma pojęcia, co by postanowili.

– Zapytam – obiecał, skarcony. – Jak długo...

– W ciągu godziny – uciął Abel. – Szybciej, jeśli dacie radę. Lepiej nie zwlekać.

Przed powrotem na górę Robin zebrał się w sobie. Nie wiedział, jak ma towarzyszom powiedzieć, że to koniec. Twarz groziła mu nieposłuszeństwem, uprzedzała, że lada moment odsłoni przerażonego chłopca, kryjącego się za duchem starszego brata. Sam przecież ściągnął wszystkich tych ludzi do tego ostatniego bastionu; czuł, że nie zniesie ich spojrzeń, kiedy usłyszą, że już po wszystkim.

Tłumacze zebrali się na trzecim piętrze, stali przy wschodnim oknie. Podszedł do nich. Przez trawiasty dziedziniec maszerowali żołnierze, posuwali się naprzód z dziwnym wahaniem.

– Co oni robią? – zastanowiła się profesor Craft. – To ma być atak?

– Chyba powinno ich być więcej, prawda? – dodała Victoire.

Miała rację. Ponad tuzin piechurów pozostał w głębi High Street, a ku wieży zmierzała jedynie piątka. W pewnym momencie żołnierze rozeszli się na boki i do ostatniej barykady podeszła samotna postać.

Victoire aż się zachłysnęła.

To była Letty. Zatrzymała się i zamachała białą flagą.

ROZDZIAŁ

TRZYDZIESTY DRUGI

Na plecach sługi Hindusa przysiadła,
Gwiazdę poranną podziwiać zachciała,
A mijające wachlarze wołały:
„Och, jaka ty piękna dziś jesteś cała!"

Edward Lear, „Szarfa"
(przeł. Grzegorz Komerski)

Zanim otworzyli drzwi Instytutu, odprawili wszystkich pozostałych na górę. Letty nie przybyła negocjować z przywódcami wzburzonego tłumu; w tym celu nikt nie oddelegowałby studentki. Rozmowa miała być osobista. Letty przyszła się rozliczyć.

– Przepuśćcie ją – rzucił Ablowi Robin.

– Słucham?

– Ta dziewczyna chce z nami rozmawiać. Powiedz, żeby pozwolili jej przejść.

Brodacz powiedział coś jednemu ze swych ludzi, który pognał przez dziedziniec i przekazał polecenie załodze barykady. Dwóch robotników wspięło się na szczyt szańca i wychyliło. Moment później bez większych ceregieli przenieśli Letty na drugą stronę i odstawili na ziemię.

Dziewczyna ruszyła w kierunku wieży. Szła przygarbiona, ze skulonymi ramionami; flaga wlokła się za nią po chodniku. Wzrok podniosła dopiero, kiedy spotkali się na progu.

– Cześć, Letty – rzuciła Victoire.

– Dobry wieczór – mruknęła Letty. – Dziękuję, że zechcieliście mnie przyjąć.

Wyglądała bardzo mizernie. Z pewnością od dawna nie spała; ubranie miała brudne i pogniecione, policzki zapadnięte, a oczy czerwone i obrzmiałe od płaczu. Wciąż skulona, zupełnie jak człowiek próbujący uniknąć ciosu, wydawała się bardzo mała. Robin wbrew sobie, na przekór wszystkiemu, poczuł ochotę, żeby ją przytulić.

Przestraszył się tego odruchu. Kiedy Letty zbliżała się do wieży, rozważał w duchu przez moment, czy jej nie zabić – gdyby tylko jej śmierć nie oznaczała wyroku dla nich wszystkich, gdyby mógł złożyć na szali jedynie własne istnienie. W tej chwili jednak trudno było na nią patrzeć i nie widzieć przyjaciółki. Jak to możliwe? Kochać człowieka odpowiedzialnego za tak potworną krzywdę. Z bliska, patrząc jej w oczy, z najwyższym trudem dowierzał, że ta Letty, ich Letty, zrobiła to, co zrobiła. Była przecież taka zbolała, bezbronna – nieszczęsna bohaterka straszliwej baśni.

To jednak, napomniał się w duchu, wynikało wyłącznie z jej wyglądu. W tym kraju uroda i cera Letty po prostu musiały budzić współczucie. Spośród nich wszystkich, bez względu na to, co jeszcze miało się wydarzyć, jedynie Letty mogła wyjść stąd niewinna.

– Poddajesz się? – Wskazał ruchem głowy flagę.

– Chcę pertraktować – odparła. – Nic więcej.

– Zapraszam – rzuciła Victoire.

Letty przekroczyła próg wieży. Drzwi zatrzasnęły się za jej plecami. Przez jakiś czas wszyscy troje po prostu przyglądali się sobie bez słowa. Stali niepewni pośrodku holu, tworząc nierównomierny trójkąt. Było w tym coś z gruntu niewłaściwego. Zawsze była ich czwórka; zawsze schodzili się parami, zawsze byli parzyści i Robin mógł myśleć jedynie o tym, że brakuje tutaj Ramiego. Bez niego nie mogli być sobą; bez jego śmiechu, bez bystrych, ciętych dowcipów i ripost, bez niespodziewanych zmian tematu, od których kręciło się w głowie. To nie było spotkanie przyjaciół z roku. To była stypa.

– Dlaczego? – spytała bezbarwnym tonem Victoire.

Letty drgnęła, lecz bardzo nieznacznie.

– Musiałam – stwierdziła z zadartą wysoko głową, niezłomna. – Wiesz przecież, że nic innego nie mogłam zrobić.

– Nie – odparła Victoire. – Nie wiem.

– Nie mogłam zdradzić własnego kraju.

– Nie musiałaś zdradzać nas.

– Wpadliście w macki stosującej przemoc organizacji przestępczej – powiedziała Letty. Słowa te padły tak gładko, że Robin nabrał podejrzeń, iż zostały zawczasu przećwiczone. – Gdybym nie udawała, że się z wami zgadzam, gdybym nie robiła tego, co wszyscy, nie uszłabym stamtąd z życiem.

Robin zaczął się zastanawiać, czy dziewczyna naprawdę w to wszystko wierzy. I czy zawsze postrzegała ich w taki właśnie sposób? Nie podejrzewał, że usłyszy coś podobnego z ust tej samej osoby, z którą dawniej potrafili śmiać się do rozpuku. Tylko język chiński potrafi wyrazić ból, jaki potrafią zadać nawet tak proste słowa: 刺, *cì*, znak oznaczający ciernie, uderzenia sztyletu, krytykę. Bardzo pojemny symbol. Zastosowany w wyrażeniu 刺言 刺語 oznacza „słowa kolczaste, kłujące", 刺 może oznaczać „prowokować". 刺 może również znaczyć „mordować".

– Czyli to koniec? – rzucił chłopak. – Parlament stracił cierpliwość?

– Och, Robin. – Letty obrzuciła go proszącym spojrzeniem. – Musicie się poddać.

– Letty, obawiam się, że nie do końca rozumiesz, na czym polegają pertraktacje.

– Mówię bardzo poważnie. Próbuję was ostrzec. Wcale nie chcieli mnie puścić, ale wybłagałam. Pisałam do ojca, robiłam wszystko, co mogłam.

– Przed czym chcesz nas ostrzec? – spytała Victoire.

– O świcie przypuszczą na wieżę szturm. Złamią wasz opór działami. Nie będą dłużej czekać. To koniec.

– Ciekawe, jak chcą potem odzyskać miasto. – Robin zaplótł ręce na piersi.

– W tym właśnie rzecz – odparła Letty. – Dotąd się powstrzymywali, ponieważ sądzili, że wezmą was głodem. Nie chcą was zabijać. Możecie nie wierzyć, ale naprawdę nie uśmiecha im się rzeź uczonych. Wszyscy jesteście bardzo przydatni, w tym jednym się nie pomyliliście. Ale kraj nie może dłużej tolerować tej sytuacji. Przyparliście ich do ściany.

– Skoro tak, to logicznym byłoby spełnić nasze żądania – zauważyła Victoire.

– Wiesz, że tego zrobić nie mogą.

– Czyli są gotowi zniszczyć własne miasto?

– Naprawdę sądzicie, że parlament przejmuje się tym, co niszczycie? – rzuciła zniecierpliwionym tonem Letty. – Ci ludzie nie dbają o to, co robicie z Oksfordem ani z Londynem. Śmiali się, kiedy pogasły światła, rechotali, gdy zawalił się most. Im wręcz zależy na zniszczeniu stolicy. Według nich już teraz jest zbyt duża i niesterowna, nie podoba im się, że mroczne, cuchnące slumsy zagrażają cywilizowanym dzielnicom. A sami wiecie, że najbardziej ucierpią na tym ubodzy. Bogaci wyjadą na wieś, do swych letnich posiadłości, gdzie powietrze i woda są czyste, i tam przeczekają do wiosny. A biedota będzie mrzeć jak muchy. Posłuchajcie mnie. Władzom tego kraju bardziej leży na sercu imperialna duma niż drobne niegodności i prędzej pozwolą, by miasto obróciło się w ruinę, niż ugną się przed szantażem ludzi, których postrzegają jako garstkę... garstkę... baboli.

– Powiedz, co chciałaś powiedzieć – zachęciła Victoire.

– Cudzoziemców.

– Interesująca ta ich duma – skwitował Robin z przekąsem.

– Wiem – przyznała Letty. – W takiej samej dumie wychowano mnie. Wiem, jak głęboko potrafi się zakorzenić. Uwierzcie mi przynajmniej w to. Nie macie pojęcia, ile krwi gotowi są poświęcić i przelać, byle zachować dumę. Przecież ci ludzie pozwolili, żeby most Westminsterski runął do Tamizy. Czym innym możecie im zagrozić?

Victoire i Robin milczeli. Most był ich asem w rękawie. Czy mieli jeszcze w ręku jakikolwiek atut?

– I wobec tego wszystkiego przychodzisz nas namówić, abyśmy poszli na śmierć – odezwała się Victoire.

– Wcale nie – rzuciła Letty. – Chcę was ocalić. – Zamrugała i nagle spłynęły po jej policzkach łzy, kreśląc dwie cienkie, przezroczyste smużki.

Nie udawała; doskonale wiedzieli, że ta dziewczyna nie potrafi grać. Była w tej chwili zdesperowana, szczerze i naprawdę zrozpaczona. Kochała ich; Robin w to nie wątpił. W najgorszym wypadku była przekonana, że ich kocha. Chciała, by wyszli z tej afery cali i zdrowi, aczkolwiek jej wersja pomyślnego rozwiązania zakładała umieszczenie obojga przyjaciół za kratami.

– Nie chciałam tego wszystkiego – podjęła. – Chcę po prostu, żeby znów było jak dawniej. Mieliśmy przed sobą wspólną przyszłość. Wszyscy.

Robin stłumił cisnący mu się na usta śmiech.

– Coś ty sobie wyobrażała? – rzucił półgłosem. – Że będziemy się spokojnie objadać cytrynowymi herbatniczkami, patrząc, jak ten kraj atakuje kolejno nasze ojczyzny?

– To nie są wasze ojczyzny – powiedziała Letty. – Nie muszą być.

– Muszą – stwierdziła ostro Victoire. – Dlatego że nigdy nie staniemy się Brytyjczykami. Jak możesz tego nadal nie pojmować? Ta tożsamość jest dla nas niedostępna. Jesteśmy cudzoziemcami, gdyż za takich uznał nas ten kraj, i dopóki codziennie będziemy karani za związki z ojczyznami, będziemy tych ojczyzn bronić. Nie, Letty, nie możemy tej fantazji podtrzymywać. Tylko ty to potrafisz.

Rysy Letty stężały.

Rozejm dobiegł końca; mury ponownie strzeliły ku górze; przypomnieli jej, dlaczego ich porzuciła, dlaczego nigdy nie mogła stać się jedną z nich. A Letty, jeżeli nie mogła do jakiegoś klubu wstąpić, wolała zrównać go z ziemią.

– Zdajecie sobie sprawę, że jeśli wrócę stąd z odmową, uderzą w pełni gotowi was pozabijać?

– Tego akurat zrobić nie mogą – powiedziała Victoire, zerkając przy tym na Robina; szukała potwierdzenia. – Cały pomysł tego strajku opiera się na fakcie, że jesteśmy im potrzebni. Nie mogą nas stracić.

– Zrozumcie, proszę. – W głosie Letty pojawiła się ostra nuta. – Przyprawiliście ich o ból głowy. Tak, brawo. Ale koniec końców jesteście zbędni. Wszyscy. Zabijając was, poniosą niewielką stratę, ale projekt imperium to coś więcej niż garstka uczonych. I przetrwa dłużej niż kilka dekad. Ten kraj stara się osiągnąć coś, czego nie osiągnęła żadna inna cywilizacja w dziejach, i jeśli nawet poświęcenie was opóźni nieco realizację celu, to i tak to zrobią. A nowych tłumaczy po prostu wykształcą.

– Nieprawda – syknął Robin. – Po czymś takim nikt nie zechce dla nich pracować.

– Oczywiście, że zechce – prychnęła Letty. – Przecież od początku wiedzieliśmy, czemu to wszystko służy, prawda? Opowiedzieli nam o tym pierwszego dnia studiów. A i tak pokochaliśmy Instytut. Zawsze znajdą się chętni. Utraconą wiedzę zdobędą na nowo. A potem zrobią wszystko, co zechcą, bo nie będzie nikogo, kto mógłby ich powstrzymać. – Letty chwyciła Robina za rękę. Gest był tak nagły i niespodziewany, że chłopak nie zdążył cofnąć dłoni. Dotyk dziewczyny był lodowaty, ścisnęła go tak mocno, że przestraszył się, iż wyłamie mu palce. – Ptaszyno, martwy niczego nie zmienisz.

– Nie nazywaj mnie Ptaszyną. – Uwolnił się szarpnięciem.

Letty udała, że nie słyszy.

– Nie trać z oczu tego, na czym ci zależy. Skoro chcesz naprawić imperium, powinieneś robić to od środka.

– Tak jak ty? – odparł Robin. – Tak jak Sterling Jones?

– Nas przynajmniej nikt nie chce wsadzić do więzienia. My przynajmniej możemy działać swobodnie.

– Myślisz, że ten kraj kiedykolwiek się zmieni, Letty? Czy pomyślałaś choć raz, co się stanie, jeżeli zwyciężycie?

– Zwyciężymy w krótkiej, bezkrwawej wojnie. – Dziewczyna wzruszyła ramionami. – Zdobędziemy całe srebro świata.

– I co dalej? Wasze maszyny staną się jeszcze bardziej wydajne. Płace spadną. Wzrosną nierówności i bieda. Spełnią się wszystkie proroctwa Anthony'ego. Bal nie może trwać wiecznie. Co wtedy?

– Każdy problem ma swoje rozwiązanie. Coś wymyślimy.

– Nie wymyślicie – rzucił Robin. – Rozwiązanie nie istnieje. Siedzicie w rozpędzonym pociągu, z którego nie można wysiąść. To nie może się skończyć dobrze dla nikogo. Nasze wyzwolenie będzie również waszym.

– Chyba że – zauważyła Letty – pociąg będzie jechać szybciej i szybciej, a my na to pozwolimy, ponieważ dzięki temu wyprzedzimy wszystkich innych. Po co mielibyśmy wysiadać?

Na te słowa nie znalazł stosownej riposty. Z drugiej strony, Letty nigdy nie dało się do niczego przekonać.

– Naprawdę nie warto – ciągnęła dziewczyna. – Tyle ciał na ulicach... I w imię czego? Żeby coś zamanifestować? Ideologiczna słuszność to piękna rzecz, ale Robin, na Boga, pozwalasz, żeby ludzie ginęli w imię sprawy, która jak sam dobrze rozumiesz, skazana jest na porażkę. Bo przegracie – mówiła dalej bez cienia litości. – Jest was za mało. Nie popiera was opinia publiczna, nikt na was nie zagłosuje, brakuje wam energii. Nie rozumiecie też, jak bardzo zdeterminowane jest imperium, żeby odzyskać srebro. Mówicie, że jesteście gotowi na poświęcenia? Oni zrobią wszystko, dosłownie wszystko, byle was stąd wykurzyć. Powinniście wiedzieć, że nie chcą śmierci was wszystkich. Wystarczy, że zabiją kilkoro. Reszta trafi za kraty, a strajk upadnie. Powiedzcie, gdybyście dopiero co zobaczyli śmierć przyjaciół, gdyby przystawiono wam pistolet do głowy, nie wrócilibyście do pracy? Wiecie, że Chakravarti został już aresztowany? Będą go torturować, dopóki nie pójdzie na współpracę. No proszę, powiedzcie, kiedy przyjdzie co do czego, ilu ludzi z wieży dochowa wierności zasadom?

– W przeciwieństwie do ciebie nie jesteśmy tchórzami – rzuciła Victoire. – Nasi towarzysze są tutaj, prawda? Zostali z nami.

– Zapytam raz jeszcze. Jak sądzicie, ile czasu to potrwa? W wieży nie zginęła jeszcze ani jedna osoba. Co waszym zdaniem poczują pozostali, kiedy pierwsza ofiara waszej rewolucji runie z przestrzeloną czaszką? Albo kiedy zimna lufa muśnie ich skronie?

– Wynoś się! – Victoire wskazała palcem drzwi.

– Chcę was ocalić. – Letty nie rezygnowała. – Przynoszę wam ostatnią szansę ratunku. Poddajcie się, opuśćcie spokojnie wieżę i pomóżcie w odbudowie kraju. Nie otrzymacie długich wyroków. Tamci was potrzebują, sami to mówiliście. Ani się obejrzycie, a wrócicie do Babel i będziecie robić to, o czym marzyliście przez całe życie. Lepszej propozycji nikt wam nie złoży. Nie mam do powiedzenia nic więcej. Przyjmiecie tę ofertę lub zginiecie.

„W takim razie zginiemy" – miał na końcu języka Robin, lecz powstrzymał się. Nie mógł skazać na śmierć wszystkich czekających na górze. A Letty dobrze o tym wiedziała.

Pokonała ich. Teraz nie mogli się już wykpić. Zapędziła ich w kozi róg; przewidziała wszystko, nie mieli w zanadrzu ani jednej sztuczki. Most Westminsterski przestał istnieć. Czym więcej mogli grozić? Wypowiadając następne słowa, Robin czuł się koszmarnie. Miał wrażenie, że ogłasza kapitulację, że kłania się Letty w pas.

– Nie możemy zadecydować za wszystkich.

– Więc zwołajcie spotkanie. – Letty wydęła usta. – Ogłoście głosowanie, plebiscyt, osiągnijcie konsensus. Zróbcie to, co dyktuje tutejsza odmiana demokracji. – Urwała i położyła białą flagę na stole. – Ale odpowiedź musimy otrzymać przed świtem. – Odwróciła się do wyjścia.

– Letty, zaczekaj. – Robin podbiegł za dziewczyną.

Przystanęła z dłonią na klamce.

– Dlaczego Rami? – zapytał.

Letty zastygła. Znieruchomiała jak posąg; w blasku księżyca jej policzki lśniły marmurową bielą. Właśnie tak powinna wyglądać zawsze, przemknęło Robinowi przez myśl. Zimna, bez kropli krwi w żyłach. Wyzuta ze wszystkiego, co czyniło ją żywym człowiekiem, oddychającym, kochającym i cierpiącym.

– Wycelowałaś – dodał. – Pociągnęłaś za spust. A strzelasz wybornie, Letty. Dlaczego właśnie on? Co takiego zrobił ci Rami?

Dobrze wiedział co. Oboje wiedzieli; w tej sprawie nie było wątpliwości. Robin jednak chciał to nazwać. Chciał dać Letty znać, że o wszystkim wie, chciał poruszyć to wspomnienie, ostre i okrutne, ponieważ widział, jaki wzbudziło w niej ból, ponieważ właśnie na ból zasługiwała.

– Wcale nie celowałam – odparła. Robin zauważył, jak nieznaczne zmrużyła oczy, usłyszał, że zaczęła przeciągać słowa i ciskać je na podobieństwo sztyletów. Zrozumiał, co usłyszy za chwilę. Swoje własne słowa, obrócone przeciw niemu. – W ogóle nie myślałam, co robię. Spanikowałam. I zabiłam go.

– Morderstwo nie jest takie proste – powiedział.

– Okazuje się, że jest, Ptaszyno. – Obrzuciła go pełnym pogardy spojrzeniem. – Czy nie z jego powodu się tu znaleźliśmy?

– Kochaliśmy cię – odezwała się szeptem Victoire. – Letty, byliśmy gotowi oddać za ciebie życie.

Letty nie odpowiedziała. Odwróciła się na pięcie, nacisnęła klamkę i zbiegła w ciemną noc.

Drzwi wieży zatrzasnęły się z hukiem i w holu zapanowała cisza. Nie byli gotowi zanieść wieści na górę. Nie wiedzieli, co mogliby powiedzieć.

– Myślisz, że mówiła poważnie? – zapytał po dłuższej chwili Robin.

– Bez dwóch zdań – potwierdziła Victoire. – Letty nie zwykła żartować.

– Czyli pozwolimy jej wygrać?

– A co – spytała powoli dziewczyna – mielibyśmy zrobić, żeby przegrała?

Zawisł między nimi potworny ciężar. Robin znał odpowiedź, tylko nie potrafił jej z siebie dobyć. Victoire wiedziała o wszystkim, co nosił w sercu, o wszystkim z tym jednym wyjątkiem. To jedno ukrywał przez cały czas – częściowo dlatego, że nie chciał obarczać jej dodatkowym ciężarem, po części dlatego, iż bał się, jak przyjaciółka zareaguje.

– Robin... – Zmrużyła oczy.

– Możemy zniszczyć wieżę – powiedział. – Wieżę, a z nią siebie samych.

Nawet nie drgnęła; po prostu jakby uszło z niej powietrze, jakby do tego momentu czekała tylko na potwierdzenie. A więc nie udawał tak skutecznie, jak sądził; spodziewała się tego.

– Nie możesz...

– Jest jeden sposób. – Robin celowo udał, że opacznie zrozumiał jej słowa. A jeszcze bliższe prawdy byłoby stwierdzenie, że miał nadzieję, iż jej sprzeciw dotyczy kwestii czysto technicznych. – Wiesz przecież, że jest. Pokazali nam na samym początku.

Victoire znieruchomiała. Chłopak wiedział, co przyjaciółka sobie wyobraża. Wibrującą w dłoni profesora Playfaira sztabkę, wrzeszczącą jakby z bólu, rozpadającą się na tysiąc ostrych, połyskliwych odłamków. Teraz jedynie zmiana skali. Zamiast sztabki pomyśleć o wieży. O całym kraju.

– Reakcja łańcuchowa – szepnął. – Wszystko potoczy się samo. Pamiętasz? Playfair nam to pokazywał. Ten efekt przechodzi ze sztabki na sztabkę. Zatrzyma się dopiero, gdy całe srebro w wieży stanie się bezużyteczne.

Jaką ilością srebra wyłożone były ściany Babel? Po wszystkim każda z tych sztabek stanie się bezwartościowym kawałkiem metalu. A wówczas współpraca tłumaczy nie będzie już istotna. Wszystko tu zniknie. Zniknie biblioteka. Znikną kompendia gramatyczne. Pręty rezonansowe. Sztabki.

– Od dawna to planujesz? – spytała ostro Victoire.

– Od początku – przyznał.

– Nienawidzę cię.

– Tylko w ten sposób możemy jeszcze zwyciężyć.

– Obmyśliłeś po prostu metodę samobójstwa – warknęła gniewnie. – I nie próbuj tłumaczyć, że to coś więcej. Chcesz tego, przez cały czas o tym myślałeś.

Otóż to, stwierdził w duchu Robin. Jak miał jej opowiedzieć o brzemieniu, które nieustannie miażdżyło mu żebra, o tym, że od dawna nie jest w stanie odetchnąć pełną piersią?

– Chyba... Chyba odkąd Rami i Griffin... Nie, właściwie to od Kantonu... – Przełknął z wysiłkiem ślinę. – Czuję, że nie mam prawa.

– Nie mów tak.

– Ale to prawda. Oni byli ode mnie lepsi, a przecież zginęli...

– Robin, to nie na tym polega...

– Poza tym co ja takiego osiągnąłem? Wiodłem życie, jakiego nie powinienem. Otrzymałem to, czego nie mają miliony innych ludzi... Tyle cierpienia, Victoire, a ja przez cały czas raczyłem się szampanem...

– Nawet się nie waż! – Uniosła dłoń, jakby chciała go spoliczkować. – Nie wmawiaj mi, że jesteś wrażliwym uczonym, który zobaczył nagle, jak wygląda prawdziwy świat, i nie jest w stanie sobie z tym poradzić. Duby smalone pleciesz! Nie jesteś jakimś fircykowatym dandysem, który omdlewa na samą wzmiankę o bólu. Wiesz, kim są tacy ludzie? Tchórzami, romantykami, idiotami, którzy nawet palcem nie skinęli, by zmienić świat, który podobno tak bardzo ich boli. Kryją się, bo czują się winni...

– Winny – powtórzył chłopak. – Trafiłaś w sedno. Jestem winny. Rami powiedział kiedyś, że wcale nie zależy mi na tym, żeby postępować słusznie, że zawsze szukam jedynie łatwej ucieczki.

– I miał rację – rzuciła z ogniem Victoire. – Planujesz uciec jak tchórz, dobrze o tym wiesz...

– Nie, posłuchaj. – Złapał ją za ręce. Drżała. Spróbowała się uwolnić, lecz przytrzymał ją mocniej. Potrzebował tej dziewczyny. Musiał wytłumaczyć, chciał, by zrozumiała, zanim znienawidzi go na zawsze za to, że wyda ją na pastwę mroku. – On miał rację. Ty masz rację. Tak, wiem. Próbuję to powiedzieć. Rami miał rację. Tak strasznie przepraszam. Ale po prostu nie umiem już dłużej. Nie wiem jak.

– Dzień za dniem, Ptaszyno. – W oczach Victoire zakręciły się łzy. – Będziesz żyć dzień za dniem. Tak samo, jak żyliśmy do tej pory. To nie takie trudne.

– Nie, Victoire... Nie potrafię. – Robin nie chciał płakać. Gdyby się rozpłakał, łzy zmyłyby wszystkie słowa i nigdy już nie powiedziałby tego, co musiał. Rozpoczął więc wyścig z płaczem. – Chcę wierzyć w przyszłość, o jaką walczymy, ale jej nie widzę, po prostu nie widzę. A nie mogę żyć dzień za dniem, kiedy przeraża mnie myśl o jutrze. Znalazłem się pod wodą. Tonę już od dawna i chciałem wydostać się na powierzchnię, lecz nie znalazłem na to sposobu, który nie byłby... zaparciem się odpowiedzialności. Ale to... Tak, to moje wyjście.

– Nie mów tak. – Pokręciła głową. W tej chwili płakała już jawnie; oboje szlochali.

– Ktoś musi wypowiedzieć słowa. Ktoś musi tu zostać.

– Czyli nie poprosisz, bym przy tobie została?

– Och, Victoire.

Co jeszcze było do powiedzenia? O to jedno nie mógł prosić, a ona wiedziała, że nie odważyłby się. Niemniej pytanie zawisło między nimi bez odpowiedzi.

Victoire zapatrzyła się za okno, spoglądała na czerniejący trawnik, na rozświetlone blaskiem pochodni barykady. Płakała miarowo i cicho. Łzy spływały po jej policzkach, a ona bezsensownie je co chwila ocierała. Robin nie miał pojęcia, o czym przyjaciółka myśli. Po raz pierwszy odkąd zaczęła się cała ta afera, nie potrafił odgadnąć, co się dzieje w jej sercu.

Ostatecznie zaczerpnęła głęboki oddech i podniosła głowę.

– Czytałeś ten wiersz, który tak kochają abolicjoniści? – zapytała, nie odwracając się. – Bicknella i Daya. „Umierający Murzyn"?

Robin znał ten wiersz. Natknął się na niego w Londynie, w jednej z abolicjonistycznych broszurek. Poruszające słowa zapadły mu głęboko w pamięć. Wiersz opowiadał historię Afrykanina, który mierząc się z perspektywą pojmania i powrotu do niewoli, wolał zadać sobie śmierć*. Wówczas utwór wydał mu się niebywale romantyczny i poruszający, lecz teraz, patrząc na Victoire, zrozumiał, że prawda wygląda zupełnie inaczej.

– Czytałem – przyznał. – Opisywał wielką... tragedię.

– Współczują nam dopiero, kiedy umieramy – podjęła Victoire. – Musimy umrzeć, aby dostrzegli naszą godność. Nasza śmierć jest zatem wielkim aktem buntu, żałobnym lamentem, który rzuca światło na ich nieludzkie dusze. Ale ja nie chcę umierać, Robin. – Zatchnęła się na moment. – Nie chcę umierać. Nie chcę stać się Imoindą ani Oroonoko**. Nie chcę stać się ich tragiczną, uroczą figurką. Chcę żyć. – Wtuliła się w ramię przyjaciela.

Objął ją, mocno przytulił i zakołysał.

– Chcę żyć – powtórzyła. – Żyć i kwitnąć, chcę przeżyć ich wszystkich. Chcę mieć przyszłość. Nie sądzę, żeby śmierć przynosiła ulgę. Myślę, że to po prostu... koniec. Koniec nadziei na wszystko, na przyszłość, w której mogłabym zaznać szczęścia i wolności. Tu nie chodzi o odwagę. Chodzi o kolej-

* „Zbrojny w ten smutny, ostatni od was podarek – moc własnej śmierci. / Przeciw waszym pałkom, surowym losu wyrokom – wystąpić mogę nareszcie". (Thomas Day i John Bicknell, 1775)

** W napisanej w 1688 roku przez białą Angielkę Aphrę Behn powieści „Oroonoko" afrykański książę Oroonoko zabija ukochaną Imoindę, by ocalić ją przed zgwałceniem przez angielskich żołnierzy, przeciwko którym bohaterowie się buntują. Powieść oraz jej teatralna adaptacja dokonana przez Thomasa Southerne'a odbierane były w swoim czasie jako historia wielkiego romantycznego uczucia.

ną szansę. Nawet gdybym wyłącznie uciekała, nawet gdybym już nigdy nie kiwnęła palcem, aby pomóc innemu człowiekowi, przynajmniej byłabym szczęśliwa. I świat choć przez jeden dzień byłby dobry, tylko dla mnie. Czy jestem samolubna? – Jej ramiona zwiotczały. Robin przyciągnął Victoire jeszcze mocniej.

Jaką wspaniałą jest dla mnie opoką, pomyślał chłopak. Opoką, na którą nie zasługuję. Była jego kotwicą i światłem, jedyną istotą, dzięki której wciąż jeszcze oddychał. I żałował, okrutnie żałował, ale to nie wystarczało.

– Bądź samolubna – szepnął. – Bądź odważna.

ROZDZIAŁ

TRZYDZIESTY TRZECI

Oto już i czas odejść; mnie na śmierć, wam do życia. Kto z nas idzie do tego, co lepsze, tego nie wie jasno nikt – chyba tylko bóg.

Platon, „Obrona Sokratesa"
(przeł. Władysław Witwicki)

Całą wieżę? – powtórzyła profesor Craft.

Wykładowczyni jako pierwsza przerwała panującą od dobrej chwili ciszę. Pozostali nadal wpatrywali się w Robina i Victoire z minami wyrażającymi rozmaite stadia niedowierzania, zresztą nawet sama profesor Craft patrzyła tak, jakby nie do końca jeszcze przetrawiła słowa dwójki młodych tłumaczy.

– Przecież to dziesięciolecia... stulecia pracy naukowej, i wszystko to... pogrzebane, stracone... Och, lecz kto wie jak wiele.... – Urwała.

– A konsekwencje, jakie poniesie Anglia, będą znacznie bardziej poważne – dodał Robin. – Ten kraj niemal w całości opiera się na srebrze. Srebro krąży w jego żyłach. Wielka Brytania nie może bez niego istnieć.

– Oni wszystko odbudują, odtworzą...

– Kiedyś, owszem – przyznał chłopak. – Lecz zanim to nastąpi, reszta świata zdąży się przygotować do obrony.

– A Chiny?

– Wojna nie wybuchnie. Anglia nie będzie w stanie jej przeprowadzić. Srebro zasila okręty wojenne, stanowi paliwo całej floty. Od upadku wieży przez wiele miesięcy, może nawet lat to nie Brytyjczycy będą najpotężniejszym narodem świata. A co stanie się później, możemy jedynie zgadywać.

Przyszłość, zgodnie z przewidywaniami Griffina, stanie się płynna. Wszystko dzięki podjętej w odpowiednim momencie decyzji jednego człowieka. Właśnie tak należy stawiać czoła pędowi historii. Tak zmienia się bieg dziejów. W ostatecznym rozrachunku metoda okazała się bardzo oczywista – wystarczyło, by tłumacze odmówili udziału. Wystarczyło, by usunęli z równania własną pracę wraz z jej owocami.

– Ale to nie może być jedyne wyjście – odezwała się Juliana, lecz przy ostatnich słowach jej głos stracił moc i stwierdzenie stało się pytaniem. – Musi być... Przecież musi istnieć inny sposób...?

– O świcie wojsko przypuści na wieżę szturm – podjął Robin. – Kilkoro z nas dla przykładu zastrzelą, a pozostałym będą grozić śmiercią tak długo, aż pójdą na współpracę i wrócą do obowiązków. Zakują nas w kajdany i każą wszystko odtwarzać.

– Ale barykady...

– Barykady upadną – szepnęła Victoire. – To tylko mury, a każdy mur można zniszczyć.

Najpierw milczenie, potem rezygnacja, wreszcie akceptacja. Już od pewnego czasu przemierzali krainę tego, co niemożliwe: czym innym był upadek najbardziej niewzruszonej, wieczystej rzeczy ich świata?

– No to będziemy musieli zasuwać ile sił w nogach – stwierdził Ibrahim. – Uciekniemy zaraz, kiedy rozpocznie się reakcja łańcuchowa.

„Ale nie możecie uciec" – niemal wyrwało się Robinowi. To było oczywiste. Nie mogli wybiec i zasuwać ile sił w nogach, bo w ogóle nie mogli opuścić wieży. Raz tylko wypowiedziane słowa mogły nie wystarczyć. Wieża mogłaby się zawalić jedynie częściowo, a wszystko, co by w niej pozostało, dałoby się ocalić i ponownie wykorzystać. Przeciwnik przypłaciłby ich akcję jedynie pieniędzmi i frustracją. Ich cierpienie okazałoby się daremne. Nie, aby plan się powiódł – aby imperium nie zdołało się po tym ciosie podźwignąć – tłumacze musieli tu zostać i powtarzać te słowa raz po raz, aktywując tak wiele ognisk zniszczenia, jak to możliwe. Tylko w jaki sposób miał im powiedzieć, że muszą umrzeć?

– Więc... – zaczął, lecz słowa utknęły mu w gardle.

Nie musiał tłumaczyć. Domyślili się sami, jedno po drugim dochodzili do tego samego wniosku, a na widok przemiany, jaka zachodziła na ich twarzach, Robinowi pękało serce.

– Ja jestem zdecydowany – dodał. – Nie proszę nikogo, żeby ze mną został... Abel wydostanie wszystkich, którzy nie zechcą... Chcę tylko powiedzieć, że... sam sobie z tym nie poradzę.

Victoire odwróciła od niego spojrzenie, zaplotła ramiona na piersi.

– Nie potrzebuję was wszystkich – mówił dalej Robin, rozpaczliwie usiłując wypełnić milczenie słowami, ponieważ im dłużej o tym opowiadał, tym mniej okropne się wydawało. – Podejrzewam, że większa rozmaitość języków wzmocni efekt... I oczywiście dobrze będzie rozstawić ludzi we wszystkich kątach wieży, ponieważ... – Coś zapulsowało mu w gardle. – Ale nie potrzebuję was wszystkich.

– Zostanę – obiecała profesor Craft.

– Dzię...dziękuję, pani profesor.

– I tak coś mi mówi, że po tym wszystkim nie odzyskałabym katedry – odparła z niepewnym uśmieszkiem.

Zrozumiał, że pozostali dokonują podobnych kalkulacji: ostateczność śmierci kontra czekające ich na zewnątrz prześladowania, więzienie, a może nawet egzekucja. Wyjście z Babel niekoniecznie oznaczało ujście z życiem. Wyraźnie widział, że towarzysze sami siebie pytają, czy są w stanie przystać na własną śmierć i czy nie okaże się ona w ostatecznym rozrachunku łatwiejsza.

– Nie boisz się – zauważyła, zapytała Meghana.

– Nie – odparł Robin. Nic więcej jednak nie potrafił powiedzieć. W tej chwili sam nie rozumiał własnego serca. Czuł determinację, lecz mogła to być tylko adrenalina. Może wątpliwości, wahanie i strach wkrótce powrócą, kiedy po głębszym zastanowieniu runie mur, za którymi je zamknął. – Nie, nie boję się. Jestem... gotowy. Ale wszystkich nie potrzebuję..

– Może więc młodsi studenci... – Profesor Craft urwała i odchrząknęła. – Ci, którzy nie uczyli się jeszcze pracy ze srebrem. Nie ma powodu, żeby...

– Ja chcę zostać – wypalił Ibrahim i zerknął z niepokojem na Julianę. – Nie chcę... Nie chcę uciekać.

Juliana, blada jak prześcieradło, nie odezwała się słowem.

– Naprawdę można się stąd wydostać? – upewnił się Jusuf, patrząc na Robina.

– Można. Ludzie Abla wyprowadzą was poza miasto. Obiecali mi to, będą na nas czekać. Ale chętni muszą iść do nich jak najszybciej. A potem czeka was ucieczka. I nie wydaje mi się, żebyście kiedykolwiek przestali być zbiegami.

– Pod żadnym pozorem nie można uzyskać amnestii? – spytała Meghana.

– Amnestia obejmie tych, którzy pójdą z nimi na współpracę – odpowiedział Robin. – Tych, którzy pomogą im odtworzyć dawny świat. Letty sama to zaproponowała i prosiła, bym wam przekazał. Już zawsze jednak będziecie należeć do nich. Nigdy was nie uwolnią. Dała to jasno do zrozumienia. Staniecie się ich własnością i będziecie im za to wdzięczni.

W tym momencie Juliana wzięła Ibrahima za rękę. Uścisnął jej dłoń. Knykcie obojga zbielały, scena była tak intymna, że skrępowany Robin odwrócił wzrok.

– Możemy przecież uciekać – powiedział Jusuf.

– Możecie – potaknął Robin. – Chociaż w tym kraju nie znajdziecie bezpiecznego zakątka...

– Ale będziemy mogli wrócić do domu. – Victoire odezwała się szeptem tak cichym, że ledwie ją usłyszeli. – Możemy wrócić do domu.

Jusuf pokiwał głową, zastanowił się, po czym podszedł do Victoire i stanął obok niej.

W ten prosty sposób rozstrzygnęło się, kto ucieknie, a kto zginie. Robin, profesor Craft, Meghana, Ibrahim i Juliana po jednej stronie, Jusuf z Victoire po drugiej. Nie było próśb i namów, nikt nie zmienił zdania.

– No to... – Ibrahim jakby nagle zmalał. – Kiedy...

– O świcie – odpowiedział Robin. – Żołnierze zaatakują o świcie.

– Skoro tak, trzeba przygotować sztabki – zauważyła profesor Craft. – Mamy tylko jedną szansę, więc powinniśmy się przyłożyć.

– Co zdecydowaliście? – spytał nagląco Abel Goodfellow. – Wojsko podchodzi coraz bliżej.

– Odpraw ludzi do domu – rzucił Robin.

– Co?

– Jak najszybciej. Zostawcie barykady i uciekajcie. Czasu jest bardzo mało. Teraz żołnierze nie będą oszczędzać nikogo.

Abel przyjął słowa chłopaka do wiadomości i skinął głową.

– Kto idzie z nami?

– Tylko dwie osoby. Jusuf. Victoire. Właśnie się żegnają, zaraz będą gotowi. – Robin wyjął zza pazuchy niewielkie zawiniątko. – Jest jeszcze to.

Brodacz musiał wychwycić coś w jego spojrzeniu, a może wyłowił nową nutę w głosie, ponieważ zmrużył oczy i zapytał:

– Co wy tam w środku kombinujecie?

– Nie powinienem ci mówić.

– To list pożegnalny? – Abel podniósł paczuszkę.

– Nie, kronika – wyjaśnił Robin. – Zapis wszystkiego, co wydarzyło się w wieży. Świadectwo wszystkiego, o co walczyliśmy. Istnieje jeszcze jeden egzemplarz, ale gdyby zaginął... Wiem, że znajdziesz sposób, żeby ten tekst upowszechnić. Wydrukuj to i roześlij po całej Anglii. Opowiedz wszystkim, co zrobiliśmy. Pozwól, by nas zapamiętali. – Abel zrobił taką minę, jakby chciał protestować, lecz Robin pokręcił głową. – Proszę cię, decyzja już zapadła, a czas ucieka. Nie zdołam ci wytłumaczyć i myślę, że lepiej, żebyś nie pytał.

Brodacz wpatrywał się w niego jeszcze przez chwilę. Wydawało się, że chce o coś dopytać, lecz wyraźnie się rozmyślił i zadał inne pytanie:

– Skończycie z tym?

– Postaramy się. – Robin poczuł nagle silny ucisk w piersi. Ogarnęło go potworne znużenie; miał ochotę skulić się tu i teraz na ziemi i zasnąć. Chciał, by wszystko się skończyło. – Ale nie mogę ci powiedzieć nic więcej. Musicie już iść.

– W takim razie czas się pożegnać. – Robotnik podał mu rękę.

– Żegnaj. – Robin mocno uścisnął dłoń towarzysza. – Ach, pościel... Zapomniałem...

– Nie przejmuj się. – Abel złożył drugą rękę na dłoni Robina. Uścisk był ciepły, solidny.

Chłopak poczuł, że coś chwyta go za gardło; był wdzięczny, że brodacz niczego nie utrudnia, że nie zmusza go do tłumaczenia. Musiał działać szybko i zdecydowanie. Aż do samego końca.

– Powodzenia, Robinie Swift. – Abel raz jeszcze uścisnął rękę chłopaka. – Bóg z tobą.

Ostatnie godziny przed świtem poświęcili na znoszenie srebra w kluczowe miejsca wieży. Piramidy sztabek wyrosły pod oknami i ścianami nośnymi, wzdłuż murów i regałów, najwyższe otoczyły kompendia gramatyczne. Tłumacze nie byli w stanie przewidzieć skali zniszczenia, lecz chcieli wszystko przygotować starannie, tak aby uniemożliwić odzyskanie jakichkolwiek materiałów.

Victoire z Jusufem opuścili wieżę godzinę po północy. Pożegnanie było krótkie, nieporadne. Rozstając się, stanęli przed niewykonalnym zadaniem; mieli sobie do powiedzenia tak wiele i nic zarazem, każde z nich zachowywało rezerwę, bojąc się, że mogą puścić tamy. Gdyby powiedzieli za mało, żałowaliby tego do końca życia, mówiąc zbyt wiele, nie rozeszliby się już nigdy.

– Bezpiecznych wojaży – szepnął Robin i otoczył Victoire ramionami.

– Tak – zaśmiała się przez łzy. – Dziękuję.

Trwali w objęciach dłuższą chwilę, na tyle długą, że w końcu pozostali rozeszli się do zajęć, a oni zostali w holu tylko we dwoje. Ostatecznie jednak dziewczyna cofnęła się i rozejrzała. Jej spojrzenie strzelało na wszystkie strony, jakby nie była pewna, czy powinna powiedzieć to, co zawisło jej na końcu języka.

– Myślisz, że się nie uda? – zrozumiał Robin.

– Tego nie powiedziałam.

– Ale pomyślałaś.

– Przeraża mnie, że dla nas będzie to wielki gest, doniosła deklaracja. – Uniosła dłonie i zaraz pozwoliła im opaść. – A oni ujrzą w tym jedynie chwilową niedogodność, możliwą do usunięcia awarię. Że nigdy nie zrozumieją, co chcieliśmy powiedzieć.

– Szczerze mówiąc, nie sądzę, by choć przez chwilę zamierzali nas wysłuchać.

– Tak, masz rację. – Znów zalała się łzami. – Och, Robin, nie wiem, co...

– Po prostu już idź – poprosił. – Tylko koniecznie napisz do rodziców Ramiego, dobrze? Myślę... Powinni się dowiedzieć.

Kiwnęła głową, uścisnęła Robina raz jeszcze, po czym wybiegła z wieży do czekających na dziedzińcu Jusufa i Abla. Ostatnie pożegnalne machnięcie – poruszona twarz Victoire w blasku księżyca – i wszyscy troje zniknęli.

Nie pozostało nic innego, jak czekać na koniec.

W jaki sposób człowiek może pogodzić się z własną śmiercią? Jeśli wierzyć relacjom zawartym w „Kritonie", „Fedonie" i „Obronie Sokratesa", Sokrates wyszedł na spotkanie z nią bez lęku, za to z nadnaturalnym spokojem, który sprawił, że mimo licznych zachęt nie spróbował nawet ucieczki. Więcej, filozof był tak radośnie zblazowany, tak przekonany, iż śmierć stanowi słuszny wybór, że w typowy dla siebie, nieznośnie pyszałkowaty sposób przekonał do tego swoich zalewających się łzami przyjaciół. Gdy Robin po raz pierwszy zanurzył się w grecką literaturę, obojętny stosunek Sokratesa do kresu własnego życia poruszył go do głębi.

Z pewnością z tak pogodnym nastawieniem umierało się lepiej, łatwiej; żadnych wątpliwości czy obaw, tylko spokojne serce. Robin teoretycznie był w stanie w to uwierzyć. Dość często myślał o śmierci jak o wytchnieniu. Marzył o niej nieprzerwanie od dnia, w którym Letty zastrzeliła Ramiego. Zabawiał się wyobrażeniami raju, zielonych wzgórz i przepięknego nieba, pod którym mogli z Ramim zasiąść i rozmawiając, podziwiać wieczny zachód słońca. Tego rodzaju fantazje przynosiły mu jednak mniej otuchy niż idea, wedle której śmierć jest po prostu nicością, że kiedy nadejdzie, ustanie wszystko: ból, strach, okropna, dławiąca żałoba. W najgorszym wypadku śmierć oznaczała spokój.

Lecz, pomimo tego wszystkiego, jej bliskość napawała przerażeniem.

Po pracy zasiedli wszyscy na podłodze w holu, czerpiąc otuchę ze wspólnego milczenia, słuchając szmeru swoich oddechów. Profesor Craft próbowała momentami pocieszać grupę, wyłuskując z pamięci starożytne mądrości dotyczące tego najbardziej ludzkiego z problemów. Opowiadała im o „Trojankach" Seneki, o Wultejuszu Lukana, o męczeństwie Katona i Sokratesa. Przytaczała cytaty z Cycerona, Horacego oraz Pliniusza Starszego. „Śmierć jest największą łaską przyrody. Śmierć jest lepszym stanem istnienia. Śmierć wyzwala nieśmiertelną duszę.

Śmierć to brama ku transcendencji. Śmierć stanowi dowód odwagi, chwalebny akt oporu".

Seneka Młodszy o Katonie: *una manu latam libertati viam faciet**.

Wergiliusz o śmierci Dydony: *Sic, sic iuvat ire sub umbras***.

W zasadzie nic z tego do nich nie przemawiało; aforyzmy nie docierały, ponieważ wszelka teoria jest wobec śmierci bezsilna. Słowa i myśli niezmiennie zderzają się z nieporuszoną granicą nieuchronnego, ostatecznego kresu. Niemniej głos wykładowczyni, spokojny i pewny, koił; pozwalali, by pieścił ich uszy, by ich przez te kilka ostatnich godzin kołysał.

– Weszli na dziedziniec. Idą tu. – Juliana zerknęła za okno.

– Jeszcze nie świta – zauważył Robin.

– Idą – powtórzyła lakonicznie.

– Cóż więc – rzuciła profesor Craft. – Bierzmy się do dzieła.

Wstali.

Nie mieli odchodzić razem. Rozeszli się na wyznaczone posterunki – ku piramidom srebra ustawionym na różnych piętrach i w różnych częściach wieży, rozlokowanym tak, aby zmniejszyć szansę na ocalenie czegokolwiek. Wiedzieli, że kiedy mury runą im na głowy, będą zupełnie sami i właśnie z tego powodu, kiedy rozstrzygająca chwila była już blisko, poczuli, że nie zdołają się rozstać.

Z oczu Ibrahima popłynęły łzy.

– Nie chcę umierać – wyszeptał. – Musi być jakiś inny... Nie chcę umierać.

Wszystkich ogarnęła ta sama rozpaczliwa nadzieja, iż pojawi się szansa ucieczki. W tych ostatnich chwilach sekundy nie wystarczały nikomu. W teorii podjęta przez nich decyzja była czymś pięknym. W teorii mieli zostać męczennikami, bohaterami, herosami pchającymi dzieje na nowe tory. Nic z tego jednak nie dodawało otuchy. W tym momencie liczyło się tyl-

* Jedną ręką otworzy drogę ku wolności.

** Tak, tak łatwiej zejść między cienie.

ko to, że śmierć jest bolesna, przerażająca i ostateczna, a żadne z nich umierać nie chciało.

Mimo jednak że drżeli wszyscy, nie załamał się nikt. Ostatecznie żołnierze byli już blisko.

– Nie zwlekajmy – rzuciła profesor Craft i weszli po schodach, każde na swoje piętro.

Robin został pośrodku holu, pod zniszczonym żyrandolem, otoczony ośmioma sięgającymi mu głowy piramidami srebra.

Zaczerpnął głęboki oddech i spojrzał na sekundową wskazówkę wiszącego nad wejściem zegara.

Oksfordzkie dzwony oniemiały już dawno temu. Upływający do wyznaczonej godziny czas odmierzało jedynie zsynchronizowane cykanie wysokich zegarów, ustawionych na wszystkich poziomach wieży w tym samym miejscu. Tłumacze wybrali szóstą rano; nie kryło się w tej godzinie nic szczególnego, potrzebowali jednak chwili granicznej, niewzruszonego faktu, który pozwoli umocnić wolę.

Za minutę szósta.

Rozdygotany Robin wypuścił powietrze. Myśli chłopaka rozpierzchły się na wszystkie strony, desperacko poszukując punktu zaczepienia, który nie byłby tym, co nieuchronne. Nie trafiały na spójne i pełne wspomnienia, lecz wyławiały najdrobniejsze detale – ciężar słonawego powietrza na pełnym morzu, długość rzęs Victoire, nieznaczne zawieszenie głosu Ramiego, po którym niechybnie następował wybuch rubasznego śmiechu. Robin czepiał się tych drobiazgów, trwał przy nich tak długo, jak mógł, nie pozwalając umysłowi zająć się niczym innym.

Dwadzieścia sekund.

Ciepły miąższ serwowanych w Vaults & Garden bułeczek. Słodkie, mączyste objęcia pani Piper. Maślany, cytrynowy smak herbatników zmieniających się na języku w słodki nektar.

Dziesięć.

Gorzki posmak piwa i ukąszenia ostrego śmiechu Griffina. Kwaśny odór opium. Kolacja w Starej Bibliotece; wonne curry i przypalona skórka przesolonych ziemniaków. Śmiech, głośny, rozpaczliwy i histeryczny.

Pięć.

Rami uśmiechnięty. Rami wyciągający rękę.

Robin przyłożył dłoń do najbliższej piramidy, zamknął oczy i odetchnął.

– *Fānyì*. Tłumaczyć.

W holu coś przeraźliwie zadzwoniło, rozległ się syreni wrzask, przenikający do szpiku kości. Śmiertelny dreszcz przebiegł wieżę w górę i w dół, gdyż obowiązku dopełnili wszyscy; nikomu nie zadrżała ręka.

Robin, dygocąc na całym ciele, wypuścił powietrze. Nie ma miejsca na wahanie. Nie ma czasu na strach. Dotknął sąsiedniej sterty sztabek i ponownie szepnął:

– *Fānyì*. Tłumaczyć. – I znów: – *Fānyì*. Tłumaczyć. – Jeszcze raz: – *Fānyì*. Tłumaczyć.

Wyczuł ruch pod stopami. Zobaczył, że ściany zaczynają dygotać. Książki sypały się z półek na podłogę. Coś nad nim skrzypnęło.

Myślał, że ogarnie go strach.

Myślał, że chorobliwie skupi się na bólu; na tym, co może poczuć, gdy na głowę spadnie mu osiem tysięcy ton gruzu; na tym, czy śmierć będzie natychmiastowa, czy nadejdzie przeraźliwie krótkimi etapami, gdy kolejno zmiażdżone zostaną wszystkie jego kończyny, a płuca podejmą beznadziejną walkę o przestrzeń pomiędzy zgniatanymi żebrami.

W tej chwili najbardziej jednak uderzyło go piękno. Sztabki śpiewały, drżały; próbowały, pomyślał, wyrazić niemożliwą do wysłowienia prawdę o sobie samych, prawdę mówiącą, że przekład jest niemożliwy, że dziedzina czystego znaczenia, które srebro chwytało i manifestowało, nie może i nie zostanie nigdy poznana, że przedsięwzięcie, na jakie porwano się w tej wieży, było niewykonalne już u samego zarania.

Czyż język Adamowy mógł kiedykolwiek istnieć? Na samą tę myśl zachciało mu się śmiać. Nie ma żadnego wrodzonego, doskonale zrozumiałego języka; nie ma nawet kandydata na taką mowę. Nie są nim ani angielski, ani francuski, które w drodze przemocy i wchłaniania niszczą inne języki. Język sam jest różnicą. Języki wyrażają tysięczne sposoby postrzegania świata i przebywania w nim. Nie; języki to tysiące odmiennych światów istniejące w ramach tego jednego. A przekład – zadanie niezbędne i niewykonalne – jest metodą podróżowania między tymi światami.

Wrócił pamięcią do pierwszego poranka w Oksfordzie: wspinali się z Ramim na zalane słońcem wzgórze i mieli ze sobą kosz piknikowy. Syrop z kwiatów bzu. Ciepłe bułeczki, ostry ser, a na deser czekoladowa tarta. Powietrze pachniało wtedy obietnicą, cały Oksford lśnił niczym objawienie, a on się zakochiwał.

– Takie to dziwne – zauważył Robin. W tym czasie rozmawiali już ze sobą otwarcie, mówili o wszystkim wprost, bez obawy o konsekwencje. – Mam wrażenie, że znam cię od zawsze.

– Ja też – przyznał Rami.

– Ale to przecież nie ma odrobiny sensu – pożalił się Robin, już pijany, choć w syropie nie było ani procenta alkoholu. – Bo przecież poznałem cię niecały dzień temu, a jednak...

– Myślę – powiedział Rami – że to dlatego, że kiedy coś mówię, ty mnie słuchasz.

– Dlatego że jesteś fascynujący.

– Dlatego że jesteś dobrym tłumaczem. – Rami odchylił się i oparł na łokciach. – Moim zdaniem właśnie na tym polega przekład. I rozmowa. Słuchamy innego i próbujemy przedrzeć się przez własne uprzedzenia, żeby choć przez moment zobaczyć, co inny stara się powiedzieć. Pokazujemy się światu z nadzieją, że ktoś inny zrozumie.

Sufit zaczął się sypać: pierwsze drobne kamyczki, a po nich całe kawały marmuru, odsłaniające deski i pękające belki.

Regały się zawaliły. Do miejsc, w których nigdy nie było okien, zaglądało teraz słońce. Robin podniósł wzrok i ujrzał Babel, upadającą prosto na niego wieżę, a nad nią rozświetlone przedświtem niebo.

Zamknął oczy.

Już kiedyś czekał na śmierć. Teraz pamiętał to doskonale – znał śmierć. Nie było wtedy takiej gwałtowności, takiej przemocy. Wspomnienie oczekiwania na zagaśnięcie pozostało jednak głęboko w jego kościach; wspomnienie dusznego, gorącego pokoju, paraliżu, marzenia o końcu. Pamiętał bezruch. Spokój. Gdy prysły okienne szyby, Robin zacisnął powieki i wyobraził sobie twarz matki.

Uśmiecha się. Wypowiada jego imię.

EPILOG

Victoire

Victoire Desgraves od urodzenia była mistrzynią sztuki przetrwania.

Kluczowe jest – jak się przekonała – nigdy nie spoglądać za siebie. Nawet teraz, gdy pędziła na końskim grzbiecie przez wzgórza Cotswold, z głową pochyloną pod smagającymi gałęziami, jakaś część jej duszy chciałaby trwać w wieży u boku przyjaciół, chciałaby czuć spadające cegły. Skoro muszą umrzeć, to chciałaby zostać pogrzebana wraz z nimi.

Przetrwanie jednak wymaga rozcięcia więzów. Przetrwanie nakazuje, by patrzyła wyłącznie w przyszłość. Kto wie co się stanie teraz? To, do czego doszło dzisiaj w Oksfordzie, nie mieści się w głowie, a konsekwencji tych wydarzeń nie przewidzi nikt. Nie ma żadnego historycznego precedensu. Oś czasów pękła. Dzieje, od dziś, stały się płynne.

Lecz Victoire była oswojona z wypadkami, które były nie do pomyślenia. Wyzwolenie jej ojczyzny było niewyobrażalne, nawet kiedy już do niego doszło, ponieważ nikt we Francji czy Anglii, nawet najbardziej radykalni piewcy powszechnej wolności, nie wierzył, że niewolnicy – stworzenia, których nie zaliczano do kategorii racjonalnych, posiadających prawa, oświeconych istot ludzkich – zażądają wyzwolenia. Dwa miesiące po tym, jak gruchnęła wieść o powstaniu z tysiąc siedemset dziewięćdziesiątego pierwszego roku, Jean Pierre Brissot, jeden z członków założycieli stowarzyszenia Amis des Noirs, obwieścił przed francuskim Zgromadzeniem Narodowym, że musi to być wiadomość fałszywa, gdyż jak wie każde dziecko, niewolnicy są po prostu niezdolni do tak raptownego, skoordynowanego i buntowniczego działania. Rok po wybuchu rewolucji wielu wciąż sądziło, że niepokoje wkrótce wygasną i powróci normalność, gdyż normalność oznaczała dominację nad czarnoskórymi.

Oczywiście bardzo się mylili.

Któż jednak rozumie rolę, jaką odgrywa w mozaice dziejów? Przez większą część życia Victoire nie była nawet świadoma, że wywodzi się z pierwszej na świecie republiki czarnoskórych.

Oto, co wiedziała w czasach przed Hermesem:

Przyszła na świat na Haiti, Ayiti, w tysiąc osiemset dwudziestym roku, tym samym, w którym król Henri Christophe w obawie przed zamachem stanu odebrał sobie życie. Jego żona i córki zbiegły i znalazły schronienie w Suffolk, w rezydencji pewnego angielskiego dobroczyńcy. Matka Victoire, pokojowa wygnanej królowej, popłynęła wraz z nimi. Niezmiennie nazywała to wielką ucieczką i odkąd tylko postawiła stopę na europejskiej ziemi, nigdy już nie nazwała Haiti swym domem.

Z całej haitańskiej historii Victoire znała tylko głośne przekleństwa w środku nocy; wspaniały pałac Sans Souci, dom pierwszego czarnoskórego władcy w Nowym Świecie; uzbrojonych mężczyzn, niezrozumiałe dla niej polityczne spory, które z jakiegoś powodu doprowadziły do jej wykorzenienia i odesłały na drugą stronę Atlantyku. Jako dziecko wiedziała też, że jej rodzinny kraj jest areną barbarzyńskich aktów przemocy i walk o władzę, gdyż tak opowiadano o nim we Francji i w to postanowiła wierzyć jej matka.

– Mamy szczęście – szeptała kobieta. – Mamy szczęście, że to przeżyłyśmy.

Francji jednak matka nie przeżyła. Victoire nigdy nie dowiedziała się, jak to się stało, że jej rodzicielka, kobieta urodzona na wolności, została odesłana z Suffolk do pracy w domu emerytowanego paryskiego profesora Emile'a Desjardinsa. Nie wiedziała, co obiecali matce przyjaciele czy ktokolwiek, komukolwiek uczony zapłacił. Wiedziała tylko, że w Paryżu zabroniono im opuszczać dom Desjardinsa – gdyż tam wciąż istniały pewne formy niewolnictwa, podobnie zresztą jak na całym świecie; szara strefa, obszar zasad niepisanych, lecz działających. A kiedy matka zachorowała, Desjardins nie posłał po lekarza. Zamknęli po prostu drzwi do jej pokoju i czekali na zewnątrz, aż wreszcie do środka weszła pokojówka, sprawdziła oddech i puls i ogłosiła, że kobieta nie żyje.

A potem zamknęli Victoire w kredensie i nie wypuszczali – z obawy, że dziewczynka rozniesie zarazę. Choroba dopadła jednak pozostałych domowników, a lekarze mogli tylko bezradnie obserwować jej postępy.

Victoire przetrwała. Przeżyła też żona profesora Desjardinsa. Przeżyły i jego córki. Zmarł sam uczony, a wraz z nim jedyna więź, jaka łączyła Victoire z ludźmi, którzy utrzymywali, że kochają jej matkę, choć z jakiegoś powodu sprzedali ją obcym.

Rezydencja zaczęła się sypać. Madame Desjardins, blondynka o pociągłej twarzy, nie potrafiła pilnować wydatków, a wydawała hojną ręką. Zaczęło brakować pieniędzy. Pokojówka została zwolniona – po co nam ona, mówiły panie, skoro mamy Victoire? I tak z dnia na dzień spadły na dziewczynę dziesiątki obowiązków: dokładanie do ognia, czyszczenie sreber, odkurzanie pokojów, podawanie herbaty. Do żadnego z tych zajęć nie została przyuczona. Kształciła się do czytania, pisania i tłumaczenia, nie do prowadzenia domu i za to była bita i łajana.

Nie poprawiało jej samopoczucia, gdy dwie córeczki madame Desjardins, z wielkim upodobaniem przedstawiające gościom Victoire jako sierotę uratowaną z Afryki, wołały chórem:

– Z Zanzibaru. Zaaanzibaru!

Ale nie było tak źle.

„Nie jest tak źle – powtarzano jej – w porównaniu z twoim rodzinnym Haiti, krajem przeżartym przestępczością, doprowadzonym przez niekompetentne i nielegalne władze do ubóstwa i anarchii. Masz szczęście – słyszała – że jesteś tu z nami, tutaj, w bezpiecznym, cywilizowanym świecie".

I wierzyła w to. Bo nie wiedziała niczego poza tym.

Mogłaby uciec, lecz profesor i madame Desjardins tak doskonale odizolowali ją od reszty świata, że dziewczyna nie miała pojęcia, iż w obliczu prawa jest wolnym człowiekiem. Victoire dorastała w samym środku wielkiej sprzeczności Francji, której obywatele w tysiąc siedemset osiemdziesiątym dziewiątym roku wydali deklarację praw człowieka, lecz nie znieśli niewolnictwa i podtrzymali możliwość posiadania ludzi.

Wyzwolenie nastąpiło wskutek łańcucha przypadków, dzięki pomysłowości, inteligencji i uśmiechowi losu. Victoire, poszukując dowodu, że uczony rzeczywiście był właścicielem jej i jej matki, przejrzała korespondencję profesora Desjardinsa. Niczego takiego nie znalazła. Dowiedziała się natomiast o istnieniu miejsca zwanego Królewskim Instytutem Translatoryki, uczelni, w której za młodu kształcił się Desjardins i do której pisał na temat Victoire. Opowiadał o niesłychanie bystrej dziewczynce, o jej niesamowitej pamięci oraz talencie, z jakim chłonęła grekę i łacinę. Planował demonstrować ją światu w trakcie objazdu po całej Europie. Może byliby nią zainteresowani?

W ten sposób dziewczyna stworzyła warunki swego wyzwolenia. Kiedy oksfordzcy przyjaciele profesora ostatecznie odpisali, dając do zrozumienia, że z wielką przyjemnością ujrzą w Instytucie utalentowaną pannę Desgraves, a nawet opłacą jej podróż, Victoire poczuła, że wreszcie zdołała uciec.

Prawdziwej wolności Victoire Desgraves zaznała jednak dopiero, kiedy poznała Anthony'ego Ribbena. Dopiero po przystąpieniu do Towarzystwa Hermes zaczęła nazywać się Haitanką.

Nauczyła się dumy z języka kreolskiego, pełnego luk, na wpół pamiętanego, trudnego do odróżnienia od francuskiego. (Madame Desjardins zwykła ją bić za każde wypowiedziane po kreolsku słowo. „Zamknij się" – mawiała. „Kazałam ci przecież mówić po francusku. Prawdziwym francuskim!") Dowiedziała się też, że w oczach znacznej części świata haitańska rewolucja nie była wcale nieudanym eksperymentem, lecz promieniem nadziei.

I nauczyła się jeszcze, że rewolucja zawsze jest czymś niewyobrażalnym. Czymś, co rozsadza cały znany świat. Że przyszłość nie jest ustalona i zawiera w sobie niepojęty potencjał. Że kolonizatorzy nie mają pojęcia, co będzie dalej, przez co ogarnia ich panika.

I dobrze. Powinni się bać.

Nie jest pewna, dokąd uda się teraz. W kieszeni płaszcza wiezie kilka kopert; pożegnalne rady od Anthony'ego oraz pseudonimy kilku kontaktów. Przyjaciół z Mauritiusa, Seszeli i Paryża. Może pewnego dnia rzeczywiście wróci do Francji, lecz teraz nie jest jeszcze na to gotowa. Wie o istnieniu bazy w Irlandii, choć w tej chwili wolałaby zmienić kontynent. Może kiedyś wróci do domu i na własne oczy ujrzy historycznie niepojętą wolność Haiti. Teraz jednak wsiada na pokład statku płynącego do Ameryki, gdzie ludzie tacy jak ona wciąż nie są wolni. To był pierwszy statek, na jaki mogła kupić bilet, a wiedziała, że musi opuścić Anglię jak najszybciej.

Ma przy sobie także list od Griffina, ten, którego nie otworzył Robin. Sama czytała go tak często, że zna treść na pamięć. Zapamiętała trzy nazwiska – Martlet, Oriel i Rook. Oczyma duszy widzi końcowe zdanie, jakby w ostatnim odruchu dopisane tuż ponad podpisami. „Nie jesteśmy jedyni".

Victoire nie wie, kim są ci ludzie. Nie wie, co oznacza to zdanie. Dowie się pewnego dnia, a wtedy prawda ją olśni i przerazi. Na razie są wyłącznie uroczymi sylabami symbolizującymi bezmiar możliwości, a możliwości – nadzieja – to wszystko, czego dziewczyna może się teraz uczepić.

Kieszenie ma wypchane srebrem, srebro ma wszyte w zakładki sukienki, niesie na sobie tyle srebra, że porusza się sztywno i z trudem. Oczy ma opuchnięte od płaczu, gardło ochrypłe. W pamięci przechowuje oblicza nieżyjących przyjaciół i wciąż wyobraża sobie ich ostatnie chwile: grozę, ból, wszystko, co poczuli, kiedy runął na nich gruz.

Nie myśli – nie pozwala sobie myśleć – o czasach, gdy byli żywi i szczęśliwi. Nie myśli o Ramim, zgładzonym w kwiecie wieku; nie myśli o Robinie, który zrzucił sobie wieżę na głowę, ponieważ nie potrafił dłużej żyć. Nie myśli nawet o Letty, która pozostała przy życiu i która – jeśli wie, że Victoire przeżyła – będzie ją ścigać choćby na koniec świata.

Bo Letty – Victoire jest tego pewna – nie może pozostawić jej na wolności. Sama myśl o Victoire stanowi zagrożenie. Zagraża jej najgłębszym przekonaniom. Stanowi dowód, że Letty żyje, i zawsze żyła, w błędzie.

Victoire nie pozwala sobie opłakiwać tej przyjaźni, przyjaźni prawdziwej, strasznej i pełnej przemocy. Na żale przyjdzie jeszcze czas. Będzie wiele nocy na morzu, kiedy smutek zagrozi rozdarciem jej serca na strzępy; kiedy pożałuje decyzji o pozostaniu przy życiu; kiedy będzie przeklinać Robina za to, że obarczył ją tak wielkim ciężarem, ponieważ miał rację: nie wykazał się męstwem, nie wybrał ofiary. Śmierć jest uwodzicielska. Victoire wciąż się jej opiera. Nie może teraz płakać. Musi iść dalej, musi pędzić tak szybko, jak potrafi, nie mając pojęcia, co znajdzie po drugiej stronie.

Nie ma złudzeń, wie, z czym się spotka. Zmierzy się z bezmiarem okrucieństwa. Wie, że największą przeszkodą będzie zimna obojętność, zrodzona z głębokiego zakorzenienia w systemie gospodarczym, który jednych wynosi na szczyty, a innych gniecie na miazgę.

Być może jednak znajdzie sojuszników. Może znajdzie też drogę ku przyszłości. Anthony powiadał, że zwycięstwo jest nieuchronne. Anthony był przekonany, że wewnętrzne sprzeczności Anglii rozsadzą ten kraj, że ich ruch odniesie sukces, ponieważ bankiet imperialnego życia nie może trwać wiecznie. Właśnie dlatego – powtarzał – mamy szansę.

Victoire jest mądrzejsza.

Zwycięstwo nie jest pewnikiem. Mogą je zwiastować symbole, lecz sprowadzić je może tylko przemoc, cierpienie, męczennicy i krew. Zwycięstwo wykuwa się geniuszem, wytrwałością i ofiarami. Zwycięstwo to gra rozgrywana cal po calu, rozgrywka dziejowych przypadków, w której dobro zwycięża tylko wtedy, kiedy ktoś doprowadzi do tego działaniem.

Nie wie jeszcze, jaką formę przybierze ta walka. Do stoczenia jest tyle bitew, na tak licznych frontach – w Indiach, Chinach, w obu Amerykach – których wspólnym mianownikiem jest dążenie do wykorzystania wszystkiego, co nie jest białe i angielskie. Victoire wie jedynie, że będzie przy każdym nieprzewidzianym zwrocie tej walki, że nie złoży broni do ostatniego tchnienia.

– *Mande mwen yon ti kou ankò ma di ou* – powiedziała Anthony'emu, gdy po raz pierwszy zapytał ją, co myśli o Hermesie i czy widzi dla Towarzystwa szansę powodzenia.

Przez chwilę próbował rozszyfrować kreolskie zdanie za pomocą swej ograniczonej znajomości francuskiego, lecz ostatecznie dał za wygraną.

– Co to znaczy?

– Nie wiem – przyznała Victoire. – Wiem tyle, że posługujemy się tym zwrotem, kiedy nie znamy odpowiedzi albo nie chcemy jej ujawniać.

– A co to znaczy dosłownie?

– Zapytaj nieco później, a odpowiem. – Puściła do niego oko.

KONIEC

PODZIĘKOWANIA

„Babel" opowiada o niezliczonych światach języków, kultur i historii – w większości zupełnie mi nieznanych – więc nie mogłabym tej powieści napisać bez przyjaciół, którzy podzielili się ze mną wiedzą. Wielkie, ogromne podziękowania należą się:

Przede wszystkim Pengowi Shepherdowi, Ehigborowi Shultzowi, Farah Naz Rishi, Sarah Mughal i Nathalie Gedeon, które zadbały, aby postacie Robina, Ramiego i Victoire zostały opisane stosownie szczegółowo i z należytą empatią. Caroline Mann i Allison Resnick dziękuję za ich drobiazgową wiedzę w dziedzinie literatury antycznej. Sarah Forssman, Saoudii Ganiou i De'Andre Ferreirze za pomoc z zakresu tłumaczeń. Najdroższym wykładowczyniom z Yale – w szczególności Jing Tsu, Lisie Lowe i Denise Ho – dziękuję za ukształtowanie mojego myślenia o kolonializmie, postkolonializmie i związkach języka z władzą.

Po obu stronach Atlantyku bezustannie wspierają mnie przecudowne załogi wydawnictwa Harper Voyager. Dziękuję również redaktorom – Davidowi Pomerico i Natashy Bardon, a także Fleur Clarke, Susannie Peden, Robyn Watts, Vicky Leech, Jackowi Rennisonowi, Mireyi Chiriboga, Holly Rice-Baturin i DJ DeSmyter.

Dziękuję także artystom, dzięki którym „Babel” wygląda tak, jak wygląda: Nico Delortowi, Kimberly Jade McDonald i Holly Macdonald.

Dziękuję również Hannah Bowman, bez której to przedsięwzięcie byłoby po prostu niemożliwe, i całemu zespołowi wydawnictwa Liza Dawson Associates – szczególnie Havisowi Dawsonowi, Joanne Fallert, Lauren Banka i Lizie Dawson.

Dziękuję Juliusowi Bright-Rossowi, Taylor Vandick, Katie O'Nell i kawiarni Vaults & Garden, dzięki którym przetrwałam dziwne i smutne miesiące w Oksfordzie. Dziękuję też ziomkom z New Haven – Tochiemu Onyebuchi, Akankshy Shah i Jamesowi Jensenowi – za pizzę i śmiech. Chwalmy wszyscy Wielkie Jajo!

Tiff i Chris – wam dziękuję za pomoc w Coco's Cocoa, przecudownej, międzywymiarowej, prowadzonej przez czarodziejskiego psa kafejce, w której napisałam większą część rękopisu tej powieści.

Bennettowi dziękuję za to, że był dla mnie wymarzonym towarzyszem w ciągu tego długiego, samotnego, straszliwego roku, kiedy powstawała „Babel”, i za sugestie, które nadały kształt licznym szczegółom powieści. Bennett chce, by cały świat dowiedział się, iż to on nadał książce tytuł, i także on stoi za nazwą Towarzystwa Hermes. Ja mam co prawda niejaki zmysł literacki, on zato ma zmysł do wszystkiego, co superfajne.

I wreszcie dziękuję rodzicom, mamie i tacie, którym zawdzięczam dosłownie wszystko.

Książka wspaniała pod każdym względem. Wojna, pożądanie, zemsta, polityka – Shelley Parker-Chan z wielką precyzją i znawstwem stworzyła mieszankę wszystkich tych elementów, kreując queerową epopeję historyczną. Skrząca się jaskrawymi refleksami dowcipu i czułości, niebojąca się przy tym nurzać w głębi mroków ludzkiej ambicji „Ta, która stała się słońcem" jest powieścią, której, podobnie jak Zhu, przeznaczona jest wielkość.

SAMANTHA SHANNON

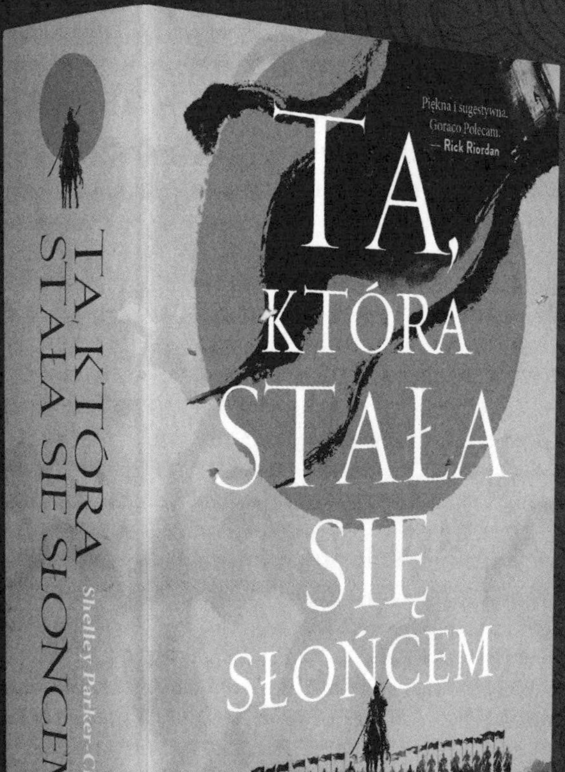

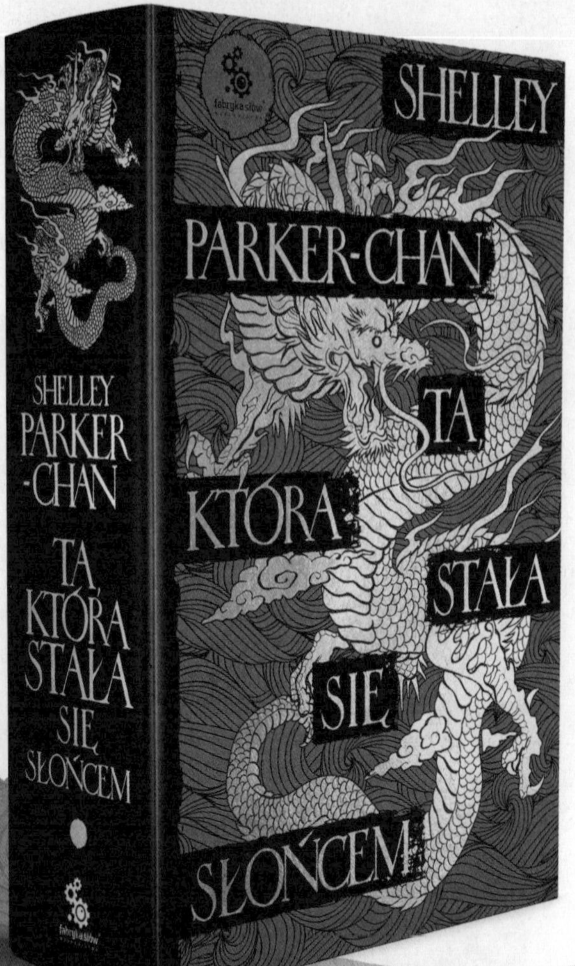

Działający na wyobraźnię, niezwykle sugestywny i rozdzierający serce debiut literacki Parker-Chan jest arcydziełem opowiadającym o wojnie, miłości i tożsamości... Ta powieść dźgnęła mnie sztyletem w pierś, a następnie posypała ranę solą i podpaliła.

S.A. CHAKRABORTY

Ta książka rozjedzie was niczym walec i jeszcze jej za to podziękujecie.

ALIX E. HARROW

NAJLEPSZE
FANTASTYCZNE
FANTASTYCZNE KARTY
XX LECIE FABRYKI SŁÓW
XX LECIE
Piatnik
VIENNA
FABRYKI SŁÓW
FANTASTYCZNE
KARTY
fabryka słów
I wtedy ja mówie mu:
Ty zrób tako cało talie.
Boleslav Va Lensa
Kup je, Mordo.
Sebastian z Radomia

KARTY
POLECAJĄ NAJWIĘKSI
TEGO ŚWIATA
Bip, bip, bop, bop.
Xyrtax 3000
Moja ulubiona talia
do gry w pokera.
Matka Teresy z Kalisza
52 karty to więcej niż 51,
ale mniej niż 53.
Pablo Koleljo
STEEL
HOG

fabryka słów®
WYDAWNICTWO

WYDAWCA
Fabryka Słów sp. z o.o.
20-834 Lublin, ul. Irysowa 25a
tel.: 81 524 08 88, faks: 81 524 08 91
www.fabrykaslow.com.pl
e-mail: biuro@fabrykaslow.com.pl
www.facebook.com/fabryka

SPRZEDAŻ INTERNETOWA
swiatksiazki.pl

WYŁĄCZNY DYSTRYBUTOR
DRESSLER
Dressler Dublin sp. z o.o.
05-850 Ożarów Mazowiecki,
ul. Poznańska 91
tel. (+ 48 22) 733 50 31/32
e-mail: dystrybucja@dressler.com.pl
www.dressler.com.pl

DRUK I OPRAWA
Abedik SA

Tytuł oryginału: Babel

PROJEKT I ADIUSTACJA AUTORSKA WYDANIA Eryk Górski, Robert Łakuta
TŁUMACZENIE Grzegorz Komerski
ILUSTRACJE Przemysław Truściński
MAPA Nicolette Caven
GRAFIKA NA OKŁADCE ORAZ PROJEKT Szymon Wójciak
REDAKCJA Karolina Kacprzak
KOREKTA Agnieszka Pawlikowska
SKŁAD Konrad Kućmiński | Grafficon

Wydanie I

ISBN 978-83-7964-863-4 OPRAWA ZINTEGROWANA
ISBN 978-83-7964-862-7 OPRAWA BROSZUROWA

/fabrykaslow /fabryka

PLAN CENTRUM
OKSFORDU